Marina Neumeier
Covered Colors

Bisher bei Loewe Intense erschienen:

Shape of Love
Script of Love
Sense of Love
Framed Feelings
Covered Colors

COVERED COLORS

Marina Neumeier

Loewe INTENSE

FSC
www.fsc.org
MIX
Papier | Fördert gute Waldnutzung
FSC® C014496

ISBN 978-3-7432-1793-5
1. Auflage 2025

Dieses Werk wurde vermittelt durch die Langenbuch & Weiß Literaturagentur.
Umschlag- und Farbschnittgestaltung: Andrea Janas | andreajanas.com
Umschlagmotive: © 3d-sparrow/shutterstock.com,
© SergeyBitos/shutterstock.com, © arigato/shutterstock.com
Farbschnittmotiv: © Magenta10/shutterstock.com
Innenklappenmotive: © vector_IT/shutterstock.com, © inspiring.team/shutterstock.com,
© Vector_illustrator/shutterstock.com, © dhtgip/shutterstock.com,
© knvg/shutterstock.com, © rawpixel.com/freepik.com
Kapiteleinstiegsmotive: © Eugenia Petrovskaya/shutterstock.com,
© TPYXA Illustration/shutterstock.com, © knvg/shutterstock.com,
© aksol/shutterstock.com, © Sketch Master/shutterstock.com,
© Gefictionart/shutterstock.com, © Rroselavy/shutterstock.com
Innenillustrationen: Mico Schubert
Instagram-Symbole: © freepik.com
Druck und Bindung: GGP Media GmbH,
Karl-Marx-Straße 24, D-07381 Pößneck

www.loewe-verlag.de

Liebe Leser*innen,

dieses Buch enthält potenziell triggernde Inhalte.
Deshalb findet ihr auf der letzten Seite eine Triggerwarnung.

Achtung: Diese enthält Spoiler für die gesamte Geschichte!
Wir wünschen euch das bestmögliche Lesevergnügen.

Eure Marina und das Loewe Intense-Team

Für alle, die sich immer ein bisschen unwohl dabei fühlen, vor anderen zu essen. Für alle, die beim Kleiderkaufen das Gefühl bekommen, dass sie unpassend sind; nicht die Schnitte. Und für alle, die jeden einzelnen Tag hart daran arbeiten, sich selbst zu lieben, egal, was andere oder die eigenen Gedanken manchmal sagen.

Playlist

John Borleo – Champagne Supernova
Imagine Dragons – Demons
Taylor Swift – But Daddy I Love Him
Shirin David – Brillis
Taylor Swift – The Archer
Jack Harlow – Lovin On Me
The Neighbourhood – Daddy Issues
Taylor Swift – Bejeweled
shy niko – icy girl
Neon Trees – Everybody Talks
Imagine Dragons – Next to Me
Maroon 5 – She Will Be Loved
ELIF – Unter meiner Haut
Why Don't We – Hooked
KUMMER – Bei Dir
Bausa und Apache 207 – Madonna
Marilyn Monroe – Diamonds Are a Girl's Best Friend

1
Nova

@muenchner_kindel

München, wir haben ein Wörtchen mit dir zu reden. Haben dieses Jahr alle ihre Neujahrsvorsätze *zuuu* ernst genommen und sind übermäßig brav? Wo ist das Drama? *The sparkle?* Dürfen wir daran erinnern, dass März ist und es bisher keinen nennenswerten Skandal gegeben hat? Schocker! Schickeria, wir erwarten mehr Einsatz, vor allem jetzt, da die närrische Zeit in vollem Gange ist.

Nachricht senden

»Hat jemand von euch eine Ahnung, was Ophthalmologie ist?«

Ich schaue vom Display meines Handys auf und blicke fragend zwischen meinen beiden besten Freunden Lilli und Hugo und unserer Nachbarin Minnie hin und her. Wir vier sitzen seit etwa zwei Stunden im Wohnzimmer unserer WG und bereiten uns mit lockerem Vorglühen und einer Sushi-Lieferung auf den heutigen Abend vor. Zugegeben, wir sind hauptsächlich mit Trinken beschäftigt, denn obwohl wir zu einer Faschingsparty gehen, erfordert die Veranstaltung keine aufwendige Kostümierung – ganz nach meinem Geschmack und der einzige Grund, warum ich mich dazu habe überreden lassen, am Rosenmontag zu feiern. Das letzte Mal habe ich mich als Kind in ein kratzendes Polyesterkostüm gezwängt, in dem man nach fünf Minuten wie eine ungeduschte Fußballmannschaft riecht, und dabei will ich es belassen.

Stattdessen verlangt der legendäre Münchner Medizinerball im Bayerischen Hof nach einem White-Tie-Dresscode plus Maskierung. Und zwar Maskierung wie in *verrucht-geheimnisvolle Gesichtsmasken aus Samt und Satin* und nicht *Ich verstopfe mir die Poren nachhaltig mit Kinderschminke, indem ich mich wie ein Clown anmale.*

Minnie, die deutlich zurückhaltender ist als wir drei und von Lilli sanft, aber beharrlich dazu genötigt wurde, sich uns heute Abend anzuschließen, scheint sich unsicher zu sein, ob von ihr ernsthaft eine Antwort erwartet wird. Sie studiert Malerei und ist erst Ende Januar von einem mehrmonatigen Forschungsaufenthalt in Florenz zurückgekehrt. Und obwohl ich sie bis dahin eher oberflächlich von Begegnungen im Hausflur kannte, ist mir sofort klar gewesen, dass sie eine Weile brauchen würde, um aufzutauen. Da ist sie bei Lilli in den besten Händen und ich glaube, dass wir eine ruhige, besonnene Komponente in unserem Gespann gut gebrauchen können.

Hugo, der sich seine sandblonden Haare minutiös mit Klammern festgesteckt hat, damit sie später die perfekte Wasserwelle ergeben, wirft mir einen desinteressierten Seitenblick zu. »Klingt wie eine Geschlechtskrankheit. Hast du Angst, sie dir eingefangen zu haben, oder warum willst du das wissen?«

Von Lilli kommt ein Kichern. »Du hast *literally* ein Handy in der Hand, Nova. Das Zauberwort heißt Google.«

Ich gebe den zwei Klugscheißern mein bestes Augenrollen und Hugo ergänzt: »Was auch immer dieses Wort bedeutet, du hast es definitiv dermaßen falsch ausgesprochen, dass selbst Google dich nicht verstehen würde. Wie war das gleich, Oralmonogamie?«

Manchmal frage ich mich echt, warum ich es mir antue, mit den beiden zusammenzuwohnen. Ich könnte mich wunderbar dekadent in einer Suite im Mandarin Oriental einmieten, das Spa nur eine Aufzugsfahrt entfernt, und einfach den hauseigenen Butler beauftragen, solche Fragen für mich zu beantworten. Der wäre zumindest nicht so frech wie diese Landplagen.

»Oph-thal-mo-lo-gie«, übe ich mit konzentriert gerunzelter Stirn die korrekte Aussprache. »Oph-thal-mo-lo-gie.« Immerhin habe ich beschlossen, das Wort an diesem Abend noch einige Male zu sagen.

»Das ist Augenheilkunde«, wirft Minnie ein, die das Googeln übernommen hat und mir mit jeder Sekunde mehr ans Herz wächst.

Augenheilkunde also … hm. Nicht gerade sexy, aber *who cares*?

»Ohne Witz, Supernova, was soll das werden?« Inzwischen habe ich wohl Hugos aufrichtiges Interesse geweckt, denn er beobachtet mich neugierig.

»Ich habe online nachgeschaut, welche Facharztrichtung das höchste Bruttogehalt hergibt, und das ist mit Abstand Ophthalmologie. Chirurgen schmieren dagegen heftig ab.«

Lilli, bei der der Groschen direkt gefallen ist, prustet los. »Nova, nicht dein Ernst!«

»Klar.« Lässig zucke ich mit den Schultern. »Der Ball ist nicht ausschließlich für Mediziner und ihr könnt euch sicher sein, dass ich jeden, dem ich über den Weg laufe, zuerst nach seiner Fachrichtung fragen werde, bevor ich ihm erlaube, mit mir zu tanzen oder mir einen Drink auszugeben.«

Die beiden schütteln sich regelrecht vor Lachen, während Minnies Gesicht ein einziges Fragezeichen ist. Noch kennt sie mich nicht so gut und Lilli erklärt etwas atemlos: »Nova hat sich zum Ziel gesetzt, so bald wie möglich einen reichen Ehemann klarzumachen.«

Ich verdrehe die Augen. »Wenn du es so formulierst, klingt das furchtbar oberflächlich und materialistisch.«

»Bist du das nicht?« Grinsend wischt sich meine beste Freundin über die tränenden Augenwinkel, ehe sie Minnies tiefrotes Haar weiterflicht.

»Okay, ein Teil von mir definitiv. Aber in erster Linie will ich Gold Digger vermeiden, indem ich ihren Kontostand checke und mir sicher sein kann, dass sie mich nicht wegen *meinem* wollen.« *Been there, done that* und ich habe die Nase voll davon. Sollte es mit meinem Traum von der Ehe nicht klappen, reicht es vollkommen, wenn ich mit Mitte fünfzig eine Cougar werde und einen Toyboy durchfüttere. Ich habe in meinem Leben und dem meiner Mutter zu viele Männer kommen und gehen sehen, die uns Gott und die Welt versprochen haben und am Ende nur hinter den Brillis her waren. Meine strikten Kriterien sind reine Vorsichtsmaßnahmen und ich habe schon lange aufgehört, mir darüber den Kopf zu zerbrechen, ob ich dadurch unsympathisch oder abgehoben wirke. Es ist meine Welt und sie läuft nach meinen Regeln.

Minnie nickt, als könnte sie mich verstehen, und Hugo ist ein Schatz, der nicht weiter nachhakt, sondern eine neue Flasche Champagner entkorkt.

Das Kleid, das ich mir für heute ausgesucht habe, ist allein für sich in seiner schlichten Eleganz spektakulär. Bodenlang, tiefroter Samt, herzförmiges Corsagen-Dekolleté, Beinschlitz. Und ein Rückenausschnitt, der fast bis zum Po reicht und weitestgehend meine Rückseite frei lässt. Ich hätte es dabei belassen können, um für Aufsehen auf dem Ball zu sorgen, aber da ist ein Schmuckstück aus der Sammlung meiner Mutter, das bereits viel zu lange auf seinen großen Auftritt wartet. Meine Mutter, Nadja Sobieska, hat sich ein Schmucklabel aufgebaut und handelt dafür regelmäßig mit den besten Steinen auf der berühmten Diamantenbörse in Antwerpen. Die Frau ist eine Naturgewalt in ihrem Business und gehört nicht grundlos zu den erfolgreichsten in ihrer Branche. Und ich bin ihr bevorzugtes Aushängeschild, das sie liebend gern mit Protostücken und Sonderanfertigungen überhäuft.

Eines dieser Teile habe ich gestern aus dem Tresor in unserem Keller geholt und heute Morgen sorgsam auf meinem Bett ausgebreitet, damit sich die vielen Kettchen und Stränge nicht verheddern: Es ist ein spektakuläres Collier, das vom Nacken bis hinunter zu meinem Steiß reicht. Mehrere mit Diamanten und Swarovskis besetzte Stränge werden an den Seiten meines Kleides entlang mit eingearbeiteten Stecknadeln und Klammern befestigt und bilden auf meinem bloßen Rücken ein Gitternetz aus funkelnder, unvergleichlicher Pracht. Lilli und Minnie haben mir gerade dabei geholfen, das Prunkstück anzulegen, und bestaunen es mit großen Augen, während ich mich vor meinem Spiegel drehe und wende. Mich mit kritischem Blick begutachte, um zu checken, ob alles so sitzt, wie es soll.

Ich bin keine schlanke Person, war ich noch nie, und es stört mich überhaupt nicht, dass sich ein paar Speckröllchen direkt unter den Schulterblättern abzeichnen. Die Diamanten funkeln so gleißend, dass sowieso keiner darauf achten wird, und mein Hintern in diesem Kleid … *Showstopper.* Mehr sage ich nicht.

Es kostet eine Menge Energie und Durchhaltevermögen, um dieses Mindset über meine Figur und mich aufrechtzuerhalten, aber wenn ich es nicht tue, macht es niemand. *Ich* muss meine eigene beste Cheerleaderin sein und diese Überzeugung nach außen tragen, um zu kontrollieren, wie andere mich wahrnehmen. Und wenn das heißt, Tag um Tag die selbstbewusste, selbstverliebte Nova zu sein, dann ist es so.

»Immer wenn ich denke, du könntest dich nicht selbst übertreffen, gelingt es dir doch.« Weiterhin baff schüttelt Lilli den Kopf und kommt dann rüber, um mir einen schmatzenden Kuss auf die Wange zu drücken. »Wenn du dir heute Abend keinen Kerl angelst, weiß ich auch nicht weiter.«

Mein Lächeln ist aufrichtig, als ich ihr Kompliment annehme, einen Arm um sie schlinge und sie kurz an mich ziehe. Ich will an ihre Worte glauben; den Part, in dem es darum geht, *den Einen* zu finden. Bestenfalls heute Abend und für immer.

Die Sache ist nur die: Mir *jemanden zu angeln*, ist nie das Problem gewesen. Dass sie bei mir bleiben, dagegen sehr wohl.

Einlass zum Medizinerball ist um zwanzig Uhr und selbstverständlich ist es nach neun, als wir am Bayerischen Hof vorfahren. Hugo, der als Erbe eines uralten Grafentitels auf

Luxus wie einen *Fahrer der Familie* zugreifen kann, hat uns seinen privaten Chauffeurservice organisiert, der uns vor dem Luxushotel absetzt. Nach dem Vorzeigen unserer Einladungen stoßen wir auf den Rest der Truppe, der anscheinend auf uns gewartet hat, bevor wir uns alle im Großen Festsaal ins Getümmel stürzen. Lilli wirft sich prompt in die Arme eines großen dunkelhaarigen Kerls in maßgeschneidertem Smoking – ihr Freund, Vincent, der sie umschlingt, als hätten sie sich ein halbes Jahr nicht gesehen. Trotz seiner Maske fällt mir auf, dass er eine Miene wie sieben Tage Regenwetter zieht. Offensichtlich bin ich mit meiner Abneigung gegen Fasching nicht allein. Neben ihm steht Lillis jüngerer Bruder Luis, genauso groß wie Vincent, das dunkelblonde Haar verstrubbelt, und irgendetwas gibt mir das Gefühl, dass er sich in seinem Frack verkleidet vorkommt. Und dahinter … die üblichen Verdächtigen: Marius Marquart, Lisa-Marie Schönberg, Amaya Mansoor. Wir treten zu ihnen und das Geschnatter wird ohrenbetäubend. Wangenküsschen fliegen wie Geschosse durch die Luft, Outfitkomplimente werden verteilt … und ein lang gezogener Pfiff ertönt.

»Mamma mia, Sobieska. Willst du uns heute Abend alle töten?« Marius hat einen Blick auf meine Rückseite erhascht und gibt sich beste Mühe, wie der Fuckboy zu klingen, der er ist. Aber sosehr er sich bemüht, bei mir wird er nicht landen – auch wenn seinem Papa die Hälfte der Münchner Immobilienwelt gehört.

»Falls du dir Sorgen machst, an blauen Eiern zu sterben, weil ich dich niemals ranlassen werde: Die Chancen stehen nicht schlecht.«

Er greift sich an die Brust, als hätten ihn meine Worte wie

ein Giftpfeil getroffen, und lacht. »Keine Ahnung, ob ich den Kerl, der dich irgendwann abkriegt, bemitleiden oder feiern soll.«

»Zerbrich dir nicht den hübschen Kopf darüber.« Ich schicke ihm ein Luftküsschen und krame meine Maske aus der Handtasche. Schon beim Einlass sind wir ermahnt worden, ja unsere Maskierung anzulegen, und irgendwie brenne ich geradezu darauf. Nicht, dass ich wirklich denken würde, die Halbmaske aus rotem Samt würde tatsächlich meine Identität verschleiern, doch immerhin können wir eine Weile so tun. Die Illusion ist das halbe Vergnügen und ich werde nach allen Regeln der Kunst in ihr aufgehen. Heute bin ich Nova Sobieska, die ihre große Liebe finden wird. Nicht die Nova, die gut genug fürs Bett ist, aber darüber hinaus niemanden lange halten kann. Eine Nova, die gekommen ist, um zu erobern, und länger bleiben wird als eine Nacht. Und wenn dabei ein Ophthalmologe für sie rausspringt, umso besser.

2

Nova

mk **@muenchner_kindel** ••• ×

Gespottet: @luis_hrzg, der sich mit einer rothaarigen Unbekannten einen hitzigen Schlagabtausch an der Bar des Medizinerballs geliefert hat. Quellen vor Ort wissen zu berichten, dass unser sonst so smoother Womanizer ziemlich außer sich schien. Unfassbar, aber existiert dort draußen wirklich eine Frau, die immun gegen den legendären Luis-Charme ist? Wer ist sie? Und was müssen wir tun, um mehr Details über ihr Verhältnis zu Hottie Herzog zu erfahren?

Nachricht senden

Der mäßig talentierte Sänger der Band grölt Wolfgang Petrys *Wahnsinn* durch den gesteckt vollen Festsaal und ich habe einen Schlager nie mehr gefühlt, als die Faschingsmeute *Hölle, Hölle, Hölle!* im Chor brüllt.

Mediziner sind ein einziger Haufen wandelnder *Red Flags*. Zumindest diejenigen, denen ich bisher begegnet bin. Es geht auf Mitternacht zu und ich bin so frustriert, dass ich schreien könnte. Aller Optimismus vom frühen Abend ist längst verpufft; ausgelöscht von all den Severins und Ravis und Patricks, mit denen ich ins Gespräch gekommen bin und die sich einer nach dem anderen als unerträglich herausgestellt haben. Keiner, ich wiederhole, *kein Einziger* ist ohne einen sexistischen Spruch ausgekommen und Ophthalmologen sind sie auch nicht gewesen. Nun lehne ich an der Bar und erhole mich von meinem letzten Gespräch mit einem Medizinstudierenden, der sich als *Sean* vorgestellt hat. Die Unterhaltung lief ungefähr so:

Ich: »Und, hast du dich für eine Fachrichtung entschieden? Ophthalmologie soll ein spannendes Feld sein.«

Er: »Ich werde zwar Radiologe, aber ich weiß genug über Augenheilkunde, um sagen zu können, dass ich meinen Blick nicht mehr von deinen Titten nehmen kann, Baby. Du hast meine Augen verhext.«

An diesem Punkt hätte ich ihm fast meinen Drink ins Gesicht geschüttet. Doch anstatt meinen köstlichen French 75 an ihn zu verschwenden, habe ich auf dem Absatz kehrtgemacht, mein Glas in einem Zug geleert und warte jetzt auf meinen nächsten, dringend benötigten Gin-Champagner-Cocktail.

Die Hitze im Saal ist unerträglich, meine Samtmaske klebt mir unangenehm auf dem Gesicht und am liebsten würde ich gehen. An Fasching feiern zu gehen, war einfach eine blöde Idee. Ich weiß schon, warum ich damit genauso wenig anfangen kann wie mit Halloween; Verkleidung hin oder her. Die Leute sind in so einem unausstehlichen Ballermann-Gröl-Modus und wenn überhaupt aufs Vögeln aus. Etwas, das heute Abend nicht zu meinen primären Zielen gehört. Wahrscheinlich ist die Hoffnung naiv gewesen, auf einer Veranstaltung wie dieser jemanden zu treffen, der es ernst meint.

Meine Freunde habe ich vor einer Ewigkeit aus den Augen verloren. Hugo hat sich auf magische Weise in Luft aufgelöst, nachdem uns Geflüster darüber erreicht hat, dass Julien Gaspard mit einigen seiner Teamkollegen aufgekreuzt sei, und Lilli und Vincent habe ich das letzte Mal eng umschlungen zu *Ohne dich* tanzen gesehen. Doch da … als ich mich auf meinem Barhocker drehe und den Blick schweifen lasse, sticht mir Minnies flammend rotes Haar zwei Plätze weiter ins Auge. Der Kerl, der direkt neben mir sitzt, versperrt mir ein wenig die Sicht auf sie, aber Minnie redet so laut, dass ich sie über den allgemeinen Lärmpegel hinweg verstehen kann.

»Du behauptest nicht ernsthaft, die Akademie sei nutzlos!«

Oha, so laut und empört habe ich unsere ruhige Minnie Maus ja noch nie gehört. Interessiert beuge ich mich vor, luge an den breiten Schultern vorbei und stelle zu meinem Erstaunen fest, dass Minnie sich mit Luis zankt. Mit verschränkten Armen steht er unmittelbar vor ihr und grinst sie so provokant an, dass selbst eine Heilige an die Decke gehen würde. Seine Maske verbirgt nicht, wie sehr er es genießt, sie gegen sich aufzubringen. Meine Güte, der Junge weiß manchmal echt nicht, was gut für ihn ist. Nun, mir jedenfalls ist die Show der beiden als Ablenkung von meiner eigenen Misere überaus willkommen. Man reiche mir Popcorn!

»Ich sage bloß, dass deine geliebte Akademie aus niemandem einen guten Künstler macht. Ohne Talent könnte man sich von Picasso selbst unterrichten lassen und wäre am Ende auch kein Genie.«

»ES SIND NUR LEUTE MIT TALENT AN DER AKADEMIE!«

»Tja, komisch, denn ich bin nicht dort und dennoch besser als alle, die lieber über Kunst reden, anstatt sie zu machen.«

»Graffiti ist keine Kunst, sondern Sachbeschädigung!«

»Und du bist süß, wenn du sauer bist. Trotzdem würde ich dich nicht einmal mit der Kneifzange anfassen.«

»Fass mich an, Luis Herzog, und ich zeige dir, was eine langweilige Akademiestudentin mit ihren Utensilien anstellen kann!« Minnie stürmt davon, jedoch nicht, ohne Luis dabei kräftig mit der Schulter zu rammen. Kopfschüttelnd und mit funkelnden Augen sieht er ihr hinterher, ehe er in die andere Richtung abzieht. Das war … Wow, ich glaube, mein Unterkiefer ist offiziell auf den Fußboden geknallt. Ich mache mir eine mentale Notiz, morgen bei Minnie zu klingeln, um mir eine Tasse Mehl zu leihen und ihr alles über dieses Spektakel aus der Nase zu ziehen. Die Gute ahnt nicht, was sie sich mit einer Freundschaft mit uns aus dem dritten Stock eingebrockt hat.

»Hat dir nie jemand gesagt, dass es ungezogen ist, die Gespräche anderer zu belauschen?« Eine tiefe Stimme, dunkel und herb wie Zartbitterschokolade, dringt an mein Ohr.

Ein Blitz rast bei diesem Klang jäh durch meinen Körper, sorgt dafür, dass sich jeder Muskel anspannt und ich sofort aufrecht sitze. Langsam drehe ich den Kopf nach rechts, zu dem Kerl auf dem Barhocker neben mir, den ich nur als Hindernis wahrgenommen habe, als es darum ging, Luis und Minnie zu beobachten. Doch jetzt materialisiert er sich vor meinen Augen und ich frage mich, wie zum Teufel ich ihn nicht bemerken konnte. Selbst im Sitzen wird deutlich, dass er groß ist und den klassischen schwarzen Smoking *sehr* gut ausfüllt. Dieser erste Blitz, er verzweigt sich sofort, verästelt sich in meiner Blutbahn zu etwas Heißem und Elektrisierendem, während ich die messerscharfe Jawline, die leicht hohlen Wangen und die irre markanten Wangenknochen am Rand seiner Halbmaske betrachte. Die untere Gesichtshälfte schreit *Perfektion* und Moment mal … Diese Züge kommen mir verdammt bekannt vor. Das ist doch das typische Saint-Clair-Blau, das durch die Augenschlitze seiner Maske leuchtet?

Zu meiner Schande muss ich eingestehen, dass mich die Erkenntnis, wen ich gerade angeiere, beinahe rücklings von meinem Hocker wirft. Ich verliere tatsächlich im Sitzen das Gleichgewicht und auch wenn ich mir sicher bin, dass ich nicht gefallen wäre, lässt er seine Hand vorschnellen und stützt mich. Die Spitzen und Kanten meines Rückencolliers bohren sich in meine bloße Haut, aber ich spüre nur die Hitze seiner Finger, die Metall und Diamanten augenblicklich erwärmt. Fuck, eine Berührung und er droht, ein Brandmal auf mir zu hinterlassen.

»Du bist … nicht Vincent.«

Seine Hand verweilt an meinem unteren Rücken, obwohl ich mich längst wieder gefangen habe, und ich kann mich nicht dazu durchringen, sie wegzuschieben. Diese Geste ist so galant und das Prickeln, das sie über meine Haut schickt, etwas, das ich schon lange nicht mehr gespürt habe. Sämtliche abwertende Gedanken darüber, dass hier alle nur vögeln wollen, verflüchtigen sich, als sich in mir selbst Hunger regt. Heißhunger auf mehr von diesen Händen auf mir. Es ist ein spontaner, intensiver Impuls, der mich überrascht und nicht loslässt. Eine winzige Berührung hat genügt, um ihn zu entfachen. Was könnte erst passieren, sollte seine Hand weiterwandern? Mehr von mir berühren, mehr von mir in Brand stecken?

»Hundert Punkte, ich bin nicht Vincent.« Amüsement schwingt in seiner Stimme mit, während das, was ich von seinem Gesicht sehe, ernst bleibt. »Aber das wusstest du direkt, nicht wahr? Ansonsten hätte ich längst einen Tritt in die Eier kassiert.«

Hinter meiner Maske ziehe ich die Brauen hoch. »Warum hätte ich das tun sollen?«

»Weil mein Bruder mit deiner besten Freundin zusammen ist und du es ihn hättest spüren lassen, wenn er mit anderen Frauen flirten würde.«

Ah, er weiß also auch, wer ich bin. Diese Masken sind derart nutzlos.

Meine Mundwinkel zucken. »Du flirtest also mit mir, *Henry*?« Ich lasse seinen Namen bewusst über meine Zunge rollen, mit dieser rauchigen Härte des polnischen Akzents, der sich immer wieder bei mir einschleicht. Obwohl ich in München geboren und aufgewachsen bin, habe ich zu Hause bis zum Kindergarten fast ausschließlich Polnisch gesprochen und Deutsch erst später gelernt.

»Wenn du es nicht merkst, muss ich dringend an meinen Skills arbeiten.«

Keine Ahnung, was gerade passiert. Oder weshalb. Das hier ist Henry Saint Clair … Vincents Bruder. Der irgendetwas mit mir anstellt, das meinen Hormonhaushalt durchdrehen und mich hinterfragen lässt, wieso er mir bisher nie aufgefallen ist. Oder warum er diesen Abend gewählt hat, um wie aus dem Nichts aufzutauchen und mich durcheinanderzubringen. Ehrlich gesagt habe ich ihn bis jetzt nicht wirklich auf dem Schirm gehabt. Henry hält sich größtenteils aus unserer Schickeria-Bubble raus, ist selten dabei, wenn wir ausgehen oder abhängen, und bleibt generell eher im Hintergrund. Das letzte Mal habe ich ihn bei unserer Silvesterparty gesehen und auch da hatten wir gefühlt zero Interaktion.

Wenn überhaupt, ist er immer nur Saint Clairs jüngerer Bruder für mich gewesen. Mit Betonung auf *jünger.* Nicht dieser *Mann*, der mit selbstbewusster Lässigkeit so dicht neben mir sitzt, dass der Ärmel seines Jacketts meinen bloßen Arm streift und ich sein Bein an meinem spüre. Wann sind wir uns so nahe gekommen? Und wieso fällt es mir so verdammt schwer, normal zu atmen?

»Bist du nicht ein bisschen zu jung, um mit den großen Mädchen zu spielen?«, necke ich ihn, denn Angriff scheint mir die beste Methode zu sein, um wieder die Oberhand zu gewinnen. Irgendwie muss ich diese Verwirrung, die er in mir auslöst, besiegen und mich zusammenreißen.

Nachdenklich streicht sich Henry mit dem Daumen über die Unterlippe und lenkt meine Aufmerksamkeit damit auf seinen Mund. Volle, verheißungsvolle Lippen, die der perfekte Kontrast zu den strengen, finsteren Linien seines Gesichts sind. Und noch etwas fällt mir auf: die Tätowierungen auf seinem Handrücken und seinen Fingerknöcheln. Nicht nur halbherzige, kleine Motive, sondern Tinte, die praktisch jeden Winkel seiner Haut bedeckt.

»Wie alt bist du, Nova?«

»Dreiundzwanzig.«

Er lässt seine Finger über meinen Rücken gleiten, dreht wie nebenbei ein paar baumelnde Diamanten und streicht spielerisch die Kettchen entlang. Ich spüre die Bewegung bis tief in meinen Unterleib zucken.

»Ich werde am zehnten Mai dreiundzwanzig«, entgegnet er dann. »Und ich denke, ich könnte es durchaus mit dir aufnehmen.«

Der Atem entweicht mir mit einem stummen Seufzen. Die Ballermann-Schlager-Musik um uns herum ist längst in den Hintergrund gerückt, verdrängt von diesem Kokon, in den mich seine Stimme wickelt.

»Warum?«, frage ich.

Er neigt den Kopf und ein paar dunkle Strähnen fallen ihm in die Stirn. »Warum was?«

»Warum bist du gerade hier? Mit mir?« Gespannt halte ich die Luft an, ehrlich neugierig auf seine Antwort.

Henry lehnt sich auf seinem Hocker zurück und sein Blick schweift zu dem beleuchteten Wandregal voller Alkoholflaschen hinter der Bar. Es wäre mir lieber, er würde mich ansehen.

»Für die Akten: Ich war schon da, als du dich neben mich gesetzt hast.« Wieder dieser Anflug von Humor in seiner Stimme, den er sich mit keiner Regung anmerken lässt. »Und dann war da dieser superfrustrierte Seufzer und ich konnte nicht anders, als was zu sagen.« Mit den Fingern pult er am Etikett seiner Bierflasche, das sich an den Ecken löst. »Ist etwas passiert?«

Er klingt beiläufig, doch irgendetwas sagt mir, dass Henry nicht der Typ ist, der beiläufige Fragen stellt. Wie gesagt, ich weiß, dass er eher ruhig ist und nur dann spricht, wenn er einen triftigen Grund dazu hat. Nicht wie ich, die ständig ohne Punkt und Komma plappert. Auch jetzt kann ich einfach nicht den Mund halten.

»Dieser Abend hat mir auf ganzer Linie demonstriert, welche Vollpfosten Männer sein können.«

Henry dreht den Kopf zu mir und ich klopfe mir innerlich auf die Schulter, seine volle Aufmerksamkeit zurückerobert zu haben. »Da kann ich dir nicht widersprechen. Kerle können so scheiße sein«, sagt er mit einem winzigen Schmunzeln. »Aber nicht alle.« Seine Hand, die sich noch immer auf meinem Rücken befindet, wandert von Edelstein zu Edelstein.

»Du meinst also, du bist die Ausnahme von der Regel?«

»Ich kann es zumindest probieren. Soll ich dich von deinem Frust ablenken?«

Sein Angebot schwebt in der aufgeladenen Luft. Vieldeutig und verlockend. Ehrlich, es fühlt sich so an, als würde statische Ladung zwischen uns funken, und ich kann der Versuchung nicht widerstehen. Henry ist so anders als die Typen, hinter denen ich sonst her bin, und irgendwie macht es genau das umso aufregender. Und vielversprechend. Mediziner und BWLer haben mich bisher verlässlich enttäuscht, warum nicht etwas anderes wagen?

Also halte ich Henry meine Hand hin, für den Moment zufrieden damit, mich seiner Führung zu überlassen, und er ergreift sie. Tätowierte, elegante Finger verflechten sich mit meinen und der Kontrast jagt mir einen wohligen Schauer über den Rücken. Ein oberflächlicher Gedanke, so typisch Nova, aber er wirkt so rau und ungeschliffen neben meinen manikürten Nägeln und zierlichen Diamantringen. An Henry scheint gar nichts glatt oder gestriegelt, darüber kann auch sein maßgeschneiderter Smoking nicht hinwegtäuschen.

Ich lasse mich von Henry vom Barhocker ziehen, mein Drink vergessen auf dem Tresen, und hinein in das Meer aus Tanzenden.

Die aufgekratzte, volltrunkene Menge um uns herum rückt in den Hintergrund, sobald Henry die Hände auf meine Hüften legt und mich zu sich zieht. *Griechischer Wein* läuft und unsere Bewegungen passen sich dem vergleichsweise langsamen Tempo des Songs an. Wir sind uns so nahe und jeder Teil von mir reagiert hypersensibel auf die Stellen, an denen wir uns berühren. Meine Brust, die seine streift; die Art, wie er mich hält – selbstbewusst und doch mit genügend Abstand, um nicht aufdringlich zu wirken. Wobei … ich hätte gern mehr. Mehr von seiner Körperwärme in diesem stickigen Saal, mehr von seinen Händen, deren Hitze sich sogar durch den schweren Samt meiner Robe brennt. Schon nach wenigen Minuten mit Henry scheint mein Frust von vorhin meilenweit entfernt und ich fühle mich so gut. Henry ist größer als ich, aber kein Riese und trotzdem komme ich mir so ungewohnt klein in seinem Griff vor. Wenn man wie ich zur *Curvy Fraktion* gehört, ist *das* so was wie der heilige Gral. Sich neben einem normalgewichtigen Mann insgeheim *nicht* wie eine Tonne zu fühlen, sondern wie etwas, das *er* handeln kann. Gott, das macht mich mehr an, als es sollte.

»Verrate mir, was dieser Blick bedeutet. Ich habe eine Vermutung.« Henry hat sich heruntergebeugt, um direkt in mein Ohr zu sprechen. Beinahe gerate ich ins Stolpern, weil sich meine Zehen unwillkürlich in den Schuhen krümmen. Heilige Scheiße, ich liebe seine Stimme und was es mit mir macht, sie so dicht an meiner Haut zu spüren.

»Lass es darauf ankommen und sag mir, was du denkst«, locke ich und da erscheint ein Grinsen auf seinen Lippen. Ich bin ein wenig geblendet davon, wie es sein Gesicht verwandelt, wie unfassbar gut er dabei aussieht. Fuck, Henry Saint Clair ist ein verdammt hübscher Junge und sein Lächeln eine Waffe, die er aus gutem Grund nur wohldosiert einsetzt.

Henry antwortet nicht sofort. Stattdessen löst er eine

Hand von meiner Hüfte, lässt sie gemächlich an meiner Seite nach oben wandern und anschließend wieder nach unten. Immer weiter nach unten, bis er kurz vor dem skandalös tiefen Ausschnitt meines Kleids über dem Steißbein verharrt, während wir uns weiter zum langsamen Rhythmus der Musik bewegen. »Irgendetwas sagt mir, dass du am liebsten losstürmen und ein Zimmer für die Nacht mieten würdest.«

Ich schnalze mit der Zunge. »Wie schäbig wäre das denn!«

»Selbst in einem Fünf-Sterne-Haus wie diesem?«

»Besonders da. Ich würde dich mit nach Hause nehmen.«

»Und dann?«

Gemächlich streiche ich über seine Brust. »Würde ich vergessen, dass du Saint Clairs kleiner Bruder bist und es eine verdammt schlechte Idee wäre, jedes einzelne deiner Tattoos mit der Zunge nachzufahren.«

Das strahlende Blau seiner Augen verdunkelt sich und ich hätte geschworen, dass so etwas nur in Romanen passiert, aber ich bilde es mir nicht ein. Die beneidenswert dichten Wimpernkränze senken sich, überschatten seine Iriden und ich entdecke Emotionen, die in ihnen hochkochen. Dunkel und hungrig und *so* verdorben.

»Ich bin auch ein Saint Clair«, erinnert er mich. »Und mein Bruder …«

»War nie interessant für mich.« Ich falle ihm blitzschnell ins Wort, damit er nicht auf dumme Gedanken kommt. Vincent und ich, nein, das hat nie zur Debatte gestanden. Denn im Gegensatz zu Lilli und Vincent ist mir jahrelang klar gewesen, dass die beiden einen ausgedehnten Balztanz umeinander veranstaltet und diesen als hasserfüllte Rivalität getarnt haben.

»Eigentlich will ich nicht über Vincent reden.« Seine forschenden Hände werden wagemutiger und ziehen mich so nah an ihn heran, dass kein Blatt mehr zwischen uns passt. Meine Brust ist an seine gedrückt und sein Duft steigt mir in die Nase. Erdige Kräuter – Rosmarin vielleicht? –, saubere Wäsche und seine ganz eigene Note, die mir den Atem raubt. Gott, ich möchte ihn inhalieren wie mein Lieblingsparfüm, und wenn mich das nicht *creepy* macht, weiß ich auch nicht.

»Eigentlich will ich überhaupt nicht mehr reden«, haucht er. »Ich will gar nichts sagen, darin war ich nie gut, sondern …« Er stockt und ich finde, dass er sich zu wenig Credits gibt. *Alles*, was er mit dieser Stimme bisher zu mir gesagt hat, ist runtergegangen wie Öl und hat dafür gesorgt, dass aufkeimende Erregung wie ein zweiter Puls in meinem Unterleib wummert.

»Sondern?«, hake ich nach und lasse meine Hände zu seinem Nacken wandern, wo sich sein glänzendes schwarzes Haar in kurzen Löckchen ringelt, die wie Seide durch meine Finger gleiten.

»Ich will dich küssen, jeden Winkel von dir, und sehen, was ich tun muss, damit du mich anflehst, dich zu vögeln.«

Wahrscheinlich büße ich gerade einen Teil meines Verstands ein, denn alles in mir schreit *Ja*. Ja dazu, seine Worte wahr werden zu lassen und darauf zu scheißen, dass ich One-Night-Stands aus gutem Grund abgeschworen habe. Dazu, dass Henry nicht der ist, nach dem ich suche, aber genau der sein könnte, den ich brauche. Zumindest für diesen Moment.

Mit dem letzten verbliebenen Fünkchen Willenskraft, weil ich das trotzdem nicht unkommentiert auf mir sitzen lassen kann, verenge ich die Augen und zische: »Merk dir eins, Henry Saint Clair. Ich flehe nicht und ich bettele nicht. Niemals. Und Kerle mit einer so großen Klappe wie du bringen es selten.« Tun sie nie, doch das muss er nicht wissen, weil Henry, entgegen seiner Großspurigkeit, die ich irgendwie einen Ticken zu sexy finde, nichts weiter über mich erfahren soll.

Sein Gesichtsausdruck wird verschlagen, ein Dämon, der provoziert worden ist, und dennoch schaffe ich es nicht, etwas anderes als prickelnde Aufregung zu spüren. Henry scheint so gar kein Vanilla-Typ zu sein und das gefällt mir. Sehr sogar.

»Vorsicht, womit du mich provozierst, Princess. Ich liebe gute Herausforderungen.«

Und ich muss wohl etwas neben mir stehen, denn ich beschließe hier und jetzt, dass ich genau das sein will. Seine Herausforderung. Diejenige, an der er sich die Zähne ausbeißen darf und die jede Sekunde davon lieben wird. Für heute Nacht. Danach kann ich wieder anständig sein und die Sache mit dem ernsthaften Dating weiterverfolgen.

Also fahre ich ihm mit meinen leicht spitzen Nägeln vom Nacken hoch bis zum Scheitel und beobachte, wie Henry dabei beinahe in die Knie geht. Ein merkliches Schaudern durchläuft seinen Körper, kurz schließt er die Augen und sein Kopf sinkt nach hinten, in meine Berührung hinein. *Na, wer sagt's denn?* Wenn überhaupt werde ich es schaffen, dass er mir zu Füßen liegt.

»Nenn mich noch einmal Prinzessin, *mój książę*, und du erfährst, was es bedeutet, wenn *ich* provoziert werde.«

Henry schmunzelt nur, dunkel und ohne eine Prise Humor. »Was bedeutet *Moitschause*?«

Er bemüht sich, mir nachzusprechen, und ich muss mir ein Grinsen verbeißen, weil er meine Muttersprache so herrlich zerhackstückt.

»Es bedeutet *nerviger Mistkerl* und jetzt komm, bevor ich es mir anders überlege.«

3

Nova

@muenchner_kindel

Selbst eure liebsten Zyniker der Stadt werden weich, wenn wir uns die ersten Bilder anschauen, die vom Medizinerball bei uns reinflattern 🥹 #silli sind aber auch einfach nur Zucker. Wer hätte letzten Herbst gedacht, dass @the_saint_clair so goldig dabei aussehen könnte, wenn er seiner Liebsten die Lyrics von *Ohne dich* entgegensingt. *Keep going*, wir brauchen mehr Footage von diesem Abend!

Nachricht senden

Ohne viele Worte kommen wir überein, dass wir mit dem Taxi zu mir fahren. Mein Hirn hat netterweise aus irgendwelchen Untiefen die Info hervorgekramt, dass Henry im Haus seines Vaters wohnt, und ich werde die WG höchstwahrscheinlich den Großteil der Nacht für mich allein haben. Lilli und Vincent übernachten lieber bei ihm, *weil die Wände schalldichter sind*. Dem Herrn sei gedankt für so viel Klarsicht. Und Hugo hat es sich zur Gewohnheit gemacht, für längere Zeit zu verschwinden, sobald Julien im Bild erscheint. Ich bin argwöhnisch und wittere, was bei den beiden läuft, auch wenn Hugo noch nicht mit mir darüber gesprochen hat. Ein Grafenerbe, der sich wegen seines erzkonservativen Vaters nicht outen kann, ist das eine, ein ebenso wenig geouteter prominenter Fußballprofi das andere. Diese Kombi könnte kompliziert werden und der Beschützerinstinkt gegenüber meinem besten Freund, der schon so viel Scheiße einstecken musste, rumort wie ein Monster in mir. Wenn er Hugo wehtut oder ihm diese Affäre das Herz bricht, werde ich Julien Gaspard in seine Einzelteile zerlegen. Und das hat absolut nichts mit der Tatsache zu tun, dass ich selbst mal ein Auge auf ihn geworfen habe. Mein Interesse an ihm ist oberflächlich gewesen und verflogen, nachdem ich bemerkt habe, dass er sich nicht zu Frauen hingezogen fühlt.

Die kurze Taxifahrt durchs nächtliche München zieht indes wie ein Rausch an mir vorbei. Gleichzeitig verlangt sie mir alle Selbstbeherrschung ab. Obwohl Henry und ich schweigend auf der Rückbank sitzen, ist sich jede Faser meines Körpers seiner Anwesenheit bewusst und summt wie unter elektrischer Spannung. Wie selbstverständlich liegt seine Hand auf meinem Oberschenkel; groß und mit diesen schlanken, feingliedrigen Fingern, von denen ich bereits weiß, welche Magie sie auf meiner Haut auslösen können. Dynamitfinger. Es sollte mich wirklich nicht so sehr anmachen, diese Hand auf meinem Bein zu sehen, ihren sicheren Griff zu spüren und mir vorzustellen, wo er mich sonst noch anfassen könnte. Deswegen halte ich stur den Blick auf die Kopfstütze vor mir gerichtet. Wenn ich Henry jetzt ansehe, lasse ich womöglich alle Zurückhaltung fallen und würde mich auf der Rückbank des Taxis auf ihn stürzen. Und das will ich dem armen Fahrer nicht antun. Wir sind nicht Blair und Chuck in dieser einen Folge *Gossip Girl*. Auch wenn es mir verdammt verlockend vorkommt, mich bei voller Fahrt abzuschnallen, auf Henrys Schoß zu klettern und zu sehen, wohin die Tattoos führen, die unter dem offenen Kragen seines Hemds hervorblitzen. Aber ich reiße mich zusammen. Noch ein kleines bisschen.

Ich will vor Erleichterung laut aufseufzen, als Henry und ich endlich vor meiner Haustür stehen und ich mit wild pochendem Herzen aufschließe. Schweigen knistert in der Luft, sobald wir das Haus betreten haben und ich den Lift rufe. Nur über meine Leiche laufe ich jetzt drei Stockwerke nach oben. Während wir warten, *bete* ich, dass sich die Stimmung zwischen uns nicht ändert, bis wir in der WG sind. Dass ich nicht die Wohnungstür öffne und wir uns *awkward* gegenüberstehen. Diese Gedanken verschwinden jedoch, als der Fahrstuhl ankommt und die Türen sanft aufgleiten. Henry lässt mir gentlemanlike den Vortritt und ich will mich zu ihm umdrehen, um meine Nerven zu beruhigen, indem ich ihn wegen seiner Manieren aufziehe, aber so weit komme ich nicht. Die Fahrstuhltüren schließen sich und Henry tritt von hinten an mich heran. So nah, dass es keinen Zentimeter Spielraum zwischen der verspiegelten Innenwand und seinem Körper gibt, mit dem er sich gegen mich drängt. Und Mamma mia, ich spüre jede Menge von ihm. Instinktiv wölbe ich den Rücken, schmiege meinen Po enger an seinen Schritt, womit ich ein heiseres Aufstöhnen ernte. Im Spiegel trifft sein glühender Blick meinen und die Art, wie er mich ansieht, so hungrig und ruchlos, lässt mich erschaudern. Das Beben jagt bis tief in meinen Unterleib, ein köstliches, warmes Ziehen, das nach mehr verlangt. Als hätte Henry es gespürt, schiebt er ein Bein zwischen meine, wodurch der Rock meiner Robe gefährlich hochrutscht, aber von mir aus könnte er mich auf der Stelle ausziehen. Der Druck seines Schenkels an meiner Mitte, das Pochen, das er auslöst, macht entschieden zu viel mit mir. Das hier ist schon jetzt so anders. Ganz neu, verglichen mit dem, was ich bisher gekannt habe. Ich mag Männer, ihre Körper und Berührungen und wie sich ihre Küsse anfühlen. Doch bisher hat es niemand geschafft, mich binnen kürzester Zeit an einen Punkt wie diesen zu bringen, mich zittrig und hungrig und *heiß* zu machen.

Henry beugt sich hinunter und streift meine langen schwarzen Haare beiseite, um Zugang zu meinem Hals zu bekommen, während er seine Hüften weiter gegen mich schmiegt. Die Berührung seiner Lippen an der empfindlichen Stelle unter meinem Ohr entlockt mir ein hingerissenes Keuchen, das in dem Moment zu einem Japsen wird, in dem er meine Haut zwischen die Zähne nimmt und kurz zukneift.

»Oh, *kurwa*!«, entfährt es mir ungeplant. Das sind Worte, die eigentlich in meinen Gedanken hätten bleiben sollen.

»Und was bedeutet *das*?« Henrys Stimme vibriert an meinem Hals, während er mich weiter küsst und an mir knabbert.

»Verfluchte Scheiße«, übersetze ich diesmal wahrheitsgemäß.

»Hm, davon will ich mehr hören.«

Ein ungläubiges Lachen entwischt mir, das an der Spiegelscheibe kondensiert. Er will ernsthaft, dass ich polnisch fluche? »Polnisch ist nicht unbedingt die heißeste Sprache.«

Da legt Henry eine Hand um meine Kehle, schiebt sie hoch, bis er mein Kinn umfasst und meinen Kopf so neigt, dass ich ihn im Spiegel ansehe. »Alles, was aus deinem Mund kommt, ist heiß, Princess. Und ich habe das Gefühl, dass ich etwas richtig mache, wenn ich dich dazu bringe, deine Muttersprache zu benutzen.«

Kurz geistert die Frage durch meinen Kopf, woher genau

er weiß, dass Polnisch meine Muttersprache ist, aber sie verflüchtigt sich, denn der Aufzug kommt auf unserer Etage an und wir steigen aus. Henry hat den Arm um meine Taille gelegt, als könnte er genauso wenig auf Körperkontakt verzichten wie ich. Erwartung und Hunger pulsieren durch meine Blutbahn und verdammt, jetzt habe ich sogar Probleme, den Schlüssel ins Schloss zu bekommen. Argh, ich mache so was doch nicht zum ersten Mal!

Henry gluckst dunkel und obwohl er amüsiert klingt, kommt der Laut nicht an ein Lachen heran. Irgendwie habe ich das Gefühl, dass er das selten macht; so richtig lachen.

»Kriegst du die Tür nicht auf? Von mir aus können wir auch im Treppenhaus bleiben oder zurück in den Aufzug …«

Entsetzt reiße ich die Augen auf und lasse den Schlüsselbund beinahe fallen. »Da gibt es garantiert eine Kamera!« Mir wird heiß und kalt, als mir bewusst wird, was die durchaus vorhandene Videoüberwachung im Lift bereits von uns aufgenommen haben könnte. Mir ist selten etwas peinlich, aber wenn ich mir vorstelle, dass irgendwelche Menschen in einer Sicherheitsfirma die Bänder checken und uns beim Rummachen sehen …

»Hey.« Henry legt eine Hand um die Faust, mit der ich die Schlüssel umklammere, und ich drehe ihm das Gesicht zu. »Das war nur ein Witz, weil ich dich heute Nacht ganz für mich allein haben möchte.« Er drückt einen Kuss neben meinen rechten Mundwinkel. Instinktiv neige ich mich ihm näher zu, denn mir wird klar, dass er bisher einen Bogen um meine Lippen gemacht hat. Und ich will ihn dort. Sehr, sehr dringend. »Außerdem wäre das vor der Tür nicht möglich. Das halbe Haus würde aufwachen.«

»Weil du zu laut wärst?«, frage ich unschuldig.

»Jetzt bist du diejenige, die große Töne spuckt.«

Ich recke mich auf die Zehenspitzen, als sein Mund meine Unterlippe berührt. Samtig und warm und viel zu flüchtig.

»Ich will nicht deine Schreie hören, ich will deine Flüche, Nova. Irgendetwas sagt mir, dass unter dieser Schale der piekfeinen Society-Prinzessin ein verdammt dreckiges Mundwerk lauert.«

Wenn er wüsste, wie wenig piekfein ich eigentlich bin …

Er neigt sich wieder zu mir, doch nun komme ich ihm entgegen und lege die andere Hand in seinen Nacken. Ich will diesen Kuss. Wie er mich von der ersten Sekunde an verbrennt, seine Lippen das flackernde Streichholz, das in mein Benzin fällt. Es fühlt sich auf merkwürdige Weise so an, als hätten wir nur aufeinander gewartet, um diese Kettenreaktion auszulösen. Perfekter Funke, perfekter Brennpunkt. Mir ist klar, dass wir nicht lange lodern werden, aber für den Moment verliere ich mich in unserem Inferno. In der Art, wie sich sein Mund an meinem bewegt, wie er schmeckt, welche Schockwellen es durch mein System schickt, wenn meine Zunge gegen seine streicht. Henry küsst mich, dass es mir durch Mark und Bein geht. Intensiv, aufmerksam – wie ein Dämon, der mir jedes meiner Laster von den Lippen stiehlt, um mir die perfekte Sünde zu kredenzen.

Ich bin so darin versunken, ihn zu küssen, zu brandschatzen und zu kosten, dass ich erschrecke, als der Schlüssel im Schloss klickt. Henry hat meine Hand gedreht, um aufzuschließen, und wir stolpern in die Diele. Drinnen drängt er mich prompt gegen die Wohnungstür, die etwas zu heftig zufällt, die Schlüssel klirren auf den Boden und Henry … verschlingt mich. Dass er mich für sich will und das nicht an einem Ort, an dem uns jemand stören könnte, ist nicht geblufft gewesen. Jetzt, in der Abgeschiedenheit der Wohnung, lässt er jede Zurückhaltung fallen – und ich liebe es. Wir sind schnell und wild und ich brenne lichterloh. Es würde mir überhaupt nichts ausmachen, wenn wir es gegen die Tür gelehnt tun würden.

Ein ungeduldiges Knurren kommt über seine Lippen, als er fieberhaft an den Seiten meines Kleids nach den Verschlüssen des Rückencolliers tastet und zunächst nicht dahinterkommt, wie sie zu öffnen sind. Aber dann hat er den Dreh raus und ich drücke den Rücken durch, um ihm den Zugang zu erleichtern, was mich gleichzeitig viel enger an ihn presst. Gott, sein Körper fühlt sich so hart und fest an, das genaue Gegenteil zu meinen weichen Kurven, die sich an den besten Stellen gegen ihn schmiegen.

Während Henry mich aus dem Schmuckstück schält, reiße ich ungeduldig an den Knöpfen seines Hemds und lege mit jedem entblößten Zentimeter Haut Tinte frei. Mit fiebrigen Lippen fahre ich über einen Schriftzug aus kantigen Buchstaben, der sich direkt unter seinen Schlüsselbeinen entlangzieht. Tattoo Nummer eins gekostet, *check*!

Wir sind ein Wirbelwind aus ungeduldigen Lauten und geknurrten Flüchen, aber dann hat Henry alle Verschlüsse des Colliers geöffnet. Das nicht unbeträchtliche Gewicht des Kleids verschwindet und er legt es überraschend sorgsam auf dem Ottoman neben dem Schuhregal ab.

»Dein Schlafzimmer. Jetzt.« Henrys samtiger Bariton lässt mich erschaudern und ich nehme ihn an der Hand, um ihn zu meiner Tür zu ziehen. Wir stolpern in den dunklen Raum und ehe ich mich's versehe, lande ich auf dem Bett. Ich strecke die Hand zur Lampe auf dem Nachtkästchen aus, weil ich Henry sehen *muss*, und *kurwa*! Das Licht geht an und da ist er, die Knie an den Rand meines Boxspringbetts gestützt, und zieht sich ungeduldig das Jackett aus. Dann das offene Hemd. Danach richtet er sich in einer geschmeidigen Bewegung auf, streift sich die Anzughose ab, und …

Für einen Augenblick erstirbt sogar meine innere Stimme, denn ich kann nichts weiter tun, als Henry in seinen Boxerbriefs anzustarren. Von meinem Verstand ist nichts außer einem seltsamen Vakuum übrig, durch das ein paar Fetzen polnischer Flüche geistert. Der Kerl ist ein Kunstwerk! Und damit meine ich nicht nur seine definierten Muskeln und die Andeutung eines Sixpacks, sondern vor allem seine Tattoos. Tintenbilder schlängeln sich verstreut von den Händen über die Unterarme hinauf zu den Schultern und die Brust. Auf den ersten Blick kann ich kein übergeordnetes Konzept hinter den Motiven erkennen, aber die wilde Mischung aus Symbolen und Schrift hat ihre eigene, perfekte Ästhetik. Er ist so sexy, dass mein Puls einen Zahn zulegt. Das hier ist echt und ich bin es, die er mit einem Ausdruck ansieht, als wollte er mich mit Haut und Haaren verschlingen. Als würde er mich genauso unwiderstehlich finden wie ich ihn und verdammt, das ist einfach nicht selbstverständlich.

Zumindest gibt es mir das nötige Selbstbewusstsein, mich aufzusetzen und hinter mich zu greifen, um den Reißverschluss an meinem Steiß zu öffnen. Das Oberteil gleitet nach unten, kühle Luft küsst meine Brüste und Henry hilft mir, den restlichen schweren Stoff der Robe abzustreifen. Dann die Feinstrumpfhose – mehr als die und einen String hat das Kleid nicht zugelassen, damit sich nichts abzeichnet. Jetzt bin ich quasi nackt vor ihm und egal, wie selbstbewusst ich sonst bin, das ist eine Challenge. Ist es irgendwie jedes

Mal. Mein Körper ist nie einfach nur ein Körper gewesen, sondern mit Erwartungen und Bullshit und Komplexen aufgeladen. Ganz ehrlich: Es ist scheiße schwer, zur High Society zu gehören und nicht gertenschlank zu sein. Weil das besonders in diesen Kreisen der glorifizierte Standard ist; etwas, worüber man sich definiert, wenn es nicht mehr ausreicht, es über die Dicke seines Geldbeutels zu tun. Viel zu oft habe ich sie über mich reden hören: *Ihre Mutter ist reich wie Krösus, warum ist ihre Tochter trotzdem fett? Sie kann sich jedes Fitnessprogramm, jede überteuerte Abspeckkur leisten. Sie soll mal was tun!* Nun, Geld *kann* einem bis zu einem gewissen Grad durchaus den perfekten Body kaufen, aber darum ging es mir nie. Besonders meine Mutter hat mir beigebracht, dass ich gut bin, genau so wie ich bin, und sollte mir nach einer Veränderung sein, muss der Impuls von mir kommen. Doch ganz gleich, mit wie viel Selbstbewusstsein und Liebe sie mich gefüttert haben mag: Wir alle haben unsere Schwachstellen, Makel und Unsicherheiten – selbst der perfekteste Mensch der Welt – und an manchen Tagen sind sie eben lauter. Ganz egal, was ich mir immer wieder sage oder wie ich mich nach außen gebe. Im Allgemeinen mag ich mich, wie ich bin, allerdings muss das nicht für den Rest gelten. Und obwohl ich mich bemühe, Meinungen von anderen an mir abprallen zu lassen, ist das bei Henry gerade nicht so leicht. Keine Ahnung, woher das plötzlich kommt, aber ich *will* ihm gefallen, genau so wie ich bin. Deshalb halte ich die Luft an, als er mich in Augenschein nimmt, den Blick über jeden Winkel von mir wandern lässt, während ich mich nicht verstecke. Speckrollen am Bauch, silbrig weiße Dehnungsstreifen an der Hüfte und Narben an den Brüsten inklusive. Doch an seinem Ausdruck ändert sich nichts; falls überhaupt möglich, wird das Lodern in seinen Augen nur heißer, als müsste er die Zähne zusammenbeißen, um sich zu zügeln.

»Du bist perfekt«, bringt er schließlich mit heiserer Stimme hervor, in der nichts als Aufrichtigkeit mitklingt.

Ein Lachen blubbert in mir hoch. »Ich bin vieles, aber sicherlich nicht perfekt.«

Henry beugt sich vor, die Arme neben meinen Schultern abgestützt, und ich bin ein bisschen abgelenkt davon, wie nah sein Mund vor meinem schwebt. »Dann muss ich dich vielleicht so lange vögeln, bis du es mir glaubst. Denn, Princess, ich bin so hart für dich, dass ich gleich explodiere.«

Ich muss schlucken, sehr angestrengt, und anstatt ihm mit Worten zu antworten, rutsche ich auf der Matratze nach hinten, um bequemer zu liegen. Er folgt mir, sein kräftiger, kunstvoller Körper über mir und um mich herum. Ein Beben läuft durch mein Inneres, bis tief in den Bauch, und ich will ihn mit einer Heftigkeit, die mir selbst ein wenig Angst macht. Wünsche mir Dinge, von denen ich eigentlich genau weiß, dass sie für mich unerreichbar sind. Aber ich werde alles genießen, was ich bekommen kann.

»Kondome sind im Nachtkästchen. Oberste Schublade«, hauche ich und winde mich aus dem String. Während er sich rüberbeugt, strecke ich die Hand aus und lege sie vorn an seine Shorts. *Rany boskie*, er hat wirklich nicht übertrieben, hart zu sein. Seine Erektion drängt gegen den schwarzen Stoff und ich fahre seine Länge hinauf, um zu checken, worauf ich mich gefasst machen kann. Eine ganze Menge, wie es scheint. Henry murmelt ein paar unverständliche englische Flüche, die Folienverpackung wird aufgerissen, ich ziehe seine Briefs runter und dann …

»Bist du bereit?« Henry verteilt Küsse auf meinen Brüsten, wandert nach oben und spricht gegen meine Haut, während er seinen Schwanz träge zwischen meinen Beinen reibt. Es ist Himmel und Hölle und wenn er nicht merkt, *wie bereit* ich bin, drehe ich durch. Nun gut, er besteht wohl darauf, es aus meinem Mund zu hören. Und vielleicht bin ich auch ein klein wenig perplex darüber, wie schnell ich an diesen Punkt gekommen bin, ohne ausgiebiges Vorspiel. Mein Körper scheint genau zu wissen, dass dies kein liebevoller Pärchensex wird, sondern eine einmalige Sache zwischen zwei Menschen, von denen zumindest einer alles tut, um sich von einem Abend voller Enttäuschungen abzulenken. Henrys Gründe sind mir relativ egal. Ihn danach zu fragen, würde die ungeschriebenen Grenzen eines One-Night-Stands überschreiten und darauf lege ich keinen Wert. Schnell und dreckig und dann *Adios, amigo.*

»So was von bereit«, bestätige ich schließlich und recke mich ein wenig, um seine Unterlippe zwischen die Zähne zu nehmen.

Henry packt meinen Oberschenkel, drückt meine Beine etwas weiter auseinander und schiebt sich dann vor. Ein prickelnder Funkenschauer rast mein Kreuz hinauf, als er in mich eindringt, und ich kann ein Keuchen nicht unterdrücken. Das fühlt sich beschissen gut an. Ich brauche einen Moment, um mich daran zu gewöhnen, wie sehr er mich ausfüllt, wie intensiv sich jede Bewegung in meinem Innern anfühlt, während er mit einem tastenden Rhythmus in mich stößt. Und dann schneller wird. Fester.

Keuchend und murmelnd gebe ich ihm zu verstehen, dass es mir gefällt, dass er genau so weitermachen soll, und Henry tut es. Ich habe mit allem gerechnet, nur nicht damit, dass ich so reagieren könnte. Mein Körper gehorcht mir nicht länger, mein Geist verpufft zu Wasserdampf, als Welle um Welle von süßer, heißer Lust in mir aufbrandet.

Wahrscheinlich zerkratze ich Henrys Rücken gerade mit meinen Nägeln, aber er wirkt nicht so, als würde es ihn kümmern, eher im Gegenteil. Er ächzt meinen Namen, legt den Kopf in den Nacken und die Bilder auf seiner Haut scheinen bei jeder Bewegung seiner Muskeln zu tanzen.

»So perfekt. *Bloody hell.*« Er beugt sich zu mir hinunter und ich lächele in den Kuss hinein, weil ich ihm nicht glauben kann. Auch wenn es schön wäre, wenn ich es könnte.

4
Henry

III. III. MCMLXX

Jesus fucking Christ. Ich vögele Nova Sobieska. Nova, der unerreichbare Traum von so ziemlich jedem Kerl in München, zerkratzt mir gerade mit den Nägeln den Rücken, während ihre Pussy mich bei jedem Stoß heiß umschließt. Verdammte Scheiße, ist das gut. Fest beiße ich die Zähne zusammen, versuche, mich zu beherrschen, an etwas zu denken, das mich davon ablenkt, wie perfekt sich jeder einzelne Zentimeter anfühlt, den mein Schwanz in sie hineingleitet. Feuchte Hitze, ihre Haut wie Samt unter meinen Fingern und ihre Stimme, die meinen Namen haucht. Ich muss langsamer machen, ernsthaft. Weil es noch nicht enden soll. Ich bin zweiundzwanzig, verdammt, keine sechzehn und halte länger als vier Minuten durch.

Keine Ahnung, wie ich klare Gedanken fassen oder überhaupt atmen kann, denn es fühlt sich so an, als stünde mein Hirn kurz davor, sich zu verflüssigen. Dabei will ich jeden Winkel von ihr berühren und küssen, jede sündige Kurve erforschen und mir Zeit lassen, aber fuck … Sie hebt ihr Becken, ihr aufgewühlter Atem ein heißer Kuss, dort, wo sie ihr Gesicht an meinen Hals presst. Gleich darauf stoße ich heftiger in sie, ein markerschütternder Rhythmus, der sie keuchen und wimmern lässt. Musik in meinen Ohren. Spiritus für meine Lust.

»Zeig's mir«, raune ich ihr zu, als ich spüre, dass ich es nicht mehr lange aushalten werde. »Zeig mir, wie du für mich kommst.«

Spannung jagt prompt durch ihren Körper, eine Schockwelle, bis in ihren Schoß, wo sie meinen Schwanz so tief in sich umfängt und zudrückt, bis ich das Gefühl bekomme, eine Faust würde ihn packen.

Haut klatscht auf Haut, die Sehnen an meinem Hals treten garantiert hervor, so fest beiße ich die Zähne zusammen. Ein aussichtsloser Kampf, um bei Sinnen zu bleiben, nur noch ein bisschen …

Nova stöhnt auf, der heißeste Laut der Welt, und ich werde mitgerissen. Von meinem Höhepunkt, der unaufhaltsam anschwillt und vom Steißbein aus nach oben steigt. Raserei. Das hier ist pure, unerbittliche Raserei und ich kann mich nicht länger gegen sie wehren. Nicht mehr langsam machen und den Moment hinauszögern, sondern sie so nehmen, wie es alles in mir verlangt. Schnell und hart und markerschütternd. Die Art, wie sie die Nägel in meine Schultern gräbt, sagt mir, dass sie es mag, dass sie selbst so kurz davor ist.

Und dann ändert sich alles.

Keine Ahnung, wie ich es bemerken kann, aber am Rande meines Bewusstseins fällt es mir auf. Nova zieht eine Show ab. Eben noch keuchend und bebend, vor Lust schaudernd, wechselt sie plötzlich in einen anderen Modus. Die Spannung in ihrem Innern wird weniger, sie wirft den Kopf ins Kissen, die Augen geschlossen und ihre Stimme ist so anders, als sie stöhnt: »O jaaaaa. Ja. Mhmmm.«

Ich bin mir ziemlich sicher, dass das Orgasmuslaute sein sollen. Orgasmuslaute einer Pornodarstellerin, an deren Klitoris drei Minuten von ihrem Drehpartner herumgerubbelt worden ist, als wollte er einen Rotweinfleck aus seinem Hemd bekommen. Sie spielt und wird dermaßen fake, dass sich mir die Nackenhaare aufstellen. Es fühlt sich so falsch an und ich will innehalten, um diesem Bullshit auf den Grund zu gehen, den sie vor einer Minute definitiv nicht nötig gehabt hat, aber *well* … ich komme. So richtig. Mein Körper hat die Kontrolle übernommen und ist nicht mehr zu stoppen, als ein *fucking* echter Höhepunkt mich überrollt. Einen kostbaren Augenblick lang ist dieses Gefühl – rauschhafte Euphorie und Lust – alles, was ich bin, und mein Geist verstummt. Die Dämonen, die mich in Novas Bett getrieben haben, verziehen sich und meine Muskeln werden zu Wachs. Ich weiß, dass dieser Zustand der Leichtigkeit nur kurz andauern wird. Spätestens morgen kriecht die Anspannung wie ein schleimiges, widerliches Ding zurück, das sich als Ballast auf meinen Magen legt und Schmerz verlangt. Es ist ein *fucking* anstrengender Balanceakt, diese Dunkelheit in mir so weit in Schach zu halten, dass ich nach außen hin normal wirke und sich niemand sorgt. Vögeln hilft, aber gerade vermiest es mir definitiv die Laune, dass ich allein einen Höhepunkt gehabt habe. Und ich weiß, Männer sind zu neunundneunzig Prozent ahnungslose Flachwichser, wenn es um die sexuellen Bedürfnisse von Frauen geht, allerdings bin ich mir sicher, dass Nova kurz davor war. *Das* konnte sie mir nicht vorspielen.

Ich verharre noch einen Moment, koste die letzten Nachbeben aus und rolle mich dann zur Seite. Einige Atemzüge lang liege ich schweigend neben Nova, starre an die Zimmerdecke und versuche, mein Gehirn auf Normalbetrieb zu bekommen. Die Stunden, seit sie sich zu mir an die Bar gesetzt hat, sind ein einziger Rausch aus Anziehung und Begehren gewesen und jetzt, da es vorbei ist, muss ich erst mal klarkommen. So muss sich ein kalter Entzug anfühlen.

Nova räkelt sich, streckt die Arme und gibt ein Seufzen von sich, als hätte sie eben die Ekstase schlechthin erlebt und wäre richtig satt und befriedigt. *Bullshit.*

Also drehe ich mich auf die Seite, stütze meinen Kopf auf den rechten Arm und sage beiläufig: »Hast du bei Typen sonst Erfolg damit?«

Nova richtet den Blick auf mich, ihre Lider auf halbmast und das Grau ihrer Augen ganz verhangen und warm. »Hm?«

Hitze ballt sich tief in meinem Bauch, als ich sie so betrachte. Nackt und wunderschön und mit einer verdächtig roten Stelle am Hals. *Shit*, da habe ich ihr wohl wie ein Teenie einen Knutschfleck verpasst. Aber ich habe einfach nicht widerstehen können. Ihre Haut ist so blass und fein und ein sicherlich problematischer, prähistorischer Teil von mir ist ziemlich zufrieden damit, eine Spur auf ihr hinterlassen zu haben.

Weil ich nicht anders kann, schnappe ich mir eine Strähne ihres seidigen schwarzen Haars und wickele sie mir um den Finger. Prompt tauchen Bilder vor meinem inneren Auge auf – wie ich mir mehr von diesem Haar um die Faust schlinge, Nova den Kopf zurückwirft und ich sie von hinten … Nope, ganz falsche Richtung! Eine zweite Runde kommt erst infrage, wenn ich weiß, warum sie mir etwas vorgespielt hat. Dabei geht es nicht um mein Ego, sondern um meinen Anspruch, beide Parteien im Bett glücklich zu machen. Ist immerhin Teamwork.

»Diese Show, die du abziehst«, sage ich und beobachte Nova ganz genau. »In der du so tust, als hättest du einen Höhepunkt.«

Alles Verschlafene verschwindet mit einem Schlag aus ihrem Gesicht und sie reißt die Augen auf. »Ich habe nicht …«

Mahnend lege ich ihr einen Finger auf die Lippen. »Bist du dir sicher, dass du diesen Satz beenden willst, Princess?« Ich liebe das temperamentvolle Aufblitzen in ihren Augen, wenn ich sie so nenne. Nova zu reizen, kommt mir in etwa so ungefährlich vor, wie einen dösenden Tiger mit einem Stock zu piksen, aber ich kann es nicht sein lassen.

Schließlich schiebt sie meine Hand von ihrem Mund und seufzt unzufrieden. »Woran hast du es erkannt?« Sie wirkt nicht beschämt, sondern eher … beleidigt. Als hätte ich sie in ihrer Ehre gekränkt, indem ich ihre kleine Showeinlage durchschaut habe. Hm.

»Weil du ungefähr so authentisch geklungen hast wie Heidi Klums Lachen.«

Pikiert zieht Nova die Nase kraus. »Ein schmeichelhafterer Vergleich ist dir nicht eingefallen?«

»Für einen gefakten Orgasmus? Wohl kaum.«

Erneut seufzt sie. »Ich hatte Spaß, nimm es nicht persönlich.«

Es nicht persönlich nehmen? Entschuldigung, aber *what the fuck*? »Habe ich etwas falsch gemacht?«

Nova wirkt regelrecht verdutzt. »Nein, wirklich nicht, Henry! Ach verdammt, tut mir leid, normalerweise muss ich nie solche Gespräche führen.«

Ich verzichte auf die Frage, mit welchen Schnarchnasen,

die fake und echt anscheinend nicht unterscheiden können, sie davor im Bett war. Allein, wie sich ihre Tonlage verändert hat … So offensichtlich!

Nova streckt die Hand aus und streicht über ein Tattoo, das sich an der Innenseite meines rechten Unterarms entlangzieht. »Das sind römische Zahlen, nicht wahr? Sieht nach einem Datum aus. Mann, es ist verdammt lange her, dass ich das in der Schule gelernt habe. Diese ersten Striche stehen für eine Drei …«

Mit meiner Linken schnappe ich mir ihre wandernde Hand, weil mich ihre Berührung zu sehr ablenkt. »Weich dem Thema nicht aus.«

Nova schnauft unzufrieden. »Was willst du groß darüber reden? Ich habe dir doch gesagt, dass es nicht an dir liegt. Solltest du nicht glücklich und zufrieden sein und drauf scheißen, was mit mir ist?«

Again, mit welchen Vollpfosten hat sie es bisher zu tun gehabt?

So gut es geht, wenn man auf der Seite liegt und sich dabei auf einen Arm stützt, zucke ich mit den Schultern. Einem Teil von mir ist klar, dass es mir eigentlich nicht zusteht, so penetrant zu stochern. Das hier ist einmalig, ich gehe nicht davon aus, dass es sich wiederholen wird, weshalb es mir egal sein könnte. Aber das ist es eben nicht. Vielleicht, weil es mich reizt, Novas widerspenstige Verteidigungshaltung zu durchbrechen. Oder weil da immer noch dieses Prickeln auf meiner Kopfhaut ist, das ich schon so lange nicht mehr gespürt habe. Eine Mischung aus wohligem Kribbeln und etwas anderem, etwas Dunklerem. Es fühlt sich an, als würde tief in mir, in einer verschlossenen Ecke, die seit Jahren kein Licht mehr gesehen hat, gezupft.

Ihre bloße Anwesenheit ein Funke, der sich in meine Untiefen verirrt hat und dort für Unruhe sorgt. Eigentlich sollte es mir Unbehagen verursachen, doch wie soll ich mich etwas entziehen, wenn es sich so verführerisch und angenehm anfühlt? Genau deswegen verweile ich und studiere sie weiter.

Sie ist eine weiße Leinwand, die sich mit jeder Minute weiter mit Farbflecken füllt. Nova, mein ganz persönliches Malen-nach-Zahlen. Auf mich wirkt sie wie eine Frau, die genau weiß, was sie will, und nicht davor zurückscheut, es sich zu nehmen. Und sich auch nicht mit weniger als einhundert Prozent zufriedengibt. Dass sie im Bett halbe Sachen macht, wäre mir nie in den Sinn gekommen, und ich kann das einfach nicht so stehen lassen. Denn entgegen ihrer Behauptung glaube ich sehr wohl, dass ich es besser hätte machen können, wenn sie mir nur das richtige Feedback gegeben hätte.

Also rolle ich mich kurzerhand über sie, die Hände neben ihren Kopf gestützt, und zwinge sie, meinem Blick standzuhalten. »Ich kann hier nicht rausgehen, ohne zu wissen, warum ich dich nicht zum Kommen gebracht habe. Das hat meine Quote ruiniert!«

»Du hast eine Orgasmusquote?«

»War mir bis eben auch nicht bewusst, aber ja! Ich habe hart daran gearbeitet, dass sie bei einhundert Prozent liegt, und dann kommst du und … und …«

»Besitze die Frechheit, dir und deinem Quotenpenis die Tour zu vermiesen?«

»Mir ist das ernst!«

»Oh, um Himmels willen.« Nova verdreht die Augen. »Soll ich dir so was wie ein Arbeitszeugnis schreiben, das du deinem nächsten Hook-up vorlegen kannst, damit du dich besser fühlst? *Henry Saint Clair demonstrierte seine liebhaberischen Fähigkeiten zur vollsten Zufriedenheit; sein letzter Fick endete leider nur mit einem Höhepunkt für die Beteiligten, da Nova Sobieska, Mandlstraße Drölf in München, keine Orgasmen bekommt!*«

Es dauert eine Weile, bis ich mich durch die Unmengen Sarkasmus gefiltert habe, in denen sie ihre Worte ertränkt, doch dann runzele ich argwöhnisch die Brauen. »Was soll das heißen, du bekommst keine …«

»Ich hatte beim Sex noch nie einen Höhepunkt, funktioniert einfach nicht bei mir. Und wenn du denkst, du könntest die große Ausnahme sein, Fehlanzeige. Es klappt nicht, außer ich mache es mir allein, und ich bin fein damit. Also sei kein übergriffiger Arsch und gib dich mit dieser Antwort zufrieden, Fake-Orgasmus-Sherlock.«

Diese Offenbarung macht mich so baff, dass mir kurz die Arme einzuknicken drohen. Sie sieht definitiv nicht glücklich darüber aus, dass ihr dieses Detail herausgerutscht ist, und ich kann es nicht so ganz fassen. Ich habe es komplett auf mich bezogen, dachte, ich hätte etwas falsch gemacht oder ihr den Moment versaut. Ohne dass ich etwas dagegen tun kann, braut sich hinter meiner Verwunderung Neugier zusammen. Und ein gewisser Ehrgeiz.

»Denk gar nicht erst dran. Ich werde nicht dein Orgasmus-Testobjekt, damit du dir selbst etwas beweisen kannst.« Nova beobachtet mich aus schmalen Augen, als könnte sie mir jeden Gedanken vom Gesicht ablesen, und ich fühle mich ein wenig ertappt. Dann drückt sie mit erstaunlicher Kraft die Hände flach auf meine Brust und schubst mich von sich. Federnd lande ich auf dem Rücken neben ihr.

Über das Rascheln des Bettzeugs hinweg murmelt sie: »*Do diabła*, so sollte das nicht laufen.«

Und da ich heute sämtliche Grenzen übertrete, tue ich gar nicht so, als hätte ich sie nicht verstanden. »Was meinst du?«

Nova wirft mir einen fuchsigen Seitenblick zu. »Alles hier! Es gibt ungeschriebene Regeln für unverbindlichen Sex und wir halten uns an keine einzige. Ich hätte dich längst rausschmeißen sollen.«

Um mein Amüsement zu überspielen, ziehe ich einen Schmollmund. »Keine Sorge, bleibt alles unter uns. Und ich habe die Message verstanden.« Es ist eh höchste Zeit. Mit mehr Widerwillen, als es der Situation angemessen wäre, klettere ich aus dem Bett und bücke mich, um meine verstreuten Klamotten aufzusammeln.

Während ich mich anziehe, spüre ich ganz deutlich, wie Nova jede meiner Bewegungen verfolgt. Aus dem Augenwinkel sehe ich, wie sie den Mund öffnet, als wollte sie etwas sagen – mich vielleicht zum Bleiben einladen? –, aber kein Laut kommt über ihre Lippen. Und darüber bin ich *nicht* enttäuscht. Denn sie hat recht. Wir haben ungeschriebene Grenzen übertreten und ich muss wirklich neben mir stehen, dass ich dabei mitgemacht habe und es mir gefallen hat. Fuck, hätte sie nicht die Bremse gezogen, hätte ich mich womöglich dazu hinreißen lassen, Dinge von mir preiszugeben, weil meine Abwehr nicht so stark ist wie sonst. Weil heute ein *fucking* beschissener Tag ist, den Nova für wenige Stunden besser gemacht hat. Wahrscheinlich kann ich deshalb nicht verhindern, was ich als Nächstes tue. Zurück in meinem knittrigen Hemd und der Smokinghose, die klamm und steif sind und nach einem Henry riechen, der nicht geahnt hat, wie unglaublich fantastisch sich Novas nackter

Körper unter seinem anfühlen würde, gehe ich neben ihrem Bett in die Hocke. Es ist eins dieser hohen Boxspring-Teile, wodurch ich mit Nova auf Augenhöhe bin, die sich auf die Seite gedreht hat und meinen Blick mit unlesbarem Ausdruck erwidert.

»Du hast mir ein Geheimnis von dir gegeben, da ist es nur fair, wenn ich das Gleiche tue.« Innerlich schmunzele ich, als sich ihre Lippen verblüfft teilen, während ich den Hemdsärmel an meinem rechten Arm hinaufschiebe und die Tätowierung mit den römischen Ziffern freilege, die sie vorhin untersucht hat. Ich glaube nicht an Schicksal, aber dass sie sich von allen Motiven auf meiner Haut ausgerechnet dieses ausgesucht hat? Zufall. Und obwohl es mir schwerfällt, werde ich es tun, damit sie nicht die Einzige von uns ist, die sich heute Nacht verletzlich gemacht hat. Instinktiv spüre ich, dass sie jemand ist, der dahin gehend ein Gleichgewicht braucht.

»Du hattest recht, dass es ein Datum ist.« Mit dem Daumen streiche ich die dunkle Tinte entlang, die über die sichtbaren Venen bis zu den durchschimmernden Adern an meinem Handgelenk verläuft. An manchen Tagen, wie heute, habe ich das Gefühl, dieses Tattoo würde nicht aus Farbpigmenten, sondern aus Blei bestehen und meinen Arm nach unten ziehen. »03.03.« Langsam fahre ich die senkrechten Linien nach. Es ist Einbildung, aber die Stelle fühlt sich noch immer wund an, als wäre das Tattoo frisch gestochen.

Novas Augen weiten sich, als ihr klar wird, dass es das heutige Datum ist. Der dritte März, in diesem Jahr der Rosenmontag.

»Und dahinter der Jahrgang, 1970.« Meine Finger verdecken die Jahreszahl beinahe und meine Stimme wird rau wie Schleifpapier. »Das ist das Geburtsdatum meiner Mutter.«

Heute ist ihr Geburtstag und ich bin schon den ganzen Tag über fast an dieser Tatsache erstickt. Ich will nicht daran denken, kann mich nicht damit auseinandersetzen, und doch sucht mich dieser Tag jedes Jahr aufs Neue heim. Dieses Tattoo war ein jämmerlicher Versuch, mich zu desensibilisieren. Irgendwie habe ich gedacht, wenn ich es nur immer wieder sehe, würde es mich nicht so hart treffen. Aber es ist der dritte März und ich bin schier zugrunde gegangen. Bis Nova gekommen ist und mich eine köstliche Weile von meiner Dunkelheit aus Kummer und Selbsthass befreit hat.

»Danke, dass du diesen beschissenen Tag besser gemacht hast.«

5

Nova

@muenchner_kindel

Alle lieben Maskenbälle! Die Dekadenz, das Mysterium … Nun, wir müssen zugeben, dass Verkleidungen eure liebsten Klatschtanten vor einige Schwierigkeiten stellen. WIE SOLL MAN ALL DIE SKANDALNUDELN MIT MASKIERUNG AUSEINANDERHALTEN? @supernova hat sich selbstverständlich direkt verraten, da sie – *surprise* – mal wieder mit mehr Glitzer als ein Christbaum behängt gewesen ist. Doch mit welchen Typen hat sie angebandelt? Und mit wem ist @julien_gaspard_official noch vor Mitternacht in seine Limousine gehüpft, um in die Nacht zu brausen? Wer auch immer die Glückliche gewesen ist, wir sind neidisch!

Nachricht senden

Als ich am nächsten Morgen aufwache und mir die Schlafmaske vom Gesicht schiebe, ist Henry zwar schon lange gegangen, aber ganz verschwunden ist er nicht. Bereits in dem Moment, als ich in die Helligkeit des Zimmers blinzele, sind die Bilder von letzter Nacht zurück. Der Klang seiner Stimme, die Wärme seiner Haut … sein verdammter Geruch, der an meiner Bettwäsche haftet.

Es ist ein Fehler gewesen, ihn mit nach Hause genommen zu haben, nicht wahr? Es *muss* ein Fehler gewesen sein, wenn ich mich nach dem Schlafen so durcheinander fühle. *Er hätte mir das über sein Tattoo nicht erzählen dürfen*, schießt es mir grummelig durch den Kopf. *Es hätte mir nicht schmeicheln, sondern mich verärgern müssen, weil er mich offensichtlich benutzt hat.* Stattdessen denke ich ununterbrochen über den Kummer in seinen Augen nach, als er mir das Geburtsdatum seiner Mutter auf seiner Haut gezeigt und mir dafür gedankt hat, seinen beschissenen Tag besser gemacht zu haben. Was nie meine Aufgabe gewesen ist, richtig? Wenn überhaupt, haben wir uns gegenseitig benutzt. Ich, um mich von meinen Männerfang-Enttäuschungen abzulenken, er ... Nun ja, welche *Issues* er auch immer mit seiner Mutter hat. Dafür kenne ich mich zu wenig mit den Saint Clairs aus. Will ich auch gar nicht. Weil es einmalig gewesen ist. Und er nichts mehr in meinem Kopf zu suchen hat!

Genervt von mir selbst rolle ich mich zur Seite und stoße im nächsten Moment einen spitzen Schrei aus, der mir prompt peinlich ist. Aber ich bin nicht wie erwartet allein im Bett. *Kurwa*, wie konnte ich nur so sehr in meine Gedanken vertieft gewesen sein, dass ich nicht mitbekommen habe, dass Hugo es sich neben mir gemütlich gemacht hat? Er lehnt in aller Seelenruhe am gepolsterten Kopfteil, in einem übergroßen Shirt einer Metalband, das ich noch nie an ihm gesehen habe, und balanciert eine randvolle Schüssel Birchermüsli auf dem Schoß. Hugo mampft sein Frühstück in *meinem Bett* und ich habe es nicht direkt bemerkt? *Cholera jasna*, Henry muss mir ernsthaft einen Teil des Hirns weggevögelt haben.

»Du hast zehn Sekunden, um dich und deinen eingeweichten Haferkleister aus meiner handgewebten Schweizer-Manufaktur-Bettwäsche zu entfernen«, fauche ich. Hugo sollte es eigentlich besser wissen. Lilli lässt es ihm vielleicht durchgehen, dass er bei ihr in die Federn kriecht, aber bei aller Freundschaft, ich brauche meinen Freiraum!

Gespielt beleidigt schiebt Hugo die Unterlippe vor. »Andere Kerle lässt du in dein Bett und mich nicht? Unfair!«

Hat er …? Mein Blick aus schmalen Augen trifft seinen und der süffisante Ausdruck, den ich in ihm erkenne, sagt mir alles, was ich wissen muss. Natürlich, in dieser WG bleibt nichts geheim und es überrascht mich nicht wirklich, dass Hugo bemerkt hat, was ich letzte Nacht getrieben habe.

»Du solltest leere Kondompackungen vom Boden aufheben, wenn du etwas geheim halten willst.« Argh, na klar. Nachdem Henry gegangen ist, habe ich mich unter der Decke verkrochen und definitiv nicht mehr an die Verpackung gedacht. Nachlässig.

»Um auf dein Gejammer zurückzukommen«, schnappe ich. »In dieses Bett dürfen genau die Art Kerle, die erledigen, weshalb sie hier sind, und dann verschwinden. Und mir nicht mit Haferflockengrütze zu nahe kommen.«

Hugo grinst. »Jaja, wir wissen beide, auf welche Art von Grütze du es abgeseh…«

»Beende diesen Satz und ich erwürge dich!« Ich schnappe mir ein Zierkissen und haue ihm damit auf den Kopf. Lachend weicht mir Hugo aus, woraufhin zwei Blaubeeren aus seiner Schüssel auf mich zurollen und auf ihrem Weg eine rötliche Beerensaftspur auf meiner elfenbeinfarbenen Seidenwebwäsche hinterlassen. Er ist so gut wie tot. Und wird mein Schlafzimmer nach diesem Morgen nie wieder betreten!

»Auf einer Skala von *Drei-Minuten-rein-raus-was-du-bist-nicht-gekommen?* bis Pete Davidson – wie war es? Müssen wir Ringe shoppen gehen?«

Irritiert ziehe ich die Brauen hoch. »Pete Davidson?«

»Dieser Typ«, erklärt Hugo mit Besserwissermiene, »*muss*

einfach ein Sexgott sein. Ich *judge* niemanden nach Äußerlichkeiten, aber …«

»Alles, was nach einem *Aber* kommt, ruiniert die Behauptung davor.«

Hugo zuckt bloß mit den Schultern und sammelt die geflüchteten Beeren ein. »Er ist trotzdem der Maßstab. Also?«

Ich setze mich im Bett auf, damit wir auf Augenhöhe sind, und ziehe unter der Decke die Knie an meine Brust. »Keine Ringe. Und das stand gestern auch nicht zur Debatte. Er war … eine Ablenkung. Ophthalmologen sind bei mir durchgefallen.«

Dafür ernte ich ein teilnahmsvolles Seufzen. »Ach, Maus. Ich habe dir doch schon gesagt, dass du nach den falschen Kriterien vorgehst. Nur weil sie nicht dein Geld wollen, heißt das nicht, dass sie die Richtigen für dich sind. Du hast mehr verdient als das, wonach du Ausschau hältst.«

Stur schiebe ich die Unterlippe vor. »Komm mir nicht wieder mit dem Gesetz der Anziehung oder so einem Quatsch.« Er faselt ständig davon, dass ich bloß anziehe, was ich ausstrahle, und diagnostiziert mir dabei jedes Mal eine tief sitzende Kernskepsis gegenüber der Liebe, die ich eigentlich suche. Ich habe aufgegeben, ihm erklären zu wollen, dass Liebe nichts wert ist, wenn sie dazu führt, dass man am Ende ausgesaugt stehen gelassen wird. Was ich will, ist jemand, der mir Stabilität und Verlässlichkeit gibt, jemand, der mein Ruhepol ist.

»Und der Kerl gestern?« Nachdenklich rührt Hugo in seinem zäh-klebrigen Müsli. »Steht er nicht weiter zur Debatte? Nicht böse gemeint, aber hast du an Silvester nicht verkündet, dich fortan ausschließlich auf Ernsthaftes einzulassen?«

Möglich, dass ich das zum Jahreswechsel unter dem Einfluss von einem oder dreizehn Gläsern Champagner lautstark verkündet habe. »Wofür sind Neujahrsvorsätze gut, wenn nicht dafür, sie zu brechen?«

Dafür ernte ich ein pikiertes Schnauben. »Also reden wir nicht weiter über ihn?«

»Nope.«

»Ist jetzt der richtige Zeitpunkt, um dir zu sagen, dass er dir ein Andenken hinterlassen hat?«

»Was?«

»Da ist ein ganz prächtiger Knutschfleck an deinem Hals. Sicher, dass er volljährig war?«

Ich scheiß drauf, Henry nicht mehr sehen zu wollen, und werde. Diesen. Mistkerl. Umbringen! Ist er von allen guten Geistern verlassen?

Auf der Suche nach einer passenden Erwiderung mustere ich meinen besten Freund und da fällt mir etwas auf. Apropos Knutschfleck. Keine Ahnung, wie mein Hals aussieht, aber da lugen verdächtige lilarote Verfärbungen unter dem Kragen seines Shirts hervor, direkt oberhalb seines Schlüsselbeins! Ein Shirt, das definitiv *nicht* Hugo gehört. Er würde eher tot umfallen, als – ich versuche, den verzerrten Namenszug der Band auf seiner Brust zu entziffern – Slayer zu hören.

Mir ist klar, dass das Lächeln, das sich auf meinem Gesicht ausbreitet, zuckersüß und fies ist. »Scheint, als wäre ich nicht die Einzige, die gestern über die Stränge geschlagen hat?«

Kurz wirkt Hugo verwirrt, dann schießt ihm Röte in die Wangen und er zieht den Kopf ein. »Also, Supernova, ich wollte dir das wirklich schon lange sagen, nur ist es verdammt kompliziert und ich habe nie den richtigen Zeitpunkt gefunden, um…«

»Mir zu erzählen, dass du was mit Julien Gaspard am Laufen hast?« Gott, ich bin so erleichtert über diese Kehrtwende des Gesprächsthemas! Weit, weit weg von mir und meinen Eskapaden.

Hugo rollen beinahe die Augen aus den Höhlen. »Woher … Wie?«

»Keine Sorge, Außenstehenden fällt es garantiert nicht auf, aber ich kenne dich, seit wir Windeln trugen, und ich sehe doch, wie du dich in seiner Gegenwart verhältst.«

Mit einem abgrundtiefen Stöhnen reibt er sich übers Gesicht. »Du bist nicht sauer, weil du zuerst ein Auge auf ihn geworfen hast?«

»Was? Nein! Hast du es mir deshalb so lange nicht erzählt? Julien hat mir direkt signalisiert, dass er kein Interesse an mir hat, und damit war die Sache für mich erledigt. Ich freue mich für dich, auch …« Ich stocke, da ich fürchte, zu weit zu gehen – für Taktgefühl bin ich nicht bekannt.

Hugo schüttelt nur den Kopf. »Auch wenn du dir Sorgen machst, weil wir nicht geoutet sind und er in der Öffentlichkeit steht?«

Ich nicke, ausnahmsweise mal kleinlaut.

»Es ist hart, Nova, richtig hart. Wir haben beide eine Scheißangst und kommen dennoch nicht voneinander los. Jules macht die Sache mehr zu schaffen als mir und wir haben keine andere Wahl, als … uns unbeobachtet zu treffen.«

»Kann ich irgendetwas tun?«

Die Lippen zu einer grimmigen Linie gepresst schüttelt er den Kopf. »Tut mir leid, dass ich es dir nicht früher gesagt habe.«

»Mach dir keine Gedanken, ich verstehe das. Immerhin

bin ich nicht die einfühlsamste Freundin. Ich hätte es mir selbst auch nicht direkt erzählt.«

Jetzt sieht Hugo regelrecht wütend aus. »Hör auf mit so einem Unfug! Gerade dafür lieben wir dich. Wir alle brauchen eine Nova in unserem Leben, die jeden Bullshit durchschaut und uns im Ernstfall die Köpfe zurechtrückt. Ich war einfach ein Schisser.«

Darum bemüht, die Stimmung aufzulockern, knuffe ich ihn in die Seite. »Die nächsten Tage werden wir wohl Knutschfleck-Buddys sein. Ich leihe dir gern eins meiner *Hermès*-Tücher zum Kaschieren.«

Dann verfallen wir in geselliges Schweigen, während Hugo sein Müsli löffelt und ich mein Handy vom Boden neben dem Bett angele, wo es seit gestern liegt, nachdem es aus der Rocktasche meiner Robe gefallen ist. Der Akku ist inzwischen leer und ich stecke es ans Ladekabel am Nachttisch.

»Ich würde übrigens Insta meiden, außer du willst dir die Laune vermiesen lassen«, bemerkt Hugo über das Kratzen seines Löffels in der Schüssel hinweg.

Sofort bin ich ganz Ohr. Und auf der Hut. Wenn er das *so* sagt, kann das nur eines bedeuten.

»Du kannst echt *verdammt* froh sein, dass das gestern ein Maskenball gewesen ist und die Lichtverhältnisse im Saal so schlecht, dass dein Begleiter nicht identifiziert werden konnte. *Muenchner_kindel* hat euch nämlich auf der Tanzfläche und beim Gehen gespottet.«

Trotz der schlechten Vorahnung klappt mir die Kinnlade herunter. Haben sie nicht! Mist, Mist, Mist. Dieser lästige Gossip-Instagram-Account, dessen anonyme Betreiber es einfach nicht lassen können, unser Leben auf Schritt und Tritt zu verfolgen, und aus allem einen Skandal schustern wollen. Die genügend kriecherische Wiesel haben, die sie munter mit Möchtegern-Paparazzishots versorgen.

Mein Handy braucht deutlich zu lang, um hochzufahren, sodass ich ungeduldig mit den Nägeln auf der transparenten Hülle trommele.

»Wie gesagt, die Aufnahmen sind nicht gut genug, um mehr zu erkennen, als dass es ein Mann war. Wobei mich schon interessieren würde …«

Hugos Stimme tritt in den Hintergrund, als ich endlich die Pin eingebe und gleich darauf all die Nachrichten der letzten Stunden einprasseln. Und ich vergesse Instagram und *muenchner_kindel* in dem Moment, in dem ich einen Namen über meinen jüngsten WhatsApp-Mitteilungen sehe: Eduard Bornkamp.

Mein Vater.

Er schreibt mir nur sporadisch und ruft noch seltener an. Und obwohl ich mich früher nach jeder Meldung von ihm gesehnt habe, lösen seine Nachrichten inzwischen das genaue Gegenteil aus. Unwohlsein, gedrückte Stimmung, Ernüchterung. Irgendwann bin ich erwachsen geworden und habe erkannt, dass er nicht wie der Weihnachtsmann ist, von dem man einmal im Jahr hört, weil er am Nordpol lebt und in seiner magischen Fabrik Geschenke produziert. Ich bekomme nicht mehr, da ich seine uneheliche Tochter bin, die auf seiner Prioritätenliste irgendwo zwischen Steuererklärung und Nasenhaarentfernung steht. Keine geborene Bornkamp, sondern eine Sobieska, die seine Standards nie erfüllen wird. Trotzdem kann ich ihn nicht ignorieren. Das Kind in mir hungert zu sehr nach den Krumen der Aufmerksamkeit, und als ich seine Nachrichten öffne, rutscht mir das Herz beinahe bis in die Tiefgarage unseres Wohnhauses.

Eduard Bornkamp
Guten Morgen, Nova! Ich hatte meine Sekretärin gebeten, sich bei dir zu melden, aber sie konnte dich nicht erreichen und meinte, du hättest vielleicht ihre Nummer blockiert?

Schon diese erste Textblase genügt, um meinen Puls in die Höhe zu treiben. Er wundert sich, dass ich Yua blockiert habe? Ernsthaft? Ich habe es einfach nicht mehr ertragen, dass mich die Frau in seinem Namen zum Geburtstag anruft oder für ihn SMS schickt, wenn er mal wieder versäumt hat, ein Treffen abzusagen. Mit vor Wut bebenden Nasenflügeln lese ich weiter.

Eduard Bornkamp
Nun, ich bin davon ausgegangen, dass sich um die Angelegenheit gekümmert worden sei, und habe nicht mehr daran gedacht, sonst hättest du früher davon erfahren 😉 In der Hoffnung, dass du mich nicht auch blockiert hast: Ab dem 6. März werde ich für längere Zeit in München sein, da wir an zwei größeren Übernahmen vor Ort arbeiten.

Eduard Bornkamp
Ich freue mich darauf, dich in den nächsten Monaten regelmäßiger zu sehen und mehr an deinem Leben teilhaben zu können. Am Donnerstagvormittag geht der Flug von Hamburg aus und ich könnte bis mittags in der Stadt sein. Es wäre schön, dich an deinem Arbeitsplatz für einen Lunch abzuholen?

Wie paralysiert starre ich seine Nachrichten an. Lese sie immer und immer wieder, weil ich nicht ganz glauben kann, was in ihnen steht. Papa kommt nach München? Für längere Zeit? UM MEHR AN MEINEM LEBEN TEILZUHABEN?

Scheiße. Verdammte, verfluchte Scheiße. Kalter Schweiß bricht mir aus jeder Pore und für einen Moment fühlt es sich so an, als würde sich das Zimmer um mich herum drehen. *Atmen, Nova, atmen.*

Mit bebenden Händen halte ich Hugo das Display hin. »Schau dir das bitte an und sag mir, dass ich nicht fantasiere. Steht da wirklich, dass Eduard Bornkamp nach München kommt?«

Die Augen leicht zusammengekniffen, weil er eigentlich auf eine Brille angewiesen ist, überfliegt Hugo die Nachrichten. »Nun ja. Genau das steht da. Ich weiß, du bist nicht sein größter Fan, aber warum siehst du aus, als würdest du vor Panik gleich in Ohnmacht fallen?«

»Weil«, meine Stimme klingt wie ein kraftloses Krächzen, »ich ihm in letzter Zeit womöglich nicht ganz die Wahrheit über mein sogenanntes Leben erzählt habe und jetzt so richtig in der Scheiße sitze.«

6

Henry

»Zum allerletzten Mal, nein! Wir werden diesen Münchner Kinderhaufen *nicht* als Quelle bei unseren Berichterstattungen verwenden!« Die Stimme unseres Chefredakteurs Udo überschlägt sich polternd, während er Gift und Galle auf Yasin aus dem Lifestyleressort niedergehen lässt. Meine Hand, in der ich einen Kuli halte, kommt zum Stillstand. Seit Beginn des täglichen Redaktionsmeetings vor etwa einer halben Stunde habe ich gedankenlos Spiralen und Muster auf einen Notizblock gekritzelt.

Yasin schrumpft auf seinem Stuhl merklich in sich zusammen, scheint aber noch nicht bereit, sich von Udos Geschrei unterkriegen zu lassen. Keine Ahnung, ob ich ihn für mutig oder lebensmüde halten soll. Der Kuli nimmt die Bewegung wieder auf, fast so, als geschehe es ohne mein Zutun. Linie um verschlungene Linie.

»Ich meine, dass wir uns ziemlich viel entgehen lassen, wenn wir Accounts wie *muenchner_kindel* nicht berücksichtigen. Sie sind näher dran am Münchner Boulevard und hatten oft den richtigen Riecher. Wie letzten November, als sie den Ministerpräsidenten mit dieser anderen Frau gespottet haben …« Doch Yasin kann nicht ausreden. Udo explodiert wie ein rohes Ei, das in eine Mikrowelle gesteckt worden ist.

»Hast du eine Ahnung, wie schnell wir eine Klage am Hals haben, wenn wir uns an deren Spekulationen beteiligen? Nichts davon sind gesicherte Belege, rein gar nichts.« Spucketröpfchen fliegen durch die Luft und ich muss dem Drang widerstehen, meinen Block wie einen Schutzschild vor mich zu halten. »In diesem Haus arbeiten wir nach traditionellen, journalistischen Werten und verwursten keinen Klatsch aus den sozialen Netzwerken, um eine Headline zu bekommen! Zefix, bin ich nur von unprofessionellen Leuchten umgeben?« Udo blickt mit zornigen eisblauen Augen rings um den Konferenztisch, das Gesicht knallrot angelaufen, der Hemdkragen buchstäblich kurz vorm Platzen. Wenn ich mich nicht täusche, beschlagen sogar die Gläser seiner klobigen Designer-Hornbrille von innen. So läuft es in der Redaktion der *Münchner Allgemeinen Tageszeitung* in jeder verfickten Redaktionssitzung. Je nach Tagesform macht Udo alle oder handverlesene Opfer zur Schnecke, beschwert sich über unser journalistisches Unvermögen und tut sich die restliche Zeit selbst leid, weil niemand sein Genie würdigt. Aus jeder Pore dringt diesem Mann der Frust darüber, bei einer mittelgroßen Tageszeitung in München gelandet zu sein, anstatt bei einem renommierteren Blatt in Hamburg oder Berlin. *Willkommen im Club, Buddy, ich dachte auch, das* New York Magazine *würde mich nehmen, und schau, wo wir jetzt sind.*

Während viele in der Runde betreten die Köpfe einziehen, fällt es mir leichter, die Verbalattacken abprallen zu lassen. Ich bin durch die Edgar-Saint-Clair-Schule gegangen. Mein Dad kann ein Choleriker erster Güte sein, emotional explosiv und unbeherrscht, und ich habe mit der Zeit die Kunst gemeistert, ein Schatten zu werden. Oder vielleicht bin ich das schon immer gewesen. Jemand, der in Vergessenheit gerät, wenn er sich nur lange genug in einer Ecke versteckt. Leise, ungesehen, verstummt. Schatten sind durchlässig, verletzende Worte und Beleidigungen prallen nicht an ihnen ab, sondern gleiten durch sie hindurch. An guten Tagen habe ich nichts in mir, das getroffen werden könnte. Heute allerdings … horche ich nicht zum ersten Mal in mich hinein und verziehe die Mundwinkel unzufrieden nach unten. Da ist entschieden zu viel in mir und ich kenne den Grund dafür: Nova Sobieska. Es ärgert mich, wie hartnäckig sie mich seit dem Aufwachen verfolgt. Warum kann mein Geist nicht einen Haken hinter sie setzen? Aufreißen, vögeln, weiterziehen. Doch Nova spukt unaufhörlich durch meine Gedanken; ihre Haut, die mir wie eine Leinwand vorgekommen ist, die nach einem Maler schreit; der Geschmack ihrer Halsbeuge; die verflucht kluge und beängstigende Art, mit der sie mich aus ihren grauen Schlafzimmeraugen angesehen hat. Ihr Eingeständnis, aufgrund dessen ich mit meinem eigenen herausgeplatzt bin. Ich habe ihren Hals malträtiert, in dem vollen Bewusstsein, einen kindischen Knutschfleck zu verursachen, weil ein Teil von mir unbedingt eine Spur auf ihr hinterlassen wollte. Stattdessen haftet sie an mir. Macht, dass meine Hände ruhelos sind und ein elektrisches Kribbeln bis in meine Fingerspitzen schießt. Selbst wenn ich wollte, könnte ich nicht aufhören, den Kuli zu bewegen, der kritzelt und kritzelt und kritzelt. So was ist mir noch nie passiert und es jagt mir eine Scheißangst ein. Ich will nicht, dass an diesem weggeschlossenen Teil meiner Selbst jemals wieder gerührt wird, und doch explodieren ohne meine Kontrolle Farben vor meinem inneren Auge. *Novas Farben.* Rabenschwarz, Kirschrot, Silbergrau, Elfenbein. Eine Schneewittchen-Farbpalette für eine Frau, die nicht Prinzessin genannt werden will. Es gruselt mich, dass ich überhaupt den Drang gehabt habe, ihr einen Spitznamen zu verpassen, und wie sehr es mich freut, dass sie ihn hasst. Emotionen sind etwas, das ich mir häufig verbiete. Ich schiebe sie weg, bevor sie zu heftig werden. Sie jedoch an anderen zu sehen … ist erhebend. Und Nova hat eine Bandbreite von Gefühlen und ausdrucksstarken Regungen, die mich angezogen haben wie eine Motte das Licht. Nova *ist* Emotion und ein unvernünftiger Teil von mir will mehr davon haben. Aber das wird nicht passieren. Ich gehe keine Beziehungen ein, bin ich nie. Dafür bin ich zum Experten in losen, einmaligen Verhältnissen geworden. Das ist mein *Modus Operandi* und er wird nicht gestört. Niemals. Auch nicht von ihr. Weshalb ich mich dagegen behaupten muss und meine *fucking* Hand endlich aufhören …

»Hannes!«, dröhnt Udos Stimme durch den Raum.

Ertappt, weil ich seit schätzungsweise fünfzehn Minuten nicht mehr zugehört habe, reiße ich den Kopf hoch. Jep, Udo ist eines dieser unkreativen Arschlöcher, die sich die Namen ihrer Mitmenschen nicht merken können, sobald sie außergewöhnlicher als Lisa und Michael sind. Stattdessen verpasst er ihnen wahllos andere. Egal, wie oft ich ihn korrigiert habe, ich bin Hannes. Dabei kann ich froh sein, dass bei mir zumindest der Anfangsbuchstabe übereinstimmt – Kyra aus dem Sportressort hat *Ursula* abbekommen. Weiß der Geier, warum.

»Mir ist klar, dass das hier alles furchtbar belastend und langweilig für dich sein muss, weil deine Generation lieber auf die Straße geht, um für eine Zehn-Stunden-Woche bei voller Bezahlung zu demonstrieren, als die Arschbacken zusammenzukneifen. Aber würdest du, wenn du mit deinem Tagebucheintrag fertig bist«, vielsagend beäugt er meinen vollgeschmierten Block, »die Güte besitzen, nicht nur körperlich bei diesem Meeting anwesend zu sein? Ich rede mit dir.«

Wohl wissend, dass alles außer einem knappen Nicken nicht erwünscht ist, verkneife ich mir eine Erwiderung.

Udo reibt sich entnervt über die Glatze, als wäre er derjenige, der sich mit einem Haufen emotional instabiler Tyrannen herumschlagen muss. »Wie ich eben meinte: Wir sind gestern nicht mehr dazu gekommen, aber du musst die Abteilung wechseln.«

Augenblicklich sitze ich kerzengerade auf meinem Stuhl. Ich muss was? Als Volontär ist es vorgesehen, dass ich alle zwei bis vier Monate in einem anderen Bereich eingesetzt werde, um sämtliche Spektren der journalistischen Arbeit in einer Tageszeitung kennenzulernen. Allerdings bin ich vor nicht einmal fünf Wochen vom Sport in den Wirtschaftsteil gewechselt und habe mich gerade erst so richtig dort eingearbeitet. Auf schräge Art und Weise könnte man behaupten, dass ich so etwas wie Spaß daran finde, über Unternehmensfusionen oder Steuerpolitik zu berichten. Ich habe sogar mit dem Gedanken gespielt, mich zukünftig auf dieses Thema zu spezialisieren – Businessnews sind so trocken, dass sie jegliche Kreativität im Keim ersticken, und genau das will ich.

Udo scheint von meinem Entsetzen nichts mitzubekommen oder es ist ihm, was ich für wahrscheinlicher halte, herzlich egal. »Wir brauchen dich im Kulturteil dringender. Ingo ist erkrankt und fällt einige Wochen aus. Er hat sich … was noch mal eingefangen?« Während er so tut, als würde er sein Hirn nach der Erinnerung durchforsten, die es nie langfristig in seinen Hippocampus geschafft hat, wedelt er mit der Hand durch die Luft.

»Ein Nierentumor«, antwortet Yasin mit versteinerter Miene. »*Igor* hat einen Nierentumor.«

»Ah ja!« Udo schnipst mit dem Finger. »Danke, Jakob. Wie dem auch sei, auf die Schnelle finden wir keinen besseren Ersatz, also wirst du zunächst im Kulturressort sein, Hannes.«

Nicht. Sein. Ernst. Mir ist klar, dass nicht ich darüber entscheide, in welcher Abteilung ich eingesetzt werde, aber ich bin davon ausgegangen, dass ich mich irgendwie um den Kulturteil drücken könnte. Er bringt mich viel zu nah an einen Aspekt meines Lebens, mit dem ich nie wieder in Berührung kommen möchte. Der ohnehin aufmuckt, seit Nova mich gestern Nacht auf den Kopf gestellt hat.

Bitte lasst mich über Theateraufführungen schreiben, bete ich stumm. *Oder Buchvorstellungen. Oder gebt mir eine Kinokolumne. Ich würde sogar mit Freuden über Kleintanzgruppen in Altenheimen berichten. Nur nicht …*

»Dein erstes großes To-do ist ein Pressetermin am Freitag im Auktionshaus Herzog am Max-Joseph-Platz. Sie eröffnen eine Sonderausstellung über ein Sammlerehepaar aus New York, das einen Teil ihrer Collection verkaufen wird und bla blaaa blubb.«

… etwas im Bereich Kunst.

Verdammter Mist! Auktionshaus. Kunst. Und ich soll dahin. Unwillkürlich rast mein Herz in dreifacher Geschwindigkeit und mir wird eng. In meinem schwarzen Pullover und in mir selbst. Ich will mit dieser Welt – in welcher Ausprägung auch immer – nichts mehr zu tun haben. Es ist schwer genug, dass meine Familie eine Kunstgalerie besitzt und ich mich dadurch nicht so konsequent fernhalten kann, wie ich es gern würde. Allein die Vorstellung, mich bei Herzog Auktionen unters Publikum zu mischen, bereitet mir Übelkeit. Falls mich jemand erkennt … jemand das Gespräch mit mir sucht und stochert. Über *früher* reden möchte oder meine Familie. *Ich* habe das alles hinter mir gelassen, aber die wenigsten Außenstehenden wollen das akzeptieren. Sie haben entweder Mitleid oder sind bestürzt oder wollen wissen, ob ich noch male. Oder erzählen mir, welche Schande es doch sei, was mit mir passiert ist. *Stellt euch vor, ich habe es am eigenen Leib erfahren, anders als ihr. Es ist nicht nur eine Schande, sondern eine fucking Hölle, die ich auch heute am Arsch kleben habe.* Zu allem Überfluss ist mein Bruder seit letztem Jahr mit Lilli Herzog zusammen, die den Laden eines Tages erben wird. Alle in der Kunstbubble kennen Vincent, er geht ständig bei Herzog ein und aus und wir sehen uns verflixt ähnlich. Wenn sie wissen, wer er ist, werden sie auch mich erkennen.

»Muss ich … wirklich?« In dem Moment, als diese drei Wörter beinahe panisch meinen Mund verlassen, spüre ich ganz genau, wie alle am Tisch den Atem anhalten. Eine kollektive Habachtstellung legt sich über unsere Runde, deren Hauptaugenmerk Udo ist. Bei der *Münchner Allgemeinen* gibt es ungeschriebene Überlebensregeln und die erste lautet: Widersprich nie dem Chefredakteur. Kyra wirft mir einen mitleidigen Blick zu und überlegt wahrscheinlich, wie sie die Kollegen von den Anzeigen *last minute* dazu bringen kann, eine Trauer-Annonce für mich zu schalten, weil ich diesen Konferenztisch garantiert nicht in einem Stück verlassen werde. *Fuck it*, lieber lasse ich mir den Arsch aufreißen, als widerstandslos nachzugeben.

Udo faltet bedächtig die Hände unter dem Kinn und studiert mich mit einer Ruhe, die mir eine ganz andere Art von eisigem Schauer über den Rücken laufen lässt. Wenn er schreit, ist alles im grünen Bereich, aber wenn er so still wird … Ich hätte mein Testament aufsetzen sollen. Ist noch genug Zeit, um dem Notar der Familie zu mailen, dass Vincent alles bekommen soll?

»Dort drüben ist die Tür.«

Mein Mund klappt auf. »Wie bitte?«

Ungeduldig nickt Udo in Richtung der angelehnten Milchglastür. »Da geht's raus, na los. Vielleicht findest du im Jobcenter jemanden, der sich dafür interessiert, dass der feine Herr keinen *Bock* hat oder was auch immer in deiner verweichlichten Gen-Z-Birne vor sich geht, dass du denkst, du hättest in diesem Laden eine Wahl.« Seine Stimme hebt sich, gewinnt an Schärfe, und jetzt stützt er sich mit den flachen Händen auf die Tischplatte und funkelt mich an wie ein wütender Bulle. »Ich habe die Schnauze voll von Leuten wie dir, die jeden beschissenen Task erst mit ihrer emotionalen Aura abgleichen müssen oder *sich heute einfach nicht danach fühlen, Interviews zu führen*. Du bist ein Niemand und hast dich gefälligst zu bedanken, wenn ich dir die Aufgabe eines gestandenen Mitarbeiters übertrage, für die dich dein Mittelklasse-Bachelor von der Fernuni garantiert nicht qualifiziert. Solltest du noch einmal einer Arbeitsanweisung von mir widersprechen, bist du raus hier. Haben wir uns verstanden?«

Ich spiele mit dem Gedanken, einfach zu gehen. Ernsthaft. Egal, was Udo von mir denken mag, niemand sollte es sich bieten lassen müssen, so behandelt zu werden. Gleichzeitig weiß ich, warum ich sitzen bleibe – genau wie der Rest in dieser Redaktion. Der Arbeitsmarkt für Journalisten ist verdammt hart, ein Volontariat zu finden, noch viel härter, und ich habe schon über die Hälfte davon geschafft. Zehn von fünfzehn Monaten liegen hinter mir und wenn ich jetzt das Handtuch werfe … So bitter es ist: Ich brauche diese Stelle, also erwidere ich seinen Blick und nicke. Nicht kleinlaut oder verschüchtert, denn dafür fehlt mir schlicht der Nerv, sondern nehme einmal mehr mein Schicksal an. Nicht, weil ich es gern tue, sondern weil mir keine andere Wahl bleibt. Ich werde diesen Termin bei Herzog Auktionen hinter mich bringen und dann innerhalb des Kulturressorts vorsichtig die Fühler danach ausstrecken, inwieweit ich der Kunst aus dem Weg gehen kann.

Udo grummelt irgendetwas über *verweichlichte Arbeitsmoral* in sich hinein, während ich wieder auf meinen Notizblock sehe. Und komplett erstarre. Keine Ahnung, wie ich es nicht bewusst mitbekommen konnte, aber ich habe nicht nur gedankenlos gekritzelt. Sondern gezeichnet. Ätzende Galle schießt meine Kehle hoch, als sich mein Magen unter dieser Erkenntnis schmerzhaft verkrampft. Ich zeichne nicht. Nicht mehr. Und doch sind da keine willkürlichen Kritzeleien auf dem Karoblatt vor mir. Line Art. In einer einzigen geschmeidigen Linie habe ich Körper gemalt, einen nach dem anderen in unterschiedlichsten Posen. Die üppigen, sinnlichen Umrisse einer Frau.

Nova.

Fuck it.

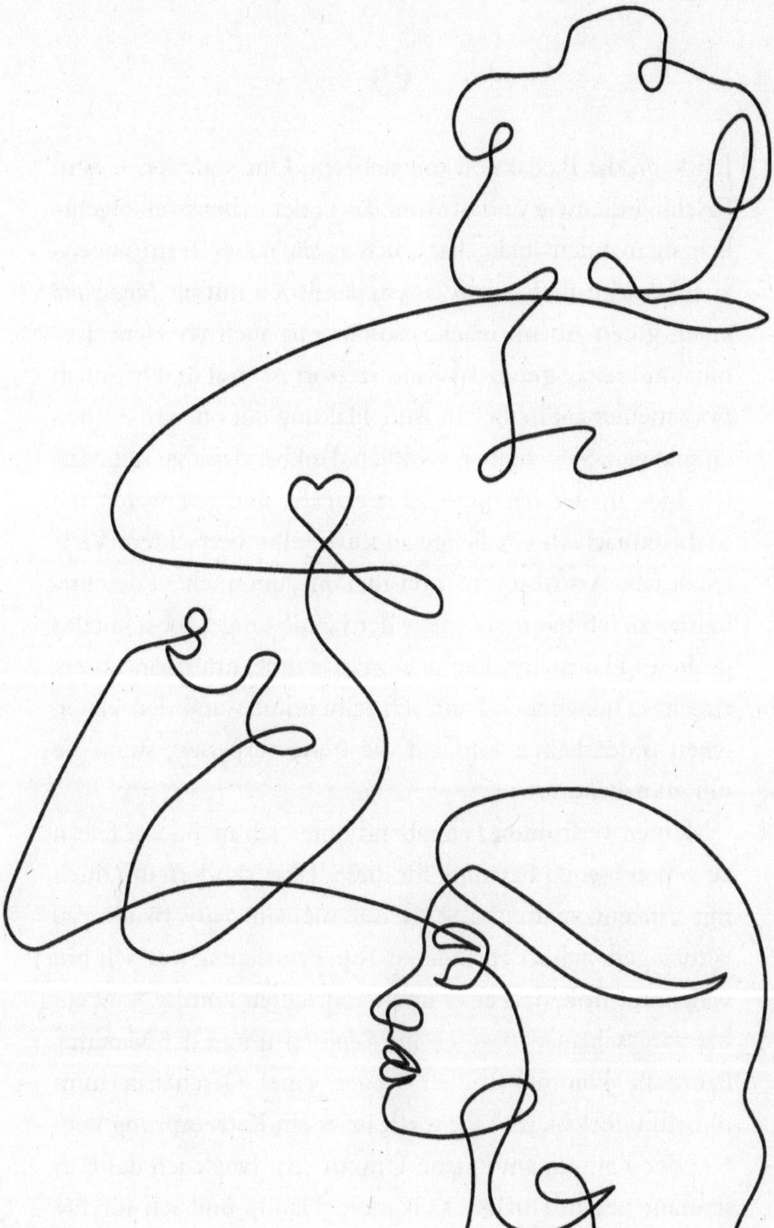

Ich kann die Redaktion um siebzehn Uhr verlassen – es ist Faschingsdienstag und obwohl das in der Arbeitswelt eigentlich niemanden juckt, hat mich mein neues Team augenzwinkernd früher gehen lassen, damit ich mir als *Jungspund* einen guten Abend mache. Sosehr mir auch vor dem Termin am Freitag graut, das Kulturressort ist cool und hat mich trotz meiner anfänglichen Anti-Haltung mit offenen Armen empfangen. Sie scheinen wirklich dankbar dafür zu sein, dass ich Igor in der nächsten Zeit ersetze, und ich werde die Sache einfach als Challenge an mich selbst betrachten. Vielleicht eine Art Konfrontationstherapie, um mich zu desensibilisieren. Ich bin nicht mehr der kleine Junge, der schutzlos in dieses Haifischbecken geworfen wurde, um darin unterzugehen. Inzwischen kann ich schwimmen und den Haien einen ordentlichen Tritt auf die Nase verpassen, wenn sie mir zu nahekommen.

Meinen verfrühten Feierabend nutze ich nicht, um feiern zu gehen (genug Fasching für dieses Jahr), sondern um mich mit Vincent zu treffen. Zeit mit meinem *busy* Bruder zu verbringen, gehört zu meinen Top-Prioritäten, und ich bin verdammt froh, dass er es heute einrichten konnte. Vincent hat vorgeschlagen, dass ich ins *Schwarzreiter* an der Maximilianstraße komme, weil er wegen eines Geschäftstermins ohnehin dort ist, und für mich ist es ein Katzensprung vom Sitz der Zeitung am Isartor. Unmittelbar bevor ich das Restaurant betrete, meldet sich mein Handy und ich fürchte kurz, es könnte Vinnie sein, der mir absagt, doch es ist nur eine Nachricht von Dad. Einer seiner halbherzigen Versuche, Normalität zu heucheln, indem er mich nach meinem Tag fragt. In letzter Zeit macht er das häufiger, aber ich ignoriere die meisten Mitteilungen oder reagiere einsilbig. Unsere Fronten sind geklärt, er muss echt nicht vorgeben, als würde er sich kümmern.

Gedanken an Dad beiseiteschiebend drücke ich die Tür zum *Schwarzreiter* auf. Der Laden ist nobel und ich fühle mich wie immer etwas fehl am Platz, als ich mich am Eingang bei der Hostess vorstelle und erkläre, zu wem ich gehöre. Inzwischen bin ich Reaktionen wie ihre gewohnt. Wie ihr Blick kurz und kritisch über mich huscht, wie sie die Tattoos an meinen Händen und meinem Hals bemerkt, meinen schwarzen *Fjällräven*-Rucksack, den ich lässig über einer Schulter trage, die Silberringe an meinen Fingern. Das Lächeln der Hostess bleibt professionell höflich, doch sie und ich wissen beide, dass ich nicht hier reinpasse. Im Gegensatz zu Vincent. Er sitzt in einem dreiteiligen dunkelblauen Anzug mit Einstecktuch an einem Ecktisch zwischen eleganten Säulen, holzvertäfelten Decken und Designer-Interieur, als würde er genau dort hingehören. Vor ihm stehen leere Kaffeetassen und er ist so sehr in sein iPad vertieft, dass er unser Kommen zunächst nicht bemerkt.

»Ihr nächster Gast, Herr Saint Clair?«, spricht ihn die Hostess an und Vincent hebt den Blick. Als er mich hinter der Frau erkennt, springt er auf und zieht mich in eine enge Umarmung. Nicht nur ein halbherziger Kumpel-Check, bei dem man sich auf halbem Weg einen Arm um den Rücken legt und einander kurz abklopft, sondern genau die Art von festem Drücker, den ich nach einem Tag wie diesem brauche. Ich bin so gar nicht der Bussi-Bussi-Typ, gehe Berührungen von anderen im Alltag so gut wie möglich aus dem Weg, aber meinen Bruder möchte ich jedes Mal fest an mich ziehen. Wie um mich zu vergewissern, dass er echt ist und kein Produkt meiner Fantasie. Rührt vielleicht von der Zeit her, die ich ohne ihn im Internat in London verbringen musste, bevor ich alt genug war, um nach Eton zu wechseln. Beschissene, dunkle drei Jahre, die ich am liebsten für immer aus meinen Erinnerungen radieren würde.

Auch Vincent unterzieht mich einem kurzen, prüfenden Check. Nur kratzt er nicht an meiner Oberfläche wie die Hostess, sondern mustert mich mit Kennerblick. »Du siehst blass aus. Schläfst du genug?«

Ah, da haben wir es; Glucken-Vinnie ganz in seinem Element. Was mir mein Leben lang an hegenden, pflegenden Elternfiguren gefehlt hat, macht mein Bruder mit seiner Fürsorglichkeit spielend dreifach wett. Er überlässt mir den bequemen Platz auf der gepolsterten Bank und setzt sich, die Beine elegant überschlagen, auf den Stuhl mir gegenüber. Seine Aufmerksamkeit ruht weiterhin allein auf mir und er scheint die Hostess gar nicht wahrzunehmen, die eilends das benutzte Geschirr abräumt.

»Nun?«, bohrt er nach, wie immer nicht gewillt, mich vom Haken zu lassen, ehe ich ihm glaubwürdig versichert habe, dass es mir gut geht.

Geräuschvoll stoße ich den Atem durch die Nase aus. Die Sache ist die: Ich stehe meinem Bruder näher als irgendjemandem sonst und doch kann ich nicht immer ehrlich zu ihm sein. Aus genannten Gründen. Mir ist überaus bewusst, wie viel er bereits für mich geopfert hat. Ohne meinen Bruder hätte ich meine Kindheit und Jugend nicht durchgestanden und ein ganzes Leben würde nicht ausreichen, um ihm meine Dankbarkeit auszudrücken. Dafür, dass er da gewesen ist, mich gegen Dinge abgeschirmt hat, bevor ich an ihnen zugrunde gehen konnte, und mir gleichzeitig nie das Gefühl gegeben hat, schwach zu sein. Er schützt mich nicht, weil er denkt, ich würde nicht damit zurechtkommen, sondern weil er weiß, was mich zerstören kann. Keine Ahnung, ob es einen besseren Menschen gibt als ihn.

Die meiste Zeit meines Lebens war er alles für mich – Mutter, Vater, bester Freund, Ratgeber, sicherer Hafen – und hat dafür seine eigene Unbeschwertheit eingebüßt. Würde ich ihn fragen, würde er garantiert sagen, dass ich nicht übertreiben soll und er es immer wieder so machen würde. Doch inzwischen fühle ich mich schuldig. Kinder sollten nicht so viel Verantwortung für ihre Geschwister übernehmen müssen, auch wenn ich weiß, dass wir beide nichts dafürkönnen.

Aber Vincent kann nicht weiterhin die starke Schulter sein, auf der ich meinen ganzen Ballast ablade, um es mir leichter zu machen. Ich muss selbst lernen, damit umzugehen, was im Umkehrschluss bedeutet, dass ich dazu übergegangen bin, mehr für mich zu behalten. Vielleicht macht mich das zum Lügner, doch ich weiß zu gut, wie Vince funktioniert. Sollte er wittern, dass mich etwas belastet, will er mir helfen und lässt alles stehen und liegen. Macht es zu einem Großteil zu seinem Problem. Was nicht mehr geht. Er hat einen verantwortungsvollen Job; inzwischen führt er den Münchner Standort von Saint Clair Fine Art, der Kunstgalerie unserer Familie, quasi im Alleingang und hat eine Freundin. Lilli ist mega, allerdings bezweifle ich, dass sie es auf lange Sicht cool fände, wenn ihr Partner ständig von seinem kleinen Bruder vereinnahmt wird. Vincent hat andere Prioritäten, die seine volle Aufmerksamkeit erfordern, und weil er nicht aus seiner Haut kann, übernehme ich es, ihn von meinen Zipperlein fernzuhalten.

Weswegen ich schließlich flapsig sage: »Wir waren gestern feiern oder hast du einen Filmriss? *Selbstverständlich* sehe ich nicht ausgeschlafen aus.«

Wie erhofft wandern seine Mundwinkel nach oben und seine Miene entspannt sich.

»Außerdem habe ich einen Tag in Büroräumen ohne natürliche Lichtquelle hinter mir, statt wie du erst zu Nachmittagsterminen in einem Schnöselschuppen wie diesem anzutanzen.«

Prompt wird mir eine Speisekarte vor die Nase gehalten und als ich aufsehe, treffe ich den pikierten Blick eines Kellners, der meinen Schnöselschuppen-Kommentar garantiert gehört hat. Und mich mit einem Ausdruck mustert, als würde er mich am liebsten am Kragen packen und aus seinem Etablissement befördern.

Vincent versteckt ein Lachen hinter einem Hüsteln und bestellt eilends Wasser und eine *safe* überteuerte Flasche Weißwein – zweifelsohne, um den Mann direkt zu besänftigen. »Man könnte meinen, du wärst mit alledem hier nicht aufgewachsen.« Mit einer raumgreifenden Geste deutet Vincent rings um sich und schließt damit die High Society der Stadt ein.

»Ich habe einfach den Respekt vor ihnen verloren, nachdem sie angefangen haben, mich für mein Aussehen zu verurteilen. Habe keinen Bock auf Leute, die aus ihrer Vorstellung von Konformität heraus über andere *judgen* und letztlich bloß oberflächliche Arschlöcher mit Kohle sind.«

Und zack, bringt der Kellner die Getränke und schnappt eine weitere meiner brillanten Verlautbarungen auf. Bilde ich es mir ein oder hält er den Blick starr auf mich gerichtet, während er den spitzen Widerhaken des Flaschenöffners in den Korken treibt? Stellt er sich vor, es wäre meine Schädeldecke?

Vincent bekommt einen Schluck zum Probieren angeboten, kostet den Wein, akzeptiert ihn mit einem freundlichen Nicken und sagt dann zu mir: »Du weißt, dass keiner von *uns* so denkt.« Mit *uns* meint er zweifelsohne seine engste Freundesgruppe, bestehend aus seinen Mitbewohnern Julien, Luis und Simon und dazu Lilli, Hugo und Nova. Nova … Gottverdammt. Was sie von meinem Äußeren hält, hat sie mir gestern unmissverständlich gezeigt. Ihre rauchige Stimme klingt noch immer in meinen Ohren nach, als sie meinte, jedes einzelne meiner Tattoos mit der Zunge nachfahren zu wollen. Jammerschade, dass sie nicht dazu gekommen ist, diesen Vorsatz ganz durchzuziehen, aber … Stopp, es war nur ein One-Night-Stand und sämtliche Gedanken an sie sollten längst aus meinem Bewusstsein verschwunden sein.

»Weiß ich doch«, lenke ich mit einem lockeren Lächeln ein. Vinnies Freunde sind nicht wirklich das Problem, wobei es für mich minimal ungemütlich ist, dass Nova zu dieser Gruppe gehört. *Hättest du das Denken gestern nicht deinem Schwanz überlassen, wäre dir das aufgefallen, bevor ihr im Bett gelandet seid.* Ach Schnauze, innere Stimme.

Ich senke den Blick zu meinen Händen, die auf dem blütenweißen Stofftischtuch liegen. Gedankenverloren reibe ich über ein Bild an meiner rechten Hand, direkt unterhalb des Daumens: ein Pinguin, der eine Fliege trägt. Mein Tattoo für Vincent. Jeder, der davon hört, dass ich ihm einen ulkigen, tapsigen Vogel gewidmet habe, lacht sich erst mal schlapp, aber für mich steckt Bedeutung dahinter. Nicht nur, dass mein Bruder förmlich in Anzügen und Fracks lebt und Pinguine durch ihre Farben so aussehen, als würden sie einen Smoking tragen, sondern auch die Tatsache, wie treu sorgend und loyal diese Tiere untereinander sind. Sie gehen lebenslange Partnerschaften ein, kümmern sich aufopferungsvoll um ihren Nachwuchs, und wenn's drauf ankommt, kämpfen sie bis aufs Blut.

Ich bemerke, wie Vincent ebenfalls auf den Pinguin sieht und lächelt. Er hat das Motiv und meine Begründung dahinter schon immer toll gefunden und seine Meinung ist die einzige, die zählt. Sein Blick wandert weiter meinen Arm hoch und ich weiß genau, dass er checkt, ob ich mir etwas Neues habe stechen lassen. Nicht, dass mein Pullover viel preisgeben würde, doch in manchen Dingen ist er wie ein Vater, der sich über die Eskapaden der Jugend den Kopf zerbricht. Ich weiß noch genau, wie seine Lider gezuckt haben, als ich mit einem frisch gestochenen Schriftzug über den Schlüsselbeinen von einem Kurztrip nach London zurückgekehrt bin (von den drei Ohrlöchern, in denen ich in unregelmäßigen Abständen Schmuck trage, gar nicht erst angefangen). Genau das, worüber ich mich gerade beschwert habe, hat ihn bei jedem neuen Tattoo aus Sorge die Stirn runzeln lassen – die Reaktion der anderen. Dass ich Motiv um Motiv weniger ins Bild unserer Welt passe und ausgegrenzt werden könnte. Nun, ich verrate ihm nicht, dass mir genau das bestens in den Kram passt. Je mehr mich *die Leute* meiden und mir aus dem Weg gehen, desto besser für mich. Ich bin erst am Ziel, wenn nichts mehr von dem Jungen, den sie damals zu kennen, zu *besitzen*, glaubten, in mir übrig ist.

Vincent räuspert sich. »Ich wollte vorhin eigentlich fragen, wie's dir wegen gestern geht.« Seine Finger, die nie stillhalten, fummeln emsig an seinen Manschettenknöpfen herum und er muss nichts weiter sagen. Wir reden nicht länger über kurze Nächte und Kater, sondern über ihren Geburtstag.

Die ersten Schlucke Wein, die mein Inneres eben mit angenehmer Wärme erfüllt haben, verwandeln sich zu Säure in meiner Magengrube. Dunkelheit wallt mit betäubender Schwere in mir auf, wie zähflüssige Tinte, die meine Adern verstopft. Tinte, die vor so langer Zeit jede Farbe in mir verschluckt hat und stetig einen immer tieferen Abgrund in mich höhlt. Früher ist jeder meiner Atemzüge bunt gewesen, angereichert mit Formen und Schattierungen und den schier unendlichen Möglichkeiten, diese auf Papier zu bringen. Oder auf Leinwand oder Servietten oder meine eigenen Unterarme. Jedes Medium ist mir recht gewesen, solange ich ausdrücken konnte, welches Spektakel in mir geblüht hat. Früher ist Malen wie eine Erleichterung gewesen, heute erstickt mich ausweglose Tuscheschwarz.

Als Vincent merkt, dass ich nicht von allein zu reden beginnen werde, verschränkt er die Hände unter dem Kinn und sieht mit beinahe perfekt kontrollierter Miene gen Decke. »Lilli meinte, es wäre eine gute Idee, auf den Medizinerball zu gehen, deswegen habe ich dich überredet mitzukommen. Ich dachte, es wäre eine geeignete Ablenkung, und nun habe ich das Gefühl, als würden wir uns bloß etwas vormachen. Der Schmerz kommt jedes Jahr, fuck, das ist gelogen. Er ist jeden einzelnen Tag bei uns, aber er lässt sich besser verdrängen, wenn nicht gerade ihr Geburtstag ist.«

Oder Weihnachten oder Ostern oder ein gottverdammter Mittwoch im August. Für mich macht es letztlich keinen Unterschied, doch das muss Vincent nicht wissen. Wie sehr mich die Scheiße jede wache Sekunde belastet und wie schlecht ich darin bin, *irgendetwas* zu verdrängen. Um ihm das Gefühl zu vermitteln, mich am Gespräch zu beteiligen, gebe ich ein Brummen von mir, das Zustimmung ausdrücken soll.

»Ich finde«, Vincent nimmt das Weinglas und dreht es zwischen den Fingern, »wir sollten sie besuchen.«

Nein. Ich hasse mich bis ins Mark, weil mir dieses Wort zuerst durch den Kopf schießt, obwohl wir sie über zehn *fucking* Jahre nicht gesehen haben. Dieses Nein schmeckt nach Panik und Unwillen und selbst meine innere Stimme hat den Tonfall eines verängstigten Kindes angenommen. Gott, ich bin verachtenswerter, als sich die hochnäsigen Schickeria-Leute in ihren wildesten Vorurteilen ausmalen könnten. Ich bin eine Schande und habe es nicht verdient, mich ihren Sohn zu nennen. Der bin ich nie wirklich gewesen und ich kann es nicht ertragen, wenn uns irgendjemand miteinander vergleicht. Unsere Namen in einem Atemzug nennt, weil ich das nicht wert bin. Weil ich Angst habe, Mama gegenüberzutreten, und ich ihr Dinge nachtrage, für die ich ihr wegen ihrer erbarmungslosen Krankheit keine Vorwürfe machen dürfte. Und ich weiß nicht, was mich mehr ängstigt: sie zu sehen und festzustellen, dass es ihr den Umständen entsprechend gut geht und ich mir alles zu schlimm ausgemalt habe. Oder erkennen zu müssen, dass sie tatsächlich nicht mehr existiert und wir nie eine Chance hatten.

»Das … Ich kann das nicht, Vinnie.«

Er legt seine Stirn in sorgenvolle Falten. »Mir ging es auch lange so, aber ich denke, dass wir uns diesen Dämonen endlich stellen sollten. Nicht allein, sondern gemeinsam. Du und ich. Eines Tages werden wir es bereuen, es nicht getan zu haben.«

Das Einzige, was ich bereuen würde, wäre, wenn ich die Nähte, mit denen ich mein zerfetztes Selbst mühsam zusammengeflickt habe, durch einen solchen Besuch aufreißen müsste. Ich bin mir verdammt sicher, dass danach nicht mehr viel von mir übrig bleiben würde.

»Du weißt, was beim letzten Mal passiert ist, als wir bei ihr waren«, flüstere ich erstickt. Dieser Tag vor zwölf Jahren sucht mich bis heute in meinen Albträumen heim. »Es könnte wieder passieren und das zu ertragen? Nein … Tut mir leid, ich kann das einfach nicht.«

Und mit diesen Worten stehe ich auf, schnappe mir meinen Rucksack vom Boden und lasse meinen Bruder sitzen. Ich flüchte in der Gewissheit, dass ich ein erbärmlicher Schwächling bin, der es verdient hat, mit dieser tintenschwarzen Leere in sich zu leben.

7

Nova

@muenchner_kindel

Kinder, wir haben Fragen: Wie konnte @wilhelmina.beck.malt so lange unter unserem Radar fliegen?! *She's gorgeous!* Und da sie seit Neuestem auffällig dicke mit unserem liebsten Trouble-Trio zu sein scheint, versprechen wir uns in Zukunft Skandalöses von ihr! Blind Items zu unserer überaus mysteriösen Neuentdeckung des Frühlings jederzeit gern gesehen! Irgendwer muss uns verraten, ob sie wirklich eine geborene Rothaarige ist …

Nachricht senden

»Wie schön, dass du uns mit deiner Anwesenheit in unserem *Zuhause* beehrst.« Hugo mosert seit dem Moment, als Lilli vor schätzungsweise dreißig Sekunden durch die Wohnungstür gekommen ist, und das in einer Lautstärke, dass ich ihn vom Sofa aus höre.

Meine beste Freundin schnaubt trocken. »Entschuldige kurz, ich glaube, ich habe eine optische Täuschung: Bist du Hugo oder eine frustrierte 50er-Jahre-Ehefrau, die ihrem untreuen Mann eine Standpauke hält?«

»Elisabeth Herzog, du weißt, dass ich schlimme Verlustängste habe! Ohne dich verkümmere ich emotional.«

»Na, na. Ich war nur eine Nacht weg und außerdem ist Nova ja hier.«

»Liebesbekundungen von Nova muss man mit der Lupe

suchen. Ich komme mit ihrem Konzept von *tough love* nicht zurecht.«

»Das ist nicht *tough love*, sondern osteuropäische Prägung!«, rufe ich über meine Schulter Richtung Flur. »Dass ich dich mit deiner Anhänglichkeit in meiner Nähe dulde, bedeutet, dass du zu dem geringen Prozentanteil der Weltbevölkerung gehörst, den ich leiden kann. Sei dankbar oder du landest auf der Shitlist.«

Die beiden kommen ins Wohnzimmer, Lilli geschüttelt von stummem Gelächter, und Hugo lässt sich demonstrativ so nah neben mich auf die Couch fallen, dass er praktisch auf meinem Schoß sitzt.

»Geh weg. Ich brauche meinen Raum«, sage ich und schiebe Hugo von mir. Dieser Sturkopf denkt seit Jahren, dass er mich dazu bringen kann, ein *Kuscheltyp* zu werden, wenn er mich nur oft genug mit Umarmungen überfällt. Aber *physical touch* gehört nicht zu meiner Love Language und daran wird sich auch nichts ändern.

Grummelnd rutscht er zur Seite. »Ich sehe, du bist immer noch genauso unleidig wie heute Morgen. Kein Notfallplan in Sicht?«

Lilli, die nach dem Faschingsball bei Vincent übernachtet und den Arbeitstag bei Herzog Auktionen verbracht hat, hebt die Brauen, während sie sich aus ihrem Hahnentritt-Blazer schält und ihn auf der Rückenlehne des Sessels ablegt. Dann setzt sie sich und nimmt mich ins Visier. »Was geht hier vor sich?«

Niemand kann so gut wie Lilli zwischen meiner allgemeinen Bissigkeit und echter Alarmstimmung unterscheiden. Letztere brodelt und rumort in mir, seit ich die Nachrichten meines Vaters gelesen habe. Ich gebe es ungern zu, aber da schwelt eine Menge Angst in mir, die mich dünnhäutig macht und verhindert, dass ich klar denken kann. Meine Gedanken kreisen ausschließlich um die Furcht, meinen Vater zu treffen und seine Ernüchterung zu sehen, wenn er merkt, was für eine bodenlose Enttäuschung ich immer noch bin. Immer war. Immer sein werde. Der Unterschied ist nur, dass er den Großteil des Jahres weit weg in Blankenese lebt und ich ihm aus der Ferne viel leichter etwas vormachen kann.

Lilli verschränkt die Arme vor der Brust und sieht in einer Mischung aus Amüsement und Strenge zwischen Hugo und mir hin und her. »Wollt ihr mir sagen, was los ist? Es ist offensichtlich etwas im Busch, wenn du mir extra schreibst, dass ich früher Feierabend machen soll, Hugo.«

Blitzschnell drehe ich den Kopf in seine Richtung. »Du hast was?« Himmel, mein selbst geschaffenes Drama und ich sind nicht wichtig genug, um Lilli vorzeitig aus dem Auktionshaus zu beordern. Im Gegensatz zu mir hat sie einen Job mit Relevanz und da will ich nicht reingrätschen.

Unschuldig zuckt er mit den Schultern. »Wollte nur sicherstellen, dass wir heute Abend mit dir Kriegsrat halten können und Miss Schick-mir-ne-Anfrage-vielleicht-kann-ich-in-zwei-Wochen-Zeit-für-dich-erübrigen wirklich antanzt.« Theatralisch ächzend rappelt er sich vom Sofa auf. »Ich mache uns eine Flasche Wein auf und in der Zwischenzeit erzählst du Lilli davon, warum dich der mehrwöchige Aufenthalt deines Vaters in München in ein nervöses Huhn verwandelt.«

Allerdings ist es nicht notwendig, mehr zu sagen. Bei der bloßen Erwähnung meines Vaters schaltet Lilli sofort und so etwas wie Alarmiertheit breitet sich auf ihrer Miene aus. Sie weiß genau, wie verzwickt mein Verhältnis zu Eduard Bornkamp ist und dass sein längerer Aufenthalt in meiner Nähe mindestens zehn Jahre überfällig ist. Als Kind wäre ich vor Freude an die Decke gegangen, ihn länger bei mir zu haben, aber inzwischen hat er in meinem Leben keinen Platz mehr, weil … es eben anders aussieht, als ich ihm gegenüber behaupte. Sobald ich ihn über die Schwelle lasse, wird er sehen, dass ich eine Requisite bin, eine aufpolierte Schaufassade, hinter der sich rein gar nichts befindet. Ignorieren kann ich ihn jedoch auch nicht, denn tief in meinem Innern dreht sich trotzdem zu viel um ihn. Daddy Issues und Bestätigungsdrang und Wunsch nach Anerkennung *at its finest.* Gott, ich bin echt *der* Hauptpreis – die wirklich guten Kerle wittern meinen Struggle garantiert zehn Meilen gegen den Wind und nehmen deswegen Reißaus.

Hugo kommt mit drei Gläsern und einer offenen Flasche Riesling unter dem Arm zurück ins Wohnzimmer und deutet die Dringlichkeit der Situation absolut richtig, indem er den Wein ohne viel Federlesens bis auf den letzten Tropfen in die Kristallgläser gießt. Guter Mann, mit eleganten Minischlucken wäre mir heute nicht geholfen gewesen. Grimmig stoßen wir an und ich trinke ausgiebig, damit nichts über den Rand schwappt.

»Also«, setzt Lilli an. »Dein Vater kommt nach München und das versetzt dich in mehr Panik als normalerweise, weil …?«

Ich muss schwer schlucken und spüle direkt mit Riesling nach, ohne dass es sich leichter anfühlt, ihr davon zu erzählen. Ja, Lilli weiß eine Menge, aber da ist eine Sache, von der ich selbst ihr nichts verraten habe. Eine Sache, für die ich mich schäme, und Scham passt an sich nicht zu mir, weil ich eigentlich *unapologetically* zu mir stehe. Das Verhältnis zu meinem Vater ist eine Ausnahme. Nichts ist schwieriger als dieses Eingeständnis, doch er ist meine Achillesferse und tief in mir drin hasse ich diese Tatsache mit voller Inbrunst. Egal, wie sehr ich mich bemühe, etwas daran zu ändern, Eduard Bornkamp hat diese Macht über mich, die mich zu beschissenen Entscheidungen treibt, die ich spätestens jetzt bereue.

»Mein Vater weiß nicht wirklich, wie mein Leben in München läuft.« Den Blick auf den knallbunten Webteppich gesenkt, suche ich weiter nach Worten. Hugo und Lilli warten geduldig ab, weil sie verstehen, wie viel Überwindung mich das hier kostet und dass Drängen nichts bewirkt. »Ihr wisst, welche hohen Ansprüche er hat. Wenn wir mal telefonieren, will er eigentlich nur hören, wie es im Job läuft, welche Berufsambitionen ich habe oder wie viel ich verdiene. Seine älteste Tochter soll sich nicht auf ihrem Erbe ausruhen, sondern wie er, Jonah und Marlisa *husteln.*« Die Anspannung, die sich von meinem Kopf über den Nacken bis zum Oberkörper zieht, wird beim Gedanken an meine Halbgeschwister zu einem schmerzhaften Stechen und Pochen. Nachdem die Beziehung meiner Eltern kurz nach meiner Geburt in die Brüche gegangen ist, ist Papa zurück nach Norddeutschland und hat dort Susanne kennengelernt. Die ihm das gegeben hat, was meine Mutter nie konnte: Monogamie, Beständigkeit, Treue. Drei Jahre nach mir wurde Jonah geboren, zwei Jahre später Marlisa. Wir sind alterstechnisch nicht weit voneinander entfernt, aber in allem anderen liegen Welten zwischen uns. Obwohl ich die Älteste bin, stellen mich die beiden in so ziemlich jeglicher Hinsicht in den Schatten.

»Und ihr wisst auch, dass ich bei *Luxe* nicht gerade Karriere mache.« *Luxe* ist ein Luxus-Secondhandshop, in dem ich mir einrede zu arbeiten. Ich betreue die Social-Media-Kanäle der Boutique und helfe dabei, neue Artikel zu scouten, doch letztlich bin ich dort so unnötig wie ein dritter Nippel. Meistens fällt es überhaupt nicht auf, wenn ich nicht auftauche, und ich glaube, sie behalten mich nur, weil ich Fälschungen von echten Designerstücken im Schlaf unterscheiden kann und sie sich dadurch viel Geld für externe Gutachten sparen. Definitiv kein Job, mit dem ich meinen Vater beeindrucken oder sein ohnehin mageres Interesse an mir wecken könnte. Als er sich letztes Jahr nicht mehr von meinen vagen Antworten hat abspeisen lassen und wissen wollte, wie mein Job nach dem Studium aussieht, bin ich in Panik geraten. Er hat mir wortwörtlich die Pistole auf die Brust gesetzt und bei mir ist so ziemlich jede Sicherung, die mein nutzloses Erbsenhirn zusammengehalten hat, durchgebrannt.

»Ich erzähle ihm seit etwa einem Jahr, dass ich einen seriösen Job als Junior Assistent Gedöns bei einem riesigen Wirtschaftsprüfer habe. Ich habe mir sogar ein Unternehmen rausgesucht, das online nicht das ganze Team auflistet«, räume ich ein und meine Wangen fühlen sich dabei ungewohnt heiß an. Obwohl ich so blass bin, bilde ich mir einiges darauf ein, niemals zu erröten. So was ist einfach unter meiner Würde. Im Moment komme ich mir allerdings ziemlich würdelos vor. »Und dass ich kaum noch feiern gehe und überlege, mit dem Golfen anzufangen, und generell ein anständiges, langweiliges Leben führe. Solange er da ist, kann ich mich von den Society-Exzessen fernhalten und vorgeben, dass ich gern im Golfclub abhänge, nur das mit dem Job wird tricky.«

Hugo, der mir das schon heute Vormittag aus der Nase gezogen hat, hüstelt und Lillis Augenbrauen wandern nach oben. Sie sieht nicht *judgy* aus, nur verblüfft, als würde sie das, was sie gerade gehört hat, irritieren. Was ich verstehen kann. So bin ich eigentlich nicht. Die Menschen sollen mich so nehmen, wie ich bin, oder sich verpissen – so gebe ich mich zumindest nach außen. Den Großteil der Zeit über funktioniert das auch ganz wunderbar und ich floriere als mein selbstbewusstes Selbst, aber wie gesagt, Eduard ist das Kryptonit.

»Habe ich das richtig verstanden?«, fragt Lilli schließlich. »Du willst dich komplett verstellen, um deinem Vater zu gefallen?«

Die Hitze geht nun auf meine Ohren über und alles ist einfach nur unerträglich. Unangenehm und beschämend und qualvoll. »Ich tue, was ich muss, um bei ihm nicht komplett unten durch zu sein.«

Kurz senkt sich Schweigen über uns, während wir alle an unserem Wein nippen und nachdenken. Dann ergreift Hugo das Wort. »Und du gehst davon aus, dass dein Erzeuger dir deine Story von der tollen Karriere abkauft?«

»Nenn ihn nicht so, er ist mein Vater!«, brause ich auf und kassiere prompt ein spöttisches Lächeln.

»Dafür hat er sich bisher erschreckend wenig wie einer verhalten. Aber gut, er glaubt dir bisher also?«, fragt Hugo.

Ich nicke. Mir ist klar, dass ich mit meinen Lügen nur so gut durchgekommen bin, weil Papa weit weg wohnt und im Allgemeinen mit den Basic-Infos über mein Leben zufrieden ist. Er bohrt nie tiefer nach, was bisher mein Vorteil war, allerdings bin ich fest davon überzeugt, dass sich das gravierend ändern wird, sobald er in München ist.

Nachdenklich reibt sich Hugo übers Kinn. »Stellst du es richtig an, könntest du einfach bei deiner ursprünglichen Story bleiben. Auch wenn er in München ist, wird er kaum verlangen, dass du ihn deinen Vorgesetzten vorstellst, oder? Du bist erwachsen!«

Nun, das Problem ist, dass ich ihm das zutrauen würde. »Vielleicht nicht, aber ich kenne ihn. Er wird vorbeikommen, mich zum Mittagessen abholen oder meine Schreibtischdurchwahl haben wollen. Und das alles fake ich nicht. Ich muss irgendwie kurzfristig eine Stelle finden, die in seinen Augen was hermacht.«

»Welcher Job würde für deinen Vater denn etwas *hermachen*?«, will Lilli wissen.

Vage zucke ich mit den Schultern. »Irgendetwas, das er vor seinen Businessfreunden erzählen kann, ohne sich zu schämen.«

»Ich bleibe dabei, ihn *Erzeuger* zu nennen«, murrt Hugo mit aufgebracht funkelnden Augen. »Ein *Vater* sollte immer stolz auf seine Kinder sein, solange sie nicht gerade kriminell werden oder so – egal, ob du Callgirl oder CEO bist.«

Anstatt ihm zu antworten, spüle ich die beklemmenden Gefühle, die seine Worte in mir auslösen, mit Riesling runter.

»Ich hab's!« Mit einem aufgeregten Japsen setzt sich Lilli so schwungvoll auf, dass ihr ein wenig Wein über die Hand schwappt. »Fang bei deiner Mutter an!«

Als hätte ich nicht selbst daran gedacht. »Das zählt für ihn nicht.«

»Hä, wie doppelmoralig ist das denn? Arbeitet dieser Joschka nicht auch bei ihm?«

»Jonah«, erinnere ich Lilli, dabei weiß ich genau, dass sie den Namen meines Bruders kennt. »Und nein, in meinem

Fall zählt es nicht, weil es Nadja ist.« Ja, meine Eltern sind seit etwa dreiundzwanzig Jahren getrennt und sich immer noch spinnefeind. Es ist bestenfalls kindisch und schlimmstenfalls superbelastend. Aber wer fragt schon mich?

Lilli und Hugo ziehen synchron einen Flunsch.

»Das ist doch beschissen. Die zwei haben Stress und du musst es ausbaden?« Mein bester Freund ist inzwischen so richtig im *Rage*-Modus. »Du solltest genauso gut bei Mama arbeiten dürfen wie Jonah bei Papi.«

»Willkommen in der Welt von Trennungskindern. Willst du mir als Nächstes was davon erzählen, wie ätzend es ist, wenn beide Elternteile einem ein schlechtes Gewissen machen, sobald man Weihnachten mit der falschen Person feiert?«

»Sorry, Maus, ich weiß ... Trotzdem ist es beschissen.«

Ich gebe ein undefinierbares Brummen von mir. »Ich kann nicht bei meiner Mutter arbeiten und mich auch nicht bei einem Topunternehmen bewerben und davon ausgehen, bis Freitag genommen zu werden. Ganz zu schweigen davon, dass ich keinen Tag in einem *High-achiever*-Job durchstehen würde. Die würden mich hochkant rausschmeißen, weil ich keine Ahnung hätte, was ich tue.« Gottverdammt, ich hasse es, dass ich *last minute* von Papas Plänen erfahren habe. Warum kann er nicht wie ein normaler Vater sein und seine Tochter selbst anrufen? Und warum bekomme ich ständig das Gefühl, die allerletzte seiner Prioritäten zu sein, obwohl er sich angeblich auf die gemeinsame Zeit mit mir freut?

»Hey, hey, hey.« Lilli funkelt mich aufgebracht an. »Stell mal dein Licht nicht so sehr unter den Scheffel. Natürlich würdest du das schaffen. Du hast immerhin einen Abschluss in Marketing und Wirtschaftswissenschaften!«

Unbeeindruckt blinzele ich sie an. »Von einer Privatuni. Genauso gut hätte ich meinen Bachelor im Lotto gewinnen können.« Und ich betreibe hier kein *fishing for compliments.* Man konnte Tutoren engagieren, die einem bei fast allem geholfen haben – von Seminaraufgaben bis hin zu Hausarbeiten. Ergo: Sie haben die wissenschaftlichen Arbeiten für einen geschrieben. Ein Hund mit eigenem TikTok-Profil hat mehr Ahnung von Marketing als ich. Und bis heute Morgen hat mich das nie besonders interessiert.

»Okay, Nadja fällt als schnelle Lösung weg«, überlegt Hugo laut. »Samenspender Bornkamp zu fragen, ob du zu ihm wechseln kannst, ist wohl auch keine Option. Wenn ich meinen Vater frage … Hm, nein, der sucht höchstens Forstpfleger für die Ländereien.«

Bei der Vorstellung, wie ich in dunkelgrünen Latzhosen durch den Wald stapfe und versuche, eine Motorsäge zu bedienen, ohne mir dabei die Nägel abzubrechen, muss ich schmunzeln.

Lilli schwenkt den Wein in ihrem Glas und starrt die strudelnde, hell goldene Flüssigkeit an, als suche sie darin nach einer Antwort. Aber dann öffnet sie den Mund und sagt gedehnt: »Fang bei uns an.«

»Hm?« Mir ist nicht ganz klar, worauf sie hinauswill. Indes beobachte ich etwas besorgt, wie sich ein dezent gruseliges Grinsen auf ihrem Gesicht breitmacht.

»Das ist es! Du fängst im Auktionshaus an.«

Ich blinzele, unsicher, ob ich das richtig verstanden habe. »Du willst, dass ich bei Herzog anfange? *Ich?* Darf ich dich daran erinnern, dass ich dich einmal gefragt habe, ob das Bild im Haus deiner Eltern nicht einer dieser typischen Ikea-Prints sei, und dann war es von Andy Warhol?«

Sie wischt meinen Einwand mit einer lässigen Geste beiseite. »Niemand verlangt, dass du Kunstexpertin wirst. Das wäre viel zu dick aufgetragen, um deinen Vater zu überzeugen. Wenn er damit zufrieden ist, dass du eine frei erfundene Assistenzstelle bei *irgendwo* hast, wird er sich für *Assistentin der Geschäftsführung* bei einem Traditionsunternehmen garantiert nicht *schämen.*«

Ein leises Gefühl der Hoffnung keimt in mir auf, denn dieser Vorschlag klingt wirklich vielversprechend, auch wenn ich nicht ganz glauben kann, dass es so einfach sein könnte. »Und das würde bis Freitag durchgehen? So schnell? Was werden deine Eltern sagen?« Immerhin sind Mama und Papa Herzog die Chefs im Laden. Lilli hat als Tochter und Erbin zwar eine Sonderstellung, allerdings ist sie definitiv noch nicht so weit, einfach willkürlich schalten und walten zu können.

Wieder diese wegwischende Geste. »Meine Eltern *lieben* dich, Nova. Ich werde dein Geheimnis hüten, aber sollte ich nur ein wenig andeuten, dass du dringend eine Stelle brauchst, finden wir sicherlich einen Platz bei den Zeitgenossen für dich. Die klagen schon lange, dass sie eine helfende Hand gebrauchen könnten.«

Hugo grinst, augenscheinlich genauso begeistert von dieser Idee wie Lilli. »Erzähl deinen Eltern, Nova sei der Geldhahn zugedreht worden. Wegen promiskuitivem Verhalten aus dem Testament gestrichen!«

»Hey, dichte mir keinen Skandal an! Am Ende schnappt *muenchner_kindel* das auf und ich bin so richtig am Arsch.«

Mein berechtigter Einwand scheint seine euphorische Laune in keiner Weise zu trüben. »Ach, Supernova, das wird gut! Wir haben einen Plan!«

Lilli nickt bekräftigend. »Das Auktionshaus könnte deine Hilfe echt gebrauchen. Am Montag startet eine Ausstellung und am Freitag wird es eine Presse-Preview geben, bei der du direkt unterstützen könntest. Lass mich morgen mit meinen Eltern reden, dann kannst du vielleicht schon am Donnerstag kommen und die Basics lernen.«

Ich schlucke, was nicht ganz leicht ist, weil sich mein Mund staubtrocken anfühlt. Lilli will mir diese Chance geben, damit ich aus meinem Schlamassel herauskomme. *Kurwa*, ich habe sie wirklich nicht verdient.

Vielleicht ist der Besuch meines Vaters der Warnschuss, um mich zusammenzureißen und eine bessere Version meiner selbst zu werden. Kein Hineinleben in den Tag mehr. Nicht mehr fünfmal die Woche in der Story von *muenchner_kindel* landen. Kein exzessives Daten, keine Hook-ups, sondern ein geregelter Job, Routinen und Klasse. Neujahrsvorsätze sind für die Tonne, *Panikvorsätze* sind um Welten besser. Ich werde gut sein. So viel besser, als ich je zuvor war. Die Ära der braven Nova hat hiermit begonnen und ich werde es allen beweisen!

8

Nova

@muenchner_kindel

Aufgepasst, Kindel, unsere illustre High Society hat Zuwachs bekommen! Sagt lieb Hallo (Servus verstehen sie nicht) zu @marlisa.bkp und @jonah.bkp, die uns aus dem hohen Norden beehren. Wir sind gespannt, ob Blankenese mit Bayern mithalten kann, aber da sie die Halbgeschwister von keiner Geringeren als @supernova sind, erwarten wir Skandalöses!

Nachricht senden

Die brave Nova führt ein miserables Dasein und ich würde mir gern einen kräftigen Arschtritt dafür verpassen, dass ich sie ins Leben gerufen habe.

Jede Faser meines Körpers protestiert lautstark, als ich mich am Donnerstag um acht Uhr fünfundvierzig am Platz vor der Oper wiederfinde und mit verquollenen Augen an der Fassade von Herzog Auktionen hinaufschaue. Das ist nicht meine Uhrzeit, so was von gar nicht – vor allem, wenn man bedenkt, dass ich um sieben aufstehen musste, um meine minutiöse Beautyroutine durchzuziehen. Gefühlt konnten selbst die unbezahlbaren Seren von der Schönheitsfarm am Tegernsee oder ein eisgekühlter Jaderoller nichts daran ändern, dass ich als Nachteule um diese Zeit einfach nicht floriere, und Lilli, die frisch und energiegeladen neben mir steht, macht die ganze Misere auch nicht besser.

»Bereit?« Lilli strahlt mich an, als würden wir unserem ersten Schultag entgegenblicken. Ich komme immer noch nicht ganz darauf klar, dass es ihr tatsächlich gelungen ist, mich so schnell im Auktionshaus unterzubringen. Das nennt sich wohl Vitamin B und ich muss mir in Erinnerung rufen, dass ich dankbar bin. Sehr sogar. Papa hat mir bereits eine Nachricht geschrieben (überaus gruselig, er meldet sich zurzeit häufiger als sonst in einem Jahr) und hat nachgehakt, ob wir uns mittags treffen können. Nur dank Lilli konnte ich wahrheitsgemäß antworten, dass ich meine Pause sehr gern mit ihm verbringe, nach einer Stunde jedoch zurück ins Büro muss. Wir werden zum Lunch ins *Brenner* gehen, ein klassisches Münchner Promi-Lokal zum Sehen- und Gesehenwerden. Damit sollte Papa zufrieden sein und für mich ist es praktisch, da es nur einen Steinwurf von Herzog Auktionen entfernt ist.

Aber davor muss ich erst mal meinen Berufseinstieg meistern. Ich nicke Lilli zu und versuche, das Selbstbewusstsein in mir heraufzubeschwören, mit dem ich sonst durchs Leben gehe. Die undurchdringliche Panzerung, die ich mir mit der Zeit zugelegt habe, um unverwundbar zu werden. Ich brauche sie heute mehr denn je.

Wir betreten das wunderschöne historische Gebäude, das sich in einer Reihe von vergleichbaren Schmuckbauten am Kopfende des Max-Joseph-Platzes befindet. Lilli ruft dankenswerterweise den Aufzug und während der kurzen Fahrt in den ersten Stock bekomme ich eine letzte Gelegenheit, tief durchzuatmen und mich zu sammeln. Die Kunstwelt ist unbekanntes Terrain für mich, eine Tatsache, die mich unruhig und irre nervös macht, weil ich Situationen hasse, in denen ich die Oberhand zu verlieren drohe. Außerdem kann ich diesen Job nicht larifari angehen oder einen schlechten Eindruck hinterlassen, da a) Lilli gewissermaßen für mich einsteht und b) mich die Familie Herzog kennt, seit ich laufen kann. Ich kann und werde sie nicht enttäuschen.

Im zeitlos eleganten Empfangsbereich treffen wir auf eine Mitarbeiterin Ende fünfzig mit perfekt geföhntem Bob und schwarzem Hosenanzug. Die Frau lächelt herzlich, als sie Lilli sieht, dann huscht ihr Blick neugierig zu mir. Weil ich nicht wusste, wie ich mich für meinen ersten Tag am besten kleide, und mir nicht die Blöße geben wollte, Lilli zu fragen, habe ich ein schlichtes Kleines Schwarzes und halbtransparente Strumpfhosen gewählt. Plus *Manolos*. Wenn ich mich schon in fremde Gewässer begebe, brauche ich zumindest eine vertraute Basis, die mich trägt. Gerade frage ich mich allerdings, ob ich nicht auch noch einen Blazer hätte mitbringen sollen, um etwas mehr nach *Business Chic* auszusehen. Wird das hier erwartet? Sehe ich bereits von der ersten Minute wie der *Impostor* aus, als der ich mich fühle? Bah, ich verabscheue diese Unsicherheit in mir.

»Guten Morgen, Carola«, begrüßt Lilli sie fröhlich. »Darf ich dir unser neuestes Teammitglied bei Herzog vorstellen? Nova Sobieska. Nova, unsere Chefsekretärin Carola, die hier vorn den Laden rockt.«

Ein kleines Grinsen schleicht sich auf Carolas rot geschminkten Mund. »Du bringst mir aber nicht wieder eine *Unterstützung für den Empfang* mit, oder?«

Lilli lacht auf. »Keine Sorge, dein Regiment macht dir niemand mehr streitig. Nova wird vor allem Assistenz bei den Zeitgenossen sein.« Sie hat mir schon auf dem Weg hierher erklärt, dass ich in der Abteilung für zeitgenössische

Kunst arbeiten werde und nicht in der Moderne, wo sie sitzt. Sosehr ich meine beste Freundin liebe, es erleichtert mich, dass wir nicht unmittelbar zusammenarbeiten werden, damit sie nicht mit eigenen Augen sieht, wie ich es möglicherweise verkacke.

Carola streckt mir indes die Hand entgegen. »Freut mich sehr, dich kennenzulernen, Nova. Und herzlich willkommen bei Herzog Auktionen. Ich bin mir sicher, du wirst dieses Team sehr bereichern.«

Ah, okay. Duzt man sich hier selbstverständlich? Gefällt mir. Ich schenke ihr mein professionellstes Lächeln, um direkt den richtigen Eindruck zu hinterlassen, und Carola nickt zufrieden.

»Wenn du Hilfe brauchst oder irgendwo nicht weiterweißt, kannst du jederzeit zu mir kommen. Oder wenn du eine Pause von den Expertenbüros brauchst – ich habe immer eine Dose Kekse hier.« Sie zwinkert verschwörerisch und Lilli schüttelt belustigt den Kopf.

»Sei vorsichtig, was du ihr sagst. Carola ist die Gossip-Zentrale des Unternehmens und lockt nicht nur dich mit Keksen.«

»Nach denen du wohlgemerkt süchtig bist, Elisabeth. Deinetwegen muss ich jede Woche neue bestellen.«

Lilli zwinkert ihr verschwörerisch zu. »Aber wie immer nur die guten von *KOSGEN*, ja?«

»Jaja, du und deine norwegischen Kekse.«

Keine Ahnung, wieso, doch das vertraute Gefrotzel zwischen den beiden sorgt dafür, dass ich mich ein wenig entspanne. Wenn bei Herzog alle nur annähernd so herzlich sind wie Carola, werde ich bestimmt zurechtkommen.

»Alles klar, ich nehme Nova mal mit zu meinen Eltern,

um offiziell Hallo zu sagen. Wir sehen uns.« Lilli hakt sich bei mir unter und ich verabschiede mich mit einem kurzen Winken bei der Chefsekretärin, ehe ich zu einem Durchgang gezogen werde, hinter dem sich eine Reihe offener, hoher Räume voller Kunst an den Wänden befindet. Im Vorbeigehen erklärt mir Lilli, dass das die Ausstellung über die Sammlung des New-Yorker-Ehepaars Eli und Kate Singer ist, die im Anschluss einiges davon bei Herzog versteigern werden. Auf dem Weg hinauf in den zweiten Stock begegnen uns diverse Mitarbeitende, die allesamt freundlich grüßen und zum Teil genauso müde aussehen, wie ich mich fühle. Beruhigend.

Das Büro von Lillis Eltern befindet sich ganz hinten am Gang. Es ist ein riesiger Raum, der von einer zweiflügligen Tür mit kunstvoll verzierten Milchglaseinsätzen geteilt wird, um beiden einen separaten Arbeitsbereich zu geben. Gerade stehen die Flügel weit offen und Franz Herzog reckt neugierig den Kopf von seinem Schreibtisch im hinteren Bereich, als wir eintreten.

»Ah, da seid ihr ja!« Agil springt er auf und kommt mit großen Schritten auf uns zu. Nacheinander zieht er Lilli und mich in eine herzliche Umarmung und mein nervöser Puls verlangsamt sich. Im nächsten Moment tritt auch Henriette hinter dem Durchgang hervor, einen prall gefüllten Aktenordner in den Händen, das dunkelblonde Haar provisorisch mit einem Stift festgesteckt. Sie sieht gestresst aus, begrüßt uns aber lächelnd mit Wangenküsschen und der altbekannte Duft ihres Parfüms hüllt mich in einen vertrauten Kokon. Die Herzogs waren schon immer mein Sehnsuchtsort. Die Art von Familie, die ich mir von klein auf gewünscht habe und die ein so großes Herz hat, dass sie mich unzählige Male, ohne mit der Wimper zu zucken, in ihre Runde aufgenommen hat. Mama ist für ihr Juwelen-Imperium viel geschäftlich unterwegs gewesen und ich kann nicht sagen, wie oft Henriette das vertraute Gesicht im Publikum gewesen ist, wenn Lilli und ich Musik- oder Kindertheateraufführungen gehabt haben. Oder wie Franz mir bei den Mathehausaufgaben geholfen hat, weil ich mich nicht getraut habe, meiner neuesten Nanny von meinen Schwierigkeiten mit diesem Fach zu erzählen. Ihnen jetzt als meine Vorgesetzten gegenüberzustehen, ist gelinde gesagt … *weird*. Und setzt mich unter Druck. Ich will nicht, dass sie auch nur eine Sekunde bereuen, mir diese Vorzugsbehandlung gegeben zu haben, denn nichts anderes ist das hier. Wenn ich eines bin, dann wild entschlossen, mein Bestes für sie zu geben.

»Wir können dir gar nicht sagen, wie begeistert wir waren, als Liesl uns erzählt hat, dass du dich beruflich umorientieren willst und so spontan bereitstehst, um uns unter die Arme zu greifen.« Henriette tätschelt meine Schulter und sieht ehrlich glücklich aus. Ich linse zu Lilli, weil mich interessiert, was genau sie ihren Eltern gesagt hat, aber ihre Miene ist unlesbar. Da ist nur dieses engelsgleiche Lächeln, das sie perfektioniert hat und das niemandem verrät, was für ein kleiner Teufel hinter den unschuldigen Rehaugen lauert.

»Ich muss euch danken«, erwidere ich und bin mir ziemlich sicher, nie einen Satz aufrichtiger gemeint zu haben.

Franz winkt ab. »Wir wissen doch, was für eine patente junge Frau du bist. Du wirst unsere Arbeit garantiert bereichern. Wenn uns die Erfahrung eines gelehrt hat, dann, dass frischer Wind und neue Sichtweisen von Quereinsteigern immer wertvoll sind. Und außerdem«, er beugt sich näher zu mir und senkt seine Stimme, »bist du ja quasi unser drittes Kind. Wir Herzogs neigen dazu, unsere Schäfchen in diesem Unternehmen zusammenzuhalten.«

Okay, vor Rührung zu weinen, stand *nicht* auf meiner Bingokarte für diesen Tag. Ich simuliere ein Husten, um mich schnell wegdrehen zu können, damit niemand sieht, dass ich feuchte Augen bekommen habe.

Zum Glück springt direkt Lilli in die Bresche. »Nova kann den freien Arbeitsplatz in Lucias Büro haben, nicht wahr?«

Ihre Mutter nickt. »Sie freut sich schon, nicht mehr allein sitzen zu müssen, und wird dir auch beim Einfinden helfen, Nova.«

Moment mal, Lucia … »Das ist nicht zufällig die neue Freundin von Saint Clairs Mitbewohner, die an Silvester diese superleckeren Blinis mit Lachs mitgebracht hat?« Diese kleinen Pfannkuchen, die in Polen Racuchy heißen, gehören seit meiner Kindheit zu meinen absoluten Leibspeisen. Lucia hat sich damit als jüngster Neuzugang in unserer Runde sofort in mein Herz gekocht, als sie Simon über Neujahr spontan zu unserer Feier begleitet hat.

»Jep, Simons Lucia«, bestätigt Lilli grinsend. »Ich glaube, ihr werdet perfekt zusammenarbeiten.«

Um kurz vor zwölf verlasse ich das Auktionshaus für meine Mittagspause – etwas gerädert von all den Informationen, die den Vormittag über auf mich eingeprasselt sind, aber deutlich weniger angespannt als am Morgen. Lucia ist ein Schatz und die Aufgaben, die für mich vorgesehen sind, klingen machbar. Telefonate annehmen, Besorgungen erledigen, E-Mails abarbeiten, das Team rund um Vernissagen und Vorbesichtigungen unterstützen, Kundschaft am Empfang abholen. Niemand scheint von mir zu erwarten, den Wert eines Gemäldes einzuschätzen oder einen Fachtext darüber zu schreiben. Und die High-Society-Schule hat mich nicht umsonst mein halbes Leben lang gelehrt, in einem Haifischbecken so zu tun, als wäre es ein dekadenter Jacuzzi. *Faken* ist so sehr Teil meiner Mentalität, dass ich jegliche meiner Wissenslücken (und davon gibt es in der Kunstwelt so einige, machen wir uns nichts vor) mit Leichtigkeit werde überspielen können.

Meine Schritte sind beschwingt, als ich das *Brenner* betrete. Der Gastraum – eine lichtdurchflutete Halle, deren Gewölbedecken von Marmorsäulen gestützt werden – ist um diese Zeit bereits gut besucht und ich bin froh, dass Papas Sekretärin einen Tisch für uns reserviert hat.

Eine Kellnerin spricht mich an und als ich ihr den Namen Bornkamp nenne, leuchtet prompt Erkennen auf ihrem Gesicht auf. »Ja, kamen gerade erst an. Folgen Sie mir bitte.«

Kamen? Mehrzahl? Ich bin fest davon ausgegangen, dass das ein Essen zwischen Papa und mir wird. Vielleicht hat die Kellnerin das aber auch nur so dahingesagt, immerhin kommen zur Mittagszeit so viele Leute ins Restaurant, dass man schon mal den Überblick verlieren kann. Meine Überlegungen ersterben abrupt, als wir einen Tisch an einem der riesigen bodentiefen Bogenfenster erreichen und ich gegenüber von Eduard Bornkamp zwei mir bekannte blonde Schöpfe ausmache. Mein Magen verkrampft sich und mein Herz schlittert ins Bodenlose davon. Marlisa und Jonah sind hier?

Die drei sind so sehr in ihr Gespräch vertieft, lachen und

stecken die Köpfe zusammen, dass sich die Kellnerin zweimal räuspern muss, ehe sie aufblicken.

»Oh, Nova!« Mein Vater sieht zu mir, seine grauen Augen sind das Einzige, das uns rein äußerlich verbindet. Ansonsten ist er goldblond, mit ersten Spuren von Grau an den Schläfen, wie immer gesund gebräunt und gertenschlank. Sein dunkelblauer Anzug sitzt makellos und er hat eine kleine goldene Brosche in Form eines Ankers am Revers stecken. Wenn es nicht so klischeehaft wäre, könnte man ihn als Musterbeispiel eines Hanseaten auf Werbebroschüren über den hohen Norden drucken.

Als ich einfach nur starr neben dem Tisch stehen bleibe, ein wenig festgefroren in dem Schock, meine Geschwister so unerwartet zu sehen, erhebt er sich mit einem kaum wahrnehmbaren Seufzen. Was? Ist es zu viel verlangt, dass er bei meiner Ankunft aufsteht, damit wir uns umarmen können? Wie von selbst breite ich die Arme aus, als er auf mich zutritt, aber er legt mir bloß eine Hand auf den Rücken, tätschelt mich kurz und tritt dann zurück. Ein bitteres Aroma, das verdächtig nach Enttäuschung schmeckt, breitet sich auf meiner Zunge aus.

»Hi, Nova.« Marlisa ist aufgesprungen und bevor wir gehauchte Wangenküsschen tauschen, schnellt ihr einschätzender Blick in ihrer üblichen Musterung über mich. Mir entgeht nicht, wie ihre Mundwinkel dabei spöttisch zucken. Nun, wenn ich nur die Augen von unserem Vater habe, so sind meine Geschwister das volle Paket Bornkamp – blonde Haare, schlanke Glieder, natürliche Anmut. Falls man uns nebeneinanderstellen würde, könnte niemand erraten, dass wir zum Teil dem gleichen Genpool entstammen. Verglichen mit den beiden habe ich mich immer zweitklassig und weniger elegant gefühlt. Mit einer Figur wie meiner – große Brüste, ausladende Hüften, lange, aber pummelige Beine – ist es schwer, *nicht* sinnlich auszusehen oder wie eine Sexbombe wahrgenommen zu werden. Selbst in einem cremefarbenen Rollkragenpullover, wie Marlisa ihn heute trägt, würde meine Oberweite hervorstechen und mich aussehen lassen wie eine versaute Sekretärin. Ich arbeite hart daran, mich davon nicht runterziehen zu lassen, stattdessen meine Vorzüge zu unterstreichen und mich nicht zu schämen. Meine Geschwister sind allerdings eine Ausnahme. Weil sie mich immer spüren lassen, dass ich nicht in derselben Liga spiele wie sie. Eine geborene Sobieska eben, keine wirkliche Bornkamp.

Jonah bleibt sitzen, hebt nur die Hand zum Gruß, und ich beeile mich, auf die Bank neben Papa zu rutschen.

»So eine Überraschung, euch beide zu sehen.«

Marlisa wirft mir über ihre Speisekarte hinweg einen Blick zu. »Ach, hat dir Papa nicht gesagt, dass wir mitkommen?«

Eduard ist vollkommen in sein Handy vertieft und möglichst ungerührt schüttele ich den Kopf. »Nein.«

»Schade.« Ihr Lächeln wird verschlagen. »Ich hätte gedacht, er erzählt dir so was.«

»Vielleicht sollte es eine Überraschung sein …«

»Entschuldige, Nova, ich hab's einfach vergessen, dir zu sagen«, schaltet sich Papa ins Gespräch ein und steckt sein Handy weg.

Ein stechender Schmerz schlägt wie ein Stromstoß über meiner rechten Augenbraue ein. Na klar, solche Details vergisst er gern. Ist ja auch nicht wichtig, dass ich mich mental darauf vorbereiten muss, meine Geschwister zu treffen. Um mich zu sammeln, nehme ich mir eine Menükarte und gehe hinter der schweren, ledergebundenen Kladde in Deckung.

»Ist Susanne auch mitgekommen?«, erkundige ich mich, während ich die Auflistung der Vorspeisen anstarre, ohne etwas zu erkennen.

»Nein, Mama ist in Hamburg geblieben«, sagt Marlisa. »Sie wird auf dem Gestüt gebraucht; zu viele trächtige Stuten, die bald fohlen werden.«

Ah, meine Stiefmutter und ihre Pferde. Die hat sie schon immer allem anderen vorgezogen. Trotzdem ist sie mit Abstand meine liebste Bornkamp. Stell ihr ein paar Fragen über ihren neuesten, preisgekrönten Zuchthengst und sie liebt dich.

»Und, ähm, wie lange bleibt ihr? Also jeweils?« Ich habe weiterhin Mühe, die Wörter auf der Speisekarte zu entziffern, so sehr hämmert es in meinem Kopf. Mir wäre nach einem Glas *Soplica*, aber diesen hochprozentigen Likör servieren sie hier garantiert nicht.

»Ich gehe von sechs bis acht Wochen aus, vielleicht länger, kommt auf die Übernahmegespräche an und was der Markt im Süden sonst noch so zu bieten hat«, sagt Papa gut gelaunt. »Und Jonah ist dabei, weil es die ideale Gelegenheit ist, als zukünftiger Geschäftsführer von CV in der Praxis zu lernen.«

Ah ja, klingt logisch. CV, kurz für Canopus Ventures, ist Papas Unternehmen, mit dem er sich im Laufe der Jahre zu einem der größten Finanzinvestoren Deutschlands gemausert hat. Ich habe nie die Muße gefunden, mich eingehender mit dem ganzen Financekram zu beschäftigen, aber zumindest weiß ich, dass er ein beeindruckendes Händchen für sogenannte Turnarounds hat. Er kauft Betriebe in Schieflage auf und bringt sie wieder auf Vordermann. Genau so was scheint er auch in München vorzuhaben, wenn ich ihn richtig verstanden habe.

»Und du?«, wende ich mich an Marlisa. Es ist ungewöhnlich, dass sie sich nicht sofort in die Unterhaltung einklinkt und von sich selbst erzählt, doch dann wird mir klar, warum. Ein zufriedenes Funkeln glimmt in ihren Augen – sie *wollte*, dass ich ihr die Bestätigung gebe und nachfrage.

»Ich absolviere mein studentisches Pflichtpraktikum bei Papa«, flötet sie und strahlt unseren Vater an, als wäre es die Erfüllung all ihrer Träume, Praktikantin bei CV zu sein.

Ungeplant rutscht mir raus: »Wie schön! Ich hätte ja gar keine Lust, für Papa zu arbeiten.« Garniert mit einem Lachen, das für meinen Geschmack zu gezwungen klingt.

Mein Kommentar bringt mir einen stirnrunzelnden Seitenblick unseres Vaters ein und Marlisa schnalzt pikiert mit der Zunge. »Dass du von Arbeiten nie viel gehalten hast, wissen wir ja, Nova.«

Jonah hüstelt und wenn ich mich nicht täusche, glaube ich ihn murmeln zu hören: »Verdient man gut als Escort?«

Das … wow. Für einen Moment dröhnt mir der Puls so laut in den Ohren, als würde ein Presslufthammer gegen meine Trommelfelle donnern, und die Speisekarte in meinen Händen zittert. Ich bin daran gewöhnt. Die beiden sind immer so … liebenswürdig, aber egal, wie oft ich mir sage, dass mich ihr Verhalten nicht jucken sollte, am Ende lässt es mich nicht kalt. Jonah und Marlisa provozieren mich mit beängstigender Leichtigkeit, während jeder meiner Gegenschläge spurlos an ihren aalglatten Fassaden abprallt.

Wut und Demütigung kochen unaufhaltsam in mir hoch, eine toxische Mischung, die mich dünnhäutig macht, doch zum Glück kommt die Kellnerin zurück an unseren Tisch, bevor ich etwas Unüberlegtes tue. Ich würde genau das bestätigen, was sie über mich denken, sollte ich jetzt mit den Kraftausdrücken um mich werfen, die mir auf der Zunge brennen.

Mit dem letzten bisschen Fassung, das ich zusammenkratzen kann, überfliege ich die Karte und bestelle mir einen Salat. Auch wenn mir mehr nach dem getrüffelten Ziegenkäseburger oder einem großen Teller Pasta wäre. Ich hasse es, aber meiner Familie gegenüber bin ich überaus gehemmt, was das Essen angeht. Wahrscheinlich, weil ich über die Jahre hinweg einfach zu viele *gut gemeinte* Ratschläge bezüglich meiner Figur zu hören bekommen habe und sie generell dazu neigen, jeden Bissen zu kommentieren, den ich zu mir nehme.

Als unsere Bestellungen aufgegeben sind, wirft Marlisa ihr langes Haar über die Schultern und räuspert sich. »Wie gesagt, ich darf mein Praktikum bei Paps absolvieren und danach werde ich für ein Semester nach *Cambridge* gehen.« Sie betont den Namen der Uni, als fürchte sie, ich hätte nie von einem der ältesten Elitecolleges der Welt gehört.

Ich übergehe den Affront und lächele, als würde ich innerlich *nicht* hochkochen. »Gut, dass du in Hamburg lebst und Scheißwetter schon gewohnt bist.«

»Nova!«, rügt mich Papa prompt. Ach so, das zu sagen, ist unangebracht, und Marlisas Spitze gegen mich ist okay? *Kurwa*, die Dynamik in dieser *Familie* ist zum Kotzen. Gleichzeitig kann ich es einfach nicht lassen, meine überdimensionierte Klappe aufzureißen, auch wenn klar ist, dass ich dafür einen auf den Deckel bekomme. *Nova ist zu laut, Nova ist zu derb, Nova wird nie sein wie wir.*

In der nächsten Viertelstunde lasse ich Marlisas Geschnatter über ihr anstehendes Auslandssemester weitestgehend an mir abperlen, nippe an meinem Wasser, das in der Zwischenzeit an den Tisch gebracht worden ist, und zähle insgeheim die Minuten, bis ich mich verabschieden kann. Kurz nachdem unser Essen gekommen ist, wendet sich Papa an mich. »Erzähl mal, Nova, wie läuft es im Job?«

Meine Gabel voll Rucola und gegrillter Austernpilze erstarrt auf halbem Weg zu meinem Mund. Mit dieser Frage war zu rechnen, nicht wahr?

Jonah säbelt an seinem Steak herum, lässt mich dabei aber keine Sekunde aus den Augen. »Ja, erzähl mal, das interessiert uns echt! Hast du es endlich geschafft, auf der Website von Ludwig & Steger genannt zu werden? Das letzte Mal, als ich nachgesehen habe, warst du immer noch nicht drauf. Fast so, als wärst du ein Phantom in dieser Firma.«

Die Art, wie er mich mustert, gefällt mir ganz und gar nicht – berechnend und lauernd, als hätte er den Verdacht, dass ich geblufft habe. In diesem Moment bin ich doppelt und dreifach dankbar, nicht länger lügen zu müssen. »Das ist nicht mehr nötig, weil ich gewissermaßen die Branche gewechselt habe.«

Alle drei wirken überrascht, wobei Jonah unverkennbar anzusehen ist, dass er darauf brennt, die Steilvorlage für einen ähnlich unterirdischen Escort-Kommentar wie vorhin zu nutzen. Zum Glück hört Papa aufmerksam genug zu, dass er sich das nicht offen trauen würde.

»Ach ja? Was denn genau?«, fragt er.

Also beginne ich zwischen bewusst kleinen Bissen Salat von meiner Position bei Herzog Auktionen zu erzählen und siehe da … ich glaube, einen Ausdruck von Zufriedenheit in Papas Augen zu erkennen. Ich habe es gehofft, doch ist es tatsächlich möglich, dass er diesen Job für gut befindet und ihn akzeptiert?

»Die Kunstbranche ist ein profitabler Markt. Wenn du es geschickt anstellst, kannst du überdurchschnittlich verdienen. Außerdem kenne ich einige Geschäftspartner, die immer an wertstabilen Investments interessiert sind und auch Kunst für ihr Portfolio suchen. Ich könnte dir den ein oder anderen empfehlen.«

Hastig schiebe ich mir eine Cherrytomate in den Mund, um zu verhindern, dass mir die Kinnlade herunterfällt. Hat er das wirklich gesagt? Den Bissen runterzuschlucken, wird plötzlich furchtbar schwer, weil meine Kehle sich merkwürdig zuzieht. Wahrscheinlich hat er diese Unterhaltung bis übermorgen wieder vergessen, aber dass mein Vater mir gerade seine Unterstützung anbietet, bedeutet mir unfassbar viel. Einerlei, dass ich nicht über die Expertise verfüge, irgendjemanden seiner Geschäftsfreunde bezüglich Kunstinvestments zu beraten … einfach nur das Angebot rührt mich.

Dir ist schon klar, dass er soeben bewiesen hat, dich gar nicht zu kennen? Wenn er direkt schluckt, dass du in die Kunstbranche wechselst, obwohl du nicht den Hauch einer Ahnung davon und auch nie ein Interesse dahin gehend geäußert hast?

Argh, *Spierdalaj*, innere Stimme! Dich braucht absolut niemand!

Schweigen senkt sich über unsere Runde, während wir mit unserem Essen beschäftigt sind, und das erste Mal, seit ich meine Geschwister am Tisch entdeckt habe, fühle ich mich nicht mehr vollkommen unwohl. Es könnte so wundervoll friedlich zwischen uns sein, wenn einfach alle mal die Klappe halten würden.

Natürlich hätte mir klar sein müssen, dass dieser Zustand fragil ist. Einer von uns dreien muss sich miserabel fühlen, so will es das Gesetz. Und anscheinend hat es sich Marlisa heute auf die Fahne geschrieben, mir so richtig auf die Nerven zu gehen.

»Mit den Männern treibst du es weiterhin wild, nicht wahr?« Sie lässt es ganz unschuldig klingen und trotzdem spüre ich sofort, wie sich Papa anspannt. Neben der Jobsache ist mein Beziehungsverhalten ein weiterer sensibler Punkt bei ihm und mir. Besser gesagt, der Umstand, dass er von jeher an mich appelliert, um Himmels willen nicht so zu werden wie meine Mutter. Er *hasst* es, davon zu hören, dass ich viel date und mir nachgesagt wird, durch etliche Betten zu hüpfen, und eigentlich lasse ich mich von niemandem dafür *judgen*, aber da ist diese Enttäuschung an ihm. Papa hat nie damit hinterm Berg gehalten, dass er Mama bis heute nicht verzeihen konnte, wie sie ihn damals abgefertigt hat. Während er von einer Zukunft mit ihr geträumt hat, ist sie seiner schnell überdrüssig geworden, ihr Freiheitsdrang war zu stark. Obwohl ich gerade mal ein paar Monate alt war, hat sie ihn für den Nächsten verlassen. Seitdem ist Nadja ein rotes Tuch für ihn und er bemüht sich nach Kräften, damit ich nicht so werde wie sie. Und ich … tja, ich bin der Schwächling, der ihm einfach nur gefallen will und deswegen womöglich bei jedem Telefonat erzählt, dass ich mehr oder weniger wie eine Nonne lebe und einfach auf *den Einen* warte.

»Eigentlich nicht. Bei mir ist es nahezu … langweilig«, weiche ich Marlisa aus, in der Hoffnung, dass sie das Thema fallen lässt. Doch weit gefehlt.

»Oh, ach so. Dann stammt dieser Knutschfleck an deinem Hals von …?«

Unwillkürlich zuckt meine Hand zu meiner Kehle, dort, wo ich heute Morgen noch fein säuberlich Henrys langsam verblassende Spuren in Lila und Tiefrot überschminkt habe. Scheiße, der Concealer muss abgegangen sein und ich habe gar nicht mehr daran gedacht. Scheiße, scheiße, scheiße. Ich muss Papa nicht ansehen, um zu wissen, was sich in seinem Kopf abspielt. Er würde es mir niemals direkt ins Gesicht sagen, jedoch weiß ich, dass ihn jede Parallele zu Nadja, die er in mir sieht, ein weiteres Stückchen von mir wegtreibt. Und so etwas Banales wie ein Knutschfleck, zusammen mit Marlisas geschickt gewählten Worten, legen den falschen Eindruck nahe.

Tief in mir drin brennt eine Sicherung durch, eine hauchdünne Verbindung, die schon den ganzen Lunch über gefährlich geschwelt hat und jetzt einfach verschmort. Über die Konsequenzen kann ich mir wann anders Gedanken machen. »Der ist von meinem Freund!«, platze ich heraus. »Ich sage ihm immer wieder, dass er das lassen soll.«

Wahrscheinlich hätte ich meine Familie nicht mehr schockieren können. Jonah zieht ein Gesicht, als hätte ich behauptet, mir Hoffnungen auf den nächsten Nobelpreis in Physik zu machen, Marlisa verschluckt sich an ihrem Eistee und Papa gibt ein seltsam gurgelndes Geräusch von sich. »Du hast einen festen Freund?«

Als er das sagt, voller Verwunderung und klammheimlicher Freude, wird mir klar, was ich getan habe. Wohinein mich meine Panik getrieben hat. Irgendetwas muss ernsthaft nicht mit mir stimmen. Eben habe ich es unter schlimmstem Stress geschafft, einer meiner Lügen zu entkommen, und ich schiebe direkt eine neue hinterher? Gottverdammt, am liebsten würde ich mich selbst treten.

Zumindest habe ich Marlisa erfolgreich den Wind für ihre Mission genommen, mich als *Maneater* hinzustellen. Stattdessen mustert sie mich aus zusammengekniffenen Lidern. »Du hast noch gar nichts von ihm gepostet.«

Ich senke den Blick auf meinen Teller und bugsiere die letzten, traurig schlaffen Salatblätter auf meine Gabel. »Es ist ganz frisch.«

»Neuer Job und neuer Freund auf einen Schlag?« Jonah schnaubt. »Du musst dir ja einige Neujahrsvorsätze gemacht haben.«

Ja, unter anderem, dir gegenüber cooler zu sein, und schau, wie gut das klappt, Bruderherz. Vorsätze für'n Arsch, ich bin ohnehin zu verkorkst, um daran viel auszubessern. Anscheinend kann ich nur in einem Zustand von Chaos existieren, sonst hätte ich mich nicht so erfolgreich selbst sabotiert. Die brave Nova weint gerade garantiert irgendwo in einer pechschwarzen Ecke der Bruchbude, die meine Seele ist.

»Ich will ihn unbedingt kennenlernen«, dröhnt Papa leutselig und legt mir eine Hand auf die Schulter. »Den jungen Mann, der meine Tochter gezähmt hat.« Er lacht glucksend und mein Lächeln fühlt sich zäh wie Kaugummi an. Ich will nicht gezähmt werden, sondern geliebt, so wie ich bin. Ohne dass jemand sagt, ich sei zu viel oder zu wild oder zu dominant. Wahrscheinlich stecken nicht viele Hintergedanken in seinen Worten und ich bin nach dieser Shitshow von einem Mittagessen nur überempfindlich, dennoch verpassen sie mir einen Stich.

»Bring ihn doch am Samstag mit«, säuselt Marlisa.

»Am Samstag?«

Papa schlägt sich mit der flachen Hand vor die Stirn. »Wo habe ich meinen Kopf? Das hatte ich dir längst sagen wollen:

Ich veranstalte ein Networking-Abendessen, um mich in München vorzustellen. Alle hohen Tiere werden da sein und natürlich musst du auch kommen. Du hast Zeit, oder?«

»Ich denke schon, aber …«

»Perfekt. Vielleicht kann ich dich direkt mit ein paar kunstinteressierten Bekannten in Verbindung bringen. Und nimm deinen mysteriösen neuen Freund mit. Den muss ich genau unter die Lupe nehmen. Ha, ha, ha.« Papas Lachen dröhnt durch den Saal, während es mir eiskalt den Rücken hinunterläuft.

»Keine Ahnung, ob er so spontan Zeit hat. Er ist irre beschäftigt …«

Marlisa lehnt sich auf die Ellenbogen gestützt weit über den Tisch vor. »Und existiert bloß in deiner Fantasie?«

Mein Gesicht glüht inzwischen garantiert flammend rot und ich muss mich sehr bewusst aufs Atmen konzentrieren, um nicht aus der Haut zu fahren. Wenn ich sie sehen lasse, dass sie einen wunden Punkt getroffen hat, habe ich verloren. »Er existiert und ich werde dafür sorgen, dass er am Samstag mitkommt. Verlass dich drauf.«

9

Henry

Ich will nicht hier sein. Dieser eine Gedanke rotiert wie ein vergiftetes Mantra durch meinen Kopf, seit ich vor etwa einer halben Stunde die heiligen Hallen von Herzog Auktionen betreten habe. Ich habe meine Ankunft bewusst so abgepasst, dass ich in letzter Minute in den Raum geschlüpft bin, in dem die Pressepräsentation der Ausstellung stattfindet. Ein buntes Potpourri von Kunst ziert die Wände und vor einem behelfsmäßig aufgebauten Podium stehen mehrere Reihen von Stühlen, auf denen sich diverse Medienvertreter und ausgewählte Stammkundschaft drängen. Niemand hat auf mich geachtet, als ich in der letzten Reihe Platz genommen habe, die allgemeine Aufmerksamkeit ist nach vorn gerichtet, wo sich das Ehepaar Herzog für die Präsentation bereit gemacht hat. Nun reden sie und reden und reden. Über die Sammlung der Singers, welche Ehre es sei, einen Teil davon ausstellen und versteigern zu dürfen. Eigentlich sollte ich aufmerksam zuhören und mir Notizen machen, um später meinen Text schreiben zu können, aber ich bin zu sehr damit beschäftigt, nicht vor Panik vom Stuhl zu kippen.

Zähe, erstickende Schwärze steigt unaufhaltsam in mir auf, macht jeden Atemzug zur Qual, während es in meinem Kopf rast. Diese ganze Situation wirft mich unaufhaltsam zurück in ein Kapitel meines Lebens, das ich hinter Schloss und Riegel gesteckt habe. Und momentan fühlt es sich so an, als würden Hände meinen Brustkorb aufreißen, Rippen brechen und tief in meinem Innern wühlen. Ich kann mich nicht dagegen wehren, es nur aushalten. Situationen wie diese habe ich so oft erlebt. Ausstellungseröffnungen, Presseandrang, lobende Worte über unvergleichliche Kunst … meine Kunst. Über die Bilder eines Fünfjährigen, den sie Wunderkind genannt haben. Ein Ausnahmetalent. Der nächste Leonardo, weil ich schon so früh zeichnen konnte, wie es Kunstschaffenden mit jahrzehntelanger Erfahrung nicht gelungen ist. Ich habe im Spotlight ihrer Aufmerksamkeit gestanden, bevor ich meinen eigenen Namen schreiben konnte, und mein Aufstieg ist rasant gewesen. *Gefördert* von einem Vater, der angeblich immer nur mein Bestes gewollt hat, dem die Eurozeichen aber letztlich wichtiger gewesen sind. Denn wie sonst ist zu erklären, dass er sich nicht länger für mich interessiert, seit dem Tag, an dem alles zu Ende gegangen ist? Seitdem ich keinen Pinsel mehr in der Hand halten kann und jede Farbe in mir zu schwarzer Tinte geworden ist, die mich zu ersticken droht. Dad und ich wohnen im selben Haus und leben dennoch aneinander vorbei. In letzter Zeit spricht er mich häufiger an, fragt mich verkrampft nach meinem Tag, wenn wir uns zufällig über den Weg laufen. Ganz ehrlich? Von mir aus kann er sich die Mühe sparen. Ich werde nie wieder den Wert von früher für ihn haben und er muss sich zu nichts zwingen, nur weil sich das Verhältnis zwischen Vincent und ihm seit letztem Herbst gebessert hat. Was mein Bruder, der sich ehrlich darüber freut, nicht erkennt: Edgars Interesse an ihm ist genau dann gestiegen, als Vincent die Akquise des Jahrzehnts erzielt hat. Für mich ist es kein Zufall, dass ein finanzieller Gewinn der Auslöser für die zurückerlangte Gunst unseres Vaters ist. Und dieses Wissen schmeckt so gallig, dass ich es für mich behalte, um niemanden damit zu verpesten.

Das Handy in meiner Hosentasche summt und als ich es raushole, durchbricht ein rettender Schwall Wärme die eisige Tintenschwärze, in der ich beinahe ertrinke. Als hätten ihn meine Gedanken heraufbeschworen, schreibt mir Vincent.

Vinnie
Du bist bei der Press-Preview bei Herzog, oder?

Henry
Jep.

Vinnie
Hat Lilli schon mit ihrem Part begonnen? Sie wird über die Sammlerhistorie der Singers sprechen.

Weil ich komplett den Faden verloren habe, wer zurzeit doziert, recke ich den Kopf und erkenne tatsächlich seine Freundin. Lilli hält energiegeladen und charismatisch einen Vortrag über die Sammlung, die das Ehepaar Anfang der Achtziger in New York begonnen hat. Damals haben sie noch unbekannte Artists aus Hinterhöfen und Underground-Galerien aufgekauft.

Henry
Sie ist gerade dabei und schlägt sich toll.

Vinnie
Mach ein Video für mich. Bitte!

Henry
🤨

Henry
Ich sitze ganz hinten. Werde definitiv nicht mittendrin aufstehen, um sie für dich zu filmen, als wärst du die überdrehte Mutter aus *Mean Girls*.

Vinnie
Biiiiitteeeee!

Vinnie
Ich habe gleich einen Termin beim Notar zwecks Iris' Erbe, sonst wäre ich selbst bei der Preview.

Henry
Vergiss es, Bro.

Klar, seine Forderung ist absolut drüber, aber er ist so liebeskrank, dass mich gar nichts mehr wundert. Normalerweise würde ich ihm jeden abgedrehten Gefallen tun, allerdings bin ich heute mit der Mission hergekommen, so wenig Aufmerksamkeit wie möglich auf mich zu ziehen. Würde ich jetzt aufstehen, um zu filmen, würde genau das Gegenteil passieren. Also stecke ich mein Handy weg, das noch ein paarmal wütend in meiner Tasche vibriert, und versuche, die letzten zehn Minuten über aufzupassen. *Ich hoffe, sie geben Pressemappen raus, sonst bin ich am Arsch.*

Nach dem Ende des Palaver-Parts bleibe ich, um mir eine der Mappen mit den Infotexten zu sichern, damit ich mir später in der Redaktion nicht frei erfundenen Bockmist aus der Nase ziehen muss. Zwar beherrsche ich die Kunst, viel zu schreiben, ohne groß etwas zu sagen, inzwischen im Schlaf, doch ich kann mir keine mittelmäßige Arbeit leisten. Noch genieße ich nach dem abrupten Wechsel eine Art Welpenschutz im Kulturressort, aber nachdem ich mich gegen Udo aufgelehnt habe, vermute ich stark, dass er ein besonders scharfes Auge auf mich haben wird. Und ich habe keine Lust, im Redaktionsmeeting am Montag vor versammelter Mannschaft für meinen Text auseinandergenommen zu werden. Also folge ich nicht meinen Instinkten, die mich anschreien, das Weite zu suchen, sondern dränge mich mit allen anderen nach vorn, wo Mitarbeitende von Herzog die Mappen ausgeben und Fragen beantworten. Ich halte den Kopf gesenkt, mein linker Daumen reibt seitlich an meinem Ringfinger herum, auf den ein Reiki-Symbol für innere

Ruhe gestochen ist. Zwar bin ich nicht besonders spirituell, aber die Tätowierung zu berühren, erdet mich und ich kann mich einzig auf die Bewegung meiner Finger konzentrieren, anstatt mich von meinen strudelnden Gedanken in einen mentalen Kerker sperren zu lassen. Rings um mich herum blubbern Stimmen, die sich angeregt über das eben Gehörte austauschen, doch ich halte den Blick eisern aufs Parkett gerichtet. So bemerke ich, wie einer Frau zwei Schritte vor mir eine Geldbörse aus der Jackentasche fällt, als sie sich das Kleidungsstück über den Arm hängt. Sofort bücke ich mich danach und berühre sie an der Schulter, um ihr das Portemonnaie zu geben.

»Entschuldigung, das ist Ihnen gerade heruntergefallen.«

Sie wendet sich zu mir um und *holy fuck*, nein! Claudia Oberthurn. Dazumal eine meiner emsigsten Sammlerinnen. Ausgerechnet sie … Die Frau ist inzwischen Mitte fünfzig und hat sich kaum verändert, seit ich sie vor über zehn Jahren das letzte Mal gesehen habe. Sie ist das Paradebeispiel einer reichen, *snobby* Münchnerin: komplett in Cremetöne gekleidet, schmuckbehängt wie ein Weihnachtsbaum, ein bemalter Seidenschal elegant um den Hals geknotet und eine Tasche von *Chanel* an der Armbeuge baumelnd. Ihre Mimik ist wächsern geworden, als sich zuerst ihre Augen weiten – keine Regung seitens ihrer Brauen – und sie anschließend breit lächelt. Jep, keine Chance, sie erkennt mich.

»Na, ist das denn die Möglichkeit!« Claudia tritt näher, ihre Stimme so laut, dass sich mehrere Köpfe ringsum in ihre Richtung drehen. »Ich dachte erst, du wärst dein Bruder, aber Vincent hat keine, äh …« Ihre mit Ringen gespickte Hand flattert vage gestikulierend durch die Luft. Warum auch immer scheint es ihr unmöglich zu sein, das Wort *Tätowierungen* in den Mund zu nehmen. »Nein, Henry Saint Clair. Sieh an, wie groß du geworden bist! Es ist zu lange her.«

Ohne Umschweife und ohne auf meine Körpersprache zu achten, die garantiert bis ins nächste Sonnensystem *Ich will nicht!* ausstrahlt, zieht sie mich in eine Umarmung. Ich atme entschieden zu viel von ihrem pudrig-blumigen Parfüm ein und trete so schnell wie möglich einen Schritt zurück. *Fuck, ich muss hier weg.* Schon jetzt glaube ich, ein Murmeln zu bemerken, das wie eine Schockwelle durch die Umstehenden wandert.

Henry Saint Clair, ist das nicht … der Wunderknabe … das Jahrhunderttalent … so eine Tragödie …

»Dein *Skizzen meines Bruders* hängt noch immer in meinem Esszimmer und es vergeht keine Dinnerparty, bei der es nicht ausgiebig bewundert wird«, plappert Claudia und mir steigt die Galle hoch. Pechschwarze, zähe Galle. In meiner Kehle, meinen Adern, meinem Herzen. Ich weiß genau, von welchem Blatt Claudia spricht. Es sind Zeichnungen von Vincent, die ich mit sieben angefertigt habe; mehrere Studien von ihm auf einer Büttenpapierseite und ich habe nie gewollt, dass es verkauft wird. Diese Skizzen sind in einem privaten Moment entstanden, nur für mich gedacht, aber bei Dad hat es kein Halten mehr gegeben, nachdem er sie in meiner Mappe entdeckt hat. Vielleicht ist meine Seele deswegen so ein scharfkantiger Trümmerhaufen. Weil sie Scherbe um abgesplitterte Scherbe an den Höchstbietenden verhökert worden ist. Jedes Fragment ein Vermögen wert, bis nichts mehr übrig geblieben ist.

Jemand anderes sagt meinen Namen, nah an meinem Ohr, Fragen prasseln auf mich ein und ich versinke in einem

Meer aus Schwärze. Es rauscht in meinen Ohren, kalter Schweiß kriecht über meine Haut. *Ich kann nicht hier sein. Los, weg!*

Eine Gestalt drängt Claudia beiseite und ich blinzele. Wie in Zeitlupe heben und senken sich meine Lider, bis auf einmal Farbe in diesem Meer aus verschlingender Dunkelheit da ist. Rot. Ein Fixpunkt. Ein Ausweg. Ich konzentriere mich darauf, versuche zu atmen, während das Rauschen sich langsam legt. Mein Blick klärt sich und ich erkenne Nova vor mir. Ihr rot geschminkter Mund ist der Anker, der mich aus dem Tintenstrudel zieht, der rettende Klecks Farbe in meinem Nichts. Das Grau ihrer Augen, das heute dunkler und rätselhaft aussieht, bricht als Nächstes zu mir durch. Ich starre sie an wie eine Erscheinung, hinterfrage nicht, warum ausgerechnet sie hier ist und mich ihrerseits mit einer Eindringlichkeit mustert, die mir durch Mark und Bein geht.

»Komm mit, wir müssen reden.«

Ungeachtet der Leute, deren Fragen und Worte weiter nach mir greifen, nimmt sie meine Hand und zieht mich weg. Raus aus dem Raum mit den Stühlen und dem Podium, durch angrenzende Zimmer voller Exponate, bis in ein verlassenes Treppenhaus. Als die Verbindungstür zum Ausstellungsbereich hinter uns ins Schloss fällt, breitet sich wohltuende Ruhe aus und am liebsten würde ich vor Erleichterung auf die Knie gehen. Die letzten Reste dieses *Zustands* von eben fallen von mir ab.

In genau diesem Augenblick wird mir klar, dass ich von außen betrachtet wahrscheinlich eine echt schräge Vorstellung hingelegt habe, und sofort kickt die Scham rein. Ich *hasse* es, dass mich irgendjemand so gesehen hat, allen voran Nova.

»Alles okay mit dir?«, fragt sie, die Arme vor der Brust verschränkt, den Kopf abwartend schief gelegt. Sie studiert mich wie eine kluge Sphinx, die ihre eigenen Geheimnisse hütet und sie anderen aus den Händen pflückt wie reife Äpfel. Keine Ahnung, wie mein überreiztes Gehirn dieses treffende Bild produziert hat.

»Bestens.« Meine Finger zittern weiterhin und fühlen sich klamm an, während ich mir durch die Haare wuschele.

Sie macht einen kleinen Schritt auf mich zu. »Bist du dir sicher? Du sahst aus, als hättest du einen Geist gesehen.«

»Ich bin mir sicher. Alles gut.«

»Wirklich?«

»Ja!« Herrgott, langsam werde ich sauer, weil sie keine Ruhe gibt. Und ich heiße dieses Gefühl mit offenen Armen willkommen. Alles ist besser als die lähmende, eisig kalte Tintenschwärze.

Nova wirkt nach wie vor skeptisch und öffnet schon den Mund, doch ich komme ihr zuvor. Es ist schön, diese prickelnde Irritation zu spüren – dieses Britzeln und Stechen, das mich daran erinnert, mehr als die gähnende Leere in meiner Brust zu sein –, aber ich muss sie stoppen, bevor sie meine Grenze überschreitet. »Lass es gut sein, okay? Ich bin bloß im Stress, was dich nichts angeht.«

Sie reckt ihr Kinn; eine Königin, die sich mit einem lästigen Untertan herumschlagen muss. Obwohl ich etwas größer bin als sie, schafft sie es geradezu spielend, auf mich herabzublicken. »Ich will nur sichergehen, dass du okay bist und ich mir bloß eingebildet habe, dass du beinahe eine Panikattacke bekommen hast.« Sie stockt und ihre Augen, die heute ohnehin einen gedeckteren Farbton haben, werden noch ein wenig dunkler. Als würde es tief in ihr schwelen und dichter Rauch aufsteigen, der sie umschattet. Wenn ich malen könnte … »Weil. Ich. Dir. So. Dermaßen. Den. Arsch. Aufreißen. Werde!« Sie spricht abgehackt, jedes Wort eine hochgehende Platzpatrone. Wie von selbst wandern meine Augenbrauen nach oben. Okay, wow, mit diesem Turn des Gesprächs habe ich nicht gerechnet.

»Tu dir keinen Zwang an, ich gehöre ganz dir.« Mit einer Geste, als wollte ich mich ergeben, hebe ich meine Arme und halte ihr die Handflächen entgegen, ehe ich einmal an meinem Körper hinauf- und hinunterdeute. Diese Aussage ist nicht nur eine schnodderige Retour oder Ironie – wenn sie wollte, könnte sie mich hier und jetzt in einen Besenschrank ziehen. Ein paar Minuten des verwirrendsten Schlagabtauschs mit ihr reichen, um mir überdeutlich zu machen, dass eine Kostprobe von ihr nicht genügt. »Aber darf ich zuerst wissen, warum?«

Nova stößt ein Geräusch aus, das sich verdächtig nach einem Knurren anhört, und greift nach dem obersten Knopf ihres Oberteils. Mein Mund wird trocken. Bedächtig lasse ich meinen Blick über ihre Gestalt wandern, nehme erst in diesem Moment mehr wahr als ihr Gesicht und ihre Stimme. Sie trägt Lackleder-Stiefeletten, schwarze Strumpfhosen, den farblich passenden Minirock und eine hochgeschlossene taubenblaue Bluse. Und ebenjene Bluse knöpft sie nun mit groben Bewegungen auf, die ich wie hypnotisiert verfolge. Der Stoff klafft auseinander, gibt den Blick auf die seidig blasse Haut am Ansatz ihres Dekolletés frei, sie schiebt ihn weiter beiseite und … oh. Ich wusste, dass ich Spuren hinterlassen habe, allerdings war mir absolut nicht klar, wie … ausgiebig. Anscheinend neigt sie dazu, schnell blaue Flecken zu bekommen, oder es liegt an ihrem Teint, jedenfalls ist die rötlich violette Verfärbung an ihrem Hals selbst mehrere Tage später eindrucksvoll.

»Warum zum Fick musstest du mir einen Knutschfleck verpassen, der so groß ist, dass er eine eigene Postleitzahl benötigt?« Es fällt mir unheimlich schwer, das amüsierte Zucken meiner Lippen zu unterdrücken, und ihre Augen werden gefährlich schmal. »Findest du das komisch? Du hast mich entstellt!«

Gott, diese Frau … Ein Lächeln bricht sich Bahn und das erste Mal seit einer Ewigkeit ist es mir egal, dass meine Mimikmuskeln dabei protestierend schmerzen. Sie sind eingerostete, faule Arschlöcher, die sich daran gewöhnt haben, dass ich den Großteil der Zeit finster schaue. So etwas wie Verblüffung macht sich in mir breit, denn Nova gelingt es spielend, Empfindungen in mir auszulösen, die mich lächeln lassen. Wie kann es sein, dass ich vor Minuten noch überwältigt von dem Engegefühl und dem Unwohlsein gewesen bin, weil ich mich mitten in der Kunstbubble befinde, und sie mich so schnell abgelenkt hat? Faszinierend … zu faszinierend, um zu hinterfragen, wie das möglich sein kann.

»Entstellt?«, wiederhole ich dann belustigt. »Ist das nicht etwas übertrieben? Tut mir echt leid, wenn es dir unangenehm ist, aber in ein paar Tagen sollte der Fleck verschwunden sein.«

Nova plustert sich auf wie ein Stern, der kurz vor der Implosion steht. Keine Supernova, sondern die Steigerung davon, eine *Hypernova*. »Unangenehm? Weißt du, was unangenehm ist? Meinen Vater zu treffen, dem ich weismachen wollte, dass ich in letzter Zeit wie eine Nonne lebe, und ihm erklären zu müssen, WOHER DIESER *FUCKING* KNUTSCHFLECK KOMMT!«

Meine Augenbrauen wandern nach oben. »Dein Vater entstammt nicht zufällig dem Jahr 1890? Sein Moralkompass klingt nämlich verdammt nach einer veralteten Epoche.« Warum sonst wäre es für ihn so dramatisch, dass seine Tochter mit jemandem rumgemacht hat?

Eine niedliche Röte steigt ihr in die Wangen. »Das geht dich gar nichts an.«

Gespielt tadelnd schnalze ich mit der Zunge. »Und du erzählst mir trotzdem davon, weil …?«

»Du dafür verantwortlich bist, dass ich in der Patsche sitze, da du offensichtlich ein notgeiler Teenie bist!«

Abwartend lehne ich mich an die Wand hinter mir und verschränke die Arme vor der Brust. »Und was genau verlangst du von mir? Soll ich auf die Knie gehen und um deine Vergebung betteln? Oder zu deinem mittelalterlichen Vater gehen und beteuern, dass ich natürlich um deine Hand anhalten werde, nachdem ich dich so schändlich entehrt habe?«

Ich rechne fest mit einer schnippischen Erwiderung, aber Nova bleibt auffällig ruhig. *Zu ruhig.* Nachdenklich zieht sie die Augenbrauen zusammen, mustert mich, als wäre ihr erst just in diesem Moment klar geworden, dass *ich* vor ihr stehe, und irgendwie beschleicht mich ein ungutes Gefühl. Was auch immer da in ihrem hübschen Kopf vor sich geht, ich sollte besser das Weite suchen.

»Es gibt tatsächlich eine Möglichkeit, wie du es wiedergutmachen kannst«, sagt sie langsam, offenkundig noch immer tief in ihre Überlegungen versunken.

Nervös schlucke ich. »Du weißt, dass das eher als Witz gemeint war.« Meine Güte, so ein Aufstand wegen eines harmlosen *Hickeys.*

Ihr Blick schnellt zu mir, das Grau nun hart wie blanker Stahl. »Ohne dich würde ich gar nicht erst in der Zwickmühle stecken, also nein, *mój książe*, das hier ist todernst. Du schuldest mir etwas.«

»Okay, okay. Worum geht's?«

Sie holt tief Luft, streicht gedankenverloren über die verfärbte Stelle an ihrem Hals. »Mein Vater denkt, ich hätte einen Freund.«

Mein Schmunzeln kämpft erneut darum, zu einem vollen Lächeln zu werden. Plötzlich kann ich mir sehr genau vorstellen, wie diese Begegnung zwischen ihr und ihrem veralteten Herrn abgelaufen ist. Der Knutschfleck, er muss nachgebohrt haben, sie wollte nicht eingestehen, dass sie nur einen One-Night-Stand hatte, et voilà, der Cocktail fürs Desaster.

»Mhm, lügen ist nie die beste Wahl«, murmele ich und nicke gespielt altklug. »Aber da gibt es eine einfache Lösung: Sollte Papi noch einmal nachfragen, sagst du, ihr habt Schluss gemacht. Du wurdest betrogen, er kann dich trösten, alles prima.«

Energisch schüttelt Nova den Kopf. »So leicht ist das nicht. Meine Familie ist misstrauisch und eventuell … habe ich versprochen, *ihn* morgen zu einem Networking-Abendessen mitzubringen, das mein Vater veranstaltet.«

Mir schwant, worauf diese Unterhaltung hinauslaufen wird.

»Ich brauche ein Date für morgen.« Ihr Ausdruck ist weiterhin stählern und fest auf mich gerichtet. »Und da wir gerade festgestellt haben, dass du mir etwas schuldest …«

»Soll ich deinen Freund spielen?« Vor diesem Vater, der sich aufgrund ihrer Andeutungen anhört, als wäre die

Spanische Inquisition verglichen mit ihm eine Vorschulspielgruppe? Vor einer *misstrauischen* Familie? »Sorry, aber nein. Such dir einen anderen Gefallen aus.« Würde sie mich nur ein klitzekleines bisschen kennen, wüsste sie, dass ich so was von kein geeigneter Kandidat für diese Art von Schmierentheater bin. Ich kann keinen Eindruck auf Leute machen, hasse es, mich zu inszenieren oder mich mehr als nötig im Rampenlicht zu zeigen. Und wenn eines sicher ist wie der Tod, dann der Umstand, im *fucking* Zentrum der Aufmerksamkeit zu stehen, sollte ich Novas neuen Freund auf einer Party spielen.

Inzwischen wirkt Novas Haltung steif wie ein Brett und ich meine, ihre Unterlippe beben zu sehen. »*Kurwa*, ich hasse dich wirklich dafür, dass du mich zwingst zu betteln.«

Als sie diesen Satz sagt, jagt ein heißer Schauer mein Rückgrat hinunter bis tief in meinen Bauch … und noch tiefer. *Bloody hell*, die rauchige Härte ihrer Stimme, wenn sie polnisch flucht in Kombination mit dem Wörtchen *betteln*. Ich habe nie besonders über die Reize eines *Begging Kinks* nachgedacht, doch die bloße Vorstellung, eine Frau wie Nova dazu zu bringen … verlockend, aber so was von unangebracht. Als ich meine Aufmerksamkeit wieder auf sie richte, wirkt Nova regelrecht verzagt und das gefällt mir nicht.

»Also bitte, Henry. Bitte geh morgen mit. Bitte.«

Ich spüre, wie eine verhärtete Schicht in meinem Innern zu bröckeln beginnt. *Fuck it.* Sie kann mich nicht mit diesem Ausdruck ansehen und mich bitten, als wäre ich der Einzige, der helfen kann. Angespannt atme ich durch. »Warum musst du das überhaupt tun? Könntest du deinem Vater und allen anderen dort nicht einfach den Mittelfinger zeigen und allein aufkreuzen? Irgendwie dachte ich …« Unsicher, ob ich weitersprechen soll oder mich damit in Teufels Küche bringe, halte ich inne. Doch Nova lässt es nicht fallen.

»Was dachtest du?«

»Dass du über der Meinung der Leute stehst. Jemand, der lieber die Welt brennen sieht, als sich irgendjemandes Willen zu beugen.« Ja, wir haben bisher kaum miteinander zu tun gehabt, aber unsere Freundeskreise sind verwoben, und wenn Vincent mich mal mitzerrt, beobachte ich. Ein Schattendasein zu führen, ist ideal dafür und ich habe genug gesehen, um mir ein grobes Bild zu machen. Lilli, die dazu neigt, ein *People Pleaser* zu sein, und nur schwer die Kontrolle abgeben kann. Oder Hugo, der die Love Language *physical touch* regelrecht *lebt* und für den seine Freundinnen ein Rettungsanker sind. Und Nova, die sich über alles erhaben gibt und beinahe zu zerbrechen droht, wenn sie gezwungen ist, ihre Schilde zu senken.

»Du weißt nichts von mir«, wispert sie. »Oder über meine Familie.« Sie wankt, ich sehe es ganz deutlich. Innerlich trudelt sie, ihre bisher makellos unantastbare Fassade eingerissen. Es macht mir nichts aus, diese Fissuren bei mir selbst zu spüren, sie jedoch bei Nova zu sehen? Zu beobachten, wie ihr Stolz bröckelt? Unerträglich.

Ich habe wirklich gedacht, ich würde bei meinem ersten *Nein* bleiben können. Die Vorstellung, etwas zu faken, ist mir einfach zu abstrus vorgekommen, aber ich packe es nicht, sie so verzweifelt zu sehen, sie zu quälen. Also seufze ich tief.

Nova verlagert ihr Gewicht von einem Fuß auf den anderen. »Es ist bloß ein Abend, Henry! Ich *muss* in Begleitung auftauchen, und nachdem sie meinen Freund einmal gesehen haben und wissen, dass ich ihn mir nicht nur ausgedacht habe, werden sie das Interesse verlieren. Tun sie immer. Du hast mich nicht länger an der Backe, als ich deinen Knutschfleck am Hals kleben habe.«

Ich bin so was von geliefert. Nova sieht mit diesen großen, bittenden Augen zu mir auf, und obwohl ich so wenig von ihr weiß, *zu wenig*, ist mir instinktiv klar, dass dieser Moment eine Ausnahme für sie ist. Die allgegenwärtige Härte in ihrem Blick ist fort, einem fast flehentlichen Ausdruck gewichen, hinter dem eine Verletzlichkeit schimmert, die meine Knie weich werden lässt. Oder mein Herz. Vielleicht liegt es auch an dem Hauch von Furcht, den ich wahrzunehmen glaube. Es geht mich nichts an, aber es gefällt mir nicht, dass ihre Familie sie so sehr unter Druck setzt, dass sie sich merklich unwohl fühlt. Was sind das für Leute? Auch wenn mich viele auf den ersten Blick für einen emotionslosen, düsteren Eisbrocken halten, bin ich empathisch. Eventuell sogar ein wenig zu sehr, ansonsten hätte mich der Scheiß in meinem Leben niemals so dermaßen belastet. Ich arbeite daran, diesen mitfühlenden Teil von mir, der alles zu schwernimmt und jeden Kummer anderer auf sich laden will, unter Kontrolle zu halten, aber gerade spüre ich, wie mir diese strengen Zügel entgleiten.

Es wäre nur ein Abend, wie sie gesagt hat. Und ja, ich würde das Risiko eingehen, mich mit Nova in ihr Lügengespinst zu begeben. Allerdings gibt es Schlimmeres, als sich mit einer faszinierenden Frau zu verheddern, oder? Vielleicht hilft es auch, etwas mehr Zeit mit ihr zu verbringen, um herauszufinden, warum sie mir seit Tagen nicht aus dem Kopf geht. Es ist eine Anomalie, die sich garantiert auflösen lässt, habe ich sie erst einmal durchschaut.

»Dein Fake Date für einen Abend also?«

Als ich das sage, werde ich prompt mit einem Strahlen belohnt, das Novas Augen zum Funkeln bringt. Sie wirkt noch immer ein wenig unsicher, als wollte sie mir nicht so recht trauen, und ich frage mich ja selbst, worauf ich mich da einlasse.

»Genau. Ein einziger Abend. Es wird garantiert nicht schwer. Du musst nur vortäuschen, du fändest mich ganz wunderbar, und dir einen glaubwürdigen Grund überlegen, warum du mit mir zusammen bist.«

Das lässt mich die Stirn runzeln und ich löse mich von meinem Platz an der Wand, um die Distanz zwischen uns zu verringern. »Wie kommst du darauf, dass ich so tun müsste, als fände ich dich wunderbar?«

Sie schluckt, ehe sie meinem Blick ausweicht. »Kein Mann, der mich gut genug kennt, würde das von mir behaupten.« Dann lässt sie ein kleines Lachen hören, das mir eine Gänsehaut bereitet, weil es so gequält klingt.

Kurz entschlossen fasse ich nach ihrem Kinn und drehe ihr Gesicht behutsam zu mir, damit sie mich wieder ansieht. Wahrscheinlich geht es nur mir so, aber sobald ich sie berühre, kribbeln meine Fingerspitzen. »Dann scheinst du bisher an die falschen Männern geraten zu sein. Keine Sorge, ich werde morgen Abend alle im Handumdrehen davon überzeugt haben, dass ich ein verdammter Glückspilz bin, weil ich dich abbekommen habe.«

»Als Fake Date.«

»Als Fake Date«, bestätige ich und kann nicht aufhören, mit meinem Daumen ihren Unterkiefer entlangzustreichen. Ihre Haut ist so verdammt glatt und samtig und ich komme dem Purpurrot ihrer Lippen so nahe. Diese Farbe hypnotisiert mich regelrecht und ich muss mich nicht einmal besonders anstrengen, um mich daran zu erinnern, wie sie schmeckt. Rauchig und süß und wie etwas, wonach ich schlagartig süchtig werden könnte. Nein, ich werde definitiv nicht *so tun* müssen, als fände ich sie atemberaubend. Ob sie es weiß oder nicht, Nova hat mich längst um den Finger gewickelt, und in diesem Moment bin ich heilfroh, dass es nur ein Date sein wird. *Einmalig* scheint unser Ding zu sein, auch wenn mir im hintersten Winkel meines Bewusstseins dämmert, dass wir diese Vereinbarung längst gebrochen haben.

10

Nova

@muenchner_kindel

BREAKING NEWS: @supernova zusammen mit @saint.henry bei einem öffentlichen Outing gesichtet 😱 Zugegeben, wir mussten kurz in unseren verstaubten Archiven nach seinem Insta-Handle suchen, da Saintis kleiner Bruder sich so selten blicken lässt, aber wenn er es tut … Mamma mia, kein Wunder, dass Nova ihn sich gekrallt und direkt zum Abendessen mit ihrem Daddy mitgebracht hat.

Nachricht senden

Ich werde gleich ein Fake Date haben und niemand weiß davon. Hugo und Lilli nicht einzuweihen, ist so untypisch für mich, dass alles in mir dagegen rebelliert, doch irgendwie ist mir die Angelegenheit peinlich. Und dann bin ich unausstehlich und irrational und kann mich selbst nicht ausstehen. Wenn überhaupt erzähle ich es ihnen im Nachhinein, sobald ich mich beruhigt habe und darüber lachen kann. Es ist wirklich besser, dass die zwei heute Abend jeweils andere Pläne haben und nicht mitbekommen, dass ich mich für eine Verabredung style. Es ist mir einfach unangenehm. Vor allem, wenn ich mich mit ihnen vergleiche. Ja, sie haben ihre eigenen Dramen hinter sich oder stecken mittendrin, aber abgesehen davon haben sie ihr Leben im Griff. Sie sind nie so chaotisch oder impulsiv gewesen wie ich und haben sich dadurch auch nie in Situationen manövriert, aus denen sie nur mit so etwas Absurdem wie einem Fake Date wieder rauskommen. Ich meine, in welche Shitshow hat sich mein Leben verwandelt, dass darin plötzlich *Fake Dates* eine reale Rolle spielen? Soweit ich weiß, mussten meine besten Freunde bisher auch keinen Kerl durch emotionale Erpressung dazu bringen, sie zu einem nervigen Abendessen zu begleiten, um das Gesicht zu wahren.

Und so stehe ich um halb acht abends vor dem bodentiefen Spiegel im Wohnungsflur und begutachte mein Outfit ein letztes Mal. Der Knutschfleck ist weiterhin sichtbar, aber da ich keine Lust auf hochgeschlossene Kleider oder biedere Schals habe, bin ich auf die Sobieska-Methode umgestiegen. Manchmal ist es schwierig, in all dem Schmuck, den ich von meiner Mutter bekomme, den Überblick zu behalten, doch nach ein wenig Wühlen in meinem Tresor bin ich fündig geworden. Nun schmiegt sich ein etwa fünf Finger breites Band aus Diamanten und Perlen um meinen Hals und kaschiert die hartnäckige Verfärbung. Dazu trage ich ein verhältnismäßig schlichtes Kleid in nachtschwarzem Blau mit langen Ärmeln, weil ich weiß, dass ich den richtigen Eindruck vor einer Horde von Papas Geschäftspartnern und Businessbekannten machen muss. Marlisa und Jonah werden zwar trotzdem eine Angriffsfläche finden, doch ich will ihnen keine Steilvorlage schenken, indem ich mich in meinem üblichen Stil kleide. Die einzige Sache, durch die ich mich in diesem Kleid dennoch ein wenig wie *ich* fühle, ist das eingearbeitete Corsagenoberteil. Das Teil hält meine Brüste unter Kontrolle, lässt meine Taille irre schmal aussehen, ohne zu sehr *in your face* zu sein. Ich hoffe, Henry gefällt es.

Mooooment mal. Wo kommt dieser Gedanke her? Ja, er

wird mein Date sein, aber wir tun ja nur so. Außerdem habe ich deutlich klargestellt, dass er sich Mühe geben soll, so zu wirken, als fände er mich toll. Ergo muss ich höllisch aufpassen, nicht zu vergessen, dass alles, was er sagt, darauf zurückgeht. Ungeachtet dessen, was er bereits behauptet hat. Immerhin habe ich ihn gezwungen. Ehrlichkeit ist das Letzte, was ich von ihm erwarte.

Gerade schlüpfe ich in ein Paar funkelnde *Jimmy Choos*, die mein Halsband perfekt ergänzen, als mein Handy auf der Kommode neben mir aufleuchtet.

> **Henry**
> Bin da. Stehe im Halteverbot. Warum ist deine Straße so vollgeparkt?

Wir haben noch bei Herzog Nummern getauscht und Henry hat darauf bestanden, mich heute Abend abzuholen. Um Zeit zu sparen, verzichte ich auf eine Antwort, angele mir nur schnell meinen Mantel von der Garderobe, schnappe mir meine Handtasche und haste aus der Wohnung. Ein Porsche 911 wartet mit laufendem Motor direkt an der Einfahrt zu unserer Tiefgarage und lässt kurz das Fernlicht aufleuchten, sobald ich aus der Haustür trete. *Na, schau einer an, Henry fährt die großen Geschütze auf.* Nicht, dass mich ein Wagen beeindrucken würde. Keineswegs. Als ich nur noch wenige Schritte entfernt bin, steigt Henry aus, umrundet rasch das Fahrzeug und öffnet mir die Tür.

»Du musst keine Show für mich abziehen«, schnappe ich anstelle einer Begrüßung. Weil … na ja, weil mir seine Zuvorkommenheit unangenehm ist. Alles in allem fühlt es sich nicht so an, als hätte ich eine Behandlung wie diese von ihm verdient. Vor allem, wenn wir allein sind.

Fragend zieht Henry die Brauen hoch, die Hand weiterhin ganz gentlemanlike am Türrahmen. »Dir auch einen guten Abend, Princess.« Seine Lippen zucken auf diese Art, die sich schon fast vertraut anfühlt, als wollte er lächeln und könnte es nicht, da er aus der Übung ist. »Ich bin nicht wirklich bewandert im Beziehungsgame, aber selbst wenn du *nicht* mein Fake Date wärst, wäre das hier das Mindestmaß an Höflichkeit. Wenn ich meine Freundin wäre, würde ich mir definitiv Pluspunkte geben.«

Ich zwinge mich, tief durchzuatmen und meine angespannten Nerven in den Griff zu kriegen, damit ich nicht von der ersten Minute an alles versaue. So ungern ich es mir eingestehe, ich bin nervös und meine Instinkte lassen mich automatisch gegen Henry ausholen. Und das, wo er einen Samstagabend für mich opfert und ich ihm vor Dankbarkeit die Füße küssen sollte. *Once again*, kein Wunder, dass ich beim Dating einen Negativrekord nach dem nächsten aufstelle. Ich schaffe es ja nicht einmal, mich einem Kerl gegenüber ordentlich zu verhalten, der kein aufrichtiges Interesse an mir hat.

»Tut mir leid, ich bin …« *Sag es, Nova, sprich es einfach aus.*

»Nervös?«, sagt Henry sanft und so was wie Verständnis erwärmt seine blauen Augen. Und sind da Grübchen neben seinen Mundwinkeln aufgetaucht? Ich bin ein wenig abgelenkt davon, die beiden Vertiefungen anzustarren, die seinem ohnehin viel zu schönen Gesicht einen jungenhaften Touch geben. Ich würde gern dafür sorgen, dass sie öfter erscheinen und diese düstere, melancholische Aura um ihn herum durchbrechen. Ein irrationaler und unmöglicher

Wunsch, weil ich nicht vorhabe, mehr Zeit als nötig mit ihm zu verbringen. Henry entspricht so gar nicht meinem üblichen Beuteschema und außerdem bringt er mich zu sehr durcheinander. Ich sehne mich nach einem Partner, der mir Stabilität gibt. Ruhe, Beständigkeit. Kein Gefühl des freien Falls, wenn ich ihm zu lange in die Augen sehe, oder verrücktspielende Hormone.

Trotzdem komme ich nicht umhin zu bemerken, wie fabelhaft er in diesen schmal geschnittenen Anzughosen und einem schwarzen Hemd aussieht. Ich hätte nie gedacht, dass es mir gefallen könnte, aber die Tätowierungen, die an den Ärmeln und am Kragen hervorblitzen, zusammen mit der zweifellos maßgeschneiderten Kleidung sind eine brandheiße Kombination. Dazu sein Haar, das die genau richtige Mischung ist aus elegant gestylt und einzelnen rebellischen Locken, die aus der Reihe tanzen. Und *fuck my life*, trägt er einen Ohrring? Ich bin mir ziemlich sicher, einen kleinen Goldring, an dem ein Kreuzanhänger baumelt, zu erkennen. *Neue Schwäche – unlocked.*

»Ich kann dir ansehen, wie sehr du es hasst, nervös zu sein, aber ich bin es auch«, sagt Henry und ebenjene Grübchen geraten in Bewegung, als sein Nicht-Lächeln um einen weiteren Millimeter nach oben wandert. »Und ich habe definitiv mehr Grund dazu als du.«

»Bezweifle ich.«

Er schnaubt leise. »*Ich* werde heute deinen Vater treffen und ihn garantiert davon überzeugen müssen, gut genug für seine Tochter zu sein. Das wird mir alles abverlangen.«

Eher wird es andersherum laufen, denke ich mir, ohne meine Sorgen laut auszusprechen. Stattdessen mache ich einen Schritt an Henry vorbei, um endlich auf dem Beifahrersitz

Platz zu nehmen. Während ich nach dem Gurt taste, schaut er mit unlesbarer Miene auf mich hinunter, zögert, die Tür für mich zuzuschlagen. Schließlich beugt er sich zu mir, jede Linie seines Gesichts finster und wie gemeißelt, und fährt kaum wahrnehmbar über die Edelsteine an meinem Hals. Der Choker sitzt eigentlich nicht zu eng, doch jäh habe ich Schwierigkeiten zu atmen.

»Dieses Schmuckstück …«, murmelt er.

»Gefällt es dir?«

Leicht schüttelt er den Kopf, wobei ihm zwei, drei Löckchen in die Stirn fallen. »Das Band ist exquisit und wunderschön. Allerdings hätte es mir auch gefallen, wenn du nur meine Spuren auf dir getragen hättest.« Er räuspert sich. »Du bist wunderschön.«

Meine Lippen öffnen sich, ohne Zweifel eine gepfefferte Retour in petto, doch er richtet sich blitzschnell auf, schließt meine Tür und geht zur Fahrerseite.

Der Motor röhrt beim Anfahren, erstickt jede Gesprächsmöglichkeit im Keim, und ich beschließe, dass es besser ist, *dieses* Thema fürs Erste fallen zu lassen. Also sehe ich stur aus dem Seitenfenster, wobei mir eine Reihe freier Parkplätze am Straßenrand, keine hundert Meter von meiner Haustür entfernt, auffällt.

»Hast du die Parklücken nicht gesehen?«, frage ich Henry und deute nach draußen.

»Doch, ich habe ein paar Runden gedreht, aber die hier waren zu weit weg.« Er schaltet und ich breche meinen Vorsatz wegzusehen, um aus dem Augenwinkel seine kunstvoll verzierte Hand mit den langen, schlanken Fingern zu bewundern. Finger, deren kleinste Berührung auf meiner Haut ein Feuerwerk auslösen.

»Warum *zu weit weg*? Das sind ein paar Schritte für mich.«

Henry verzieht den Mund. »Wenn ich dich abhole, will ich so nah wie möglich vor deiner Tür halten, damit du direkt einsteigen kannst. Du bist ein High-Heels-Mädchen, nicht wahr?« Kurz schielt er hinunter in den Fußraum, wo meine *Jimmys* funkeln.

Also ernsthaft! »Wer zum Teufel bist du, Henry Saint Clair, und wo haben sie dir diese Old-School-Manieren eingepflanzt?«

»In Eton«, sagt er, ohne zu zögern. »Gefallen sie dir?« Mir fällt durchaus auf, dass er meine Frage von eben zu mir zurückspielt. Schlitzohr.

Ich kann nur den Kopf schütteln, weil es im Grunde egal ist. *Dieser Abend mit Henry ist eine Ausnahme*, sage ich mir streng, *gewöhn dich nicht dran*.

Die Fahrt verläuft weitestgehend schweigend, da ich darauf konzentriert bin, mich ein letztes Mal mental auf diesen Abend vorzubereiten. Papa hat geklotzt und nicht gekleckert, als er eine der größeren separaten Stuben in der *Käfer-Schänke* an der Prinzregentenstraße reserviert hat; gefühlt *der* Münchner Delikatessen-Hotspot fürs Sehen- und Gesehenwerden. Kein intimes Essen im engsten Kreis, sondern eine richtiggehend gesellschaftliche Bühne, auf der Henry und ich uns gleich werden beweisen müssen. Als Henry keine zehn Minuten später in eine Parklücke direkt ums Eck von *Käfer* rangiert, fühle ich mich allerdings immer noch nicht ready. Mir bleiben schätzungsweise fünf Minuten, bis unser Fake-Date-Auftritt losgeht, und ich versuche, ein letztes Mal tief durchzuatmen, während Henry einparkt. Mit konzentrierter Miene legt er die rechte Hand an die Kopfstütze meines Sitzes, um durchs Heckfenster zu sehen, und möglicherweise finde ich das minimal sexy. Aber man möge mir verzeihen, Männer, die *so* einparken, sind einfach hot. Und im Moment heiße ich diese Ablenkung mehr als willkommen.

Bevor er mich weiter in Verlegenheit bringen und den Kavalier spielen kann, steige ich eilig vor ihm aus, was mir einen tadelnden Blick einbringt, sobald er auf dem Bürgersteig neben mir steht. Der gemeinen Ader in mir macht es Spaß, ihn zu ärgern, jetzt, da ich weiß, wie gut seine Manieren sind. *Ruffling his feathers* und so.

Gespielt besorgt neige ich den Kopf. »Das ist kein Parkplatz direkt vor der Tür des Restaurants. Brichst du etwa deine eigenen Prinzipien?«

Henrys Brauen sind grimmig zusammengezogen, als wäre das wirklich ein Punkt, der ihn empört. »Soll ich dich hintragen? *Bridal Style?*«

Hastig schüttele ich den Kopf. »O nein, wag es nicht! Ganz abgesehen davon …« Ich breche ab, weil es vielleicht keine gute Idee wäre, diesen Satz zu beenden. Meine Selbstachtung stoppt mich, ehe ich damit herausplatze, dass ich ja wohl zu schwer bin, um getragen zu werden.

»Ja?« Henry steht plötzlich direkt vor mir und nach Freitag sollte mir eigentlich klar sein, dass spätestens jetzt *Game over* für mich ist. Mein Hirn setzt seinen Dienst aus, wenn er mir so nahe ist, und sollte Henry mich auch noch berühren … Zielsicher hebt er die Hand und etwas benommen beobachte ich, wie er sich eine glänzende schwarze Strähne meines Haars um die Finger wickelt. Das hat er schon in meinem Bett gemacht und ich kann das Kopfkino nicht ausschalten, das sofort anspringt. Beim Sex straft er sein ruhiges, zurückhaltendes Äußeres Lügen und schlüpft in eine Intensität, die ganz neue Fantasien in mir freischaltet. Wie er sich mein Haar fester um die Hand schlingt, mich daran hält, meinen Kopf nach hinten neigt und diese rauen Kommandos von sich gibt. *Zeig mir, wie du für mich kommst.* Da hatte er mich fast so weit. Hätte ich nicht wie immer im letzten Moment den Faden verloren. Nun, das tut gerade nichts zur Sache.

Henry zieht ganz leicht an der Strähne, um meine Aufmerksamkeit zu sich zurückzuholen. Ich räuspere mich, irritiert von mir selbst.

»Du wolltest deinen Satz noch beenden«, gurrt Henry mit samtigem Bariton.

»Nein, wollte ich nicht.«

»Hm, enttäuschend. Ich wüsste zu gern, was in deinem Kopf vor sich geht.«

»Oh, glaub mir, nicht besonders viel.«

Henry und ich zucken simultan zusammen, als direkt hinter uns die Stimme meiner Schwester ertönt. Hektisch versuche ich, ein wenig von ihm wegzutreten, doch ein schmerzhaftes Ziehen an meiner Kopfhaut stoppt mich, weil Henry weiterhin meine Strähne hält. Die Stirn finster gerunzelt lässt er sie durch die Finger gleiten, schlingt jedoch sofort einen Arm um meine Taille, ehe ich Abstand zwischen uns bringen kann. Richtig, er denkt an unsere Rollen. Wären wir ein echtes Paar, würde ich nicht von ihm wegspringen, als hätte er die Pest, weil wir gestört wurden.

»Wie war das?«, fragt er ruhig, aber mit unverkennbarer Anspannung in der Stimme an Marlisa gewandt.

Diese starrt ihn an, als wüsste sie nicht, ob sie halluziniert. *Willkommen im Club, Schwesterherz. Man gewöhnt sich nicht daran, wie hübsch er ist.*

»Hi.« Ihr Tonfall wird ganz weich und ihr Lächeln lieblich. Ah, die Show geht los. Vielleicht hätte ich Henry auf der Fahrt hierher warnen sollen. Meine Schwester streckt ihm die Hand entgegen. »Ich bin Marlisa Bornkamp, Novas Schwester.«

Henry ergreift sie höflich, ohne ihr Lächeln zu erwidern. »Henry Saint Clair.«

»Er ist mein Freund«, ergänze ich hastig und komme mir absolut lächerlich vor, weil ich mich so besitzergreifend aufführe.

Forschend sieht er zwischen uns hin und her. »Ihr seid Schwestern und habt nicht denselben Nachnamen?«

»Längere Geschichte, erzähle ich dir wann anders.«

Marlisa kichert. »Die dreckigen Familiengeheimnisse würde ich meinem neuen Freund auch nicht direkt erzählen. Nachher schlägst du ihn noch in die Flucht.«

Von Henrys Grübchen ist weit und breit nichts mehr zu sehen, was ich persönlich sehr bedauere. Dennoch freut es mich, dass Marlisa nichts von ihrer Existenz weiß.

Um sie von diesem Thema wegzulenken, sage ich: »Seid ihr gerade erst gekommen?« Ich recke den Hals, um nach Papa und Jonah Ausschau zu halten, aber Marlisa schüttelt den Kopf.

»Schon vor fünfzehn Minuten, ich musste noch mal zum Auto, weil ich meine Tasche vergessen habe.« Sie wackelt mit einer silbernen *Lady Dior* vor meiner Nase herum. »Die hat mir Papa geschenkt, als die Zusage für Cambridge kam.«

O nein, nicht wieder dieses Thema. Ich werfe Henry einen schnellen, warnenden Blick zu und versuche, ihm ohne Worte mitzuteilen, dass er ja die Klappe halten soll. Sein Nachname lässt es nicht direkt vermuten, allerdings ist er Halbbrite, und wenn sie nur einen Hauch davon mitbekommt, wird Henry sie den restlichen Abend nicht mehr los. Oder schlimmer noch: Sie wird es darauf ansetzen, ihn mir vor der Nase auszuspannen. *Been there, done that.*

Ich habe es eilig, ins Restaurant zu kommen, wo sicherlich bereits die ersten Gäste eingetroffen sind und es leichter wird, sie abzuschütteln. Marlisa, die sich an Henrys anderer Seite untergehakt hat, plappert ohne Punkt und Komma über Cambridge auf ihn ein. Er gibt nur gelegentlich ein zustimmendes Brummen von sich, wodurch sie seinen feinen, unverkennbar englischen Akzent nicht aufschnappen kann. Schlauer Bursche.

Am Restaurant angekommen löst sich Henry rasch aus Marlisas Klammergriff, indem er uns galant die Tür aufhält, ihr den Vortritt lässt und im nächsten Moment sofort nach meiner Hand greift. Fest schließe ich meine Finger um seine, sauge die Kraft, die von seinem Griff ausgeht, in mich auf, als wäre er eine vollgeladene Batterie.

Die gemietete Stube liegt im ersten Stock und kaum oben angekommen, zieht Marlisa zielstrebig an etlichen Türen vorbei, die zu kleineren Separees und Gasträumen führen, und rauscht schließlich in unsere Stube. Wobei *Stube* eine Untertreibung für den gigantischen Raum ist, der dank holzvertäfelter Wände und Decken Gemütlichkeit ausstrahlt. Obwohl Henry und ich sogar etwas früher dran sind, sind schon so viele Gäste da, dass ich Papa in dem Trubel nicht direkt finde. Ist auch gar nicht so leicht, wenn über die Hälfte der Anwesenden die gleiche Uniform aus schwarzen beziehungsweise dunkelblauen Anzügen trägt und die meisten Haarschöpfe bereits ergrauen. *Eine Alte-reiche-weiße-Säcke-Versammlung vom Feinsten also.* Überraschung. Mama reißt sich seit Jahrzehnten den Arsch auf, um in dieser Liga mitzuspielen, und sie hat das schier Unmögliche geschafft, indem sie erfolgreich und reich wie Krösus geworden ist. Und doch demonstrieren mir Abende wie dieser, dass es Türen gibt, die ihr für immer verschlossen bleiben werden. Egal, wie sehr sie sich abkämpft. Das hier ist die Elite, die unter sich bleibt und die nicht wirklich einen Platz für uns Sobieskas hat. Nicht, dass mich das besonders beeindrucken würde. Wenn ich von meinem Vater sonst nichts bekomme, dann zumindest einen Fuß in der Tür, um mich von dort aus weiter auszubreiten. Und egal, wie, ich werde diesen angeschimmelten Haufen unterwandern, um ihnen eines Tages im Namen meiner Mutter den Mittelfinger zu zeigen.

Fürs Erste gilt es jedoch, Papa zu finden und Henrys Vorstellung über die Bühne zu bringen. Seine Finger sind weiterhin fest und sicher zwischen meine geschoben und insgeheim bin ich unendlich dankbar für diese Geste. Sie wirkt von außen betrachtet gut und authentisch, sorgt aber auch dafür, dass ich vor Nervosität nicht zerspringe.

Schließlich ist es Jonahs Blondschopf, der wie ein Leuchtfeuer aus den Umstehenden hervorsticht und mir hilft, unseren Vater zu lokalisieren. Mit ein paar anderen stehen sie am hinteren Ende des Raums neben einem hübschen Kachelofen mit bemalten Fliesen und nehmen gerade Drinks vom Tablett einer Kellnerin an.

»Da drüben ist mein Vater. Eduard Bornkamp«, raune ich Henry zu, während wir auf ihn zusteuern. »Die furchtbare auberginefarbene Krawatte.« Ernsthaft, das Teil ist grässlich, da hätte ich ihn viel besser beraten können.

Von Henry kommt ein ersticktes Geräusch, das ein unterdrücktes Lachen sein könnte. »Ich habe ihn gegoogelt.«

Beinahe gerate ich ins Stolpern. »Das hast du?«

Er nickt, unverkennbar verschmitzt, obwohl er keine Miene verzieht. »Nur ein Blick auf seine Firmen-Website, um mir einen Überblick zu verschaffen. Ich finde es spannend, dass er sein Unternehmen nach einem der hellsten Sterne am Nachthimmel benannt hat. Canopus. Steht er auf Astronomie?«

»Nicht, dass ich wüsste«, räume ich widerwillig ein. Selbst wenn das stimmt, stehen die Chancen gut, dass ich nichts davon mitbekommen habe, weil unsere Gespräche nie in die Tiefe gehen. »Falls du beim Small Talk auf Nummer sicher gehen willst, rede über Golf oder Pferde. Seine Frau hat ein Gestüt.«

In Henrys Augen blitzt es auf. »Ich habe in England Polo gespielt.«

»Warum wundert mich das nicht, Eton Boy?« Wow, am Ende verliebt sich Papa Hals über Kopf in ihn und ich hätte mir nie Gedanken um Marlisa machen müssen.

Henry kneift mir mit der freien Hand neckend ins Kinn, was mich endgültig aus dem Gleichgewicht bringt. Aber er zögert keine Sekunde, sondern schlingt mir wie vorhin den Arm um die Taille, zieht mich enger an sich, und so treten wir schließlich auf das Grüppchen zu.

Jonah registriert uns zuerst. Er ist derjenige, der seine Umgebung stets wie ein Raubvogel mit wachsamen Augen im Blick hat. Jederzeit bereit zuzuschlagen – oder, wie jetzt, träge zu grinsen und eine Augenbraue zu heben.

»Schwesterherz!« Bevor uns jemand der anderen bemerkt, tritt er vor und zieht mich – zu meiner absoluten Überraschung – in eine feste Umarmung, die mich von Henry losreißt. Jonah drückt mich an sich und ganz kurz gebe ich mich der Vorstellung hin, es würde ihn freuen, mich zu sehen, doch dann flüstert er in mein Ohr: »Verrat mir eins: Wie viel musstest du deinem Callboy bezahlen, damit er heute Abend mit dir auftaucht? Seid ihr Kollegen?«

Mir wird heiß und kalt zugleich und am liebsten würde ich Jonah so kräftig von mir stoßen, dass er gegen die nächste Wand kracht. So ruhig wie möglich mache ich mich von ihm los und fauche ein kaum hörbares »Fick dich«, während die Demütigung in bitteren Schüben durch meine Blutbahn zirkuliert. Warum kann er nicht einmal nett zu mir sein?

Warm und schwer und sicher legt Henry seinen Arm wieder um mich. Er erobert seinen Platz an meiner Seite mit schlafwandlerischer Selbstverständlichkeit zurück und ich will ihn küssen. Weil er mich, ohne es zu wissen, zum zweiten Mal an diesem Abend auffängt. Vielleicht sollte ich ihn dauerhaft engagieren, zumindest solange meine Familie hier ist. Henry, der Safe Space.

Nun streckt er meinem Bruder mit ungerührter Miene die Hand entgegen. »Henry Saint Clair, und du bist?«

Er hat definitiv gehört, wie Jonah mich *Schwesterherz* genannt hat, und irgendetwas sagt mir, dass er ihn bewusst auflaufen lässt. Und tatsächlich sehe ich mit einiger Genugtuung, wie prompt eine feine Röte die Wangen meines Bruders überzieht. Indes starrt er mit leicht gekräuselter Oberlippe Henrys dargebotene Hand und die Tintenbilder darauf einen Moment zu lange an. Schließlich gibt er sich einen Ruck, schüttelt sie kurz, macht aber keine Anstalten, etwas zu erwidern. Kleiner Arsch.

Das Schweigen zwischen uns dehnt sich in Sekundenschnelle aus, unangenehm und drückend, bis ich es nicht mehr aushalte. »*Mój książę*, das ist Jonah, mein Halbbruder. Marlisa hast du ja schon kennengelernt.«

Die beiden starren einander grimmig an und mich beschleicht das Gefühl, dass sie eine Art stummen Machtkampf zwischen sich ausfechten. Zumindest graben sich Henrys Finger fester in meine Seite, als versuchte er, seine Emotionen zu zügeln.

Mittlerweile ist auch Papa auf uns aufmerksam geworden und ich atme auf, als er neben Jonah tritt, der endlich den Blickkontakt mit Henry unterbricht und sein typisches, undurchsichtiges Grinsen aufsetzt.

»Na, wen haben wir denn da?« Mal wieder vollkommen unempfindlich für die aufgeladene Stimmung nickt Papa mir mit einem leutseligen Lächeln zu. Eine Sekunde später ruht seine volle Aufmerksamkeit auf Henry.

»Henry Saint Clair. Es freut mich sehr, Sie endlich kennenzulernen.«

Still, aber inbrünstig danke ich dem Herrgott, den ich häufiger vernachlässige, als es meiner polnischen Großmutter lieb ist, für Henrys makellose Manieren. Er bewegt sich in diesem Haifischbecken mit einer selbstverständlichen Anmut und Gewissheit, die verraten, dass er in diesen gefährlichen Gewässern schwimmen gelernt hat. Und wenn es etwas gibt, das meinem Vater imponiert, dann sind es gute Umgangsformen. Einer der Gründe, warum er so häufig enttäuscht von mir ist, ist mein gelegentlicher Mangel an genau diesen. *Das polnische Erbe mache mich zu derb.*

Die beiden schütteln sich die Hände und eigentlich könnte ich aufatmen, wäre da nicht Papas Miene. Er mustert Henry ebenso gründlich wie Jonah und wo mein Bruder einfach nur ein gehässiges Aas ist, das ich ignorieren kann, stellen sich mir bei Papas Ausdruck sämtliche Nackenhaare auf. Keine Ahnung, ob ihm der Name Saint Clair etwas sagt, und selbst wenn, scheint er zur Nebensache zu werden, während er *meinen Freund* begutachtet. Die Tattoos bemerkt, den Ohrring, die fehlende Krawatte … Papas Missbilligung tritt immer deutlicher zutage. *Shit.*

Ich habe nicht mitgedacht. Meine Gedanken waren so sehr darauf fokussiert, jemanden für dieses Abendessen zu finden, dass ich alles andere vergessen habe. Oder ich war einfach zu sehr davon eingenommen, was *ich* alles an Henry mag, wie unerwartet toll ich ihn finde, dass ich darüber vollkommen aus den Augen verloren habe, worauf mein Vater wert legt: stereotyper Business-Dude, gut vernetzt, ordentliches Elternhaus und um Himmels willen nichts, was einem Bachelor of Arts nahe kommt.

Gleichzeitig hasse ich mich dafür, dass ich beginne, Henry zu degradieren, nur weil Papa ihn skeptisch ansieht. Er ist mein verdammter Retter in der Not und ich lasse zu, dass er ihn mir madig macht. Trotziger Widerwille, der seit Jahren mein Antrieb ist, breitet sich in mir aus. »Henry und ich haben eben noch darüber gesprochen, dass er in Eton Polo gespielt hat. Vielleicht ergibt es sich ja mal, dass wir Susannes Gestüt besuchen«, werfe ich mit der Subtilität einer hereinbrechenden Abrissbirne in den Raum. Mir egal, Hauptsache, ich stoppe die Vorurteile, die sich zweifellos im Kopf meines Vaters zusammenbrauen.

Als er diese Information hört, blinzelt er. »Eton?«

Henry nickt, mit einer höflich neutralen Miene, die es unmöglich macht, eine Spur von seinen wahren Gefühlen zu erkennen. »Die Männer meiner Familie besuchen seit Generationen dieses Internat. Mein Bruder und ich haben es beide absolviert.«

Papa sieht zwar weiterhin so aus, als würde er Henry nicht an meiner Seite billigen, nickt aber mit einer Spur mehr Anerkennung. »Passabel, wirklich wahr. Saint Clair war der Familienname?«

Ich muss mir ein Augenrollen verkneifen, doch Henry bleibt stoisch gelassen. »Richtig. Meinem Vater gehört die gleichnamige Kunstgalerie in London und München.«

»Ja, ich glaube, davon habe ich bereits gehört.« Jetzt erscheint ein winziges Grinsen auf den Lippen meines Vaters und er sieht kurz zu mir. »Kunstgalerie, hm? Kann es sein, dass dieser junge Mann hier deinen Karrierewechsel inspiriert hat?«

Während ich eilends überlege, wie ich diese Frage elegant beantworten könnte, schüttelt Henry den Kopf. »O nein, da ich mit dem Kunstbusiness nichts zu tun habe. Ich bin Journalist.« Täusche ich mich oder ist sein Tonfall eine Nuance reservierter geworden?

Papa nickt, doch nachdem Eton das Ruder flüchtig herumgerissen hat, driftet es nach der Erwähnung des Journalismus wieder ab. Na klar, das ist nichts, was ihn nachhaltig beeindruckt. Er fragt Henry noch ein wenig über seine Arbeit aus, standardmäßige Small-Talk-Themen, die wir oberflächlich abklappern, aber das war es. Keine Erkundigungen darüber, wie wir uns kennengelernt haben, wie lang wir schon ein Paar sind oder warum. Und während ich meinen Vater dabei beobachte, wie er Henrys Marktwert systematisch einordnet, wird mir das erste Mal klar, dass ich das von ihm übernommen habe. Und wie scheiße es ist, einen Menschen allein nach diesen Kriterien zu bewerten – zusammen mit dem Urteil über sein Äußeres.

Gerade beginne ich, mich zu fragen, wie wir uns am geschicktesten aus diesem Gespräch manövrieren könnten, als zwei Neuankömmlinge zu uns stoßen. Und zumindest einen von ihnen halte ich nicht für eine Vollkatastrophe. Fabian Laurent und sein Vater Ansgar, seines Zeichens ein ultrahohes Tier in einer hiesigen Privatbank. Die beiden werden mit viel Tamtam in Empfang genommen und Fabian begrüßt mich mit seinem ansteckenden Grinsen. Er trägt sein rötlich blondes Haar kürzer als bei unserem letzten Treffen im Januar und schlägt auch bei Henry kumpelhaft ein.

»Du bist der jüngere Bruder von Saint Clair, nicht wahr? Sieht man sofort«, sagt Fabian.

Nachdem er aus dem direkten Fokus meines Vaters gerückt ist, wirkt Henry zurückhaltender und so wortkarg, wie ich ihn noch nie erlebt habe – nun, gemessen daran, dass wir seit nicht mal einer Woche mehr miteinander zu tun haben. Er bleibt an meiner Seite, aber tritt ansonsten in den Hintergrund, während ich locker mit Fabian über gemeinsame Bekannte plaudere und unsere Väter übers Geschäftliche reden. Bis der Chefkellner mit getragener Stimme verkündet, das Entrée sei jeden Moment servierbereit und ob die Herrschaften nicht ihre Plätze einnehmen mögen. Just scheint sich mein Vater an meine Anwesenheit zu erinnern und mit einem Strahlen in den Augen blickt er zwischen Fabian und mir hin und her. Ein Strahlen, das ich sehr genau deuten kann. Ansgar Laurent ist einflussreich, vermögend und ein wichtiger Kontakt für Papa.

»Ich wusste ja gar nicht, dass ihr euch kennt! *Ha, ha, ha.*« Sein abgehacktes Show-Lachen dröhnt mir in den Ohren.

»Ein wenig«, antworte ich ausweichend. »Gemeinsame Bekannte und so. München kann klein sein.«

Fabian nickt lächelnd und ich bin froh, als alle um uns herum ihre Plätze einnehmen. *Natürlich* gibt es Platzkarten an den Tischen und ich finde meinen Namen neben einem Kärtchen, das mit *+1 Nova S.* beschriftet ist. Henry begutachtet den Aufsteller mit einem klammheimlichen Schmunzeln, ehe er mir den Stuhl zurückzieht. Und nein, ein Teil von mir schmilzt innerlich *nicht* dahin, weil das nie zuvor jemand für mich getan hat. Neben mich will sich gerade eine Frau um die vierzig setzen (das kleine Pappschild sagt *Annemarie Obrist [Daybright Capital]*), als Papa mit Fabian im Schlepptau heranwuselt.

»Annemarie, meine Liebe«, ruft er. »Hast du etwas dagegen, wenn wir die jungen Leute hier unter sich sitzen lassen und du mit Fabian tauschst? Ich bin mir sicher, dass Ansgar liebend gern mehr über eure Kapitaldienstleistungen für Banken hören würde.«

Annemarie Obrist wirkt mehr als glücklich, neben Ansgar Laurent wechseln zu dürfen, und man könnte meinen, Papa wäre zufrieden, aber weit gefehlt. Fabians Oberarm noch immer fest im Griff, trifft sein Blick auf mich, und was ich in ihm lesen kann, gefällt mir nicht. Ein Funke glimmt darin, der immer auftaucht, sobald er eine neue Akquise in Aussicht hat und alles dafür tut, um sein Ziel zu erreichen. Und irgendwie werde ich den Eindruck nicht los, dass Fabi und ich im Zentrum dieses Vorhabens stehen.

»Nova, rutsch doch auf Annemaries Platz, dann können die Jungs nebeneinandersitzen.«

Von Fabi kommt ein protestierendes Geräusch, halb Japsen, halb Räuspern. »Eduard, meinst du echt …«

Papa unterbricht ihn mit einem abgehackten, barschen Auflachen. »Papperlapapp. Das passt wunderbar so, nicht wahr, *Nova*?« Seine absolut rhetorische Frage an mich, zusammen mit der Art, wie er meinen Namen betont, treffen mich wie ein lähmender Stromstoß.

Aus dem Augenwinkel sehe ich, wie Henrys Haltung, der inzwischen neben mir sitzt, stocksteif wird, und auch in mir verkrampft sich etwas. Papa ist für gewöhnlich subtiler, wenn er anderen seinen Willen aufdrückt, doch nun schiebt er einfach schmerzhaft offensichtlich Fabian zwischen Henry und mich.

Ich bin hier heute Abend in der festen Überzeugung aufgetaucht, mit meinen Monogamiefähigkeiten Eindruck zu schinden, aber wie es aussieht, habe ich schon wieder versagt. Es reicht nicht, dass ich einen Freund präsentiere, der höflich und gebildet ist und einen exzellenten Background hat. Was ich tue, genügt nie. Papa hat Henry gewogen, für zu leicht befunden und nimmt die Dinge jetzt selbst in die Hand. Weil jemand wie Fabian Laurent als Schwiegersohn *die* Partie für ihn wäre.

Das Gefühl, versagt zu haben, brennt unter meinen Lidern und ich senke den Kopf. *Kann* niemanden sehen lassen, wie mich die Enttäuschung mit sich reißt. Stattdessen gebe ich den Wünschen meines Vaters widerstandslos nach, rutsche von Henry weg, hinunter von dem Stuhl, den er mir eben noch so aufmerksam zurückgezogen hat. Ich schaffe es nicht, zu ihm hinzusehen, weil mich die Scham sonst bei lebendigem Leib auffrisst. Weil ich ihn hierhergezerrt habe und er sich so behandeln lassen muss und es mir nicht gelingt, Papa Paroli zu bieten. Eduard muss es nicht laut aussprechen, ein Blick auf mich genügt und ich verstehe die Message. *Füge dich meinen Wünschen oder …* Dieses *Oder* war schon immer meine größte Angst. Die Bedingungen, die er mir stellt. Denn es hat immer Konsequenzen; etwa dass er Marlisa und Jonah mir vorzieht oder dass ich die meiste Zeit unsichtbar für ihn bin.

Alles im Leben hat seinen Preis, das habe ich früh gelernt. Und das, was ich nur für mich will, hat nie zur Debatte gestanden. Ich kann nichts dagegen tun, dass mein Vater mir so wichtig ist, selbst wenn es mich mein eigenes Rückgrat kostet. Gerade sieht er mich. Das sollte es wert sein, oder?

11

Henry

Ich hasse Novas Familie. Zumindest die Seite ihres Vaters. Nicht einmal zehn Minuten in ihrer Gesellschaft haben gereicht, um zu dieser Erkenntnis zu gelangen, und seitdem wächst das Ressentiment gegen sie stetig. Keine Ahnung, wer schlimmer ist. Der verschlagene Wichser Jonah, der konstant so aussieht, als plotte er den Untergang jeder Person in seiner unmittelbaren Nähe. Oder Marlisa, die anscheinend nicht einen Atemzug in Novas Gegenwart nehmen kann, ohne sie mehr oder weniger subtil zu beleidigen. Möglicherweise auch ihr Vater, der regelrecht durch sie hindurchschaut und offenbar nicht erkennt, wie sehr sie darum kämpft, von ihm gesehen zu werden. Dessen Ansprüche ich allerhöchstens *gerade so* erfülle und der dreist genug ist, Nova vor meinen Augen mit einem anderen verkuppeln zu wollen, indem er sie gezwungen hat, sich von mir wegzusetzen. Ich war drauf und dran zu widersprechen, aber nachdem Eduard Bornkamp den Einwand von Fabian so rigoros weggewischt hat, ist mir das nicht ratsam vorgekommen. Am Ende fällt es auf Nova zurück, wenn ich aufmucke. *Truth be told*, es sollte mir am Arsch vorbeigehen, da wir nur eine Inszenierung sind, allerdings geht's hier ums Prinzip. Für all die ach so wichtigen *Business Player* um uns herum bin *ich* Novas Freund und absolut sprachlos über die Dreistigkeit, mit der Eduard Bornkamp in der Beziehung seiner Tochter herumpfuschen will. Das Schlimmste ist, dass ich Nova zutraue, schlussendlich mitzumachen, weil sie ihm um jeden Preis gefallen möchte. Für mich ist das so offensichtlich, dass es wehtut, und ich frage mich, ob sie sich auch seiner Regie beugen würde, wenn wir *echt* wären. Hat der Mann so viel Macht über sie, um ihren sonst diamantharten Willen zu verbiegen?

So sitze ich also seit über einer quälenden Stunde zwischen Fabian und Marlisa am größten der sechs Tische in der Stube und sollte mich geehrt fühlen, dass ich mit den Majestäten des Abends speisen darf. Ein zweifellos köstlicher Gang nach dem anderen wird aufgetragen, ohne dass ich etwas davon schmecke, weil Fabian als Blockade zwischen Nova und mir sitzt. Und ich dabei zuhören darf, wie er sich blendend mit ihr unterhält, während gleichzeitig ihre Schwester ununterbrochen auf mich einredet, seit sie das mit Eton erfahren hat. *Halbschwester*, wie sie nicht müde wird zu betonen. Als wäre Marlisa auch nur einen Bruchteil mehr wert als Nova, da sie im Gegensatz zu ihr den Namen ihres Vaters trägt.

Die Situation wird umso schlimmer, weil ich mir ziemlich sicher bin, dass Fabian kein komplettes Arschloch ist. Wie der Rest der Schickeria ist er eines dieser vage bekannten Gesichter, denen man ständig über den Weg läuft, wenn man in den einschlägigen Hotspots unterwegs ist. Er wirkt ehrlich freundlich und an Nova interessiert, was alles so viel unerträglicher macht.

Ich weiß, dass es mir nicht zusteht, so zu fühlen, doch die beiden zu beobachten, geht mir gegen den Strich. Es widerstrebt mir, ihrem Vater zuzustimmen, aber sie scheinen sich bestens zu verstehen, und von außen betrachtet passen sie gut zusammen. Fabian sieht nicht schlecht aus, gerade durchschnittlich genug, um Novas exquisite Schönheit neben ihm so richtig zum Strahlen zu bringen. Ein piekfeiner Saubermann, bei dem kein Härchen aus der Reihe tanzt, und *natürlich* trägt er einen Anzug mit Krawatte, ohne darin verkleidet auszusehen. Tatsächlich habe ich mit dem Gedanken gespielt, mir etwas aus Vincents unendlicher Kollektion zu leihen, doch schon die Vorstellung, wie mich der Knoten an der Kehle einengen würde, hat mich von diesem Plan abkommen lassen.

Marlisas Hand landet jäh auf meinem Unterarm, was mich beinahe von meinem Platz aufspringen lässt. Ich *hasse* es, ohne Vorwarnung von Fremden berührt zu werden, insbesondere, wenn sie Bornkamp mit Nachnamen heißen.

Falls Novas Schwester mein Unbehagen auffällt, ist es ihr allerdings herzlich egal, denn sie bohrt regelrecht ihre Krallen in mich. »Sag mal, wie habt ihr beide euch eigentlich kennengelernt? Nova hat am Donnerstag gar nichts darüber erzählt.«

Mit einem Mal bin ich sehr damit beschäftigt, mit der Präzision eines japanischen Sushimeisters eine hauchfeine Scheibe von dem undefinierbaren Stück Fisch, das aktuell auf meinem Teller liegt, abzusäbeln. Nennt mich einen Schnellchecker, doch ich fürchte, dass die Wahrheit – wir haben einander auf dem Medizinerball aufgerissen und wollten eigentlich nur einmal vögeln – gegen uns verwendet werden könnte. Im Grunde schulde ich Nova nichts mehr, aber ich kann nicht hier sitzen und ihrer Familie munter Munition gegen sie liefern. Außerdem hat sie bei Herzog gesagt, sie würde ihrem Vater vormachen, wie eine Nonne zu leben. Da wäre die Erwähnung unseres One-Night-Stands definitiv ihr Todesstoß. Irgendwo habe ich mal gehört, dass man fürs erfolgreiche Lügen so viele wahre Details wie möglich benutzen soll, also entschärfe ich die Wahrheit. Aber das heißt nicht, dass ich nicht gottlos dick auftragen kann.

»Nova und ich …« Tief und hörbar atme ich durch, reibe mir über die Stirn, als könnte ich mein Glück selbst kaum fassen. »Kennst du diesen schnulzigen Schlager? *1000 und 1 Nacht?* So ungefähr lief das bei uns. Wir kennen uns gefühlt schon ewig, haben denselben Freundeskreis, und irgendwie habe ich immer angenommen, ich hätte so was von keine Chance bei einer Frau wie ihr. Und dann war da das letzte Silvester, wir haben alle zusammen gefeiert und ich konnte den ganzen Abend über nicht die Augen von ihr lassen. *Fuck*, ist sie schön gewesen! Und irgendwie habe ich es geschafft, ihr um Punkt Mitternacht den ersten Kuss des Jahres zu stehlen. Da ist sie in mein Leben eingeschlagen wie eine Funkenrakete. Richtig offiziell haben wir es dann am Rosenmontag auf dem Medizinerball gemacht.« Mit einem selbstironischen Gesichtsausdruck hebe ich die Schultern und Nova beugt sich an Fabian vorbei vor, um mir ein breites Lächeln zu schenken. In dem hoffentlich nur *ich* die Erleichterung erkennen kann. Unerklärlicherweise hat mein Herzschlag rasant an Tempo zugenommen, während ich diese wunderbare Geschichte vom Silvesterkuss erzählt habe. Denn im Nachhinein betrachtet hat sie an diesem Abend *wirklich* schön ausgesehen. Auch wenn ihr dieses simple Wort nicht gerecht wird. Und irgendwie will ich mir in den

Hintern treten, dass mein Hirn erst jetzt auf diesen Einfall kommt. Hätten mir nicht im Januar die Scheuklappen von den Augen fallen können? Hätten wir schon die ganze Zeit über … *O nein!* An Neujahr waren wir inmitten unserer Freunde und um den ersten Schritt zu tun, habe ich eine unbeobachtete Umgebung gebraucht. Die Masken beim Ball waren ideal. Dass ich tief in meinem Innern davon überzeugt gewesen bin, keine Chance bei Nova zu haben, ist ein Teil der Wahrheit, die ich preisgegeben habe. Und außerdem … was ich mir da ausmale, geht verdächtig in Richtung einer *dauerhaften Beziehung*, und das ist einfach nicht mein Ding.

»Das klingt ja süß.« So, wie Marlisa die Stimme hebt, hätte sie genauso gut *Das ist doch gequirlte Scheiße* sagen können, aber eine andere Reaktion habe ich nicht erwartet. »Ich habe das Gruppenfoto gesehen, das dein Bruder gepostet hat. Du und Nova steht so weit auseinander, dass ich gar nicht drauf gekommen wäre, dass ihr euch an diesem Abend näher gekommen seid.«

Nova räuspert sich. Inzwischen neigt sie sich so weit vor, um an unserem Gespräch teilnehmen zu können, dass sich Fabian flach an die Rückenlehne seines Stuhls drücken muss, um ihre Brüste nicht im Gesicht zu haben. Was ich ihm auch geraten haben will, so als Novas Fake Freund. Sicherheitshalber werfe ich ihm einen finsteren Blick zu, während Nova mühsam beherrscht erklärt: »Ich muss Henry nicht vorzeigen wie einen Pokal.«

Spöttisch hebt ihre Schwester die Brauen. »Und heute Abend ist er hier, weil?«

»Ihr darauf bestanden habt?« Nova klingt, als wäre sie mit ihrem Latein am Ende, und ich fühle mit ihr. So sehr.

Zu allem Überfluss mischt sich auch noch Jonah ins Gespräch ein. »Also seid ihr verdammt frisch zusammen. Will jemand wetten, wie lange es halten wird?« Zustimmung heischend sieht er in die Runde.

Jetzt ist er an der Reihe, drohend angefunkelt zu werden, aber ich scheine komplett an seiner aalglatten Fassade abzuperlen. Schleimiger kleiner …

Bei Nova hat er offensichtlich einen Nerv getroffen und ich beobachte mit aufziehender Panik, wie sie ihn kämpferisch fixiert. Ihr Kinn ist auf eine Art vorgeschoben, die mich vermuten lässt, dass sie etwas Unbesonnenes plant. Es ist immer deutlicher erkennbar, dass sie jegliche Vernunft oder Logik verlässt, sobald es um die väterliche Seite ihrer Familie geht.

»Du willst wetten?«, platzt es aus mir heraus, bevor Nova die Chance bekommt, wieder ein Schlamassel anzurichten, über das sie sich am Ende ärgert. Der kleine Wichser will eine Wette? Die soll er bekommen. Mir egal, ob ich mein Geld zum Fenster hinauswerfe, Hauptsache, er lässt Nova in Frieden. »Ich weiß nicht, wie viel man als Papis zweite Geige verdient, aber ich setze tausend Euro darauf, dass wir halten.«

Jonah kräuselt die Oberlippe, als wäre er kurz davor, die Zähne zu blecken. »Wie lange? Wenn du mehr als vier Wochen sagst, gehört das Geld sowieso mir.«

Es fällt mir so was von nicht schwer, ihn herausfordernd anzugrinsen. »Ich wette, dass Nova und ich nächstes Jahr an Rosenmontag unser Einjähriges feiern werden.«

Marlisa kichert schrill. »Rosenmontag ist jedes Jahr an einem anderen Datum, du Leuchte. Was für ein beschissener Jahrestag wäre das?«

Wie hat Nova es geschafft, diese beiden in ihrem Leben zu dulden und dreiundzwanzig zu werden, ohne einen von ihnen zu erdolchen?

»Es wäre *der beste* Jahrestag, weil ich um tausend Euro reicher wäre und Nova davon etwas Hübsches kaufen könnte.«

»Ist mir egal, was du laberst«, raunzt Jonah und streckt mir über den Tisch hinweg die Hand zu. »Habe gerade gegoogelt: Der nächste Rosenmontag ist am sechzehnten Februar. Nicht ganz ein Jahr, aber ich bringe dir jetzt nicht die Grundlagen des Zählens bei. Deal.«

»Deal.« Ich schlage ein und vermeide es wohlweislich, zu Nova zu sehen. Keine Ahnung, was ich damit langfristig angerichtet habe, doch offensichtlich hat mich jeder gesunde Menschenverstand verlassen, seit sie wie ein Silvesterkracher in mein Leben eingeschlagen ist. Der Teil war ebenfalls keine Lüge.

Zum Glück wendet sich das Gespräch schnell oberflächlichen Themen zu und ich kann mich sammeln. Allerdings währt diese Pause nur kurz, denn Cinderellas-missratene-Stiefschwester-Junior neben mir läuft anscheinend erst so richtig warm.

»Oh, oh«, raunt mir Marlisa überlaut zu. »Wenn Nova ein weiteres Glas Wein leert, wird es heute noch richtig lustig.«

Ich werfe ihr einen scharfen Seitenblick zu. »Wie meinst du das?«

Marlisa dreht sich verspielt eine blonde Strähne um den Finger und kichert. »Sie wird so *peinlich*, wenn sie betrunken ist. Dabei sollte man meinen, dass sie als Polackin mehr verträgt.«

Normalerweise regiert in mir die Schwärze. Sie ist allmächtig und niederdrückend und betäubend in ihrer Stille. Ich raste nicht aus, ich verliere nicht die Fassung. Aber jetzt, nach allem, was sich bereits in mir angestaut hat, explodiert Farbe in mir. Ein heftiges, markerschütterndes Rot, das mich überschwemmt, jeden Winkel füllt und sogar bis in meine Augen steigt. Alles in mir protestiert dagegen, weil es so lange her ist, dass ich etwas anderes als Tintenschwärze empfunden habe, doch ich kann mich nicht gegen die Rückkehr des Rots wehren. Es schäumt und kocht und will sich mit allem, was ich bin, auf Marlisa stürzen. Vollkommen egal, dass ich Nova nicht übermäßig gut kenne und niemand weiß, dass wir heute Abend faken. Wenn jemand mit diskriminierender Scheiße um sich wirft, ignoriere ich das nicht.

»Jammerschade, dass das viele Schulgeld, das dein Papi für dich geblecht hat, offenbar für die Katz war«, sage ich mit eisiger Ruhe, die im krassen Gegensatz zu meiner inneren Verfassung steht. Immerhin hat sie mir vor zehn Minuten oder so einen ermüdenden Monolog über die erstklassigen Privatinstitute gehalten, die sie seit dem Kindergarten besucht hat.

Irritiert blinzelt Marlisa mich an. »Wie bitte?«

Ich beuge mich näher zu ihr und stelle sicher, dass sie mir in die Augen sieht und ganz genau zuhört. »Weil es anscheinend nicht verhindert hat, dass du deine Schwester fremdenfeindlich beleidigst. Bei einem beschissenen Charakter hilft auch Cambridge nicht mehr.«

Es ist ein Genuss, dabei zuzusehen, wie Marlisas herzförmiges Gesicht in Sekundenschnelle hochrot anläuft. Sie öffnet den Mund, japst wie ein Fisch auf dem Trockenen, ohne zunächst ein Wort hervorzubringen. Mit grimmiger Zufriedenheit, die Arme vor der Brust verschränkt, lehne ich mich auf meinem Stuhl zurück und warte ab.

Marlisa erholt sich erstaunlich schnell und eine Giftigkeit lodert in ihren babyblauen Augen auf, die ihr süßes Gehabe mir gegenüber Lügen straft. *Komm nur*, denke ich, *mit dir kann es der rote Orkan in mir locker aufnehmen.* Tatsächlich lecken purpurfarbene Wellen in meinen Innern empor, wie eine wütende Sturmflut, die ausbrechen will. Ich bemerke, dass Nova zu uns herüberschaut, und zwinkere ihr zu, um zu signalisieren, dass ich alles im Griff habe. Mit klammheimlicher Zufriedenheit stelle ich gleich darauf fest, wie sie sich in die Unterlippe beißt.

»Ich hätte es sofort sehen müssen«, faucht Marlisa gedämpft. »Jemand, den Nova anschleppt, kann nur Unrat sein.«

Betont gleichgültig betrachte ich meine Fingernägel und stelle mit einigem Stolz fest, wie gut es mir inzwischen gelingt, nicht mehr an der Nagelhaut zu kauen. Das war der Fluch meiner Kindheit und ich habe lange gedacht, diesen Tick nie in den Griff zu kriegen.

»He, hörst du mir überhaupt zu?«

»Warum sollte ich? Wo doch du es bist, aus deren Mund *Unrat* kommt.« Plötzlich kostet es mich so gar keine Mühe zu lächeln – scheißfreundlich und falsch – und fürs Erste scheine ich Marlisa zum Verstummen gebracht zu haben. Schnaufend wendet sie sich ab und beschäftigt sich mit Wie-auch-immer-er-heißt-Hauptsache-das-Forbes-Magazin-hat-ihn-schon-einmal-genannt zu ihrer anderen Seite.

Eine gute halbe Stunde später löst sich die Tischgesellschaft auf und hochprozentige Digestifs werden auf Tabletts angeboten – einer dieser Whiskeys oder Obstbrände wäre definitiv nach meinem Geschmack, aber ich bin mit dem Auto hier und werde nicht als peinlichstes Fake Date, das sich frustriert die Kante gibt, in die Geschichte eingehen.

Nova steht neben mir, in einer Runde aus Fabian, ihren Geschwistern und den wenigen anderen Anwesenden, die noch nicht jenseits der Fünfzig sind. Sie nippt an einem Martini und wirft mir gelegentlich Seitenblicke zu, macht jedoch keine Anstalten, sich mir zu nähern oder etwas zu sagen. Seit wir vom Tisch aufgestanden sind, wirkt sie mir gegenüber steif und distanziert, als würde sie die Sekunden zählen, bis ich von hier verschwinde und sie sich für ihren Vater ganz Fabian widmen kann. Sein Kommando scheint bei ihr nachhaltig Wirkung gezeigt zu haben. Und ich Depp habe irgendeinen kitschigen Mist darüber geschwafelt, wie wir an Silvester zusammengekommen sind, und mich auf die hirnverbrannte Wette mit ihrem Bruder eingelassen. Warum war der Drang, mich für sie einzusetzen, so übermächtig? Und warum ist mir dabei jedes bisschen Vernunft flöten gegangen? Ich habe mich in die Scheiße geritten und zum Dank werde ich keine Dreiviertelstunde später regelrecht von Nova ignoriert. Ich war so dämlich. So, *so* schwanzgesteuert dämlich. Denn das muss es sein, nicht wahr? Mein Hirn hat den Dienst eingestellt und ein Teil von mir, der Nova hinterhersabbert wie ein notgeiler Teenie, hat das *Denken* übernommen. Es ist zum Kotzen.

Nova lacht herzlich über einen Kommentar von Fabian, Jonah beobachtet mich unverhohlen feindselig und ich merke, dass es mir reicht. All die Gespräche um mich herum, der Geräuschpegel und die Anstrengung, gute Miene zu diesem Affentheater machen zu müssen, zerren an mir. Ich werde nicht abhauen, bevor Nova gehen will, aber ich brauche eine Pause.

»Entschuldigt mich. Ich muss kurz an die frische Luft.«

Niemand achtet besonders auf mich, als ich mich umdrehe und die Stube verlasse. Mit jedem Schritt, den ich mich entferne, fühle ich mich ein wenig leichter und muss mich zwingen, auf der Treppe nicht drei Stufen auf einmal zu nehmen, weil ich es plötzlich so eilig habe. Als ich nach draußen trete, halte ich einen Moment auf der Schwelle inne, schließe die Augen und atme tief durch. Auf der Prinzregentenstraße vor mir rauscht der Verkehr auch spätabends, doch selbst die trostlose Abgasluft der Großstadt ist um Welten besser als die Atmosphäre in der Stube, die stickig ist von Dünkel und Selbstbeweihräucherung.

Die Hände in den Hosentaschen vergraben gehe ich ein paar Schritte um die Hausecke, die Nacht eisig und ohne eine Spur des nahenden Frühlings. Vorhin habe ich meine Jacke im Auto gelassen und ich hole sie mir lieber, bevor ich mir hier draußen den Arsch abfriere.

Ich habe gerade den Kofferraum zugeknallt und schlüpfe in das kuschelige Daunenteil, da ertönen hastig klackernde Schritte auf dem Gehweg. Jemand eilt in Heels auf mich zu und ich bin einigermaßen überrascht, als ich Nova erkenne. Sie bleibt neben dem Kotflügel des Porsche stehen, die leicht verengten Augen auf den Autoschlüssel gerichtet, der zwischen meinen Fingern baumelt.

»Haust du ab?« Ihr Tonfall ist definitiv provokativ, aber auch eine Spur unsicher. Als fürchte sie wirklich, ich könnte sie sitzen lassen und wortlos verschwinden. *Dear Lord*, diese Frau muss Erfahrungen mit der schlimmsten Sorte Mann gemacht haben.

»Nein«, antworte ich wahrheitsgemäß.

Nova sieht nicht überzeugt aus. »Und was machst du dann hier draußen? Du bist abgezischt, ohne zu warten, ob jemand mitwill.«

Meine Augenbrauen wandern nach oben. »Ich hatte nicht den Eindruck, dass du so dringend wegwolltest.«

Das bringt mir einen langen, finsteren Blick ein. »Und was um alles in der Welt hat dich das annehmen lassen? Habe ich für dich so ausgesehen, als hätte ich Spaß?«

»Woher soll ich das wissen? Du hast mich ja den Großteil des Abends ignoriert! Außer natürlich ich rette dir und deiner kleinen Lügenstory den Arsch, indem ich selbst irgendeinen Mist fabriziere.«

»Ich …« Nova ringt um Worte, ehe sie frustriert mit dem Fuß aufstampft. »*Kurwa*, du hast keine Ahnung, oder? *Oder?*« Sie kommt auf mich zu, einen wutgeladenen Schritt, bis sie direkt vor mir steht und mir ihren spitzen Zeigefinger in die Brust bohrt. »Ich habe jede Sekunde da drinnen gehasst und mich absolut beschissen gefühlt, weil ich dich in diesen Mist reingezogen habe und Papa so respektlos zu dir gewesen ist!« Sie stampft noch einmal auf, verfehlt nur knapp meinen Fuß und ich fasse nach ihren Schultern, um sie zu stoppen.

»Hey, langsam, Princess.« Beruhigend streiche ich ihre Arme hinauf und hinunter. Sie bebt unter meinen Händen und obwohl sie ihren Mantel nicht trägt, bin ich mir sicher, dass es nichts mit der Kälte zu tun hat. »Es ist okay, wenn du bereust, dass du mich heute Abend mitgebracht hast.«

»Hä?«

Ich straffe mich, darum bemüht, Haltung zu bewahren. »Mir ist klar, dass ich dein Notnagel gewesen bin, und es hat sich gezeigt, dass ich deinen Vater nicht wie erhofft beeindrucke. Fabian tut das. Also fühl dich meinetwegen bitte nicht schlecht, wenn du wieder reingehst und dich ihm widmest. Glaub mir, ich hab's verstanden.« Mit etwas mehr Widerwillen, als angebracht wäre, lasse ich sie los und schiebe die Hände stattdessen in meine Jackentaschen. Alles in mir schreit danach, sie anzufassen, sie an mich zu ziehen, bis sie sich beruhigt hat, nur steht mir das nicht zu. Fake Dates laufen anders. Ich bin nur ein Depp, der das vergessen hat. Vielleicht, weil es zu *fucking* gut gewesen ist, beim Ankommen ihre Hand zu halten und das erste Mal seit einer Ewigkeit das Gefühl zu erleben, zu jemandem zu gehören. Selbst, wenn es gespielt gewesen ist.

Ich rechne fest damit, dass Nova nickt und sich zum Gehen wendet. Stattdessen beginnt ein regelrechter Tornado in ihren sturmgrauen Augen zu toben.

»Du bist doch … Heilige Scheiße, Henry, du kapierst ja gar nichts!« Sie schreit beinahe. »Mir geht's vor allem um die Wette! *Warum*, bei allem, was heilig ist, musstest du dich auf Jonahs Provokation einlassen? Jetzt müssen wir sie *ein Jahr lang* überzeugen, zusammen zu sein! Heute Abend sollte eine einmalige Sache bleiben!«

Treffer. Versenkt. Ich habe das Gefühl, einige Zentimeter in mich zusammenzuschrumpfen, während sie mich so außer sich anfunkelt. Gleichzeitig passt sich meine Wut ihrer an, da *sie* es nicht kapiert. »Ich wollte dem kleinen Schleimsack den Wind aus den Segeln nehmen, okay? Sorry, dass ich in dem Moment nicht alles analytisch zu Ende gedacht habe. Ich stand unter Zugzwang! Vielleicht ist es dir nicht aufgefallen, aber Jonah ist wie ein Bluthund, der nicht mehr lockerlässt, sobald er sich einmal festgebissen hat. Und du wolltest ihnen doch glaubhaft vormachen, eine Beziehung zu führen, oder?«

Sie schweigt hartnäckig und ich muss wirklich darum kämpfen, meine Hände dort zu lassen, wo sie hingehören. Sicher weggesteckt in den Taschen meiner Jacke, sodass ich gar nicht erst versuchen kann, ihr durch die leiseste Berührung so sehr unter die Haut zu gehen, wie sie es bei mir schafft. Damit sie zugibt, dass ich ihren Halbbruder richtig eingeschätzt habe und vielleicht leichtsinnig, wenn auch absolut notwendig gehandelt habe.

»Oder?«, wiederhole ich stattdessen und glaube, dass Nova jede Sekunde vor Frust in die Luft gehen könnte. Von mir aus soll sie das tun. Ich bin hier und mir nicht zu schade, ihre Trümmerteile aufzulesen, sollte sie ihren Emotionen freien Lauf lassen wollen. Sie ist den ganzen Abend über so ungewöhnlich kontrolliert gewesen, hat Seitenhiebe und Bevormundung eingesteckt, ohne aus der Haut zu fahren. Die Frau, die ich bisher in ihr gesehen habe, ihr wahrer Kern, ist so gründlich weggeschlossen, dass es schmerzhaft sein muss. Ich *weiß*, dass sie ausbrechen will.

»Ja«, knirscht sie schließlich, klingt dabei jedoch kein Stück weit einsichtig.

»Es ging um die Geste, Nova«, sage ich so sanft wie möglich. »Ich habe deinen Geschwistern vom Fleck weg angesehen, dass sie uns nicht geglaubt haben, sie waren misstrauisch. Jonah hat darauf gesetzt, dass ich kneifen würde, sobald es um Geld oder ein langfristiges Zugeständnis geht. Und *weil ich dir vor ihm keine Blöße geben wollte, habe ich mitgespielt.* Mir ist diese Wette nicht ernst und der Einsatz erst recht nicht. Es ist mir egal, wenn ich das Geld verliere.«

Nervös befeuchtet sie sich die Lippen mit der Zungenspitze und ich kann nicht wegsehen oder mich gegen den Rausch von Hitze wehren, der bei diesem Anblick auf direktem Weg in meinen Unterleib schießt. Mein Schwanz zuckt, Gier regt sich und ich kann das Feuer nicht bändigen, das in meinen Adern schwelt, da ich sie noch immer will. Seit Rosenmontag und bis heute. Es wäre so leicht, die Distanz zu überbrücken und sie zu küssen. Wieder zu fühlen, wie sie gegen mich schmilzt, weil wir eine lichterloh brennende Chemie haben, die selbst Diamanten verflüssigen könnte. Bin ich deswegen so aufgebracht? Weil ich sie gegen alle Vernunft will und jede Faser meines Körpers nach ihr schreit?

»Aber ich bin es?« Novas Frage schneidet leise und klar durch das Inferno in mir.

Ich brauche einen Moment, um zu begreifen, worauf sie hinauswill. Sie fragt, ob sie mir ernst ist. Diese Frage … Mir schwant nur, welchen tiefgreifenden Gehalt sie hat, dennoch habe ich das Bedürfnis nach etwas *Echtem* an diesem lügengetränkten Abend. Es ist Wahnsinn. Köstlicher, nervenaufreibender Wahnsinn und doch will ich mich mitten hineinstürzen. Mir mit offenen Armen nehmen, was ich kriegen kann, weil Nova etwas in mir wachruft, das schon lange, lange Zeit schlummert. Farbe und Wildheit und *Leben.* Licht in der Dunkelheit. Ich möchte es auskosten und ein einziges Mal etwas tun, das falsch sein sollte, obwohl es sich richtig anfühlt.

»Ich meine *dich* ernst«, raune ich und gebe einen Fick darauf, dass dieser Satz womöglich grammatikalisch nicht ganz sauber ist. Er ist so wahr wie die Helligkeit, die Nova in mir wachruft, und nur das zählt.

Verblüfft öffnet sie den Mund. »Warum?«

»Darum.« Ich jage die Vernunft zum Teufel, beuge mich runter und küsse sie. Befreie meine Hände aus den Taschen, umfasse ihre Wangen und spüre, wie der Kontakt mit ihrer Haut einen Elektroschock durch meine Fingerspitzen jagt. Im ersten Moment rührt sich Nova nicht und auch wenn es mich alles kostet, bremse ich mich. Ziehe mich zurück, warte, ob sie mich wegstößt, weil sie nicht möchte ... Aber das genaue Gegenteil passiert. Ihre Überraschung weicht und Nova krallt die Finger in mein Haar, ihr Griff mit den spitz gefeilten Nägeln beinahe schmerzhaft, um mich zu sich zu ziehen. Wir kollidieren mit einer Heftigkeit, die mir den Atem raubt, und doch kann ich nicht mal daran denken, mich von ihr zu lösen. *Sie* wird mein Atem, zu allem, was ich inhalieren und schmecken und fühlen will, während ihre Zunge in meinen Mund schlüpft. Es ist, als würden wir nahtlos an Rosenmontag anknüpfen und gleichzeitig so, so, *so* viel besser, da ich weiß, wie süß sie schmeckt, und es besser auskosten kann. Meine Augen sind geschlossen und hinter meinen Lidern explodiert ein Kaleidoskop an Farben. Ebenholz, Blutrot, Weiß. Mein Schneewittchen, die küsst wie eine Feuersbrunst.

»Sag es«, raune ich, während ich mich kurz von ihr löse, um sie nach hinten zu drücken. Wir stehen noch immer am Kotflügel des Porsche und ich brauche mehr. Ihre Beine teilen sich und sie lässt zu, dass ich sie auf die Motorhaube lege und mich über sie schiebe. Ich rede mir ein, dass ich das tue, damit wir hinter der riesigen G-Klasse, die vor uns parkt, in Deckung gehen, um nicht beobachtet zu werden, aber wem mache ich was vor? Es kostet mich jedes bisschen Zurückhaltung, sie nicht auf der Stelle zu vögeln, und das ist nur ein Vorgeschmack.

»Was soll ich sagen?« Nova greift nach meinem Hemdkragen und zieht mich näher zu sich, nimmt meine Unterlippe zwischen die Zähne und scheint mir endgültig den Verstand rauben zu wollen. Wenn sie wüsste, wie nah sie dran ist … wie wenig es von ihr braucht, um mich kleinzukriegen.

»Dein polnisches Wort für mich. Dass ich ein Mistkerl bin, denn *fuck* … du bringst meine verdorbensten Seiten zum Vorschein.« Ich schiebe mein Becken gegen sie und umfasse gleichzeitig ihre Hüften, um sie noch näher zu ziehen. Scheißegal, ob der Lack Kratzer bekommt, ich benutze den Wagen ohnehin selten.

»Mój książę«, schnurrt Nova und fährt mit den Nägeln über meine Kopfhaut. *»Bardzo cie pragnę ale to nie jest do mnie dobre.«* Keine Ahnung, was der Rest bedeutet – vielleicht wird es an der Zeit, mir eine Sprachlernapp zuzulegen –, aber mehr als den lockenden Klang ihrer Stimme muss ich nicht verstehen. Oder wie sie sich an mich schmiegt, als ich sie fester auf die Motorhaube drücke, um sie tiefer, gieriger zu küssen. Lust sickert durch meine Adern, Begehren und Hunger. Eine Nacht hat nicht gereicht und ich bin kurz davor, ihr einen Vorschlag zu machen, der mit allem bricht, wovon ich bisher überzeugt gewesen bin: Dass ich ein Einzelgänger bin, niemand, der einer anderen Person mehr geben könnte als die leere Hülle voller Tintenschwärze. Dass ich One-Night-Stands bislang streng wörtlich genommen habe und ehrlich gesagt auch nie Lust auf eine Wiederho-

lung gehabt habe, weil es zu viele Scherereien gibt, sobald man seine Sexualpartner näher kennenlernt. Nova allerdings hebelt meine Prinzipien mit einer Leichtigkeit aus, die mir Angst machen sollte. Kann es … Ist es möglich, dass ich eine Art Obsession für diese Frau entwickele? Ein paar Worte, die mein Vater vor langer Zeit zu mir gesagt hat, schießen mir jäh durch den Kopf: *Du bist ein Künstler, Henry, und Künstler haben gierige, obsessive Seelen. Sie haben immer zu wenig und wollen zu viel. Wenn du eine Sache gefunden hast, die dich inspiriert, wird sie zu allem werden, was du bist, und dir mehr geben, als du je aus dir selbst hervorbringen könntest. Zögere nicht, wenn die Muse dich küsst, sondern pack dieses wankelmütige Weib beim Schopf und zwing sie, bei dir zu bleiben.* Bis heute hat meine Lebensphilosophie eigentlich darin bestanden, nach Kräften das Gegenteil von dem zu tun, was mein Vater mir jemals geraten hat. Aber in diesem Punkt muss ich ihm irgendwie zugestehen, dass er recht haben könnte. Nova ruft etwas in mir wach, einfach nur, weil sie *ist*, und ich spüre, wie ein Teil von mir längst von dem zehrt, was sie in mir entfacht. Sie strahlt so hell wie ein sterbender Stern, aus dem so viel Neues hervorgeht. Sie ist keine Muse, die mich gerade küsst, vielmehr eine Naturgewalt, die *mich* am Schopf gepackt hält. Ihre Augen glimmen warm und trunken unter mir, ihre Lippen nicht länger rot von Lippenstift, sondern von meinen Küssen, und in diesem Moment sieht sie mehr wie sie selbst aus als den ganzen bisherigen Abend. Ich weiß, dass sie wild und unbändig und leidenschaftlich ist, und wenn es nach mir ginge, sollte sie niemals ihre Flügel stutzen, um ihrer Familie oder sonst jemandem zu gefallen. Um ein Bild von sich abzugeben, das sie nicht ist. Wäre Nova ein Gemälde, dann eines aus starken, kompromisslosen Pinselstrichen, die in ihrer Summe eine Zerbrechlichkeit ergeben, die den meisten verborgen bleibt. Gott, ich will sie malen. Gott, ich habe noch nie so viel Angst vor meinen eigenen Wünschen gehabt.

»Henry.« Atemlos sagt sie meinen Namen, streichelt meinen Hals, schlüpft weiter unter den Hemdkragen und ich will sie aufhalten. Nicht, weil ich ihre Berührung nicht möchte, sondern weil es sich zu gut anfühlt. »Was tun wir hier?«

Von der Taille abwärts streiche ich ihren Körper hinunter, bis zu ihren vollen Oberschenkeln, die sich so irre perfekt gegen meine Handflächen schmiegen. Ich packe zu, *fest*, und ihre Augen weiten sich in einer Mischung aus Überraschung und Erregung. *Mehr.* Davon will ich mehr. »Ich für meinen Teil bin gerade verdammt unvernünftig«, räume ich mit heiserer Stimme ein, ehe ich den Kopf senke, um mich am Rand ihres Halsbands entlangzuküssen. Es macht mich schon den ganzen Abend verrückt.

»Und ich wollte in nächster Zeit eigentlich vernünftiger sein, aber …« Ihr Satz endet in einem Keuchen, als ich ihre Haut knapp oberhalb des Schmuckstücks leicht zwischen die Zähne nehme.

»Aber?«, hake ich nach.

»Das hier fühlt sich viel zu gut an.«

»Sag das noch mal, Princess.« Ich male die Worte mit meiner Zunge auf ihre Haut und sie wimmert. Bäumt sich auf und reckt sich mir entgegen.

»*Kurwa mać!* Henry.«

Mhhh ja, genau das wollte ich hören. Ihr wahres Selbst, das polnisch flucht und sich nicht hinter einem leeren Lächeln versteckt.

»Soll ich aufhören?« Um sie ein wenig zu quälen, stemme

ich mich ein Stück weit hoch. Schöner als das prächtigste Gemälde breitet sie sich vor mir aus und ich weiß nicht, was ich dringender möchte: mich an ihr sattsehen oder sie küssen, bis ich ihrer überdrüssig werde.

Meine Worte schweben noch verheißungsvoll in der aufgeladenen Atmosphäre zwischen uns, als plötzlich eine männliche Stimme erklingt, die Novas Namen ruft. Sofort versteift sie sich, ihr verhangener Blick klärt sich und wird wachsam. Bevor sie mich von sich hinunterschubsen kann, trete ich zurück und reiche ihr galant eine Hand, um ihr von der Motorhaube aufzuhelfen.

»Nova?«

Beherzt ziehe ich sie zu mir auf den Bürgersteig, aus der Deckung der wuchtigen G-Klasse heraus, und folge ihrem Blick die wenigen Meter in Richtung des Eingangs zum *Käfer* … wo Fabian steht und nach ihr ruft. Na bravo. Natürlich entdeckt er uns direkt und kommt mit ausholenden Schritten näher – kurz, bevor er uns erreicht hat, erkenne ich, dass er etwas im Arm trägt.

»Hey, da bist du ja«, sagt er freundlich zu Nova, als hätte er sich tatsächlich gesorgt, wo sie steckt. Pff, das ist so was von nicht sein Job. »Du warst ziemlich lange draußen und ich dachte … Mir ist aufgefallen, dass du deinen Mantel nicht mitgenommen hast.« Er reicht Nova das Kleidungsstück, das er für sie mitgebracht hat, und ich muss die Zähne zusammenbeißen, um einen definitiv unnötigen Kommentar zurückzuhalten.

»Oh, ähm, danke, wie lieb von dir.« Nova steckt sofort einen Arm in den Ärmel und bevor Fabian auf die Idee kommt, schnelle ich vor, fasse nach der Schulterpartie des Mantels und helfe ihr hinein. Schlimm genug, dass er mir gerade vor Augen führt, dass ich viel zu beschäftigt damit gewesen bin, sie zu küssen, als mir auch nur einen Gedanken darüber zu machen, ob sie frieren könnte. Nun, ich schätze, ich habe sie anderweitig gut warm gehalten.

Fabian wirft mir einen leicht zerknirscht wirkenden Blick zu und zieht die Schultern hoch. »Also dann … Geht ihr oder kommt ihr noch mal mit rauf?«

Nova beißt sich auf die Unterlippe und ich verstehe genug von Gestik und Mimik, um zu erkennen, dass sie nicht zurück möchte.

»Tut mir leid, Mann, wir sind raus für heute.«

Denn so wenig es mir vielleicht gefällt – dass Fabian aufgetaucht ist, hat es den vernünftigen Teil in mir nach vorn gebracht. Und wahrscheinlich sollte ich schleunigst von Nova wegkommen, bevor sie unwiderrufbare Dinge in mir auslöst. Was nicht heißt, dass es mich nicht verdammt zufrieden macht, wie sie Fabian den Rücken zukehrt und mit mir zusammen geht.

12

Nova

@muenchner_kindel

Wir geben zu, dass wir engagierte Spürnasen sind, die viel allein aufgedeckt haben, aber wir wären nichts ohne euch – unsere allzeit wachsamen Kindel, die uns immer wieder die skandalösesten Blind Items schicken. Der heutige Insider kommt von einer Quelle, die frisch in München ist, und bezieht sich auf eine Sichtung von letzter Woche: @supernova und @saint.henry sind mehr Schein als Sein 😱 Die Informationen sind verifiziert und stammen aus dem engsten Umfeld unserer liebsten Skandalnudel. Nur behaupten, einen Freund zu haben, um ein Femme-fatale-Image loszuwerden? Ts, ts, ts, ihn einmal vorzuführen, genügt nicht, um jemanden zu überzeugen, Naughty-Nova!

Nachricht senden

Das Impostor Syndrom ist nie etwas gewesen, das mir großartig zu schaffen gemacht hätte. Mein Credo ist: Entweder ich kann eine Sache oder ich gehe ihr aus dem Weg. Die Arbeit bei Herzog allerdings … Da komme ich mir wie die größte Hochstaplerin aller Zeiten vor. Es ist meine zweite Woche im Auktionshaus und ich habe ehrlich keine Ahnung, was ich hier mache und warum mich irgendjemand duldet. Es ist wirklich, *wirklich* ein Vorteil, die beste Freundin der Juniorchefin zu sein. Macht mich das eigentlich zu einem Nepo-Baby? Einer Nepo-Bestie? Na ja, wie auch immer.

Fakt ist, dass ich regelmäßig an meine Grenzen gerate, obwohl meine Aufgaben meistens wenig mit der konkreten Arbeit an der Kunst zu tun haben. Und mit *Grenzen* meine ich nicht die Tatsache, dass es mir verdammt schwerfällt, mich an den neuen Rhythmus einer Viertagewoche von acht bis sechzehn Uhr zu gewöhnen (zum Glück habe ich freitags frei), sondern die ganzen anderen Kleinigkeiten, die für die Kollegschaft bei Herzog so normal sind, dass sie gar nicht mehr darüber nachdenken und sie als Grundwissen voraussetzen. Zum Beispiel als ich am Montag für Lucia, mit der ich mir ein Büro teile, *den Uecker* aus dem Depot holen sollte. Muss ich erwähnen, dass ich eine halbe Stunde herumgeirrt bin und einen Kollegen namens Uecker gesucht habe, bis ich Raúl aus der Abteilung Kunst des 19. Jahrhunderts in die Arme gelaufen bin, der mir leicht irritiert mitgeteilt hat, dass Günther Uecker ein zeitgenössischer Künstler ist – der nicht hier arbeitet – und ich Lucia ein Bild von ihm bringen soll? Reden wir nicht darüber, wie ich danach mindestens eine Stunde ziemlich lost vor der Masse an Kunstwerken im Depot stand und mithilfe von Google versucht habe, *den Uecker* zu identifizieren. Die wenigsten Werke haben Namensschildchen gehabt. Ehrlich, ich habe mich noch nie so dämlich gefühlt wie jetzt, wo ich bei Herzog arbeite. Und ich kann niemandem mein Leid klagen, vor allem Lilli nicht, die normalerweise meine erste Anlaufstelle dafür wäre. Aber da ich sie nicht sehen lassen will, was für eine Knalltüte sie sich ins Haus geholt hat, schlage ich mich mit meiner Spezialvorgehensweise durch: gespieltes Selbstbewusstsein. Mir ist schnell aufgefallen, dass Kunstmenschen voll drauf abgehen, wenn man ihnen eine Sache nur überzeugend genug erzählt. Ist mir letztens passiert, als ich Besucher durch die Singer-Ausstellung geführt habe und sie bei einem Bild wissen wollten, was die Motivation der Künstlerin gewesen sei. Ein paar Sekunden habe ich mit leerem Blick auf die Leinwand gestarrt – wilde Strudel aus Gelb, Blau und Schwarz, die für mich absolut keinen höheren Sinn ergeben haben, außer jemand hat vielleicht ein Kleinkind mit Fingerfarben darauf losgelassen – und habe schließlich ad hoc eine Story improvisiert. So überzeugend, als hätte ich das Œuvre (eines der neuen fancy Wörter, die ich gelernt habe) der Künstlerin Clarissa W. Degger bis ins Detail studiert, habe ich davon erzählt, dass dieses Werk eine Hommage an ihren verstorbenen Hund Ronny sei, von dem die wenigsten Menschen etwas wüssten. Dabei sei Ronny jahrelang der treue Begleiter und Inspirator der Künstlerin gewesen. Die beiden Herren haben nur mit angetanen Mienen genickt und gemurmelt, sich das Bild für die kommende Auktion vorzumerken. Spätestens jetzt sollte klar sein, was ich mit Impostor meine.

Wenn ich nicht gerade Schadensbegrenzung für meine eigene Unfähigkeit im Auktionshaus betreibe, gehe ich Jonah und Marlisa so gut es geht aus dem Weg. Besonders nach dem Abend im *Käfer*. Wie es der Zufall will, hat sich Papa für die Dauer seines Aufenthalts Büroräume in der sogenannten *Alten Residenzpost* gemietet. Wenn ich bei Herzog aus dem Fenster sehe, kann ich auf den historischen Gebäudekomplex blicken, der sich zwischen dem Nationaltheater und dem Auktionshaus direkt an der Maximilianstraße befindet. An dieser Stelle hinterfrage ich nicht, warum das Schicksal dafür gesorgt hat, dass sich mein Vater von allen hochwertigen Kurzzeitmietbüros ausgerechnet dieses ausgesucht hat. Immerhin wollte er in meiner Nähe sein …

Von ihm höre ich zwar seit dem *Käfer*-Abend gewohnt wenig, dafür haben meine Geschwister spitzbekommen, wo Herzog seinen Sitz hat, und laufen mir auffallend oft über den Weg. Oder rufen an, um darauf zu bestehen, mit mir Mittagessen zu gehen, *weil sie sich in München nicht auskennen.* Lilli bietet zwar ständig aufopferungsvoll an mitzukommen, doch ich lehne jedes Mal ab. Das will ich ihr echt nicht zumuten. Außerdem soll niemand sehen, wie schwer ich mich gegen die beiden behaupten kann. Es genügt vollkommen, dass Henry am Samstag einen Logenplatz für dieses Spektakel gehabt hat. Wobei mich immer noch brennend interessiert, worüber er und Marlisa gesprochen haben, als sie kurz am Tisch die Köpfe zusammengesteckt haben und meine Schwester danach ausgesehen hat, als hätte er ihr Lieblingspony getreten. Wenn sie sich nach meinem *Freund* erkundigt, schwingt unverkennbar Feindseligkeit in ihrer Stimme mit, und ich bin mir nicht sicher, ob es daran liegt, dass sie meine *Beziehung* in Zweifel zieht oder er ihr persönlich ans Bein gepinkelt hat. Irgendwie hoffe ich sehr, dass es Letzteres ist. Jonah scheint weiterhin zu glauben, ich hätte Henry wie einen Callboy bezahlt, aber immerhin muss ich Papa mit meinem Stunt fürs Erste überzeugt haben. Ja, ich höre wenig von ihm, allerdings hat er eine weitere Einladung für Henry und mich ausgesprochen – ein Whiskey-Tasting-Abend, den Ansgar Laurent veranstaltet. Zum Glück habe ich weitere Katastrophenabende wie im *Käfer* mit der Behauptung abwehren können, Henry und ich hätten bereits etwas vor. An der Stelle ist es mir zur Abwechslung mal ganz gelegen gekommen, dass das Interesse meines Vaters an mir von zwölf bis mittags reicht, denn er hat sich nicht weiter nach unseren Plänen erkundigt. Zugegeben, ich fühle mich schlecht, ihm abgesagt zu haben, wo er schon mal hier ist, doch ich kann Henry weder erneut einspannen noch ohne ihn auftauchen. Es ist wirklich besser so. Besonders, wenn man bedenkt, wie explosiv der *Käfer*-Abend für uns geendet ist. Und wie verdammt schwer es mir fällt, nicht mehr daran zu denken, wie sexy es gewesen ist, als er mich auf der Motorhaube seines Porsche regelrecht verschlungen hat. Keine Ahnung, was passiert wäre, hätte Fabi uns nicht gestört. Wahrscheinlich ist es gut, dass ich das nicht herausgefunden habe, aber verdammt, die Erinnerungen lassen sich alles andere als leicht verdrängen und irgendwie wünsche ich mir ein klitzekleines bisschen, Henry wiederzusehen. Nicht nur, weil er mich um den Verstand küssen kann, sondern weil ich ihn möglicherweise … ganz gern mag. Es mag, wie ich mich in seiner Gegenwart fühle. Und *das* ist der ultimative Warnhinweis, mich von ihm fernzuhalten. Oder?

Jetzt ist Samstagabend, ich habe eine weitere Arbeitswoche bei Herzog ohne größere Katastrophen hinter mich gebracht und dennoch ist meine Stimmung nicht gerade berauschend.

»Und du bist dir sicher, dass du nicht mitkommen willst? Ohne dich wird es nur halb so spaßig.«

Eine der seltensten Situationen überhaupt bietet sich mir: Lilli, die mich überreden will, mit ihr auszugehen. Seit ich am Nachmittag erklärt habe, in der WG bleiben zu wollen, anstatt mich den Abendplänen der anderen anzuschließen, mustert sie mich mit skeptischen Seitenblicken, als fürchte sie, mich hätte insgeheim ein tödliches Virus befallen. So falsch würde sie damit nicht liegen. Mir ist klar, wie untypisch das für mich ist, und meine Laune ist angespannt, da ich entgegen all meiner Instinkte handele. Allerdings habe ich einen Vorsatz: mich von meiner besten Seite zu zeigen und wirklich zu beweisen, dass ich mich von Exzessen und allzu wilden Partys fernhalte. Ich will den Klatschtanten der Stadt so wenig Futter wie möglich geben, das meine Geschwister aufschnappen und brühwarm an Papa ausplaudern können. Momentan ist mein Vater vor Ort, in der Ehrenloge meines Lebens platziert, und nicht wie sonst etliche Hundert Kilometer weit weg am anderen Ende des Landes. Ich bin mehr denn je in seinem Fokus und will in jeder anderen Hinsicht glänzen, nachdem das Date mit Henry ihn schon so wenig beeindruckt hat. Und das bedeutet heute Abend: keine Hausparty bei Marius Marquart für mich. Seine Feiern sind ein sicherer Garant für Ausschweifungen der übelsten Sorte und damit darf ich zurzeit nicht in Verbindung gebracht werden. So schwer es mir auch fallen mag.

Deswegen sitze ich bereits in einem seidenen Pyjamaset auf der Couch, komplett abgeschminkt und meine Haare für die Nacht auf eines dieser weichen Schaumstoffbänder gewickelt, damit ich morgen mit perfekten, hitzefreien Locken aufwachen werde. Ich habe bewusst die idealen Bedingungen geschaffen, um mich davon abzuhalten, im letzten Moment meine Meinung zu ändern und doch noch mitzukommen. Die Regel will es, dass ich keinen Fuß mehr vor die Tür setze, wenn ich erst mal mein Make-up entfernt und mir die Zähne geputzt habe. Ein psychologischer Trick, der wirkt.

Lilli, die in einem bestickten schwarzen Minidress von *Edulé*, das ich ihr von einer meiner letzten Shopping-Touren mitgebracht habe, absolut zum Anbeißen aussieht, stemmt die Hände in die Hüften. »Das machst du nur wegen deines

Vaters, oder?« Hilfe suchend sieht sie zu Minnie, die jedoch vollauf damit beschäftigt ist, die verhedderten Verschlusskettchen eines Paars *Jimmy-Choo*-Heels zu entwirren, das ich ihr heute Abend leihe, und anscheinend gar nicht zugehört hat.

Entnervt verdrehe ich die Augen. »*Natürlich* mache ich das wegen Papa. Ich habe immerhin Besserung gelobt. Und das muss ich durchziehen.«

Dafür ernte ich ein unzufriedenes Schnauben. »Sorry, das hat er nicht verdient. Er würde niemals denselben Aufwand für dich betreiben und es macht mich wütend, wie er dich schon immer behandelt hat. Du bist doch kein besserer oder schlechterer Mensch, wenn du am Wochenende feiern gehst.«

Ein Teil von mir weiß das, aber gleichzeitig kann ich Lilli, die ausschließlich Unterstützung von ihren eigenen Eltern erfahren hat, nicht erklären, warum mir die Bestätigung meines Vaters so wichtig ist. Ich bezweifle, dass sie es je verstehen könnte, so lieb ich sie auch habe. Warum mich das Gefühl, minderwertig zu sein, und Versagensängste schier auffressen, wenn es um ihn geht. Warum ich mich verbiegen würde, bis meine Knochen brechen, damit er nicht noch weniger von mir hält als ohnehin schon.

Zum Glück wählt Hugo genau diesen Augenblick, um in einer Wolke unbeschwerter guter Laune aus dem Bad zu rauschen. Lillis Momentum verpufft und ich bin zumindest fürs Erste von der Angel, als er sich in Pose wirft und alle Aufmerksamkeit für sich beansprucht. »Na, Powerpuff Girls, was sagt ihr zu meinem Outfit?«

Die Anspannung in mir wird sofort schwächer, als er uns so nennt. Seit Minnie zu unserem Trio gestoßen ist, vergleicht uns Hugo liebevoll mit den drei Zeichentrickfiguren, da wir Mädels dieselben Haarfarben wie Blossom, Bubbles und Buttercup haben. Und angeblich auch einige ähnliche Charaktereigenschaften, die ich entschieden für mich ablehne. Die dunkelhaarige Buttercup ist eine kratzbürstige Rabaukin und damit identifiziere ich mich nicht.

Anerkennend stoße ich einen kleinen Pfiff durch die Zähne aus, als ich ihn in Augenschein nehme. Er trägt einen dunkelblauen Nadelstreifenanzug, der lässig und stylish zugleich aussieht, weil er oversized geschnitten ist, das zweireihige Jackett zugeknöpft, ohne ein Hemd oder Shirt darunter.

»Smash!«, rufe ich vergnügt und proste ihm übertrieben ehrerbietig mit meiner Tasse Kräutertee zu, der mir eigentlich gar nicht schmeckt, allerdings zu meiner Ich-bleibe-zu-Hause-Mission gehört.

Minnie hat endlich die Kettchen an den Schuhen entwirrt und klatscht. »Sollte Julien auftauchen, wird er die Finger nicht von dir lassen können!« Es ist der ultimative Vertrauensbeweis gewesen, als Hugo ihr anvertraut hat, dass er schwul ist und in einer verzwickten, aber hoffnungslos leidenschaftlichen Affäre mit einem hiesigen Profifußballer steckt. In seinem Leben gibt es nur eine Handvoll Leute, die über seine Sexualität Bescheid wissen und denen er uneingeschränkt vertraut. Minnie, in der eine klammheimliche Romantikerin steckt, ist seitdem seine energischste Unterstützerin und würde ihn genauso wie Lilli und ich bis aufs Blut verteidigen, wenn er es allein nicht schafft. Wir sind eben seine persönlichen Powerpuff Girls.

Eine halbe Stunde später haben sich die drei endlich auf den Weg gemacht – jedoch nicht ohne eine letzte Attacke von Hugo. Er geht mir gefühlt täglich auf die Nerven, seit er die Story von *muenchner_kindel* gesehen hat, in der Henry und ich gemeinsam im *Käfer* gespottet worden sind. Nach meiner Behauptung, er sei zufällig dort gewesen und die Fotos hätten nichts zu bedeuten, habe ich gedacht, ich hätte ihn und Lilli erfolgreich abgewimmelt, aber mein bester Freund lässt einfach nicht locker. Und auch Lilli hat mehr als einmal argwöhnisch nachgefragt, warum ich nicht von selbst erwähnt hätte, dass ich Vincents öffentlichkeitsscheuen Bruder getroffen habe. Allmählich fange ich an zu glauben, dass es ein Fehler gewesen ist, sie nicht direkt in das Fake Date einzuweihen. Nein, streichen wir das, es ist definitiv ein Fehler gewesen, aber mittlerweile fühlt es sich zu spät an, um zurückzurudern. Da muss ich irgendwie durch.

Jetzt sind sie erst mal fort und die Wohnung ist herrlich leer und still. *Herrlich*, wirklich wahr. So viel wunderbare Ruhe, ganz für mich allein, um … allein zu sein. Anstatt sich in eine überheizte Penthousewohnung zu quetschen und Marius abzublocken, der auf jeder Party versucht, mich zu überreden, ihn Tequila von meinen Brüsten trinken zu lassen. Brrr, widerlich.

Ich erwarte die drei nicht vor den frühen Morgenstunden zurück und tröste mich mit dem Gedanken, morgen die Glückliche ohne Kater zu sein. Das … ist doch wichtiger als das bedrückende Gefühl, seine Freunde ziehen zu lassen, damit sie ohne einen Spaß haben können, oder? Immerhin tue ich das freiwillig. Am Ende wird es sich auszahlen, darauf muss ich mich konzentrieren.

Um mich von meiner aufkeimenden *Fomo* abzulenken,

scrolle ich wahllos durch die Mediatheken diverser Streaminganbieter. Gerade überlege ich, ob mir der Sinn nach etwas Vertrautem, Tröstlichem steht und ich *Modern Family* brauche oder endlich mit *Succession* beginnen soll, was schon ewig auf meiner Watchlist wartet, als mein Handy einen Ton von sich gibt. Es ist nicht das Standard-*Ding*, das ertönt, wenn ich Nachrichten bekomme, sondern dieses unangenehme Sirenenpfeifen, das ich speziell für Mitteilungen von Marlisa oder Jonah eingestellt habe, damit ich vorgewarnt bin. Inzwischen bin ich regelrecht konditioniert auf diesen Ton: Mein Magen wird flau und Anspannung kriecht in meine Muskeln. Aber natürlich kann ich nicht ignorieren, was einer der beiden mir geschrieben haben könnte.

Marlisa
Seltsam, dass niemand euch zu glauben scheint 😇

Auf den Text folgt der Screenshot einer Story von *muenchner_kindel*, in der Henry und ich getaggt wurden, und ich überfliege den Post mit jäh rasendem Herzen. Panik schnürt mir den Magen zu und lässt erdrückende Übelkeit in mir aufsteigen. *Diese Wichser!* Es sollte mich kaltlassen, dass sie behaupten, Henry und ich hätten im *Käfer* eine Show abgezogen, aber *kurwa*, das ist nicht das Bild, das ich erzeugen wollte. Ich dachte, wir wären authentisch gewesen. Wenn es online schon so losgeht, wird Papa bald Wind davon bekommen. Was mache ich mir eigentlich vor? Marlisa hat mir das geschickt, selbstverständlich wird sie nicht zögern, ihm Bericht zu erstatten. Dabei soll er unter keinen Umständen hören, dass mir niemand in dieser Stadt eine aufrichtige Beziehung zutraut und mich alle für eine Schlampe halten. Ihm wird das nur bestätigen, dass ich wie Mama bin. Er hat sie zwar nie mit solchen Ausdrücken beleidigt (jedenfalls nicht, soweit ich weiß), mir jedoch ständig zu verstehen gegeben, dass er ihren Männerverschleiß missbilligt. Sie hat ihn wie alle anderen vor ihm abserviert und das nagt noch heute an ihm. Dass ich diesen Ruf *genieße*, weil ich unermüdlich auf der Suche nach etwas Festem, Dauerhaftem bin, spielt am Ende keine Rolle, da ich schon mehr als genug Frösche geküsst habe (und dabei abgelichtet worden bin). Er wird enttäuscht sein und sich zurückziehen und ich kann einfach nicht zulassen, dass das wieder passiert. Papa hat es mir deutlich genug gemacht. Mit sechzehn, als ich in den Ferien zu Besuch in Hamburg war und Marlisa das Freundebuch in meinem Gepäck gefunden hat, in das ich alle Jungs aus der Schule eingetragen hatte, die ich süß fand. Sie hat es am Frühstückstisch hervorgeholt und eine große Show daraus gemacht, jeden Crush, den ich in den letzten Jahren hatte, und meine Notizen zu ihm vorzulesen. Unser Vater ist daraufhin ganz still geworden und hat mich später mit ernster Miene zur Seite genommen. »Probier dich aus«, hat er zu mir gesagt, »aber sei dir bewusst, wie viel Leid deine Mutter mit ihrem sprunghaften Verhalten im Leben anderer anrichtet. Einen Ruf hast du schneller weg, als dir lieb ist, und wenn du mehr wie eine Bornkamp sein willst, solltest du dir nicht Nadja zum Vorbild nehmen. Ein angemessener Lebensstil verkörpert unseren guten Namen nach außen und bewahrt dich davor, verurteilt zu werden.«

Das waren seine Worte, die sich so nachhaltig in meine Seele eingeprägt haben, dass ich sie wie eine Inschrift vor mir sehen kann, wenn ich die Augen schließe. Und sosehr ich mich auch bemüht habe, es ist mir nie gelungen, *nicht* verurteilt zu werden. Für mein Äußeres, für meine Herkunft, für so viele Dinge, gegen die ich nichts ausrichten kann. Ich wurde als Problemkind geboren und meine Anstrengungen haben nie genügt, um seinen Standards zu entsprechen. Eine Weile hat mich das trotzig werden lassen. Es ist zu meiner Mission geworden, das genaue Gegenteil von dem zu tun, was er erwartet hat. Diese Phase habe ich mit dem Preis bezahlt, dass er den Großteil der Kommunikation mit mir über seine Sekretärin abwickelt, ständig Ausreden für potenzielle Besuche im Norden findet und den Fokus lieber auf seine perfekten Kinder legt. Gott, manchmal ist es so schwer, Marlisa und Jonah nicht dafür zu hassen, dass sie von Natur aus das sind, was Papa immer gewollt hat. Und ich neben ihnen umso mehr als Enttäuschung hervorsteche.

Weil es nicht mehr schlimmer kommen kann, öffne ich Instagram und suche *muenchner_kindel*. Ich habe sie nicht blockiert, nur stummgeschaltet, da ich diesen anonymen Arschgeigen nicht die Genugtuung geben möchte, mich kleinzubekommen. Sie können mich verlinken, sooft sie wollen, ich ignoriere es meistens und gebe ihnen keine Bestätigung, in irgendeiner Form zu reagieren. Jetzt aber klicke ich aufgewühlt durch ihre Storys, stoße auf die, die Marlisa gescreenshottet hat, und direkt danach … ein Umfragebutton. Sie wollen von ihren Followern wissen, ob sie denken, Henry und ich wären wirklich zusammen, und als ich mit eiskalten Fingern auf *Ja* klicke, gehöre ich zu den mickrigen fünf Prozent der Abstimmenden, die diese Meinung teilen. Der Rest geht davon aus, dass wir nur ein Stunt gewesen sind. Es sollte mir egal sein, was andere davon denken, doch die Panik hat bereits sämtliche meiner Schutzwälle niedergerissen und ich kann nichts dagegen tun, dass es mir zu nahe geht. Dass es mich trifft und Furcht in mir schürt. Ich sollte die App schließen und darauf scheißen, aber das nächste Slide lädt und … *niech to dunder świśnie*! Sie haben sogar einen Post zu uns geteilt, auf den sie in ihrer Story hinweisen. Wider besseres Wissen klicke ich darauf. Irgendein Photoshop-Talent hat random Fotos von Henry und mir zu einer grässlichen Collage zusammengeschnitten. Ich sehe aus, als würde ich eine Tonne wiegen, und werfe einen unnatürlichen Schlagschatten auf Henry, dessen Gesicht von Entsetzen gezeichnet ist. Die Caption ignoriere ich, allerdings springen mir die ersten Kommentare direkt ins Auge:

@ dominik01
Jeder Münchner weiß, wie furchterregend @supernova ist. Gut fürs Bett, dann neeext. Ernsthaft, niemand würde freiwillig mit ihr zusammen sein wollen. Sie muss ihm Angst gemacht haben.

@anb.mueller
Henry ist so ein Schnuckel! Jetzt, wo Sainti vom Markt ist, müssen wir uns auf ihn konzentrieren, Mädels. Er ist zu gut für ein Flittchen wie Nova, die eh jede Woche 'nen anderen hat.

> **@lislittlelife**
> @anb.mueller: Nie im Leben sind die fest zusammen. Jeder hier kennt Novas Mutter und sie sind beide gleich drauf #maneater

@munichvibe93
Was meint ihr, wie viel musste sie ihm zahlen, damit er sich mit ihr sehen lässt?

Galle steigt meine Kehle hoch und die Übelkeit droht, mich jeden Moment zu überwältigen. Das zu lesen, über mich … Ich kann es nicht von mir stoßen. Es sind nur Onlinekommentare, aber sie sind so zielgerichtet gegen mich, dass sie mühelos meine Abwehr durchdringen. Wie ein geballter Pfeilregen, der auf mich einprasselt und mich mit vergifteten Spitzen durchbohrt. Ich habe versagt, mal wieder. Versagt, versagt, versagt. Die einzige Sache in meinem Leben, in der ich so richtig brilliere, und wie es aussieht, habe ich Henry ganz umsonst in mein Schmierentheater hineingezogen. Weil alle dort draußen sagen, ich sei es nicht wert, mit jemandem wie ihm zusammen zu sein. Weil sie recht haben und ich ihn zu einem Date mit mir zwingen musste.

Er … fuck, er hat schon zu viel für mich getan, hat höchstwahrscheinlich die Schnauze voll von mir, aber ich kann mich nicht bremsen, als ich Instagram schließe und stattdessen durch meine Chats scrolle, bis ich seinen Namen finde. Es ist nur fair, ihn wissen zu lassen, dass er gerade bei *muenchner_kindel* Thema ist, nicht wahr? Ich tue das nicht, um etwas für mich herauszuholen, sondern um ihn zu warnen. Kommentarlos leite ich ihm Marlisas Screenshot weiter und sehe zu meiner Überraschung, wie sich die Haken augenblicklich blau färben. Die Zähne so fest in meine Unterlippe gegraben, dass es wehtut, warte ich ab, während er schreibt. Und schreibt. Und schreibt. O Gott, rastet er aus und schickt mir eine ellenlange Hassnachricht?

Henry
Bloody hell, meinen die das ernst?

Henry
Quelle aus dem engsten Umfeld für den Arsch! Wenn das nicht deine Geschwister waren!

Henry
Ehrlich, ignorier das einfach, okay? Das sind Hater, die sonst nichts zu tun haben.

Ich versuche, eine Antwort zu tippen, doch meine Finger zittern so sehr, dass ich ständig die falschen Buchstaben treffe und nur Kauderwelsch fabriziere, weswegen ich entnervt eine Sprachnachricht aufnehme. Die Erfahrung hat mich zwar gelehrt, dass die meisten Männer Sprachis hassen, aber im Moment kann ich mich nicht anders ausdrücken.

»Sorry, ich kriege gerade keine ganzen Sätze getippt. Oder überhaupt etwas Verständliches. *Kurwa*, ich weiß es nicht. Mist. Tut mir so leid, Henry, ich wollte bloß, dass du es weißt. Marlisa hat mir eben diesen Screenshot geschickt und jetzt muss ich daran denken, dass Papa mir nicht mehr glauben wird und alle wissen, dass ich dich zu diesem Date zwingen musste, da ansonsten niemand mit mir zusammen sein will. Ehrlich, es tut mir so leid, ich wollte dich nicht vollheulen, du solltest nur Bescheid wissen. Ich, ähm … hoffe einfach, dass Marlisa erst mal nichts zu Papa sagt, und überlege mir eine Lösung. Er wird mich schon nicht direkt enterben.« Ich schicke diese Shitshow von Memo ab, weil ich bezweifle, heute etwas Besseres zustande zu kriegen, und weil ich gleichzeitig nicht die Kraft habe, mir ernsthaft Gedanken darüber zu machen, was ich Henry damit offenbare. Von nun an wird er ohnehin das Weite suchen, wenn er mich nur in der Ferne sieht, und nichts anderes habe ich verdient. Ich bin eine erbärmliche Zumutung.

Trotzdem poppt eine Antwort von ihm auf.

Henry
Wo bist du? Ist jemand bei dir?

Nova
Zu Hause und zum Glück allein. Will einfach meine Ruhe haben.

Henry
Gib mir zehn Minuten, ich komme vorbei.

Nova
Was? Nein!

Ich will ergänzen, dass ich absolut nicht vorzeigbar aussehe und in einer Stimmung bin, die kein Mensch ertragen könnte, doch seine Antwort kommt schneller.

Henry
Diskutier nicht mit mir, Princess, ich bin fast beim Auto. Mach mir gefälligst auf, wenn ich klingele.

Keine Ahnung, wie das möglich ist, aber sein *bossy* Ton lässt mich lächeln – und kapitulieren. Ich lege das Handy beiseite und ziehe die Knie an die Brust. Mache mich so klein, wie es geht, um damit vielleicht meinen Gefühlen weniger Raum zu geben, während ich auf Henry warte. Ich warte auf ihn und habe wirklich vor, ihn hereinzulassen. Nicht nur, weil er es verlangt hat, sondern weil ich mit einem Mal seine Gesellschaft will. In mir brüllt und tobt weiterhin dieses angstgespickte Chaos, es schreit mich an, augenblicklich auseinanderzubrechen, da es ohnehin keinen Sinn mehr hat. Doch ich weiß, dass Henry auf dem Weg hierher ist, und deshalb halte ich noch etwas durch. Bleibe wacker, zwinge die Tränen zurück und versuche, die Panik in Schach zu halten.

13

Henry

Es ist kurz vor zehn an einem Samstagabend und ich stehe außer Atem vor Novas Wohnungstür. Nachdem ich sie letzte Woche von unserem Fake Date nach Hause gebracht habe und seitdem absolute Funkstille zwischen uns geherrscht hat, habe ich mit einigem gerechnet – dass wir wieder zwei weit entfernte Pole im Kosmos unseres Bekanntenkreises sein würden, die nicht miteinander reden. Vielleicht zwei Menschen, die eilig die Straßenseite wechseln, sollten sie einander begegnen, weil uns selbst ein flüchtiges Aneinandervorbeigehen zu unangenehm wäre. Vielleicht auch etwas, das wir beide bereuen. Ohne Vorwarnung oder Kontext einen *muenchner_kindel*-Screenshot von ihr zu bekommen, in dem angezweifelt wird, ob wir wirklich daten, und daraufhin kopflos zu ihr zu fahren? Nope, dieser Impuls hat mich eiskalt erwischt. Genauso wie ebenjener Drang, sie sehen zu müssen, den ich an dieser Stelle nicht hinterfrage. Ich denke, ihre Sprachnachricht ist schuld gewesen. Hätte sie mir nur geschrieben, hätte ich ihr vielleicht eher abgekauft, dass sie klarkommt, aber ihre Stimme?

Wie sie um Worte gerungen, sich immer wieder entschuldigt und so gottverdammt gebrochen geklungen hat, konnte ich nicht ignorieren. Die Gewissheit, dass sie damit allein ist, nope. Ja, wir sind anscheinend so schlecht als Paar, dass es uns nicht mal hobbylose Internettrolle abkaufen, doch vielleicht können wir Freunde sein. Freunde, die einander nackt gesehen und sich bei ihrer letzten Begegnung auf der Motorhaube eines Porsche beinahe besinnungslos geküsst haben. Die füreinander da sind und nach dem Rechten sehen, wenn einer von beiden verdammt fertig klingt. Deswegen stehe ich jetzt vor dieser Tür, die weiterhin geschlossen ist, obwohl sie mich unten per Summer ins Haus gelassen hat. Ich bin die Treppen in den dritten Stock gejoggt – einerseits zu ungeduldig, um auf den Lift zu warten, und gleichzeitig unfähig, die Kabine zu betreten, die für mich unwiederbringlich mit anderen Erinnerungen verknüpft ist. Nope, ich kann nie wieder mit diesem Aufzug fahren, ohne einen Flashback an jenen ersten Abend zu erleben, und ich benötige mein Blut aktuell komplett in meinem Gehirn, *nicht* in südlicheren Regionen.

Ich will gerade die Hand heben, um zu klopfen, als sich die Tür endlich öffnet. Nova steht vor mir und ich bin etwas überrascht. Dem Klang ihrer Stimme nach habe ich damit gerechnet, sie in Tränen aufgelöst vorzufinden, doch sie sieht ziemlich gefasst aus. Und … so viel weniger zurechtgemacht, als ich sie je zuvor gesehen habe. Sie trägt ein Pyjamaset aus hellblauer Seide, in ihren zurückgesteckten Haaren befindet sich ein pinkfarbenes Schaumstoffteil, um das sie die langen Strähnen gewickelt hat (der Sinn erschließt sich mir nicht ganz, aber die Frisur ist cute), und ihr Gesicht ist frei von jeglichem Make-up. Es sollte mich nicht überraschen, doch sie sieht wunderschön aus. Auf eine andere, intimere Art. Weicher und nahbarer; als wäre sie nicht wie sonst diese überirdische Hypernova, die unerreichbar am Firmament glimmt und nur aus der Ferne bewundert werden kann, sondern eine Frau, die sich in derselben Dimension bewegt wie ich. Mir ist nicht klar gewesen, wie sehr sie sich normalerweise abschirmt. Eine Rüstung aus makellosem Make-up und Outfits um sich herum hochzieht, die alles und jeden ein Stück von ihr abhält. Gerade so weit, dass niemand nahe genug kommt, um sie zu durchschauen oder … sie zu berühren. Und ich will das. So, so sehr.

»Hey.«

Der Moment, in dem sie den Mund öffnet und ich ihre Stimme höre, ist der, in dem ich begreife, dass sie bei Weitem nicht so gefasst ist, wie sie aussieht. Irgendwie scheint es ihr zu gelingen, jeden Teil von sich zu kontrollieren, nur ihre Stimmbänder machen nicht mit. Da ist ein leichtes Zittern und eine unverkennbare Verzagtheit in der Art, wie ihr diese eine Silbe entschlüpft ist. Ohne das rauchige Feuer und dafür ungewohnt leer und flach. Novas Fassung, die Selbstkontrolle, die sie aufbringt, um nach außen hin selbst in dieser privaten Situation unberührt zu wirken, muss gigantisch sein.

»Darf ich reinkommen?«

Sie macht einen Schritt zur Seite und ich trete hastig über die Schwelle, bevor sie es sich anders überlegt und mir die Tür vor der Nase zuschlägt. Mich aussperrt. Nachdem ich die Sneaker abgestreift habe, folge ich ihr ins Wohnzimmer und sehe mich flüchtig um. Es ist gemütlich hier: ein elfenbeinfarbenes Cordsofa voller bunter Kissen und Kuscheldecken, ein anscheinend nicht mehr genutzter, stuckverzierter Kamin, gerahmte Kunstdrucke an den Wänden und dazwischen viel Krimskrams und Topfpflanzen.

»Wer von euch hat den grünen Daumen?«, frage ich und streiche über das wächserne pink-grün marmorierte Blatt einer Philodendron, die auf dem Kaminsims steht (nicht, dass ich den Namen gewusst hätte, ich lese ihn stupide von dem Infokärtchen ab, das im Topf steckt).

»Hugo«, antwortet Nova. »Lilli und ich können nicht mal Kunstpflanzen am Leben halten.« Ihre Tonlage wird mit jedem Wort höher und was sich gerade bei dem hervorgepressten *Hey* angedeutet hat, bricht sich jetzt mit ganzer Wucht Bahn. Ihre vollen Lippen beben und sie blinzelt heftig, hält die Tränen zurück, die sich in ihren Augenwinkeln sammeln. Dabei bleibt ihre Haltung stocksteif, als könnte sie verhindern, von ihren Emotionen mitgerissen zu werden, wenn sie sich nur aufrecht genug hält.

Und ich stehe hilflos daneben und kann nicht mitansehen, wie es sie quält. *Damn*, ich habe so was von keine Ahnung, wie man andere tröstet. Was man am besten sagen oder tun sollte. Ich selbst kenne bloß die Methode, sich in einer dunklen Ecke zu verkriechen und so lange zusammengekauert auszuharren, bis das Schlimmste vorbei ist. Früher, als ich meine Gefühle noch nicht so gut verstecken konnte, hat mich Vincent in solchen Momenten in den Arm genommen. Wenn ich geweint und gewimmert habe, weil ich mich nach *anderen* Armen gesehnt habe, die mich immer nur weggestoßen, anstatt an sich gezogen haben. Es ist nicht das gewesen, was ich mir gewünscht habe, allerdings erinnere ich mich, wie sehr es mir geholfen hat, mich an meinen großen Bruder zu klammern. Und an seine Worte, dass wir nur einander brauchen. Dass Erwachsene kaputt sind und wir beide unbesiegbar, solange wir zusammen sind. Also mache ich einen Schritt auf Nova zu und breite die Arme aus. »Na, komm her.«

Wenig überraschend schüttelt sie stur den Kopf. »Ich mag keine Umarmungen.«

»Ich auch nicht. Aber ich glaube, das könnte genau das sein, was du brauchst.« Vorsichtig, wie jemand, der sich einer verletzten Raubkatze nähert, gehe ich auf sie zu, rechne damit, dass sie jeden Moment vor mir zurückschreckt … und ziehe sie schließlich beherzt an mich. Ein paar Sekunden lang bleibt Nova starr stehen, doch dann lässt sie einen zittrigen Atemstoß frei, wird weich in meinen Armen und umschlingt meine Taille. Dass sie meine Umarmung erwidert, ist wie die Antwort auf eine Frage, von der ich gar nicht wusste, dass ich sie gestellt hatte. *But damn*, sie hat das Richtige entgegnet. Für jemanden, der *casual* Berührungen definitiv nicht gern mag, fühlt es sich verdammt gut an, sie einfach zu halten. Nova vergräbt das Gesicht an meiner Halsbeuge, ihr Atem heiß an meiner Haut, und ein wohliges Schaudern überläuft mich. Minutenlang stehen wir einfach so da, unsere Atemzüge die einzigen Geräusche in der Wohnung, und ich lasse sie sein. Wiege uns sanft auf der Stelle, eine Hand an ihren Nacken gelegt, wo jeder Muskelstrang verkrampft ist und ich das ferne Pochen ihres Pulses spüre. Ich lasse Nova so verzweifelt und schutzbedürftig und niedergeschlagen sein, wie sie ist. Sage nichts, urteile nicht. Lasse nur das Gefühl, wie sie so nah bei mir ist, bis in meine Knochen einsinken. Wie sicher und richtig es sich anfühlt, für sie da zu sein und ihr etwas geben zu können, das mich nichts kostet und gleichzeitig so viel gibt.

Schließlich höre ich ihre Stimme; gedämpft, weil sie weiterhin ihr Gesicht an meinen Hals vergraben hat. »Es ist eine Katastrophe, Henry. Niemand glaubt uns.«

Ich reibe in beruhigenden Kreisen über ihren Rücken und prompt drängt sie sich noch enger an mich. Jede weiche, in Seide gehüllte Kurve, die sich so perfekt an mich schmiegt, als wären wir füreinander geformt worden. »Kann es nicht egal sein, was diese Lästermäuler auf Insta behaupten?«

»Es wäre egal, wenn Marlisa mir nicht diesen Screenshot geschickt hätte, mit dem sie garantiert schon zu Papa gerannt ist. Sie und Jonah …«

»Was?« Gott, die Erwähnung dieser beiden Namen genügt und ich bekomme Phantomkopfschmerzen.

»Als wir im *Käfer* angekommen sind, hat mir Jonah die Frage zugeflüstert, ob ich dich für den Abend engagiert habe. Sie haben es mir von Anfang an nicht abgekauft, einen Freund zu haben.«

Ich halte mich für einigermaßen intelligent, aber wieso zum Teufel ihre Halbgeschwister so unnötig skeptisch sind, kapier ich nicht. »Warum sollten sie dir das nicht glauben? Leute gehen jeden Tag neue Beziehungen ein und stellen ihre Partner der Familie vor. Weshalb sollte das ausgerechnet bei dir so unwahrscheinlich sein?«

Novas Nägel krallen sich in meinen unteren Rücken und ich muss die Zähne zusammenbeißen, da die Berührung ein begieriges Ziehen in meinem Schritt auslöst, das gerade absolut fehl am Platz ist. *Blut, Gehirn! Und zwar nur dorthin*, versuche ich, meinem vegetativen Nervensystem zu verklickern – oder welcher unsteuerbare Arschlochpart meines Körpers auch immer für solche Reaktionen zuständig ist.

»Weil ich es nicht wert bin, Henry. Jeder weiß das. Dieser Post von *muenchner_kindel* war kaum eine halbe Stunde online und alle waren sich einig. Ich bin vielleicht gut fürs Bett, aber darüber hinaus … ein Flittchen, B-Ware oder …«

»Stopp.« Meine Stimme bebt und ich kann den Zorn, der in mir hochkocht, kaum im Zaum halten. »Da sind Leute im Internet, die *so was* über dich sagen?«

Ich spüre, wie sie nickt, und obwohl ich es nicht für möglich gehalten hätte, schäumt die *Rage* noch höher. Es fühlt sich heftiger an als der purpurfarbene Orkan, den Marlisa im *Käfer* in mir entfesselt hat. In meinem Kopf rauscht es, eine Wand aus rasenden Gefühlen, so intensiv, dass ich glaube, sie auf der Zunge schmecken zu können. Rot und Neongelb und unerbittliches, bedrohliches Violett. Nova hat diesen Effekt; sie lässt mich Dinge fühlen, wie ich es seit Jahren nicht mehr getan habe, als wäre ich ein verdorrtes Feld, das mit ihr wieder aufblüht. Oder in Flammen steht, wie im Moment. Ich möchte rausstürmen und jede einzelne Person ausfindig machen, die Nova so etwas antut. Die über eine Frau herzieht, ohne sie zu kennen, und sich im Schutz einer Kommentarspalte *so was* rausnimmt. Mir ist nach Blutvergießen und Rache und gleichzeitig will ich dafür sorgen, dass Nova ihnen nicht länger glaubt. B-Ware … Ich glaube, ich kotze gleich.

»Okay«, sage ich schließlich, viel ruhiger, als ich es mir zugetraut hätte. Mein Inneres will schreien und toben, allerdings möchte ich Nova nicht noch mehr aufregen. Ihre Gefühle stehen gerade an erster Stelle, nicht meine. »Wir werden ihnen das Maul stopfen.«

Keine Ahnung, ob es meine derbe Wortwahl oder meine Ankündigung an sich ist, doch Nova hebt den Kopf. Ihre

Augen sind weiterhin gerötet und schwimmen in Tränen, aber ihre Wangen sehen trocken aus. »Was … was soll das heißen?«

Entschlossen erwidere ich ihren Blick. »Ein Date hat nicht genügt, um diese Trolle zu überzeugen? *All right.* Wir beide«, um meinen Punkt zu unterstreichen, umfasse ich ihren Nacken fester, »werden ab sofort das verliebteste, authentischste, verdammt noch mal *echteste* Paar sein, das diese Stadt je gesehen hat. Sie werden sich *wünschen*, sie hätten uns sofort geglaubt, damit die Sache nach einem Date erledigt gewesen wäre.«

Novas Lippen teilen sich und sie sieht unfassbar niedlich aus, wie sie so halb verwirrt, halb hoffnungsvoll dreinschaut. »Heißt das? Authentisch … echtes Paar … Möchtest du?« Es gelingt ihr nicht, einen geraden Satz zu formen, so überrumpelt wirkt sie.

Ernst nicke ich. »Wir ziehen das durch. Ich spiele deinen Freund, mit allem, was dazugehört, bis auch der letzte Zweifel ausgelöscht ist. Ganz egal, was Marlisa und Jonah deinem Vater erzählen, am Ende werden selbst *sie* uns glauben. Dafür werde ich sorgen.«

Nova braucht einige Momente, um sich zu sammeln. Ich sehe ihr an, wie sie ihre Gedanken ordnet, die Lider leicht zusammengekniffen, und lasse ihr die Zeit, um meine wild entschlossene Ankündigung zu verarbeiten.

»Warum?«, will sie schließlich wissen.

»Warum was?«

»Warum schlägst du das vor? Warum willst du das für mich tun? Für dich springt dabei doch gar nichts raus.«

Mir tut es im Herzen weh, als ich in diesen Fragen einen Menschen erkenne, der es nicht gewohnt ist, dass andere uneigennützig etwas für ihn tun. Anscheinend ist Nova konditioniert, solche Gesten prinzipiell zu hinterfragen, mögliche Falltüren abzuwägen, und ich würde alles darauf verwetten, dass die Familie ihres Vaters für dieses Misstrauen verantwortlich ist. Sie haben ihr das eingepflanzt und garantiert auch dafür gesorgt, dass sie Hasskommentare wie die, von denen sie mir eben erzählt hat, sofort glaubt. Sie denkt das Schlechteste von sich, etwas, das mir nicht ganz fremd ist. *Wenn ich mich selbst verachte, wie kann mich dann jemand anderes mögen und mir Gutes tun?* Jep, *been there, done that*, aber ich weiß auch, dass man sich von diesem Mindset lösen kann.

»Ich will das für dich tun, nicht für *muenchner_kindel* oder die Leute. Für dich. Weil es dir offensichtlich wehtut, dass sie dich in so einem falschen Licht sehen, und wenn ich dir dabei helfen kann, daran etwas zu ändern, mache ich das sehr, sehr gern. Nennen wir es deinen Rachefeldzug gegen ihre beschissenen Vorurteile.«

Nova bleibt eine lange Weile still und ich kann nicht genau einschätzen, was sie denkt. Bin ich übers Ziel hinausgeschossen?

»Das … kann ich nicht annehmen«, haucht sie schließlich und klingt so, als würde sie das tatsächlich ernst meinen.

»Hä, warum denn nicht?« Mein Herz zuckt angesichts ihrer Zurückweisung. Liegt es an mir oder fällt es ihr schwer, Hilfe anzunehmen?

»Es gefällt mir nicht, wenn du mir hilfst, aber ich dir im Gegenzug nichts anbieten kann. Was hättest du von einer Fake Beziehung außer noch mehr Scherereien? Ich kann dich nicht schon wieder ausnutzen.«

Gespielt tadelnd schnalze ich mit der Zunge. »Also erstens

ist es kein Ausnutzen, wenn ich es freiwillig anbiete. Und zweitens fühle ich mich verantwortlich, weil mein Knutschfleck dich überhaupt erst in diese Zwangslage gebracht hat.«

Nova wirkt weiterhin nicht überzeugt. »Ist das deine Motivation? Du fühlst dich verantwortlich?« Sie sieht ungefähr so begeistert aus, als hätte ich erklärt, sie wäre für mich wie eine kleine Schwester, der ich aus der Patsche helfen will. Was *weird* wäre … Besser, ich höre mit solchen Vergleichen auf.

»Ich fühle so viel mehr Dinge, wenn es um dich geht, Nova.« Meine Stimme senkt sich zu einem Schnurren und gebannt beobachte ich, wie ihre Augen glasig werden. »Du faszinierst mich und irgendwie … hast du dich ohnehin ziemlich hartnäckig in meinem Kopf eingenistet.«

Sie bewegt sich in meinen Armen, schmiegt sich auf eine Art an mich, die nicht mehr rein trostsuchend ist, sondern … sinnlich. Forschend. Und sehr, *sehr* bewusst.

»Du stehst auf mich, *mój książę*?«, schnurrt sie und ich bin ehrlich verblüfft, wie sich ihre Stimmung so schlagartig wandelt. Insgeheim bin ich jedoch ein klitzekleines bisschen erleichtert darüber, da wir uns wieder auf vertrautem Terrain befinden. Auf dieser Ebene bewegen wir uns beide sicherer als im Trösten-und-zerbrechen-Modus. »Vielleicht sollte ich deinen Vorschlag wirklich in Erwägung ziehen. Du bist gut für mein Ego.«

Einmal mehr reißt sie mich mit und irgendwo im hintersten Winkel meines Bewusstseins begreife ich, dass es mir Angst machen sollte, wie spielend leicht sie mich um den Finger wickelt. Aber ich ignoriere den Gedanken, weil es sich mit ihr viel zu fantastisch anfühlt.

»Ich könnte auch gut für andere Dinge sein.« Langsam

gleite ich mit der Hand tiefer ihren Rücken hinunter, lasse ihr Gesicht dabei keine Sekunde aus den Augen, um an ihren Regungen abzulesen, ob sie sich damit wohlfühlt. Ob in ihr dieselbe mitreißende Erregung explodiert, wenn ich über ihr Kreuz streiche und meine Finger schließlich besitzergreifend an ihren Po lege. Zudrücke, *zupacke*. Sie näher an meinen Unterleib ziehe, wo sich mein Schwanz längst pochend und ungeduldig gegen den Reißverschluss meiner Jeans drängt. Ich muss die Zähne zusammenbeißen, um ein Stöhnen zu unterdrücken, denn die weiche Wärme ihrer Schenkel lässt mich Sterne sehen.

Novas Pupillen sind so riesig, dass sie das Grau ihrer Iriden fast geschluckt haben, und ihr Atem fließt in unregelmäßigen Zügen über ihre leicht geöffneten Lippen. Was für mich in diesem Moment zählt, ist, dass dieser gebrochene, mutlose Ausdruck nicht länger ihr Gesicht überschattet.

»Dinge wie … ?« Ein Japsen schnürt ihr die Worte ab, als ich ein Bein zwischen ihre dränge, weil ich genau auf diese Reaktion gehofft habe. Mehr von diesen Lauten, die wie winzige Flammen über meine Haut tanzen.

»Ich brauche keine Gegenleistung von dir, Nova, echt nicht.« Mit der Hand an ihrem Nacken ziehe ich sanft ihren Kopf zurück und beuge mich leicht vor, bis sich unsere Nasen beinahe berühren. Ich will in ihre Augen abtauchen. In diesem Grau, das so viele Farben für mich bereithält. Mehr von ihrer Nähe, die Licht und alle Schattierungen des Regenbogens zurück in mein Inneres spült. Es ist *fucking* beängstigend, nach so vielen Jahren wieder Farben zu spüren, aber die Erinnerung daran, wie gut es vor der erstickenden Tintenschwärze war, ist zu stark. Ich giere danach und wenn ich mich auf diesen Deal einlassen muss, um mehr davon, mehr von *ihr* in meinem Leben zu haben, stürze ich mich kopfüber hinein.

»Aber weißt du, was mir genügen würde, wenn du unbedingt auf eine Gegenleistung bestehst?«

Obwohl sie so unverkennbar vor Erregung erzittert, schiebt Nova trotzig das Kinn vor. »Und ob ich darauf bestehe.«

Meine Mimikmuskeln leisten keinerlei Widerstand, als ich daraufhin grinse. »Lass mich dir bei deinem … Problem helfen.«

Irritiert zieht sie die Brauen hoch, ehe sie rasend schnell schaltet. »Du meinst … die Orgasmussache? Ernsthaft, Henry, keine Ahnung, was du an *Gegenleistung* falsch verstehst, aber das wäre eine weitere Sache, die du für *mich* tun würdest.«

»Glaub mir«, raune ich, »mit dir zu trainieren, wird mir genauso viel geben wie dir.«

Langsam und sehr bewusst reibt sie ihr Becken gegen meines. »Du willst die Statistik deines Quotenpenis retten, ist es das?«

»Ich denke, es ist nicht zu leugnen, dass wir eine ziemlich krasse Anziehung haben. Warum diese nicht nutzen? Und zugegebenermaßen«, sanft stupse ich mit meiner Nase gegen ihre, »würde es mir sehr viel bedeuten, dir einen Höhepunkt bereiten zu können. Nenn mich primitiv oder einen Macho, aber manchmal kann man die größte Befriedung aus dem Glück anderer ziehen.«

Nova blinzelt, träge und bedeutungsschwer. »Irgendwie glaube ich, dass du uns alle verarschst. Unter dieser düsteren Fassade und all den tragischen Tattoos steckt doch eigentlich ein riesiger Marshmallowkern, oder, Henry? *Die größte Befriedigung ist das Glück anderer.* Gib's zu, Mr Kalenderspruch 2025.«

Mein Grinsen wird breiter und neckend kneife ich sie in den Po. »Dazu werde ich mich nicht äußern. So.« Unter größten Willensanstrengungen lasse ich sie los und trete einen Schritt zurück. Obwohl es mal wieder ungeplant *steamy* zwischen uns geworden ist, sollten wir jetzt nicht übereinander herfallen. So gut Nova ihre Gefühle auch wegschieben kann, vor fünfzehn Minuten war sie den Tränen nahe und ich bin nicht hergekommen, um sie auszunutzen.

Von Nova kommt wenig überraschend ein unzufriedenes Grummeln. »Was hast du vor? Ich war noch nicht fertig mit dir.«

»Wann anders, Princess. Von nun an sollten wir reichlich Gelegenheiten bekommen, oder?« Damit sie mir folgt, greife ich nach ihrer Hand und ziehe sie mit mir in die Küche.

»Du gehst also davon aus, dass ich dir erlaube, mein Fake Freund zu sein?«, beschwert sie sich und bleibt an die Kücheninsel gelehnt stehen, die Arme vor der Brust verschränkt, während ich den Kühlschrank öffne und hineinspähe.

»Ich glaube, es ist nur eine Frage der Zeit«, präzisiere ich.

»Ah ja, was macht dich da so sicher?« Sie schnaubt. »Und was genau tust du da eigentlich?«

Über die Schulter werfe ich ihr einen schelmischen Blick zu. »Eine Tatsache über mich, die du als meine Freundin wissen solltest? Ich backe total gern. Und allem Anschein nach habt ihr alles da, was ich für Brownies brauche. Sobald du die probiert hast, wirst du mich *anflehen*, umgehend in den Deal einzusteigen. Außerdem: Ich bin vielleicht kein Naturtalent im Trösten, aber ich weiß, dass Schokolade alles besser macht. Also lass mich diese Brownies für dich backen, ja? Dann reden wir weiter.«

14

Nova

@muenchner_kindel

Na, na, na, liebste Kindel, was sind wir nicht alle pessimistisch. Fast neunzig Prozent der Abstimmenden in unserer Story glauben, dass der Fling zwischen @supernova und @saint.henry nichts Wahres ist. Nicht nur, dass unser Voting einen neuen Teilnahmerekord aufgestellt hat, nein. So einig war sich München nicht mehr, seit wir beschlossen haben, dass jeder geächtet wird, der den Stachus *Karlsplatz* nennt.

Nachricht senden

Wie sich herausgestellt hat, wird Henry zwangsläufig für immer in meinem Leben bleiben müssen. Etwas anderes kann ich schlicht nicht zulassen, nachdem er mir Brownies gebacken hat, die nicht von dieser Welt waren. Ernsthaft, er hatte so recht damit, dass ich ihn anflehen würde, unseren Fake Deal laufen zu lassen, nachdem ich den ersten Bissen dieser Köstlichkeiten probiert habe. Vergesst Orgasmen oder den Kampf gegen meinen schlechten Ruf, diese Brownies allein sind Grund genug, um Henry auf ewig zu verfallen. Nicht, dass dahin gehend irgendeine Gefahr für mich lauern würde. Er kann jederzeit bei mir auftauchen und behaupten, er sei schlecht im Trösten, obwohl er mich besser aufgefangen hat als je ein Mensch zuvor, und ich werde wacker bleiben. Weil klipp und klar feststeht, dass wir nur so tun und die Anziehung zwischen uns rein körperlich ist. Die Regeln sind eindeutig und es wäre töricht, ihm in irgendeiner anderen Weise zu verfallen. Und naiv. Und so was von gar nicht Nova.

Wir führen also eine Fake Beziehung. Trotzdem fühlt es sich so seltsam leicht an, ihn in mein Leben zu lassen. Zum Schein natürlich. Henry hat, seit wir den Deal vor circa zwei Wochen über dem halb leer gefutterten Kuchenblech wirklich und wahrhaftig geschlossen haben, unermüdliches Engagement für unsere Sache gezeigt. Ernsthaft, der Junge hat sogar einen Plan erstellt. Aktuell befinden wir uns in Phase eins, dem Soft Start. Nachdem *muenchner_kindel* gegen uns ausgeteilt hat, ist Henry der Meinung, dass wir nicht zu dick auftragen sollten. Immerhin wollen wir nicht den Eindruck erwecken, dass wir etwas beweisen müssten. Stattdessen … geben wir uns mysteriös. Gelegentlich poste ich Storys, in denen wie zufällig seine Hände mit den verräterischen Tattoos zu sehen sind. Oder wir gehen gemeinsam mit unseren Freunden essen, teilen selbst nichts davon, lassen uns allerdings von den anderen in ihren jeweiligen Schnappschüssen markieren. Muss ich erwähnen, dass die Klatschmeute durchdreht? Aber nicht nur die. Lilli, Hugo und Minnie sind in heller Aufregung, seit sie wissen, dass wir uns von *einmaligem Fake Date* zu *längerfristigem Arrangement* geupdatet haben. Sie gehören zum engen Kreis unserer Mitverschwörer – was nicht heißt, dass sie deswegen weniger aus dem Häuschen wären als der Rest der Stadt. Dass ich in einer Beziehung bin, auch wenn sie lediglich ein Deal ist, kommt für sie einem Weltwunder gleich.

Und habe ich erwähnt, dass auch meine Mutter im Bilde ist? Sie weiß zwar nichts von der Fake Beziehung, doch als wir ein paar Tage nach meiner offiziellen Vereinbarung mit

Henry telefonieren, lasse ich die Bombe mehr oder weniger freiwillig platzen.

»*Jedyna moja*, wie geht es dir, mein Schatz?« In dem Moment, in dem ich ihre vertraute, rauchige Stimme mit dem markanten polnischen Akzent vernehme, schließe ich behaglich die Augen. Nur zu hören, dass sie mich *Jedyna moja* – ihre Einzige – nennt, umfängt mich wie eine warme Umarmung. Wo die Zuneigung meines Vaters immer ein rares Gut war, um das ich kämpfen musste, ist bei meiner Mutter das genaue Gegenteil der Fall. Sie liebt mich mit bedingungsloser Inbrunst und scheint bloß eine Mission im Leben zu haben: dafür zu sorgen, dass es mir an nichts fehlt und ich verwöhnter bin als Karl Lagerfelds Katze Choupette.

»Alles wie immer in München, Mama.« Ich tue so, als müsste ich gähnen. »Mich interessiert viel mehr, wie es in Dubai aussieht! Bist du erfolgreich?«

Mama ist vor etwa zwei Wochen in die Emirate aufgebrochen, um ihr Imperium auf den lukrativen Markt dort auszuweiten, und füllt ihr Insta seitdem fleißig mit beneidenswert sonnigen Schnappschüssen – die Frau ist ein echter Social-Media-Profi und hat bald mehr Follower als ich. Auch wenn sie gerade viel zu tun hat und wir deshalb ungewöhnlich wenig miteinander reden, bleibe ich so auf dem Laufenden; abgesehen von Dutzenden Snaps, die sie mir zu jeder Tages- und Nachtzeit schickt. Jep, Nadja Sobieska liebt Snapchat.

»Oh, Novaaa«, seufzt Mama gedehnt. »Dubai ist ein … wie sagt man? Eldorado! Du hättest mitkommen sollen. Ich erzähle jedem Scheich, den ich treffe, von dir und sie alle lieben dich. Junge, hübsche Männer! Und so reich! Du wärst *zickzack* verheiratet, ohne dass sie viel Mitgift verlangen.«

Froh darum, dass wir kein Videotelefonat führen und sie meine Miene nicht sehen kann, kräusele ich die Lippen. *Mitgift? Ihr Ernst?* »Mama, hör auf, mich verkaufen zu wollen.«

Sie schnalzt nur mit der Zunge. »Ach, *bzdury*. Unfug! Du könntest es so schön haben!«

»Wirklich nicht nötig. Mama. Ich habe jetzt einen Freund.« So, damit ist die Katze aus dem Sack.

Ein Rascheln und Poltern ertönt, das verdächtig danach klingt, als hätte sie ihr Handy fallen gelassen. Es dauert einen Moment, ehe ich Mamas Stimme wieder höre. Nun deutlich quietschender. »*Myszka*, ist das dein Ernst? Wer ist es?«

Ich öffne den Mund zu einer Antwort, doch vollkommen aus dem Häuschen kommt sie mir zuvor.

»Ist es Hugo? Wirst du eine Gräfin?«

Sollte es mich wundern, dass *das* ihr erster Gedanke ist? Als Migrantin, die als Teenagerin nach Deutschland kam mit nichts außer dem Ziel, sich hochzuarbeiten und ein besseres Leben zu haben, ist sozialer Aufstieg die Luft, die sie atmet. Geld kann verdient werden, Reichtum lässt sich anhäufen, doch das Schwierige für sie war, sich Zugang zu den Kreisen zu verschaffen, die jahrelang auf sie herabgeschaut haben. Die gemeint haben, sie solle lieber Reinigungskraft werden, anstatt Schmuck zu designen, und die ihr regelmäßig die Türen vor der Nase zugeschlagen haben. Inzwischen ist Mama mitten unter ihnen angekommen, hat sogar eine Mitgliedschaft im hoch angesehenen Karolinen Club ergattert. Und dennoch wird es für sie nie genug sein. Im Gegensatz zu denjenigen, die in ihren Status hineingeboren wurden, muss sie jeden Tag weiterkämpfen, sich beweisen, Vorurteile überwinden. Und das sind die Dinge, die sie nie für mich gewollt hat. Das meiste, was meine Mutter tut, tut sie für mich. Sie ist kein Familienmensch, ihre längste Beziehung hat gerade mal zwölf Monate gehalten, aber ich bin *ihre Einzige* und sie meint jede Silbe davon aus vollem Herzen. Nadjas Art, für mich zu sorgen, war schon immer mehr von Materialismus geprägt. Ich sollte alles haben, was ihr gefehlt hat, und vor allem sollte ich es in der Gesellschaft leichter haben. Also hat sie ihre ständig wechselnden Beziehungen mit einflussreichen Männern genutzt, um mir einen Platz in dem Kindergarten zu verschaffen, in dem seit Generationen die Elite Münchens *herangezogen* wird. Mit einer Warteliste und Gebühren, die verhindern, dass Normalsterbliche in diese eng gewobenen Kreise eintreten. Und danach die entsprechende Grundschule. Und dann das Gymnasium. Nadja hat sichergestellt, dass ich ein Teil dieses Geflechts wurde, bevor ich meinen Namen schreiben konnte.

Heute bin ich alles, was mir meine Mutter mit Geld und Beziehungen ermöglichen konnte, und trotzdem gibt es noch eine Kirsche auf der Sahne. Etwas, das sie niemals kaufen könnte. Einen Titel. *Adel* ist die eine Sache, die sie mit beinahe religiösem Eifer verehrt und ersehnt, weil dieser Status nicht käuflich ist. Seit Jahren ist es ihr Traum, dass ich Hugo heirate, und wenn nicht ihn … nun, ein Scheich würde es wohl auch tun.

»Mamaaaaa«, seufze ich schließlich gespielt genervt. »Du weißt, dass ich Hugo nicht heiraten kann! Wir sind beste Freunde, seit wir laufen können, das wäre so schräg. Und wie würde das klingen? Gräfin Nova. Tut mir echt leid, aber du hättest mir einen weniger trashigen Namen geben müssen, damit ich eine Chance auf den Hochadel habe.«

»Dein Name ist wunderschön«, echauffiert sich Mama. »Das Einzige, in dem Eduard und ich uns je einig gewesen sind. Wie hätte ich dich denn nennen sollen, um adliger zu klingen? Ludmiła nach deiner Urgroßmutter, die ein Drachen war?«

Lachend schüttele ich den Kopf. »Nicht nötig, weil nicht Hugo mein Freund ist.« Auch wenn ich meine Mutter gewissermaßen anlüge (streicht *gewissermaßen*, ich tue es definitiv), fühlt es sich auf eine eigene Art aufregend an, ihr davon zu erzählen. Henry ist ein Konstrukt, eine Fantasie, doch in allen relevanten Dingen sind wir momentan nach außen hin ein Paar. Darauf hat er bestanden, als wir unsere Fake-Dating-Regeln aufgestellt haben. Seine oberste war: Wir sind exklusiv. Ich sollte darüber nachdenken, wie es aussehen würde, wenn ich wieder in eine Situation wie die mit Fabian beim Abendessen käme, und damit hat er mir erfolgreich den Zahn gezogen, dass er vielleicht ein wenig eifersüchtig ist. Und er hat ja recht. Es geht darum, den Schein zu wahren, *appearance*. Für alle anderen soll es echt sein, also verhalte ich mich entsprechend.

»Jetzt sag schon, wen du dir geangelt hast, damit ich ihn stalken kann«, jammert Mama ungeduldig und ich sehe förmlich vor mir, wie sie mit den Spitzen ihrer Pumps auf den Boden tippt.

»Henry Saint Clair«, rücke ich schließlich raus und halte unwillkürlich den Atem an. Nach Papas erstem Urteil über ihn bin ich seltsam nervös, was Mama sagen wird. Kein Zweifel, dass sie mit dem Namen etwas anfangen kann.

Hörbar schnappt sie nach Luft. »Er ist ein Sohn von Edgar Saint Clair, *tak*? Natürlich kenne ich Edgar. Er hat ein wunderschönes Gehänge.«

Nun bin ich es, der beinahe das Handy aus der Hand fällt. Bitte … bitte, bitte, bitte sie meint nicht das, was ich denke. Keine Ahnung, ob ich mit dem Wissen leben könnte, sollte Henrys Vater zu den Eroberungen meiner Mutter gehören. Und warum zum Teufel würde sie mir *so etwas* über ihn erzählen? Es gibt Grenzen!

»Mama, was?«, krächze ich eine Spur zu schrill.

Wieder schnalzt sie mit der Zunge; das macht sie häufig, wenn sie merkt, dass sie sich falsch ausgedrückt hat. Sie hat so hart an ihrem Wortschatz gearbeitet, aber vereinzelt rutschen ihr Fehler durch und ich *bete*, dass dies gerade der Fall ist.

»Sein Gehänge … du weißt schon. Ein absolutes Prachtstück.«

Obwohl sie es nicht sehen kann, schüttele ich heftig den Kopf. »Nein?«

»Edelsteine. Viel Glitzer. Und absolut riesig.«

Mach, dass es aufhört. Wenn sie mir sagen will, dass Saint Clair Senior Intimschmuck trägt, bin ich raus. Und zwar aus dieser Dimension.

»Ich habe es nur einmal gesehen, als ich bei ihm zu Hause war. In seinem Foyer. Ein Einzelstück von Ruth Vanpoor.«

Ganz langsam, durch den Nebel von *cringe* und Horror hindurch, dämmert mir, dass sie nicht Edgar Saint Clairs bestes Stück meint. Tief atme ich durch. »Mama, was genau meinst du mit *Gehänge*?«

Sie gibt ein ungeduldiges Schnauben von sich. »Na, du weißt schon … *Kurwa*, wie heißt dieses Wort? Einen Kronen…«

»Kronleuchter!«, schreie ich fast, meine Stimme heiser vor Erleichterung.

»Ja, genau, ein Kronleuchter von Vanpoor. Ich sage dir, aus

all den Steinen, die er enthält, könnte ich ein hübsches Set von Kronjuwelen fertigen. Oder ein Vermögen an der Börse von Antwerpen machen.«

Ich sinke zurück in meinen Bürostuhl, einen Moment schwindelig vor Dankbarkeit, dass wir bloß aneinander vorbeigeredet haben. Allerdings bezweifle ich stark, dass ich diese Bilder jemals aus dem Kopf bekommen werde. Merke: Edgar nur ins Gesicht schauen, sollte ich ihm demnächst einmal begegnen.

Mama scheint ansonsten ziemlich zufrieden damit zu sein, dass ich angeblich mit einem Saint Clair zusammen bin, nimmt mir den Schwur ab, ihr alles über Henry zu erzählen, droht ein wenig, ihn eigenhändig zu kastrieren, sollte er nicht gut zu mir sein, und muss dann weiter zu einem Termin. Als ich auflege, fühle ich mich noch etwas durch den Wind, gleichzeitig aber angenehm erleichtert. Auch wenn mit meiner Mutter nicht immer alles rosig gelaufen ist, weiß ich bei ihr zumindest, dass sie ohne Konditionen für mich da ist. Sie sieht mich, sogar wenn ganze Kontinente zwischen uns liegen. Und das sollte genügen, oder?

Oder?

Nun, jetzt ist jedenfalls erst mal Mittwochabend und ich bin mit Lilli, Hugo und Minnie bei einem Italiener in der Maxvorstadt verabredet, der witzigerweise *Supernova* heißt. Unnötig zu erwähnen, dass wir unter anderem deswegen überproportional oft hier sind.

Lilli kommt zur gleichen Zeit wie ich am Restaurant an, direkt von einem Termin bei einer Stammkundin des Auktionshauses, die sich von ein paar Kunstwerken trennen möchte. Fühlt sich seltsam an, dass ich zum ersten Mal weiß, wovon sie redet, als sie mir beim Hineingehen ausgerechnet von einem genialen Prägedruck von Günther Uecker erzählt, den sie sich für die Auktion sichern will. Yay, Günni mein Homie und so. Ich grinse noch über meinen persönlichen Insiderwitz mit mir selbst, als wir an den Tisch kommen, wo die anderen beiden bereits warten. Obwohl wir so lang ein Trio waren, fühlt es sich absolut natürlich an, nun auch Minnie am Start zu haben, die sich gerade mit Hugo über irgendetwas aufzuregen scheint. Hat man erst einmal einen Blick hinter ihre zurückhaltende Fassade geworfen, ist das Mädchen genauso *sassy* und liederlich wie wir anderen, wodurch sie sich perfekt einfügt.

»Er reagiert ständig auf meine Storys, sobald ich etwas zu meinen Arbeiten teile, gibt mir Tipps oder macht sich lustig«, schimpft Minnie und lässt sich nicht davon aus dem Konzept bringen, dass Lilli und ich uns zu ihnen setzen.

Hugo lauscht ihr mit leuchtenden Augen, den Kopf nachdenklich geneigt. »Blockier ihn doch einfach, wenn er dich nervt.«

»Und ihm diese Bestätigung geben? Vergiss es.«

»Um wen geht es?«, erkundigt sich Lilli und schnappt Hugo die Speisekarte aus der Hand.

»Deine Landplage von einem Bruder.« Minnie brodelt wie ein Teekessel, der kurz davor ist überzukochen.

»Oooh, wittere ich da unterdrückte sexuelle Spannungen?«, stichele ich, sofort ganz in meinem Element.

Entrüstet pustet sich Minnie eine dunkelrote Strähne aus der Stirn. »Wenn überhaupt witterst du offene Mordgelüste, die sich nicht mehr lange in Schach halten lassen. Nichts für ungut, Lilli, aber Luis ist anstrengend!«

»Wem sagst du das«, sagt sie und seufzt, ohne von der

Karte aufzusehen. »Irgendwann kostet mich der Junge noch den letzten Nerv.«

»Apropos letzter Nerv.« Hugos Blick landet auf mir, dicht gefolgt von seinem Zeigefinger, mit dem er ungeniert auf mich deutet. »Ich bin immer noch nicht darüber hinweg, was Henry und du gerade abzieht. Das ist schon jetzt die aufregendste Sache des Jahres.«

»O ja«, fällt Minnie sofort mit ein, die das Thema *Luis* wohl liebend gern gegen *Tea* über Henry und mich eintauscht. »Ich kann nicht glauben, dass ihr das mit der Beziehung echt durchziehen wollt.«

»Ich auch nicht«, grummelt Lilli, die als Einzige nicht hellauf begeistert scheint. Nun, sie war immer die Vernünftigere von uns beiden, die Struktur und Planung liebt, und die Situation, in der ich mich zurzeit befinde, ist streng genommen das genaue Gegenteil davon.

Mir wird eine kleine Atempause gewährt, als ein Kellner zu uns tritt, um die Bestellung aufzunehmen. Kaum ist das erledigt, stürzen sie sich wie die Hyänen auf mich.

»Wie genau habt ihr das geregelt?«, will Hugo wissen. »Sorry, wenn ich so penetrant nachfrage, aber Fake Dating ist etwas, mit dem man eigentlich nur in Filmen und Büchern in Berührung kommt.«

Ich verzichte auf den Hinweis, dass sich aktuell rein gar nichts wie im Film anfühlt, sondern eher wie ein riesiger Haufen Chaos, der sich immer weiter verknotet und neue Probleme hervorruft.

»Na ja«, sage ich so cool wie möglich. »Die Regeln sind eigentlich ganz einfach: Alles, was wir zusammen tun, dient der Illusion. Keine Hintergedanken, keine versteckten Hoffnungen und so. Ich sage das bloß, um euch rettungslose

Romantiker direkt davon abzuhalten, wild zu spekulieren, wenn ihr was von uns seht.«

»Was denn zum Beispiel?« Hugo hat das Kinn auf die gefalteten Hände gestützt und blinzelt mich unschuldig an.

»Keine Ahnung … falls wir uns küssen oder Händchen halten oder so.«

Minnie verschluckt sich beinahe an einem der Grissini, die in einem Körbchen auf dem Tisch stehen. »Küsse sind inklusive? O Gott, ich könnte das nicht.« Als ich ihr einen langen Blick zuwerfe, ergänzt sie hastig: »In Bezug auf Gefühle! Henry hat so etwas an sich … Nicht, dass er mein Typ wäre, aber ich kann mir vorstellen, dass er einen richtig von den Socken haut, wenn man ihm zu nahe kommt.«

Was sie nicht sagt …

»Dein Typ ist er doch auch nicht, Nova«, bemerkt Lilli mit weiterhin skeptisch gerunzelter Stirn. »Was ist aus *groß*, *Gelfrisur* und *gut gefüllter Geldbeutel* geworden?«

Seltsamerweise leicht verärgert rümpfe ich die Nase. »Henry ist *groß* und da er ein Saint Clair ist, denke ich, dass seine finanzielle Situation ganz in Ordnung sein sollte.« Defensiv verschränke ich die Arme vor der Brust. »Außerdem ist das in unserem Fall ohnehin irrelevant, weil wir faken! Seht ihr, ihr bringt es schon durcheinander. Es braucht keine Anziehung zwischen uns.«

Zum Glück sind unsere Getränke in der Zwischenzeit an den Tisch gekommen und ich kann das unangenehme Beklemmungsgefühl, das in mir aufsteigt, mit einem ersten Schluck meines Grapefruit-Margarita hinunterspülen. Oder es zumindest versuchen. Besonders zielführend fühlt es sich nicht an, doch der Abend ist ja noch jung.

Und du hast seit Neuestem einen Bürojob, der es dir nicht mehr erlaubt, unter der Woche die Sau rauszulassen. Abgesehen davon wolltest du deinem Vater ja beweisen …

Entnervt stelle ich das Glas ab und würde mir am liebsten kräftig vor die Stirn schlagen, um meine besserwisserische innere Stimme zum Schweigen zu bringen. Solche Gedanken tauchen immer auf, wenn ich sie am wenigsten brauchen kann.

»Aber es gibt sie.« Hugo strahlt verschlagen wie die Grinsekatze persönlich.

»Hä?«

»Die Anziehung. Wann genau wolltest du damit herausrücken, dass Henry der Typ gewesen ist, den du an Fasching mit nach Hause genommen hast? Nachdem du uns schon so *suuuper* glaubwürdig einreden wolltest, eure Sichtung im *Käfer* sei kein *Date* gewesen. Du hattest die Hosen voll und bist nicht mit der Sprache rausgerückt, Maus, aber wohlgemerkt: Das hat dir niemand von uns auch nur eine Sekunde lang geglaubt.« Er zwinkert, Lilli zieht die Brauen auf eine Art hoch, die wortlos sagt *Versuch erst gar nicht, uns hinters Licht führen zu wollen, wir kennen dich zu gut*, und Minnie sieht aus, als hätte sie klammheimlich den Spaß ihres Lebens.

Indes sitze ich wie vom Donner gerührt da und kann Hugo nur einfältig anstarren. Keine Ahnung, welche seiner Aussagen mich mehr schockiert »Woher weißt du …?«

Unverkennbar zufrieden mit sich selbst lehnt sich Hugo auf seinem Stuhl zurück. »Julien hat euch zusammen den Ball verlassen sehen und hat erst mal einen Mordsschreck bekommen, weil er wegen der Masken kurz dachte, Henry wäre Vincent. Doch ihm sind auch die Tattoos aufgefallen, und als er mir das erzählt hat, war mir die Sache eigentlich klar. Habe nur noch auf eine Bestätigung von dir gewartet.«

Spätestens jetzt ist der Punkt gekommen, an dem ich meinen Kopf am liebsten mit Karacho auf die Tischplatte hauen würde. »Ich hab's im Griff«, knurre ich, bin mir allerdings selbst nicht ganz sicher, ob ich mir das glauben kann.

Lillis Gesichtsausdruck ist inzwischen um einiges sanfter geworden. »Bist du dir sicher, dass es das alles wert ist, um deinem Vater zu gefallen?«

Nun, so durcheinander alles auch sein mag, die Antwort auf diese Frage weiß ich zumindest mit Gewissheit: ja. Es ist es wert, bei meinem Vater weniger schlecht dazustehen. Es ist es wert, Marlisa und Jonah eines Besseren zu belehren. Und es ist es verdammt noch mal wert, ein für alle Mal die Oberhand über all den Spott und Klatsch zu erringen, die über mich kursieren.

Und weil ich gerade in Stimmung bin und sich das Gespräch sowieso ausschließlich *darum* dreht, hole ich mein Handy heraus, um unserer Inszenierung eine weitere Masche hinzuzufügen. Routiniert mache ich ein Foto von unserem luxuriös eingedeckten Restauranttisch; im Fokus mein halb volles Glas, um dessen Stiel ich meine Finger so lege, dass man die Ringe aus der Kollektion meiner Mutter gut sehen kann. Das Ergebnis ist ein leicht blurry Bild in bester Pinterest-Rich-Girl-Ästhetik, das ich in meine Story ziehe, bevor ich einen Text dazu tippe: *Powerpuff-Girls-Night-out + Professor @hugo_vca*

Winzig klein in die Ecke darunter, um allen Schnüfflern eine Challenge zu geben, ergänze ich: *wish you were here @saint.henry* 💔

Nachdem ich die Story veröffentlicht habe, lege ich das Gerät mit dem Display nach unten zur Seite, da eine Kellnerin just unsere Vorspeisen bringt. Und die himmlischen gebackenen Trüffel-Reisbällchen mit Parmesansoße, die ich mir im *Supernova* jedes Mal gönne, sichern sich die nächsten Minuten über meine volle Aufmerksamkeit. Hugo gibt mir quer über den Tisch ein High five, als ich nach dem ersten Bissen genussvoll aufstöhne. Er war derjenige, der diesen Laden entdeckt und uns nicht allein aufgrund des Namens beschworen hat herzukommen, sondern wegen dieser Arancinette. Gott, in diesem Moment wird mir mal wieder so richtig klar, wie sehr ich es liebe, bei meinen Freunden ganz ich selbst sein zu können. Frittiertes Zeug zu essen, ohne dass sie einen spitzen Kommentar über meine Figur fallen lassen oder sich überhaupt Gedanken darüber machen.

Nachdem wir mit den Vorspeisen durch sind, driften Lilli, Hugo und Minnie zum Glück in eine Unterhaltung über die anstehende Geburtstagsparty von Lisa-Marie Schönberg ab und ob wir wirklich dort auftauchen sollten. Wenn's nach mir geht: nein. Und zwar nicht nur, weil ich meinen braven Lifestyle weiter durchziehen will. Lisa-Marie hat mich zu oft hinter meinem Rücken eine Schlampe genannt und über den Migrationshintergrund meiner Mutter die Nase gerümpft. Da meine Entscheidung steht, nutze ich also die Gelegenheit, um mein Handy zu checken und Insta zu öffnen. Neben den üblichen Benachrichtigungen darüber, wer meine neueste Story bisher gelikt hat, sticht mir etwas anderes ins Auge.

@saint.henry hat dich in seiner/ihrer Story erwähnt.

Was zum …? Plötzlich ein wenig aufgeregt, obwohl eigentlich kein Grund dazu besteht, öffne ich seine Story und muss sehr an mich halten, damit mir nicht vor allen Anwesenden die Kinnlade auf den Boden knallt. Oder ich zu sabbern anfange. Schlimmstenfalls beides gleichzeitig. Meinen Bildschirm füllt ein Selfie von Henry, das ihn im Bett liegend zeigt. Er trägt ein weißes T-Shirt und am unteren Bildrand mache ich den Bund einer Jogginghose aus, an dem seine linke Hand ruht und mich wünschen lässt, mehr zu sehen. Die Tattoos auf seinen Armen und am Hals sind teilweise zu erkennen, aber was mir hauptsächlich den Atem raubt und meine Körpertemperatur gefährlich ansteigen lässt, ist sein Gesichtsausdruck. Henry schien mir bisher nicht der Typ Mensch zu sein, der Selfies von sich ins Internet stellt – sein Feed zumindest ist komplett frei davon –, und welche Schande das ist! Er hat es verboten gut drauf, mit unergründlichem Blick in die Kamera zu sehen, die Lippen zur leisesten Andeutung eines Lächelns verzogen, und dabei wie ein verdammtes Model auszusehen. Ich bin so gefangen von seinem Ausdruck, dass mir der Text, den er auf seiner Brust platziert hat, erst verzögert auffällt: @supernova komm nach Hause, Princess.

Mein Unterleib zieht sich jäh so fest zusammen, dass ich für einen Moment glaube, Sterne zu sehen. Prickelnde, lusttrunkene Sterne, die mich daran erinnern, dass wir entgegen unserer Abmachung noch nicht mit unseren Trainingseinheiten begonnen haben. Bisher habe ich es von meiner Seite aus bewusst nicht angesprochen, da es mich irgendwie nervös macht, aber diese Story lässt mir das Wasser im Mund zusammenlaufen. Und erinnert mich daran, warum ich diesem Unterfangen mit ihm überhaupt eine Chance gegeben habe: weil mich das Rummachen mit ihm näher an den Rand eines Höhepunkts gebracht hat als alles andere zuvor.

Ein wenig brodelnd, da er mich so aus der Bahn geworfen hat, tippe ich eine DM an ihn.

supernova
Ist das hier immer noch Phase eins »Wir tragen nicht zu dick auf«? Falls ja, bist du gerade mit Karacho übers Ziel hinausgeschossen.

Wie üblich muss ich keine Minute auf seine Antwort warten.

saint.henry
Habe ich Sie etwa durcheinandergebracht, Miss Sobieska?

supernova
Träum weiter.

saint.henry
Aber du hast recht, ich habe soeben offiziell Phase zwei eingeleitet: »Bring sie um den Verstand« 😈

»Mich oder die Leute?«, murmele ich halblaut in mich hinein.

supernova
Und was genau beinhaltet diese Phase? Muss ich auch laszive Selfies aus dem Bett posten?

saint.henry
Die kannst du mir schicken, niemandem sonst.

supernova
Wittere ich etwa Doppelmoral?

saint.henry
Ich bin bestenfalls ein Stümper. Laszive Selfies *von dir* würden das Internet lahmlegen. Am Ende bannt dich Insta #verhaftetwegensexy

Ich stoße ein amüsiertes Schnauben durch die Nase aus und schüttele über den Hashtag den Kopf. Er kann so albern sein …

saint.henry
Ich denke, wir sollten uns mal wieder öffentlich sehen lassen. Kannst du am Samstag zufällig? Habe Karten für die Premierenaufführung einer neuen Inszenierung von *Schwanensee* bekommen, weil ich für das Kulturressort darüber berichten soll.

Mit Henry ins Ballett gehen? Ich habe ehrlich keine Ahnung, wann ich das letzte Mal in einem Opern- oder Theaterhaus gewesen bin, um mir eine Vorstellung dort anzusehen. Meistens hat es mich nur zu schicken Galas oder Bällen dorthin gezogen, die mit stundenlangem Ausharren auf knarzenden Polsterstühlen aus dem letzten Jahrhundert herzlich wenig zu tun hatten. Eine Erinnerung schießt durch meinen Kopf – ein Konzertabend, den ich mit den Bornkamps nicht lange nach der Eröffnung der Elbphilharmonie in Hamburg besucht habe. Ich muss ungefähr sechzehn gewesen sein und bin mir selten so dumm vorgekommen wie neben Jonah und Marlisa, die ihre klassischen Instrumente schon mit zwölf auf Mozart-Level spielten und ausgesehen haben, als hätten sie wirklich Spaß an dem sterbenslangweiligen Brahms-Konzert. Alles, was ich zum Gespräch beitragen konnte, war, dass Brahms meiner Meinung nach wie ein superdepri Emo Boy klingt, der ausschließlich Musik für Beerdigungen schreibt. Gott, meine Geschwister sind daraufhin auf mich losgegangen, als hätte ich auf sein Grab gespuckt, und haben mich mit Gegenschlägen buchstäblich verdroschen. Ihr geballtes Wissen war nichts, wogegen ich mich hätte wehren können. Die Art, wie mich mein Vater damals angesehen hat – mit einer Mischung aus Enttäuschung und Missbilligung –, hat sich mir bis heute eingeprägt. Garantiert schämt er sich dafür, dass seine Gene an einem unkultivierten Totalausfall wie mir beteiligt sind. Seitdem hat er mich nicht mehr zu solchen Veranstaltungen eingeladen und ich selbst habe sie tunlichst gemieden, damit ich nicht noch einmal in eine Situation gerate, in der mein Unwissen breitgetreten wird.

saint.henry
War der Vorschlag zu viel? Ich dachte, das Opernhaus wäre der perfekte Rahmen, um zu untermauern, dass wir es ernst meinen. *I mean* … Wer würde seine Situationship oder Affäre ins Ballett ausführen?

Obwohl sich ein Teil von mir immer noch sträubt, muss ich ihm zustimmen. Ein Date im Ballett vereint Klasse und Ernsthaftigkeit, zumindest nach außen hin. Und jeder, der mich kennt – oder meint, es zu tun –, weiß, dass ich das nur machen würde, wenn ich den Kerl mag. So richtig. Also stoße ich einen stummen Seufzer aus und tippe.

supernova
Okay, Deal.

saint.henry
Nice, ich hole dich dann ab, Princess.

Warum kann er nicht aufhören, mich bei diesem albernen Spitznamen zu nennen?

»Erde an Supernova.« Hugos Hand, mit der er emsig mit den Fingern schnipst, taucht direkt vor meiner Nase auf und ich schlage sie instinktiv weg wie eine nervige Fliege. »Autsch.« Gespielt getroffen reibt er sich über den Handrücken. »Hast du online dieses Paar Vintage-Heels geschossen, hinter denen du schon ewig her bist, oder warum grinst du dein Handy so verknallt an?«

Als ich aufsehe, begegne ich drei Augenpaaren, die auf mich gerichtet sind, als würde gerade etwas total Absurdes passieren. Das ist doch Bullshit, ich bin ständig gut gelaunt und schaue freundlich. Verknallt grinsen, pff.

Ein übertrieben schockiertes Luftholen nahe an meinem Ohr lässt mich zusammenzucken. Minnie hat sich frech vorgelehnt und schielt auf den Insta-Chat, den ich noch immer geöffnet habe. »Sie schreibt mit Henry!«

Sofort sperre ich das Gerät und funkele sie warnend an.

»Nase raus aus meinen Angelegenheiten! Damit meine ich jeden von euch!«

Lilli scheint so gar nicht beeindruckt von meiner Warnung und rempelt Hugo verschwörerisch mit der Schulter an. »Ich glaube, das wird ein spaßiger Frühling werden.«

15

Nova

@muenchner_kindel

Liebe Kindel, kündigt euer RTL+-Abo, die beste Trash-Unterhaltung bekommt ihr gratis in der Story von @larissa.mqt, die sich einen filmreifen Rosenkrieg mit einem gewissen monegassischen Erben liefert, mit dem sie im Winter *happy and in love* in Kitzbühel gesichtet wurde. Scheint, als wäre mit Larissas Monacoträumen alles aus und vorbei. Vielleicht ist es an der Zeit, zu @hugo_vca zurückzukehren, mit dem sie letzten Herbst auf einigen Dates war? Falls unser liebster Grafenerbe überhaupt noch Lust hat auf so eine Dramaqueen.

Nachricht senden

Der Samstag kommt und damit mein Abend mit Henry im Ballett.

Bin ich aufgeregt? Nein. Ich bin auf Hunderten Verabredungen gewesen, an weitaus aufregenderen Orten als dem Bayerischen Nationaltheater. Mit Männern, die älter und erfahrener und bekannter und vernetzter gewesen sind. Gefühlt habe ich sie alle durch und vor einer Ewigkeit aufgehört, vor Dates hibbelig zu sein.

Der einzige Grund, warum ich seit Mittag damit beschäftigt bin, mich fertig zu machen und bei jedem Step meiner Routine etwas in den Sand setze, ist, dass ich heute Abend nicht nur hübsch aussehen und interessant sein möchte, sondern mit Henry eine öffentliche Show abziehen muss.

Wir müssen überzeugend sein und das Bild eines frisch verliebten Pärchens abgeben – unser ganz eigenes Schauspiel im Nationaltheater. Lampenfieber, genau das ist es. Nichts, was speziell mit dem Kerl zusammenhängt, den ich begleiten werde. Dass ich mir beim Rasieren unter der Dusche gleich zwei kleine, brennende Cuts zugezogen habe, liegt nicht daran, dass ich mich mit der Frage abgelenkt habe, ob Henry diese Körperstellen heute auch zu sehen bekommen wird. Dass ich zum ersten Mal seit Jahren meinen Lidschatten versaut habe und aussehe, als hätte ich mir ein Veilchen eingefangen, kommt nicht davon, dass ich den Pinsel blindlings in die Pigmenttöpfe getunkt habe, während ich in Gedanken unseren Kuss auf dem Porsche Revue passieren ließ. Wenn überhaupt ist nur der Teil meines Gehirns für meine Zerstreutheit verantwortlich, der auch mein sexuelles Begehren steuert. Obwohl Henry, wie Lilli so treffend festgestellt hat, so gar nicht in mein übliches Beuteschema passt, kann ich nicht leugnen, dass ich mich körperlich unaufhaltsam zu ihm hingezogen fühle. Diese Dynamitfinger explodieren bei jeder Berührung auf meiner Haut und haben überhaupt erst dafür gesorgt, dass ich dem *Benefits*-Teil unseres Arrangements zugestimmt habe. Vielleicht hat sein Mund auch etwas damit zu tun. Und seine Zunge. Und der unleugbar sexy Kontrast zwischen den ganzen Tätowierungen und den leger-eleganten Klamotten vom letzten Samstag. Okay, Henry ist scharf und ich bin scharf auf ihn, dazu kann ich stehen.

Kurz bevor Henry mich abholt – ich hätte locker mit der U-Bahn fahren können, doch er hat darauf bestanden, mich zu chauffieren –, mache ich meinen üblichen Check vor dem Spiegel. Mein Outfit ist gewagt. Ein schwarzer Body und darüber ein Kleid, das mich von den Handgelenken bis zu den Knöcheln bedeckt, aber aus sehr, *sehr* durchscheinendem Stoff, der bei jeder Bewegung glitzert und funkelt. Nachdem ich ein Vorbild für dieses Dress auf irgendeinem Runway eines High-End-Modehauses gesehen habe, habe ich mir eine Interpretation des Kleids von einer jungen, aufstrebenden Designerin maßanfertigen lassen. *Cleo Sternberg Couture* ist der Heilige Gral für alle kurvigen Fashion Victims wie mich, die Luxusmode lieben, jedoch mit Größe zweiundvierzig und aufwärts in kaum ein Designerteil passen. Wenn *Versace*, *Gucci* und Konsorten wüssten, wie viel Kohle sie sich allein mit mir durch die Lappen gehen lassen, weil sie nach veralteten, engstirnigen Konventionen schneidern ... *Zahlungsfreudige Kundschaft existiert auch jenseits von Größe 36, just sayin'*. Nun gut, zum Glück gibt es Cleo Sternberg. Die Münchnerin arbeitet von Venedig aus und klebt mit ihrer Schneiderkunst ein Pflaster über die Wunden, die mir die Fashionindustrie Tag für Tag zufügt.

Nachdenklich drehe ich mich weiter vor dem Spiegel und baue mir mental einen Schutzschild für sämtliche Angriffsflächen, die ich den Leuten heute Abend bieten könnte. Man sollte meinen, dass ihnen Body Shaming mit der Zeit langweilig werden würde, allerdings muss ich regelmäßig feststellen, dass die Mehrheit beständig Freude daran findet. Und seien es nur *judgy* Blicke oder hochgezogene Brauen. Gerade deswegen gebe ich nicht klein bei, sondern werfe mich weiterhin stur in durchsichtige Fetzen wie diesen – der wohlgemerkt jede kritische Stelle brav bedeckt. Sollen sie doch gaffen und so tun, als hätte ich mit meinem Körper kein Recht dazu, mich offenherziger zu zeigen. Ganz abgesehen davon: Wenn man sich als mehrgewichtige

Person in sackigen Klamotten versteckt, heißt es im Umkehrschluss oft, man achte nicht auf sein Äußeres und komme ungepflegt daher. Ich habe vor langer Zeit gelernt, dass man es ihnen nie recht machen kann, also scheiß ich drauf.

Als ich schließlich aus meinem Schlafzimmer trete, fällt mein Blick auf Lilli, die – *oh, oh* – zusammen mit Vincent auf der Couch liegt. Ich habe gar nicht gehört, wie er gekommen ist, und als er wiederum seinen Kopf in meine Richtung neigt, fühle ich mich leicht mulmig. Was eine Reaktion ist, die mir überhaupt nicht ähnlich sieht. Aber mein ganzes Leben sieht mir gerade nicht ähnlich, sodass ich mich womöglich an solche Anomalien gewöhnen sollte.

Lilli befreit sich aus Vincents Armen, der unverkennbar nicht begeistert darüber ist, um mich über die Sofalehne hinweg genau in Augenschein zu nehmen. »Verdammt, Nova, gehst du zu einer Verabredung oder planst du, sämtliche Typen im Umkreis von fünfzig Kilometern umzubringen?« Scherzhaft tut sie so, als wollte sie Vincent die Augen zuhalten, dabei wissen wir alle, dass das nicht nötig ist. Der Kerl ist ihr dermaßen verfallen, dass man ihn in einen Stripclub stecken könnte und er nur am Handy kleben würde, um sich Fotos von Lilli anzuschauen. Um ihre Finger vor seinen Augen loszuwerden, zieht Vincent Lilli zu einem Kuss an sich, der schnell stürmisch wird. Mir ist klar, dass die beiden jetzt für schätzungsweise fünf bis fünfzig Minuten alles um sich herum vergessen werden, also stöckele ich in die Küche, um mir noch einen Schluck Wasser zu holen.

Doch schon einen Moment später höre ich Vincent nach mir rufen. »Sobieska!«

Oha, er benutzt meinen Nachnamen. Möglichst ungerührt trete ich an den offenen Durchgang zum Wohnzimmer und lehne mich in bester Pin-up-Manier an den Bogen. »Hm?«

Obwohl Vincents Haare zerzaust sind und er zur Abwechslung mal einen Hoodie trägt (mit dem Aufdruck *Karma is my boyfriend*, Lilli hat es echt geschafft, ihn zum Swiftie zu machen), ist sein Ausdruck von seiner typischen Saint-Clair-Autorität erfüllt. »Lilli hat mir erzählt, was du mit meinem Bruder abziehst, und ich billige das nicht.«

Unbeeindruckt erwidere ich seinen Blick. »Hm, okay?«

»Ich habe Henry schon deswegen geschrieben, aber er ignoriert meine Nachrichten.«

»Vielleicht, weil er erwachsen ist und seinem Kindermädchen nicht Rede und Antwort stehen muss?«

Dafür ernte ich ein tiefes Durchatmen, inklusive konzentriert zusammengekniffener Lider, als kämpfte Vincent darum, ruhig zu bleiben und nicht auf meine Provokationen einzugehen. »Mir ist klar, dass ich euch nicht von diesem Unsinn abhalten kann, und eigentlich mag ich dich, weshalb ich dir das nur einmal sage: Tu ihm nicht weh.« Aus jeder seiner Poren spricht Ernsthaftigkeit und der Beschützerinstinkt gegenüber seinem kleinen Bruder ist unübersehbar. Anstatt genervt von so einer unnötigen Ansage zu sein, ertappe ich mich dabei, wie etwas in mir weich wird. Es muss schön sein, Geschwister zu haben, die sich derart umeinander kümmern.

Um meine Rührung zu überspielen, schnaube ich. »Warum macht sich eigentlich niemand Gedanken darüber, ob *ich* verletzt werden könnte?«

»Weil du tougher als Hannibal Lecter bist und Gefühle für lästigen Kinderkram hältst«, kontert Vincent prompt, wofür er einen Knuff gegen den Arm von Lilli kassiert.

»Das ist nicht wahr! Nova ist sehr empfindsam.«

»Ja, wenn ihr jemand beim Shoppen das letzte Paar Marlboros wegschnappt.«

»Das heißt *Manolos*, du ungebildeter Angelsachse!« Als hätte er mir eine tödliche Wunde verpasst, fasse ich mir an die Brust.

»Na, siehst du, Duchess? Wenn ich Designerschuhe *beleidige*, reagiert sie heftiger, als wenn ich schlecht über sie rede.«

Mit einem katzenhaften Lächeln gehe ich an der Couch vorbei und tätschele dabei von oben herab Vincents Schulter. »Du kannst nur Leute beleidigen, die deine Meinung kümmert, *Honey*.« Ich werfe ihm eine aufsässige Kusshand zu, Lilli bekommt eine aufrichtige, und dann verschwinde ich durch die Tür nach draußen.

Der Porsche wartet wieder im Halteverbot vor der Tür auf mich und beim Anblick der Motorhaube setzt sich ein prickelndes Ziehen in meinem Unterleib fest. Henry konzentriert sich auf sein Handy und sieht nicht, wie ich mich dem Auto nähere, weshalb ich die Gelegenheit nutze und ihm mit dem Öffnen der Tür zuvorkomme.

»Bin schon da.«

»Ah, nice, wollte dir gerade schreiben und …« Henry schaut zu mir auf, wie ich in der offenen Tür stehe und mich aus meinem Mantel schäle, da ich ihn die Fahrt über nicht tragen möchte. »Ich …« Er bringt seinen Satz nicht zu Ende, sondern bricht abrupt ab und starrt mich an, das kristallklare Blau seiner Augen mit einem Mal verhangen und ein wenig unfokussiert. Ich kann tatsächlich erkennen, wie sich seine Pupillen weiten, während sein Blick über mich schweift und mehr zu tun scheint, als mich nur zu betrachten. Henry vermisst mich, studiert mich mit einem Ausdruck, den ich nicht ganz deuten kann, weil er so intensiv ist. Intensiv und dennoch getrübt und scheinbar mit einem direkten Draht zu meinem Nervensystem verbunden, das lichterloh aufflammt. Ich liebe Aufmerksamkeit, aber mir ist nicht bewusst gewesen, wie sehr ich sie speziell von Henry genieße. Wie sie meine Haut zum Prickeln bringt und diesen einen Punkt zwischen meinen Beinen pochen lässt. Besonders, wenn Henry so aussieht, als würden ihm gerade ein paar Synapsen durchbrennen.

Mein Hoch gerät allerdings ein wenig ins Trudeln, als sich seine Miene jäh verdüstert. Schatten ziehen auf, verwandeln sein hübsches Gesicht in den Schauplatz einer Tragödie, in der er als einziger Darsteller brilliert. Ich will schlucken, doch es fällt mir so schwer, weil prompt Gedanken in mir aufziehen, die sich darum drehen, warum er so finster guckt. Mein Kleid … will er sich so nicht mit mir sehen lassen? Bin ich gut genug fürs Bett und sobald man in der Öffentlichkeit die Röllchen an meiner Körpermitte und die Dellen an meinen Beinen sieht, ist ihm das unangenehm? Wird er mich gleich bitten, den Mantel wieder anzuziehen und ihn den restlichen Abend über um Himmels willen nicht abzulegen? Oder noch schlimmer – verlangen, dass ich mich umziehe? Das zum Sterben langweilige Kleid vom letzten Samstag vielleicht.

Seine Lippen öffnen sich, er sucht nach Worten, sein Kehlkopf hüpft und ich wappne mich. In einer Fake Beziehung geht es um *Appearance*, das ist mir klar, und auch wenn ich de facto mehr davon habe als er, muss er mit den Konsequenzen genauso leben wie ich. Wenn wir uns diesen Abend zusammen zeigen, werden wir unwiederbringlich miteinander in Verbindung gebracht werden – fragt sich nur, ob ich in Henry Saint Clairs Annalen als sein verruchtes Intermezzo oder tragisch schöne Frühlingsromanze zurückbleiben werde. So wie ich bin, höchstwahrscheinlich Ersteres.

Er räuspert sich, ein schweres, kratzig tiefes Geräusch, das mir unerklärlicherweise eine Gänsehaut beschert. »Ich glaube, ich kann das nicht.«

Da. Da ist es. Obwohl ich versucht habe, mich dagegen zu wappnen, fühlen sich diese sechs Worte wie Dornen an, die sich mit Widerhaken in mich bohren. Jede einzelne tief unter meine Haut.

Ich weiß, ich habe zu viel verlangt. Ihn zu weit getrieben. Henry mag nicht danach aussehen, aber im Kern ist er ein lieber Kerl; das hat eine Viper wie ich sofort gewittert und erbarmungslos zugeschlagen. Für ihn ist es besser, sich zu befreien, bevor ich beschließe, ihn zu verschlingen.

Über die Mittelkonsole hinweg streckt Henry eine Hand nach mir aus. Ich betrachte die Worte, die über seine Knöchel gestochen sind: *there is no end.* Um sie herum, über die Glieder seiner schlanken Finger, ringelt sich eine Schlange, die an der Basis seines Daumens das Maul aufreißt. »Ehrlich, ich habe keine Ahnung, wie ich den ganzen Abend im Ballett überstehen soll, wenn du *so* aussiehst, aber ich muss es schaffen, okay? Am Montag will das Kulturressort einen Bericht von mir über das Stück sehen und fuck …« Er schüttelt den Kopf und reibt sich mit gequältem Ausdruck die Schläfen. »Du darfst mich während der Vorstellung nicht anschauen. Oder in meine Richtung atmen. Und mich nicht anfassen! Sonst …«

Mein Herzschlag explodiert. Anders kann ich nicht beschreiben, was mit dem Organ in meiner Brust passiert, als ich ihn das sagen höre. Meine Erleichterung darüber, dass ich so falschlag, wirkt wie eine Aufputschdroge, die alles in mir zum Rasen bringt. Weiter und weiter. Und immer weiter auf ihn zu.

»Sonst?«, bringe ich irgendwie heraus.

Unter schweren Lidern sieht er mich an, das Blau seiner Iriden glühend wie geschmolzenes Glas. »Weil ich sonst meine guten Manieren vergessen und dich vor aller Augen über den Balkon der Loge legen und vögeln werde, bis du kommst. Und sollte es Stunden dauern. Solche Ballettstücke sind langatmige Angelegenheiten.«

Ich stehe da wie festgewachsen, während sich die Bilder in meinem Kopf zu voller Blüte entfalten. Wir würden das niemals tun. *Niemals.* Aber dass er daran denkt, dass *ich* ihn so waghalsig wild wünschen lasse, berauscht mich. So sehr, dass ich tatsächlich ein winziges bisschen enttäuscht darüber bin, dass diese Fantasie nicht zur Realität werden wird.

Schließlich berappele ich mich und steige ein, bevor wir noch zu spät kommen. Als ich mich setze, spüre ich, dass das butterweiche Leder unter mir warm ist. Henry muss vorsorglich die Sitzheizung hochgedreht haben und ich schmelze regelrecht in die wohlige Wärme. Gleichzeitig umfängt mich sein Duft mit jedem Atemzug im beheizten Wageninnern. Gefährliche Kombi, nachdem ich ohnehin kurz davor bin, zu zergehen wie eine Schneeflocke auf seiner Handfläche. Wenn ich mich jetzt meinen Wünschen und Instinkten überlasse, landen wir morgen in den Schlagzeilen, weil ich ihm während der Fahrt einen Blowjob gegeben habe und wir von der Polizei aufgehalten worden sind.

Also sage ich möglichst nonchalant: »Nur damit du Bescheid weißt, dein Bruder ist gerade da oben«, mit der Hand deute ich die stuckverzierte Fassade unseres Wohnhauses hoch, »und hat mir eine nette Ansprache darüber gehalten, dass ich dir nicht wehtun darf.«

Henrys Augen weiten sich und ich glaube, Entsetzen in ihnen aufblitzen zu sehen, ehe er sich mit Daumen und Zeigefinger in die Nase kneift, genau an der Stelle zwischen seinen Augenbrauen. Aus irgendeinem Grund finde ich diese gequälte Geste ziemlich sexy.

»Oh, Vinnie«, murmelt er in sich hinein und ich kann nichts gegen das Prusten tun, das aus mir herauswill.

»Vinnie? O mein Gott, ich habe noch nie gehört, dass ihn jemand so nennt. Ist das goldig!«

Henrys Blick schießt zu mir. »Nur ich darf ihn so nennen.«

»Ach ja?«

»Mhm, Brüderprivileg.« Er sieht so glücklich aus, während er das sagt – auf eine klammheimliche Art, als würde er sich so was nicht oft erlauben und es eigentlich lieber verstecken. Und trotzdem ist da die Rückkehr der Grübchen, die ein Teil von mir andächtig bewundert wie einen unerwarteten Sternschnuppenschauer am Nachthimmel. Henry checkt im Seitenspiegel, ob die Straße hinter uns frei ist, ehe er ausparkt und losbraust.

Und ich werde zu meiner Schande ein wenig betrübt, weil ich daran denke, dass die einzigen Spitznamen, die Jonah und Marlisa mir je gegeben haben, Specki oder Nichtsnutz-Nova lauten. Superunkreativ, wenn ihr mich fragt, aber dennoch bitter.

»Wie nennt Vincent dich?«, will ich wissen.

Henry hebt eine Schulter. »Mein Name gibt keine besonders guten Spitznamen her, also hatte ich nie wirklich einen. Und ich bin nicht der Typ dafür, *Hen Hen* genannt zu werden.«

»Nein, bist du nicht«, stimme ich nachdenklich zu und überlege kurz. »Auf Polnisch könnte ich Henryczek sagen. Oder Henio. Das sind richtig cute Verniedlichungen.« *Weil du verdammt süß bist, wenn sich deine Haare wie jetzt leicht locken, obwohl du sie gestylt hast, und das Auftauchen deiner Grübchen in meiner Gegenwart sich wie ein Hauptpreis anfühlt.* Ich werde ein wenig nach vorn in den Gurt geworfen, als er etwas zu abrupt vor der nächsten Ampel hält.

»Mir ist dein anderer Name für mich lieber. Der Mistkerl.«

»Mój książę?«, necke ich. »Warum?«

Seine Aufmerksamkeit ist einzig auf das rote Licht fokussiert, ehe er murmelt: »Weil ich genau das bin.«

Schweigen senkt sich über uns und es ist nicht die gesellige Art, die ich mit Hugo und Lilli so gut aushalten kann. Bedrückende Schwere liegt in der Luft und Henry scheint sich gedanklich an einen Ort zurückzuziehen, von dem nichts als Melancholie ausgeht. Mist, so was kann ich nicht. Er hätte sich keine oberflächliche Society-Barbie wie mich aussuchen dürfen, wenn er schwermütig grübeln möchte. Also angele ich Hals über Kopf nach einem Gesprächsfetzen, mit dem ich ihn wieder aus sich selbst herauslocken kann.

»Die Zeitung lässt also einen Logenplatz für dich springen?«

Henry blinzelt, den Blick weiterhin stur nach vorn gerichtet, weswegen ich seinen Gesichtsausdruck nicht ganz deuten kann, aber immerhin antwortet er nicht vollkommen einsilbig. »Pressevorteile und so. Irgendeinen Mehrwert muss der Job ja haben.«

Der Mangel an Enthusiasmus, mit dem er spricht, lässt mich aufhorchen. »Du bist Volontär, richtig? Macht dir das Volo keinen Spaß?«

In meinem Umfeld kenne ich fast ausschließlich Leute, die für das brennen, was sie tun – also die wenigen in meinem Bekanntenkreis, die arbeiten und nicht von Beruf *Sohn* oder *Tochter* sind. Und selbst dann sind sie es mit Herz und Seele. So wie ich es in jüngster Vergangenheit gewesen bin. Fühlt sich seltsam an, jetzt von mir behaupten zu können, einen echten, validen Job zu haben. Auch wenn ich ihn nur notgedrungen angenommen habe und mich manchmal mit meinen Aufgaben schwertue.

Von Henry kommt ein weiteres Schulterzucken. Hinter einer Reihe von kahlen Bäumen rauscht die Bayerische Staatskanzlei vorbei, was bedeutet, dass wir gleich da sein werden. Irgendwie ahne ich, dass alles anders wird, sobald wir aus dem Auto steigen.

Ich gebe zu, dass ich mich bisher nicht sonderlich für Ballettpremieren interessiert habe, aber vor dem heutigen Abend habe ich recherchiert und festgestellt, dass sie ein ziemliches Brimborium inklusive Pressefotografen veranstalten wollen. Da werden wir garantiert einigen bekannten Gesichtern begegnen.

Henry lenkt den Porsche an der nächsten Ampel auf die Maximilianstraße und sagt: »Gab es schon einmal eine Sache, die du dein Leben lang unbedingt wolltest? Die so mühelos war wie atmen und alles war, was du brauchtest? Und die dir dennoch auf ewig genommen wurde?«

Ein wenig überfordert vom Gehalt dieser Fragen nage ich an meiner Unterlippe. Er klingt kryptisch, doch ich glaube, ich weiß, worauf er hinauswill. Wenn ich ehrlich bin, müsste ich mit Nein antworten. Wovon er spricht, ist die Art von Leidenschaft, die ich im Arbeitskontext nie verspürt habe. Abgesehen davon: Was immer ich haben wollte, habe ich bekommen. Falls genau das nicht zur Verfügung stand, hat es etwas anderes gegeben, womit mir der Rachen vollgestopft wurde. Und irgendwann habe ich gelernt, dass Materielles beständiger ist als Träume, die ohnehin nur zum Zerplatzen da sind.

Der Porsche reiht sich in der kurzen Schlange an Wagen ein, die im Schneckentempo die Spirale zur Tiefgarage direkt am Platz vor der Oper hinunterkriechen. Anscheinend sind wir nicht die einzigen dekadenten Faulpelze, die mit dem Auto zur Ballettpremiere kommen. An Henry und seinem angespannten Unterkiefer vorbei erhasche ich einen Blick auf die Fassade von Herzog Auktionen direkt neben uns, an einem Samstagabend sind alle Fenster ab dem ersten Stock dunkel und niemand ist im Haus.

Erst als wir eine Parklücke gefunden haben und ich aussteige, wird mir bewusst, dass ich gar nicht laut geantwortet habe – aber Henry scheint es nicht zu kümmern. Eher im Gegenteil.

Wenn man die Operntiefgarage verlässt, kommt man zwangsläufig durch eine Passage kurz vor der Treppe zur Oberfläche, die zu beiden Seiten mit gläsernen Schaukästen versehen ist. Ein Großteil der Werbefläche wird von Immobilienfirmen beansprucht, die ihre Prestigeobjekte zeigen, weil sie denken, dass Leute, die sich Parkgebühren von vier Euro pro Stunde leisten, vielleicht geneigt sind, vier Millionen für ein Penthouse in Nymphenburg lockerzumachen. Ich jedenfalls nicht. Meine Aufmerksamkeit wird von einer ganz bestimmten Auslage angezogen. Und zwar die einer Luxus-Secondhand-Händlerin, die keine offiziellen Ladenräumlichkeiten hat, sondern eine Suite im Bayerischen Hof für Anproben nutzt und darüber hinaus ausschließlich an gezielten Orten in München etwas von ihrem Angebot zeigt. Wer es in ihre Kartei geschafft hat, bekommt Newsletter, ansonsten muss man ihre Schaufenster stalken, um auf dem Laufenden zu bleiben. Wie festgewachsen verharre ich vor dem Glas und begutachte gierig die Auslage. Ein Vintage-Beauty-Case-Koffer von *Louis Vuitton* in makellosem Zustand, ein traumhaft schönes Abendkleid von *Valentino*, in dessen Rock es wahrscheinlich einem meiner Oberschenkel allein zu eng wäre, eine gute Auswahl von Designerschmuck und … mir entweicht ein Wimmern: kniehohe Reiterstiefel von *Hermès*. Inzwischen klebe ich förmlich wie ein Kind vor einem Spielzeugladen an der Scheibe – die flache Hand gegen das kalte Glas gedrückt, mein Blick fixiert auf das butterweiche schwarze Leder und die charakteristischen Kelly-Schließen, wie man sie auch vorn an den ikonischen Taschen findet. Und die Schließe ist golden. Gold! Keine Ahnung, wie selten das ist!

Henry tritt neben mich. »Was entdeckt, das dir gefällt?« Sein samtiger Bariton streicht über meinen Nacken und ich schaudere.

»Diese *Hermès*-Stiefel«, gebe ich grummelig zu.

Obwohl ich den Blick nicht von ihnen losreißen kann, um Henry anzusehen, ist das Stirnrunzeln deutlich aus seinen Worten herauszuhören. »Ich bin verwirrt. Warum schaust du sie an, als wären sie dein Heiliger Gral, und klingst dabei, als hätten sie dich persönlich beleidigt?«

»Weil beides zutrifft. Sie *sind* mein Gral und sie beleidigen mich.« Ich zwinge mich, einen Schritt zurückzutreten, und schon diese kleine Bewegung von ihnen weg bereitet mir beinahe körperliche Schmerzen.

»Klär mich auf«, bittet Henry. Eigentlich bin ich nicht in der Stimmung dazu, aber dann legt er seine Hand ganz *casual* an meinen unteren Rücken und ich knicke ein.

»Sie passen mir nicht.«

»Erkennst du direkt, dass es die falsche Schuhgröße ist?«

Ich werfe ihm einen Seitenblick zu. »Ich habe Größe vierzig und die hier«, mit dem Finger deute ich auf die Stiefel, »könnten eine sechsunddreißig sein und ich würde mich mit Freuden hineinquetschen. Der Schaft ist es, der sie für mich unmöglich macht.«

»Ich verstehe nicht ganz …« Gott, kann man noch niedlicher klingen als ein Henry, der meinem Gemoser nicht folgen kann? Ich glaube kaum.

»Dicke Waden, Henry. Diese Schuhe sind von einem französischen Luxushersteller und die haben nichts von extra weiten Stiefelschäften gehört. Ich würde sie bis zum Knöchel zukriegen – ach, was rede ich, sogar meine Knöchel sind für *Hermès*-Standards zu dick. Entweder ich reduziere meinen Körperfettanteil um mindestens die Hälfte oder ich kann diese Stiefel vergessen.« Ich garniere die Ausführung mit einem mutlosen, kleinen Schnauben. *Truth be told*, solange ich nicht zu einem gewissenlosen Arschloch mutiere und mir einen Jahresvorrat *Ozempic* kralle, werde ich niemals dünn sein. Nicht für diese Stiefel, nicht für all die Klamotten, von denen ich träume. Dreiundzwanzig Lebensjahre und dreimal so viele Diätversuche später habe ich mich weitestgehend mit dieser Tatsache arrangiert. Außer in Situationen wie dieser.

»Das wäre eine Schande.«

»Was?«

»Wenn du auch nur einen Winkel von dir verändern würdest. Nicht weil du selbst es willst, sondern um irgendwelchen Vorgaben eines Modehauses zu entsprechen. Du bist perfekt, so wie du bist, ob mit oder ohne diese Stiefel. Ihr Verlust, wenn sie so engstirnig fertigen.«

Es ist schon das zweite Mal, dass er mich als perfekt bezeichnet. Nicht, dass ich mental darüber Buch führen würde oder so. Ich merke es mir bloß, da es falsch ist, mich so zu nennen. Regelrecht blasphemisch. Man könnte mir Doppelmoral vorwerfen, da ich sehr gern das Bild von mir verbreite, absolut und unvergleichlich fantastisch zu sein, aber der Punkt ist eben der: *Ich* darf über mich in die Welt hinausposaunen, was immer ich möchte. Anderen ist das nicht erlaubt. Basta.

16
Henry

Die schneeweiße Freitreppe vor der Oper ist bereits von etlichen Gästen bevölkert, die wie ein lebendiger Strom aus raschelnden Seidenröcken und maßgeschneiderten Smokings die Stufen hinaufwogen. Mein Blick huscht zu den gigantischen Säulen, die dem Nationaltheater seinen klassizistisch griechischen Look verleihen. Heute Abend werden sie von warmgelbem Scheinwerferlicht bestrahlt, das uns ins Innere geleitet, wo uns mehr Weiß und Vergoldungen und funkelnde Kronleuchter erwarten. Nova legt den Kopf in den Nacken und sieht sich um, ihre blasse Haut von der butterweichen Atmosphäre in einen fast überirdischen Perlmuttschimmer getaucht. Dieser champagnerhelle Cremeton gesellt sich zu ihrer Farbpalette in meinem Kopf, die dort unaufhörlich rotiert und verbissen gegen das Schwarz ankämpft. Noch regiert die leere Dunkelheit in mir, aber da ist diese eine Silbe, die mich konstant *on edge* hält: noch. Je mehr Zeit ich mit Nova verbringe, desto tiefer gräbt sich dieser Drang in meine Knochen, frisst sich in mein Fleisch, sickert in meine Blutbahn. Malen. Ich sehe sie und will malen. Weil sie Licht und Farben mit sich bringt wie ein Meteor, der in meine Umlaufbahn gecrasht ist und Dinge zurückgebracht hat, von denen ich dachte, sie längst verloren zu haben. Im Moment halten mich meine schattenschwarzen Dämonen zurück, flüstern mir zu, welchen Schmerz das Malen damals mit sich gebracht hat. Was die Kunst unsere Familie gekostet hat. Was sie *mich* gekostet hat. Novas roter Mund bringt sie zeitweise zum Verstummen und ich weiß nicht, ob das gut oder schlecht ist. Jedenfalls sorgt es dafür, dass ich seltsam willenlos werde und allen Forderungen von ihr nachgebe. Denn jedes Lächeln von Nova ist eine Erinnerung daran, wie ich hätte sein können. Heil und ohne dass sich meine Emotionen wie Asche anfühlen.

Selbst heute bringt sie meinen schlummernden Schaffensdrang zum Durchdrehen, da sie ein schwarzes Kleid trägt, das diese Bezeichnung offen gesagt nicht verdient. *Scheinbar ausschließlich für Henry geschaffenes Folterinstrument aus der Hölle* sollte dieses Modell heißen. Ich habe ehrlich keine Ahnung, wie ich die kurze Fahrt von ihrer Wohnung bis in die Altstadt überstanden habe, ohne eine Massenkarambolage zu verursachen, weil ihr Anblick in diesem Dress sämtliches Blut aus meinem Hirn gesogen hat. Jetzt allerdings … jetzt kann ich sie in vollen Zügen betrachten. Ihr glänzendes schwarzes Haar, das fast bis zur schmalsten Stelle ihrer Taille reicht; voluminös und wallend, als hätte sie es stundenlang auf Lockenwickler gedreht. Das Karmesinrot ihrer langen, spitz zulaufenden Fingernägel, mit denen sie den durchscheinenden Spitzenstoff des Rocks hebt, um ein paar Stufen zu erklimmen. Dieser Body darunter, der ihre üppigen Kurven in die perfekte Sanduhr-Silhouette bringt und in mir den Wunsch weckt, sie gegen die nächste Säule zu drücken und am Stück zu verschlingen. Jep, ich bin ein gieriger Motherfucker, wenn es um Nova Sobieska geht, und es fällt mir nicht annähernd schwer, so zu tun, als ob ich zu ihr gehören würde. Als wären wir ein Paar, das sich berührt und ausgeht und vertraut ist, obwohl ich all das ansonsten hasse. Schon beim Betreten des Foyers ist mir klar gewesen, dass wir Blicke auf uns ziehen werden – ich, weil der Schmuck an meinen Ohren funkelt und mein schwarzer Anzug leider nicht mit einem Rollkragen versehen ist, der die Tattoos an meinem Hals verdeckt, geschweige denn die an den Händen. Sie, weil sie so unverschämt schön ist und Aufsehen erregt, wo sie geht und steht. Und was mich normalerweise mit Unbehagen erfüllen würde, ist irgendwie erträglich, da Nova an meiner Seite ist. Ich, der Berührungen lieber aus dem Weg geht, könnte meine Hand nicht von ihrem Rücken nehmen, auch wenn mein Leben davon abhinge. *Well, you're fucked, dude*, wispert meine innere Stimme, die ich geflissentlich ignoriere. Ich tue das nur, weil es Teil des Spiels ist, und wenn es sich dabei gut anfühlt, werde ich mich nicht beklagen.

Wir haben noch über eine halbe Stunde Zeit, bevor wir unsere Plätze suchen sollten, weshalb wir im weitläufigen Foyer bleiben, wo Champagner ausgeschenkt und Häppchen auf Tabletts herumgereicht werden. Nova greift zielsicher nach einem Kanapee mit Kaviar, wirkt aber nicht besonders begeistert, als sie den Bissen kaut.

»Nicht nach deinem Geschmack?«, necke ich sie.

Ihr Urteil fällt erwartungsgemäß ungnädig aus. »Bestenfalls zweitklassig.« Sie reibt die Lippen aneinander und kramt dann ihr Handy aus der Abendhandtasche. »Lass uns ein Bild machen.«

»Warum?«

Nova betrachtet mich mit einem bedeutungsschweren Blick. »Wenn du wirklich mein Freund wärst, würde ich jetzt definitiv ein Selfie von uns teilen. Meine Geschwister haben berechtigterweise angemerkt, dass es online keine Fotos von uns gibt und das *suspicious* ist.«

Natürlich. Bilder schaffen Wahrheiten. Bilder festigen Wahrheiten. Und wir müssen nach einer Wahrheit aussehen. Also sage ich nichts weiter, als sie den Arm vor uns ausstreckt, die Kamera im Selfiemodus. Allerdings scheint sie mit dem Winkel nicht zufrieden, reckt und streckt sich, bis mir klar wird, dass ihr Arm nicht lang genug ist, um uns beide ordentlich draufzubekommen. Kurzentschlossen nehme ich ihr das Smartphone aus der Hand, richte es aus und werde mit einem anerkennenden Lächeln belohnt. Ohne darauf zu achten, wie ich aussehe, drücke ich den Auslöser, weil ich diesen Ausdruck festhalten will. Bevor sie post, bevor die Inszenierung beginnt. Die nächsten Minuten sind wir damit beschäftigt, ein Foto zu machen, das vor ihren kritischen Augen Gnade findet, und es ist die reinste Qual für mich. Ihr warmer Körper, der sich so nah an meinen drückt, ihr Duft, der jeden Atemzug füllt, ihre Lippen, die meinen immer näher kommen. *Fuck it*, meine Drohung, sie über den Logenbalkon zu legen, ist definitiv mehr als heiße Luft gewesen. Zum Glück bekomme ich einen Moment, um mich zu sammeln, während Nova die Aufnahmen durchgeht, um zu entscheiden, welche sie posten möchte.

»*Kurwa*, du siehst zum Anbeißen aus, wenn du so finster dreinschaust.« Sie zeigt mir das Foto ihrer Wahl, damit ich es abnicken kann, wobei sie mir mit den Nägeln durch die kurzen Locken in meinem Nacken fährt. Eine Berührung, über die sie nicht länger nachzudenken scheint, die mich aber jäh unter Strom setzt. *Bloody hell*, ich bin so was von am Arsch.

Nova ist vollauf damit beschäftigt, die Story zu teilen, als jemand an uns herantritt. Was nicht überraschend ist, immerhin sind nicht nur einige Presseleute anwesend, sondern auch zu viele andere Leute, deren liebstes Hobby Small Talk ist.

»Hey, du bist Henry Saint Clair, oder?«

Ich kann die Stimme zuordnen, bevor ich den Blick hebe, und sofort spannen sich meine Muskeln an. Eine Autoreaktion, gegen die ich nichts tun kann. Nova rückt näher an meine Seite, einen Arm um meine Taille gelegt, als hätte sie gemerkt, dass sich in mir etwas ändert. *Nein*, rufe ich mich mental zur Ordnung, *sie denkt einfach nur mit.* Wir geben ein Paar ab. Das wirkt überzeugender, wenn wir näher beieinander stehen. Das ist alles.

Der Kerl, der mit einer jungen Frau am Arm – vermutlich seine Freundin – vor uns stehen geblieben ist, grinst heiter. Während mir die Galle hochsteigt. »Ich bin Sean Naumann, wir sind zusammen zur Schule gegangen. Erinnerst du dich?«

Ob ich mich daran erinnere? Wie er und seine Kumpels mich schon als Achtjährigen eine Tunte genannt haben, weil ich meine Pausen lieber mit Malen verbracht habe, anstatt mit ihnen Sammelkarten zu zocken? Wie sie mich in einer der Toiletten in die Enge getrieben, meine Skizzenmappe aus dem Rucksack gezerrt und die Blätter eins nach dem anderen lachend den Abfluss hinuntergespült haben? Und Dad einen Tobsuchtsanfall bekommen hat, nachdem ich ihm beichten musste, dass ich bedauerlicherweise Arbeiten *verloren* habe, die auf dem Markt mehrere Tausend Euro eingebracht hätten? Wie sie Zeitungsberichte, in denen ich erwähnt wurde, in der Klasse herumgezeigt und sich darüber lustig gemacht haben, dass ich *berühmt* bin?

Nein, das habe ich durchaus nicht vergessen. Auch nicht, dass Sean zu den vielen hundert Gründen zählt, warum ich nach der zweiten Klasse die Schule wechseln musste, noch bevor wir nach England geschickt worden sind. Warum ich als Einziger das dicht gewebte Netz derer verlassen musste, die bis heute enge Freunde sind. Ich bin herausgerissen worden, habe nie die Chance bekommen hineinzuwachsen, da das Mobbing und die Hänseleien zu viel geworden sind. *Deswegen* sind Vincents Freunde nicht automatisch meine. Weil ich genauso gut ein Fremder sein könnte, der in den wichtigsten Jahren nicht dabei gewesen und erst mit achtzehn so richtig nach München zurückgekehrt ist.

Sean scheint von alledem nichts mehr zu wissen. Er wirkt entspannt, freudig überrascht, ein bekanntes Gesicht zu sehen, ohne den Hauch einer Ahnung, wozu er damals beigetragen hat. *Wir waren ja nur Kinder.* Tja, wenn das wahr wäre, würden die Erinnerungen heute nicht auch noch so verdammt schmerzhaft brennen, oder?

Weil ich es hasse, eine Szene zu machen, zwinge ich mich zu einer Maske höflicher Freundlichkeit und schlage in seine dargebotene Hand ein. »Klar, Mann, lange nicht gesehen. Wie geht's?«

»Oh, bestens, bestens. Malst du noch? Du warst doch mal ganz groß dabei und so.«

Schwärze erstickt jeden meiner Atemzüge, bis mir die Tinte die Kehle hochsteigt. »Nein, ich habe aufgehört. Bin jetzt bei der Zeitung.«

»Stabil. Ich studiere Medizin, habe knapp die Hälfte hinter

mir.« Seans Blick streift für eine Millisekunde Nova, die bisher nichts gesagt hat, und stellt uns dann seine Begleitung vor. »Das ist Greta, meine Freundin und angehende Profiabfahrtsfahrerin. Heute ist eine der wenigen Gelegenheiten, zu denen ich sie von der Piste wegholen konnte.«

Greta, deren blondes Haar zu einer kompliziert aussehenden Flechtfrisur hochgesteckt ist, schüttelt uns lächelnd die Hände. »Ich muss die Saison ausnutzen, solange es geht. Drei Jahre mit ihm zusammen und er versteht es immer noch nicht.« Sie lacht, leise und verständnisvoll.

Nova setzt in ihr Lachen ein. »Männer verstehen wirklich gar nichts. Und sie scheinen so vergesslich zu sein.«

Ich kann mir keinen Reim auf ihre Worte machen, aber Sean sieht irgendwie so aus, als hätte sie einen Nerv bei ihm getroffen. Kennen sich die beiden?

»Entschuldigt mich, ich muss dringend auf die Toilette.« Greta löst ihren Arm aus Seans und wendet sich zum Gehen.

»Ich komme mit. Muss meinen Lippenstift nachziehen«, erklärt Nova, neigt sich jedoch zu mir und raunt: »Kann ich dich kurz mit ihm allein lassen? Ich bin gleich zurück.«

Stoisch nicke ich. Ihre Nasenspitze streift leicht meine Wange, dann schnellt sie herum und hastet Greta hinterher.

Sean wartet einen Moment, bis die zwei außer Hörweite sind, ehe er sich mit verschwörerischer Miene zu mir hinbeugt. »Du hast dir echt Nova Sobieska geschnappt? Starke Leistung, Alter.«

Jeder Muskel in meinem Gesicht fühlt sich wie Granit an. »Ihr kennt euch?«

Sean wiegt unschlüssig den Kopf hin und her. »Oberflächlich. Allerdings eilt Nova ein gewisser Ruf voraus. An deiner Stelle wäre ich vorsichtig.«

Ich bemühe mich um einen Ausdruck, der nicht zeigt, wie fuchsteufelswild er mich macht. Ich bemühe mich wirklich. Doch in Seans Gegenwart will es einfach nicht klappen. Ich wünschte, ich könnte die Vergangenheit vergeben und vergessen, aber was heute aus seinem Mund kommt, ist genauso ekelhaft wie damals.

»Wie ernst ist es denn mit euch?«, hakt Sean nach, als wären wir die ältesten Freunde, die ständig solche Themen durchkauen. Dem völlig entgeht, dass meine Stimmung geheuchelt und längst am Kippen ist. »Fickt ihr nur oder …«

In mir ringen mehrere harsche Erwiderungen miteinander. Ehe ich mich entscheiden kann, mit welcher ich ihm das Maul stopfe, lacht er auf.

»Du musst nichts sagen, wir verstehen uns. Frauen wie Nova hat jeder von uns mal durchgehabt. Lass dich einfach gründlich checken, sobald du mit ihr fertig bist – Rat deines Arztes.« Er zwinkert mir zu, rempelt mich in die Seite, als hätte er einen genialen Witz gerissen, und ich kämpfe gegen sehr reale Gewaltfantasien an. Ich habe mich noch nie geprügelt, denke normalerweise nicht mal in diese Richtung, aber Sean weckt pure Aggression in mir. Bedächtig hebe ich den Blick zu ihm.

»Du gehst jetzt besser.«

Dumpf blinzelt er mich an. »Was?«

»Verpiss dich oder ich gebe dir einen Grund, Erste Hilfe an dir selbst zu üben. Du bist es nicht wert, hier zu sein, wenn Nova aus den Waschräumen kommt und sie dieselbe Luft atmen muss wie du.«

»Okay, okay, immer langsam. Wusste ja nicht, dass sie dich dermaßen an den Eiern hat …«

»Gibt dir die Uni extra Credits dafür, wenn du dich selbst

verarztest, oder warum haust du nicht endlich ab? Glaub mir, es ist mir vollkommen egal, dass wir unter Leuten sind.«

Seans Augen weiten sich alarmiert, als meine Stimme mit jedem Wort tiefer wird. Ich höre selbst, wie angriffslustig ich klinge. Auf eine beunruhigend stille Art, die einem Flachwichser wie ihm signalisieren sollte, dass meine Geduld überreizt ist und meine geballten Fäuste nicht nur Show sind. Mir ist egal, wie er damals mit mir umgesprungen ist, aber wenn er weiter Bullshit über Nova labert … Wahrscheinlich bin ich dahin gehend überempfindlich, nachdem ich mitbekommen habe, wie ihre Familie auf ihr herumhackt, und sich mir allmählich offenbart, wie auch andere über sie reden. Nicht alle werden es ausschließlich hinter ihrem Rücken tun. Nova ist clever, sie kriegt so was mit, und die Wut, die sich deswegen in mir aufbaut, hat herzlich wenig mit den Angelegenheiten eines Fake Boyfriends zu tun.

Vorhin, am Schaukasten mit den Stiefeln, hat sie sich mir einen Spaltbreit geöffnet. Mir einen Blick hinter ihr Selbstbewusstsein gestattet und offenbart, dass es Dinge gibt, die sie durchaus treffen. Natürlich gibt es die. Niemand kann alles an sich abprallen lassen, außer man wird so leer und substanzlos wie ich. Leute wie Sean und ihre sexistische, diffamierende Meinung über sie zählen garantiert auch mit rein. Und trotzdem geht sie in einem Kleid wie dem heutigen aus, das nichts versteckt. Gibt ihnen eine Angriffsfläche, einen symbolischen Mittelfinger, weil sie *fucking* nichts zu verstecken hat.

Sean trollt sich endlich, mit einem letzten kopfschüttelnden Blick, als hielte er mich für einen hoffnungslosen Fall – genau in dem Moment, als Nova aus dem Gang zu den

Toiletten zurückkommt. Geradewegs auf mich zu. Ich beobachte jeden ihrer Schritte. Bekomme mit, wie sich etliche Köpfe nach ihr umdrehen, als sie vorbeischreitet; das Kinn stolz erhoben, die Ausstrahlung einer Königin. Bildschön. Im absolut wörtlichen Sinne.

Als Nova mich erreicht, greift sie nach meiner Hand und zieht mich ohne ein Wort die Treppe zu den Logen hoch. Ich renne ein paar stolpernde Schritte, bis ich mich ihrem Tempo angepasst habe, und bemerke, dass sie diebisch in sich hineingrinst. Oben angekommen stoppt sie an der Brüstung und späht hinunter ins Foyer.

»Irre ich mich oder hast du gerade etwas Teuflisches ausgeheckt?« Ich stütze meine Hand neben ihre auf die marmorne Balustrade, nah und doch, ohne sie zu berühren. Keine Ahnung, wieso, aber meine Finger jetzt über ihre zu legen, würde sich weitaus intimer anfühlen als ihr Griff eben. So sehe ich unsere Hände an, die irgendwie ein Sinnbild dafür sind, warum eine Frau wie Nova in meinem Leben nur eine Rolle spielt, weil wir ein Fake Arrangement haben. Egal, was Arschlöcher wie Sean behaupten, *sie* bewegt sich in einer vollkommen anderen Liga als der Rest von uns. Ihre zierlichen Diamantringe verbreiten funkelnde Lichtreflexe, während sie in einem ungeduldigen Rhythmus auf den Marmor trommelt.

»Sagen wir, ich habe Gerechtigkeit walten lassen.« Ihr Blick huscht über die Leute im Eingangsbereich, bis sie gefunden hat, wonach sie Ausschau gehalten hat, und denjenigen ins Visier nimmt. Ich folge der Richtung, in die sie sieht, und stelle mit einiger Verblüffung fest, dass sie Sean fixiert, der allein und unverkennbar schmollend an einer Säule lehnt.

»Was hast du getan, Princess?« Ich beuge mich näher zu ihr hin, kann der Versuchung, direkt in ihr Ohr zu sprechen, nicht widerstehen, und werde prompt mit einer Gänsehaut belohnt.

»Nun, Sean und ich hatten vor Kurzem eine kleine Begegnung. Auf dem Medizinerball.«

Das ist *unser* Abend. Was zum Teufel hat er darin verloren? Sofort kehrt die Anspannung zurück, vermischt mit der Schwere einer dunklen Vorahnung. Wenn er es gewagt hat, etwas zu ihr zu sagen, das auch nur im Entferntesten dem nahe kommt, was er mir gegenüber losgelassen hat … Mein Vorstrafenregister ist so herrlich leer und jungfräulich. Wäre es nicht eine Schande, es so zu belassen, wo mich doch ohnehin schon viele als potenziellen Verbrecher betrachten, da ich volltätowiert bin?

Aber zu meiner Überraschung kichert Nova. »Er hat mich ziemlich widerlich angebaggert und ich habe ihm einen Korb gegeben. Eigentlich nicht der Rede wert, hatte es gewissermaßen bereits vergessen, bis er den wirklich, *wirklich* dummen Fehler begangen hat, mit seiner Freundin am Arm zu uns rüberzukommen. Hat dieser Kerl keine fünf funktionierenden Gehirnzellen?« Sie schnalzt missbilligend mit der Zunge. »Und weil ich ein *Girl's Girl* bin, musste ich meine Chance nutzen, als Greta aufs Klo ist, um es ihr zu sagen. Sie hat drei Jahre an diesen Arsch verschwendet! Ah, sieh mal.«

Während ich noch einigermaßen baff darüber bin, was sie mir erzählt hat, richtet sich ihr Blick auf eine Szene unten. Greta, die nach Novas Eröffnung anscheinend etwas länger in den Waschräumen gebraucht hat, stürmt mit knallrotem Gesicht auf Sean zu. Von hier oben ist nicht zu hören, was sie zu ihm sagt, doch dass sie vor Wut rast, ist unverkennbar.

»Ja, zeig's ihm!« Nova reckt die Faust, als wollte sie Greta von hier oben anfeuern. »Sie hat schon vermutet, dass er es mit der Treue nicht so genau nimmt. Besonders, wenn sie für die Wettkampfsaison dauernd auf Achse ist oder im Training steckt. Kleiner, madiger Wichser.« Sie ergötzt sich noch eine Weile daran, wie Greta Sean zusammenfaltet. Hoffentlich tut sie das einzig Richtige und trennt sich.

»Du bist unglaublich«, murmele ich Nova zu. »Erinnere mich daran, es mir niemals mit dir zu verscherzen.«

Sie zuckt nur mit den Schultern und streicht sich das lange Haar zurück. »Ich hätte mich an ihrer Stelle gefreut, wenn es mir jemand gesagt hätte.« Kurz streift mich ihr Blick. »Aber bei dir muss ich mir dahin gehend keine Gedanken machen, richtig? *Du* hast immerhin darauf gepocht, dass dieser Deal exklusiv ist.«

Es liegt mir schon auf der Zunge, dass ich keine Vereinbarungen in einem Deal brauche, um ihr oder sonst jemandem jemals *so etwas* anzutun, doch da tönt ein Gongschlag durch das Theaterhaus und ermahnt uns, unsere Plätze einzunehmen. Er hält mich davon ab, ihr Erklärungen oder Zusicherungen zu geben, die sie definitiv nicht von mir braucht. Stattdessen hole ich die Tickets, die ich von der Redaktion bekommen habe, aus der Tasche meines Jacketts und sehe mir unsere Sitzplatzinfo genauer an. Die MAZ hat die erste Reihe auf dem Balkon springen lassen.

17

Nova

@muenchner_kindel

Leutchen, Leutchen, wer Ballettpremieren bisher für schnarchlangweilige Angelegenheiten hielt, hat noch nie eine in München besucht! Denn es wurde schon lange, bevor die Vorhänge sich lüfteten, unterhaltsam. Spannender als jedes Bühnenspektakel war nämlich ein unübersehbarer Showdown zwischen @doc.sean und seiner Langzeitfreundin, die ihn ziemlich öffentlich abserviert hat. Was hast du angestellt, Sean, dass dich dein Schneehäschen dermaßen zerlegt?

Nachricht senden

»Das war … perfide.« Ungebrochen schockiert hake ich mich bei Henry unter, damit wir nicht auseinandergetrieben werden, als wir etwa drei Stunden später in der Masse der restlichen Besucher den Spielsaal verlassen.

Henry lässt ein dunkles Glucksen hören. »Ich habe dich doch vorgewarnt, dass sie bei dieser Inszenierung jedes Mal ein anderes Ende bringen und man sich nicht sicher sein kann, welches kommt.«

Aufgebracht schüttele ich den Kopf. »Da war es schon zu spät! In dem Artikel, den ich vorab über *Schwanensee* gelesen habe, hieß es, dass es in der Regel ein Happy End für Odette und Siegfried gibt. Aber das hier? Autsch!« Ich übertreibe nicht, wenn ich sage, dass ich erschüttert bin. Die Ballettaufführung hat mich mehr mitgerissen, als ich je erwartet hätte, und das Ende … Für *Schwanensee* gibt es mehrere Varianten, mit denen der vierte Akt ausgehen kann: Sie sterben beide / nur einer von ihnen stirbt / Siegfried vernichtet den bösen Zauberer / Odette muss Siegfried aus einer Megawelle retten / sie bekommen ihr *Happy Ever After* et cetera pp.

Obwohl mich Henry bezüglich dieser speziellen Überraschungsinszenierung gewarnt hat, bin ich irgendwie davon ausgegangen, dass es gut enden würde. Die Seite, auf der ich mich eingelesen habe, hat eine der positiven Variationen gezeigt, und sind Ballettaufführungen nicht verträumte, fluffig schöne Angelegenheiten? Es hat mich zumindest eiskalt erwischt, dass sich die heutige Inszenierung für Odettes ultimativ dramatischen Tod entschieden hat. Inklusive eines Siegfrieds, der komplett zerstört und einsam bis ans Lebensende zurückgeblieben ist. Ich bin aufgebracht, meiner Meinung nach vollkommen zu Recht!

»Im Leben kann nicht immer alles kitschig und perfekt enden«, gibt Henry zu bedenken und klingt dabei, als wüsste er, wovon er spricht.

»So will ich es aber nicht!« Mir ist bewusst, dass ich mich wie ein motziges Kind mit Trotzanfall anhöre, doch etwas am Ende dieser Aufführung hat bei mir die falschen Punkte berührt. Ich setze mich nicht mit der verfluchten Schwanenkönigin gleich, aber wenn ich über Liebesgeschichten nachdenke, will ich sie mit einem Happy End haben. In der Fiktion und irgendwann für mich selbst. Vielleicht, weil meine Eltern mir das ultimative Gegenteil vorgelebt haben und ich so viele quälende Sequenzen miterleben musste. Die Verbitterung, den Kleinkrieg, das ewige Gezeter. Das hat mich so sehr auf idealisiertes Glück und Harmonie gepolt, dass mich alles andere maßlos irritiert. Keine Ahnung, wie Leute an Tragödien Freude finden können – übersättigte, verwöhnte Glückskinder sind das. Ich amüsiere mich schließlich auch nicht köstlich, wenn Figuren in Filmen oder Büchern krank werden oder sterben. Gescheiterte Liebesgeschichten sind für mich keine Unterhaltung und niemand wird mich je vom Gegenteil überzeugen.

»Du möchtest also das große, glückliche Ende? Selbst wenn es utopisch ist?«

»Ich *glaube* zumindest daran. Solange man das tut, ist es egal, wie unrealistisch es sein mag.«

»Und meinst du, wir verdienen das alle?«

»Ja. Außer man heißt zufällig Sean Naumann.«

Im Foyer wird es zu laut und trubelig, um diese Unterhaltung fortzuführen, die irgendwo zwischen dem Spielsaal und den überreich verzierten Fluren des Opernhauses seltsam ernsthaft geworden ist. Aber so ist das irgendwie mit Henry – er hat eine Intensität an sich, die selten Raum für alberne Leichtigkeit lässt.

Während wir im Schneckentempo nach draußen gelangen, schiebe ich meine frustrierenden Gedanken über *Schwanensee* und Happy Ends beiseite und kehre zu einem Detail zurück, das die Erwähnung von Sean wieder hochgeholt hat. Vor dem Stück bin ich zu beschäftigt damit gewesen, Greta einzuweihen und sie zu warnen. Gott sei Dank ist das Ganze nicht nach hinten losgegangen. Manche Frauen neigen dazu, auf *die andere* loszugehen und ihren Freund in Schutz zu nehmen, wenn sie von seiner Untreue erfahren – Greta gehört nicht zu dieser Kategorie. Aber jetzt erinnere ich mich an etwas, das Mr Sackgesicht zu Henry gesagt hat: *Malst du noch? Du warst doch mal ganz groß dabei und so.* Irgendwie klang das nicht danach, als wäre Malen nur Henrys

Hobby gewesen, und ich habe es mir ziemlich sicher nicht eingebildet, wie er sich verkrampft hat, nachdem Sean aufgetaucht ist. Da steckt mehr dahinter und gerade wird mir bewusst, wie wenig ich eigentlich über Henry weiß. Dabei sollte ich mehr über ihn erfahren, wenn wir ein Paar spielen, oder? Wahrscheinlich haben Marlisa und Jonah bereits mehr über ihn ergoogelt, als ich nach zwei Dates und einem One-Night-Stand weiß. Peinlich.

Draußen vor dem Theater nehme ich einen tiefen Atemzug kalte Nachtluft. »Darf ich dich etwas fragen?«

Henry hat die Hände in den Hosentaschen vergraben und bleibt auf der obersten Stufe der Außentreppe stehen, als er die Ernsthaftigkeit meines Tonfalls bemerkt. »Klar.«

»Sean hat erwähnt, dass du früher gemalt hast. War das so dahingesagt oder war das ein Hobby von dir?«

Eine ähnliche Wandlung, wie ich sie vorhin im Foyer gespürt habe, geht an ihm vor sich. Die eben noch entspannte Haltung fällt jäh von ihm ab, seine breiten Schultern straffen sich, sein Rückgrat drückt sich durch und seine Miene … wird wächsern. Am liebsten würde ich meine Frage auf der Stelle zurücknehmen, als ich beobachten muss, wie er dicht macht. Sich anspannt wie jemand, der sich für eine Welle Schmerz wappnet. Der Gedanke ist maximal random, aber er sieht aus, wie ich mich fühle, wenn ich meine Periode habe und die Krämpfe sich langsam aufbauen.

Schließlich stößt er ein Geräusch aus, das vielleicht ein Lachen hätte sein sollen, jedoch als verzerrte Karikatur hervorkommt. Bitter und dunkel. »Du weißt das echt nicht?«

Hilflos hebe ich die Schultern. »Was denn?« Gott, warum komme ich mir plötzlich so blöd vor? So … oberflächlich?

Henry atmet tief durch und die Märznacht ist trotz der

milden Temperaturen am Tag so eisig geworden, dass sein Atem in der Luft zu einer Wolke kondensiert. »Sorry, ich hatte angenommen, dass du davon gehört hast. Ich bemühe mich, diesen Teil meines Lebens auszuradieren, nur erinnern sich viele an damals.« Er geht eine Stufe nach unten und ich folge ihm, weg von all den Ballettbesuchern, die weiterhin um uns herumschwirren. »Ich war ein … ein Kunstwunderkind. Zumindest haben mich die Leute so genannt.«

Meine Lippen teilen sich verblüfft, weil ich das nicht gewusst habe. Und dabei bin ich seit Jahren ziemlich eng mit seinem Bruder befreundet. »Vincent erwähnt dich so oft, doch das hat er nie erzählt.«

Henrys Lippen verziehen sich zynisch. »Er erzählt nichts, weil ich ihm das Versprechen abgenommen habe, es nicht zu tun. Wir schweigen meine Vergangenheit tot. In allgemeinem Einvernehmen.«

Instinktiv will ich nach dem Warum fragen, spüre allerdings gleichzeitig mit einem seltenen Aufblitzen von Taktgefühl, dass ich mich damit zu weit vorwagen würde. Ich habe kein Recht darauf, tiefer zu graben, auch wenn alles in mir mich dazu drängt. Denn es ist unübersehbar, wie sehr ihn das Thema martert, und ich würde es gern verstehen. *Kurwa*, bin ich tatsächlich daran interessiert, einen Kerl *verstehen* zu wollen? Das wäre eine Premiere. Also frage ich stattdessen: »Warst du erfolgreich?«

Ein träger Seitenblick streift mich. »Ziemlich.«

»Wie erfolgreich?«

»Als ich neun war, hat mein bis dahin höchstdotiertes Bild vierzigtausend Pfund bei einer Auktion in London eingebracht.«

Wir haben inzwischen die kaum beleuchtete Längsseite der Residenz erreicht und ich bleibe wie vom Donner gerührt stehen. »Vierzigtausend? Als Neunjähriger?« Heilige Scheiße, ich hätte ihn wirklich googeln sollen. Dann würde ich jetzt nicht so sehr aus allen Wolken fallen.

Henry nickt mit verkrampfter, in Schatten getauchter Miene. Er hasst es, darüber zu sprechen, das ist offensichtlich. »Das ist lange her«, murmelt er rau. »Ich habe seit über zehn Jahren keinen Pinsel mehr in die Hand genommen und will mit der Kunstszene nichts zu tun haben. Vincent akzeptiert das – mein Dad hat gelernt, es zu tun.«

Mein Blick geistert zur Fassade von Herzog, keine hundert Meter von uns entfernt, und etwas rastet in mir ein. »Deswegen sahst du bei der Presse-Preview im Auktionshaus so neben der Spur aus. Du wolltest nicht dort sein …«

Er nickt, knapp und ruckartig. »Ich gehe allen Situationen, die mich mit der Kunstszene in Berührung bringen könnten, bestmöglich aus dem Weg. Man … trifft immer wieder Bekannte oder Sammler von damals, die … stochern. Aber mein Chefredakteur hat mich hingeschickt und klargemacht, dass er mich rauswirft, sollte ich nicht zur Preview gehen, also habe ich es durchgezogen. Dort zu sein, hat keine guten Erinnerungen geweckt.«

Heftige Abneigung gegen seinen Chef wallt in mir auf. »Dein Boss klingt nach einem Arschloch.«

»Das ist er auch. Doch ich musss mit ihm auskommen, bis mein Volontariat in fünf Monaten vorbei ist.«

»Und dann?«

»Mal sehen. Journalismus hat sich als etwas herausgestellt, in dem ich überraschend gut bin, nachdem die Malerei in einer Sackgasse geendet hat. Ich bin froh, etwas gefunden zu haben, was mich beschäftigt hält. Was … meinen Schaffensdrang in andere Bahnen lenkt.«

Die Ernüchterung, mit der er spricht, zerrt unerklärlicherweise an mir. Ausgerechnet an mir, die keinen Funken beruflicher Ambitionen in sich trägt. Plötzlich fühle ich mich grauenhaft, weil er so mutlos klingt. Doch das ist etwas, in das ich mich nicht einmischen sollte.

Wir schlendern auf den Abgang zur Tiefgarage zu; die Treppe wie ein Schlund, der signalisiert, dass sich dieser Abend dem Ende zuneigt. Normalerweise würde ich um diese Zeit, an einem Samstag, im Traum nicht daran denken, nach Hause zu gehen. Das *Filmcasino* – Münchens wahrscheinlich miesester Club – ist nur einen Steinwurf entfernt am Odeonsplatz; ich könnte sogar in die *089-Bar* spazieren oder ein Taxi in ein etwas gehobeneres Etablissement nehmen. Aber Papa ist in der Stadt, ausgestattet mit seinen Minions Jonah und Marlisa, die garantiert davon Wind bekämen, wenn ich mich in den Exzess stürze. Und merkwürdigerweise kommen mir meine Überlegungen, feiern zu gehen, nur wie ein Trostpflaster vor, da ich insgeheim nicht möchte, dass dieser Date-Abend mit Henry endet. Ausgerechnet jetzt, wo wir das erste Mal ein persönliches Gespräch geführt haben, das tiefer greift als alle bisherigen. Unvorstellbar für jemanden wie mich, doch Details über Henry zu erfahren fühlt sich intimer an, als Sex mit irgendwem es je war.

Henry bleibt unmittelbar vor der ersten Stufe stehen, scharrt mit der Spitze seiner glänzenden Lederschuhe über einen Riss im Boden und sieht nach unten. »Ich habe überlegt …« Er dreht den Kopf zu mir herum und mir wird schlagartig bewusst, wie nah wir nebeneinanderstehen, Seite an Seite vor der Tiefgaragentreppe. So nah, dass sein Atem warm mein Gesicht berührt und ich seine verflixt langen und dichten Wimpern zählen könnte, wenn es nur ein wenig heller wäre.

»Ja?« Es kann mir später peinlich sein, dass diese Silbe viel zu schnell und zwei Oktaven zu hoch aus mir herausschießt. Mein Eifer ist unüberhörbar und *Coolgirl Nova* muss gerade irgendwo in der Ecke liegen und Winterschlaf halten, ansonsten wäre dieser Teil von mir definitiv an Fremdscham gestorben.

Henry rollt die Lippen gegeneinander; zieht sie ein und lässt sie wieder frei, wodurch sein ohnehin voller Mund noch … praller wirkt. Es kostet mich alle Selbstbeherrschung, still stehen zu bleiben und der Versuchung *nicht* nachzugeben. Wäre es vertretbar, mich rüberzubeugen und ihm einen schnellen Kuss geben zu wollen, auch wenn niemand hier ist und wir nur zur Show ein Paar sind?

»Hättest du noch Lust, mit dem Orgasmustraining zu beginnen?«

Das … oh. Es fühlt sich an wie Verheißung und kalte Dusche in einem. Kein Kuss um des Kusses willen, sondern ein Teil unserer Abmachung, dem er sich widmen will. Cool. Vollkommen cool für mich. Und habe ich mich nicht vorhin beim Duschen erst gefragt, ob er heute wohl bestimmte Körperstellen von mir zu sehen bekommen würde? Tja, sieht so aus, als hätte ich mich nicht umsonst rasiert. Und ein zusammenpassendes Dessous-Set unter das Kleid gezogen. Nur für den Fall der Fälle.

»Klar«, antworte ich dann, plötzlich ein wenig heiser. »Aber … äh, Lilli und dein Bruder sind bei mir in der WG und Hugo wird auch da sein …«

Wäre da nicht diese urplötzliche, ganz und gar untypische

Nervosität in mir erwacht, könnte ich wahrscheinlich darüber grinsen, wie gequält Henry das Gesicht verzieht, als ich Vincent erwähne. Besonders nachdem ich ihm von seiner strengen Ansage erzählt habe.

»Kein Problem, wir können zu mir. Habe meinen Teil der Villa ganz für mich allein.« Sein Blick versinkt in meinem. »Und selbst wenn Dad zur Abwechslung mal da sein sollte: Das Anwesen ist groß genug, um vollkommen unbehelligt zu sein. Du musst dir keine Gedanken darüber machen, ob dich jemand hören könnte.«

18

Nova

@muenchner_kindel

Cuteness der Woche: Unser liebster Fußballprofi @julien_gaspard_official wurde in einem Interview gefragt, wie er sich nach einem knappen halben Jahr in München eingelebt hat, und seine Antwort ist zum Dahinschmelzen: »Ich liebe es! Mit meinem Verein habe ich einen Glücksgriff gemacht und darüber hinaus wunderbare Freunde gefunden. München ist so viel herzlicher als sein Ruf.« Aww, seht ihr das? 🥺
Wir *sind* super herzlich, auch wenn uns das niemand glauben will! PS: Auf die Frage, wie es mit seinem Liebesleben aussieht, wollte sich Julien nicht äußern, aber wie er dabei gelächelt hat, sagt alles! 😌

Nachricht senden

Zwanzig Minuten später rollt der Porsche im Schritttempo die kiesgestreute Auffahrt des Saint-Clair-Anwesens hinauf. Denn *holy moly,* als etwas anderes kann man das effektvoll beleuchtete, historische Gebäude nicht bezeichnen. Henry ist nach dem Kreisverkehr am Friedensengel links abgebogen, an der äußersten Grenze von Bogenhausen, und nun befindet sich sein Elternhaus keine zwei Wegbiegungen weiter. Frei stehend auf einem weitläufigen Grundstück mit offenem Gelände, an dessen Ende die Isar hinter einer Reihe von Bäumen entlangfließt. Sie haben Grund, direkt an der Isar! Ihre Nachbarn mögen sich gut und gern etwas darauf einbilden, eine der unzähligen, noblen Villen in dieser

Gegend zu besitzen, aber *sie* stehen aneinander gepfercht wie Sardinen in der Büchse. Die Saint Clairs sehen weit und breit nur Grün und vielleicht einen Streifen glitzerndes Flusswasser zwischen den Baumstämmen.

»Sag mir die Wahrheit«, verlange ich matt, nachdem Henry den Wagen in einem Garagenanbau mit mehreren Toren geparkt hat, der sich harmonisch an das Haupthaus schmiegt. »Seid ihr eigentlich zwielichtige Untergrundbosse und die Galerie ist nur Fassade?«

Henry lässt ein ersticktes Glucksen hören. »Wie kommst du denn darauf?«

»Weil man unmöglich ein Grundstück wie dieses in einer Lage wie dieser besitzen kann, ohne in zwielichtige Machenschaften verwickelt zu sein.« Bevor ich aussteige, pikse ich ihn in den Oberarm. »Und glaub nicht, mir wäre nicht aufgefallen, dass du das mit dem Untergrundboss nicht direkt abgestritten hast. *Suspicious.*«

Henry schlendert – weiterhin zum Anbeißen gut aussehend in seinem Anzug ganz in Schwarz – um das Auto herum und bedeutet mir mit einem Kopfnicken, ihm zu folgen. Er führt mich zu einer Tür, die die Garage direkt mit dem Haus verbindet. »Würdest du mir glauben, wenn ich dir sage, dass mein Vater durchaus ein Drogenimperium hinter der Galerie verstecken könnte und ich nichts davon wüsste, weil ich mich komplett heraushalte? Sie könnten Skulpturen aus Ecstasy verticken und ich hätte keinen blassen Schimmer davon.« Als er sieht, wie ich daraufhin unzufrieden schmolle, kräuseln sich seine Augenwinkel und ich rechne jeden Moment mit dem Auftauchen eines Lächelns, das doch nie kommt. Sein typisches Nicht-Lächeln, das mir irgendwie ans Herz gewachsen ist.

»Die eigentliche Antwort auf deine Frage wird dich wahrscheinlich enttäuschen: Meine Mutter hat das Anwesen geerbt. Und vor ihr alle Schuhlers, seit es achtzehnhundert irgendwas von Geheimrat Heinrich Vinzenz Schuhler senior erbaut wurde. Frag mich nicht, was genau ein Geheimrat gemacht hat. Der Typ war irre einflussreich in der Regierung und hatte einen Sack voll Kohle, mehr weiß ich nicht.«

Mhm, *not bad*, aber mich interessiert ein Detail, das heraussticht. »Wurden Vincent und du nach diesem Vorfahren benannt?« Immerhin sind Schuhler seniors Vornamen die deutschen Varianten der beiden.

»Ganz entfernt angelehnt«, sagt Henry und hält mir eine weitere Tür auf. »Eigentlich sind wir klischeehaft nach zwei Künstlern benannt. Henri Matisse – auch wenn Dad aus Gründen seiner *Britishness* auf die Variante mit Ypsilon bestanden hat. Und Vincent …«

»… van Gogh«, ergänze ich; den kenne ausnahmsweise sogar ich. Außerdem nehme ich mir vor, Henri Matisse mal zu googeln, um zu sehen, was Henrys Namensgeber so getrieben hat. Künstlerisch natürlich.

Wir betreten die Eingangshalle, deren Höhe zwei Stockwerke umfasst, und weil mir das Telefonat mit meiner Mutter einfällt, hebe ich den Blick nach oben. Von der Kassettendecke aus dunklem Holz hängt tatsächlich ein moderner Kronleuchter, gefertigt aus unzähligen Silberschnüren in unterschiedlichen Längen, an denen kleine verchromte Kugeln und Diamanten wie Wassertropfen perlen. Ich muss Mama recht geben, Edgars *Gehänge* ist prachtvoll und glitzert ganz herrlich.

»Wenn du mich fragst«, sage ich dann, während ich Henry die große, mit Schnitzereien verzierte Holztreppe hinauffolge, »bringt mich nichts hier drinnen auch nur irgendwie von dem Gedanken ab, dass ihr insgeheim Gangster seid. Das sind die ultimativen Britisches-Herrenhaus-Spukschloss-Vibes, die zu dem Image passen würden. Ein exzentrischer Ganove würde sich hier bestimmt wohlfühlen.«

Ich hole gerade rechtzeitig zu Henry auf, um zu sehen, wie er eine bittere Grimasse zieht. »Genügend potenzielle Heimsuchungen gäbe es definitiv, um die Villa zum Spukschloss upzugraden.«

Schweigen, Nova, schweigen, rede ich mir innerlich zu, *frag nicht nach, das geht dich nichts an.* Wahrscheinlich würde er ohnehin dicht machen und diese Zurückweisung will ich nicht riskieren.

Unsere Schritte sind gefühlt die einzigen Geräusche in der Villa, während wir verlassene Flure mit holzvertäfelten Wänden und polierten Steinböden entlanglaufen, die in unregelmäßigen Abständen von Kunstobjekten aus allen möglichen Epochen geziert sind. Gemälde, Figuren auf Sockeln, mittelgroße Installationsarbeiten. Ein Teil von mir ist verdammt stolz, dass ich nach so kurzer Zeit bei Herzog moderne Kunst von zeitgenössischer unterscheiden kann und ein, zwei Artists erkenne. Es geht eine weitere geschwungene Treppe hinauf, vor uns springen Deckenleuchter per Bewegungsmelder an und ich bemerke, dass dieser Bereich vollkommen schmucklos ist. Die Kunst verschwindet und damit das letzte bisschen Charakter an diesem ansonsten so leeren Ort. Hm, von außen hätte ich der prächtigen, rankenbewachsenen Villa mit ihren verträumten Erkern und Türmchen gar nicht angesehen, dass ihr Inneres so … karg sein könnte. Regelrecht leblos. Nicht einmal das viele dunkle Holz kreiert eine heimelige Atmosphäre, sondern wirkt geradezu bedrückend. Hier wohnt Henry also. Seine düstere Aura passt hierher, aber gleichzeitig scheint es ein Ort zu sein, der jedem mit der Zeit aufs Gemüt schlägt. Mich würde interessieren, warum er nicht mit Vincent in die WG am Gärtnerplatz gezogen ist, wo die beiden doch so eng wirken. Wäre ihm das zu viel gewesen? Oder wollte sein Bruder das nicht? Nein, streichen wir die letzte Frage – Vincent wäre garantiert überglücklich, Henry rund um die Uhr bemuttern zu können.

Hör endlich auf, dir so viele Gedanken über ihn zu machen, Sobieska! Er ist ein Mittel zum Zweck und hat dich immerhin hierhergebracht, um zu vögeln. Hinter Henrys Rücken schüttele ich den Kopf, um das Durcheinander an Überlegungen abzuschütteln, und dann erreichen wir sein Schlafzimmer. Oder, besser gesagt, sein Apartment? Seine Suite? Jedenfalls nicht nur ein popeliges Zimmer, wie ich es in der WG habe, sondern drei miteinander verbundene Räume – inklusive eines kleinen Eingangsbereichs mit eingebauter Garderobe und einem Ottoman. Hier wirkt alles so anders als im Rest des Hauses. Zwar sind die Wände ebenfalls kunstvoll vertäfelt, doch das Holz ist schwarz und nicht an den hohen Decken zu finden. Stattdessen sind diese weiß und ringsum mit Stuck versehen. Henrys Einrichtung ist warm und schwer, definitiv dieser britische Herrenhaus-Touch, mit klassischen Möbeln und Stoffen in satten Edelsteinfarben. Moderne Nuancen wie futuristische Designerlampen oder eingebaute Regale voller knallbunter Buchrücken lockern seine Räume auf. Wie eine Schlafwandlerin durchquere ich den Wohnbereich, spähe in ein angeschlossenes Arbeitszimmer mit noch mehr Büchern und lande dann im Schlafzimmer, wo mir endgültig der Mund sperrangelweit offen stehen bleibt. Der quadratische Raum muss einer dieser wuchtigen Erker mit Spitzdach sein, die aus der Gebäudefassade hervorstehen und von außen zu seinem Charme beitragen. Aber erst von innen offenbart sich der wahre Zauber: Henrys Schlafzimmer hat hohe Wände, die in einen freiliegenden Dachgiebel übergehen … und besagtes Dach ist komplett verglast! Mein Blick geistert von dem enormen, mit dunkelgrünem Samt bezogenen Boxspringbett zu den Dachschrägen und ich glaube, mir entschlüpft so was wie ein Wimmern. Er kann im Bett liegen und den Himmel betrachten! Völlig egal, dass München eine lichtverschmutzte Großstadt ist, Henry Saint Clair kann nach Lust und Laune ein kleiner, tragischer Romantiker sein und in der Nacht zum Firmament sehen. Plötzlich verstehe ich ein wenig besser, warum er hierbleiben wollte.

Die Hände in den Hosentaschen vergraben beobachtet er mich dabei, wie ich mich umsehe, und sollte er mich jetzt fragen, *ob es mir gefällt*, muss ich ihn wohl leider boxen. Denn für meine Verhältnisse zeige ich gerade so dermaßen viel Begeisterung, wie ich es mir nur selten erlaube. Mir ist früh beigebracht worden, dass Begeisterung kindisch ist und es mich schützt, sie niemanden sehen zu lassen. Also schlucke ich den großen Euphoriebatzen hinunter und frage stattdessen: »Und hier bringst du Frauen her, um Eindruck zu schinden?«

Henry senkt den Kopf, reibt mit der Schuhspitze über das glänzende Parkett, wie vorhin bei der Tiefgarage, als würde er ein Muster malen, das ausschließlich er zu sehen bekommt. Und wenn ich mich nicht täusche, kriecht eine feine Röte in seine Wangen. »Ich bringe sonst niemanden her.«

O nein, Freundchen, damit kriegst du mich nicht. Ohne Scham setze ich mich ans Fußende seines Betts und lege den Kopf schief wie ein Raubvogel. »An mir musst du diese Masche nicht verschwenden. Ich bin schon deine Fake Freundin und wir schlafen miteinander. Mir musst du nicht das Gefühl geben, *ich sei etwas ganz Besonderes.*« Meine Stimme malt Anführungszeichen in die Luft und ich weiß nicht, ob es an meiner unerklärlichen Nervosität liegt, aber ich fühle mich angriffslustiger als üblich. Kratzbürstiger.

Die Stirn gerunzelt schaut er zu mir auf. »Das ist keine Masche, Nova. Ich führe keine Beziehungen und wenn ich jemanden aufreiße, dann kommen wir nie hierher.«

Mein Mund wird trocken und eine brühende Hitze ballt sich tief in meinem Bauch zusammen. Er kann nicht solche Dinge zu mir sagen, mich auf diese Art ansehen – sein Blick beinahe so dunkel wie der Nachthimmel und so aufrichtig wie ein Heer toter Sterne.

»Und warum bin ich dann hier?« Ich stemme die Hände in die weiche Matratze, stütze mich ab und überschlage unruhig die Beine.

Henry verfolgt jede meiner Bewegungen mit diesem forschenden, viel zu intensiven Ausdruck in den Augen. Hungrig und lauernd und der einzige Grund für dieses Prickeln überall auf meiner Haut. Dann hebt er nonchalant die Schultern. »Für heute Abend ist es die praktischste Lösung gewesen. Deine WG ist voll und ich habe die Vermutung, dass du dort nicht … entspannt genug gewesen wärst.«

Entspannt genug, um mich zum Kommen zu bringen. Nun, ich verzichte darauf, ihm zu sagen, dass ich auch im Moment das exakte Gegenteil von *entspannt* bin. Seine knappe Erklärung ernüchtert mich zwar ein winziges bisschen, nimmt mir Illusionen, die ich sowieso nie hätte haben dürfen, dennoch … bin ich innerlich angespannt. Bis in die letzte Faser. Fühle mich wie vor einer wichtigen Prüfung, bei der ich performen muss, weil gleich ein Ergebnis von mir verlangt werden wird. Ein Höhepunkt. Zusammen mit ihm. Was mir auf der Motorhaube des Porsche durchaus machbar vorgekommen ist, wird für mich plötzlich zur buchstäblichen Erklimmung des Mount Everest. Ohne extra Sauerstoff.

Was, wenn er sich mit mir abmüht, Minute um Minute, und ich es einfach nicht schaffe, obwohl ich es so sehr will? Weil in meiner DNA programmiert ist, dass ich eine Enttäuschung bin? Wenn er irgendwann frustriert wird und ich wieder zum Simulieren übergehe? Diesmal überzeugender, da ich mittlerweile weiß, wie nervtötend aufmerksam er ist. Henry und sein Quotenpenis sind auch nicht anders als der Rest und wenngleich ich eine spannende Challenge für ihn sein mag, glaube ich nicht an ihn. Oder besser gesagt: nicht an mich. Er könnte der menschgewordene *Satisfier*-Vibrator sein und ich würde nicht daran glauben. Weil mein Inneres einfach seit Jahren weiß, dass ich es nicht bringe. Ich zitiere mich gern selbst: Entweder ich kann eine Sache oder ich gehe ihr aus dem Weg. Ende.

Henry kommt mit bedachten, eleganten Schritten auf mich zu und in meinem Schoß ziehen sich ein paar Muskeln beinahe schmerzhaft zusammen. Er sieht so gut aus. So absolut herrlich verboten schön mit seinem nachtschwarzen Haar, das sich leicht lockt, und den tragisch blauen Augen, mit denen er mich ansieht, als plane er die verdorbensten Sünden mit mir. Und ich wäre so gern die Frau, die sich frei und ohne Zweifel in ihn hineinstürzen könnte. Weil es sich immer noch unfassbar anfühlt, dass jemand wie er einer Puppe wie mir all das anbieten will.

Unmittelbar vor mir bleibt er stehen und schüttelt sich das Jackett ab, wirft es achtlos beiseite, ehe er die Hände auf meine Knie legt. Dank des hohen Boxspringbetts muss er sich dafür kaum bücken und ich hole zischend Luft. Seine Hände sind kühl; so kühl, dass das Metall seiner Ringe mich regelrecht beißt, der dünne Spitzenfetzen des Kleids keine nennenswerte Barriere zwischen uns. Er versucht, meine Beine auseinanderzudrücken, um sich dazwischenzustellen, aber der bodenlange Rock ist zu schmal geschnitten und gibt mir nicht mehr Spielraum als vielleicht zwei Handbreit.

»Habe ich dir heute schon gesagt, wie atemberaubend du aussiehst?« Die Worte verlassen als heiseres Raunen seinen Mund, winden sich um mich wie eine Schlingpflanze, die ihr verlockendes Gift unter meine Haut jagt. Und ich will das. Will den Rausch und die Illusion, dass er jedes seiner Worte ernst meint. Hier, in diesem Raum, in dem nur wir beide sind und niemand eine Show sehen will. Unfähig, mich daran zu erinnern, ob er mir das bereits gesagt hat – oder irgendwelche anderen verdammten Dinge, die es mir erschwert haben, Inszenierung und Realität auseinanderzuhalten –, gebe ich ein undefiniertes Geräusch von mir. Ein *Hm*, das aussagen soll, dass ich mir nicht sicher bin.

Ganz langsam, wie in Zeitlupe, geht Henry in die Hocke und ich beobachte ihn mit vor Erstaunen geteilten Lippen dabei. Dann keuche ich, als seine Finger meinen Knöchel umschließen, kühl und selbstbewusst.

»Das, was du mit mir machst, wenn du so was trägst wie heute Abend … wenn du so aussiehst und redest und einfach *bist* wie heute Abend, löst etwas in mir aus, das stärker ist als die heftigste Explosion im Universum. Du fegst mich um und legst mich bloß und ich kann nur verblüfft zusehen. Wie eine Hypernova.«

Einen Moment muss ich die Augen zusammenkneifen, weil er mich ehrlich überrumpelt. Henry klingt so aufrichtig und roh, dass ich nicht damit umgehen kann. Ich bin Nova und ich beherrsche schnippisch und provokativ und manchmal unter der Gürtellinie. Etwas wie das hier allerdings ist überfordernd. Und noch schwieriger ist es, seine Worte wirklich zu glauben.

Henry scheint jedoch keine Erwiderung von mir zu erwarten, sondern tastet nach dem Riemchen meines Stilettos. Es kostet mich alle Zurückhaltung, ihn einfach machen zu lassen, mich nicht zu recken, um zu beobachten, wie seine volltätowierten Hände mit der Schnalle kämpfen, bis es ihm schließlich gelingt, den Schuh zu öffnen. Behutsam zieht er ihn mir ab und hebt dann mein Bein, um es auf seiner Schulter abzulegen. Kurz bin ich verwirrt, was er als Nächstes vorhat, aber da dreht er schon das Gesicht und drückt einen Kuss, dessen Hitze mir durch Mark und Bein geht, auf die Innenseite meines Knöchels.

»Absolut anbetungswürdige, perfekte Knöchel. *Hermès* kann sich ins Knie ficken.« Er lässt mein Bein nach unten gleiten und widmet sich meinem anderen Fuß. Was er da mit mir macht, ist pure Folter.

»Henry …«, stammele ich heillos überfordert. Ich will ihn so viel fragen. Ob er das hier ernst meint oder es nur Teil der Abmachung ist. Eine bewusste Taktik vielleicht, um mich milde zu stimmen und die Chancen zu erhöhen, mich zum Kommen zu bringen.

Ob er es für fair hält, mich mit dem, was er sagt oder tut, so dermaßen schachmatt zu setzen.

Ob er es wirklich ernst meint.

Ob er es ernst meint …

Aber nichts davon schafft es über meine Lippen. Nicht, als er auch meine andere Fessel küsst und dann damit beginnt, den Saum des Kleids meine Beine hinaufzuschieben. Nicht, während er mir die halterlosen Strümpfe abstreift, die ich aufgrund der Temperaturen angezogen habe. Seine Hände werden wärmer, je länger er mich berührt – wahrscheinlich, weil meine Körpertemperatur bis zum Siedepunkt ansteigt und es mir so vorkommt, als würde jeder Zentimeter von mir glühen. Ich muss meine Unterlippe zwischen die Zähne nehmen, um keine jämmerlich bedürftigen Laute von mir zu geben oder mich auf dem tannengrünen Laken zu winden.

»Okay, Folgendes.« Henry richtet sich auf und drängt meine Beine mühelos auseinander, um dazwischen Platz zu finden; der Spitzenstoff an meinen Hüften zu einem Ballen zusammengeschoben. »Ich habe mir Gedanken darüber gemacht, wie wir das angehen könnten.«

Er hat sich Gedanken gemacht. Vorab. Über mich. In einer vergleichbaren Situation wie dieser. Warum erregt mich diese Vorstellung so sehr und warum wüsste ich so gern, wohin genau ihn seine Überlegungen getragen haben? Was er sich ausgemalt hat? Okay, gleich brenne ich wie ein berauscht glühender Meteor Löcher in seine Bettwäsche. Dann wird er sehen, dass er damit recht gehabt hat, mich eine kosmische Explosion zu nennen, und er seine Wirkung auf mich nicht unterschätzen sollte.

»Ja?« Die Silbe ist nur ein Hauchen.

In trägen Kreisen lässt Henry die Handflächen meine Oberschenkel hinaufwandern. Streicht über jede Delle, jede nicht straffe Stelle, und sieht dabei aus, als würde er sich wie ein König fühlen.

»Ich liebe dieses Kleid, aber du musst raus aus dem Teil.«

Gesagt, getan. Bevor ich mehr schaffe, als zu blinzeln, hat er mich in eine sitzende Position hochgezogen und mir geholfen, den Überwurf abzustreifen, sodass ich nur noch den schwarzen Body trage.

»Zieh ihn aus«, verlangt er anschließend, die Stimme tief wie ein Grollen. Mit bebenden Fingern greife ich hinter mich, wo ich gerade so den Reißverschluss erreiche, der fügsam nach unten ratscht. Indes schält sich Henry mit kaum gezügelter Ungeduld aus seinen Klamotten. Weste, Hemd, Schuhe, Socken, Hose. Wie beim letzten Mal flasht es mich vollkommen, als er nur in Boxerbriefs vor mir steht. Briefs und all die Tinte auf seiner Haut, die ihn von den Händen über die Arme und bis auf die Brust und an den Oberschenkeln mit Bildern und Schriftzügen bedeckt. Er ist ein Gesamtkunstwerk ohne Konzept, die einzelnen Motive nicht Teil eines ausgeklügelten Plans, sondern ein Flickenteppich, der ein perfektes Ganzes ergibt. Es fühlt sich ein wenig so an wie letztens bei Herzog, als mir Lilli freudestrahlend ein neu akquiriertes Gemälde eines impressionistischen Künstlers gezeigt hat: Von Nahem schien das Werk ein wildes Chaos aus dicken bunten Pinselstrichen zu sein, aber wenn man zurücktrat, weiter und noch weiter, wurde aus dem patzigen Wirrwarr eine wunderschöne Szene eines Sonnenuntergangs über dem offenen Meer.

Genau so ist es mit Henry. Obwohl es so viel zu sehen gibt, bleibt mein Blick einmal mehr an den Worten an seinen Schlüsselbeinen hängen und endlich habe ich Gelegenheit, sie zu lesen: *Flectere si nequeo superos, Acheronta movebo.*

Na toll, Latein. Das habe ich in der Schule so früh wie möglich abgewählt.

Bevor ich dazu komme nachzufragen, streckt mir Henry die Hand entgegen, die rechte mit der Schlange. Ich bin überrascht, als er mich vom Bett hochzieht. Der geöffnete Body rutscht herunter und einen Moment stehen wir uns reglos gegenüber, beide nur in Unterwäsche. Henry sieht mir lediglich ins Gesicht, mit einem Ausdruck, als versuche er, direkt in meine Gedanken zu spähen. Ich versuche es mit einem Lächeln, fühle mich nicht ganz wacker und bin mir plötzlich dennoch sicher: Ich werde das hier genießen, auch wenn es nicht in einem Höhepunkt endet.

Schließlich zieht uns Henry aufs Bett. »Leg dich neben mich.«

Kurwa, ich liebe seine Kommandos. Was sich ziemlich neu anfühlt, weil ich das letzte Wort eigentlich nicht gern aus der Hand gebe. Wer weiß, vielleicht ist das ja Teil meines Lernprozesses, um mein *Problem* anzugehen.

Nebeneinander liegen wir auf der Matratze, Henry zieht die extrabreite Bettdecke über unsere Beine und dann … nichts. Wir liegen einfach da. Gespannt und voller pochender Ungeduld harre ich aus, starre zu den gläsernen Dachschrägen, die den Raum zurückspiegeln, solange hier drinnen das Licht angeschaltet ist, und warte. Zumindest denke ich, dass ich auf ihn warten sollte? Immerhin will er doch … Ich drehe den Kopf zur Seite und betrachte Henry, der sich seltsamerweise mit Daumen und Zeigefinger in die Stelle zwischen seinen Augenbrauen kneift. Er sieht hoch konzentriert und gleichzeitig gequält aus.

»Ähm, Henry?«

»Hm?«

»Alles gut?«

Er bleibt noch einen Moment in dieser verkrampften Pose, ehe er sich grob über die geschlossenen Lider reibt und sich mir zuwendet. »Entschuldige, ich musste mich kurz sammeln.«

»Okay?« Gerade gibt er mir wirklich Rätsel auf. Urplötzlich wirkt er so kontrolliert und diese Hitze, die bis vor ein paar Sekunden in seinem Blick gelegen hat, ist gedimmt.

»Tut mir leid«, sagt er *schon* wieder. Warum zum *Fick* entschuldigt er sich dafür, dass er vor Minuten noch so ausgesehen hat, als wollte er mich auf der Stelle verschlingen? Ich habe das gewollt! Wäre vollkommen fein für mich gewesen!

Stattdessen liegen wir weiter regungslos auf seinem Bett wie zwei Teenager, die nicht so genau wissen, wie sie nach etwas Gefummel den nächsten Schritt tun sollen. Sollte ich vielleicht …

Ein tiefes Durchatmen von Henry hält mich davon ab, *was auch immer ich getan hätte, zu tun*. Er rollt sich zur Seite, stützt sich auf den angewinkelten linken Arm, den Kopf in seine Hand geschmiegt, und betrachtet mich.

»Jetzt«, sagt er bedeutungsschwer, aber ohne jede Erotik in der Stimme, »entspannst du dich.«

Beinahe schieße ich senkrecht von der Matratze hoch. »Ich tue was?«

Eines seiner Grübchen blitzt auf, als seine Mundwinkel kaum merklich nach außen wandern. Kein Lächeln, nur das Gefühl davon. »Hast du gedacht, ich schleppe dich hierher und gehe sofort mit einem Arsenal von Sextoys auf dich los, um dir einen Höhepunkt zu entlocken?«

»Äh.« Ich muss selten verwirrt aussehen – ein Blick zum Glasdach bestätigt mir, dass mir mein leicht verschwommenes

Spiegelbild entgegenschaut, als würde es mich fragen, ob ich weiß, was zum Geier hier abgeht. Tue ich nicht. »Du hast gesagt, du willst mit dem Training beginnen«, sage ich verdattert.

In Henrys Augenwinkeln tauchen feine Lachfältchen auf. Mann, er scheint sich ja wunderbar mit mir zu amüsieren. »Jep. Und ich habe auch gesagt, dass ich mir darüber Gedanken gemacht habe. Habe mich eingelesen und so.«

»Du hast dich eingelesen.« Inzwischen muss ich wie eine kaputte Schallplatte klingen, die ausschließlich Wiederholungen zustande bringt.

Lapidar wiegt er seinen Kopf zur Seite. »Ich weiß schon einiges über den weiblichen Orgasmus, doch man lernt nie aus, oder? Frauen kommen nicht nur, weil man die richtigen Knöpfe drückt oder Duftkerzen anzündet. Es ist ein feines Zusammenspiel aus internen und externen Stimuli, dem richtigen Mindset, Stimmung, Zykluszeitpunkt, und der Großteil von allem spielt sich im Kopf ab.«

Wow, da hat jemand fleißig alte Dr.-Sommer-Kolumnen studiert. »Falls du mich mit deinem Fakten-Dirty-Talk scharfmachen willst: Es funktioniert nicht.« Mein trockener Sarkasmus prallt gänzlich an ihm ab.

Stattdessen streckt Henry die Hand nach mir aus und streicht federleicht über meinen bloßen Arm. Unwillkürlich zucke ich unter der Berührung ein wenig zusammen. Anfassen, wenn es um Sex geht, ist okay, das ist eine nötige Komponente, aber alles, was darüber hinausgeht? Schwierig. Nicht umsonst habe ich Hugo so rigoros aus meinem Bett verbannt, obwohl ich ihn liebe, bis in sein hinterwäldlerisches Adelsschloss und hundertmal zurück.

»Teil eins des Trainings heißt: Vertrauen aufbauen. Dafür

sorgen, dass du dich in meiner Gegenwart wirklich vollkommen fallen lassen und dir sicher sein kannst, dass du mich kennst. Also kuscheln wir erst mal.«

Kuscheln. Widerwille regt sich jäh in mir. Ich bin kein Fan davon – bin ich nie gewesen, werde ich nie sein. Die Kerle, mit denen ich bisher zusammen – genauer gesagt im Bett – gewesen bin, haben keinen besonderen Wert darauf gelegt, was mir nur recht gewesen ist.

»Okay, ich glaube, ich habe an der richtigen Stelle angesetzt. Das *ist* ein ausbaufähiger Punkt bei dir.« Angesichts Henrys selbstzufriedenem Gesichtsausdruck bekomme ich große Lust, mich mit meinen Nägeln auf ihn zu stürzen, aber er scheint den Umschwung meines Temperaments zu spüren und schlägt einen sanfteren Tonfall an. »Ich meine ja nicht, dass ich dich in eine Ganzkörperklammer nehme. Wir sollten einfach vertraut miteinander werden. Hier, fang einfach mit mir an.« Er lässt sich zurück auf den Rücken sinken, breitet die Arme aus und präsentiert sich mir offen und ungeschützt. Sofort wandert meine Aufmerksamkeit weg von seinem bizarren Kuschelvorhaben und wird vollkommen von seinem Torso eingenommen. Ich hätte nie gedacht, dass ich auf Tattoos stehen könnte, ehe ich sie an Henry gesehen habe. Er sieht einfach absurd sexy aus; all die düsteren, regelrecht melancholischen Motive, komplett in Schwarz-Weiß-Grau, die seinen Vibe unterstreichen. Ein gebrochener Künstler-Boy, wie ich jetzt weiß – auch wenn ich für ihn höchstens der Garant bin, ihn noch mehr zu brechen.

Dennoch strecke ich behutsam die Hand aus und streiche mit den Spitzen meiner Nägel über die Tätowierung eines Herzens, das von drei Schwertern durchbohrt wird und sich, wie passend, auf seinem linken Brustmuskel befindet. Als ich meine Fingerspitzen darauf lege, läuft ein merkliches Schaudern durch Henry, und wenn ich mich nicht täusche, wummert sein Herzschlag unter meiner Berührung mit donnernder Heftigkeit. Eine schöne Vorstellung, dass sich sein Herz von innen gegen seinen Brustkorb wirft, weil es zu mir ausbrechen will – wenn auch gleichzeitig eine lächerliche. Hier geht es um körperliche Reaktionen und Lust. Senkrecht sein Brustbein hinunter zieht sich eine detaillierte Abbildung der Mondphasen; von oben nach unten von zu- bis abnehmend. In der Mitte, wo der Vollmond prangen sollte, befindet sich ein realistischer Totenkopf. Gott, Henrys Körperkunst ist makaber … und trotzdem wunderschön. Mein Blick geistert über all die großen und kleinen Motive, die darüber hinaus seinen Oberkörper bedecken, und meine Finger ziehen nach. Zwei Putten – einer wie Amor mit Pfeil und Bogen, der andere mit einem Maschinengewehr bewaffnet –, viel Symbolik, deren Stil mich an Tarotkarten erinnert, eine Motte, Dolche, Flammen, Dornenranken, ein Phoenix. Ich lege nach und nach meine Scheu ab, ihn zu berühren, erforsche neben den Tintenbildern die feste Samtigkeit seiner Haut, folge der Spur aus Gänsehaut, die ich hervorrufe, und genieße, wie sein Atem unregelmäßig wird, sobald ich ihn an dieser oder jener Stelle anfasse. Das hier mag seine Vorstellung von Training für mich sein, aber ich lerne dabei jede Menge über ihn. Ich merke mir, wo ihn das leiseste Streifen zum Schaudern bringt, dass er es mag, wenn meine Fingernägel über seine Haut schaben, und registriere, dass *casual* Berührungen für ihn genauso eine Challenge zu sein scheinen wie für mich. Anfangs liegt er entgegen seiner offenen Pose stocksteif da, doch je länger ich taste und streichele, desto weicher sinkt er in die Matratze. Die Augen halb geschlossen; der absolut heißeste Ausdruck, wie er mich unter gesenkten Lidern hervor dabei beobachtet, wie ich ihn erkunde.

Schließlich bleibt meine Aufmerksamkeit einmal mehr an dem Schriftzug an seinem Schlüsselbein hängen. »Was bedeutet das?«

Henry braucht einen Moment, ehe meine Worte zu ihm durchdringen. Fahrig tastet er nach der Kante der Bettdecke, zieht daran, wie um sicherzugehen, dass sie ihn weiterhin bis zur Hüfte bedeckt, und gibt dann preis: »*If I cannot move Heaven, I will raise Hell.* Ein Zitat von Vergil und seit Generationen das Familienmotto der Saint Clairs.«

Schmunzelnd zeichne ich die elegante Serifenschrift nach. »Das ist ein Motto, mit dem ich sehr viel anfangen könnte. Genau mein Geschmack.«

Inzwischen lehne ich halb über Henry und er streckt die Hand aus, um mir das lange Haar über die Schulter zurückzustreichen. »Weil du auch lieber die Hölle wachrufst, als dich mit dem Himmel abzumühen?«

»Weil ich genauso ein Dämon bin wie du.«

Er wirkt ein klein wenig erschrocken über mein Statement, aber dann breitet sich langsam ein Lächeln auf seinem Gesicht aus. Ein echtes, wahrhaftiges und es sieht so schön aus, dass mir kurz der Atem stockt. Im Grunde tut Henry gut daran, diesen Ausdruck nicht allzu häufig zu zeigen, da ansonsten jeder in seiner Umgebung vergessen könnte, normal zu funktionieren. Ich zumindest fühle mich danach. Dieses Lächeln ist eine gemeingefährliche Waffe. Ich bin so sehr davon eingelullt, dass es mir nicht mal besonders auffällt, als er beginnt, meine Seite hinauf- und hinunterzustreicheln. Das hier ist so … anders. Das allererste Mal liege ich mit einem Kerl im Bett und erkenne, was es heißt, angefasst zu werden, nicht um Lust zu stillen, sondern um Kontakt herzustellen. Berührung einzig um der Berührung willen. Und es fühlt sich bittersüß an. Ein wenig habe ich damit zu kämpfen, Henry machen zu lassen, mich dem hinzugeben und die Aufgabe anzunehmen, in seiner Gegenwart entspannt zu sein. Zulassen, mich offen und verletzlich zu geben, ohne durch Küsse und Stöße und Aneinandergleiten ablenken zu können. Und diesen Zustand zum ersten Mal *nicht* schlimm zu finden. Zunächst muss ich mich zwingen, den Bauch *nicht* einzuziehen oder zu überprüfen, ob meine Brüste in dem trägerlosen Balconette-BH noch gut sitzen. Aber langsam, ganz allmählich, rückt das alles in den Hintergrund. Mein Atem wird regelmäßiger, meine Muskeln weich und die Bewunderung in Henrys Blick etwas, das ich annehmen kann. Zumindest für heute Nacht.

Keine Ahnung, wie lange wir so beieinander liegen. Ab und zu sprechen wir über eines seiner Tattoos, wenn ich wissen will, ob es eine Bedeutung hat. Manchmal gibt er es mir offen preis, manchmal weicht er aus und genau diese Motive merke ich mir besonders. Ein unvernünftiger Teil von mir will an den Punkt kommen, auch das von ihm zu erfahren. Mit der Zeit rücken wir näher aneinander, meine Hand ruht auf dem Tattoo eines geflügelten Mannes, der rückwärts abstürzt, eine Hand noch verzweifelt in die Luft über sich ausgestreckt. Es sitzt genau an der Stelle, wo sich Henrys V-Line abzeichnet, halb verdeckt vom Bund seiner Briefs.

»Willst du …« Henrys Stimme ist träge und schwer. Klingt genauso schläfrig, wie ich mich fühle. »Hierbleiben? Heute Nacht?«

Irgendwo, ganz weit weg in meinem Hinterkopf, regt sich das Wissen, dass ich es eigentlich nicht tun sollte. Dass ich mich aus diesem Kokon losreißen muss, in den wir uns gewoben haben, um den Abstand zurückzuerlangen, den wir zum Fake Dating brauchen. Aber dieser Gedanke ist schwach und viel zu leicht weggeschoben. Und ich, Nova Sobieska, kuschele mich stattdessen tiefer in das gemütliche Bettzeug und an Henrys Seite. Höre, wie er vernehmbar aufatmet, als wäre meine Körpersprache für ihn Antwort genug.

Ich müsste mich abschminken, ich müsste mir die Zähne putzen. Doch das würde bedeuten, dieses Bett zu verlassen, selbst, wenn es nur ein paar Minuten wären, was für mich absolut nicht infrage kommt, und für eine Nacht wird das okay sein. Eine Ausnahme, die ich mir erlauben kann, weil es so *fucking* gut ist, mich geborgen zu fühlen. Damit, was das in der Konsequenz für mich bedeutet, werde ich mich wann anders auseinandersetzen.

»Hoffentlich kann ich schlafen«, sage ich mit einem Gähnen, nachdem Henry das Licht ausgeknipst hat und nun die Bettdecke höher über uns zieht.

»Warum solltest du nicht?« Sein Arm schlingt sich um meinen Rücken und seine Finger schieben sich unter das breite Rückenband meines BHs. Nicht, um ihn zu öffnen, sondern wie um sich durch das elastische Band an Ort und Stelle zu fixieren. Die Anspannung, die sich für einen Moment in mir breitgemacht hat, als ich dachte, er würde mich weiter ausziehen wollen, weicht einem unbekannt friedvollen Gefühl. Diese Art von Nähe macht mich normalerweise nervös, aber bei Henry kann ich mich ihr nicht entziehen. Und es fasziniert mich, dass seine Dynamitfinger auch dazu in der Lage sind, mich durch ihre Berührung zu erden, anstatt mich funkenschlagend den Kontakt zur Realität verlieren zu lassen.

»Ich habe meine Schlafmaske nicht hier. Eigentlich brauche ich die.«

Nah an meinem Ohr erklingt ein träges Glucksen. »Ist notiert. Schneewittchen braucht eine Schlafmaske.«

Zu müde, um gegen seine Wortwahl zu protestieren, ziehe ich die Knie gegen den Bauch, um es mir gemütlicher zu machen. »Henry?«

»Hm?«

»Danke. Hierfür. Auch wenn wir nicht echt sind.«

19

Henry

»Okay, Gaspard, bitte noch mal für alle zum Mitschreiben: Du stehst gerade nicht mit deinem Team auf dem Platz«, Simon fuchtelt wild mit der Hand in Richtung Fernseher, auf dem die Übertragung des Samstagsspiels München gegen Frankfurt läuft, »weil du dir *beim Sex* einen Muskelfaserriss zugezogen hast.«

Julien, der am anderen Ende des Sofas lümmelt, zuckt cool mit den Schultern. »*Oui?* Na und?« Obwohl er sich Mühe gibt, unbeeindruckt mit der Sache umzugehen, entgeht mir nicht, wie sich Röte über seinen hohen Wangenknochen ausbreitet.

Ich sitze etwas abseits von den anderen, am äußersten Ende der L-förmigen, gigantischen Designercouch, die mein Bruder für seine WG hat springen lassen, da sie, Zitat, *den Raum brauchen, um alle mit ihren überdimensionalen Egos draufzupassen.* Das Monstrum bietet genug Platz für alle Jungs der Wohngemeinschaft, inklusive Egos: Simon, Luis, Jules und Vincent, die an diesem Samstagnachmittag zusammen abhängen und ihrem liebsten Hobby neben Fußballgucken nachgehen: *shittalken*. Diese vier sind die schlimmsten Lästerschwestern Münchens und ich wäre ehrlich nicht überrascht, wenn sie sich eines Tages als die Masterminds hinter *muenchner_kindel* entpuppen würden, inklusive perfekt gespieltem Hass gegenüber dem Profil.

Momentan sind alle komplett auf Julien eingeschossen – seines Zeichens Top-Stürmer bei München –, dem eben herausgerutscht ist, wo er sich den Riss an den Hamstrings zugezogen hat und der die nächsten zehn bis vierzehn Tage ausfallen wird. Dass sich die Aufmerksamkeit ganz auf ihn konzentriert, kommt mir gerade recht, da ich für etwas Ablenkung hier bin. Außerdem bin ich angesichts der vertrauten Dynamik zwischen den Jungs absolut fein damit, nur von außen zusehen zu können, ohne mich zu sehr wie der Störfaktor zu fühlen, der ich in ihrer eingeschworenen Gemeinschaft bin. Sie nehmen es einfach hin, dass ich da bin und überwiegend schweige, und allein das ist eine verdammte Wohltat für mein überreiztes Inneres.

Luis kann gar nicht mehr aufhören, den Kopf zu schütteln. »Was hast du getrieben? Und was hat das Mädel mit dir angestellt, um dir was zu reißen?«

»Oder er mit ihr«, gluckst Simon, dessen Miene eine Mischung aus Häme und widerwilliger Bewunderung zeigt. »Verrate uns deine Geheimnisse, Maestro, damit wir anderen gewarnt sind.« Er holt sein Handy aus der Hosentasche. »Ich sollte sicherheitshalber Lucia schreiben, damit uns so was nicht passiert.«

Julien rutscht unruhig hin und her und wirkt inzwischen wirklich peinlich berührt.

»Ohhh!«, ruft Vincent augenverdrehend dazwischen. Luis, vermerk das auf der Strichliste! Das ist das dritte Mal innerhalb einer Stunde, dass Simon seine Freundin erwähnt. Wenn er so weitermacht, hat er bis achtzehn Uhr die fünfzig für heute geknackt und schuldet uns einen Kasten Bier.«

Meine Mundwinkel werden weich und bevor mir bewusst ist, was ich tue, schleicht sich ein klammheimliches Schmunzeln auf meine Lippen. Die Jungs machen sich schon den ganzen Nachmittag einen Spaß daraus, Simon dafür aufzuziehen, wie heillos verliebt er in seine neue Freundin ist und dass er kaum einen Satz herausbringt, in dem er sie nicht erwähnt oder über sie erzählt. Inzwischen gibt es besagte Strichliste auf Luis' Handy, um darüber Buch zu führen und Simon einen Bierkasten abzuknöpfen, sobald er das Limit für den Tag gesprengt hat.

Schmollend streicht sich dieser durch die kurzen blonden Haare. »Hört auf, mich zu dissen, weil ich happy und in love bin.« Anklagend deutet er mit dem Finger auf meinen Bruder. »Vor allem du, Freundchen.«

Vincent zieht provokant die Brauen hoch. »Was? Ich kann zwei zusammenhängende Sätze von mir geben, ohne Lilli zu erwähnen, und wir sind nur ein paar Wochen länger zusammen als ihr.«

»Und dein Sweatshirt? Was hast du dazu zu sagen?«

Vincent wirft einen Blick an seinem Oberkörper hinunter, als würde ihm erst in diesem Moment auffallen, dass er anstelle seiner omnipräsenten Anzüge ein gemütliches Sweat mit dem Aufdruck *Karma is my boyfriend* trägt. Das ist eine merkliche Veränderung an meinem Bruder. Vor ein paar Monaten hätte er selbst zum Fußballgucken Cashmerehosen und einen Pullover mit Anzughemd angezogen. Ich mag es, dass er durch Lillis Einfluss die Vorteile der Casual Wear für sich entdeckt hat und beim Gammeln *wirklich* entspannt aussieht. Auch wenn er es immer abgestritten hat, kann er mir nicht erzählen, dass man sich in einem Hemd komplett fallen lassen kann.

»Rittberger, gottverdammt, dieser begnadete Schweinepriester!« Die Aufmerksamkeit der Jungs wendet sich ausnahmsweise dem laufenden Spiel zu, als Simon angesichts einer halsbrecherischen Parade des Frankfurter Keepers, mit der er den Ausgleich für München verhindert, gequält aufstöhnt. »Nikolić war komplett frei vor dem Tor und er hält den trotzdem! Mach dich wieder fit, Jules, den hättest *du* locker versenkt.«

Julien winkt ab. »Wenn Joscha Rittberger *so* drauf ist wie heute, stoppt den gar nichts. München sollte echt darüber nachdenken, ihn zu verpflichten.«

»Habe gehört, er soll sehr heimatverbunden sein, ob er da mitmachen würde?«

»Er ist doch sowieso nur nach Frankfurt ausgeliehen. Solange der Preis stimmt …«

Als die Jungs anfangen, über den aktuellen Transfermarkt zu fachsimpeln, und jedes Detail durchkauen, das sie über den Frankfurter Torwart aufgeschnappt haben, nehme ich das als mein Zeichen, mir in der Küche etwas zu trinken zu holen. Fußballschauen macht deutlich mehr Spaß, wenn währenddessen nicht über Fußball gesprochen wird.

Dennoch bin ich froh, heute hergekommen zu sein. Ich bin dankbar für jedes bisschen Ablenkung, das ich bekommen kann, um nicht allein in mir und meinen Gedanken stecken zu müssen. Deswegen habe ich Vincent geschrieben und gefragt, ob ich vorbeischauen kann. Weil mir zu Hause die Decke auf den Kopf gefallen ist und ich ohne Gesellschaft durchgedreht wäre.

Und das nur, nachdem ich gestern in einem Anflug von hirnpüriertem Wahnsinn beschlossen habe, Nova mit zu mir zu nehmen. Um … zu kuscheln. In der Theorie hat diese Vorgehensweise für unsere Orgasmusmission absolut vernünftig und geradezu unschuldig geklungen: eine solide Grundbasis schaffen, in die sie sich fallen lassen kann. Nicht um Lust zu wecken, sondern Vertrautheit. Es schien simpel, es schien genial. Allerdings hätte ich bedenken müssen, dass die Kombination aus *Nova* und *unschuldig* ungefähr so wenig existent ist wie München ohne Biergärten. Da ist dieser nicht zu leugnende Effekt, den sie auf mich hat – von diesem Vernichtungsfeldzug von einem Kleid fange ich gar nicht erst an. Wenn sie nicht in meiner Nähe ist, fällt es mir noch leicht, mir einzureden, ich könnte mich im Griff behalten, aber damit belüge ich mich selbst. Weil nichts, ich schwöre, absolut gar nichts, je schwieriger gewesen ist, als nur in Unterwäsche mit ihr im Bett zu liegen und mich nicht von meinen niederen Wünschen mitreißen zu lassen. Als ich ihr die Schuhe ausgezogen habe, war ich so kurz davor, jeden noblen Plan über Bord zu werfen, sie an mich zu ziehen und so tief in ihr zu versinken, dass wir beide nicht mehr gewusst hätten, wo sie beginnt und ich ende. Und danach? Jede einzelne ihrer forschenden Berührungen hat mich an mein absolutes Limit gebracht, die köstlichste Mischung aus Genuss und Qual, die ich je gespürt habe. Nova ist am späten Vormittag gegangen, nachdem sie trotz ihrer Bedenken, ohne Schlafmaske nicht zurechtzukommen, tief und fest und an meine Seite geschmiegt geschlafen hat. Obwohl ich etwas anderes befürchtet habe, ist die Stimmung nach dem Aufwachen zwischen uns normal gewesen und sie hat sich ein Uber nach Hause gerufen. Alles bestens.

Doch sobald sie weg gewesen ist, ihr verlockender Duft wie ein Beweis ihrer Anwesenheit in mein Bettzeug gewoben, hat mich der Preis für diese Nacht eingeholt. Weswegen ich ganz dringend rausmusste, um nicht … nachzugeben.

Ich schnipse gerade den Kronkorken von einer Flasche Cola in den Mülleimer, als jemand zu mir in die Küche kommt. Der prüfende Blick über die Schulter, der mir sagt, dass es Vincent ist, ist eigentlich unnötig. Mir ist klar gewesen, dass er die Chance, mich allein zu erwischen, zwangsläufig nutzen würde. Mein Bruder lehnt mit der Hüfte an dem Einbauschrank, in dem der Kühlschrank versteckt ist, und schiebt die Verbindungstür zum Wohnzimmer mit dem Fuß zu. *Well … trapped.*

»Hey, na, alles gut?« Er versucht, es lässig klingen zu lassen, aber er kann mich nicht täuschen: Meine Sensoren nehmen unmissverständlich wahr, dass er nicht hier ist, um mich eine dahingesagte Floskel zu fragen, sondern weil er wittert, dass ich mit mir selbst nicht im Gleichgewicht bin. Zum ersten Mal seit Langem ziehe ich ernsthaft in Erwägung, nicht auszuweichen, um seine Sorge nicht zu befeuern, und stattdessen ein wenig auszupacken. Einfach nur, weil der Druck in meinem Innern inzwischen so unerträglich geworden ist, dass ich gar nicht anders *kann.*

Also nippe ich an meiner Cola, überlege, wie ich mit ihm darüber reden soll, und platze schließlich damit heraus: »Ich glaube, ich muss zeichnen.«

Genauso gut hätte ich verkünden können, aus Langeweile einen Raubüberfall auf die Bankfiliale um die Ecke zu planen. Vincent reißt die Augen auf, jegliche Kontrolliertheit fällt von ihm ab und er sieht wie vom Donner gerührt aus. Jep, genau darum habe ich so lange damit gezögert, dieses

Thema anzuschneiden oder ihm überhaupt etwas in die Richtung zu erzählen. Ich fürchte, dass es ihn mitreißt, dass er sich ab jetzt nonstop sorgt, ich könnte in den alten Teufelskreis zurückfallen oder mich in Erinnerungen verlieren, die wir beide schon lange begraben und beweint haben. Aber genau das passiert nicht, denn … er lächelt. Als sich der Schock über mein Statement legt, breitet sich das sonnigste Strahlen überhaupt auf seinem Gesicht aus und seine Augen leuchten in einer intensiven Nuance von Blau, die meine nie zustande kriegen würden.

»Meinst du das wirklich ernst?« Er macht einen Schritt von seinem Platz am Kühlschrank weg und kommt, die Miene voll freudiger Ungläubigkeit, auf mich zu.

Nervös reibe ich mit dem Daumen über den kühlen Flaschenhals. »Ähm, ja. Es fühlt sich unausweichlich an.« Fuck, ja, genau das ist es. Mir ist zu Hause nicht nur die Decke auf den Kopf gefallen, weil ich pausenlos an die Nacht mit Nova denken musste, sondern weil mein Inneres beinahe übergelaufen ist. Ich bin unvorsichtig gewesen, als ich ihr verraten habe, was sie mit mir macht. Dass sie mich trifft wie die Explosion eines Sterns, dabei ist genau das passiert. Sie ist abermals in mich eingeschlagen wie ein Meteor, dessen Glutschweif einen weiteren Teil der Tintenschwärze in mir weggebrannt hat und stattdessen … Inspiration mitgebracht hat. Und damit nicht genug. Mit ihr zusammen fühle ich mich so lebendig wie seit Jahren nicht mehr. Als könnte ich wieder frei atmen, weil sie Gefühle in mir weckt, die sich das erste Mal seit einer Ewigkeit frei und leicht anfühlen. Eine einzige Nacht habe ich neben ihr geschlafen und von Farben geträumt, die nun ihren Weg hinaus suchen. Unerbittlich und mächtig. Ich kann die Finger kaum ruhig halten, so sehr wollen sie die Bilder in Angriff nehmen, die unaufhaltsam mein Bewusstsein fluten. Nova ist … fuck … Nova stülpt mich auf links und das, obwohl wir uns noch gar nicht so lange kennen und erst eine Handvoll tiefgründiger Gespräche geführt haben. Es sollte nicht möglich sein, aber ich kann die einsetzende Sucht nach ihr schon jetzt nicht eindämmen. Nicht verhindern, dass mir entgegen aller Vernunft gefällt, wie sie auf bestem Weg ist, meine Muse zu werden, die mit einer einzigen Berührung mein Inneres färbt. Macht, dass ich Farben atme und Schattierungen spüre. Selten hat sich etwas so gut angefühlt und mir gleichzeitig eine solche Angst bereitet.

»Wie … Woher kommt das plötzlich? Was ist passiert?« Vincents Stimme ist so rau geworden, dass er sich räuspern muss. »Ich war mir sicher, du könntest es nicht mehr.«

Er versteht mich. Kennt mich als Einziger gut genug, um zu wissen, dass es nie um ein *nicht Wollen*, sondern um das *nicht Können* gegangen ist. Es ist mir körperlich und mental nicht mehr möglich gewesen, Kunst zu schaffen, auch wenn das niemand sonst verstanden hat. Für die anderen war ich ein trotziger Zehnjähriger, der angesichts der Tragödien in seinem Leben eigensinnig beschlossen hat, nicht mehr mitmachen zu wollen. Der sämtliche seiner Pinsel und Leinwände in einem Trotzanfall in den Müll geworfen hat – und eine unvergleichliche Weltkarriere gleich hinterher. Als wäre es leicht gewesen, diesen Teil von mir selbst zu verlieren. Als wäre nicht ein Einschnitt nötig gewesen, so gewaltig, dass mir keine andere Wahl geblieben ist. Der mir die Brust aufgerissen, Rippe um Rippe gebrochen und schlussendlich mein Herz mit einem scharfkantigen Knochensplitter aufgespießt hat, um mir das zu nehmen. Ich bin so sehr

Kunst gewesen, dass sie gewaltsam aus meinen Grundfesten herausgerissen werden musste, mit Blut und Frakturen und Schmerzen, die noch heute als nachtschwarzes Phantom mein leeres Inneres heimsuchen. Die Farbe, die so sehr ich war, die jedes einzelne meiner Gefühle angereichert hat, ist gestorben und ein geschundenes schwarz-weißes Gerippe ist zurückgeblieben, das unaufhörlich die Zeiten betrauert, als Malen unschuldig und leicht und friedvoll gewesen ist. Ich habe sie nie freiwillig gehen lassen und die Aussicht, dass ich die Kunst zurückbekommen könnte, erfüllt mich mit Furcht, weil ich inzwischen weiß, was es mich kostet, sie womöglich erneut zu verlieren. Es ist mir schon einmal zugestoßen, ich gebe mich nicht der Illusion hin, es könnte nie wieder geschehen.

Tief und ein wenig stockend atme ich durch. »Nova. Nova ist passiert.«

Vincents Augenbrauen schießen nach oben. »Nova Sobieska? Wie … Was zum …« Er gerät ins Stocken, schüttelt den Kopf, als müsste er seine Gedanken durchrütteln, und schlägt dann einen gefassteren Tonfall an. »Darüber wollte ich sowieso mit dir reden. Was genau zieht ihr da gerade ab?«

Ich weiß, dass mein Bruder mit Nova befreundet ist und sie mag. Dennoch missfällt mir die Art, wie er auf sie reagiert. Als würde sie eine Bedrohung für mich darstellen oder … als wäre er aus anderen Gründen nicht damit einverstanden, dass wir was miteinander haben. Selbst, wenn es nur gespielt ist.

Entsprechend irritiert kneife ich die Lider zusammen. »Sie hat mir erzählt, dass du ihr 'ne Ansage gemacht hast. Ernsthaft, Vinnie, ich weiß, was ich tue, und kann auf mich aufpassen. Im Großen und Ganzen helfe ich ihr einfach.«

Und sie tut Dinge für mich, ohne etwas davon zu wissen.

In einer erschöpften Geste reibt sich mein Bruder über das Gesicht. »*Damn*, das weiß ich doch und ich will dich nicht zu sehr bemuttern, aber Fake Dating klingt einfach wie ein Cocktail fürs Desaster. Besonders da du mit einer Frau wie Nova nicht unter dem Radar fliegen kannst. Ist dir klar, dass ihr der heißeste Scheiß bei *muenchner_kindel* seid? Bist du bereit dafür, mit ihr wieder so sehr in den Fokus der Aufmerksamkeit zu rücken?«

Ah, deshalb die Besorgnis. »Es macht mir nichts aus«, sage ich rundheraus und nippe an meiner Cola. »Du wirst feststellen, dass dir *heißer Scheiß* auf Insta absolut nichts anhaben kann, sobald du dir den Content einfach nicht reinziehst. Ehrlich, du solltest dir mehr Sorgen darüber machen, dass sie den Wunsch zu malen in mir weckt, anstatt dir den Kopf über Klatsch zu zerbrechen.«

»Keine Angst, das tue ich. Trotzdem – wie genau habt ihr dieses *Arrangement* geregelt? Wie lang läuft es? Ob es dir klar ist oder nicht, du bindest einen Teil von dir an sie, einen verdammt wichtigen Teil, und ich freue mich darüber, dass er zurückkommt. Nur was ist, wenn euer Deal endet und sie weiterzieht? Wenn sie deine Muse wird und es dir wieder *ent*zieht?«

Fuck, daran habe ich aus guten Gründen bisher nicht gedacht. Weil er recht hat und ich einfach zu sehr mit dem Aufbegehren meines Schaffensdrangs zu kämpfen gehabt habe, um bereits über ein mögliches Ende nachzudenken. Oder ein *Danach*.

»Mindestens so lange, wie ihr Vater in der Stadt bleibt, und dann sehen wir weiter. Wir haben keine Liebesbeziehung oder Gefühle und wer sagt überhaupt, dass sie aus meinem Leben verschwindet? Wir können uns doch weiter sehen.«

Vincent wirkt nicht so richtig überzeugt. »Keine Gefühle? Dafür kannst du garantieren?«

»Nova ganz bestimmt nicht«, erwidere ich mit einem trockenen Schnauben. »Und ich noch viel weniger. Du weißt, so bin ich nicht gestrickt.«

Mahnend hebt er einen Finger. »Ich schaue gerade dabei zu, wie sie binnen kürzester Zeit jede Menge deiner gestrickten Maschen auftrennt. Nova ist die Beste, ich will wirklich nicht den Eindruck erwecken, etwas gegen sie zu haben. Ich will dich nur warnen, weil *du* mit dem Feuer spielst.«

Ironisch proste ich ihm zu. »Und *du* spielst mit dem Feuer, wenn du mir weiter auf die Nerven gehst, Glucken-Vinnie. Ich habe alles im Griff.«

20

Nova

@muenchner_kindel ••• X

Wir unterbrechen das übliche Programm mit einer Sondersendung über Münchens liebste Skandalnudel jenseits der dreißig (ja, auch für die interessieren wir uns. Isar-Cougars, ihr seid nicht sicher vor uns!): @nadja.sobieska76 kann sich nicht nur mit 15K-Insta-Followern rühmen, sondern darüber hinaus damit, seit Kurzem offenbar die neue BFF eines der reichsten Männer der Welt zu sein. Wie einer ihrer jüngsten Posts zeigt, verbringt sie aktuell viel Zeit mit einem gewissen Scheich. Eine Frage stellt sich uns dabei: Willst du ihn für dich, Nadja, oder planst du, @supernova zu verhökern, sobald @saint.henry genug von ihr hat?

Nachricht senden

Wir schreiben inzwischen meine sechste Woche im Auktionshaus und etwas Magisches geht vor sich: Ich fühle mich tatsächlich mit jedem Tag sicherer und mehr angekommen. Weiterhin ein Impostor, weil ich von vielem keine Ahnung habe, aber ich lerne dazu. Und eventuell ist Henry nicht ganz unschuldig an dieser Entwicklung. Seit unserem Ballettbesuch befinden wir uns immer noch in der von ihm erklärten Phase zwei des Fake Datens und das Schlagwort *Bring sie um den Verstand* betrifft mich doch um einiges wörtlicher, als mir lieb ist. Denn während unser Vorgehen Wirkung zeigt und die Leute allmählich akzeptieren, dass wir es ernst meinen, soll der zweite Teil unserer Vereinbarung nicht in Vergessenheit geraten: das Orgasmustraining. Und Junge, Junge lässt es Henry dabei gemächlich angehen. Vierzehn Tage seit dem Abend im Ballett, der in seinem Bett geendet hat, und wir sind keinen Schritt über die Kuscheleinheiten hinausgekommen. Allmählich drehe ich durch, wenn wir uns noch einmal bis auf die Unterwäsche ausziehen und nichts weiter tun, als *Vertrautheit* aufzubauen, während in mir eine unerträgliche, brennende Spannung anwächst, die immer schlimmer wird. Ich spüre ihn und rieche ihn und berühre ihn und jede Nuance davon lässt mich vor Begehren schaudern. Pumpt Hunger und Verlangen durch meine Venen und den Wunsch, dass er mich einfach packt und sich über mich rollt, um mich zu erlösen. Am Rosenmontag hat er doch auch keine Hemmungen gehabt! Aber vielleicht ist das ja Teil seines Plans – mich so lange mit seiner Zurückhaltung zu reizen, bis sich der angestaute Frust von ganz allein in einem Höhepunkt entlädt. Mittlerweile habe ich den Eindruck, dass genau das auf mich zukommt.

So verbringen wir also mehrere Abende die Woche verhältnismäßig keusch in seinem Bett, liegen beisammen und reden. Ernsthaft, der einzige Grund, warum ich den Kuschelsessions inzwischen etwas abgewinnen kann, sind unsere Gespräche. Unter dem gläsernen Dach seines Schlafzimmers fällt es mir erstaunlich leicht, Dinge ehrlich auszusprechen, die ich normalerweise herunterschlucke und nicht mal mir selbst eingestehen würde. Wie die Krux mit meiner beruflichen Zukunft.

»Ich kann einfach nichts«, gestehe ich Henry an einem dieser Abende und lasse die dunkelblaue Seide der Schlafmaske durch die Finger gleiten, die er mir nach meiner ersten Übernachtung bei ihm besorgt hat. Ich würde es niemals laut zugeben, doch diese kleine Geste hat mein verwöhntes Herz ein wenig schmelzen lassen. Dieser Kerl ist einfach zu aufmerksam.

»Das glaube ich nicht.« Er streicht träge durch meine Haare. Bei Henry zu übernachten, bedeutet immer das Opfer, ohne Lockenwickler oder Heatless-Curls-Frisur zu schlafen, denn meine langen Strähnen durch seine Finger gleiten zu lassen, ist zu seiner Lieblingsbeschäftigung geworden. Und ich bin zu begierig darauf, diese Art von Berührung zu spüren, als dass ich meine Frisur am nächsten Tag priorisieren würde. »Du kannst eine Menge, Princess. Nur fehlt dir vielleicht diese eine Sache, die genug Leidenschaft in dir weckt, um sie zu deiner Erfüllung zu machen.«

Mit Gedanken wie diesem habe ich mich noch nie aktiv auseinandergesetzt. Wahrscheinlich, weil auf der einen Seite die utopischen Erwartungen meines Vaters sind und auf der anderen meine Mutter, die mich nie ermutigt hat, berufliche Ambitionen zu entwickeln. Sie hat sich ihr Leben lang buchstäblich den Rücken krumm geschuftet und ihre Vorstellung von meiner Erfüllung war stets, mir das zu ersparen. Vielleicht ist Nadja in dieser Hinsicht etwas extrem gewesen, denn sie hat mir all das gegeben, was sie nie hatte. Und mir im Umkehrschluss nie Motivation gegeben, etwas aus mir zu machen, das über *Luxusprinzessin* hinausgeht.

Nachdenklich ziehe ich die Unterlippe zwischen die Zähne. »Weißt du, was das Seltsame ist: Der Job bei Herzog sollte nur mein Notnagel sein, um Papa ein stabiles Leben präsentieren zu können, aber irgendwie finde ich Gefallen an dem, was ich tue. Wie der Handel funktioniert, das Anwerben der Bietenden … Alles, was ich bisher übers Auktionieren gelernt habe, macht mir riesigen Spaß.«

Henry beugt sich zu mir rüber und vergräbt für einen Moment die Nase hinter meinem Ohr, was mich wohlig schaudern lässt.

»Na, siehst du«, höre ich ihn gedämpft murmeln.

»Gleichzeitig passieren mir so viele unnötige Patzer, dass ich mich ehrlich frage, warum sie mich nicht längst hochkant rausgeschmissen haben. Gestern – das habe ich dir noch gar nicht erzählt – habe ich ein Ehepaar durch die Singer-Ausstellung geführt und sie sind richtig anstrengend gewesen, was die Bilder angeht. Vieles hat ihnen total gut gefallen, bis sie sich ewig den Kopf darüber zerbrochen haben, ob dieser oder jener Künstler als Investment wertstabil bleiben würde oder ob er gerade nur einen Hype erlebt. Die Frau hatte eine *Birkin 20 Faubourg* am Arm hängen. Die ist aus der limitierten *So-Black*-Edition; schwarze Hardwear, mattes Leder. Von den Babys gibt es weltweit schätzungsweise hundertfünfzig Stück und inzwischen ist eine davon Minimum eine Viertelmillion wert. Mir ist dann herausgeplatzt, dass sie schon eine ziemlich gute Wertanlage am Arm baumeln hat, und irgendwie habe ich sie dann über *Hermès*-Taschen vollgelabert, bis Franz Herzog dazugekommen ist. Er ist mein Chef, Henry, und hat eiskalt mitbekommen, wie ich darüber plappere, anstatt ihnen die Kunst schmackhaft zu machen.«

Henry hebt den Kopf von meinem Nacken und sucht meinen Blick. »Wie hat er reagiert?«

Hilflos zucke ich mit den Schultern. »Er hat mir vor der Kundschaft natürlich keine Szene gemacht, aber begeistert wird er nicht gewesen sein, oder? Wahrscheinlich hat er nur noch nicht die Zeit gehabt, um mir einen Einlauf zu verpassen.« Obwohl das dem Franz, den ich seit meiner Kindheit kenne, gar nicht ähnlich sehen würde. Allerdings ist er bis vor ein paar Wochen nie mein Chef gewesen und wer weiß, welche Seiten er im Job aufzieht.

»Weißt du, was ich aus deiner Erzählung heraushöre?« Henry verschränkt die Hände hinter dem Kopf und ich muss ein wenig näher an ihn heranrücken, um bequem an seiner warmen Brust zu liegen. »Du hast sehr wohl eine Leidenschaft.«

»Mhm? In Fettnäpfchen zu treten?«

»Luxusmode, Nova! Du siehst irgendeine schwarze Handtasche am Arm einer Frau und kannst sofort die Edition erkennen und erläutern, wie sich ihr Wert in den letzten Jahren entwickelt hat? *Excuse me?* Wenn das nicht beeindruckend ist, was dann?«

Nicht wirklich von dem überzeugt, was er mir sagen will, kräusele ich die Nase. »Jeder kann eine *Birkin* erkennen und sich denken, wie viel sie wert ist.«

Ich sehe Henry nicht an, dennoch spüre ich förmlich, wie sich sein Gesicht missbilligend verzieht. »Ich weiß inzwischen, dass es dein Modus Operandi ist, deinen eigenen Wert und deine Fähigkeiten herunterzuspielen, aber *ich* lasse dir das nicht durchgehen. Du hast überdurchschnittliches Wissen, Expertise und Herzblut für diesen Bereich. Daraus könntest du etwas machen.«

Unwillkürlich beschleunigt sich mein Herzschlag, denn so was wie prickelnde Aufregung flutet mich. Die jedoch schlagartig abebbt, als mir ein Gedanke kommt. »Papa könnte ich mit Handtaschen und Designerschuhen niemals beeindrucken. Ist eh ein Wunder, dass er gegen die Kunstszene nichts einzuwenden hat.«

Henry erschreckt mich ein wenig, weil er sich abrupt herumrollt, die Arme links und rechts neben meinen Schultern aufstützt und auf mich herabfunkelt. Seine Art, wie er sich vom Bauch abwärts an mich schmiegt, die Position, in die er uns gerade gebracht hat … das fühlt sich das erste Mal seit einer Weile *nicht* unschuldig an. Und ich frage mich, ob er endlich zur nächsten Etappe unserer Übungsstunden übergehen will.

Stattdessen grollt er: »Scheiß auf deinen Vater! Der Mann entscheidet nicht darüber, was dich glücklich macht. Und wie könntest du es ihm besser beweisen, als eine Leidenschaft zu finden, in der du richtig erfolgreich sein könntest? Verbiete dir nicht, seinetwegen nur darüber nachzudenken. Ich glaube an dich!«

Diese Worte geistern mir durch den Kopf, als mein Handy mich einige Tage später kurz vor Mittag daran erinnert, dass Papa mich treffen will. Was zwangsläufig bedeutet, dass ich meine Pause mit ihm, Jonah, Marlisa und wahrscheinlich ein paar ultrawichtigen Leuten von CV verbringen und mich wie das fünfte Rad am Wagen fühlen darf. Ein weiterer Lunch, bei dem ich es nicht über mich bringen werde, mehr als einen Salat zu bestellen. Eine weitere Verabredung, vor der ich mich minutenlang im Badezimmerspiegel von allen Seiten begutachte, um auszuloten, wie ich mich in meinem Outfit am besten positionieren kann, um so wenig Angriffsfläche wie möglich zu bieten. Ich *hasse* es, mit allem, was ich bin, wie leicht es meinen Geschwistern gelingt, mein Selbstvertrauen auszuknocken. Und ich bin der ultimative Schwächling, da ich ihnen nichts entgegensetzen kann. Vollkommen egal, dass ich die Ältere bin – ich bin die am wenigsten Geliebte, das wiegt schwerer.

Auf dem nicht einmal dreiminütigen Fußweg zu den Fünf Höfen – eine modern ausgebaute Einkaufspassage in einer ehemaligen Bankzentrale voller Shops, Salatbars und Boutiquen – checke ich mein Handy. Und stoppe abrupt auf der belebten Maffeistraße, als ich mehrere Mitteilungen von Henry sehe. Ich weiß nicht genau, wie es passiert ist, aber ein regelmäßiger Strom von Nachrichten hat sich in letzter Zeit in unseren Alltag eingewoben, obwohl Henry während seiner Arbeitszeiten kaum am Handy ist. Im Gegensatz zu mir nimmt er seinen Job ernst, auch wenn er selten mit echter Begeisterung darüber spricht. Da Passanten mich anrempeln, während ich den Weg blockiere, ziehe ich mich vor das Schaufenster der *Tory-Burch*-Boutique zurück und lese seinen Text.

Henry
Udo ist heute höchstpersönlich an meinen Schreibtisch gekommen und hat mich zur Schnecke gemacht, weil mein letzter Beitrag über ein experimentelles Theaterstück angeblich scheiße ist. *Excuse me*, was soll ich Tolles über ein Stück schreiben, dessen gesamter Dialog aus dem Wort »Nein« in unterschiedlichen Betonungen besteht?

Henry
Wie dem auch sei, ich streike den restlichen Tag und bin online auf einen neuen Fakt gestoßen, schau dir das an, Princess: »Warme Füße. Laut einer Studie erleben 80 Prozent aller

Frauen einen Orgasmus, wenn sie während des Sexualakts Socken tragen. Tun sie es nicht, sind es nur noch 50.« Ist das nicht spannend?

Keine Ahnung, warum, aber am liebsten würde ich mein Grinsen hinter der Hand verstecken, weil es viel zu breit und viel zu albern ist, um es auf offener Straße zu zeigen. Ich grinse nicht übermäßig, ich bin *cool as fuck*, und doch kann ich nichts dagegen tun, dass ein kleiner Teil von mir wegen Henry schmilzt. Er schickt mir ständig solche schrägen Orgasmus-Fun-Facts, über die wir uns dann lustig machen und die irgendwie dafür sorgen, dass ich die ganze Sache mit deutlich mehr Leichtigkeit angehen kann.

Nova
Mega Info! Bin gleich mit meinem Vater zum Mittagessen in den Fünf Höfen verabredet. Werde die Gelegenheit nutzen und mir in dem Wäscheladen dort ein Paar Strümpfe holen.

Nova
Du weißt schon, die guten flauschigen, die für jeden einzelnen Zeh eine Aussparung wie Fingerhandschuhe haben 😉

Obwohl seine Nachrichten bereits eine knappe halbe Stunde her sind, taucht augenblicklich die Anzeige auf, dass er schreibt. Und *natürlich* stürzt er sich auf das eine Detail meiner Antwort, das ich fahrlässig habe durchrutschen lassen.

Henry
Oh no. Heißt das, Lunch mit *Pinky und der Brain*?

Seit dem Abend im *Käfer* hat Henry eine leidenschaftliche Abneigung für meine Halbgeschwister entwickelt und scheint richtig Freude daran zu finden, ihnen die unschmeichelhaftesten Spitznamen zu verpassen. Nachdem es mir anfangs so unangenehm gewesen ist, dass Henry hautnah miterlebt hat, wie mies unsere Beziehung ist und wie wenig ich ihren endlosen Seitenhieben entgegenzusetzen habe, fühle ich mich mittlerweile geradezu erleichtert, ihn als Komplizen zu haben. Er will immer wissen, was sie gesagt oder getan haben, wenn ich verrate, dass ich sie getroffen habe, damit er sich mit mir aufregen oder mich daran erinnern kann, dass sie unrecht haben. Mich einfach bei ihm auskotzen zu können, macht es immerhin ein wenig besser.

Nova
Jep. Absolute Krönung für meinen Scheißtag.

Henry
Ach, du auch? Was ist los?

Nova
Nur nerviger Arbeitskram und so, nicht der Rede wert.

Nova
Hey, ich muss wirklich los, sonst komme ich zu spät zum Essen. Denk an mich, wie ich mir einen Salat bestellen und von Pasta mit einem Brownie zum Nachtisch träumen werde!

Etwas widerwillig stecke ich mein Handy weg und bringe die letzten Meter durch die Fußgängerzone bis zu meinem Ziel hinter mich.

Papa hat mich eingeladen, ihn in einem italienischen Delikatessen-Bistro zu treffen, was mich zugegebenermaßen etwas überrascht, als ich mit einer minimalen Henry-Verspätung von fünf Minuten auf den Laden zusteuere. Dort zu essen, ist ziemlich leger, da es vielmehr ein Feinkostgeschäft mit einer gigantischen Frischetheke ist als ein Restaurant mit Sitzplätzen. Tatsächlich gibt es nur ein paar Stehtische für Gäste, die sich nicht wie die Mehrheit etwas to go einpacken lassen wollen. Mein Vater isst eigentlich nirgends, wo es nicht mindestens Stofftischdecken gibt, und außerdem frage ich mich, wo die ganze CV-Horde in dem kleinen Raum Platz finden soll. Während ich schon überlege, ob ich mich vielleicht in der Location geirrt habe, entdecke ich Papa durch die Glasscheibe und betrete das Geschäft.

»Hallo, Papa.«

»Nova!« Er reißt den Blick von seinem Handy los und begrüßt mich mit seiner typisch steifen Halbumarmung. Trotzdem nutze ich die Gelegenheit und atme den vertrauten Duft seines Aftershaves ein, das er, seit ich denken kann, benutzt. Früher habe ich mich so oft nach diesem Geruch gesehnt, dass er mir auch heute noch einen kleinen Kick von Zufriedenheit gibt, obwohl ich es inzwischen besser weiß. Weiß, dass diese Sehnsucht immer einseitig gewesen ist und dass ich nie so viel zurückbekommen werde, wie ich zu geben bereit bin.

»Wo sind die anderen?«, erkundige ich mich, als er wieder von mir weggetreten ist.

»Es hat sich nicht ergeben, dass jemand mitkommt. Ist die Vorstellung so schlimm, eine Mittagspause allein mit deinem alten Herren zu verbringen?«

Innerlich werde ich ein wenig ungehalten, weil er das denkt. Ich werde nie mehr so tief sinken und um seine ungeteilte Aufmerksamkeit betteln, doch sollte er nicht wissen, was es mir bedeutet, ihn einmal nur für mich zu haben?

»Natürlich nicht.« Ich klinge ein wenig spitz, aber scheiß drauf, ich konnte meine Emotionen noch nie gut verbergen. »War bloß überrascht, mehr nicht.«

Nachdem die Kundschaft vor uns ihre Essenspakete in Papiertüten überreicht bekommen hat, sind Papa und ich mit Bestellen an der Reihe. Der Laden bietet eine kleine Auswahl von täglich wechselnden Mittagsgerichten an; alle frisch zubereitet, alle absolut köstlich. Dennoch spiele ich aus Gewohnheit mit dem Gedanken, mir einfach einen Gemüse-Antipasti-Teller ohne Brot zusammenzustellen, und … entscheide mich trotzig dagegen. Selbst wenn meine Geschwister dabei wären, wäre das Bullshit. Ich habe echt keine Lust mehr, mich für meine Essenswahl *judgen* zu lassen – oder es selbst zu tun. Ich bin, wie ich bin, und wenn ich eine Spinat-Ricotta-Lasagne zum Mittagessen will, dann ist das so.

Mit unseren befüllten Tellern ergattern wir einen Stehtisch und ohne elegante Zurückhaltung nehme ich direkt eine Gabel von meiner Lasagne. Nachdem ich bis eben davon ausgegangen bin, mir keine Kohlenhydrate erlauben zu können, schmeckt diese cremig-käsige Köstlichkeit noch besser. Ein paar Minuten lang sind wir beide vollauf mit essen beschäftigt, dann lässt Papa das Besteck sinken und tupft sich elegant die Mundwinkel mit einer Papierserviette ab.

»Erzähl doch mal. Wie läuft es so mit dir und Henry?«

»Gut. Sehr gut.« Ich nicke energisch, um meinen Worten mehr Gewicht zu geben.

Papa lächelt leicht. »Das freut mich zu hören, wirklich. Zugegeben, als ich ihn kennengelernt habe, bin ich skeptisch gewesen. All die Tattoos … und dieser Ohrring.« Er reibt sich über das glatt rasierte Kinn; der Gedanke, dass Körperkunst und Schmuck bei Männern nicht automatisch *Gesetzesbrecher* bedeutet, scheint ihm noch schwerzufallen. »Jedes Mal, wenn Marlisa mir Fotos von den Männern gezeigt hat, mit denen du ausgehst, waren das ganz andere Typen. Deswegen dachte ich, Henry wäre eine Art Trotzreaktion von dir, um dich aufzuspielen, und nahm an, du müsstest nur ein wenig auf Fabian aufmerksam gemacht werden.« Er zwinkert gönnerhaft und nimmt dann einen Schluck von seinem Wasser. Um Anlauf für noch mehr zu nehmen. »Weißt du, niemand von uns hatte zuvor von Henry gehört. Er war plötzlich da und so ganz anders … Aber wo die Liebe hinfällt, nicht wahr? Da ihr schon über einen Monat geschafft habt, muss ich mir zumindest keine Sorgen machen, dass du ganz nach Nadja schlägst. Ha, ha, ha.« Sein Lachen dröhnt, klingt hölzern und abgehackt. Und ich weiß nicht genau, über welchen Punkt seines Redeschwalls ich empörter sein soll. Der Part, dass Marlisa meine Dates online stalkt und sie ihm zeigt? Dass er Henry für eine *Trotzreaktion* gehalten hat, als wäre ich ein Kleinkind, und er nicht mal ahnt, wie sehr ich mich ins Zeug gelegt habe, um *ihm* zu gefallen? Und dennoch ist es nicht genug! Weil eine vorgetäuschte Beziehung nicht reicht? Weil das Aussehen meines *fucking Fake Freundes* wichtiger ist? Und sein Job und seine Connections mehr zählen? Vielleicht ist es auch seine unnötige Spitze gegen Mama.

Komm drüber weg!, will ich brüllen und zerdrücke stattdessen nur die Lasagne auf meinem Teller zu einem unappetitlichen Matschehäufchen. Der Appetit ist mir vergangen und das heißt etwas. Wahrscheinlich sollte ich etwas erwidern. Definitiv müsste ich etwas sagen, ihn konfrontieren und fragen, ob er es okay findet, mir ins Gesicht zu sagen, *ich würde mich mal wieder aufspielen*. Fragen, ob Marlisa und Jonah so etwas auch zu hören bekommen oder ob sie so gut dressierte, perfekte Pudel sind, die auf jedes seiner Kommandos horchen. Die sich darüber hinaus alles erlauben können, ohne je zur Rechenschaft gezogen zu werden, wenn sie sich mir gegenüber übergriffig verhalten. Einfach nur, weil sie kein *Fehler* sind. Keine Altlast. Und nicht so eine Mogelpackung wie ich, die nach außen immer tough und selbstbewusst tut, ohne ihren Vater wissen zu lassen, dass er sie unaufhörlich verletzt.

❦

Letztlich ist das Essen mit Papa die kürzeste Mittagspause gewesen, die ich eingelegt habe, seit ich bei Herzog arbeite. Aber ich habe ihm nicht mehr viel zu sagen gehabt, nachdem ich meinen halb vollen Teller von mir geschoben habe und mein Vater die restliche Viertelstunde von seinen guten Businessfortschritten in München berichtet hat.

Jetzt ist früher Nachmittag und Lucia erzählt mir, wie sie neulich in der WG ihres Freundes gewesen ist und Luis Herzog bei *Mario Kart* abgezogen hat. Für sie ist es anfangs seltsam gewesen, die Herzog-Geschwister auch privat zu sehen, mit denen sie bis dato nur beruflich zu tun hatte, doch inzwischen hat sie ihre Scheu abgelegt – und berichtet voller Wonne, wie sie Luis an der Switch zur Weißglut getrieben hat.

»Du hättest ihn sehen sollen«, sagt sie kichernd vom Schreibtisch gegenüber und lehnt sich weiter an ihrem PC-Bildschirm vorbei, um mir ihr vergnügt strahlendes Gesicht zu zeigen. »Er war so kurz davor, den Controller durchs Zimmer zu pfeffern, als ich ihm diesen geflügelten blauen Stachelpanzer geschickt habe. So *strange*, ihn kurz vor einem Trotzanfall wegen eines Games zu sehen, wenn man ihn nur als mustergültigen Werki aus der Buchhaltung kannte.«

»Lass dich nicht von seiner halbherzigen Business-Casual-Fassade ablenken«, stimme ich weise zu. »Der Junge hat es faustdick hinter den Ohren.«

Ein kurzes Klopfen an der Bürotür lässt uns beide aufschauen – ein wenig ertappt, weil wir seit fast einer Stunde gossipen, aber es ist bloß Lilli, die den Kopf hereinsteckt. Mir fällt sofort das verschwörerische Lächeln auf, das ihre Lippen kräuselt. »Hey, ihr zwei, sorry für die Störung.«

Lucia springt wie von der Tarantel gestochen auf, klatscht sich die flache Hand vor die Stirn und greift dann nach einem Ordner, der neben ihr auf dem Schreibtisch liegt. »Lilli, gut, dass ich dich sehe! Du erinnerst mich daran, dass ich deinem Vater die Sorensen-Verträge vorbeibringen wollte. Fuck!« Aufgeregt wuselt sie zur Tür hinaus, die Unterlagen wie einen Schatz vor die Brust gedrückt.

Lilli sieht ihr kurz hinterher, dann wendet sie sich mir zu. Ich rechne fest mit a) einer Runde Büroklatsch, was wir beide wie eine olympische Sportart betreiben, seit wir zusammenarbeiten, oder b) irgendeiner lästigen Aufgabe, die sie mir mitteilen soll.

Aber Lilli grinst wie ein Fuchs. »Nova, ich habe hier Besuch für dich, den ich persönlich vorbeibringen musste, nachdem er mir im Foyer in die Arme gelaufen ist.« Sie drückt die Tür, die Lucia bei ihrem stürmischen Abgang nicht hinter sich zugezogen hat, weit genug auf, um einer dunkel gekleideten Person Platz zu machen. Mein Mund klappt auf, als Henry sich an ihr vorbei hereinschiebt. Mit einer leicht verlegenen Geste fährt er sich über die windzerzausten Haare, während er sich rasch in unserem Büro umsieht und sein Blick dann meinen findet. Mein Herz vollführt ein komisches Flattern, sobald seine Grübchen in Erscheinung treten. Für jeden anderen sieht es sicherlich so aus, als würde er seine übliche, finster distanzierte Miene zur Schau tragen, doch die Grübchen verraten ihn. Sie sind die Vorboten eines Lächelns, das ich Stück für Stück aus ihm herauskitzeln werde. Gebt mir weitere zwei Wochen und er wird mich standardmäßig anstrahlen wie ein Honigkuchenpferd.

»Sorry, dass ich einfach reinschneie und dich störe, Princess, aber ich wollte dir das hier kurz vorbeibringen. Muss auch gleich wieder los, ehe jemand in der Redaktion merkt, dass ich grundlos in der Stadt herumlaufe.«

Mir entgeht nicht, wie Lilli, die gerade zur Tür hinausschlüpft, im allerletzten Moment untertellergroße Augen bekommt. Gott, sie hat mitbekommen, dass er mich Princess nennt.

Indes hebt Henry eine quadratische Brotbox hoch, die ich noch gar nicht bemerkt habe.

»Was, ähm, ist das?«

Und da, ganz verstohlen und jungenhaft, erscheint das winzigste Grinsen auf seinen Lippen. Er senkt den Blick und reibt sich über den gestochenen Olivenzweig, der sich neben etlichen anderen kleinen Motiven seinen Hals hinaufzieht. Der Kerl ist wirklich wie ein Wimmelbuch, bei dem ich nicht müde werde, nach jedem versteckten Detail zu suchen.

»Russischer Zupfkuchen.« Er drückt mir die Box in die Hand, eine hastige Geste, als fürchte er, ich würde sie nicht annehmen, falls er mich nicht regelrecht mit ihr bewirft. »Ich habe ihn heute Nacht gebacken, als ich nicht schlafen konnte. Du mochtest meine Brownies so gern und nachdem du das mit dem Salat geschrieben hast, dachte ich, ich bringe dir etwas davon vorbei, bevor die gierigen Ärsche in der Redaktion alles auffuttern.« Inzwischen glühen seine Ohren rosig, an denen heute wieder der Kreuzohrring an der einen Seite baumelt und ein winziger Goldring sowie eine Perle an der anderen. Irre sexy.

Ich bin einigermaßen überfordert. »Ähm, danke, aber …« Keine Ahnung, wie ich meine Wertschätzung ausdrücken soll; sagen, dass das doch gar nicht nötig gewesen wäre, wo ich dieser unfassbar süßen Geste selbst kaum hinterherkomme. So etwas Aufmerksames hat noch nie jemand für mich getan.

Henry deutet meine Sprachlosigkeit offenbar falsch, denn er weicht einen Schritt zurück. »Magst du keinen Zupfkuchen? Fuck, jetzt komme ich hier reinmarschiert, ohne zu fragen, und bewerfe dich förmlich mit dem Zeug.« Sichtlich irritiert rauft er sich die Haare und ich kann keine Sekunde länger zusehen, wie das hier den Bach heruntergeht, nur weil ich mit selbstlosen Gesten nicht umgehen kann.

»Nein, nein! Ich liebe Kuchen, viel zu sehr, und ich bin mir sicher, dass er absolut köstlich schmecken wird. Danke, Henry, ehrlich.« *Du hast meinen Tag gerade so viel besser gemacht.* Aber diese Worte kann ich nicht laut aussprechen, ohne mich dabei zur Närrin zu machen.

Er rollt die Lippen gegeneinander, eine inzwischen beinahe vertraute Geste, und nickt. »Okay, cool.«

Das wird definitiv als einer unserer merkwürdigsten Momente in die Geschichte eingehen. Gerade *dass* wir von Anfang an diese mühelose Verbindung haben, gefällt mir so sehr und hat unser außergewöhnliches Arrangement erst möglich gemacht. Dass es nun so seltsam verkrampft ist, kommt mir vollkommen unnatürlich vor.

Kurz scheint Henry zu schwanken zwischen dem Drang, aus Scham über seine eigene überstürzte Geste zu fliehen, und dem Drang zu bleiben, entscheidet sich dann aber für Letzteres. Unwillkürlich atme ich auf, als er seitlich vor meinen Schreibtisch tritt und sich zu mir in meinen Bürostuhl herunterbeugt. Eine Hand lässig auf die Tischplatte gedrückt, wodurch er mich ein kleines bisschen einkesselt. Henry Saint Clair richtet seine ganze Aufmerksamkeit auf mich und sieht dabei aus wie ein verschlagener Gott. Ein verschlagener Gott mit geröteten Ohren, doch das tut seiner verführerischen Aura keinen Abbruch. Wie schnell gelingt es diesem Jungen, von *awkward* zu nervenflirrend intensiv zu wechseln?

»Ich, ähm …« Er befeuchtet sich die Unterlippe mit der Zunge und ich muss hastig die Beine überschlagen, um irgendwie den pochenden, heißen Schauer zu dämpfen, der jäh meinen Unterleib in Brand steckt. *Kurwa*, ich bin im Büro, jeden Moment könnte Lucia von ihrem Botengang zurückkommen und die Tür ist nicht mal ganz zu! Trotzdem britzelt und glüht es an genau der Körperstelle, die mir schon so oft den Dienst verweigert hat, wenn es um Kerle ging. *Verräterin.*

»Wie lief das Mittagessen mit deinem Vater und den Gremlins?«

Der zweite kreative Vergleich an einem Tag – Chapeau.

»Marlisa und Jonah waren überraschenderweise gar nicht dabei, nur Papa und ich. Und es war … gar nicht so schlimm?« Innerlich verpasse ich mir einen Tritt dafür, dass mir das Ende des Satzes wie eine Frage herausgerutscht ist.

Henry springt natürlich direkt darauf an und zieht ein wenig skeptisch die Brauen hoch. »Warum habe ich das Gefühl, dass hinter *gar nicht so schlimm* mal wieder *eine gottlose Enttäuschung* steckt?«

Weil du ein viel zu aufmerksamer Motherfucker bist? »Sagen wir so: Du und dein Kuchen sind ein Geschenk des Himmels.« Als ich bemerke, dass ich ihn und das Gebäck im selben Atemzug genannt habe, ergänze ich hastig: »Also ich kann ein Zucker-High gerade gut gebrauchen. Danke dir.«

Jetzt streckt er eine Hand aus und berührt mich flüsterleicht am Kinn – eine leise, zarte Berührung, die dennoch ein Prickeln über meine Haut bis in den Bauch schickt. »Ich mag das.«

»Hm?«

»Dass du annehmen kannst, dass jemand etwas Nettes für dich tut, ohne direkt zu mosern.«

Meine Lippen verziehen sich zu einem Schmollen und

ich bin kurz davor, mich mit den Füßen abzustoßen, um den Bürostuhl demonstrativ von ihm wegzurollen, aber Henry kommt mir zuvor. Bestimmt stellt er einen Schuh auf den Edelstahlfuß, um mich vorsorglich zu bremsen.

»Ich mag es, wenn ich dich überrumpele, Schneewittchen. Fühlt sich bei einer Frau wie dir nach einer besonderen Leistung an.« Himmel, könnte er aufhören, seine Stimme so tief und verführerisch klingen zu lassen? Und gleichzeitig dafür zu sorgen, dass es sich irgendwie gut anfühlt, von ihm und seinen Gesten eiskalt erwischt zu werden, anstatt mich wie sonst unwohl mit Überraschungen zu fühlen?

Um Coolness bemüht recke ich das Kinn. »Gewöhn dich nicht daran.«

»Mhm.« Mit einem wissenden Zucken seiner Mundwinkel pinnt er meinen Blick an seinem fest. »Zu spät. Ich habe Geschmack daran gefunden.«

Sein Mund schwebt einige quälende Millimeter vor meinem und das ist näher, als wir einem Kuss in den gesamten letzten drei Wochen gekommen sind. Wir sind so verdammt keusch und züchtig und mir ist danach, unartig zu sein. Eine Sünderin, die mit seinem Maß an dunkler Versuchung mithalten kann. Nur ein wenig … Ich habe die Nase voll davon, Vertrautheit aufzubauen, und würde das erste T und das zweite R in diesem Wort gern mal gegen ein S austauschen. Bitte, danke.

Aber Henry räuspert sich, kneift mich kurz mit Daumen und Zeigefinger ins Kinn, ehe er sich aufrichtet. »Abgesehen davon: Du kannst meine Kuchenüberraschung als Insta-Story ausschlachten. Macht mich nach außen hin doch zum hingebungsvollsten Boyfriend der Stadt, nicht wahr?« Er zwinkert mir zu und ich kann meine Enttäuschung kaum verbergen. Erst dieser brodelnd heiße Moment zwischen uns und dann ruiniert er ihn auch noch doppelt, indem er seine Geste auf die Fake Beziehung reduziert? *Dupek.*

»Ich muss dann wieder weiter, ja? Bevor Udo checkt, dass ich gar keinen Termin habe, für den ich außer Haus sein sollte.« Einigermaßen verärgert, die Gliedmaßen zur Konsistenz von Weingummi zerflossen, lässt er mich in meinem Bürostuhl zurück. Zum Abschied tippt er sich mit den Fingern an die Schläfe, sieht ein letztes Mal zu mir und ist verschwunden.

Ich habe genau zehn Sekunden, um mich zu erholen, ehe die Tür auffliegt und Lilli praktisch hereinfällt. So ungelenk wie ein neugeborenes Rehkitz stolpert sie gegen den Schreibtisch, offenbar zu überrumpelt, um sich auf simple motorische Abläufe zu konzentrieren.

Unter hochgezogenen Brauen werfe ich ihr einen Blick zu. »Du hast ununterbrochen an der angelehnten Tür gestanden und gelauscht, oder?«

Meine beste Freundin gibt sich nicht einmal Mühe, geknickt auszusehen, geschweige denn, etwas abzustreiten. »Natürlich! Du hättest dasselbe getan. Seit Wochen rückst du nicht damit heraus, wie es zwischen Henry und dir läuft, und jetzt ist alles klar.« Theatralisch fächelt sie sich mit der flachen Hand Luft zu. »Ihr zwei seid … Man muss es echt erleben, um es zu verstehen. Sei froh, dass ich das mitbekommen habe und nicht Hugo.« Mehr Luftgefächel.

Während Lilli noch damit zu kämpfen hat, eine typische Henry-Attacke auf mich zu verarbeiten, schüttele ich den betäubenden Sog ab, den seine Nähe wie ein Nebel in meinem Hirn hinterlassen hat, und konzentriere mich aufs Wesentliche. »Sag mir, dass er wirklich mitten an einem

Arbeitstag hier aufgetaucht ist, nur um mir Kuchen vorbeizubringen.«

Von meiner besten Freundin kommt ein ultimativ mädchenhaftes Giggeln. »Das hat er! Und sogar selbst gebacken. O mein Gott, Nova, erzähl mir alles! Was war das mit den Brownies? Und überhaupt!«

Fragend neige ich den Kopf. »Was meinst du? Du *weißt* doch alles. Fake Beziehung, gelegentlich Dates …« Immerhin hat er mich eben höchstpersönlich daran erinnert.

»Ah, ah, ah.« Im Takt der mahnenden Silben wackelt sie mit dem Zeigefinger hin und her wie ein Metronom. »Bei diesem Burschen ist nichts gefakt. Ich musste nur zuhören, um zu wissen, wie er dich in diesem einen Moment angesehen hat. Und *Princess*? SCHNEEWITTCHEN? Was bitte? Ist das derselbe Henry, der in meiner Gegenwart noch nie mehr als fünf Sätze gesagt hat? Und plötzlich marschiert er hier herein und bewirft dich mit Kosenamen?«

»Spitznamen«, korrigiere ich sofort, weil es da definitiv einen Unterschied gibt. »Und davon auch ziemlich kindische, wenn du mich fragst.«

Wild schüttelt Lilli den Kopf. »Schneewittchen passt perfekt zu dir, warum habe ich das nicht früher gesehen?«

Gott, gegen sie ist echt kein Ankommen. Zumindest beruhigend, dass sie wirklich nichts dagegen zu haben scheint, dass ich mir ihren Schwager in spe zeitweise für meine Zwecke gekrallt habe. Wenn ich nicht aufpasse, shippt sie uns noch richtiggehend. Was bei jemandem wie ihr, die zum Fangirl-tum neigt, äußerst gefährlich werden könnte.

Ein wenig trotzig öffne ich schließlich die Plastikbrotdose und werde sofort mit einer himmlischen Duftwolke von frischem Gebäck und Vanille belohnt. Die Mischung aus

Käsekuchen und schokoladigen Streuseln lässt mir das Wasser im Mund zusammenlaufen und gehört seit meiner Kindheit zu meinen Favoriten. Vorhin habe ich falschgelegen, Henry ist nicht nur ein Wimmelbuch, sondern ein verdammtes Buch mit sieben Siegeln, das immer neue Entdeckungen bereithält.

»Er will einfach nett sein, Lilli. Wir sollten beide nicht zu viel in diesen Kuchen hineininterpretieren«, sage ich ausweichend. »Womöglich habe ich ihn vorhin ein wenig vollgeheult und er wollte bloß verhindern, dass ich mich in eine Landplage für das gesamte Herzog-Team verwandele. Das war ein Dienst für die Allgemeinheit, nicht für mich.«

Der Blick meiner besten Freundin ist unmissverständlich: Sie denkt, ich würde Bullshit faseln. Und vielleicht fühlt es sich ein klein wenig so an, diese Geste krampfhaft in die unpersönliche Form zu quetschen, die ich brauche, um meinem Fake Freund nicht zu verfallen. Ich *muss* mir das einreden und mich retten, bevor er so weitermacht und mich auf eine Art verändert, die unwiederbringlich ist.

Auf seinem Oberarm ist eine altmodische Waage tätowiert, deren eine Schale von einem pechschwarzen Gewicht nach unten gezogen wird, während die andere leer ist. So wird es enden, wenn ich nicht aufpasse. Mein Herz herniedergerissen auf der einen Seite und nichts von ihm auf der anderen, um das Gleichgewicht wiederherzustellen. Wie auch, wenn er so oft betont, dass es für ihn nur ein Deal ist.

Ganz langsam schüttelt Lilli den Kopf. »Erinnerst du dich daran, was Vincent letztens zu dir gesagt hat? Dass du seinem Bruder nicht wehtun sollst? Supernova, ich glaube, wir müssen vielmehr auf dich achtgeben.«

21

Nova

@muenchner_kindel

Es ist nur so ein Gefühl, aber ihr kennt uns: Wir haben untrügerische Instinkte und unser liebster Satz wird für immer »Bei uns habt ihr es zuerst gehört« sein. Deswegen merkt euch unsere Prognose, dass bei niemand Geringerem als @hugo_vca etwas im Busch ist. Ihr wisst, welchen Busch wir meinen ... Wir wittern einen Skandal am Horizont #blinditems

Nachricht senden

»Die Damen, einmal *Ruinart Rosé* eisgekühlt und das Lachs-Brettel. Sonst noch Wünsche?« Schwungvoll stellt Toni, der Wirt unserer Stammschenke am Viktualienmarkt, einen Kübel mit Champagner und eine Platte von Räucherlachs-Häppchen auf dem Weinfass ab, das uns als Stehtisch dient.

»Danke, das sieht perfekt aus! Wir kommen rüber, falls wir etwas brauchen.« Toni quittiert Lillis Worte mit einem gut gelaunten Grinsen und kehrt zum offenen Ausschank seiner Marktbude zurück, wo sich bereits weitere trinkfreudige Kundschaft sammelt.

Es ist Freitagmittag, was bedeutet, dass unser wöchentlicher Stammtisch ansteht, auch wenn die Besetzung ungewöhnlich klein ist – nur Lilli, Minnie und ich. Als wir angekommen sind, hat uns Lilli schon zu einem Selfie abkommandiert, das sie mit der Unterschrift *Powerpuff Girls unter sich* in ihrer Story geteilt hat. Von den Jungs hat sich bisher keiner blicken lassen. Vincent hat in der Galerie Termine am laufenden Band, Luis taucht auffällig selten auf, wenn Minnie dabei ist, und Hugo, der bei einem Jura-Lerndate feststeckt, hat versprochen, schnellstmöglich nachzukommen. Was Simon und Julien betrifft, habe ich keine Ahnung. Die beiden sind an Werktagen selten flexibel genug, um sich mittags Champagner hinter die Binde zu kippen (diese Langweiler mit ihren anspruchsvollen, seriösen Jobs). Und Henry? Der hat noch nicht auf meine Nachricht geantwortet, in der ich ihn vor wenigen Stunden gefragt habe, ob er auch kommt. Ich weiß, dass er heute bei der Zeitung einen kurzen Tag im Homeoffice hat, da sie ihn morgen zu irgendeiner Buchvorstellung schicken, über die er schreiben soll, und bei solchen Gelegenheiten gesellt er sich eigentlich immer zu uns. Außerdem ist es ungewöhnlich, dass er gar nicht reagiert hat. Womöglich bin ich verwöhnt von ihm, aber inzwischen bin ich es gewohnt, dass er in der Regel sofort zurückschreibt. Und seien es nur alltägliche, kleine Unterhaltungen über neue Schuhe, die er für seine regelmäßigen Joggingrunden mit Vincent braucht, oder eine Beobachtung von mir, die ellenlange Gespräche über Gott und die Welt auslöst.

Schade, dass er die Anzeige deaktiviert hat, die mir verraten würde, wann er das letzte Mal online gewesen ist. Dabei sagt mir irgendetwas, dass sein Handy vergessen in einer Ecke liegt und er gar nicht draufgeschaut hat, weil … keine Ahnung. Ich kann das seltsame Gefühl, dass etwas nicht stimmt, einfach nicht abschütteln und bin deswegen so gar nicht bei der Sache, als Lilli gekonnt die Champagnerflasche entkorkt und uns allen einschenkt.

Eine Weile lenke ich mich erfolgreich ab, indem ich mit

den Mädels über Larissa Marquart gossipe, die sich zurzeit überaus öffentlichkeitswirksam mit ihrem Ex-Lover zofft, was mehr Unterhaltungswert als eine Staffel *Love Island* bietet. Dann beraten wir Minnie in der fundamentalen Frage, ob sie versuchen sollte, in die Dating-App *Raya* reinzukommen, um ihre aktuelle Durststrecke zu beenden. Und obwohl das ein Thema ist, in dem ich sonst so richtig aufblühen würde, kann ich nicht lange bei der Sache bleiben. Ich habe ständig mein Handy im Blick, in der Hoffnung, von Henry zu hören, und kann den Gedanken einfach nicht abschütteln, dass etwas nicht in Ordnung ist. Was absolut nicht angebracht ist, oder? Er muss nicht 24/7 für mich abrufbereit sein und eigentlich sollte ich mich nicht so sehr um ihn sorgen … und dennoch tue ich es.

Als ich es schließlich nicht mehr aushalte, schreibe ich Vincent. Wenn jemand was von Henry gehört hat, dann er.

Nova
Hey, Saint Clair, sorry, ich weiß, dass du busy bist, aber hast du heute schon von Henry gehört? Er antwortet nicht auf meine Nachrichten, was total ungewöhnlich ist.

Es dauert quälende zehn Minuten, ehe eine Antwort auf meinem Display erscheint.

Saint Clair
Heute noch nicht. Denk dir nichts dabei, er ist ziemlich handyfaul und reagiert manchmal den ganzen Tag über nicht.

Bei mir ist er nicht so, denke ich, zögere allerdings, das Vincent anzuvertrauen. Jedes persönliche Detail zwischen Henry und mir hüte ich eifersüchtig wie einen Schatz – weil alle um uns herum wegen der Fake Sache ohnehin dazu neigen, viel Aufhebens um die winzigsten Dinge wie Spitznamen oder nette Gesten zu machen. Ernsthaft, niemand hier läuft Gefahr, sich zu verlieben. Ich bin einfach nur besorgt. So was würde ich für alle meine engen Freunde machen. Dementsprechend entschärfe ich meine Antwort an Sainti.

Nova
Wenn du meinst 🙄🙈

Weitere Minuten vergehen, ich versuche, wieder ins Gespräch der Mädels zurückzufinden, und beschließe gerade trotzig, mein zweites Glas Champagner zu befüllen, als …

Saint Clair
Okay, Kurswechsel. Habe kurz mit Dad gesprochen, weil es mir keine Ruhe gelassen hat, und er ist damit herausgerückt, dass er und Henry einen Streit hatten. War heftig.

Saint Clair
Nova, bei aller Liebe, lass ihn allein. Ich versuche, in der Galerie so schnell wie möglich fertig zu werden, um nach ihm zu sehen. Es wäre keine gute Idee, wenn jemand anderes bei ihm auftaucht. Henry würde das nicht wollen.

Scheiß auf das, was Henry seiner Meinung nach *nicht will*! Ich werde garantiert nicht hierbleiben und vergnügt Bubbles schlürfen, als wüsste ich nicht, dass es *meinem Freund* schlecht geht! Zumindest lese ich das bei Vincents Nachrichten zwischen den Zeilen heraus. Pech, Mister, das hättest du mir nicht schreiben dürfen, wenn du bezwecken willst, dass ich die Füße stillhalte. Vor allem der Stichpunkt *Vater* triggert mich verlässlich. Wahrscheinlich hätte ich ohnehin früher oder später bei Henry vorbeigeschaut, aber jetzt hat er mir einen Grund zum Handeln gegeben.

»Sorry, Mädels, ich muss los.«

Die beiden starren mich verblüfft an.

»Ist etwas passiert?«, will Minnie besorgt wissen und berührt mich leicht am Oberarm. Lilli jedoch … beobachtet mich auf eine wachsame Art, als wüsste sie genau, wer der Grund hinter meinem abrupten Aufbruch ist.

»Henry geht's nicht gut. Ich will nach ihm sehen.« Blindlings krame ich mein Portemonnaie aus meiner *Chanel* Flap Bag, klemme einen Schein unter den Weinkühler, um meinen Anteil an der Zeche abzudecken, und wirbele herum. Gerade als Hugo an unseren Weinfasstisch tritt und dabei ziemlich ausgelaugt aussieht – was zurzeit leider keine Seltenheit ist. Er steht kurz vor seinem letzten großen Schein in Zivilrecht und damit unmittelbar vor dem Abschluss seines Jura-Hauptstudiums, was ihn entsprechend schlaucht. Selbst sein sonst immer voluminös gestyltes Haar hängt ihm kraftlos in die Stirn, als er mir just ausweicht, weil ich ihn beinahe über den Haufen gerannt hätte.

»Nova, was zum …« Seine Stimme verblasst wie ein Rauchschwaden hinter mir, denn ich eile bereits quer über den geschäftigen Viktualienmarkt in Richtung Tal, wo ich mir ein Taxi nehmen will. Keine Geduld für Gedrängel in den Öffis oder um auf ein Uber zu warten.

Mein Kerl braucht mich.

Fünfzehn Minuten später öffnet mir eine Frau, die ich spontan auf Mitte fünfzig schätze, mit fragender Miene die Haustür der Villa. Sie trägt eine Schürze mit dem Aufdruck *Lass das mal die Gabi machen, Gabi macht das gut* und hat eine dieser *frechen* pinkfarbenen Strähnen in ihr blondes Haar gefärbt. Das muss die Haushälterin sein, von der Henry mir erzählt hat. Sie wohnt mit ihrem Mann in einer Einliegerwohnung im Anwesen und schafft es irgendwie, dieses riesige Haus blitzblank zu halten.

»Ich, ähm, hallo, ich bin Nova … Henrys Freundin. Ist er da?« *Warum zum Teufel fühle ich mich wie eine Fünfjährige, die bei den Nachbarn klingelt und fragen muss, ob ihre Freunde Zeit zum Spielen haben?*

Gabi sieht aus, als würde sie aus allen Wolken fallen. »Du bist Nova?«

Ich nicke, unsicher, was ich von dieser Reaktion halten soll. Sie folgt doch hoffentlich nicht *muenchner_kindel* auf Instagram, oder?

Zu meiner Erleichterung beobachte ich, wie sich ein Lächeln auf ihrem rundlichen Gesicht ausbreitet. »Wie schön, dich kennenzulernen! Henry hat schon so viel von dir erzählt, na, komm rein.«

Mit plötzlich seltsam warmen Wangen trete ich über die Schwelle und gebe mir extra Mühe, meine Straßenschuhe auf der Fußmatte abzustreifen. »Ach ja, hat er das? Hoffentlich nur Gutes.« *Oje, nicht auch noch diese Floskel, Sobieska.* Mir Sorgen um Henry zu machen, führt wohl dazu, dass ich meinen sonst üblichen Swag komplett einbüße.

»Natürlich.« Gabi nickt energisch. »Endlich eine Freundin zu haben, tut ihm so gut! Weißt du, das muss unser Geheimnis bleiben.« Verschwörerisch beugt sie sich zu mir. »Er hat mir von deinen polnischen Wurzeln erzählt und wir suchen gerade ein paar Kuchenrezepte raus. Aber pst! Er will dich damit überraschen.«

Jäh schwillt mir das Herz, weil das einfach zu süß ist. Die Gedanken, die er sich macht … Da ist es nur richtig, dass ich zu ihm komme, oder? Wer, wenn nicht ich, wüsste besser, wie mies man sich nach einem Streit mit dem Vater fühlen kann. Und vielleicht kann ich ihm irgendwie helfen. Manchmal ist es schon Unterstützung genug, wenn jemand nachempfinden kann, wie man sich fühlt.

»Jedenfalls habe ich Henry heute noch nicht zu Gesicht bekommen, er ist oben in seinen Räumen«, erklärt Gabi.

»Da finde ich hin.« Mit einem Lächeln verabschiede ich mich von Gabi und steige die breite Holztreppe hoch. Mein Herz rast, als ich schließlich vor seiner Tür ankomme – wahrscheinlich, weil es ein halber Marathon ist, dieses Anwesen zu durchqueren –, und ich atme tief durch, ehe ich klopfe. Und warte. Keine Reaktion auf der anderen Seite. Ich klopfe erneut, diesmal lauter, damit er mich hört, falls er sich im Schlafzimmer aufhält, das am weitesten vom Eingang entfernt ist. Wieder nichts. Unruhig trete ich von einem Fuß auf den anderen. Gabi hat doch gesagt, er sei da. Sie wohnt immerhin im Haus und hätte es mitbekommen, wenn er weggefahren wäre, oder? Andererseits kann sie ihre Augen nicht überall haben und vielleicht … *Kurwa.* Ärgerlich über mein nervöses Zaudern, was mir so gar nicht ähnelt, straffe ich die Schultern und drücke die Türklinke nach unten. Die Tür geht auf. Wenn er nicht wollte, dass jemand hereinkommt, hätte er sicherlich abgeschlossen. Dennoch sind meine Schritte beinahe verstohlen, wie die einer Einbrecherin, die sich bewusst ist, dass sie sich unbefugt Zutritt verschafft hat, als ich den Eingangsbereich durchquere.

Das erste Anzeichen dafür, dass Henry wirklich da ist, ist leise klassische Musik, die ich durch die dicke Holztür nicht gehört habe. Vorsichtig mache ich einen Schritt in den Wohnbereich.

»Henry? Ich bin's, Nova.« Ich lasse meinen Blick durch den Raum wandern, ohne dass mir zunächst etwas Ungewöhnliches auffällt. Hier ist Henry jedenfalls nicht. Die Schlafzimmertür ist geschlossen, aber die zum Arbeitszimmer angelehnt, und von dort scheint auch die Musik zu kommen. Langsam gehe ich darauf zu, bis in die Zehenspitzen angespannt, weil das Ganze so was von nicht Henry ist. Der Kerl, den ich kennengelernt habe, ist aufmerksam und hätte mich rufen gehört, wenn er sich in seinen Räumen aufhält. Stattdessen drücke ich vorsichtig die Arbeitszimmertür auf und sehe mich mit absolutem Chaos konfrontiert. Mein Mund bleibt offen stehen, als ich mich in dem Zimmer umschaue, das bei meinem letzten Besuch gemütlich und aufgeräumt war. Jetzt allerdings sind die Türen der Einbauschränke offen, Bücher wurden aus den Regalen gerissen und liegen zerstreut inmitten zerknüllter oder zerrissener Papierbögen auf dem Boden. Dazwischen einzelne Stifte, Mappen, geöffnete Boxen voller Zeichenutensilien, noch mehr Stifte, Pinsel und Farbtöpfchen. Es sieht aus, als wäre die sprichwörtliche Bombe explodiert, und im Epizentrum des Einschlags kniet Henry. Seine Haltung ist gebückt, beinahe zusammengekauert, doch er hat sich nicht zu einer Kugel gekrümmt, wie ich zunächst gedacht habe, sondern beugt sich über einen Zeichenblock. Ich muss einen Schritt zur Seite machen, um ihn richtig zu erkennen. Das dunkle Haar fällt ihm ungestylt und wild ins Gesicht, er sieht blass aus, als hätte er zu wenig geschlafen, und seine Wangen wirken so hohl, dass sie Schatten werfen. Wie in Zeitlupe mache ich einen weiteren Schritt. In der linken Hand hält er einen klobigen Kohlestift, die eleganten Finger so fest darum geschlossen, dass die Knöchel zwischen den Tattoos weiß hervorstehen. Er bewegt ihn in manischem Tempo über das Papier. Mir ist bisher gar nicht aufgefallen, dass er Linkshänder ist.

Henry scheint nichts wahrzunehmen außer seiner Zeichnung, die in rasender Geschwindigkeit Gestalt annimmt, eine dunkle Masse aus Schraffuren und Schattierungen, die um die wenigen weißen Flecken auf dem Papier buhlen. Gerade versuche ich zu erkennen, was er zeichnet, da lässt er den Stift fallen und reißt das Blatt so heftig vom Block, dass ich erschrocken zusammenzucke. Das Ratschen des Papiers von der Klebestelle klingt so brutal wie brechende Knochen. Ohne einen Ton von sich zu geben, zerknüllt er die Zeichnung und wirft sie blindlings von sich, einen Wimpernschlag später schon wieder heruntergebeugt, um neu anzufangen. Er zeichnet. Zeichnet, zeichnet, zeichnet und scheint doch Krieg zu führen. Gegen das Papier. Oder sich selbst. Ich bin gefangen zwischen Sorge und Faszination. Wahrscheinlich habe ich in Filmen bisher ausschließlich verklärte Vorstellungen von Künstlern gesehen. Menschen, die vor ihrer

Leinwand aufgehen, ihre Kreativität entfalten und irgendwie in sich zu ruhen scheinen, während sie ihrer Kunst nachgehen. Henry dagegen ist obsessiv, radikal, und es ist beinahe schmerzhaft, ihn dabei zu beobachten, wie er den Stift aufs Papier rammt, Linie um Linie zieht, als würde er ein Messer gegen sich selbst führen. Strich, Schlitz. Strich, Schlitz. Er ist kein Sonnenschein, sondern ein Mensch, dessen Lächeln selten und deswegen umso kostbarer ist. Aber so in sich gefangen, so ganz ohne Helligkeit, kenne ich ihn nicht.

»Henry.« Meine Stimme übertönt kaum die Musik, die passend zu seiner unheilvollen Aura anschwillt. Dieses Stück kenne ich sogar – *Der Ritt der Walküren* von Richard Wagner. Aufgepeitscht, lebendig und doch so, als stünde das bittere Ende unmittelbar bevor.

»Henry«, wiederhole ich lauter.

Sein Stift hält nicht einen Moment inne.

»Mój książę.«

Erst jetzt reagiert er, zuckt zusammen, als hätte ihn ein Stromstoß getroffen, und dreht langsam den Kopf in meine Richtung. Von seiner gekrümmten Position am Boden aus sieht er zu mir hoch und meine Lippen teilen sich vor Entsetzen. Er sieht … leer aus. Seine blauen Augen, in denen sonst immer so viel glimmt – hintergründiger Humor, Sarkasmus, Begehren –, sind dumpf und bodenlos. Wie zwei Eissplitter. Ohne Gefühl, ohne Wärme. Ich habe schon so oft die Redensart gehört, dass ein Licht in jemandes Augen leuchten würde, und Henrys wurde ausgeknipst. Ich will ihn schütteln oder anschreien oder umarmen – irgendetwas –, um es zurückzuholen.

»Nova.« Selbst seine Stimme klingt anders, matt und träge, als hätte ich ihn soeben aus dem Tiefschlaf gerissen. Aber wie er meinen Namen sagt, macht es nicht besser. Eher im Gegenteil. Mir fröstelt angesichts der Emotionslosigkeit, die in den beiden Silben mitschwingt.

»Was … was ist los mit dir?« Noch ein Schritt auf ihn zu, bedächtig und abwägend. Irgendwie habe ich Angst, mich zu schnell zu bewegen, und im selben Moment hasse ich mich für meine Unsicherheit. Das hier ist Henry! Der mir Brownies backt und mich zur Weißglut treibt, wenn er mich Schneewittchen oder Princess nennt. Der mir in genau diesen Räumen eigenhändig die Schuhe ausgezogen und dafür gesorgt hat, dass ich mich in *seiner* Gegenwart wohlfühle. Sobald es um ihn geht, verschwimmen die Grenzen zwischen reiner Körperlichkeit und tieferen Empfindungen, die ich sonst strikt trenne. Weil er es mir viel zu leicht macht, ihm auf allen Ebenen zu verfallen. Gerade allerdings scheint er Welten entfernt von diesem Kerl zu sein und ich will ihn zurückbringen. Ich erinnere mich, wie er mir davon erzählt hat, seit über zehn Jahren nicht mehr gemalt zu haben. Aber wenn die Kunst ihn in *diese* Version seiner selbst verwandelt, will ich den offenen Kamin im Wohnraum entfachen und alles verbrennen. Das hier … sieht definitiv nicht nach etwas aus, das ihm guttut.

Henry lässt den Blick über mich gleiten, ein Muskel in seinem Kiefer zuckt und er kneift die Lider zusammen, als hätte er Schmerzen. »Hau ab!« Er schlägt sich die Hände vors Gesicht und sinkt von der knienden Position zurück auf die Fersen. *There is no end* lese ich auf den Fingern seiner Rechten und es fühlt sich an wie eine Prophezeiung. Der Kopf der tätowierten Schlange gleicht der einer gereizten Wächterin, die droht, ihre Giftzähne in mich zu schlagen, sollte ich mich nur ein wenig nähern.

Kurwa mać! Etwas stimmt nicht mit ihm und ich werde nicht gehen, ehe ich weiß, was es ist, oder Hilfe für ihn organisiert habe – wenn nicht ich es sein kann, die ihm hilft. Also lasse ich mich unbeirrt neben ihm auf die Knie sinken und strecke zögerlich eine Hand aus. »Henry, bitte. Ich mache mir Sorgen um dich.«

Er lässt die Arme sinken, blutunterlaufene, leere Augen auf mich gerichtet. »Das«, zischt er heiser, »ist alles allein deine Schuld!« Mit einer ausholenden Geste deutet er durch den ganzen Raum, fasst das Chaos mit ein, und ich weiche erschrocken zurück.

»Wie bitte?«

Henrys Brust hebt und senkt sich unter aufgewühlten, schweren Atemzügen. »Du bist aufgetaucht und hast das Licht angeknipst und seitdem kann ich nicht mehr aufhören, daran zu denken! Ich hatte meinen Frieden damit geschlossen, dass die Farben verschwunden sind, dass da nur noch Schwärze in mir ist und ich nichts mehr empfinde. Und du hast es zurückgebracht! Ich kann nicht … ich kann mich nicht mehr dagegen wehren, wieder zu zeichnen.«

Ehrlich gesagt kann ich mir kaum einen Reim auf seine Worte machen, aber da er wenigstens mit mir spricht, versuche ich, darauf aufzubauen. »Was ist so schlimm daran?«

Ich will verstehen. So, so dringend verstehen, was ihn in diesen Zustand versetzt, um vielleicht einen Weg zu finden, ihm zu helfen. Vincents Warnung, dass ich mich fernhalten sollte, schießt mir durch den Kopf. Mir schwant, was ihm vermutlich längst klar gewesen ist, nachdem er mit seinem Vater gesprochen und von dem Streit erfahren hat. Wahrscheinlich wüsste er direkt, was zu tun ist, allerdings wäre er erst in Stunden hier gewesen. Nein, ich habe diese Entscheidung getroffen und ich werde mein Bestes geben, um das Richtige zu tun. Auch wenn das bedeutet, mich von Henry anschreien zu lassen.

»Was so schlimm daran ist?« Seine Stimme schwillt mit jedem Wort an, bis er brüllt, und ich muss die Zähne zusammenbeißen, um nicht noch mehr zurückzuweichen. Ich werde ihm trotzen, der Sturmflut, die er gerade auf mich loslässt, und ihn später mit den Konsequenzen konfrontieren.

»Mein Vater, der hier reinkommt, in meinen Sachen herumschnüffelt und die neuen Zeichnungen entdeckt, das ist passiert! Fuck, er hat sofort davon angefangen, dass ich meine Karriere wieder aufnehmen kann. Wieder verkaufen, wieder ausstellen, wieder ZURÜCK IN DIESE SCHEISSE, DIE UNS ALLE KAPUTTGEMACHT HAT!«

Ich sollte nicht dulden, dass er mich so anbrüllt. Dass er mich ansieht, als wäre ich der Teufel persönlich, den er für seine Emotionen und Erfahrungen verantwortlich machen kann, aber es will mir nicht gelingen. Weil Henry vielleicht denkt, dass er vor Wut oder Zorn oder sonst was bebt, ich jedoch sehe, was dahinter lauert: Schmerz. Ein uralter, gigantischer Schmerz, der wie ein Stachel in ihm sitzt und jetzt zum Vorschein kommt. Na gut, soll er mich als seinen Boxsack benutzen. Ich bin es gewohnt, Hiebe einzustecken.

»Wie lange sitzt du hier schon?«, will ich wissen, um seine Gedanken in eine andere Richtung zu lenken. Weg von dem Gebrüll und dem Knacken in seiner Stimme, das so gebrochen und ängstlich klingt.

Mit kohlverschmierten Händen rauft sich Henry die Haare. »Weiß nicht. Seit Dad heute Morgen hier gewesen ist.«

»Hast du Hunger? Oder Durst?«

»Nein, Nova«, presst er zwischen zusammengebissenen Zähnen hervor. Sein Kiefer ist so verkrampft, dass die Sehnen an seinem Hals hervorstehen, und er schafft es nicht, mich anzusehen. Sein Blick ist wieder auf das Papier zu seinen Füßen gerichtet und ich sehe, wie sich seine Augen bewegen; wie er den bereits skizzierten Strichen folgt, als würden sie ihn in einem Labyrinth gefangen halten.

»Dieser Zustand gerade«, taste ich mich wacker vor und fühle mich wie eine Ahnungslose, die vor einem Korb mit einer Schlange steht und an unterschiedlichen Stellen mit einem Stock hineinpickst, um herauszufinden, wo sie steckt. »Hast du das öfter? Dass du nicht aufhören kannst zu zeichnen und wie in einem Tunnel bist?« Anders schaffe ich es nicht zu beschreiben, wie er für mich aussieht. Und *Tunnel* ist noch die harmlose Umschreibung.

»Ich zeichne nicht mehr.«

»Aber …«

»Weißt du, was passiert, wenn ich einen Stift in die Hand nehme? Oder einen Pinsel? Dann bin ich wieder acht und meine Mutter brüllt mich panisch an, weil es ein schlechter Tag ist und sie vergessen hat, wer ich bin. Ich bin wieder vier und sie schubst mich weg, als ich sie umarmen will. Ich bin zehn und sie schreit sich an meinem Geburtstag die Seele aus dem Leib, beschimpft mich wie von Sinnen, schlägt nach mir, weil ein weiterer Schub die Kontrolle über sie übernommen hat. Die Erinnerungen kochen mich bei lebendigem Leib, wenn ich Kunst mache, und *du* hast das zu mir zurückgebracht.«

Ich verstehe nicht; nicht genug, doch dieser Hieb sitzt. Er lässt die Schaumfütterung des Boxsacks aufplatzen. Die harte Lederhaut, die schon so vielen Schlägen standgehalten hat, bricht und ich kann nur mit dem Kopf schütteln. Ich weiß nichts von seiner Mutter, hätte mir vielleicht darüber Gedanken machen müssen, da sie in seinem und Vincents Leben schlicht nicht existiert. Sie ist so non-existent, dass sich ihr Fehlen nicht mal komisch anfühlt, so hart das klingen mag.

»Was ist passiert?«

Henry reißt den Blick von seinem Skizzenblatt los und da ist mehr als Leere in seiner Miene. Mehr als ein Gesicht, das so schön ist und zu selten lächelt. Vor mir erstreckt sich ein nachtschwarzer Abgrund aus Traurigkeit und Angst, wo sonst Henry ist. Der ihn verschluckt und nichts übrig lässt, was ich wiedererkennen könnte. Etwas in ihm macht dicht und mich überläuft ein jäher Furchtschauer.

»None of your business.« Seine Worte sind knapp, emotionslos. Das Gebrüll hat sich gelegt, wie ich es erreichen wollte, aber was darauf folgt, ist so viel schlimmer. Endgültiger.

»Du und ich, Nova, wir sind ein Deal und dir steht es nicht zu, in meinen Angelegenheiten herumzuschnüffeln, nur weil ich mal nicht springe, wenn du schnippst. Halt dich da raus.«

Ich weiß nicht, woher es kommt, doch Schmerz durchzuckt meine Brust. Es ist mehr als das Gefühl, von einem Kerl zurückgewiesen zu werden; das kenne ich. Es sticht kurz und flaut ab, da ich mir einreden kann, dass er es nicht wert ist. Dass ich sowieso nicht auf ein zweites Date aus war oder mich fernab seines Betts treffen wollte. Doch dieser Henry-Schmerz sitzt so tief und fühlt sich hartnäckig an. Ein Pochen und Ziehen, das mir bis ins Mark geht und sich nicht einfach abschütteln lässt. Verflucht, habe ich ihn mir eingefangen? Wie ein Virus, das sich fast unmerklich ausgebreitet hat und jetzt zuschlägt, um die volle Macht der Infektion zu demonstrieren? Weil es scheiße verdammt viel schmerzhafter ist, so von ihm in die Schranken gewiesen zu werden, als es sein sollte. Ausgeschlossen von einem Thema, von dem ich angenommen habe, dass er sich bei mir womöglich damit aufgehoben fühlen könnte. So wie ich es bei ihm getan habe. Als ich gelernt habe zu akzeptieren, dass er meine Dehnungsstreifen und Narben berührt, ohne sie als Makel zu empfinden. Oder all die Meinungen über mich hört, aber nichts darauf gibt, sondern sich lieber selbst ein Bild macht. Wie er mich mit eigenen Augen gesehen hat und ich mich das erste Mal überhaupt wirklich *gut* gefühlt habe.

»Ich wollte nur … Ach, vergiss es.« Gott, ich hasse mich dafür, dass meine Stimme so unsicher und verletzlich klingt. Dass man mir garantiert anhören kann, wie schmerzhaft seine Zurückweisung für mich ist. Und ich verabscheue ihn ein wenig dafür, dass er mich an diesen Punkt getrieben hat. Einen Punkt, an dem ich ihn nicht einfach beiseitewischen und so tun kann, als kümmerte er mich nicht. Weil ich so naiv gewesen bin, mehr in unser *Verhältnis* zu interpretieren. Henry hat mich an die Wahrheit erinnert: Wir sind ein Deal und mehr ist es für ihn nicht.

Also drehe ich mich um und verlasse das Zimmer. Henry stoppt mich nicht, ruft nicht nach mir und ich muss mein letztes bisschen Stolz zusammenkratzen, um hocherhobenen Hauptes zu gehen.

Die Waagschale ist längst auf meiner Seite nach unten gekracht, doch ich werde den Teufel tun und ihn das sehen lassen.

22

Nova

@muenchner_kindel

Diese Woche ist es ungewöhnlich still an der #novy-Instafront. Waren wir womöglich genau auf der richtigen Spur, als wir den beiden ein baldiges Ende prophezeit haben? Ist @supernova schon auf dem Weg in die Emirate? Hat sie endlich einen Mann gefunden, der mehr Moneten als Hirnzellen besitzt? *Who knows.* Was jedoch sicher ist, ist, dass es in München garantiert mehr als genug Ladys gibt, die bereit sind, @saint.henry über seinen Herzschmerz hinwegzutrösten. Marmor, Stein und Eisen bricht, aber *Munich Basic Bitches* nicht!

Nachricht senden

Seit meinem Besuch bei Henry am Freitag sind sechs Tage vergangen. Zwischen uns herrscht absolute Funkstille. Und ich kann nicht behaupten, dass es mir damit gut gehen würde. Ich weiß, wie erbärmlich es ist, etwas so Simples wie alltägliche Textnachrichten seines Fake Boyfriends zu vermissen, die sich über die Wochen irgendwie in mein Leben geschlichen haben. Aber so ist es nun mal. Ständig nehme ich mein Handy in die Hand, in der Hoffnung, er hätte mir geschrieben oder mich in einer Story markiert. Nada. Alles, was mir an Neuigkeiten angezeigt wird, sind DMs meiner Mutter, die mir unterhaltsame Reels schickt. Henry schweigt und ich schaffe es nicht, den ersten Schritt zu tun, nachdem er mich so harsch aus seinen Angelegenheiten geworfen hat.

Er hat seinen Punkt klargemacht und wenn sich jemand zurückzumelden hat, dann er. Gott, wir geben nur vor, ein Paar zu sein, und durchleben trotzdem eine handfeste Beziehungskrise. Zumindest fühlt es sich so an. Das ist lachhaft. Meine Stimmung sollte wirklich nicht so miserabel sein. Und ich ihn überhaupt nicht … vermissen. Bah, furchtbare, unnötige Gefühle, die er nach seinem Verhalten nicht verdient hat. Und dennoch zucke ich jedes Mal zusammen, wenn sich mein Handy meldet, doch natürlich ist es nie er. Jämmerlicher Feigling.

Stattdessen bombardiert mich meine Mutter mit Textnachrichten, als spürte sie instinktiv, dass ich Ablenkung brauche – oder sie vermisst mich allmählich. Ich glaube, so lange sind wir noch nie voneinander getrennt gewesen.

Mama
Dein Henio ist so ein Nugget!

(Sie spricht von Goldnuggets, nicht von Fast-Food-Hähnchenteilen. Die Love Language meiner Mutter besteht darin, anderen ihren Wert in Edelmetallen und Juwelen mitzuteilen. Ich bin ihr rosa Diamant, *obviously*.)

Mama
Du musst ihn mir unbedingt persönlich vorstellen, wenn ich zurück bin.

Nova
Damit du ihn mir ausspannen kannst? 😄
Netter Versuch, Mutter.

Mama
Ich habe meinen eigenen Freund und halte nichts von Bunga Bunga.

Nova
Mama, was? Hast du eine Ahnung, was dieses Wort bedeutet? Ach egal, vergiss es, ich will es gar nicht hören.

Nova
Und von welchem Freund sprichst du? Hast *du* dir einen Scheich angelacht?

Mama
Na, Karl, du kennst ihn doch! Also, Nova, was ist los mit dir?

Diese Mitteilung hat mich tatsächlich so von den Socken gehauen, dass ich zwischenzeitlich vergessen habe, wegen Henry zu schmollen. Selbstverständlich kenne ich Karl, aber nachdem sie zu ihrem mehrmonatigen Trip abgezischt ist und ich weiß, wie meine Mutter ist, dürfte Karls Halbwertszeit schon im Dezember abgelaufen sein. Und jetzt ist Mai! Ich bin einfach davon ausgegangen, dass sie ihn mittlerweile in den Wind geschossen hat.

Mama
Er macht mich wirklich glücklich, *jedyna moja*. Mit ihm habe ich das Gefühl, endlich zur Ruhe kommen zu können. Mir ist klar, dass mein Beziehungsleben für dich oft nicht

einfach war, aber ich wollte mich nicht zufrieden geben, ehe ich den perfekten Mann für mich gefunden habe. Wir alle verdienen nicht weniger als das größtmögliche Glück, egal, ob wir polnische Reinigungskräfte oder Prinzessinnen sind.

Mama
Gibt dir dein Henio dieses Gefühl?

Auf diese Nachrichten habe ich nicht mehr geantwortet, weil ich bei Herzog gewesen bin und während der Arbeit nicht riskieren will, in Tränen auszubrechen. Sentimental berührt von Nadja Sobieska, so weit kommt's noch! Also habe ich mein Handy für den restlichen Tag verbannt und mich so gut wie möglich auf meinen Job konzentriert. Und nicht auf ihre Frage, die seitdem durch meinen Kopf rotiert. *Gibt mir Henry dieses Gefühl?*

»Na, hallo!«

Ich bleibe wie angewurzelt stehen, als jäh dieser überraschte Ausruf erklingt und mich aus meinen Gedanken reißt. Gerade habe ich die Ausstellungsräume im Auktionshaus durchquert, einen Stapel schmaler Ausstellungskataloge unter dem Arm, die überall frei für Interessenten ausliegen. Statt, wie geplant, die Kataloge nachzufüllen, bin ich beinahe in Fabian gelaufen, der mich jetzt verschmitzt angrinst. Keine Ahnung, wie ich übersehen konnte, dass er direkt auf mich zugesteuert ist.

»Hey! Entschuldige, ich habe dich gar nicht bemerkt.« Irritiert über mich selbst und meine Gedankenlosigkeit schüttele ich den Kopf.

Fabi presst sich amüsiert eine Hand vor die Brust. »Autsch, der hat gesessen!«

Normalerweise wäre das mein Einsatz, um zu lachen und ein wenig mit den Wimpern zu klimpern, aber nicht mal dazu bin ich in der Laune. Verdammt seien Henry und das Gefühl, ihm in den Rücken zu fallen! Er erlaubt mir, keine Macht über ihn zu haben, und hat mich im Gegenzug dermaßen in der Mangel, dass es fast lachhaft ist. Tragikomisch, wirklich wahr.

»Was bringt dich denn zu Herzog?«, will ich schließlich von Fabian wissen, um keine seltsame Stille zwischen uns aufkommen zu lassen.

Er hebt eine Mappe aus Naturpapier hoch und wackelt vielsagend damit. »Mein Vater hat ein Gemälde zum Verkauf eingeliefert und mich gebeten, in meiner Mittagspause ein paar Papiere vorbeizubringen, die für die Provi… verdammt, wie heißt das noch mal?«

»Provenienz«, sage ich wie aus der Pistole geschossen und erst im nächsten Moment wird mir klar, dass ich keine Sekunde über den Fachbegriff nachdenken musste. Etwas, das sich Anfang März wie eine Geheimsprache angehört hat, deren Regeln ich nie lernen würde, geht mir langsam aber sicher in Fleisch und Blut über. Wie so vieles im Auktionshaus. Allmählich werden die Arbeitstage zu einer vertrauten Routine und obwohl ich mir nicht vorstellen kann, diesen Assistenzjob auf ewig auszuüben, liebe ich ihn gerade mehr, als ich dachte. *Brauche* ihn mehr, als ich dachte. Denn ich lerne dabei etwas über mich, das dem widerspricht, was ich bisher immer so pessimistisch angenommen habe: Ich kann in einem Beruf bestehen und es gibt Dinge, in denen ich gut bin. Ich muss nicht alles faken und vielleicht sind das

Einsichten, auf die ich in Zukunft aufbauen kann. Um irgendetwas zu finden, das meins ist.

Hätte Henry das mitbekommen, würde er bestimmt stolz schmunzeln und mir erklären, dass … Stopp! Keine Gedanken an Henry, den Unwürdigen!

Meine Miene muss sich ziemlich verfinstert haben, denn Fabi wirkt besorgt. »Ich will dir nicht zu nahe treten, aber alles gut bei dir? Du siehst ein wenig …«

»… fertig aus?«, komme ich ihm zu Hilfe, weil er sichtlich um ein passendes Wort ringt und ich ihm die Verlegenheit ersparen will, die Wahrheit aussprechen zu müssen. Mir ist klar, dass ich schon mal energiegeladener und frischer ausgesehen habe.

»Neben der Spur, wollte ich sagen.« Leicht betreten kratzt er sich am Kopf und mustert mich weiterhin, als würde er sich *wirklich* Gedanken über mein Wohlbefinden machen. Dabei kennen wir uns gar nicht so gut.

»Sag mal, nachdem ich diese Provi-Dingsda-Unterlagen abgegeben habe, will ich ums Eck noch schnell was essen. Willst du mitkommen?«

Kurz zögere ich. Die letzten Tage ist mir nicht nach Gesellschaft gewesen, was Lilli und Hugo in der WG instinktiv gespürt haben, sodass sie mir den Freiraum gelassen haben, den ich brauche. Ich habe mich zurückgezogen, ziellos über Henry gegrübelt, nicht fähig, mich meinen engsten Freunden anzuvertrauen. Wahrscheinlich hätten sie mir zu Recht ein *Haben wir es dir nicht gesagt?* um die Ohren geworfen und dazu bin ich noch nicht bereit gewesen. Allerdings merke ich allmählich, dass mir Gesellschaft fehlt, und womöglich wäre ein oberflächlicher Bekannter wie Fabi, der nur plaudern will, genau das Richtige. Also nicke ich.

»Ich gehe schnell in mein Büro und hole meine Sachen. Bei wem sollst du die Mappe abgeben? Ich kann sie direkt mitnehmen und auf dem Weg abliefern.«

Fünfzehn Minuten später sitzen wir im grünen Innenhof der Residenzpassagen – ein herrlich versteckter Rückzugsort, nur ein paar Schritte von Herzog entfernt. Ich habe das kleine Café mit Mittagskarte erst vor Kurzem entdeckt und komme mindestens einmal die Woche her. Jetzt, wo die Temperaturen stetig wärmer werden, lässt sich eine Pause hervorragend unter den Bäumen verbringen, die mitten in der Innenstadt eine unerwartete Oase schaffen. Auch Fabi sieht sich anerkennend um. Ich entspanne mich gerade ein wenig, als die Besitzerin des Cafés mit den Getränken zu unserem Tisch kommt.

»Hallo«, grüßt sie mich freundlich, ehe ihr Blick zu Fabi huscht. »Ah, heute gar nicht mit deinem Freund hier?«

Sie klingt nicht wertend, dennoch verkrampft sich angesichts dieser simplen Feststellung alles in mir. Henry ist in letzter Zeit häufig von der Redaktion am Isartor rübergekommen, um mit mir zu Mittag zu essen – in erster Linie, damit wir mehr Pärchencontent für Insta produzieren konnten –, und irgendwie haben wir uns zu neuen Stammgästen im Passagencafé entwickelt. Darauf aufmerksam gemacht zu werden, dass Henry heute fehlt, sticht erbarmungslos in meiner Brust.

»Er ist, ähm … beschäftigt.« Ich versuche es mit einem Lächeln, auch wenn ich damit kläglich scheitern werde.

Als die Frau verschwunden ist, beugt sich Fabi vor und

mustert mich wieder auf diese aufmerksame Art wie vorhin im Auktionshaus. Vielleicht ist es doch ein Fehler gewesen, mit ihm die Mittagspause zu verbringen. Scheint so, als wäre meine Misere selbst für flüchtige Bekannte wie ihn leicht an meinem Gesicht abzulesen.

»Ich will nicht stochern und wir kennen uns definitiv nicht gut genug, um über unser jeweiliges Beziehungsleben zu quatschen, aber ist bei dir und Henry alles in Ordnung?«

Ehrlich ratlos und zu erschöpft, um mir eine überzeugende Ausrede einfallen zu lassen, rühre ich in meinem Iced Coffee und zucke mit den Schultern. Ich möchte nicht *zu* verwirrt und niedergeschlagen aussehen.

Fabi fährt sich durch die kurzen rotblonden Haare. »Wenn du darüber reden willst, ich meine … manchmal sind Außenstehende genau das Richtige? Jemand, der die Dinge neutral betrachten kann und so.«

Ich werfe ihm einen bedeutungsschweren Blick zu. »Erklärst du dich wirklich bereit, dir Gefühlsgesülze von mir anzuhören?«

»Du siehst aus, als würde dir etwas auf dem Herzen liegen, und ich bin kein Arsch, der so etwas ignoriert. Außerdem sagen meine Schwestern, dass ich ziemlich gute Ratschläge gebe.«

Das entlockt mir tatsächlich ein kleines, aufrichtiges Lächeln. »Na, wenn deine Schwestern das sagen.« Ich seufze tief und schaue zum Blätterdach über uns, das in einer sanften Brise raschelt. Offen gestanden fühlt es sich komisch an, mit ihm über Henry zu reden, aber vielleicht kann ich es wie einen Probelauf betrachten, bevor ich mich den anderen anvertraue. Sehen, was er davon hält und so. »Also, ähm, Henry ignoriert mich seit gut einer Woche und ich *hasse* es, obwohl ich rein logisch weiß, dass ich es nicht tun sollte. Ich meine … Kennst du das, wenn sich jemand in dein Leben schleicht und plötzlich so viel mehr Platz darin beansprucht, als du ihm je geben wolltest? So war das nicht vereinbart!«

Konzentriert runzelt Fabi die Stirn – er gibt sich sichtlich Mühe, meinem Gebrabbel zu folgen. »Vereinbart? Ist das zwischen euch eher eine Situationship? Friends with benefits? Sorry, ich bin nur verwirrt, da alles, was ich von euch mitbekomme, nach *Wir sind verliebt bis in die Ewigkeit und wollen nie mehr ohne einander sein* aussieht. Irgendwie passt das nicht ganz zusammen.«

Natürlich passt nichts von alledem zusammen, weil wir aufs Desaster zusteuern! Ein Deal, eine Fake Beziehung, die so simpel hätte sein sollen, läuft für mich vollkommen aus dem Ruder. Und auf einmal fühlen sich Dinge echt an, die sich nie hätten echt anfühlen dürfen. In mir erwachen Wünsche, die in unserem Arrangement nichts zu suchen haben. Für ihn da zu sein, wenn er gerade unübersehbar am Rande eines Zusammenbruchs steht. Und das Gefühl haben, mein Herz sei angeknackst, seit er mich so vehement abgewiesen hat.

»Das Problem ist, dass wir nur vorgeben, ein Paar zu sein«, platzt es ungeplant aus mir heraus. Denn welchen Sinn hat dieses Gespräch, wenn ich es Fabi nicht erzähle?

Dieser wirkt wie vom Donner gerührt. »Ihr, was? Alter Schwede, ernsthaft? Das hätte ich nicht gedacht! Warum tut ihr das?«

Ganz knapp gebe ich ihm einen Abriss meiner Motivation – Papas Ansprüche, der Wunsch, ihn zufriedenzustellen, und Fabi nickt, als wüsste er genau, wovon ich spreche.

Vielleicht habe ich soeben einen Leidensgenossen im Department Daddy Issues gefunden. Allein das ist ein Win.

»Die Sache ist die«, fahre ich schließlich fort. »Ich weiß, dass wir uns ständig sehen und gemeinsam in der Öffentlichkeit zeigen, um alle davon zu überzeugen, dass wir wirklich ein Paar sind. Und du hast gerade gezeigt, wie gut wir darin sind. So gut, dass die Linien selbst für mich irgendwie verschwimmen. Was ich fühle, kommt mir so *echt* vor und nicht wie etwas, das ich inszeniere, um ein gutes Bild abzugeben. Weißt du, was ich meine?«

Fabi nickt. »Wusstest du, dass Albträume oft deshalb so real erscheinen, weil sie es für das Gehirn auch sind? Es erkennt nicht, dass es sich nur um Illusionen und künstliche Szenarien handelt, sondern glaubt, dass wir tatsächlich in Gefahr schweben. Es kann fake und echt nicht unterscheiden. Möglich, dass es bei dir dasselbe ist.«

Mokant ziehe ich eine Braue hoch. »Wow, ich wusste nicht, dass ich mich auf eine tiefenpsychologische Analyse einlasse, wenn ich mit dir quatsche.«

»Wirtschaftspsychologie im Nebenfach muss sich ja irgendwie auszahlen. Allerdings ist das ein Fakt, den ich auf TikTok aufgeschnappt habe.«

Wir lachen beide und ich bin so dankbar für die Leichtigkeit, die er mir in diesem Gespräch gibt. Vielleicht könnte Fabian wirklich ein guter Freund werden.

Ein Weilchen beschäftigen wir uns mit unseren getoasteten Sandwiches, die schon viel zu lange unangetastet vor uns liegen, dann wage ich einen weiteren Vorstoß in Sachen Seelenstriptease. »Henry ging es letzte Woche nicht gut und als ich ihm meine Hilfe angeboten habe, hat er mich abgewiesen. Seitdem herrscht Funkstille und obwohl jetzt eigentlich der Zeitpunkt wäre, ihn zum Teufel zu jagen, kann ich es einfach nicht. Ich vermisse ihn und denke ununterbrochen an ihn.«

»Weiß er es?«, fragt Fabi, nachdem er seinen Bissen heruntergeschluckt hat.

»Was?«

»Dass sich für dich etwas geändert hat? Dass du nicht mehr vortäuschen willst, seine Freundin zu sein, sondern es ernst meinst? Hast du ihm das gesagt, bevor du von ihm verlangt hast, dir seine Probleme anzuvertrauen?«

Mein Mund öffnet sich, hundert verschiedene Erwiderungen in petto, ohne dass es eine einzige über meine Lippen schafft. Diese simplen Fragen erwischen mich eiskalt und eröffnen mir eine Perspektive auf die Situation, die ich bisher nicht in Betracht gezogen habe. Kann es … kann es sein, dass Henry echt keine Ahnung hat? Dass er nicht gemerkt hat, wie sich zwischen den ruhigen Stunden in seinem Bett und den selbst gebackenen Kuchen so viel für *mich* verändert hat? Dass es mir ernst ist und kein Spiel, wenn ich dem Drang nachgebe, für ihn da sein zu wollen? Dass er mit all seinen Schattenseiten bei mir sicher sein kann, wenn er mich lässt? Über ihn habe ich sogar meine bisherigen Wunschvorstellungen an eine Beziehung über den Haufen geworfen und denke nicht länger daran, dass ich mir immer einen Geschäftsmann mit *sleekem* Image gewünscht habe. Keinen gebrochenen Künstler, der mir mit seiner Intensität so unter die Haut geht und Chaos mit sich bringt statt der stabilen Langeweile, die ich stets gesucht habe. Dennoch liebe ich jede Sekunde davon. *Brauche* jede Sekunde davon.

Natürlich weiß er das nicht. Woher auch?

»Fabi, ich glaube, damit hast du einen Punkt.«

Süffisant zieht er eine Braue hoch. »Dazu neige ich, danke. Aber womit genau?«

Zu baff, um gegen seine Selbstgefälligkeit zurückzufeuern, murmele ich: »Wie soll *er* es wissen, wenn es mir selbst nicht klar gewesen ist?«

»Vollkommen richtig. Vergiss nicht, dass wir Kerle begriffsstutzige Deppen sind. Wir erkennen eine gute Sache oft erst, nachdem es zu spät ist, und schon gar nicht, wenn wir sie direkt vor unserer Nase haben.«

Nicht nur Kerle, denke ich selbstkritisch und schiebe energisch das Kinn vor. »Was soll ich tun? Bisher bin ich zu stolz gewesen, den ersten Schritt zu tun, und …«

»Stolz ist Gift für die Liebe – den habe ich aus einem Glückskeks, nur für die Akten –, also wirf dir dein Ego über die Schulter, lass die mäkelige Bitch zappeln und marschier los, um dir deinen Kerl zu holen!«

Ich will genau das tun – scheiß drauf, dass ich noch mindestens vier Stunden im Büro vor mir habe –, aber eine etwas zu schrille Stimme erstickt mein impulsives Vorhaben.

»O mein Gott, erwischt!«

Fabi und ich reißen die Köpfe herum, als niemand anderes als Marlisa durch die Passage zwischen den Gebäuden ringsum gestöckelt kommt. Ihr Auftauchen sollte mich nicht überraschen; es sind zu viele friedvolle Tage vergangen, in denen ich sie nicht gesehen habe. Sie stolziert strahlend auf uns zu, einen Jutebeutel mit dem Logo von CV um die Schulter geschlungen und ihr Handy im Anschlag.

»Ha, ha, ihr zwei! Ich sollte direkt *muenchner_kindel* schreiben, dass ich euch gespottet habe. Wird Henry das gefallen, Schwesterherz? Dass du ganz lauschig mit jemand anderem beim Lunch sitzt und Händchen hältst?«

Mein Blick schnellt zur Tischplatte, auf der Fabis und meine Unterarme *casual* ruhen, unsere Hände mehrere respektable Zentimeter voneinander entfernt. Wenn man jedoch von Marlisas Standpunkt aus ein Bild aus dem richtigen Winkel machen würde, könnte es durch die herumstehenden Teller und Gläser vielleicht so aussehen, als würden wir uns berühren. Und das kleine Biest hält noch immer ihr Handy auf uns, als würde sie uns filmen.

Also lächele ich übertrieben süß in die Kamera. »Hi, *muenchner_kindel,* ich möchte Henry grüßen, der wie ich reif und selbstbewusst genug in dieser Beziehung ist, um sich nicht davon stören zu lassen, dass ich mit einem Freund zu Mittag esse. Wer weiß, vielleicht wartet ja schon der nächste *Skandal* für euch, wenn ihr feststellt, dass auch Henry seine Pausen mit anderen Frauen verbringt? Arbeitskolleginnen vielleicht? Da lässt sich bestimmt was für die Reichweite ausschlachten.« Ich zwinkere und Fabi bricht in schallendes Gelächter aus.

»Gott, ihr zwei macht Witze, oder?« Prustend sieht er zu Marlisa, die ihre säuerliche Miene nur schwer verbergen kann. »Du würdest deine Schwester nicht ernsthaft bei diesen Klatschtanten anschwärzen?«

Eine winzige Sekunde, die mir verrät, dass sie durchaus *würde* und auch schon hat, zögert sie. Dann stimmt sie in sein Gelächter ein. »Quatsch! Ich liebe es nur, Nova zu ärgern. Sie und Henry sind ja so süüüß!« Ungefragt pflanzt sie sich auf einen der freien Stühle an unserem Platz und überschlägt die langen Beine. Ich bemerke, dass Fabi sie aus den Augenwinkeln beobachtet, und Marlisa macht eine Show daraus, ihren blonden Pferdeschwanz über die Schulter zu werfen.

Mir ist klar, dass ich einen netten Kerl wie Fabian vor meiner Schwester warnen sollte, andererseits … wenn sie ihn sich krallt, ist es für Papa vielleicht endgültig vom Tisch, dass ich Henry für ihn in den Wind schießen sollte. Also lehne ich mich zurück, nippe an meinem Kaffee und verfolge entspannt, wie Marlisa alle Geschütze auffährt, weil sie davon ausgeht, mir eins auswischen zu können, wenn sie mir Fabi unter der Nase ausspannt.

23

Henry

»Weißt du, Arschgesicht, ich hätte wirklich nicht erwartet, dich kaum ein halbes Jahr später genau wie mich hier sitzen zu sehen.«

Träge hebe ich den Blick von meinem Teller und sehe in die ungefähre Richtung meines Bruders, weil ich es nicht packe, ihm in die besserwisserischen Augen zu schauen. Vincent lehnt an der Kücheninsel mir gegenüber und ist vor etwa dreißig Minuten in der Villa aufgetaucht – unangekündigt und mit zwei Tüten von Burger King unter dem Arm.

Mit einer Fritte zeige ich anklagend auf ihn, aber das Teil ist so labberig, dass es wie ein trauriger Blumenstängel nach unten knickt und den beabsichtigten Effekt ruiniert. »Falsch. Erstens habe *ich* dich stilecht mit Mäcces versorgt – Burger King kann da einfach nicht mithalten, tut mir leid. Zweitens bin ich nicht so gottlos verkatert wie du letzten Herbst. Und drittens hattest *du* Liebeskummer und ich …« Mir geht die Luft aus und ich stopfe mir Pommes in den Mund, um es zu überspielen. Keinesfalls liegt es daran, dass mir die Worte fehlen, um meinen aktuellen Zustand zu beschreiben.

»Ja, du?« Interessiert lehnt sich Vincent vor und schwenkt seinen Pappbecher Cola mit einer noblen Eleganz, als wäre es ein Glas edelsten *Mouton-Rothschilds*.

»Ich«, brumme ich komplett gegenteilig mit vollem Mund, »durchlebe eine simple Krise.«

»Ach, nennt man das so, wenn man sich selbst bemitleidet und wie ein trotziges Kleinkind in seinem Zimmer einschließt, anstatt mit jemandem zu reden?«

Verärgert kneife ich die Lider zusammen. »Hat Nova bei dir gepetzt oder was?«

Vincent wirkt ehrlich überrascht. »Nova? Was soll sie mir gepetzt haben? Oh, fuck.« In Sekundenschnelle breitet sich ein Ausdruck des Verstehens auf seinem Gesicht aus. »Sie hat nicht auf mich gehört und ist letztens hier gewesen, oder?«

»Was soll das heißen, *nicht auf dich gehört*?« Ich verzichte auf den Hinweis, dass Hypernova eine Frau ist, die sich von niemandem etwas sagen lässt. Das sollte er eigentlich wissen, wo er viel länger mit ihr befreundet ist, als ich es je war.

»Sie hat mir letzte Woche Freitag geschrieben, ob ich wüsste, ob mit dir alles in Ordnung ist, weil du nicht auf ihre Nachrichten reagiert hast«, erklärt er mit einem Seufzen, das ihn wie einen erschöpften, alten Mann klingen lässt, der es leid ist, dass niemand auf seine Ratschläge hört. »Ich hab's erst abgewinkt, doch dann mit Dad geredet und *well* … Er ist damit herausgerückt, dass ihr euch über deine Kunst gestritten habt. Da war mir sofort klar, dass du *wirklich* abgefuckt sein musstest, und ich habe ihr geraten, nicht direkt zu dir zu rennen. Ich kenne Nova, sie ist impulsiv und will den Leuten, die ihr am Herzen liegen, sofort zu Hilfe eilen.«

Vincent *ist* an diesem Freitag noch bei mir gewesen, nachdem Nova schon seit Stunden weg war, ohne dass er einen

Ton darüber verloren hat. Stattdessen hat er sich an meiner Arschigkeit abgearbeitet, bis er mich aus dem destruktiven Strudel aus Selbsthass, Erinnerungen und Schaffensdrang gezogen hat. Niemand kann das so gut wie er, auch … wenn Nova ebenfalls zu mir durchgedrungen ist. Zu einem Zeitpunkt, in dem ich so komplett in meinem eigenen Kopf und den Abgründen, in die mein Vater mich gerissen hat, gefangen gewesen bin. Ihre rauchige Stimme und die Art, wie sie mich auf Polnisch *Mistkerl* genannt hat, haben mich wie ein Angelhaken herausgezogen. Zumindest so lange, bis mich ihre Fragen und die Panik wieder ertränkt haben. Die Aussicht, ihr anzuvertrauen, *wie* kaputt ich tief im Kern bin, wie viele *Issues* und verdrängte, wenn auch nie geheilte Traumata ich mit mir herumschleppe, hat mich durchdrehen lassen. Ich bin gut genug an der Oberfläche, doch niemals, *niemals* voll und ganz. Ihre Narben sind Kunstwerke, die von Stärke und Durchhaltevermögen sprechen, meine sind nur schön, weil ich sie mit Tattoos überdecke. Bilder, gegen die ich manchmal Ressentiments hege, da andere Künstler sie gemalt haben, während ich die Hölle durchlebe, wenn ich mich dieser Leidenschaft widme.

»Ganz bestimmt *liege ich Nova nicht am Herzen*«, ätze ich schließlich, denn allein die Vorstellung ist … *absurd*. Vincent liebt mich, weil er mein Bruder ist, das ist praktisch eine genetische Verpflichtung. Aber alle anderen? Sie haben mir immer und immer wieder bewiesen, dass ich es nicht wert bin. Ich will kein weinerlicher Sack sein, ich habe mich damit abgefunden. Die Sache ist nur die: Wenn es nicht einmal die eigenen Eltern schaffen, mich zu lieben, besteht keine Hoffnung für den Rest, oder? Es liegt an mir und wenn ich Nova jetzt wegstoße, beschleunige ich nur einen Prozess, der unvermeidlich eintreten wird. Wir ziehen unsere Abmachung durch, ihr Vater beendet seine Geschäfte in der Stadt und verpisst sich zurück nach Hamburg, Nova setzt einen Haken hinter mich. Easy.

Vincent betrachtet mich mit schwer lesbarer Miene – irgendetwas zwischen diesem gruseligen Großer-Bruder-Level an Scharfsichtigkeit, mit der er schon immer meinen Bullshit durchschauen konnte, und … klammheimlichem Amüsement. Der Arsch amüsiert sich über mich? Na, besten Dank auch, Bro.

»Regel Nummer eins im Umgang mit Frauen: Gehe niemals, absolut *niemals*, davon aus zu wissen, was sie denken oder fühlen *könnten*. Wir sind Kerle, Henry, wir haben nicht die geringste Ahnung, was in ihren Köpfen vorgeht, und glaub mir, Vermutungen anzustellen, bringt dich auf direktem Weg mit dem Arsch auf Grundeis.«

Mit mehr Aggression als nötig beiße ich in meinen Cheeseburger, um beschäftigt zu sein. Er hat gut reden mit seiner Freundin, der er jeden Wunsch von den Augen ablesen kann und die seine *fucking* Seelenverwandte ist. Bei Nova erkenne ich die meiste Zeit ja kaum, ob sie mich überhaupt mag oder mich bloß duldet, weil das für sie zum Deal gehört.

»*Anyway*, wie ist dein Status mit Dad?« Wow, Vinnie, direkt von einem Minenfeld ins nächste gehüpft? Danke für die Verschnaufpause.

»Was soll mit ihm sein?« Ich bin defensiv, ich bin ein Wichser, ich kann mich selbst nicht ausstehen. Aber die Enge in meiner Brust ist so überwältigend, dass ich um mich schlagen muss. So habe ich wenigstens die Illusion, das Engegefühl abschütteln zu können.

»Er hat angedeutet, dass er bei dir reingeschaut und dich

beim Zeichnen gesehen hat. Und … du bist direkt *ausgeflippt*?«

Höhnisch lache ich auf. »Schön, wie leicht er es sich macht, wenn er mit dir redet. Ich bin nicht einfach so ausgeflippt, nachdem er gesehen hat, dass ich an Arbeiten sitze. Es ist passiert, als er sofort davon gefaselt hat, dass es ja so werden könnte wie früher. Da hat er direkt Eurozeichen in den Augen gehabt, weil er sich vorgestellt hat, mich wieder wie einen Schrottwagen, der noch ein paar *fucking* Restteile hergibt, ausschlachten zu können.« Ich bin mir verdammt sicher, dass er in diesem Moment an nichts anderes gedacht hat, und es fühlt sich doppelt bitter an, nachdem er in letzter Zeit häufiger versucht hat, sich bei mir einzuschleimen. So getan hat, als würde er sich für *mich* interessieren, es sogar geschafft hat, mich ein wenig weichzuklopfen, nur um dann sein wahres, gieriges Gesicht zu zeigen. Für mich gibt es, was das angeht, keinen Zweifel.

Vincent runzelt die Stirn. »Ich glaube, du hast das in den falschen Hals bekommen. Was er mir erzählt hat, hatte den Anschein, als wäre er überwältigt davon gewesen, dich mit Stift und Papier zu sehen. Wahrscheinlich war er zu ungeschickt, um es dir so zu sagen, wie er es meinte, aber Henry, der Mann hat fast geweint, als er mir davon erzählt hat. Das waren keine Eurozeichen in seinen Augen, sondern *Freudentränen.*«

Ich starre meinen Bruder an, einen Moment sprachlos angesichts dessen, was da aus seinem Mund gekommen ist. Stellt er sich auf Dads Seite? *Gegen mich?* In all dem Abfuck, der unser Leben ist, hat es immer diese eine unverrückbare Gewissheit für mich gegeben: Vinnie und ich gegen den Rest. Besonders Dad. Ich weiß, dass die beiden sich wieder angenähert haben, dennoch ist Vincent mir gegenüber nie so weit gegangen, Dad in Schutz zu nehmen.

»Das ist Bullshit!«, brause ich auf. »Seit wann verbrüderst du dich mit ihm?«

»Seitdem ich angefangen habe, mich dem Scheiß aus der Vergangenheit zu stellen! Seitdem ich erkannt habe, dass es uns *kaputtmacht*, es weiter mit uns rumzuschleppen wie Giftmüll, der uns jeden Tag mehr verpestet, weil wir den Erinnerungen die Macht dazu geben!« Vincent schlägt mit der flachen Hand auf die Arbeitsfläche und gibt keinen Millimeter nach. Er trotzt mir, wie der Fels in der Brandung, der er schon immer gewesen ist. »Es tut weh, *Hen*, das leugne ich nicht, doch anders kann es nicht besser werden. *Deswegen* nerve ich so, Mama zu besuchen. Wir müssen diese Wunde ausbrennen, bevor sie sich schließt!« Er stockt und holt kopfschüttelnd Luft. »Wir können nicht ungeschehen machen, was Dad damals getan hat, wie er uns abgeschoben und die falschen Entscheidungen getroffen hat. Aber er weiß das und er würde es gern besser machen, wenn du ihn lässt. Er ist … kein durch und durch schlechter Mann. Er liebt uns.«

Es ihn besser machen lassen … Davon spüre ich sehr viel, wenn ich die meiste Zeit allein in diesem Haus hocke. Weil Dad mitunter wochenlang unterwegs ist und dann erwartet, dass ich mit ihm rede, sobald er sich mal herbequemt? Ist das seine Vorstellung von *uns lieben*? Sorry, ich bin mir zu schade, um für die Krumen dankbar zu sein, die mir unser Vater hinwirft. So sieht es nicht aus, wenn man *sich Mühe gibt.*

Unfähig, etwas zu antworten, schüttele ich den Kopf. So heftig, dass ich das Gefühl habe, mein Hirn würde jeden

Moment gegen meine Schädeldecke klatschen, aber genau das wäre mir recht. Die Gedanken verscheuchen und nach über einer Woche endlich wieder so etwas wie Frieden spüren. Sollte das, was Dad für uns empfindet, Liebe sein, will ich sie nicht. Dann wäre Liebe genau der Wichser, den ich schon immer in ihr gesehen habe.

»Ich kann nicht«, ist schließlich alles, was ich herausbringe.

Vincent mustert mich, das Gesicht neutral, auch wenn ich den Anflug von Enttäuschung rund um seinen Mund bemerke. »Kannst du nicht oder willst du nicht? Das ist ein Unterschied, über den du nachdenken solltest, Hen.«

Vincent ist seit geraumer Zeit fort, zurück in seinem Leben, das er von diesem Ort losreißen konnte. Der Villa. Während ich … mich irgendwie verbissen daran klammere und damit das zerreißende Hin und Her von Beklemmung und Sicherheit auf mich nehme, das mir mein Zuhause gibt. Beklemmung, weil hier die schlimmsten Erinnerungen meines Lebens ruhen, und Sicherheit, weil ich mich lieber den mir vertrauten Dämonen stelle als denen, die jenseits des laubbewachsenen Gemäuers lauern.

Seit etwa einer Stunde laufe ich in meinem Schlafzimmer auf und ab und nicht einmal die Glasdecke macht heute einen Unterschied, dabei gibt sie mir sonst immer ein Gefühl von Leichtigkeit, wenn mich die Wände dieses Hauses einzukesseln drohen. Sie zeigt mir einen perlgrauen Himmel, den ich so gern mit Farben füllen würde. Wenn ich könnte, würde ich ein Deckengemälde schaffen, so verworren und komplex, dass ich es ewig betrachten könnte, um neue

Details zu entdecken. Stattdessen bin ich getrieben, wie ein Tier, das aus seinem Käfig möchte und sich gleichzeitig nicht traut, durch die offen stehende Tür zu treten. Lieber drehe ich Runden, in der Hoffnung, ein wenig von dieser Unruhe abschütteln zu können. Dabei weiß ich insgeheim, wohin mich meine Füße tragen wollen. Zu Nova.

Nova, die hergekommen ist, als sie sich Sorgen um mich gemacht hat, obwohl unser Arrangement das nicht von ihr verlangt hätte.

Nova, die ich weggestoßen habe, weil ich so ein Feigling bin und nicht weiß, wie ich damit umgehen soll, wenn sich jemand anderes als mein Bruder um mich sorgt.

Da ist einfach diese hartnäckige Überzeugung in mir, dass ich es nicht wert bin, gemischt mit der Furcht, sie abzustoßen, sollte sie mehr über mich erfahren. Gleichzeitig … will ich irgendwie, dass sie es weiß. Eine Woche ohne Kontakt zu ihr hat genügt, um mich dünnhäutig und übellaunig zu machen, und ich vermisse die Farben, die sie in mir wachruft. Farben, die für mich schon immer mit meinen Gefühlen gleichgestellt waren. Emotionen sind bunt für mich und mit Nova fühle ich das ganze Spektrum. Beruhigendes, tiefes Blau, zitronengelbe Freude, geerdetes Braun, frische, mintgrüne Leichtigkeit, violette Geborgenheit. Eine Zeit lang habe ich mir einreden können, dass sie nur meine Lust und Inspiration angesprochen hat, doch inzwischen wäre das eine glatte Lüge. Weil ich spüre, dass ohne sie so viel mehr fehlt. Weil ich nach einer Woche ohne sie Dinge vermisse, die weit über körperliche Bedürfnisse hinausgehen. Stattdessen gewinnt die Tintenschwärze die Oberhand, solange ich niedergeschlagen bin und ohne ihren blendend hellen Funkenschweif in meinem Leben.

Dabei habe ich ihr genau das letzten Freitag vorgeworfen, nachdem mich der Streit mit Dad so aus der Bahn geworfen hatte und ich die Erinnerungen nicht abschütteln konnte. Schwache Entschuldigungen für mein verdammt beschissenes Verhalten, aber ich will es ihr trotzdem erklären. Alles, um wiedergutzumachen, dass ich sie in dem Moment, in dem ich ihre Gesellschaft am dringendsten gebraucht habe, von mir gestoßen habe.

»Okay, Henry Édouard Saint Clair«, sage ich laut zu meinem blassen Spiegelbild an der Glasdecke. »Du ziehst jetzt den Kopf aus deinem Arsch und fährst zu Nova, um dich zu entschuldigen. Das kannst du!«

»Dein zweiter Vorname ist der meines Vaters? *Rany boskie*, das ist so ein Abturn! Warum habe ich das nicht gewusst?«

Mir entfährt ein schriller Aufschrei, der mir wahrscheinlich bis ans Ende meiner Tage peinlich sein wird, als Novas Stimme ohne Vorwarnung hinter mir ertönt. Ich wirbele herum, kurzzeitig überzeugt, sie sei eine Wahnvorstellung, da ich seit Stunden obsessiv an sie denke. Nun lehnt sie mit verschränkten Armen am Türrahmen und sieht … komplett angepisst aus. Nova hat null Toleranz für Bullshit und obwohl das eine der Eigenschaften ist, die ich am meisten an ihr schätze, ist es etwas einschüchternd, im Fokus dieser Kompromisslosigkeit zu stehen.

»Also«, sagt sie und schiebt fordernd die Hüfte vor. Kurz bin ich abgelenkt davon, wie fantastisch sie in simplen schwarzen Yogahosen aussieht. Nova schreckt nie davor zurück, eng anliegende oder offenherzige Kleidung zu tragen, und ich bete sie dafür an. Ihr Selbstbewusstsein, das sie in Bezug auf ihren Körper nach außen trägt, ist wie ein Aphrodisiakum, das die Anziehung, die sie ohnehin auf mich ausübt, um ein Zehnfaches verstärkt. Sie ist eine verdammte Naturgewalt, die manchmal wankt, sich aber niemals unterkriegen lässt. Während ich dazu neige, den Schwanz einzuziehen und mich vor der Konfrontation mit meiner Vergangenheit zu drücken, stellt sie sich den frustrierendsten Gegnern mit so viel unaufhörlichem Mut und Kampfeswillen, dass ich bloß bewundernd zusehen kann. Sie inspiriert mich nicht nur zur Kunst, sondern auch dazu, mir eine Scheibe von ihr abschneiden zu wollen. Mich meinen Dämonen zu stellen, nicht länger zu flüchten, nicht mehr dieser Schatten zu sein, der so lange gedacht hat, ausschließlich auf diese Art existieren zu können. Nova bietet dem Bullshit in ihrem Leben immer wieder die Stirn. Womöglich sollte ich das auch mal versuchen.

»Warum wusste ich nicht, dass du Eduard heißt?«

Ich brauche einen Moment, um abzuwägen, wie ich mich verhalten soll, nachdem ich sie das letzte Mal rausgeworfen habe. Aber sie macht es mir wie immer so unfassbar leicht, ich selbst zu sein, ungehemmt und ein bisschen roher, als ich es sonst jemandem zeige.

»Du hast nie gefragt«, sage ich deswegen mit einem Schulterzucken. »Außerdem ist es die französische Form. Édouard. Mit einem Accent auf dem E; nach Manet.«

»Und wenn es der Heilige Eduard persönlich wäre. Es ist einfach … *weird*.«

»Hätten wir einen Vertrag aufgesetzt, hättest du es vielleicht direkt erfahren. Ich benutze meinen vollen Namen eigentlich nur, wenn es um offizielle Dokumente oder Ähnliches geht.« *Oder um mir selbst einen Pep-Talk zu halten, von dem sie nichts hätte mitbekommen sollen. Was genau macht sie überhaupt hier?*

»Schön zu sehen, dass du wieder ganz der Alte bist und Witze reißen kannst. Du wolltest also endlich deinen Hintern hochkriegen, ehe ich dir zuvorgekommen bin?« Ihre grauen Augen funkeln mich an wie ein Sturm. »Eine Woche, Henry! Eine *fucking* beschissene Woche, in der du mich ignoriert hast! Glaub nicht, dass ich dich deswegen so schnell von der Angel lasse. Vermutlich sollte mich dein Zweitname nicht überraschen, denn das war erstklassiges Eduard-Verhalten.«

Eine seltsame eisige Wut legt sich über mich, wie Raureif, dessen Kälte meine Haut verbrennt und rasend tiefer dringt, bis meine Knochen davon klirren. Mit zwei großen Schritten bin ich bei Nova. Scheiß drauf, dass ich vor wenigen Minuten noch demütig vor ihr zu Kreuze kriechen wollte, das muss warten, bis ich das hier geklärt habe. »Hast du mich ernsthaft mit ihm verglichen?«

Stur reckt Nova das Kinn, die Unnachgiebigkeit in jede Linie ihres Gesichts gegraben. Ich kenne das Vorurteil, dass osteuropäische Menschen oft emotionskalt und eisern wirken, und in meinen Augen ist es ein Klischee – eines, dem sie gerade verdammt nahe kommt, denn sie wirkt wie eine menschgewordene Betonmauer, die es einzureißen gilt.

»Ja!«, grollt sie. »Denn *ich* bin selbstreflektiert genug, um zu wissen, was sein Verhalten mit mir macht. Und obwohl ich ihm ausgeliefert bin, weil er mein Vater ist und nie aufhören wird, das zu sein, kann ich gleichzeitig bei anderen Menschen Grenzen ziehen, wenn sie dasselbe tun.« Ihr Finger schießt vor und sie bohrt einen spitzen Nagel in meine Brust. »Ich akzeptiere es nicht, zur Seite geworfen zu werden, sobald ich unbequem werde. Ich nehme es nicht hin, ignoriert zu werden. Und vor allem lasse ich es nicht zu, dass auf meinen Gefühlen herumgetrampelt wird, wenn ich sowieso eine beschissen schwere Zeit damit habe, sie mir überhaupt einzugestehen. Also ja, ich konfrontiere dich mit deinem Verhalten, Henry, und lasse es dich wissen, wenn du dasselbe mit mir machst wie Eduard *fucking* Bornkamp!«

Ich *bin* wütend, aber vor allen Dingen hasse ich mich selbst. Weil ich mir eingestehen muss, dass ich genau das, was sie mir vorwirft, gemacht habe. Mit ihr … und auch mit mir, wenn ich ehrlich bin. Alles, was ich bisher über ihren Vater erfahren habe, ruft nichts als Abneigung in mir hervor und ich habe es wirklich fertiggebracht, sie an ihn zu erinnern, sie dieselbe Ablehnung spüren zu lassen, die ihr von ihm immer wieder entgegenschlägt. Eduard bricht seine Tochter ohne Ende, es gelingt ihm, bei der Frau mit dem Rückgrat aus Diamant und ich schäme mich zutiefst, dass sie mich mit ihm vergleichen muss. Weil … weil es sich nicht länger nach faken anfühlt, nicht wie ein Arrangement, hinter das sich ein Haken setzen ließe. Ich fürchte, ich bin schon *too far gone*, um hinter Nova noch etwas anderes außer einem verdammten Ausrufezeichen verzeichnen zu können. Weil ich sie will, mit allen Konsequenzen.

»Ich möchte nicht wie er sein«, presse ich zwischen zusammengebissenen Zähnen hervor. »Ich *bin nicht* wie er.«

Nova starrt mich an, unerbittlich und hart. »Dann beweise es mir.«

Bevor ich reagieren kann, legt sie eine Hand an meinen Nacken und zieht mich zu sich hinunter. Das Letzte, womit ich gerechnet habe, ist dieser Kuss, trotzdem zögere ich keine Sekunde. Unsere Münder kollidieren; heftig und so ungestüm, dass ihre Zähne gegen meine stoßen. Ich spüre keinen Schmerz und keine Zurückhaltung. Dringlichkeit pumpt durch meine Adern, als ich Nova entgegenkomme, sie fester gegen den Türrahmen schiebe und gleichzeitig ihre volle Unterlippe in meinen Mund sauge. Sie wimmert, krallt die Hand in meine Haare und ich erschaudere unter einem Ansturm von Lust, der mich trunken macht. Trunken von ihr. Dem Geschmack ihrer Lippen und der feuchten Hitze ihrer Zunge, die energisch vorstößt, kostet, plündert. Sie hat vom ersten Moment an diese Wirkung auf mich gehabt und wenn überhaupt möglich, wird der Rausch mit jedem Mal intensiver. Es hat mich sämtliche Zurückhaltung gekostet, ihr in den vergangenen Wochen nicht auf die Pelle zu rücken, das Vertrauen zwischen uns wachsen zu lassen, das essenziell ist, damit sie sich so weit fallen lassen kann, um zu kommen. Das ist mir so wichtig … denn ich will, dass sie dasselbe Hochgefühl spürt, das mich mit ihr erfasst. Ich will ihr ein Erlebnis bereiten, das sie nicht mehr vergisst, ihr huldigen, ihr Freude schenken. Nicht, weil mein Ego danach verlangt, sondern weil ich sie glücklich sehen will. Und zufrieden.

»Henry«, japst Nova irgendwann und zieht an meinen Haaren. Sie will den Kuss unterbrechen, doch ich kann nicht. Rein körperlich ist es mir nicht möglich aufzuhören und sei es nur, um zu atmen. Aus Novas Kehle dringt ein Laut, der mich an ein Schnurren erinnert; halb Stöhnen, halb resigniertes Kichern, als ich nicht nachgebe. Ihre Zunge streicht gegen meine, ich sauge sie in meinen Mund und verdrehe vor Genuss hinter meinen geschlossenen Lidern die Augen, bis … Nova ernst macht und den Kopf zurückzieht. Sie geht sogar so weit, mir die flache Hand vor den Mund zu pressen, was mich unwillkürlich lächeln lässt, aber nur so lange, bis ich den Ausdruck in ihren Augen bemerke.

Sie wirkt verschlagen und so, als plane sie die größtmöglichen Qualen für mich.

»Ich sage dir, wie es laufen wird, *mój książę*: Ich werde jetzt einen Orgasmus haben.«

Mein Puls geht durch die Decke. Erwartung lässt meine Bauchmuskeln zucken und ich bin bereit. So bereit, alles zu geben, um ihrem Kommando gerecht zu werden, dass ich lichterloh brenne.

»Und du darfst dabei zuschauen.«

Sie lässt die Hand von meinem Mund sinken, der sperrangelweit offen steht. »Du … Was?« Mir ist klar, dass ich stammele wie ein begriffsstutziger Tölpel. Fuck, sie hätte mich nicht eiskalter erwischen können.

Ihr Lächeln ist verschlagen, das einer Katze, die sich ihre Beute geschnappt hat und in aller Ruhe mit ihr spielen will. Und ich kann Nova nur benommen und überrumpelt beobachten, weil sie so schön ist, dass sie mich jederzeit in die Knie zwingen könnte. Wenn sie verlangen würde, dass ich nackt einen Irish Dance hinlege, ich würde es tun.

Selbstbewusst deutet sie auf den Sessel in der Zimmerecke, der normalerweise schändlich als Klamottenlager benutzt wird und heute glücklicherweise leer ist. »Zieh ihn näher zum Bett hin. Ans Fußende.«

»Und dann?«

»Setzt du dich und schaust zu. Die Hände auf den Armlehnen, ich will sie sehen können.«

Ein gequältes Stöhnen kriecht meine Kehle hinauf und sie grinst, ehe sie sich den leichten Cashmerepulli, den sie über der Yogahose trägt, über den Kopf zieht. Gott, sie meint das wirklich ernst und ich kann nichts gegen den elektrisierenden Rausch tun, der von mir Besitz ergreift.

Das Gefühl, die Kontrolle abzugeben, die passive Beobachterrolle einzunehmen, ist ganz neu, aber ich mag es. Gerade wird mir klar, dass ich alles machen würde, damit sie sich wohlfühlt und ihre Sexualität nach ihren Konditionen entfalten kann.

Also zerre ich den Sessel vors Bett und lasse mich hineinsinken, die Knie weit gespreizt, da es mir in meiner Hose definitiv schon unbequem wird, und bereit, mir die köstlichste Folter meines Lebens anzutun. »Du weißt, dass ich das auch wunderbar für dich tun könnte?« Da ich sie nicht anfassen darf, gleitet mein Blick hungrig über jeden Winkel, den sie freilegt. Ihre vollen, schweren Brüste, hochgedrückt von der hellrosa Spitze des BHs; die deutliche Kurve, die ihr Oberkörper zur Taille hin beschreibt, die satte Rundung ihrer Hüfte. Ich habe sie so oft nur berührt, dass ich ausgehungert danach bin, sie zu schmecken. Wie sehr doch die Dringlichkeit steigt, wenn einem eine Sache nicht erlaubt ist.

»Ich weiß, dass du das könntest«, gurrt sie und bückt sich, um sich die Hose von den Beinen zu schieben. Novas Beine sind lang und voll. Mir ist bewusst, dass die Cellulite und Dehnungsstreifen sie stören; anfangs hat sie sich jedes Mal leicht versteift, sobald ich sie dort berührt habe, aber ich habe ihr hartnäckig bewiesen, dass ich auf etwas, das andere Leute *Makel* nennen würden, einen Scheiß gebe. Sie ist überirdisch, eine blendende Hypernova, in so vielen Aspekten, und ich will jeden Teil von ihr. Und wenn es Parts gibt, die sie selbst nicht an sich schätzt, dann will ich diese umso energischer lieben. An ihrer Stelle. Weil alles an ihr es wert ist.

Nur noch in Unterwäsche klettert sie aufs Bett, lehnt sich in meine Kissen, die endlich wieder nach ihr riechen werden, nachdem sie zu lange nicht mehr hier gewesen ist.

»Du könntest das bestimmt«, greift sie die Worte von eben auf. »Aktuell hast du es dir allerdings nicht verdient. Ich bin ein Hauptpreis und du hast mich wie eine Niete behandelt. *Zły chłopak.*«

»Was bedeutet das?« Meine Finger krallen sich in die gepolsterten Lehnen des Sessels, als Nova ihre angewinkelten Beine langsam auseinanderdrückt. Sie sinkt tiefer in die Kissen, gestützt vom Kopfteil des Betts, und lässt mich sehen, wie sie sich öffnet. Der Steg ihres Höschens, farblich passend zu ihrem BH, bedeckt ihren Schritt, aber alles in mir dreht durch, als sie spielerisch mit den Fingern darüber streicht. Leicht reibt, wie um ein Gefühl für diese Region zu bekommen, die bei ihr so oft für unzufriedenes Stirnrunzeln sorgt.

»Böser Junge«, raunt sie und schiebt die Hand in ihren Slip, ohne die Augen auch nur eine Sekunde von mir zu nehmen.

Der Atem kommt mir inzwischen in schweren, aufgewühlten Zügen über die Lippen, meine Aufmerksamkeit einzig zwischen ihre Beine gerichtet, wo sie sich streichelt und ich verdammt noch mal zu wenig sehen kann. Mir ist bewusst, dass das ein Teil der Strafe ist, doch das macht die Situation nicht erträglicher. Ich bin längst steinhart, jede Bewegung von ihr, jeder stockende Atemzug schickt einen weiteren Blitz Verlangen in meine Leisten. Meine Erektion drängt ungeduldig gegen meine Boxerbriefs, die mir noch nie so eng vorgekommen sind, und ich will, nein, ich *brauche* Erleichterung. Eine Berührung, wenn es schon nicht ihre ist. Meine linke Hand landet auf meinem Schoß, auf der Ausbeulung in meiner grauen Jogginghose, und ich drücke zu. Ein Zischen entweicht mir, halb Schmerzenslaut, halb Genuss, und ich muss mich zwingen, die Augen offen zu halten. In dem Moment, in dem Nova bemerkt, was ich tue, hält sie inne.

»Hände auf die Armlehnen«, kommandiert sie rau und hakt die Daumen in den Bund ihres Höschens. Mein Mund wird trocken und ich kann mich nicht rühren. Ihrem Befehl nicht Folge leisten, weil ich wie hypnotisiert und in Erwartung erstarrt bin. Erwartung, dass sie sich den Slip gleich auszieht und ich sehen kann … Sie spielt mit dem spitzenbesetzten Bund, zieht ihn hoch, sodass ihr Höschen sich straff zwischen ihre Beine schmiegt und ich die Konturen ihrer Pussy erkennen kann. Und wie feucht der Stoff bereits ist … Aber sie macht nicht weiter. Sie wartet, bis ich *gehorche*, und mit übermenschlicher Kraft, wie es mir vorkommt, nehme ich die Hand von meinem Schwanz und kralle sie so fest in die Lehne, dass ich fürchte, meine Nagelbetten zu spalten.

»Dobry chłopak.« Ihre Stimme ist ein honigsüßes Gurren und diesmal muss ich nicht nach der Übersetzung fragen. Ihr Lob fließt über mich wie warmes Karamell, das mich geradewegs in den siebten Himmel katapultiert. Süße, zuckrige Ekstase. Und dann hebt sie den Po, streift das Höschen ihre Beine hinunter, bis der Spitzenfetzen um ihre Fußknöchel herum hängen bleibt. Ihre Knie fallen weiter auseinander und verdammte, *fucking* perfekte Scheiße … dann liegt sie offen vor mir. Rosa im Zentrum, eine dunklere Schattierung an den äußeren Lippen und so einladend feucht glänzend, dass es mich jedes bisschen Kontrolle kostet, um nicht aufzustehen und mein Gesicht genau dort zu vergraben. Sie zu riechen, zu schmecken, dafür zu sorgen, dass sie sich vor Genuss krümmt und windet. Meinen Namen stöhnt, wenn ich den Orgasmus aus ihr herauslocke, auf den ich sie seit

Wochen vorbereite. *Damn*, ich bin *so far gone* für diese Frau, dass ich das Gefühl habe, selbst jeden Moment in meiner Hose zu kommen.

Novas Finger tauchen zwischen ihre Beine und sie beginnt, ihren Kitzler zu umkreisen. Obwohl es in meinem Kopf rauscht und ich keinen einzigen klaren Gedanken mehr zustande kriege, schaue ich aufmerksam zu. Merke mir genau, welches Tempo sie wählt, wie ihre Hüften zucken, wann sie schneller wird, energischer. Ich will lernen, was sie mag, und wenn der Preis dafür ist, dass ich reglos und mit schmerzendem Ständer zusehen darf, zahle ich ihn mit Handkuss.

Es ist erhebend zu beobachten, wie sie sich immer weiter fallen lässt; ihre Augen glasig, ihr Atem ein Keuchen, das bald zu köstlichen Wimmerlauten wird, die mein Blut zum Kochen bringen. Die Spannung in meinem Innern steigt exponentiell zu ihrer wachsenden Lust an, als würde mein donnernder Puls dieselbe Ekstase durch mich pumpen. Nova, die mir zeigt, wie sie sich selbst zum Höhepunkt bringt, ist die heißeste, erotischste Sache der Welt. Und gleichzeitig wird mir etwas klar: Das ist ihre Art, sich die Macht über den Sex zu holen. Sie braucht die Kontrolle darüber, die Situation allein nach ihren Vorstellungen bestimmen zu können, ohne einen Mann, der ihr seine Erwartungen aufdrängt – ob es nun bewusst oder unbewusst geschieht. Das sind ihre Regeln, die ihr die Sicherheit geben, um loslassen zu können. Die vielen Male, die wir zusammen nur in Unterwäsche in diesem Bett gelegen und uns schlicht berührt haben, haben das Fundament für diesen Augenblick gelegt, in dem sie genug Vertrauen gefasst hat, mich sie so entblößt sehen zu lassen. Und ich fühle mich *fucking* geehrt, dabei in der ersten Reihe sitzen zu dürfen. Dass es meine Gegenwart ist, die ihr diese Geborgenheit gibt, und niemandes sonst. *Meine* Princess, die sich auf *meinem* Bett windet und halb verständliche polnische Schimpfwörter murmelt. Diese besitzergreifenden, stolzen Empfindungen fluten mich, treiben mich an meine eigenen Grenzen, als ich unruhig das Gewicht verlagere und auf der Sitzfläche herumrutsche. Das winzigste bisschen Reibung der Unterwäsche lässt meinen Schwanz zucken, flüssige Hitze kriecht meinen Steiß hinauf, ballt sich in meiner Magengrube zusammen und mein ganzer Körper verkrampft sich. In genau dem Augenblick, da Novas Hüften sich heben, ihre Beine sich anspannen, die Fersen tief in die Matratze gegraben, und sie erschaudert.

»Mój książę«, keucht sie. »Henry … ich …«

Mein Name auf ihren Lippen, als sie vor Lust explodiert, ist mein Niedergang. Ein Hochgefühl, wie ich es nie zuvor gespürt habe, reißt mich mit sich und ich komme. Meine Finger so fest in den Sessel gekrallt, dass es wehtut, mein Blick einzig auf Nova gerichtet, die noch immer ihr Hoch reitet und dabei so unvergleichlich schön aussieht. Die blasse Haut rosig getönt, ihre Augen lusttrunken und beinahe Grafitgrau. Während ich zucke und geschüttelt werde von überwältigendem Begehren, das sich mit der Macht einer Detonation in mir entlädt. Ich komme in meine Hose, einfach nur, weil ich sie beobachtet habe, und kann mir nicht vorstellen, dass es einen Moment wie diesen jemals wieder geben könnte. Es fühlt sich fast so an, als wäre ich gestorben und ins glühende Herz einer Hypernova katapultiert worden, die jedes einzelne meiner Partikel verschlingen wird. Und ich ein glücklicher Narr, der sich ihr ergibt.

Später, nachdem wir geduscht und einigermaßen darauf klargekommen sind, was passiert ist, liegen wir zusammen im Bett – Nova in einem meiner Shirts, was mich ziemlich glücklich macht, aber fast eine kleine Krise ausgelöst hätte. Ich habe ihr das Oberteil angeboten und sie hat erst so zögerlich reagiert, dass ich gedacht habe, sie wollte es einfach nicht, da ihr das zu viel wird. Doch dann ist sie damit herausgerückt, dass sie fürchte, es könne ihr nicht passen. Weil sie nicht schlank ist wie andere Mädchen, die in den Oberteilen ihrer Kerle versinken.

Also habe ich es ihr kurzerhand übergezogen und sie von oben bis unten betrachtet. »Weißt du, was ich sehe, wenn ich dich so in meinem Shirt anschaue?«

Sie hat nur den Kopf geschüttelt und an dem Saum herumgezupft, der ihr bis zu den Oberschenkeln reicht. »Ich sehe *fucking* Perfektion. Du hast noch nie so gut ausgesehen.«

Danach ist die Sache geklärt gewesen und jetzt ruht ihre Wange an meiner Schulter und wir betrachten die aufziehende Dunkelheit durch die Glasdecke meines Schlafzimmers.

»Weißt du, ich muss mich bei dir entschuldigen.«

Ich neige mich zu ihr, weil ich glaube, mich verhört zu haben. »Du musst was?«

Nova nagt an ihrer Unterlippe herum und prompt erwacht Hunger in mir. Sie muss einfach nur existieren und ich will sie, mit dieser Tatsache habe ich mich inzwischen abgefunden.

»Ich glaube, ich bin unfair zu dir gewesen, als ich letzte

Woche hier reingestürmt bin und von dir verlangt habe, dass du dich mir öffnest. Mir ist klar geworden, dass ich dir nie einen Grund dazu gegeben habe, mir mit solchen persönlichen Themen zu vertrauen. Ich habe dir nie gesagt, dass die Grenzen für mich schon lange verschwimmen – zwischen dem, was echt ist, und dem, was wir nach außen hin vorgeben. Keine Ahnung, ob es für mich überhaupt je eine Grenze gegeben hat.«

Mein Atem stockt und irgendwie fühle ich mich um Welten überforderter als vorhin auf diesem gottverdammten Sessel. Die Anziehung und die leisen Zwischentöne daneben waren bisher etwas, das ich verbissen trennen wollte. Weil ich eben nur das kann; körperliche Befriedigung, kurze Bekanntschaften, Oberflächlichkeit. Aber der Deal mit Nova hat mich gezwungen, mehr Zeit mit ihr zu verbringen, sie neben dem Begehren besser kennenzulernen, und nun schwant mir, dass es mir ähnlich geht. Und noch etwas. Ich will, dass sie mehr weiß. Selbst, wenn es bedeutet, das Risiko eingehen zu müssen, sie vielleicht abzustoßen.

»Früher«, beginne ich ohne Umschweife, ohne weitere Erklärung, »ist jeder meiner Atemzüge voller Farbe gewesen. Ich habe gezeichnet, bevor ich sprechen konnte, bevor ich laufen gelernt habe, und das, wofür andere jahrzehntelange Übung brauchen, ist so natürlich zu mir gekommen. Ich musste nicht darüber nachdenken, jede Linie ist Freude, jede Schattierung ein Lachen gewesen. Mein Dad war außer sich vor Begeisterung, als das Ausmaß meiner Begabung zutage trat, und hat mich von frühester Kindheit an gefördert. Er ist auch derjenige gewesen, der mein Potenzial auf dem Markt gewittert und begonnen hat, mich als Wunderkind zu inszenieren. Die Leute sind darauf angesprungen wie

Haie auf einen Tropfen Blut. Dieser kleine Junge, der so putzig aussah und zeichnen konnte wie Michelangelo. Ich bin ein Hit gewesen und solange ich jünger war, ging es mir damit auch gut. Ich habe kaum etwas von dem Trubel um mich und meine Bilder mitbekommen, sondern eine Zuflucht in ihnen gefunden, während es meiner Mutter immer schlechter ging.«

Nova liegt ganz still an meiner Seite, aber ich weiß, dass sie mir aufmerksam zuhört. Ihre Hand malt entspannende Muster auf meinen Rippenbogen und ihre Berührung gibt mir die Sicherheit weiterzusprechen. Und seltsamerweise fühlt es sich nicht annähernd so katastrophal an, ihr davon zu erzählen, wie ich befürchtet habe.

»Mama war selbst Künstlerin und ist … sehr jung an Alzheimer erkrankt. In ihrem Alter schreitet die Erkrankung weitaus aggressiver voran als bei betagteren Patienten und ich war noch klein, als sie rapide abgebaut hat. Vincent hat mir früher häufig von den Phasen erzählt, in denen es ihr gut ging, und ich … erinnere mich kaum daran. Alles, was ich weiß, ist, wie sie vor meinen Augen zu einer Fremden wurde, die mich abgelehnt hat. Immer und immer wieder. Mich hat sie zuerst vergessen. Dad und Vinnie hat sie länger erkannt, wenn sie klare Momente hatte, doch mich … hat es nicht gegeben. Deswegen bin ich verblasst. Jedes Jahr ein bisschen mehr, bis irgendwann nichts mehr übrig gewesen ist. Von ihr nicht und von mir auch nicht. Seitdem ist da so viel Tintenschwärze in mir, wo früher Farben und Helligkeit waren.«

Still berührt Nova einen Schriftzug an meinem linken Unterarm. *Mi alma no llores* steht dort in geschwungenen Buchstaben gestochen. »Ihr Name ist Alma, richtig?«

Ich nicke, die Zähne zusammengebissen. Obwohl ich ihren Namen, der auf Spanisch *Seele* bedeutet, in diesem Spruch auf meinem Körper trage, fällt es mir immer noch schwer, ihn zu hören. Geschweige denn ihn auszusprechen.

»Als du am Freitag zu mir gekommen bist, habe ich das erste Mal seit Langem gemalt, und es hat die Dämonen von damals hochgeholt. Die Erinnerungen daran, wie ich gezeichnet habe, wenn sie mir die Tür vor der Nase zugeschlagen hat. Wie ich Skizze um Skizze angefertigt habe, um zu vergessen, dass sie mich angesehen hat wie einen Fremden, vor dem sie Angst hat, weil sie ihn nicht zuordnen kann. Ich weiß, dass meine Mutter keine Schuld trifft, aber damals habe ich nichts davon verstanden. Da war nur ihre Ablehnung, die Abwesenheit ihrer Liebe, und ich bin zu der Überzeugung gekommen, dass ich es nicht wert bin. Dass etwas *mit mir* nicht stimmt und ich keine Zuneigung verdiene – besonders, nachdem Dad uns nach England ins Internat geschickt hat. Ich war allein und verängstigt in dieser Londoner Schule, da ich noch zu jung war, um direkt mit Vincent nach Eton zu gehen. Und ich war überzeugt, dass ich so enden würde. Verlassen und vergessen. Ohne einen Funken Farbe, der mir Hoffnung gegeben hätte.«

Nova wirft sich auf mich. Die Luft entweicht meiner Lunge mit einem dumpfen Keuchen, als sie die Arme fest um meinen Oberkörper schlingt, halb auf mir liegend, und mich so fest umarmt, dass in mir kein Platz für jegliches schlechte Gefühl bleibt. Vielleicht kann mich Nova ja auswringen wie einen Lappen voller Teer, bis alle Reste von zäher Dunkelheit verschwunden sind.

»Du bist nicht allein«, murmelt sie an meinen Hals, direkt

unterhalb des Ohrs. »Ich bin bei dir und ich erinnere mich an dich. Ich sehe die Farben in dir und will sie zum Erstrahlen bringen; ganz egal, ob du wieder ein Künstler sein willst oder einfach nur daran arbeiten möchtest, deine Wunden zu kitten. Verlass dich drauf, ich kann es mit dir aufnehmen.«

Schwindelig von einem Gefühl, das mir so fremd ist, dass ich es nicht benennen kann, drücke ich einen Kuss auf ihren Scheitel. »Du bringst die Farben schon längst zu mir zurück«, gestehe ich halblaut ein. »Du rüttelst sie wach und obwohl ich mich so dagegen gewehrt habe, kann ich es nicht abschütteln, süße Muse.«

24

Nova

@muenchner_kindel

Kaum hat der Wonnemonat Mai begonnen, schlägt das Liebesradar wie wild aus! Unser Showstopper aus dem Norden, @marlisa.bkp, wurde äußerst innig mit @laurent.fabian.muc im *P1* gesichtet. Quellen wissen zu berichten, dass die beiden den Club gemeinsam verlassen haben. Liegt da etwa Liebe in der Luft? Marlisa, tu uns bitte den Gefallen und bleib in München! Wir haben das Gefühl, mit dir könnte es richtig spannend werden.

Nachricht senden

»Sainti, weißt du, was Henry zu seinem Geburtstag plant?«

Es ist Sonntagmorgen in unserer WG, drei Tage nachdem ich zu Henry gestürmt und es mir vor seinen Augen auf seinem Bett gemacht habe. In meiner Zeitrechnung ist dieser Tag zu einem neuen Fixpunkt geworden. Vergesst XY nach Christus, für mich heißt es fortan: nach HAAIGB (Henrys Augen, als ich gekommen bin). Meiner Meinung nach klingt das durch und durch legitim.

Das behalte ich allerdings für mich, während ich zusammen mit Lilli, Vincent, Luis, Hugo und Minnie zum Sonntagsfrühstück am Esstisch in unserem Wohnzimmer sitze. Hugo hat gekauften Zimtschneckenteig aus der Dose in unser belgisches Waffeleisen gepackt und wir gönnen uns die absolut pornöseste Köstlichkeit überhaupt mit einigen

Runden Champagner-Mimosas. Sogar Minnie und Luis sind sich noch nicht an die Gurgel gegangen – wobei ich darauf tippe, dass sie vor dem ersten Kaffee einfach nicht in Form sind für eine ihrer verbalen Sparringrunden, aka Vorspiel (wie ich mir für meinen Teil denke). Ich gebe ihnen eine halbe Stunde, bevor der Zuckerrausch ihren Gehirnen einen Kickstart verpasst, und nutze die friedliche Stimmung am Tisch, um mich bei Vincent über Henrys anstehenden Geburtstag zu erkundigen. Mir ist klar, dass ich eine knappe Woche davor ziemlich spät dran bin, doch nachdem er mir das Datum am Rosenmontag gesagt hat, habe ich es mir zwar gemerkt, aber gar nicht mehr daran gedacht. Außerdem bin ich nie davon ausgegangen, dass wir wirklich an einen Punkt kommen könnten, an dem es mir ein Anliegen ist, etwas für ihn auf die Beine zu stellen.

Wider Erwarten verdüstert sich Vincents Gesicht, als ich ihn darauf anspreche. »Henry ist nicht so der Geburtstagstyp. Er verbringt den Tag am liebsten allein.«

Nun, vollkommen überrascht mich diese Info nicht; das passt zu Henry.

»Fällt dir gar nichts ein, womit ich ihm eine Freude machen könnte?«, halte ich dennoch dagegen und stecke mir eine Blaubeere von meinem Teller in den Mund. »Allein, um nach außen nicht komisch zu wirken. Sehe schon, wie Marlisa schnurstracks zu *muenchner_kindel* rennt und neue Gerüchte gegen uns lostritt.« Ich schnaube erbost und sehe zu Lilli und Vincent. »Warum haben sie euch direkt geglaubt und bei uns schwingt ständig dieses Misstrauen mit?«

Hugo nippt betont kultiviert, inklusive abgespreiztem kleinem Finger, an seinem Kaffee. »Vielleicht, *weil* ihr fake datet?«

»Und du meinst, diese Möchtegern-Günter-Wallraffs erkennen so was? Das ist nur Marlisas Schuld.«

Beschwichtigend tätschelt Lilli meine Schulter. »Hey, immerhin habt ihr einen Shippingnamen bekommen. Novy klingt doch süß.«

Luis prustet wie ein Fünfjähriger. »Novy reimt sich auf *Doofi.*«

»Vorsicht, Kleiner«, sage ich und deute drohend mit einer Gabel voll Zimtschneckenwaffel auf ihn. »Du bist der Nächste, den sie sich vornehmen und mit irgendeinem Mädel shippen. Das geht schneller, als du glaubst.« Mein Blick huscht zu Minnie, die sich auf ihrem Platz ein wenig versteift hat, und weil ich einfach nichts dagegen tun kann, ein Troublemaker zu sein, sage ich unschuldig: »Milu reimt sich auf *Wir-stehen-aufeinander-und-geben-es-nicht-zu.*«

Die Arme vor der Brust verschränkt lehne ich mich zufrieden zurück und beobachte mit einem klammheimlichen Lächeln, wie Minnie und Luis prompt an die Decke gehen und sich vor *Im-Leben-nicht-* und *Träum-weiter-ich-steh-ganz-bestimmt-nicht-auf-den-*Beteuerungen überschlagen. Köstlich.

Ich merke allerdings auf, als Vincent sich erhebt, ein paar leere Teller einsammelt und in die Küche bringt. Sofort nutze ich die Gelegenheit, um in Ruhe mit ihm über Henrys Geburtstag zu reden, und folge ihm. Demonstrativ ziehe ich die Verbindungstür zum Wohnzimmer hinter uns zu und sperre somit das Gegacker aus.

»Was gibt's, Supernova?«, fragt er, ohne sich umzudrehen, während er mit dem Rücken zu mir an der Spüle steht.

»Wir sind gerade wegen Henrys Geburtstag nicht weitergekommen. Hast du irgendwelche Ideen für mich? Wäre es zu viel, eine kleine Party für ihn zu organisieren?«

Langsam, alles an seiner Körperhaltung defensiv, dreht er sich zu mir um. »Lass ihn an diesem Tag einfach in Ruhe. Es ist besser so.«

Stur verschränke ich die Arme vor der Brust. »Ist das deine einzige Vorgehensweise, sobald es um deinen Bruder geht, Vincent?« Seine Augen weiten sich, als ich ihn Vincent-te, aber ich habe erst angefangen. »Wenn du mich fragst, packst du ihn zu sehr in Watte, voller Angst, etwas könnte ihn aufregen, und stattdessen überlässt du ihn sich selbst und seinen Dämonen.« Ich will ihm eigentlich keine Vorwürfe machen, denn soweit ich weiß, haben die Saint-Clair-Brüder immer nur gehandelt, um nicht unterzugehen. Die Verdrängungsmechanismen, die sie sich zugelegt haben, sind ihre einzige Lösung gewesen, doch das heißt nicht, dass sie auf ewig in Kraft bleiben sollten, oder? Henry kann ein bisschen durchrütteln und das Aufbrechen seiner alten Ängste gebrauchen. Wenn Vincent ihn weiterhin betüdelt, wird er sie weiter in sich hineinfressen und nie den Mut finden, sich zu öffnen.

Vincent wirkt ärgerlich. »Was weißt du schon, Nova?«

Oh, jede Menge. »Ich weiß von eurer Mutter.«

Das verschlägt ihm einige Momente lang die Sprache. »Er hat es dir erzählt?«

»Ja. Freiwillig. Und er ist dabei nicht zusammengebrochen. Im Gegenteil, er hat eher erleichtert ausgesehen, es loszuwerden.«

Als wäre er benommen, schüttelt Vincent den Kopf, dann fixiert er mich mit ernsten blauen Augen, die denen seines Bruders so ähnlich sind. »Wir haben unsere Mutter seit über zwölf Jahren nicht mehr gesehen und genauso lange hat er nicht über sie gesprochen.« Inzwischen sieht er mich so an, als wäre ich eine Art Weltwunder – endlich ein Blick, der meiner Person angemessen ist –, und ich lächele.

»Du weißt, dass du ihn mal loslassen musst, Glucken-Vinnie?« Henry hat mir seinen Spitznamen für ihn verraten, wenn Vincent in den All-over-Beschützermodus geht, und er ist so goldig. Ehrlich, ich verstehe, warum er ihn mir gegenüber an den Tag legt. Wir kennen uns lange genug, um genau zu wissen, wie der andere funktioniert, aber was mein Kumpel Sainti in der aktuellen Kalkulation übersieht, ist, welche Veränderungen sein Bruder in mir auslöst. Dass ich entschlossen bin, ihn als Henry-Quarterback Nr. 1 abzulösen, und deswegen mit ihm aneinandergerate. Beschützen heißt manchmal, loszulassen und den anderen seine eigenen Schritte tun zu lassen, ohne jeden davon zu überwachen. Stattdessen eine beständige Stütze zu sein, jemand, den man immer in seinem Rücken weiß, um sich anzulehnen, wenn es hart wird. *Das* will ich für Henry sein und ich denke nicht genauer darüber nach, was das im Grunde für mich bedeutet.

Mit einem müden Seufzen reibt sich Vincent über das Gesicht. »Ich weiß und … Fuck, mir ist klar, dass er inzwischen ohne mich zurechtkommt. Dass er mir nur noch die Hälfte von dem erzählt, was ihn beschäftigt, wenn überhaupt, und das ist okay. Wir sind erwachsen und keine Kinder mehr, die einander brauchen, weil es sonst niemanden gibt, der auf sie schaut. Trotzdem ist es schwer. Ich habe einfach Angst um ihn, Nova, okay? Er hat so viel Mist durchgemacht und ich will ihn nie wieder festhalten müssen, damit er nicht auseinanderbricht.«

Mit mehr Sanftheit, als ich von mir selbst kenne, lächele ich ihn an. »Du wirst immer der wichtigste Mensch in seinem Leben sein, das weißt du, oder? Für niemanden sonst würde er sich so ein lächerliches Tattoo wie diesen Pinguin stechen lassen.«

Vincent bringt ein schräges Grinsen zustande. »Fuck, er hat dir sogar *davon* erzählt? Dann ist alles klar.«

Ich ignoriere diesen Kommentar, da er mich innerlich so seltsam hibbelig und unruhig macht. Stattdessen komme ich aufs eigentliche Thema zurück. »Also, sein Geburtstag. Ich glaube, wir haben etabliert, dass ich ihn nicht *in Ruhe lassen werde*, außer er schreit es mir selbst ins Gesicht und meint es auch so. Was könnte ich für ihn machen?«

Vincent überlegt eine Weile – diesmal ernsthaft und ohne mich direkt abzublocken. »Kein Aufhebens. Es wird ein schwieriger Tag für ihn sein, aus Gründen, die er dir selbst anvertrauen muss, aber bitte glaub mir, wenn ich sage, dass er kein Tamtam um sich möchte. Keine Überraschungsparty, kein großes Essen oder Ähnliches. Vielleicht hast du recht und nicht allein sein zu müssen, wäre das größte Geschenk für ihn.« Er räuspert sich. »Weißt du, mein Bruder hatte nie ein Licht in seinen Augen. Es wurde erstickt, bevor er je eine Chance bekommen hat, es leuchten zu lassen. Und jetzt flammt es auf, wenn er bei dir ist. Mach was draus, Sobieska.«

»Polnisches Essen ist der Wahnsinn!«

Obwohl Henrys Augen hinter einer Sonnenbrille verborgen sind, weiß ich, wie begeistert sie funkeln, und grinse in mich hinein. Es ist sein Geburtstag und wir kommen gerade aus einem Restaurant, das moderne Interpretationen von polnischen Klassikern serviert. Ich habe uns einen Platz für den Polska-Brunch reserviert, wo sie jedes Wochenende Spezialitäten aus einem ausgewählten Landesteil Polens servieren. Wie es der Zufall so will, stand heute ausgerechnet Schlesien auf dem Menü, die Provinz, aus der meine Mutter stammt. Vor allem die schlesischen Süßspeisen haben es Henry angetan und er hat immerzu davon geredet, die Mohnknödel und den Streuselkuchen nachbacken zu wollen – nun, darüber würde ich mich definitiv nicht beschweren.

Anfangs ist es, wie von Vincent prophezeit, nicht ganz leicht gewesen, ihn an diesem Tag aus seinem Schneckenhaus zu locken. Seit Mitte der Woche habe ich mich vorsichtig an Henry herangetastet, gefragt, was er für den Samstag plant und ob er zulässt, dass ich ihn mit etwas überrasche. Wie nicht anders zu erwarten, ist er sofort skeptisch gewesen, wollte abblocken und hat sich nur durch viel gutes Zureden darauf eingelassen, mich machen zu lassen. Und auch erst, nachdem er mir den Schwur abgenommen hat, dass ich nichts Extravagantes aufziehe und wir den Tag allein verbringen werden. Ehrlich, es sollte mich nicht so sehr rühren, dass ich die Einzige bin, mit der er seinen Geburtstag feiern will. Zwar bin ich noch nicht dahintergekommen, *warum* dieser Tag für ihn so schwierig und negativ behaftet ist, aber das ist eigentlich nicht wichtig. Was zählt, ist, wie entspannt und gut gelaunt er ist, während wir Seite an Seite durch die Stadt flanieren. Das Wetter ist ausgezeichnet, die Sonne strahlt an einem kristallblauen Himmel und die Temperaturen erreichen das erste Mal dieses Jahr annähernd zwanzig Grad. Es ist so schön warm, dass ich mir den Vintage-*Chanel*-Blazer, den ich zu einer schwarzen Lederhose und einem beigen Longsleeve trage (inklusive *Roger-Vivier*-Heels mit niedrigem Absatz, um den coolen Touch der Hose aufzubrechen), über die Schultern hängen kann. Aus dem Augenwinkel riskiere ich einen verstohlenen Blick auf Henry, der typisch für ihn schwarz trägt (und zum Anbeißen aussieht in dem schmal geschnittenen Hemd und der Lederjacke), und komme nicht umhin zu bemerken, wie gut wir trotz aller Gegensätze harmonieren. Die geläuterte Society-Prinzessin und der volltätowierte, grüblerische Prinz. Unterwegs, um es allen zu beweisen, die nie an sie geglaubt haben!

Als hätte er meine Gedanken aufgeschnappt, streckt Henry die Hand aus und greift *casual* nach meiner. Ein statisches Britzeln schießt meinen kompletten Arm hinauf und beinahe ehrfürchtig betrachte ich unsere ineinander verschränkten Finger. Tintenbilder und Diamanten. Beides Dinge für die Ewigkeit. *Kurwa*, hat es sich je so fantastisch angefühlt, Händchen haltend durch die Gegend zu laufen?

Nachdem wir ein Stück durch den Englischen Garten spaziert sind und Henry sich geduldig einen Monolog über die Merkmale, aufgrund derer ich ein Designerteil von einem Fake unterscheiden kann, angehört hat (nur für die Akten, er hat mich danach gefragt), schleife ich ihn die Stufen zum nächsten U-Bahnhof hinunter.

»Nova Sobieska lässt sich dazu herab, die Öffentlichen zu benutzen?«, meint Henry belustigt, während ich mir ein Einzelticket aus dem heillos veralteten Automaten ziehe. Er besitzt selbstverständlich ein Deutschlandticket.

»Es muss nicht immer ein Porsche sein.«

Henry gluckst. »Lass das nicht meinen 911er hören! Erst seit dir kommt er öfter als zweimal im Jahr aus der Garage. Bevor ich dich das erste Mal abgeholt habe, hatte ich echt Sorge, ob er anspringen würde.«

»Er hätte aber auch alles Recht der Welt, beleidigt zu sein. Warum besitzt du dieses Auto, wenn du es gar nicht wirklich nutzt?« Außer natürlich, um Princess N. standesgemäß herumzukutschieren, versteht sich.

Unentschlossen zuckt er mit den Schultern. »Mit achtzehn habe ich es mir als eine Art Akt der Rebellion gekauft, weil ich offiziell auf das ganze Geld zugreifen konnte, das ich mit der Kunst verdient hatte. Eins muss ich Dad zugutehalten, es war klug von ihm, dass er alles bis zu meiner Volljährigkeit angelegt und weggeschlossen hat.«

Da sich die Leichtigkeit dieses Vormittags einfach zu gut anfühlt, stoße ich neckend mit der Schulter gegen seine. »Wofür hättest du es sonst ausgegeben? Süßkram und jede neue Spielekonsole auf dem Markt?«

»Koks und Nutten«, erwidert er mit todernster Miene.

Ein paar Sekunden starre ich ihn an, suche nach Humor in seiner Stimme oder etwas, das seine Ernsthaftigkeit Lügen straft, bis ich bemerke, wie seine Unterlippe zittert. Er hält noch einen Moment länger durch, dann bricht er in schallendes Gelächter aus, das alle im U-Bahn-Waggon die Köpfe nach uns umwenden lässt. Doch es ist mir egal. Dermaßen egal, während ich in einem Anblick bade, der zu schön für diese Welt ist. Henry, der aus vollem Herzen lacht, an seinem Geburtstag, und obwohl es mein Vorsatz gewesen ist, ihn heute durchweg zu beschenken, hat *er* mir gerade das kostbarste Präsent gemacht. Ich denke an das, was Vincent in der Küche zu mir gesagt hat: *Mein Bruder hatte nie ein Licht in seinen Augen. Es wurde erstickt, bevor er je eine Chance bekommen hat, es leuchten zu lassen. Und jetzt flammt es auf, wenn er bei dir ist. Mach was draus, Sobieska.*

Und *hell to the fucking yes* werde ich das tun.

»Wo bringst du mich hin, Frau?«

»Du wirst schon sehen.«

Wir haben die Bahn am Giesinger Bahnhof verlassen – zugegeben, nicht direkt ein Stadtteil, in dem ich mich heimisch fühle, aber ich bin kein kompletter Snob. Mir geht es eher darum, dass ich hier optisch ziemlich heraussteche und häufiger das Gefühl bekomme, von *judgy* Blicken verfolgt zu werden.

Henry hält weiterhin meine Hand, während wir eine viel befahrene Hauptstraße entlangschlendern, die von mehrstöckigen Mietshäusern gesäumt ist. Ich habe mir unseren Weg so gut wie möglich über Google Maps eingeprägt, damit mich die App nicht navigieren muss und Henry mit einem Seitenblick aufs Display unseren Zielort herausfinden kann. Das Beste an Überraschungen ist es, die andere Person bis zum letzten Moment im Ungewissen zu lassen und sich auf ihre Reaktion zu freuen. Nachdem wir einen Gemüseladen passieren, den ich mir als Fixpunkt gemerkt habe, biegen wir links ab, noch ein paar hundert Meter weiter die nächste Straße hinunter und dann stehen wir vor dem Handyladen, der mein Ziel ist. Okay, nicht direkt der Handyladen, aber wir müssen ins gleiche Gebäude. Ich mache eine Show daraus, mich vor das Klingelschild zu stellen und den Namen neben dem Knopf zu verdecken, und Henry spielt mit. Als wollte er mich überwältigen, schlingt er von hinten die Arme um mich und kitzelt mich.

»Nun sag schon, Princess. Wohin schleppst du mich? Was haben wir hier vor?«

Ein Geräusch – halb protestierendes Quieken, halb atemloses Lachen – entwischt mir. »Hör auf damit, dann verrate ich es dir vielleicht.«

»Ich denk gar nicht dran«, raunt er mit dieser tiefen, herben Stimme, in der ein Glucksen mitschwingt, direkt in mein Ohr. Eine Gänsehaut breitet sich überall auf mir aus und ich weiß nicht, ob ich mich winde, um seinen kitzelnden Fingern zu entkommen, oder um mich näher an ihn zu schmiegen. »Einer Frau wie dir kann man nur mit harter Kriegsführung beikommen. Also?« Als er es irgendwie schafft, unter meine Arme zu gelangen, gebe ich wimmernd auf.

»Gnade! Okay, schau.« Ich nehme die Hand von dem Klingelschild, damit er es sehen kann. Einen Moment ist er still hinter mir, sucht zwischen den übrigen Familiennamen nach einem, der ihm etwas sagt, und dann … schließen sich seine Arme plötzlich fester um mich.

»*Tattoostudio Tit 'n Tat?* Nova …«

Ich kämpfe mich so weit aus seiner Umarmung frei, um mich zu ihm drehen zu können und in sein Gesicht zu schauen. Seine Miene wirkt irgendwie verkrampft und ist schwer zu lesen. Scheiße, habe ich es verbockt? Das ist der Knackpunkt, warum ich vielleicht so entschlossen gewesen bin, den Reveal der Überraschung hinauszuzögern. Zwischen der freudigen Aufregung hat auch die klammheimliche Sorge gelauert, mit meiner Aktion übers Ziel hinausgeschossen zu sein.

»Hör zu, ich weiß, dass ein Termin im Tattoostudio nicht das beste Ad-hoc-Geschenk ist, aber«, ich hebe einen Finger und deute auf seine Brust, »womöglich habe ich entdeckt, dass eine Künstlerin, der du folgst und von der du so ziemlich jeden Beitrag kommentierst, dieses Wochenende in München zu Gast ist, und habe dir einen Termin bei ihr besorgt. Shannon Escri…«

Henrys Augen werden riesig. »Escribano? Du hast mir einen Termin bei Shannon Escribano organisiert?«

Ich nicke zurückhaltend, noch immer nicht ganz sicher, ob er gleich vor Freude ausflippen oder mir erzählen wird, dass er mich für übergeschnappt hält. Weil sich niemand spontan für ein neues Tattoo entscheiden würde, da so etwas gründliche Überlegungen und Zeit benötigt.

»Woher wusstest du … mein Insta also?«

Keck hebe ich eine Braue. »Du glaubst doch wohl nicht, ich hätte nicht längst jede Frau abgecheckt, der du folgst.«

»Eifersüchtig?«

»Territorial und stolz darauf. *Fight me.*«

Er schüttelt nur mit einem matten Grinsen den Kopf, als würde ich ihn vollkommen fertig machen. Zugegeben, irgendwie gefällt mir das.

»Wie zum Teufel hast du einen Termin bei ihr bekommen? Shannon ist chronisch ausgebucht.«

»*Chronisch ausgebucht* neigt dazu, sich ziemlich schnell zu erledigen, wenn man nicht vor Bestechung zurückschreckt«, erkläre ich lapidar.

»Hast du nicht wirklich.«

»Eine Lady genießt und schweigt. Und nun sag schon, findest du es furchtbar?« Nicht mehr fähig, seinen Blick zu erwidern, während ich auf sein Urteil warte, begutachte ich stattdessen die Aufschläge seiner Lederjacke. Bis Henry die Hand unter mein Kinn legt und sanft meinen Kopf hebt – allein für diese Geste schmelze ich ein wenig dahin.

»Das ist das *fucking* Aufmerksamste, was je irgendjemand

für mich getan hat. Danke, Hypernova, ich kann es noch gar nicht richtig fassen.« Er schmiegt seine Finger an meine Wange, die zwei Silberringe daran kühl an meiner Haut, und dann küsst er mich. Tief und ohne Zurückhaltung und ich spüre darin alles, was er mit Worten nicht ausdrücken kann. Ich schlinge die Arme um seinen Hals, genieße, wie seine Zunge gegen meine streicht, und lasse den Kopf in den Nacken sinken – womit ich geradewegs mehrere Klingelknöpfe auf einmal betätige.

»Huch!« Erschrocken zucke ich hoch, aber Henry lacht nur. Das hat er heute öfter getan als in den vergangenen Wochen und ich glaube, daran werde ich mich einfach niemals sattsehen können. Oder des Klangs überdrüssig werden.

Liebevoll streicht er mir eine lose Strähne aus der Stirn. »Na los, lass uns in dieses Studio verschwinden, bevor uns wütende Anwohner wegen eines Klingelstreichs lynchen wollen.«

25

Henry

Mein Geburtstag ist seit dreizehn Jahren ein schwarzer Tag für mich. Einer, an dem die Dunkelheit in mir die Macht übernimmt und mich in ein Loch reißt, ohne dass ich mich dagegen wehren kann. Es ist genau der Tag, an dem unsere Mutter ihren *großen Zusammenbruch* erlitten hat, wie ich es nenne, und in eine Klinik eingeliefert werden musste. Der Tag, an dem der letzte Rest Verleugnung von unserer Familie abgeblättert ist und der Anfang vom Ende begann. Dad habe ich schon lange klargemacht, dass er sich am zehnten Mai von mir fernhalten soll; so nachhaltig, dass er nicht mehr anruft, sondern nur textet, sollte er wie jetzt unterwegs sein. In den vergangenen Jahren bin ich damit fein gewesen, ihn erfolgreich verscheucht zu haben, auch wenn ich mich in letzter Zeit häufiger bei dem Gedanken ertappe, dass es anders sein könnte. Nicht heute, nicht an meinem Geburtstag, aber ich denke darüber nach, wie es wäre, einen Vater zu haben, an dem ich Halt finden könnte. Dem ich genug vertraue, um an beschissenen, dunklen Tagen Unterstützung bei ihm zu suchen. Ehrlich, ich kann dem Mann vieles vorwerfen, doch ich weiß, dass er Mama abgöttisch geliebt hat. Es noch immer tut. Und wenn jemand weiß, wie sich absolute Dunkelheit in Herz und Seele anfühlt, dann er. Vincent meint, ich solle mit ihm reden. Ja, vielleicht. Bald, aber nicht heute …

An diesem Tag dringt nicht einmal mein Bruder wirklich zu mir durch. Nicht mal er macht es besser, weshalb ich mich normalerweise konsequent zurückziehe und den Tag einfach über mich ergehen lasse. Abwarte, bis die Nacht hereinbricht, und dann daran arbeite, die Tintenschwärze zurückzudrängen. Ehrlicherweise bin ich davon ausgegangen, dass genau das auch an meinem dreiundzwanzigsten Geburtstag passieren würde. In meiner trostlosen Denkweise ist mir gar nichts anderes in den Sinn gekommen.

Doch ich habe die Rechnung ohne Nova Sobieska gemacht. Einmal mehr hat sie unter Beweis gestellt, dass sie eine unberechenbare Naturgewalt ist, die sich weder vorhersagen noch kalkulieren lässt. Die ihren eigenen Kopf hat, in dem aktuell nur eine Mission zu existieren scheint: mich mit ihren Anstrengungen, mir einen unvergesslichen Tag zu bereiten, verdammt noch mal in die Knie zu zwingen.

»Du magst deinen Geburtstag nicht. Also lass ihn mich mit neuen, schönen Erinnerungen füllen, um daran etwas zu ändern.« Mit diesem Satz hat sie es letzte Woche endgültig hinter meine Abwehr geschafft und mich einknicken lassen. Ich habe zugestimmt, diesen Tag mit ihr zu verbringen, ihr die Führung zu überlassen, und nun sind wir hier. In einem Hinterhof-Tattoostudio in Giesing, das die perfekte Mischung aus rustikalem Schick und cleaner Modernität verströmt. Ich habe den Schock darüber, dass Nova mir einen Termin bei Shannon Escribano besorgen konnte, auch zehn Minuten später nicht ganz verdaut. Diese Tattookünstlerin gehört zu meinen absoluten Favoriten. Ich liebe ihren akkuraten Stil und ihren Blick für Details und ich habe mich schon mehrmals erfolglos um einen Slot bei ihr beworben. Und jetzt bin ich wahrhaftig hier, um gleich ein Tattoo von ihr zu bekommen. Bester Tag *ever*! Genau das denke ich plötzlich über den zehnten Mai und diese Tatsache macht mich so andächtig, dass sich alles in mir federleicht anfühlt. Federleicht und knallbunt; wie diese nachkolorierten Aufnahmen, die Weltallteleskope von Sternnebel und Galaxien aufnehmen. Am liebsten würde ich Nova bis zur Besinnungslosigkeit küssen, während wir auf dem Ledersofa warten, weil wir eine knappe halbe Stunde zu früh dran sind. Denn irgendwie fehlen mir die Worte, um zum Ausdruck zu bringen, wie viel mir dieser Tag mit ihr bedeutet. Dabei geht es nicht um den heiß begehrten Termin bei einer Tattookünstlerin, natürlich freue ich mich wie verrückt, aber die Geste dahinter rührt mich so viel mehr. Ihre Aufmerksamkeit, die Gedanken, die sie sich im Vorfeld gemacht hat – das ist mehr wert als der Preis, den sie für ein Piece bei Shannon hingeblättert hat.

»Also, hast du eine Idee, was du dir stechen lassen willst?«, fragt Nova vergnügt und reißt mich damit aus meinen Überlegungen, die wirklich gefährlich in die Richtung geschweift sind, schamlos mit ihr im Wartebereich des Studios rumzumachen. Sie blättert durch einen zerlesenen Katalog mit Wannados. »Sieh mal hier. Habe gehört, Arschgeweihe sind wieder total im Vormarsch.« Kichernd deutet sie auf eine Reihe verschnörkelter Bordüren und Tribals.

»Mhm, mir schwebt etwas anderes vor.« Ihr Blick huscht zu mir, als sie meinen dunklen Tonfall bemerkt. »Wie wäre es mit *Your throat here* an dieser Stelle?« Ich spreize Daumen und Zeigefinger ab, die restlichen Finger eingerollt, und deute auf die halbmondförmige Fläche dazwischen.

Nova starrt einige Wimpernschläge auf meine Hand, ehe der Groschen fällt. Dann lacht sie auf. »Und direkt übers Schambein kommt ein Pfeil nach unten mit *Highway to heaven* oder was?«

»Na, wenn schon, dann *Achtung, Massenvernichtungswaffe.*«

Wir kichern wie überdrehte Teenager über unsere miesen Witze, ehe ich mich räuspere. »Ich habe tatsächlich eine Idee, die mir seit einer Weile durch den Kopf spukt. Hoffe, Shannon kann sie genau so umsetzen, wie ich es mir vorstelle.«

Nachdenklich legt Nova den Kopf schief und nagt auf eine Art an ihrer Unterlippe, die mir inzwischen sagt, dass sie etwas aussprechen möchte, aber unsicher ist, ob sie es auch sollte. In schätzungsweise neun von zehn Fällen verliert sie den Kampf gegen *sollte* und weil ich ihre Direktheit so mag, stupse ich sie auffordernd an. »Spuck's aus.«

»Könntest du das Motiv selbst zeichnen?«

Ich horche in mich hinein und warte auf die übliche Welle Anspannung, das Adrenalin, das mich anschreit, nicht mal daran zu denken. Doch das Aufbegehren in meinem Kopf ist denkbar schwach. Vielleicht, da ich heute so voll von dem Licht bin, das ich aus Nova schöpfe, dass die Tintenschwärze keine Chance hat, mich zu übermannen. Mein Schaffensdrang erstreckt sich vor mir, klar und hell wie ein Faden, den ich nur packen muss, um mich daran entlangzuhangeln. »Na ja, ich könnte es zumindest probieren, oder?«

Wie der Blitz ist Nova aufgesprungen und eilt zum Empfangsbereich, wo uns ein Kerl namens Mike vorhin freundlich begrüßt hat. Jetzt beobachte ich, wie sie sich über den Tresen zu ihm beugt und schließlich mit einem Block und Stiften zu mir zurückkommt.

»*Et voilà.*« Sie überreicht mir die Utensilien mit einer Feierlichkeit, als handele es sich um den britischen Kronschatz, und lässt sich dann federnd neben mich fallen. Doch gleich darauf spannt sie sich an. »Soll ich lieber weggehen, während du es versuchst?«

»Bitte bleib da.« Ich brauche ihre Gegenwart wie einen Anker, der mich an Ort und Stelle hält, damit ich nicht wegtreibe. Nicht wie an jenem Freitag, als sich die Kunst das erste Mal seit Jahren in mir Bahn gebrochen hat und ich gegen ihren Strudel wehrlos war. Zwar glaube ich nicht, dass das gerade wieder passieren könnte, aber wer weiß. Lieber gehe ich auf Nummer sicher und ihre Anwesenheit ist genau das. Sicherheit.

»Erzähl mir etwas«, bitte ich, während ich die Spitze des Bleistifts gegen meine Fingerkuppe drücke, um ihre Schärfe zu testen. Ein bisschen mehr Druck und ich könnte mir in die Haut bohren – absolut perfekt.

»Ich soll etwas erzählen, irgendetwas?« Nova lehnt sich in der Sofapolsterung zurück und überschlägt die Beine. »Hm … ah ja! Gestern habe ich einen dieser alten Schrankkoffer von *Louis Vuitton* zu einem mega Preis auf einer Website für Haushaltsauflösungen geschossen. Das Teil ist der Hammer! Ich will es als Beistelltisch benutzen, vielleicht passt er noch ins Wohnzimmer.«

Meine Mundwinkel wandern wie von selbst nach oben, während ich erst zögerlich und allmählich sicherer Linie um Linie ziehe. Das Bild, das ich vor Augen habe, erwacht mit einer Leichtigkeit auf dem Papier zum Leben, die reine

Freude durch meine Adern schickt. Ein Gefühl, als hätte ich mir die intensivste Aufputschdroge direkt in die Blutbahn gejagt. Gott, wie konnte ich vergessen, dass Kunst sich so anfühlen kann? *Weil du zu hoch geflogen und dann umso tiefer gefallen bist.* Das Bild des abstürzenden Ikarus an meiner rechten Flanke – oder Luzifers Höllensturz, ich interpretiere das Motiv je nach Laune anders – ist eine ständige Mahnung daran. Heute allerdings bin ich nicht mehr sieben und werde hilflos von alledem mitgerissen, sondern habe meine Lehren gezogen. Vielleicht kann ich älter und klüger sein, um das richtige Maß für mich und die Kunst zu finden. Es irgendwie schaffen, meine Gabe, die so lange gezwungenermaßen geschlummert hat, von meinen Traumata zu trennen. Als Kind hat es keine andere Lösung für mich gegeben, ich konnte mich nicht wehren und habe deswegen beschlossen, die Pinsel für immer beiseitezulegen. Ich habe so viel Leid erlebt, dass es mir nicht mehr möglich vorkam, weiterhin die Freude empfinden zu dürfen, die das Malen und das Zeichnen mir schenkten. Also habe ich sie verteufelt, mir in meiner Verzweiflung eingeredet, dass ich damit Buße tun würde und mir vielleicht, *vielleicht* eine Wiedergutmachung verdienen könnte. *Ich habe mir kein Glück erlaubt.* So lange Zeit nicht.

»Hast du schon einmal daran gedacht, dich beruflich in diese Richtung zu orientieren?«, will ich von Nova wissen, ohne auch nur eine Sekunde innezuhalten. Es ist mein zweiter Vorstoß bezüglich dieses Themas und ich bin so stur, dass es garantiert nicht der letzte bleiben wird. Ich habe es einfach im Gefühl, dass das die perfekte Ausrichtung für Nova sein könnte und sie nur ein wenig mehr Ermutigung braucht, um selbst daran zu glauben.

Es dauert einen Moment, bis sie antwortet. »Was genau meinst du?«

»Die Designersachen, die du so liebst. Gut, ich bin kein Fachmann in dem Bereich, aber ich finde es beeindruckend, wie genau du über alles Bescheid weißt und gefühlt nach einem Blick feststellen kannst, ob ein Item gefälscht ist oder wie viel es wert ist.«

»Mein Aushilfsjob in der Boutique vor dem Job bei Herzog hat sich viel darum gedreht. Echtheit einschätzen und so. Doch in diesen Laden möchte ich nicht mehr zurück; generell ist der Einzelhandel nichts für mich.«

Kurz reiße ich mich von meiner Zeichnung los und werfe einen Blick auf ihr Gesicht – Ratlosigkeit und Skepsis. »Ne, du hast viel mehr drauf als einen Aushilfsjob. Ich dachte eher …« Lehne ich mich zu weit aus dem Fenster, wenn ich ihr das sage? Wird sie lachen oder mir sagen, dass mich das nichts angeht?

»Ja?«

»Ich würde dir zutrauen, dein eigenes Business zu starten – so was in der Art wie diese Vintage-Händlerin, deren Schaufenster wir in der Operntiefgarage gesehen haben. Vielleicht ein wenig moderner? Irgendetwas, das du online aufziehen könntest? Ehrlich, das sind nur so Gedankenfetzen.«

Nova räuspert sich. »Du würdest mir zutrauen, ein eigenes Business auf die Beine zu stellen?«

Ich setze eine letzte Linie an meinem Motiv und sehe dann zu ihr. »*Hell yes!* Wer, wenn nicht du, hat das Zeug dazu? Du würdest es allen so was von beweisen.«

Gerade, als ich mit Zeichnen fertig werde, kommt Shannon aus dem hinteren Teil des Studios und sie ist genauso cool, wie ich sie mir anhand ihrer Postings immer vorgestellt habe. Ein schätzungsweise eins fünfzig großes Energiebündel, von oben bis unten mit einem knallbunten Flickenteppich aus Motiven bedeckt, die ihr Artists aus aller Welt – oder sie selbst – gestochen haben. Sie umarmt Nova und mich zur Begrüßung und verströmt eine Herzlichkeit, die absolut ansteckend ist. Shannon ist Brasilianerin und erklärt uns sofort lachend, dass ihr Englisch ausbaufähig ist, als sie uns in den Bereich des Studios führt, wo die Liegen stehen. Ich habe allerdings keinerlei Bedenken, dass wir uns nicht verstehen könnten. Der Vibe passt vom ersten Moment an. Vier Artists sind bereits an Kundschaft tätig und das Surren der Nadeln schickt eine Welle der Euphorie durch meine Adern. Eventuell bin ich ein klein wenig süchtig und mir wird klar, dass ich schon viel zu lange unter keiner Nadel mehr lag. Nova sieht sich fasziniert um und bedankt sich bei Shannon, die ihr einen Rollhocker geholt hat, damit sie sich neben mich an die Liege setzen kann.

»Die Einverständniserklärungen hast du unterzeichnet?«, erkundigt sich die Tätowiererin, ehe sie lächelnd das Blatt mit meiner Zeichnung entgegennimmt. »Wooooow cool, *das* ist von dir? *Muito bom!*«

Ich nicke, insgeheim verdammt stolz, von einer Künstlerin wie ihr gelobt zu werden. Zugegeben, das Motiv ist gut geworden. Ein realistisches, detailgetreues Auge, dessen schwarze Iris gefüllt ist mit einem kleinen Universum. Die Pupille ist ein strahlend heller, explodierender Stern, um den sich Kometen, Monde und Lichtpunkte tummeln.

»Funktioniert das so?«, erkundige ich mich bei Shannon –

es ist verdammt entgegenkommend von ihr, dass sie ohne Wenn und Aber mein eigenes Motiv sticht.

Sie nickt sofort. »*Claro!* Wir scannen das Baby, du sagst mir, welche Stelle du willst, und dann ab dafür.«

Damn, ich kann es nicht erwarten loszulegen.

Anderthalb Stunden später habe ich mich in ein weinerliches Baby verwandelt. Shannon tätowiert mit voller Konzentration das Auge, das etwa einen Durchmesser von fünf Zentimetern hat, knapp unterhalb des rechten Ohrs an meinen Hals und ich beiße die Zähne zusammen, um nicht in Tränen auszubrechen. Diese Stelle ist einfach ein Miststück, das weiß ich seit dem Olivenzweig und den anderen kleinen Motiven drumherum, doch irgendwie neigt das Gehirn dazu, Details wie diese zu vergessen. Oder es im Nachhinein schönzureden, damit man gleich ein weiteres Mal auf die verdammte Schnapsidee kommt, sich in dieser Region etwas stechen zu lassen. Klasse Idee, Henry, du Oberpflaume. Die Outlines und Schattierungen, die Shannon in Schwarz gestochen hat, waren noch erträglich, aber seit sie sich die dickflüssige weiße Tinte vorgenommen hat, um die Galaxie mit Details zu versehen, bin ich bereit, in Tränen auszubrechen und um Gnade zu winseln. Nova sitzt verlässlich an meiner Seite und hält stoisch meine linke Hand, die ich inzwischen so fest um ihre kralle, dass es ihr garantiert das Blut in den Fingern abschnürt. Doch sie macht keine Anstalten, mich loszulassen. Um uns herum schwirren die Unterhaltungen der anderen Tattooartists mit ihrer Kundschaft, während Shannon zu sehr auf ihre Arbeit konzentriert ist und die Sprachbarriere zudem komplexere Gespräche verhindert. Stattdessen redet Nova. Es hilft, mich auf ihre Stimme zu konzentrieren, während sie mir alltägliche Dinge von Lilli und Hugo erzählt oder über ihre Nachbarin Minnie, mit der sich ihre WG-Truppe in letzter Zeit angefreundet hat. Irgendwann schweift ihr Redefluss in intimere Gefilde ab. Gedanken, die sie sich über ihre Mutter macht, die das erste Mal seit einer Ewigkeit eine beständige Beziehung führt. Sie erzählt, wie verbittert ihr Vater noch immer darüber ist, wie schnell Nadja ihn damals abserviert hat, und ich frage mich, wie es für Nova gewesen sein muss, ohne Vater in ihrer Nähe aufzuwachsen. So viel Groll ich meinem Dad gegenüber hege, ist er zumindest in den frühen Jahren meiner Kindheit präsent gewesen, auch wenn er im Nachhinein betrachtet nicht gerade ein Paradebeispiel für väterliche Fürsorge ist. Vielleicht … muss ich bald mal den Mut schöpfen und mit ihm reden. Mehr als der letzte Streit, der neue Wunden aufgerissen hat, anstatt welche zu kitten. Es könnte an der Zeit sein.

❤

Nach zweieinhalb Stunden hat die Tortur ein Ende und Shannon reicht mir mit einem leicht erschöpften, aber zufriedenen Grinsen einen Handspiegel, damit ich das Ergebnis an meinem Hals bewundern kann. *Krass* ist das einzige Wort, das mir einfällt, um dieses neue Tattoo zu beschreiben, und etwas überwältigt schüttele ich den Kopf.

»Danke, ich liebe es! Du bist der Wahnsinn!«

Ich lege den Spiegel auf meinem Bauch ab, als Shannon sich vorbeugt, um die transparente Folie anzubringen, die in den nächsten Tagen die Tätowierung bedecken wird, damit der Heilungsprozess darunter geschützt starten kann.

»Das kam von dir, *meu amigo*. Ich hatte nur die Ehre, dieses Meisterwerk stechen zu dürfen. Hat Spaß gemacht!« Sie hebt die Hand zu einer High five und ich schlage ein, direkt danach wendet sich Shannon mit derselben Geste an Nova.

Ein wenig perplex deutet sie auf sich. »Ich auch?«

»*Claro!* Will testen, ob deine Hand noch funktioniert, nachdem dein Liebster sie dir fast zerquetscht hat. Du warst die tapferste Person an dieser Liege heute.«

Mit einem teuflischen Grinsen schlägt nun auch Nova ein und ich kann nicht aufhören, darüber nachzudenken, wie gut sich *dein Liebster* anhört.

Verdammt süchtig machender als Tattoos.

26

Nova

@muenchner_kindel

Was *der* Place to be diesen Herbst sein wird? Liebe Kindel, wir verraten es euch schon heute: das Landgericht München. Wir sind uns sicher, dass mit erstklassiger Unterhaltung zu rechnen ist, nachdem just bekannt gegeben wurde, dass der Prozess unseres Möchtegern-Beltracchis @konstantin.emmanuel in den Startlöchern steht. Also macht euch bereit, das *P1* gegen den Verhandlungssaal zu tauschen. Unsere Dramaprognosen gehen steil!

Nachricht senden

Nach Henrys Tattootermin landen wir in der *Goldenen Bar* im Haus der Kunst – die in Betrieb ist, obwohl das Museum erst in Kürze nach längeren Renovierungsarbeiten wieder öffnet. Ich habe den Mund fast nicht mehr zugekriegt, als Henry auf der Rückfahrt von Giesing diese Location vorgeschlagen hat, denn immerhin ist es das Haus der Kunst. Museum. Artbubble. Ein Ort, den er in den letzten Jahren garantiert so konsequent gemieden hat wie ein Erdnussallergiker eine Packung Snickers, aber hier sind wir: gemütlich in einer Ecke der fancy Bar mit ihrem luxuriösen, warm goldenen Interieur und Henry ist so entspannt wie überhaupt möglich. Da er frisch tätowiert ist, verzichtet er auf Alkohol, nippt stattdessen an einem Ginger Ale und erzählt, wie er sich mit vierzehn das erste Mal abends aus Eton geschlichen hat, um mit Klassenkameraden in ein Pub zu gehen. Wie Vincent, der irgendwie Wind davon bekommen hatte, ihm danach die Leviten gelesen hat – nur um ihn ein paar Abende später selbst bis in die frühen Morgenstunden in einen anderen Laden zu schleppen, *der um Welten besser sei als die Absteige, die Henry für seine erste Night out gewählt hat.* Dann fragt er mich über meine Kindheit aus, wie es war, bei den Bornkamps zwischen den Stühlen aufzuwachsen, ob Jonah und Marlisa schon immer solche Miststücke waren (seine Worte, nicht meine), und irgendwie sieht er wütend aus, je länger ich erzähle.

Über den kleinen runden Tisch beugt er sich zu mir herüber und legt eine Hand an meine Wange; ich weiß, dass die Buchstaben *It has no end* sich an mein Gesicht schmiegen, und gerade bin ich mir nicht sicher, wie ich sie auffassen soll. Wird die Übermacht, die mein Vater auf mich hat, niemals enden oder dieses viel zu gute Gefühl von Henrys Berührung?

Er haucht mir einen sanften Kuss auf die Lippen – eine liebevolle Geste, die nicht, wie so oft zuvor, dazu dient, unsere Lust aufeinander zu schüren oder jemandem um uns herum etwas zu beweisen. Dieser Kuss ist einfach nur … so etwas wie Zuneigung? Gott, ich will nicht daran glauben, dass er mich wirklich mehr mögen könnte. Dass wir in etwas hineinwachsen könnten, was nie so geplant gewesen ist und dennoch unaufhaltsam scheint. Ich kann mich nicht verlieben. Nicht in meinen Fake Freund. Der nichts von dem ist, was ich bisher wollte, und der mich meine alten Anforderungen an einen Mann gänzlich vergessen lässt. Bei ihm rücken sämtliche Fragen in den Hintergrund – ob er gute Geschäftsbeziehungen hat, wie sehr er *hustelt* oder ob mein Vater ihn akzeptieren würde. Mit Henry verlieren all diese Kriterien an Bedeutung, weil er neue schafft, und das macht einem Teil von mir verdammt Angst. Und gleichzeitig kann ich nicht damit aufhören, mich in ihm zu suhlen oder zu verhindern, dass die Grenzen unseres Deals für mich verschwimmen.

»Dein Vater hat dich nicht verdient«, raunt Henry an meinem Mund.

Ich seufze. »Das sagen Lilli und Hugo auch immer.«

»Sie haben recht. Du bist *fucking* perfekt und die Bornkamps geben dir immer nur das Gefühl, ein Aschenputtel zu sein.«

Verdammt, in diesem Moment fühlt es sich so an, als würde etwas in meinem Innern unter seinen Worten aufbrechen. Ein Teil von mir, der entgegen meiner riesigen, selbstbewussten Klappe nach außen immer dieses verunsicherte, niedergemachte Mädchen gewesen ist, knackt und bröselt. Ich hasse es, aber ich bin so viel Verunsicherung und Zurückweisung und Misstrauen. All das sprudelt in mich und ich kann beim besten Willen nicht verstehen, wie er mir das mit solcher Überzeugung sagen kann. Als stünde für Henry keine Sekunde in Zweifel, dass ich genau das bin. *Perfekt.* Ich glaube, ich hasse dieses Wort.

»Warum sagst du das immer wieder zu mir?« Meine Stimme ist beinahe ein Flüstern, doch er versteht mich. Tut er irgendwie immer. Noch so eine magische Henry-Sache, die ich nicht kapiere.

»Was denn?«

»Dass ich perfekt bin! Das ist … nein.« Überfordert schüttele ich den Kopf. »Ich bin Makel und Dehnungsstreifen und Narben an den Brüsten, weil ich sie mir mit achtzehn habe verkleinern lassen, nachdem ich jahrelang unter furchtbaren

Rückenschmerzen gelitten habe. Ist dir das überhaupt aufgefallen? Dass meine Titten gemacht sind?« Harsche, grobe Worte, die ihn abschrecken sollen, aber er lächelt bloß. Inklusive Grübchen, die mich irgendwie noch mehr ärgern.

»Ich glaube, du hast eine falsche Definition von diesem Wort«, erklärt er schließlich mit nervtötender Gelassenheit. »Es geht nicht darum, was alle anderen sagen könnten. Ich denke, man muss nicht für all die Menschen dort draußen perfekt sein. Es genügt eine einzige Person, für die man es ist, und diese hat ihre ganz eigenen Maßstäbe.«

»Allein das ist für mich unvorstellbar! Perfekt bedeutet … makellos und narbenlos und *abfucklos* und … all das.« *Was ich nicht bin.*

Henry hält stur dagegen. »Nein, perfekt heißt zueinanderzupassen. Einander zu sehen und etwas im anderen zu erkennen, was einem selbst fehlt. Ein Gegenstück. Ich schaue nicht auf deine Narben und sehe sie als Makel, Nova. Ich sehe sie als Abzeichen einer Frau, die dazu in der Lage ist, es mit mir aufzunehmen. Mit meinen schlecht gekitteten Rissen und Wunden. Die mich ansieht, als könnte sie etwas Schönes in mir entdecken, wo ich doch eigentlich ein Wrack bin.«

Weil er schön ist. Innen und außen und in den bröckelnden Fugen, die seine Bruchstellen zusammenhalten.

Und langsam, ganz langsam, wird mir klar, was er mir sagen will.

Obwohl es mir so unfassbar vorkommt, so himmelschreiend unlogisch, begreife ich allmählich, dass er sich selbst in demselben schlechten Licht sieht wie ich mich tief im Kern. Dass es für ihn genauso unglaublich, widersinnig und unwirklich ist, wenn ich ihm zeige, dass ich ihn gut finde. Einfach nur ihn. Und ein winziger Teil von mir fängt an, ihm zu glauben. Seinen Worten wahrhaftig *Glauben zu schenken* und sie anzunehmen. Dass es entgegen der Dinge, die mir eingeredet und zugeflüstert wurden, möglich ist, dass er mich auf seine Art sieht. Und ich in seinen Augen eben genau das bin – perfekt für ihn.

Von diesem Moment an, als diese kostbare, umstürzende Erkenntnis in mir einrastet, hält mich nichts mehr in der Bar. »Lass uns zu dir gehen. Dein Geburtstag ist noch nicht vorbei.«

Also ziehe ich Henry von seinem Platz hoch, der rasch einen Schein hinterlässt, um die Rechnung zu begleichen, ehe wir uns ein Taxi für den Katzensprung zur Villa seiner Familie nehmen. Weil es mittlerweile regnet, sprinten wir die Auffahrt zum Anwesen hinauf, jagen mit feuchten Klamotten und Haaren durch die leeren Flure und finden uns schließlich in seinem Schlafzimmer wieder. Ich bin atemlos; nicht vom Laufen, sondern vom Ausdruck in Henrys Augen, der mir mit den Regentropfen, die über seine tätowierte Haut perlen, jedes Quäntchen Sauerstoff aus der Lunge saugt. Er steht ganz nah vor mir, betrachtet mich, wie ein Künstler seine Muse ansieht – voller Wunder und Ehrerbietung und Hunger nach mehr. Und ich will die schmutzigste Muse sein, die diese Welt je gesehen hat. Will ihn zu einer Ekstase inspirieren, die Farben zu Staub und schlechte Erinnerungen zu Asche verpuffen lässt. Noch einmal spüren, wie er die Kontrolle verliert und dabei meinen Namen mit seiner tiefen Eton-Stimme stöhnt.

»Hast du Lust zu kuscheln?«, raunt er mir zu. Herausfordernd, leicht spöttisch. Als würde er bewusst mit mir spielen und Spaß daran finden. *Dupek*.

Meine Stimme wird honigsüß und trügerisch. »Wenn du dieses Wort noch einmal erwähnst, trete ich dich dahin, wo's wirklich wehtut.«

Und Henry, dieser Dämon, lacht nicht im Geringsten bekümmert auf und schiebt eine Hand unter mein Haar. Legt sie mit einer selbstbewussten Selbstverständlichkeit um meinen Nacken, als würde er mich nicht triezen und damit tatsächlich Gefahr laufen, dass ich meinen Drohungen Taten folgen lasse. Inzwischen sollte er mich gut genug kennen, um sich dieses Risikos bewusst zu sein. Aber gleichzeitig könnte ich es auch nicht über mich bringen. Nicht bei ihm. Und ich glaube, er weiß das ganz genau. Sonst würde er nicht munter weitermachen.

»Ich dachte, es ist dir in der Zwischenzeit ans Herz gewachsen. Wenn du hier schläfst, schmiegst du dich immer an mich wie ein Kätzchen …«

»*Was*«, fauche ich ungeduldig und fummele an den Knöpfen seines schwarzen Hemds herum, »muss ich tun, damit du mich endlich vögelst, bis ich meinen Namen vergesse?«

Die Luft zwischen uns schlägt Funken und ich spüre, wie Henry sich bei meinen Worten anspannt. Dieselbe Art von beinahe schmerzhafter Spannung, die sich wie eine Spule tief in meinem Unterleib zusammenzieht und Hitzewellen bis in meine Fingerspitzen schickt. Begierig, hungrig, roh. Es geht nicht um diesen Moment hier, sondern um die Wochen seit dem Rosenmontag, in denen er mich mit seinem *Training* hingehalten hat. Erwartung und Heißhunger geschürt hat, die unerträglich geworden sind und mich fast aus der Haut fahren lassen.

»Hm«, sinniert er betont nachdenklich. »Ziemlich fordernd, Princess. Wie wär's, wenn du es mal mit *Bitte* versuchst?«

Er will mich betteln sehen? Pff, *das* kann er definitiv vergessen. Nicht gewillt, ihm *darauf* zu antworten, recke ich mich, um seine Lippen mit meinen einzufangen, um ihnen eine andere Beschäftigung als reden zu geben, doch Henry lässt die Hand von meinem Nacken gleiten und umfasst stattdessen mein Kinn. Hält mich auf, Millimeter, bevor mein Mund seinen berühren kann.

»Es ist immer noch mein Geburtstag.«

»Dann wünsch dir was, *mój książę*.«

Etwas flammt in seinen Augen auf, ein fiebriges Glühen, das das strahlende Blau in Brand steckt. Ich kann ihm ansehen, wie er nachdenkt, überlegt, was er als Nächstes sagen oder tun soll, aber anscheinend trudelt zu viel zu wild durch seinen Kopf. Nun, dann liegt es wohl weiter an mir, ihm seine Wünsche zu erfüllen und zu hoffen, dass ich wieder ins Schwarze treffe. Heute ist der Tag, an dem ich ihn beschenken will, und er hat verdammt recht damit, dass sein Geburtstag noch nicht vorbei ist. Also entwinde ich mich seinem Griff und lasse mich vor ihm auf die Knie sinken. Langsam und bedächtig und ohne seinen Blick auch nur eine Sekunde loszulassen. Henry wirkt überrumpelt, gleichzeitig werden seine Lider schwer und er zieht die Unterlippe zwischen die Zähne, sobald ich mit den Nägeln seine Oberschenkel hochfahre und das Gefühl seiner zuckenden Muskeln unter seiner Jeans genieße.

»Nova«, ächzt er, als ich den Reißverschluss öffne und den Bund der Hose samt seiner Briefs weit genug runterziehe, um an seinen Schwanz zu gelangen. Zufrieden registriere ich, dass er bereits hart ist, und umfasse ihn mit der Hand, um einmal von der Spitze bis zur Basis zu fahren. Henry erschaudert, gibt mir murmelnde Bestätigungen, dass ich ihn um den Verstand bringe, wie gut es sich anfühlt, wie viel mehr er will. Und ich mache weiter, während ich auf jede seiner Regungen lausche und mich ihnen anpasse. Schneller, fester, lasse den Daumen über seiner Eichel kreisen und verteile die Feuchtigkeit, die sich dort gebildet hat, bis … mir das nicht mehr genügt und ich mich weiter vorbeuge. Eine Hand an seine Hüfte gelegt, den Blick nur auf ihn gerichtet.

»Ich will«, sage ich rau und lasse die Finger zu seinen Eiern wandern, drücke zu, was ihn aufkeuchen lässt, »dass du dir alles nimmst, was du von mir willst. Alles tust, was du möchtest. Letztes Mal war eine Strafe. Das hier ist ein Geschenk.« Mit diesen Worten schließe ich die Lippen um seinen Schwanz, sauge, koste und nehme dann so viel, wie ich schaffe, in den Mund. Tief, tiefer, bis er an meinen Rachen stößt und ich mich etwas ärgere, dass meine Skills nicht besser sind – ich habe einfach zu wenig Übung in Blowjobs, weil ich sie bisher nie besonders mochte. Vielleicht, weil ich immer nur Kerle ausgesucht habe, die so was als Chance gesehen haben, um ihre Überlegenheit durchzudrücken. Die mich für einen schnellen Kick *benutzt* und mir nie das Gefühl gegeben haben, es ginge dabei um gegenseitiges Vergnügen. Sodass ich mich danach immer etwas schäbig gefühlt habe und es irgendwann nicht mehr tun wollte. Ganz im Gegensatz zu Henry. Er streicht durch meine Haare, hält sie mir im Nacken zurück, damit mir die langen Strähnen nicht ins Gesicht fallen, und reißt das Ruder nicht an sich, um schnell und hart in mich zu stoßen.

»Alles, was ich will, Baby?«, greift er heiser mein Versprechen auf.

Ich gebe ein zustimmendes Geräusch von mir, das jäh erstirbt, als er eine Hand fester in mein Haar schiebt.

»Bist du dir sicher?«

So sehr, würde ich gern antworten, doch dafür müsste ich stoppen und das bringe ich gerade nicht über mich. Also nicke ich und grabe die Finger kräftiger in seinen Oberschenkel.

Und Henry … nimmt sich, was er möchte. Er übermannt mich nicht oder wird grob, aber der Griff an meinem Haar zeigt mir unmissverständlich, was und wie er es will. Hilft mir, mich nach seinen Vorstellungen zu dirigieren, das Tempo zu bestimmen, und ich schmelze, während ich ihn machen lasse. Mein Kopf bewegt sich in einem trägen, tiefen Rhythmus und egal, was ich früher bei Blowjobs oft empfunden habe: Nichts wird jemals an das Gefühl herankommen, dass ich es bin, die Henry Saint Clair dreckig fluchen und keuchen lässt. Dass er mich mit einem atemlosen Singsang aus Lobpreisungen und Ermutigungen überschüttet, die meine eigene Lust schüren und mir ein vollkommen anderes Gefühl geben als jemals zuvor. Wertgeschätzt, gewollt … plötzlich nicht mehr kniend am Boden. Henry überrumpelt mich, als er sich jäh zurückzieht und mich an den Schultern fasst, um mir aufzuhelfen. Meine Beine fühlen sich taub an und ich taumele gegen ihn, aber Henry hält mich mit sicherem Griff an der Taille und dirigiert mich im nächsten Augenblick zum Bett.

Mit dem Rücken lande ich auf der weichen Matratze und sehe schmollend zu ihm auf, als er sich auf Händen und Knien über mir aufbaut. »Ich war noch nicht fertig!«

Das Grinsen, das er mir schenkt, ist pure Verdorbenheit. »Du hast gesagt, ich kann mit dir tun, was ich möchte. Und ich will«, er macht sich am Verschluss meiner Lederhose zu schaffen, »in dir sein und deine Hitze spüren und dich fühlen lassen, wie *fucking insane* du mich machst. Zwischen deinen Lippen zu kommen, hebe ich mir für ein anderes Mal auf.«

Dieser Junge und sein Mundwerk …

Es dauert einen Moment, bis er die widerspenstige Hose meine Beine hinuntergerollt hat, und ich merke genau, wie die Ungeduld ihn wild werden lässt. Sie frisst auch mich auf, in leckenden, züngelnden Flammen, und wir reißen an unserer Kleidung, bis wir nackt sind und Henry mich küsst. Den Mund, der es ihm eben noch besorgt hat, doch Henry ist keiner von den Kerlen, die das kümmern würde. Er küsst mich wie ein Mann, der durstig nach mir ist; gierig und überwältigend und mit einer Hingabe, dass ich Sterne sehe. Diese Empfindung breitet sich weiter in mir aus, während er die Hände über mich wandern lässt, berührt, kundschaftet und tausend kleine Lustschauder wie ein Funkenregen explodieren.

»Mój książę«, wimmere ich, was mehr nach einem Betteln klingt, als ich je zulassen wollte. Aber *kurwa*, er treibt mich in den Wahnsinn und ich will einfach nur …

»Dreh dich auf den Bauch.« Henry stemmt sich über mir hoch, um mir Platz zu schaffen, und ein wenig benommen blinzele ich zu ihm auf. Sein nachtschwarzes Haar fällt ihm widerspenstig in die Stirn und es liegt eine Anspannung in seinen Zügen, die das begierige Pochen zwischen meinen Beinen heftiger werden lässt. Gott, ich *mag* es, wenn er mir Kommandos gibt. Ich mag es so sehr, dass ich mich ohne Widerrede umdrehe, seiner Order Folge leiste und abwarte, was er als Nächstes vorhat. Ungewohnt für mich und dennoch so, so köstlich …

Henry indes scheint sich kaum noch zügeln zu können. Er packt meine Hüften, zieht mich auf die Knie hoch und drängt sein Becken gegen meinen Hintern. Gott … ja … mehr … bitte …

Ein Blick über die Schulter verrät mir, dass er sich zum Nachtkästchen beugt, um ein Kondom aus der Schublade zu fischen, und schon im nächsten Moment schiebt er sich von hinten zwischen meine Beine. Lässt mich diese Härte spüren, die auf köstlichste Weise über meine empfindlichsten Stellen reibt und mich reizt. Auf den Händen hochgestützt dränge ich mich ihm entgegen, will mehr von dieser Reibung und dem quälenden Gefühl, dass er jederzeit in mich gleiten könnte.

»Das hier, Princess, habe ich mir schon in unserer ersten gemeinsamen Nacht ausgemalt.« Henry beugt sich vor und verteilt beim Sprechen Küsse meine Wirbelsäule hinauf. »Dieses atemberaubende Haar um meine Hand geschlungen, während ich dich vögele …«

Und dann tut er genau das. Schnappt sich meine langen Strähnen, wickelt sie sich um die Hand und neigt dadurch mit leichtem Druck meinen Kopf nach hinten. In dem Moment, in dem er in mich eindringt. Fest und so tief und unerbittlich…

»Kurwa mać!« Ich drücke den Rücken durch, krümme mich dem Griff an meinen Haaren entgegen. Will vor diesem Genuss fliehen oder mich ganz hineinwerfen und alles gleichzeitig.

»Ja«, keucht Henry. »Gib mir mehr davon. Ich will dich fluchen hören.«

Und ich tue es, weil mir gar keine andere Wahl bleibt. Ich stürze in ein Delirium, angetrieben von seinen Stößen, seiner Stimme, seinen Berührungen. Ein wilder Kauderwelsch aus polnischen Flüchen und Ermutigungen fließt über meine Lippen. Henry treibt mich weiter und weiter, nimmt mich mit einer Intensität, die keinen Platz für Gedanken lässt – außer diese, die sich darum drehen, wie gottverdammt gut sich das anfühlt. Meine Arme geben unter mir nach und ich drücke mein Gesicht ins Kissen, doch Henry erlaubt nicht, das irgendetwas meine Stimme dämpft. Er zieht mich zu sich hoch, bis ich zwischen seinen Beinen knie, meinen Rücken an seine Brust gepresst, und obwohl mir schleierhaft ist, wie er es bewerkstelligt, lässt sein markerschütternder Rhythmus nicht nach. Wenn überhaupt, macht es dieser neue Winkel umso besser. Schafft eine Reibung in meinem Innern, die brennt wie Feuer und glüht wie Sünde. Henry treibt mich höher und höher. Heiße Lippen an meinem Hals, mein Inneres, das sich nah … so nah an diesem *Etwas* zusammenkrampft, das ich noch nie beim Sex erreichen konnte … Und dann taucht einer seiner Finger zwischen meine Schenkel, streichelt mich auf genau die Art, die ich ihm beim letzten Mal demonstriert habe. Das ist mein Untergang. Auch wenn ein Teil von mir *immer noch* dagegen ist, mich anschreit, dass wir nicht *können* – weil es nie geklappt hat –, komme ich. Vergesse alles, was mal war und was ich dachte, für diesen Moment reiner Wonne.

»Henry, ich … *do diabła*!«

Dieser Höhepunkt ist mit nichts zu vergleichen, was ich je zuvor gespürt habe. Er beginnt tief in meinem Schoß und breitet sich von dort wie eine Explosion in meinem restlichen Körper aus. Druckwelle um atemberaubende Druckwelle. Eine Urgewalt, der ich nichts entgegenzusetzen habe und es auch nicht möchte. Weil es sich nicht nur wie süßeste

Erleichterung, sondern genauso sehr nach einem Befreiungsschlag anfühlt.

Henry schaudert hinter mir und zieht mich noch fester an sich, als er ebenfalls den Höhepunkt erreicht, das Gesicht an meine Halsbeuge gedrückt. Sein heißer, aufgewühlter Atem streicht wie eine Liebkosung über meine Haut, während seine Hüften ein letztes Mal stoßen. Und er in mir bleibt, als könnte er die Vorstellung, diesen einmaligen Moment enden zu lassen, genauso wenig ertragen wie ich. Erst als ich Henrys Lippen auf meinen Wangen spüre, wird mir klar, dass ich weine. Tränen laufen mir übers Gesicht, doch ich bin mir sicher, wenn ich mich in diesem Augenblick selbst sehen könnte, wäre da nichts als Glückseligkeit in meiner Miene zu entdecken. Nur Verzücken und Dankbarkeit und … Lust auf mehr. Gott, ich könnte mich niemals mit nur einem Mal zufriedengeben. Nicht jetzt, nachdem ich gelernt habe, wie es sein kann.

Und da ist noch immer diese Gewissheit, die mich vorhin in der Bar übermannt hat. Ich weiß es in meinen Knochen. In jedem Herzschlag und bis tief in mein Mark.

Eine Erkenntnis, die tief in mir Wurzeln schlägt.

Für die Welt bin ich nicht perfekt, genauso wenig wie er, aber zusammen könnten wir es womöglich sein. Füreinander. Miteinander.

27

Nova

@muenchner_kindel

Skandal im Sperrbezirk, Kinder! Uns war ja hinlänglich bekannt, dass @luis_hrzg kein Kind von Traurigkeit ist, aber neueste Aufnahmen zeigen ihn höchst vertraut beim Feiern mit einer nicht ganz unbekannten monegassischen Prinzessin. Keine zwei Tage, nachdem er am Arm von Bürgermeistertochter @xenia_sophie gesichtet wurde! *Holy moly*, Luis, es wird höchste Zeit für dein eigenes Hook-up-Highlight 🩶🔥

Nachricht senden

Ich bin nun offiziell eine Frau, die beim Sex Orgasmen hat. Ehrlich gesagt hat dieses kleine Detail nie eine gigantisch große Rolle in meinem Leben eingenommen. Als mir klar geworden ist, dass ich dieses *Problem* habe und egal, welche Technik, egal, welche Anstrengungen, nichts daran ändern können, habe ich es einfach hingenommen. Es ist kein Thema, über das jeder offen spricht. Trotzdem ist mir klar, dass ich nicht die einzige Frau mit diesem Struggle bin und manche Dinge sich einfach nicht ändern lassen. Stattdessen habe ich meine Höhepunktimitation perfektioniert, um mir von keinem enttäuschten Kerl mehr anhören zu müssen, *ich hätte mich ja wohl nicht gut genug angestrengt, weil bisher ja wirklich ausnahmslos jede seiner Partnerinnen mit ihm gekommen sei.* Jo, in deinen Träumen vielleicht, Buddy, aber wie auch immer. Seit dieser Nacht mit Henry muss ich zugeben, dass ich mich verdammt gut fühle. Ein wenig befreit und erleichtert; nicht, weil ich die Statistik seines Quotenpenis gefixt habe oder sich mein Orgasmus weltverändernd fantastisch angefühlt hat, sondern wegen der anderen Dinge, die ich auf dem Weg dahin begriffen habe. Die mich jedes Mal lächeln lassen, wenn ich nur an Henry denke oder an das, was er in der Bar zu mir gesagt hat, oder wie sich diese *Sache* zwischen uns anfühlt. Definitiv so was von gar nicht fake, auch wenn wir noch nicht richtig darüber gesprochen haben. Sollten wir aber. Papas Aufenthalt in München neigt sich dem Ende zu und das würde eigentlich bedeuten, dass kein Grund mehr besteht, ihm und meinen Geschwistern etwas vorzuspielen. Sie kehren in ihr eigenes Leben zurück, wo sie meines nicht mehr aus nächster Nähe überwachen können. Und ich werde meine Freiheit zurückerlangen – wieder bedenkenlos feiern und daten und dem Plan nachjagen, den ich vor so vielen Jahren gefasst habe: jemanden heiraten, der alle Bornkamps zusammen alt aussehen lässt. Irgendeinen Businessmogul oder Börsenmilliardär, mit – wie hat es *muenchner_kindel* letztens so charmant ausgedrückt? – mehr Moneten als Hirnzellen. Das war mein erklärtes Ziel und viel zu lange habe ich nicht erkannt, dass ich Männer nach den komplett falschen Kriterien gesucht habe. Man sollte nicht versuchen, sich zu verlieben, um damit seine Familie zu übertrumpfen oder ihnen eins auszuwischen. Oder dirigiert von der Furcht, an einen Gold Digger zu geraten, wie es meiner Mutter so oft passiert ist. Wenn ich einen Partner wähle, dann sollte er zu mir passen und *mich* glücklich machen und nicht aufgrund von Hintergedanken und Minderwertigkeitskomplexen auserkoren worden sein. Henry hingegen … habe ich allein für mich. Weil ich ihn will, weil er mir ein gutes Gefühl gibt und dieses Arrangement mit ihm mich irgendwie dazu gezwungen hat, über meinen eigenen Tellerrand hinauszuschauen. Ehrlich gesagt ist das Letzte, was ich möchte, ihn aufzugeben, sobald mein Vater fort ist. Der Gedanke macht mich nervös und vielleicht sollte ich ihn bald fragen, ob er das auch wollen würde. Ziemlich bald. Wirklich, *wirklich* dringend, denn viel Zeit bleibt mir dafür nicht mehr. Nur nicht jetzt, wo er mit mir in der Küche meiner WG steht und konzentriert in die Rührschüssel unserer KitchenAid späht, in der die Maschine gerade eine luftige Creme aufschlägt. Henry backt mir einen polnischen Kuchen namens *Karpatka* – eine verboten leckere Köstlichkeit aus Windbeutelteig und Vanillecremefüllung, die ich abgöttisch liebe, und ich *kann* mich nicht dazu überwinden, ein ernstes Thema anzusprechen. Nicht wenn ich wie ein Kind auf der Arbeitsfläche neben der Küchenmaschine sitze, die Beine baumeln lasse und Henry mich naschen lässt, *weil ich immerhin die Fachfrau sei, was die polnische Küche angeht, und er ein Möchtegern, der Eindruck schinden wolle.* Kann etwas süßer sein als Henry Saint Clair, der mit dieser akribischen Ernsthaftigkeit für mich backt? Ehrlich, es wundert mich mit jedem Tag weniger, warum er derjenige ist, der meinen Orgasmusfluch gebrochen hat. Er schafft es mit so müheloser Leichtigkeit unter meine Haut, dass es mich gruseln sollte. Und dennoch kann ich mich nur atemlos davon mitreißen lassen, wie er mein Herz mit jedem Tag mehr kapert, während sich die Angst vor dem möglichen Ende unseres Deals als dunkle Gewitterwand am Horizont immer bedrohlicher zusammenbraut.

»Was hast du dieses Wochenende vor?«, erkundigt sich Henry schließlich nebenbei, die Nase in dem abgegriffenen

Rezeptbuch vergraben, das er mitgebracht hat. »Wollen wir am Samstag irgendwo hingehen? Vincent hat mir von einem japanischen Tapas-Restaurant erzählt, das neu eröffnet hat. Soll super sein.«

Obwohl es erst Dienstagabend ist und das Wochenende noch endlos weit weg scheint, schlucke ich schwer, als sich Nervosität in meiner Magengrube regt. Bisher konnte ich mit allem, was zwischen Henry und mir passiert ist, erstaunlich gut verdrängen, was am Samstag ansteht: die feierliche Wiedereröffnung vom Haus der Kunst, zu der mich mein Vater persönlich abkommandiert hat. Er ist zwar noch weniger ein Kunstkenner als ich, schmückt sich jedoch gern damit, als Sponsor von Kulturprojekten aufzutreten. Außerdem beteiligt er sich mit CV als Geldgeber für die Sanierung des Museumsbaus. Am Eröffnungsabend will er nicht nur möglichst öffentlichkeitswirksam die Lorbeeren für sein Engagement ernten, sondern auch seinen Abschied von München zelebrieren. Jep, nach kaum zwei Monaten hat er seine Geschäfte erfolgreich beendet und die Bornkamps werden samt und sonders nach Hamburg zurückkehren. Was eigentlich eine Erleichterung sein sollte … aber im Moment nur Beklemmung in mir auslöst, weil es das offizielle Ablaufdatum meines Arrangements mit Henry bedeutet. Und mir vor Augen führt, was für ein elendiger Schisser ich bin, da ich nicht den Mumm für ein offenes Gespräch mit ihm finde. Dazu kommt, dass meine Anwesenheit am Samstag natürlich erwartet wird und ich eigentlich nicht allein gehen möchte, Henry allerdings nicht fragen *kann*, ob er mich begleitet. Schließlich kenne ich seine Aversion gegen die Kunstszene und wie grausam wäre es, ihn zu einem Event zu schleppen, wo es von genau den Leuten wimmelt, denen er aus dem Weg gehen will? Deswegen druckse ich überfordert herum, als er mir mit seiner direkten Frage die Pistole quasi auf die Brust setzt.

»Samstag? Warte mal … ist da nicht … hm.«

Verdammt, ich hasse es einfach, übervorteilt zu werden und die Oberhand zu verlieren. *Was dir gerade nur passiert, weil du diesen Abend von dir geschoben hast, anstatt dir eine Strategie zu überlegen.* Wirklich, ich hasse diesen Teil von mir, der stets zur Stelle ist, um an die unbequeme Wahrheit zu denken.

Es bringt jedoch nichts, Henry anzulügen, also kapituliere ich mit einem Seufzen. »Samstagabend erwartet mich mein Vater bei der Wiedereröffnung vom Haus der Kunst. Viel Brimborium und im Endeffekt garantiert sterbenslangweilig.« Wobei ich als frisch gebackene Auktionshausmitarbeiterin wahrscheinlich ein wenig mehr Begeisterung für solche Veranstaltungen an den Tag legen sollte, nicht wahr? »Ich könnte danach zu dir kommen. Ein triftiger Grund, mich so früh wie möglich abzuseilen.«

Hoffnungsvoll blinzele ich Henry an, der inzwischen das Rezeptbuch beiseitegeschoben hat, beide Hände an den Rand der Arbeitsfläche stützt und mit grüblerischer Miene aus dem Fenster hinter mir starrt. »Werden Yzma und Kronk auch da sein?«

Ich brauche einen Moment, um die neueste Referenz für meine Geschwister zuzuordnen. Zu meiner Verteidigung: Ich habe *Ein Königreich für ein Lama* seit Jahren nicht mehr gesehen. Trotzdem kann ich mir ein Grinsen nicht verkneifen, als es klick macht.

»Ja, werden sie«, bestätige ich, was Henry mit einem kleinen, bitteren Schnaufen kommentiert.

Sein Blick huscht zu mir und irgendetwas an der plötzlichen Intensität in diesem strahlenden Blau jagt mir einen Schauer über den Rücken. »Und wann wirst du mich fragen, ob ich dich begleite?«

»Ähm, gar nicht.« Warum hebt sich meine Stimme am Ende des Satzes, wodurch er wie eine unsichere Frage klingt? Und warum sieht Henry regelrecht sauer aus? Er müsste dankbar und erleichtert sein, keinen Fuß ins Haus der Kunst setzen zu müssen. Muss ich es ihm ernsthaft erklären, warum ich das hier tue? *Für ihn*, wo mich doch jeder meiner Instinkte anschreit, ihn an meine Seite zu holen.

In einer flüssigen Bewegung macht Henry einen Schritt zur Seite, sodass er nun zwischen meinen baumelnden Beinen steht. Ohne den Blick eine Sekunde von meinen Augen zu nehmen, legt er die Hände auf meine Schenkel, um sie weiter auseinanderzudrücken, damit er besser dazwischenpasst. Näher an mich herankommt. »Wir haben einen Deal, Hypernova«, gurrt er regelrecht, was im krassen Kontrast zur tiefen Tonlage seiner Stimme steht. Weich und abgrundtief dunkel zugleich. »Hast du das vergessen?«

Ich *würde* es gern. *Nicht* daran erinnert zu werden, dass wir am Ende des Tages eine Abmachung sind, was ihm gerade so spielend leichtzufallen scheint. Ein Teil von mir will kontern, fragen, ob es sein Ernst ist, uns weiter als Deal zu bezeichnen. Denn spätestens seit seinem Geburtstag fühlt es sich nicht mehr danach an. Aber die Furcht versiegelt meine Lippen. Wenn überhaupt hat er mir meine Courage noch ein wenig mehr genommen, indem er mich an die Fakten erinnert hat.

Scheinbar unempfänglich dafür, was in meinem Innern vor sich geht, macht Henry weiter. »Ob du es willst oder nicht: Ich gehöre zu deinen öffentlichen Outings dazu. *Ich* bin der Mann an deiner Seite und das sollen alle sehen. *Ich* will dabei sein, wenn du einen ganzen Abend mit deinen Geschwistern verbringen musst.« Federleicht streicht er mit dem Daumen über meine Unterlippe und ich würde ihn so gern küssen. An mich ziehen und mich der einen wackeren Wahrheit zwischen all dem Ungesagten und Angsteinflößenden widmen: der Tatsache, dass die Welt um uns herum aufhört zu existieren, sobald sich unsere Lippen berühren. Dass ich mich wertvoll und gewollt und gebraucht fühle, solange ich ihn schmecken und einatmen kann.

»Warum weist du mich zurück, Nova?«

Ich brauche einen Moment, bis seine Frage es durch den Tumult in meinem Kopf hindurchgeschafft hat. »Das … Ich weise dich nicht zurück!«

Henry zieht die Brauen zusammen. »Es fühlt sich trotzdem so an, wenn du sagst, du hättest mich gar nicht fragen wollen. Bin ich dir nicht gut genug, um mich noch einmal deinem Vater zu präsentieren? Würdest du lieber …?«

»Nein!« Ich lasse ihn nicht ausreden, als mir klar wird, in welche Richtung seine Gedanken gewandert sind. Wie er mein Verhalten komplett falsch gedeutet hat, weil ich nicht den Mumm hatte, es einfach offen anzusprechen. »Es ist ein Event im Haus der Kunst, Henry«, sage ich überdeutlich. »Ich wollte dich nicht fragen, um dir das zu ersparen. Die Leute, die Szene, die Erinnerungen, die hochkommen könnten.«

Tief atmet er durch; die Hand, die noch immer auf meinem Oberschenkel liegt, packt fester zu, als wäre ich ein Fixpunkt, zu dem er auf keinen Fall den Kontakt verlieren darf.

»Vielleicht ist es an der Zeit«, sagt er dann, was mich fast umhaut. Ich habe ihn immerhin erlebt und die Tragödie in ihm gesehen, wenn die Kunstbranche ihm zu nahe gekommen ist. Einmal nach der Präsentation bei Herzog, als er beinahe eine Panikattacke erlitten hat, und an dem Nachmittag nach dem Streit mit seinem Vater. Gleichzeitig sehe ich die Veränderung, die in letzter Zeit in ihm vorgegangen ist; wie er immer häufiger zeichnet und dabei entspannt und regelrecht glücklich aussieht. Steht es mir zu, dieses winzige Stück Frieden, das er sich mit der Kunst zurückgeholt hat, nicht aufs Spiel setzen zu wollen? Für einen lästigen Abend, den ich genauso gut allein durchstehen kann?

Aber der Ausdruck, mit dem er mich anstarrt, lässt keine Widerrede zu. Er scheint es ernst zu meinen. Und sei es nur, um die Scharade ein letztes Mal aufrechtzuerhalten.

28

Nova

@muenchner_kindel

BREAKING NEWS!! Keine Zeit, viel zu tippen, nur so viel: Hüpft ins TikTok-Live von @larissa.mqt! Ihr wollt nicht verpassen, was im Haus der Kunst abgeht 🤯

Nachricht senden

Am Samstagabend ist nahezu die ganze Truppe gemeinsam auf dem Weg ins Haus der Kunst. Lilli (die ausnahmsweise ohne Vincent auskommen muss, der sich einen Schnupfen eingefangen hat und lieber zu Hause geblieben ist), Minnie, Hugo, Luis, Henry und ich drücken uns in ein Großraumtaxi, da für so viele selbst die Limousine mit Fahrer der von Closen zu Arnstorfs zu klein gewesen wäre. Ein winziger Teil von mir bedauert es, nicht mit Henry allein in seinem Porsche gefahren zu sein, dessen Innenraum sich jedes Mal zu einer intimen, lauschigen Blase zwischen uns verwandelt. Gleichzeitig habe ich zu viel Spaß mit meinen Freunden, die überdreht und lachend die perfekte Ablenkung von dem Knoten in meinem Magen sind, der sich mit jedem Tag enger und enger zieht. Wenn ich ganz ehrlich zu mir bin, weiß ich im Grunde genau, warum ich das offene Gespräch mit Henry hinauszögere: Meine Furcht vor Zurückweisung hält mich im Klammergriff, gemischt mit den Erfahrungen, die mir meine Eltern mit ihrer *Beziehung* vorgelebt haben.

Vielleicht … vielleicht schnappe ich mir morgen Lilli, Hugo und Minnie, wir halten Kriegsrat und die drei können mich mit ihrer geballten Weisheit auf das Ganz-oder-gar-nicht-Gespräch mit Henry vorbereiten. Keine Ahnung, ob ich es allein schaffen würde.

Vor dem frisch sanierten Haus der Kunst erwartet uns ein geschäftiges Brimborium. Das Gebäude ist effektvoll beleuchtet, große Banner, die von internationalen Artists gestaltet wurden und die Wiedereröffnung verkünden, zieren die Fassade. Und vor dem Eingang wurde eine Art roter Teppich ausgerollt, an dessen Seiten sich etliche Vertreter der örtlichen Presse und sogar Fernsehteams tummeln. Oha.

Ich verharre einen Moment und falle deswegen hinter unserer Gruppe zurück, um ein letztes Mal den Sitz meines Outfits zu checken, bevor ich mich all diesen Augen und Kameras stelle. Für mehr als die Klatschspalte der lokalen Abendzeitung werde ich bestimmt nicht interessant sein, aber wichtiger als die traditionellen Medien sind für mich *muenchner_kindel* und Konsorten. Ich fühle mich selbstbewusst und wunderschön in meinem heutigen Kleid, was jedoch nicht bedeutet, dass ich auf Bildern und Videos im Internet landen will, auf denen mein trägerloser BH unter dem semi-transparenten Material verrutscht ist oder eine Haarsträhne an meinem Lipgloss festklebt. Henry wartet geduldig, während ich mit den Händen prüfend über meine Gestalt flattere, um jeden Winkel zu checken. Im Schlagschatten des Museums, einige Schritte von der Festbeleuchtung entfernt, sieht er in seinem schwarzen Anzug samt der baumelnden Ohrringe aus wie ein gefallener Engel. Sündig, schön und auf eine Art gefährlich, die ein Pochen direkt zwischen meine Beine schickt. Es sollte verboten werden, im Kern eine solche *Cinnamon Roll* wie er zu sein und gleichzeitig auszusehen, als wäre er ruchloses Verderben in Person. Getoppt wird das Ganze nur davon, dass ich genau weiß, *wie* verdorben er sein kann.

Henry macht einen Schritt auf mich zu und ich bade in dem Gefühl, seine Aufmerksamkeit für mich allein zu haben. Wie er mich in diesem Kleid mustert, das fast ausschließlich aus einem Netz von Abertausenden Strasssteinen und durchscheinendem Stoff besteht. Es suggeriert Nacktheit, während alle kritischen Stellen von ausreichend Bling-Bling bedeckt sind. Ich habe mich nach außen schon immer mit jeder Menge Selbstbewusstsein gegeben, aber seit Henry fühle ich es auch bis tief ins Innere. Eine Gewissheit, die mich wirklich dazu bringt, jeden Winkel meiner selbst lieben zu lernen und nicht nur für andere so zu tun.

»Weißt du.« Henry streicht mir eine lange Strähne zurück, die ich heute Abend für den klassischen Hollywoodstyle in üppige Wellen gelegt habe. »Manche Frauen sehen in Diamanten gut aus. Du, Princess, sorgst dafür, dass *Diamanten* gut aussehen.« Die funkelnden Glitzersteine meines Kleids spiegeln sich im Blau seiner Augen und ich möchte auf die Knie gehen. Mit Wahrheiten herausplatzen, die mir Angst machen, und um meiner selbst willen mutig sein. Weil mir so lange das Gefühl vermittelt wurde, nicht gut genug für etwas Dauerhaftes zu sein, und ich mir so gern das Gegenteil beweisen würde. Weil ich es wert bin, mehr zu wollen und mehr zu verdienen und alles bedingungslos genießen zu können, was mir ein Mann wie Henry bietet.

Doch der Moment zerplatzt, bevor ich etwas erwidern kann, als Hugo unsere Namen ruft. Sie alle warten auf uns.

»Deine Freunde und ihr Timing«, sagt Henry resigniert und seufzt, ehe er mir seinen Arm anbietet.

Kaum bin ich bei ihm untergehakt, laufen wir los und ich sage ein wenig irritiert: »Das sind auch deine Freunde.«

Als wollte er meinen Einwand wegwischen, zuckt Henry mit den Schultern. »Bisher bin ich mir immer wie der Außenseiter in dieser Runde vorgekommen.«

»Ich sage dir eins, *mój książę*: Sie wären sehr böse, wenn du ihnen das sagen würdest. Diese Truppe liebt dich! Und wenn du ihnen eine Chance gibst, dich mehr auf sie einlässt, wirst du das erkennen.«

Wir haben die anderen fast erreicht, die vor dem Teppich auf uns warten, damit wir uns gemeinsam ins Getümmel stürzen können, und ich sehe Henrys Mundwinkel zucken. Dennoch schweigt er.

❦

Das Museum platzt aus allen Nähten. Absolut alles, was in München Rang und Namen hat, scheint an diesem Abend hergekommen zu sein, und der Andrang ist beispiellos. Es ist ein regelrechter Kampf gewesen, an ein Glas Champagner zu kommen, um den offiziellen Teil aka die Ansprachen von diversen sehr wichtigen Museumsleuten und Vertretern aus der Politik durchstehen zu können. Warum müssen solche Reden immer sterbenslangweilig sein? Und ewig dauern? Die ganze Zeit über nehme ich Henry und die Stimmung, die er verströmt, mit höchster Sensibilität wahr. Vermutlich verwandle ich mich gerade in eine eigene Version von

Glucken-Vinnie, obwohl sich mit jeder verstreichenden Minute zeigt, dass meine Sorge unbegründet ist. Henry bleibt entspannt, selbst, als alte Bekannte auf ihn aufmerksam werden, für Small Talk anhalten und sich mehr oder weniger diskret erkundigen, wie es mit seiner Kunst aussieht. Seine Antworten auf diese Fragen bleiben vage, höflich, aber distanziert, und er sieht keine Sekunde so aus, als würde ihn die Konfrontation mit den Gesichtern der Branche direkt in die schlimmen Erinnerungen zurückwerfen.

Seine selbstsichere Leichtigkeit nimmt mir den letzten Rest Bedenken, ob es für ihn eine gute Idee gewesen ist hierherzukommen, und alles könnte so schön sein, wären da nicht die Bornkamps. Im allgemeinen Ankunftsgewusel und während der anschließenden Eröffnungsreden habe ich Papa, Marlisa und Jonah noch nicht gesehen. Nun steuern sie geradewegs auf uns zu – eine Entourage von CV-Menschen und anderen ultrawichtig aussehenden Geschäftsleuten in ihrem Kielwasser. Normalerweise würde mich spätestens jetzt eine Welle von Unwohlsein überspülen, heute flutet mich stattdessen so etwas wie Hoffnung. Natürlich bin ich nicht so delulu zu glauben, Marlisa und Jonah hätten plötzlich ein dringend benötigtes Charakter-Update erhalten oder könnten zur Abwechslung mal keine Nervensägen sein, doch ich für meinen Teil bin guter Dinge, ihnen heute einigermaßen gelassen gegenübertreten zu können. Nicht mehr so geduckt und unfähig, ihnen etwas entgegenzusetzen. Ja, sie haben beeindruckendere Schulabschlüsse und Studiengänge und verkörpern rein äußerlich ein Ideal, dem ich niemals werde entsprechen können, aber das macht mich nicht zu einem schlechteren Menschen. Henry hat mir diese Überzeugung langsam und beständig ins Gehirn gepflanzt und seit seinem Geburtstag glaube ich jeden Tag ein Stückchen mehr daran. Als könnte er meine Gedanken lesen, schlingt er einen Arm um meine Taille, drückt leicht zu und zieht mich enger an seine Seite. Es heißt nicht länger *drei gegen eine*. Henry ist bei mir; nicht, um meine Schlachten für mich zu schlagen, sondern um mir den Rücken zu stärken.

»Dich kann man ja heute Abend wirklich nicht übersehen, Nova«, dröhnt Papa zur Begrüßung, ehe er mir rasche Küsschen auf die Wangen haucht und anschließend Henry kurz auf die Schulter klopft. »Dieses Kleid ist ja sehr … mutig.« Er beäugt den Nackt-Effekt mit einiger Skepsis und mir entgeht nicht, wie Jonah und Marlisa einen spöttischen Blick tauschen. Meine Schwester, die in einem hautengen schwarz-weißen Schlauchkleid steckt, zieht mich zu Küsschen an sich und es überrascht mich so gar nicht, als sie dabei in mein Ohr haucht: »Mutig oder eher *nuttig*, hm?«

Ohne Witz, ich wäre enttäuscht gewesen, wenn sie diese Steilvorlage hätte liegen lassen.

»Sie strahlt wie ein Sternschnuppenregen, nicht wahr?«, wirft Henry vollkommen ernst ein, als würde er gerade *nicht* puren Schmalz von sich geben. »Das Kleid ist eine nette Ergänzung dazu.«

Nawww, dieser Charmeur!

Mein Vater schüttelt den Kopf. »Manchmal komme ich nicht hinterher, dass du schon erwachsen bist, Nova, und nicht mehr mein kleines Mädchen in Rüschenkleidern.«

Ich verbeiße mir den Hinweis, dass ihm der Übergang vielleicht leichtergefallen wäre, wenn er sich um mehr Präsenz in meinem Leben bemüht hätte. Aber ich will mich nicht länger von dieser Bitterkeit auffressen lassen oder einen Streit vom Zaun brechen.

Der Moment verflüchtigt sich zum Glück, als Lilli und Hugo zu unserer Runde stoßen. Die beiden sind ein eingespieltes Duo und nehmen meine Geschwister in die Zange, füttern sie mit irgendwelchem unwichtigen Gossip, wodurch Papas Aufmerksamkeit ausnahmsweise allein mir gilt. Er fragt mich nach meiner Arbeitswoche bei Herzog und ich erzähle ihm ein wenig stolz, wie es mir gelungen ist, meine erste Akquise für das Auktionshaus an Land zu ziehen – ein Gemälde von Pollock, das ich über eine Freundin von Mama für Herzog herangeholt habe.

Gott, darüber zu reden, macht mich immer noch so hibbelig und froh. Langsam begreife ich, wie die Dinge im Versteigerungswesen laufen, und finde Gefallen an diesem Katz-und-Maus-Spiel mit Kundschaft und Kunstwerken. Nicht, dass ich in meiner Assistenzstelle viel mit der Akquise zu tun hätte, aber ich bin nicht nur ein kleines, unwichtiges Helferlein in diesem Unternehmen, sondern bringe mich ein und schaue über den Tellerrand meiner Stellenbeschreibung hinaus. Und möglicherweise ist mir dadurch bewusst geworden, dass ich einen besseren Geschäfts- und Verhandlungssinn habe, als ich dachte. Und eine Fähigkeit, die ich in meinem Job einsetzen kann, ohne mich wie ein Impostor zu fühlen.

Anerkennend tätschelt Papa meinen Arm und ich zehre mehr von dem stolzen Leuchten in seinen Augen, als ich es je irgendjemandem eingestehen würde. Endlich, *endlich* gelingt mir mal etwas, das seine Zustimmung findet.

»Nova«, sagt Papa schließlich leutselig. »Um die Zukunft deiner Akquisenstatistik im Auktionshaus musst du dir ja keine Sorgen machen, wenn du mit Henry Saint Clair zusammen bist.«

Ich versteife mich unwillkürlich, weil mir nicht ganz klar ist, worauf er hinauswill – und gleichzeitig weiß ich es erschreckend genau.

»Ich habe gegoogelt, junger Mann«, ergänzt er an Henry gerichtet, in dem ebenfalls etwas still geworden ist. So finster, wie er die meiste Zeit dreinschaut, würde es anderen Leuten vielleicht gar nicht auffallen. Doch ich spüre die Anspannung in ihm, die vor ein paar Sekunden noch nicht da gewesen ist. Ihm gefällt der Kurs, den diese Unterhaltung nimmt, genauso wenig wie mir.

Nichts, wovon Papa auch nur einen Hauch bemerken würde. »Herzog würde sich garantiert die Hände reiben, wenn sie Werke von dir unter den Hammer bringen könnten und Nova deine perfekte Zwischenhändlerin ist. Die Werke deiner Mutter werden weiterhin zu Höchstpreisen gehandelt und an das, was von dir im Umlauf ist, könnte man anknüpfen. Tolle Gewinne!« Mein Vater ist voll in seinem Element, geschäftstüchtig durch und durch, ohne ein Gespür für Nuancen. *Kurwa*, ich würde ihn so gern schütteln, damit er aufhört.

»*Well*«, sagt Henry nach einem kurzen, nachdenklichen Schweigen. »Tatsächlich denke ich über etwas in der Art nach. Ich selbst bin mir nicht so sicher, ob mich der Markt noch einmal euphorisch aufnehmen würde, aber die Freude an der Kunst ist seit langer Zeit zu mir zurückgekehrt. Vielleicht besuche ich nach dem Volontariat sogar die Kunstakademie.«

Mit offen stehendem Mund starre ich ihn von der Seite an. Er … Was? Das hat er nicht ernsthaft nebenbei im Gespräch mit meinem Vater gedroppt! Diese Atombombe von Neuigkeiten!

Henry fängt meinen Blick auf und grinst schuldbewusst. »Sorry, Hypernova, ich habe noch keine passende Gelegenheit gefunden, um dir davon zu erzählen.«

Ein wenig pikiert kräusele ich die Nase, weil ich mir irgendwie sicher bin, dass es diesen Moment durchaus hätte geben können. Aber gut, vielleicht hat er einen Schubs von außen gebraucht, um es laut auszusprechen. Ist ja nicht so, als wüsste ich nicht, wie das ist. Und gleichzeitig bin ich irre stolz auf ihn, da ich nicht fassen kann, dass er das echt machen möchte. Später muss ich alles dazu aus ihm herausholen!

Als ich zu Papa sehe, ertappe ich ihn dabei, wie er uns mit einem seltsamen Gesichtsausdruck mustert. Beinahe … als wäre er gerührt. »Hypernova. Ist das dein Spitzname?«

Meine Wangen werden heiß, weil es sich seltsam intim anfühlt, plötzlich mit meinem Vater darüber zu sprechen. »Bisher eher Supernova, das kam von Hugo. Nur Henry musste noch mal einen obendrauf setzen und Hypernova sagen.« *Nicht, dass es mich stören würde. Für ihn will ich nichts anderes sein als die Steigerung von allem.*

Papa blinzelt einige Male. »Nun, es sollte mich nicht überraschen, wo wir dich de facto nach den Sternen benannt haben. Am Abend deiner Geburt habe ich zum Himmel geschaut und es war eine so klare Nacht, man konnte förmlich nach den Sternen greifen. Nicht umsonst habe ich mein Unternehmen kurz darauf nach dem hellsten Gestirn benannt, das am ersten November am Nachthimmel geleuchtet hat. Canopus.«

Okay, wow.

»Das wusste ich gar nicht«, bringe ich plötzlich heiser und vollkommen geplättet raus. Ich habe mir nie tiefere Gedanken über den Namen von Papas Unternehmen gemacht. Meistens sagen die Leute ohnehin nur CV und Canopus ist nicht unbedingt ein Stern, dessen Namen jedes Kind kennt. Oder?

»Herr Bornkamp, wir haben endlich den Champagner organisiert!«

Die lauschige kleine Blase zwischen Papa, Henry und mir platzt, als eine seiner Mitarbeiterinnen auftaucht, zwei Kellner im Schlepptau, die *Moët*-Flaschen und ein Riesentablett mit Gläsern heranschaffen. Kurz verpasst mir das einen Dämpfer, aber Papa und ich haben zugegebenermaßen keine Ahnung davon, wie ein annähernd emotionaler Moment zwischen uns ablaufen sollte. Wahrscheinlich sind wir gerade rechtzeitig unterbrochen worden, bevor es unangenehm werden konnte.

Henry streichelt über meine Taille und beugt sich rüber, um mir einen raschen Kuss auf den Scheitel zu drücken, während die Flaschen entkorkt und schäumende Gläser an alle Umstehenden verteilt werden. Lilli und Hugo, zu denen indes auch Minnie gestoßen ist, lassen meine Geschwister links liegen, um zum Anstoßen zu uns zu kommen.

Mein bester Freund sieht mich kopfschüttelnd an. »Du hast Schmerzensgeld dafür verdient, weil du die beiden ein Leben lang erdulden musstest, Supernova.«

Lilli stimmt ihm mit einem finsteren Nicken zu. »Es ist ehrlich ein Talent, aus jeder Kleinigkeit einen Seitenhieb zu kreieren. *So mutig von dir, noch immer Curtain Bangs zu tragen, Lilli. Die sind ja so was von last season*«, äfft sie Marlisa leise nach.

»Ja!« Minnie fuchtelt wild mit der freien Hand durch die Luft. »Ich habe fünf Minuten mit ihnen gesprochen und in dieser Zeit zehn Gewaltverbrechen geplant, um sie zum Schweigen zu bringen.«

»Minnie Maus!«, japst Hugo gespielt schockiert angesichts ihres Blutdursts, um keine Sekunde später von Papa übertönt zu werden, der feierlich seine Champagnerflöte hebt und sich laut räuspert. Meine Freunde und ich wenden uns wieder zu ihm und seiner CV-Bubble um, nachdem wir unser eigenes kleines Ründchen gebildet hatten, während der Champagner verteilt worden ist.

»Auf diesen überaus erfolgreichen und gewinnbringenden Aufenthalt in München – für Canopus Ventures, aber auch für diese Familie. Man sollte gehen, wenn es am schönsten ist!« Papas Blick gleitet über Marlisa und Jonah, anschließend über mich und ich halte ihn für einen Moment fest. Bade in der Wärme, die er ausstrahlt.

Die Zeit mit Papa in München ist nicht leicht gewesen. Meistens hat mich seine Anwesenheit ziemlich unter Druck gesetzt und wirklich näher gekommen sind wir uns auch nicht. Trotzdem bin ich dankbar, denn ohne es zu wissen, hat er so viele Veränderungen in meinem Leben angestoßen, die sonst vermutlich nie passiert wären. Gute Veränderungen, Learnings und Einsichten, die ehrlich gesagt lange überfällig gewesen sind. Ich will gerade mein Glas gegen seines klirren, um seinen Toast zu besiegeln, als Marlisa sich räuspert.

»Ich hätte da noch etwas, worauf wir anstoßen können.« Den tiefrot geschminkten Mund zu einem breiten Lächeln verzogen, sieht sie in den ziemlich großen Kreis, der sich rund um Papas Abschiedstoast gebildet hat. CV-Leute, Geschäftspartner, meine Freunde, andere Beistehende, die die Chance nutzen, um eine Flöte frischen Champagner abzugreifen. »Trinken wir auf Nova Sobieska, die Lügnerin. Darauf, wie hervorragend sie uns alle wochenlang an der Nase herumgeführt und ein erstklassiges Schmierentheater zum Besten gegeben hat.« Marlisa spricht laut. So laut, dass ihre Stimme sich mühelos über den allgemeinen Lärmpegel erhebt und die Aufmerksamkeit anderer Umstehender einfängt. Köpfe drehen sich zu uns herum, Augen weiten sich. Wie aus weiter Ferne spüre ich, wie Henry den Arm fester um mich legt, aber selbst seine Nähe rückt in den Hintergrund, als sich unheilvolle Taubheit in mir ausbreitet.

Irritiert und nicht ganz sicher, ob ich richtig gehört habe, erwidere ich Marlisas Blick. Sie strahlt mich an, weiterhin lieblich und zuckersüß, doch in ihren blauen Augen … lauert Bosheit. Und ein Ausdruck von Triumph, der mir jähe Übelkeit bereitet. Wir stehen nur eine Armlänge voneinander entfernt, Henry und Jonah und Papa zwischen uns; inmitten dieser Runde aus meinen Freunden und zig anderen Leuten. Trotzdem fühlt es sich so an, als hätte sie mich auf den Grund einer Arena geschubst. Tief hinunter an einen Ort, von dem es für mich kein Entkommen gibt und ich Bestien ausgeliefert bin, die gekommen sind, um mich zu zerfetzen.

Mit gerunzelter Stirn sieht Papa zwischen uns hin und her. »Was soll das bedeuten, Marli?«

»Tut uns wirklich leid, dass wir dir das sagen müssen, Paps, nachdem du die Hoffnung für Nova – warum auch immer – nie aufgegeben hast.« Jonah, eine Hand lässig in die Tasche seiner Anzughose gesteckt, klinkt sich ein und antwortet an ihrer Stelle. So mühelos, als hätten die beiden diesen Auftritt im Vorhinein geprobt. Mit seinem vollen Champagnerglas deutet er auf mich. »Aber alles, was du in den letzten Wochen von ihr gesehen hast, war erstunken und erlogen. Ihre ach so stabile und frische Beziehung? Inszeniert. Sie hat diesen luschigen Saint-Clair-Typen extra angeheuert, um vor dir zu verheimlichen, dass sie sich quer durch München schläft. Und glaub mir, ich habe mit vielen Leuten hier gesprochen – hinter vorgehaltener Hand kennt jeder ihren Ruf. Sie ist genau wie ihre Mutter.« Auch er lächelt mich an und mir steigt bei diesem Gesichtsausdruck endgültig die Galle hoch. Das kann nicht wahr sein. Woher wissen sie das? Wie können sie das erfahren haben? Sie waren skeptisch, aber sie können unmöglich Beweise haben … Henry und ich waren so gut. In meinem Kopf dreht sich alles, rasende Panik verpestet jeden meiner Gedanken und mir wird kalt. Eiskalt und kotzübel. Und obwohl ich mich seltsam losgelöst und distanziert von allen um mich herum fühle, bemerkt ein Teil von mir, dass Henry sich nicht rührt. Keine Reaktion zeigt angesichts der Dinge, die meine Geschwister vor allen Augen auf uns abfeuern.

»Wie habt ihr das erfahren?« Zu spät merke ich, dass diese Frage einem Schuldeingeständnis gleichkommt. Im Grunde ist es ohnehin egal. Papa steht wie versteinert inmitten der gaffenden Leute und ich spüre förmlich, wie die letzten Reste seiner Sympathie und seines Vertrauens zu mir zerbröseln. Das, was ich mir in den vergangenen Wochen so mühsam erarbeitet habe, was in unserem Gespräch so zart gesprossen ist, verflüchtigt sich zu weniger als Rauch.

Marlisa dreht sich eine lange blonde Haarsträhne um den Finger. »Fabian hat es mir verraten. War nicht besonders schlau von dir, das herumzuerzählen. Hm … eigentlich sollte mich das nicht überraschen, oder? *Schlau* und *Nova* würde niemand in ein und demselben Satz sagen.«

Fabi? Sie hat das von ihm? Fuck, fuck, fuck, fuck. Es ist seltsam, aber sein Verrat schmerzt zehnmal mehr als das, was meine Halbgeschwister gerade abziehen. Wir sind keine engen Freunde, allerdings hat er mir erfolgreich das Gefühl vermittelt, ihm vertrauen zu können. Das ist so naiv gewesen. Naiv und impulsiv und typisch Nova. Einfach jämmerlich. Marlisa hat recht. Höchstwahrscheinlich habe ich genau das hier verdient. Die Erniedrigung, das Vorgeführtwerden. Immerhin bin ich eine Lügnerin und habe mich auch noch gut mit dieser Rolle gefühlt. Doch dass Henry mit mir zusammen bloßgestellt wird, wo er nichts getan hat, außer der *fucking* liebste, aufmerksamste Kerl zu sein, bringt mich schier um. Es ist ihm gegenüber nicht fair. Ich selbst bin mir relativ egal, mein Ruf liegt ohnehin in Scherben und meine Versuche, alles zusammenzuhalten, sind von Anfang an zum Scheitern verurteilt gewesen. Aber er … Ich will mich schützend vor ihn werfen, jeden Schlag auf mich nehmen, um irgendwie dafür zu sorgen, dass er unbeschadet aus diesem aufziehenden Skandal herauskommt.

Papa sieht mich indes an, seine Miene hart und kalt wie eine Winterlandschaft, ehe sein Blick kurz Henry streift. »Du … Was soll das heißen? Der Saint-Clair-Junge ist überhaupt nicht dein Freund? Du hast das alles nur erfunden?«

Tränen steigen mir in die Augen und sosehr ich mich auch bemühe, kein Wort kommt mir über die bebenden Lippen, während mich mein Vater auf diese Art mustert. Als ob alles, was er je über mich gedacht hat, hier und jetzt zerfallen würde, und das, was zum Vorschein kommt, eine bodenlose Enttäuschung sein. All die Leute um uns herum sind mir egal; er ist der Einzige, der zählt. Denn ich kann das nicht. Ihm dabei zuschauen, wie ich vor seinen Augen sterbe. Diese Gewissheit fühle ich bis tief in mein Herz und ich kann sie nicht ertragen. Er ist mein Papa … und ich wollte immer nur für ihn glänzen und habe in dem Versuch alles verbockt. Ich bin so kurz davor, auf dem Absatz kehrtzumachen und abzuhauen, irgendwohin, doch meine Geschwister sind noch nicht fertig mit mir.

»Und ihr Job in dem Auktionshaus, Papa?«, sinniert Marlisa und neigt den Kopf. »Der spontane Karrierewechsel zur Kunst? Auch ein Notnagel, nicht wahr?« Sie blinzelt mich an und fast bin ich so weit, zustimmend zu nicken. Nur damit es aufhört. Damit es endlich aufhört. Gemurmel brandet ringsum auf, Leute recken die Köpfe und drängen näher, die Handys im Anschlag. Gefühlt richten sich alle Augen im Museum auf das reißerischste Spektakel, das München in den letzten Jahren gesehen hat. Die Entlarvung einer erlogenen Prinzessin, die ihr Leben lang herausgeputzt wurde und im Kern nie mehr als eine Hochstaplerin war. Und sie werden sagen: Wir haben es gewusst. So niveaulos, so billig. Den Status, eine von uns zu sein, hat sie sich lediglich erkauft, aber all das Geld ist nichts wert.

»Weißt du, Nova, wenn du schon über alles in deinem Leben lügst, dann solltest du es gründlich machen«, gurrt Marlisa. »Wir haben bei Ludwig & Steger nachgefragt, dem Wirtschaftsprüfungsunternehmen, bei dem du davor angeblich so erfolgreich gearbeitet hast. Was glaubst du, haben die uns gesagt? Sie haben nie zuvor von einer Nova Sobieska gehört! Weder als Kundin noch als Mitarbeiterin.«

Schlag um wohl platzierter Schlag prasselt auf mich nieder und ich kann die Tränen nicht mehr zurückhalten. In all den Jahren bin ich so stolz darauf gewesen, jeder ihrer Gemeinheiten zum Trotz stark geblieben zu sein, und gerade berauben mich meine Geschwister selbst dieser letzten Bastion. Ich weine. Vor ihnen. Kann meine Tränen nicht mehr aufhalten, als mich Angst und Schuldgefühle und Panik überwältigen. Ich wollte Marlisa und Jonah nie diese ultimative Schwäche zeigen, ihnen nicht die Genugtuung geben, mich gebrochen zu sehen, aber das hier ist zu viel. Sie haben mich vor aller Augen mit einem Lächeln in Stücke gerissen und ich kann nicht vorgeben, als würde das alles an mir abprallen. Kann mich nicht wehren oder mich verteidigen oder auch nur irgendetwas tun, um Stärke zu heucheln. Nicht, wenn meine Freunde – die Familie, die für mich wirklich zählt – dabei sind und meinen Niedergang live mitansehen können. Nicht, wenn Henry an meiner Seite ganz starr und leblos geworden ist und mein Name wie ein reißerisches Lauffeuer durch die Anwesenden brandet. Nova, die Lügnerin. Nova, der Fake.

»Nova.« Die Stimme meines Vaters durchschneidet mein aufgewühltes Inneres wie eine Stahlklinge. Ich zwinge mich, den Blick zu heben und wieder zu ihm zu schauen, und was ich durch den Tränenschleier erkenne, reißt mir endgültig den Boden unter den Füßen weg. Eisiger Schock steht ihm ins Gesicht geschrieben. Zusammen mit Ungläubigkeit und Enttäuschung, die sich bis in mein Herz fressen. Ein Herz, in dem noch immer das kleine Mädchen wohnt, das nie etwas anderes als die Liebe seines Vaters wollte. Und gerade erlischt diese Liebe, die Krumen, die er für mich erübrigt hat. Ich kann dabei zusehen und mir dreht sich der Magen um. Meine Halbgeschwister haben geschafft, woran sie schon so lange gearbeitet haben, und ich habe ihnen die ganze Plackerei abgenommen: Der Graben, der sich just zwischen Papa und mir auftut, wird unüberwindlich. Ich sehe ihm an, dass ich zu weit gegangen bin, dass all meine Lügen sein Vertrauen zerfetzen und dass ich mich am Ende als das entpuppt habe, was ich von Anfang an gewesen bin: ein Fehler.

Die Welt um mich herum dreht sich, während mein eigener Kosmos in seinen Grundfesten wankt. Ich ertrage das hier keine Sekunde länger. Ich war stets stolz darauf, eine Kämpferin zu sein, zumindest nach außen stets das Kinn hocherhoben zu halten, doch in diesem Moment kann ich auch das nicht mehr. Blindlings reiße ich mich von Henry los, dessen Arm noch immer an meiner Taille lag, und flüchte. Vorbei an meinen Freunden, die ebenfalls zu Salzsäulen erstarrt sind, und durch die schiere Masse an Menschen, die herangedrängt ist, um diesen Showdown mitzuerleben. Vorbei an Handykameras, die mir wie ausdruckslose Blicke folgen, begierig darauf, meinen spektakulären Absturz in Echtzeit zu dokumentieren. Sie kleben an mir wie Parasiten, die glauben, ein Anrecht auf meinen Schmerz zu haben. Skandale und Aufreger wie dieser sind ihre Nahrung und ich muss mich mit den Ellenbogen durch all diese *Leute* kämpfen, die nicht zurückweichen wollen. Die meinen Namen flüstern und die Hälse recken und mich garantiert am liebsten zurück in die Arena stoßen würden, um ein paar Minuten mehr Spektakel erleben zu können.

Aber dann habe ich es endlich geschafft, der gaffende Pulk liegt hinter mir und ich renne auf Heels, die viel zu hoch dafür sind, in Richtung der Toiletten. Irgendetwas sagt mir, mit jedem staksenden Schritt in den verdammt unbequemen *Louboutin Pigalles*, dass es das gewesen ist. Ich habe meinen Vater endgültig verloren. So wie er mich angesehen hat, wie er meinen Namen ausgesprochen hat … Ich habe es auf ganzer Linie verbockt. Das, was ich eigentlich nur getan habe, um vor ihm Anerkennung zu finden, hat letztlich das genaue Gegenteil bewirkt. Ich habe ihn verloren. Verloren. Und die Wunde, die diese Tatsache in meine Brust reißt, lässt mich ausbluten. Mit jedem gottverdammten Schritt, den ich tue.

Warum kann mein Vater nicht einfach ein Niemand sein, der mir nichts bedeutet? Warum musste er immer in meinem Leben und gleichzeitig unmöglich zu erreichen sein? Warum hassen mich meine Geschwister so sehr, dass sie mir das antun mussten?

Oder habe ich es im Endeffekt verdient? Wahrscheinlich. Ja, sie sind unnötig grausam, doch im Grunde haben sie bloß meine Lügen aufgedeckt, die ich bewusst gestreut habe. Mir ist die ganze Zeit über nur nicht klar gewesen, dass ich selbst die Munition für mein Ende angefertigt habe. Munition, die jetzt in meinem Herzen steckt und das, was von der Beziehung zu Papa noch übrig gewesen ist, zerstört hat. Es geschieht mir recht. Marlisa und Jonah haben einfach erkannt, was ich von Anfang an gewesen bin: eine Versagerin, die nur gut dasteht, wenn sie ihr wahres Selbst vertuscht.

Die Waschräume des Museums sind zum Glück verwaist, als ich hineinstolpere, direkt auf eine der Kabinen zu, um mich darin zu verbarrikadieren. Ich brauche diesen Rückzug in einen kleinen, abgeschlossenen Raum, auch wenn er nach chemischem Zitronenreiniger riecht und nicht schalldicht ist. Aber ich breche ohnehin lautlos auseinander. Die Tränen rinnen mir in stummen Bahnen über die Wangen, höhlen mein zerbrochenes Herz wie Regenwasser einen Stein. Ich kann nicht und ich will nicht und ich möchte nie wieder sein. Nicht nach allem, was ich angerichtet habe.

Henry … Henry muss mich hassen, nachdem ich ihn in diesen Schlamassel hineingezogen habe. Alle Welt weiß, dass wir eine Lüge sind, und ich bin so ein verdammter Feigling, der es nicht geschafft hat, ihn nach der Wahrheit zu fragen. Denn nun gibt es kein Zurück mehr. Wir werden für immer mit dem beschmutzt sein, was über uns herausgekommen ist, und es fühlt sich schäbig und wertlos und schmerzhaft an. So, so unfassbar schmerzhaft.

»Nova, bist du hier?« Ich zucke zusammen, auf dem Toilettensitz kauernd, als Lillis Stimme jäh durch den Raum schallt. Ich höre die klackernden Heels auf den Fliesen, eine Tür fällt ins Schloss und ich weiß nicht, ob ich froh oder angepisst darüber sein soll, dass sie aufgetaucht ist.

»Geh weg«, wispere ich mit tränenerstickter Stimme. Leise und doch überlaut.

»Ganz sicher nicht.« Lilli klingt resolut, als wäre eine Verweigerung keine Option für sie. Gott, sie ist wirklich die Pest und … ich kann nicht in Worte fassen, wie viel es mir bedeutet, dass sie mir gefolgt ist.

»Bitte komm raus, Nova. Ich kann dir anhören, dass du weinst, und will dich in den Arm nehmen.«

Habe ich es verdient, von meiner besten Freundin getröstet zu werden? Wahrscheinlich nicht. Trotzdem rappele ich mich von meinem Platz auf und entriegele das Schloss – einfach nur, weil ich weiß, dass Lilli niemals Ruhe geben würde. Und kaum habe ich die Tür aufgedrückt, warten ausgebreitete Arme auf mich, die mich postwendend an sich ziehen. Ich habe das nicht verdient; ihren Trost, ihre Anwesenheit. Diesen Mist habe ich mir höchstpersönlich eingebrockt und es steht mir nicht zu, jetzt wehleidig zu sein und mich bei ihr auszuheulen. Dennoch sinke ich in

Lillis Umarmung, nehme an, dass sie mich auffängt und beruhigend meinen Rücken streichelt, während ich weiter zerbrösele.

»Es ist so furchtbar«, murmele ich in ihr weiches Haar hinein. »Vor allen Leuten … was sie denken werden und sagen …«

Lilli gibt ein zorniges Geräusch von sich, das sich nach einer Mischung aus Fauchen und Schnauben anhört. »Lass sie. Die Leute werden immer reden, egal, was ihnen vor die Füße geworfen wird. Furchtbar ist, was diese Ratten *dir* angetan haben. Wie konnten sie nur! Ich habe noch nie so etwas Widerwärtiges wie deine Geschwister erlebt.«

Ihre Worte schütteln mich, aber …

»Eigentlich bin ich selbst schuld daran. Ich hätte damit rechnen müssen, dass sie keine Mühen scheuen würden, um mich so richtig niederzumachen, wo sie schon mal die Chance aus der ersten Reihe dazu haben. Hätte ich Papa von Anfang an die Wahrheit gesagt …«

»… hätten sie *das* von Beginn an gegen dich verwendet, um die Kluft zwischen euch weiter aufzutreiben. Ich sag's dir, Nova, die beiden sind so übervoll von Neid und Bosheit, die hätten alles benutzt, um dir das Leben zur Hölle zu machen. Und solange dein Vater nichts dagegen unternimmt, hättest du in keinem Fall eine Chance gehabt. Stattdessen hast du dich gezwungen gefühlt, all diese Anstrengungen für ihn auf dich zu nehmen, *und* musst diese öffentliche Demütigung über dich ergehen lassen. Ich will deinen *Geschwistern* die Augen auskratzen.« Ihr aufgebrachter Redeschwall fließt wie lindernde Kühle über mich, obwohl ich ihre Worte nicht annehmen kann. Ich kann die Schuld an dieser Situation nicht allein auf Jonah und

Marlisa schieben, auch wenn das der bequemere Ausweg wäre. Am Ende des Tages muss ich die Konsequenzen für meine Taten tragen und es lässt sich nicht leugnen, dass ich so einiges verbockt habe.

»Minnie holt gerade Henry her – mir war ziemlich klar, dass du auf die Toiletten flüchten würdest, aber du bist so schnell in der Menge verschwunden, dass wir keine Chance hatten, dir direkt zu folgen. Er wird gleich hier sein und dann schauen wir weiter.«

Henry wird kommen. An diesen Gedanken klammere ich mich verbissen, denn plötzlich brauche ich ihn mit jeder meiner jämmerlichen Fasern. Er wird kommen. Oder?

Die Minuten verstreichen, während meine Tränen nicht versiegen wollen und Lilli mich weiter hält und beruhigend auf mich einredet. Mir versichert, dass noch nicht alles verloren ist und Henry mich niemals fallen lassen würde. Warum nur fühlt es sich dann genau danach an, je mehr Zeit verstreicht, ohne dass er auftaucht? Als selbst Lilli irgendwann unruhig wird. Und er nicht kommt.

Er. Kommt. Nicht.

Die Tür öffnet sich ein paarmal, Frauen stecken neugierig den Kopf herein und Lilli vertreibt sie energisch. Ich weiß nicht, wie viel Zeit inzwischen vergangen ist, wie oft die Tür geöffnet und geschlossen wurde. Nur dass mein Herz jedes Mal aufs Neue hoffnungsvoll zuckt, um gleich darauf ins Bodenlose zu sinken.

»Es … Lilli, er wird nicht auftauchen. Ich habe ihn blamiert, das war's. Lass uns gehen, ich muss hier weg …«

Ein letztes Mal fliegt die Tür auf, so schwungvoll, dass sie krachend gegen die Wand schlägt, und durch tränenverquollene Augen erkenne ich eine Gestalt im Anzug. Ein Mann, der, ohne zu zögern, in die Damentoilette marschiert und sich vor uns aufbaut.

»Du kannst nicht gehen«, erklärt Hugo außer Atem. »Komm zurück auf die Party. Du musst sehen, was da abgeht!«

29

Henry

Flectere si nequeo superos, Acheronta movebo

Die Zeit scheint stillzustehen, während ich zu begreifen versuche, dass ich mir nicht nur eingebildet habe, was gerade geschehen ist. Dass sie es gewagt haben. Dass sie es tatsächlich gewagt haben, diesen finalen Moment abzuwarten, um Nova vor aller Augen den tödlichen Stoß zu versetzen.

Ich habe nie Hass gespürt – nicht wahrhaftig –, ehe ich Marlisa und Jonah zugehört habe.

Ich habe nie Verachtung und Mordlust und Schmerz gespürt, in allen Schattierungen von Karmesinrot bis Purpur, ehe ich Zeuge dieser *Hinrichtung* geworden bin, die sie an ihrer eigenen Schwester vollzogen haben.

Ich rase, ich brenne, ich … muss zu ihr. Nova ist so schnell herumgewirbelt und davongestürmt, dass ich in meinem benebelten Zustand keine Chance hatte zu reagieren. Und obwohl alles in mir danach schreit, es *verlangt*, diese beiden Maden in Stücke zu reißen, ist meine oberste Priorität, ihr zu folgen. Bei ihr zu sein, nachdem die Tränen auf ihren bleichen Wangen mich in zersplitterte, rohe Farbpartikel zerteilt haben. Nova Sobieska ist keine Frau, die weint. Und wenn sie es tut, ist es eine Tragödie, die meine Welt in Schutt und Asche legt. Ein Unrecht, das gesühnt werden muss, weil niemand, absolut *niemand* meine Princess zum Weinen bringt. Ich muss sie trösten, sichergehen, dass sie klarkommt, und dann … kann ich für nichts garantieren. Es ist mein voller Ernst.

Grob dränge ich mich durch das Heer an Gaffern, nehme keine Rücksicht darauf, ob ich auf Füße trete oder wen meine Ellenbogen treffen. Endlich im Eingangsbereich des Museums angekommen, eile ich weiter. Durch Flure und Gänge, um sie irgendwo zu entdecken. Aber nirgends eine Spur von Nova und schließlich ende ich wieder am Eingang. Ich sollte sie hier drinnen suchen, doch irgendetwas sagt mir, dass sie unter keinen Umständen im Gebäude geblieben ist. Es nicht riskiert hätte, die Garderobe, die Toiletten oder einen der angrenzenden Ausstellungsräume aufzusuchen, wo sie beim Verlassen Gefahr laufen würde, jemandem aus der schaulustigen Menge zu begegnen. Fuck, ich habe so viel Zeit verschwendet! Wahrscheinlich ist sie wirklich auf direktem Weg nach draußen, also sprinte ich aus dem Stand los, um sie hoffentlich in letzter Sekunde zu erwischen. Bevor sie in ein Taxi steigt oder ein Uber ruft und ich noch mehr quälende Minuten von ihr getrennt bin. Ohne die Chance, mit ihr zu reden oder sie einfach nur zu halten oder ihr das zu geben, was auch immer sie in diesem Moment braucht. Mein eigenes Herz liegt in Scherben, weil ihres zermalmt worden ist. Es gelingt mir nicht länger zu differenzieren, was ihr Schmerz ist und was meiner. Nova hat sich zu nachhaltig in mir eingenistet und es zerreißt mich, dass sie ohne mich geflohen ist. Ich *muss* bei ihr sein.

Also trete ich aus dem Museum in die laue Münchner

Spätfrühlingsnacht und lasse suchend den Blick schweifen. Ein paar Rauchende tummeln sich zwischen den Säulen, die den Museumsbau säumen, und der Verkehr fließt als träge Schlange aus Scheinwerfern und roten Bremslichtern auf der Prinzregentenstraße vorbei. Nirgends eine Spur von Nova. Ich gehe sogar so weit, eins der Rauchergrüppchen zu fragen, ob sie eine Frau mit langem schwarzem Haar und einem Diamantkleid gesehen haben, aber sie verneinen.

Ein seltsames, schweres Gefühl setzt sich in meiner Magengrube fest. Wenn Nova gegangen ist, ohne auf mich zu warten … Jetzt, wo die Wahrheit ans Licht gekommen ist … Soll mir das ohne viele Worte zu verstehen geben, dass sie mit mir durch ist? Keine Verwendung mehr für mich hat? Ich will nicht daran glauben, doch meine alten Unsicherheiten treten zutage. Dass ich es nicht wert bin, geliebt zu werden, und immer der Schatten sein werde, der allein zurückbleibt. Dass ich ihr zu wenig bedeute, um derjenige zu sein, auf den sie wartet, damit ich für sie da sein kann, selbst, wenn sie am Boden liegt. Mit Nova bin ich mir wie ein Lichtstrahl vorgekommen, der alle Farben in sich bündelt. Weiß und hell und *perfekt. Unser* perfekt. Ich will sie nicht verlieren, weil andere sie niedergemacht und ihren Selbstwert in Stücke geschlagen haben. Weil sie nicht wissen, was als Lüge für die Welt begann und mit der Zeit zu so viel mehr geworden ist.

»Henry!«

Eine atemlose, sehr vertraute Stimme, die hinter mir erklingt, lässt mich herumfahren. Ich fühle mich ein wenig steif und befangen, während ich zusehe, wie mein Vater auf mich zukommt. Ehrlich gesagt muss ich ein paarmal blinzeln, ehe ich daran glauben kann, dass mir augenscheinlich

Edgar gefolgt ist. Er ist mit Abstand der Letzte, mit dem ich gerechnet habe. Dass er heute Abend auch hier sein würde, habe ich gar nicht auf dem Schirm gehabt, dabei ist es offensichtlich. Das ist seine Welt, selbstverständlich ist er anwesend.

»Henry, was ist da drinnen passiert?«, will er wissen, die Stirn in tiefe Falten gelegt. Sieht er besorgt aus oder eher pikiert, weil ich in eine öffentliche Szene verwickelt worden bin, die ihm mit seiner britischen Zurückhaltung nicht zusagt?

»Was geht dich das an?« Meine Nerven liegen so blank, dass ich nicht anders kann, als harsch zu mauern. Wie ich es seit Jahren tue, da mich die Erfahrung gelehrt hat, Dad auf Abstand zu halten. Gleichzeitig kommt mir in den Sinn, was Vincent kürzlich zu mir gesagt hat. Der Rat, den er mir zwischen den Zeilen mitgegeben hat. *Sprich mit Dad. Vielleicht ist es an der Zeit.* Ich bin hin- und hergerissen, als ich ihn jetzt ansehe, den Ausdruck bemerke, der in seinen Augen glimmt. Schmerz. Ernüchterung. Reue. Dann macht er einen Schritt auf mich zu.

»Es geht mich etwas an, weil du mein Sohn bist, Henry. Und egal, welche Fehler ich in der Vergangenheit gemacht, wie sehr ich zugelassen habe, dass du mir entgleitest, kann ich nicht länger danebenstehen und es ignorieren, wenn du offensichtlich nicht okay bist.« Er räuspert sich, die Wangen gerötet, lässt meinen Blick aber keine Sekunde los. »Bitte *rede* mit mir.«

In meinem Kopf schwirrt es, ich bin überfordert von seinem Auftauchen, der aktuellen Situation und dem seltsamen Drang … seiner Bitte Folge leisten zu wollen. Obwohl ich irgendwie gar nicht mehr weiß, wie ich mich ihm gegenüber verhalten soll, wenn ich nicht abweisend sein will. Ich habe ihn so oft weggestoßen, jeden seiner ungelenken Annäherungsversuche rigoros abgeblockt und ihm keine zweite Chance gegeben. Nie versucht, Frieden zu schließen – mit ihm und mit mir und dem totalen Abfuck, zu dem wir geworden sind. Stattdessen habe ich mich an den Schmerz geklammert, die Zurückweisung von damals, weil es so lange nur das war, was ich kannte. Alles, was ich gewesen bin. Es war für mich unvorstellbar, *mehr* sein zu können als eine wandelnde Tragödie, und erst Nova hat mich aus diesem Gefängnis herausgeholt. Eine neue Perspektive eröffnet und geholfen, Wunden auszuwaschen, die viel zu lange geeitert haben, ohne zu verheilen. Sie ist mein Katalysator, ein Grund, Dinge ändern zu wollen, Baustellen anzugehen und Kapitel abzuschließen. Ich bin es mir und uns wert, zur heilsten Version meiner selbst zu werden. Ohne Altlasten, die mich ausbremsen.

»Dad«, bringe ich schließlich rau heraus. »Es ist der verdammt beschissenste Moment überhaupt, um zu reden. Irgendwie … Ich will dir so viel sagen, wir haben so viel zu klären.« Hilflos, aufgewühlt und überfordert, weil in meinem Hirn hauptsächlich Nova stattfindet, fuchtele ich mit den Händen durch die Luft.

Dad nickt, die Miene weiter sorgenvoll, insgesamt jedoch weicher. Als würde er aufatmen, einfach weil ich ihn nicht direkt von mir gestoßen habe. Verdammt, das waren wahrscheinlich die versöhnlichsten Worte, die ich seit Jahren zu ihm gesagt habe. Und auch die meisten an einem Stück.

»Jetzt und hier ist nicht die Zeit oder der Ort, um unsere Angelegenheiten zu klären«, stimmt er mir zu. »Doch es würde mir die Welt bedeuten, wenn wir es bald täten. Mir liegt ebenfalls jede Menge auf dem Herzen, das du zu hören verdient hast. Entschuldigungen, Erklärungen.« Kopfschüttelnd unterbricht er sich selbst. »Später, ja?« Mit einem unbestreitbar hoffnungsvollen Ausdruck sieht er mich an und ich nicke. Ein seltsames Gefühl rieselt dabei bis in meine Knochen; gerade kommt es mir wirklich, *wirklich* fehl am Platz vor, und dennoch ist da Erleichterung. Eine Spur von … Frieden. Es gibt jede Menge, was wir aufarbeiten müssen, und ich mache mir keine Illusionen, dass es einfach werden wird, aber ich fühle mich endlich bereit dafür. Bereit, ihm zuzuhören und einen Schritt auf ihn zuzugehen, nachdem ich so lange Zeit nur davongerannt bin. Er ist meine Familie. Zumindest das, was davon übrig ist. Und wenn mir Novas missratene Halbgeschwister heute eines mit letzter Konsequenz bewiesen haben, dann, dass für uns Saint Clairs noch nicht alles verloren ist – was ich von den Bornkamps nicht behaupten kann.

»Was nun allerdings Priorität hat, ist, was zum Teufel da drinnen vor sich gegangen ist.« Dad deutet hinter sich aufs Museum und sofort hat mich das Chaos im Griff.

Nova. Wo steckt sie? Ist sie allein und vollkommen zerstört?

»Ich habe nur mitbekommen, dass es eine Aufregung um euch gab … dich und Nadjas Tochter. Ihr seid zusammen, oder? So oft, wie sie in letzter Zeit zu Besuch war …«

Das sichert ihm meine volle Aufmerksamkeit. »Du hast das mitbekommen?«

Leicht amüsiert zieht Dad die Brauen hoch. »Ich habe dasselbe schon zu Vincent gesagt: Vielleicht mag ich aus bestimmten Gründen kaum in dein Leben involviert sein, aber ich habe Augen und Ohren im Kopf. Und Gabi, die liebend gern tratscht, wenn sie mir den Afternoon Tea bringt.«

Oh, Gabi, diese Verräterin! Das war's dann fürs Erste mit Teigresten, die ich ihr zum Naschen überlassen habe.

»Also, ja, Nova und ich sind zusammen. Gewissermaßen«, räume ich wenig eloquent ein und hole dann kurz und schmerzlos aus, um Dad auf den Stand der Dinge zu bringen. Den One-Night-Stand an Fasching lasse ich wohlweislich aus, erzähle ihm ansonsten im Schnelldurchlauf alles über unsere Fake Beziehung, die Rolle ihrer Familie und das Desaster, in das wir heute Abend geschlittert sind.

»Es ist beschissen, Dad. Die ganze Stadt weiß, dass wir eine Lüge sind, und Nova ist verschwunden und ich habe keine Ahnung, was ich tun soll.« Geknickt lasse ich den Kopf hängen, bis ich überraschend Dads Hand auf meiner Schulter spüre. Der Druck seiner Berührung fühlt sich nach Unterstützung und Rückendeckung an. Etwas, das ich schon sehr lange nicht mehr erlebt habe.

»Was empfindest du für diese junge Frau?«

Damit verschlägt er mir kurz die Sprache, aber dann quillt es ungefiltert heraus, als hätte er einen Damm in mir gebrochen. »Alles, Dad. Alles! Anfangs hat es mich zu ihr hingezogen, weil sie wie eine Muse für mich ist, sie lässt mich wieder Farben fühlen und Bilder träumen, doch da ist so viel mehr. Sie ist wie eine Explosion von Leichtigkeit und Lachen und Wärme in mich gerauscht und ist zu meinem Grund geworden, nach vorn zu sehen. Und jetzt sieht es für alle so aus, als wären wir bloß ein billiger Publicity Bluff gewesen. Es fühlt sich beschissen an. Diese Arschgeigen von Geschwistern haben all das beschmutzt und uns zu einer Lachnummer gemacht.«

Dad starrt nachdenklich in die Nacht, scheint sich meine Worte gründlich durch den Kopf gehen zu lassen und sagt schließlich gefasst: »Dann sorge dafür, dass sich das Narrativ wieder ändert.« Mit einer gewissen Strenge mustert er mich. »Du bist ein Saint Clair und wir lassen uns nicht von Rotzgören vorführen. Und erst recht überlassen wir ihnen in unseren Angelegenheiten nicht das letzte Wort. Du gehst da sofort rein«, wie ein General, der seine Truppen in den Kampf schickt, deutet er über den Museumseingang, »und stellst die Dinge klar. Ich gehe los und suche dein Mädchen. Wenn sie nicht von hier verschwunden ist, dann ist sie garantiert auf den Toiletten.«

Geplättet starre ich meinen Dad an. »Ich habe keine Ahnung, wo die in diesem verwinkelten Kasten sind«, ist alles, was ich matt herausbringe.

»Weil du meinetwegen Orte wie diesen wie die Pest gemieden hast und dich nicht auskennst. Aber ich mach das schon.« Er will sich gerade abwenden, da hält er inne. »Ich habe nicht um die Dinge gekämpft, die mir die Welt bedeuten, als ich es hätte tun sollen, und ich bereue nichts mehr als das. Wenn du mir erlaubst, dir nur einen Rat zu geben, dann diesen: Tu es. Nichts könnte mich stolzer machen.«

Ich fühle mich kalt und klar wie eisiges Gletscherblau, als ich wenige Minuten später auf die Party zurückkehre. Mein einziger Fokus liegt auf der Mission, zu der mich Dad motiviert hat, und ich schreite mit unaufhaltsamer Zielsicherheit durch das Getümmel. Dabei entgeht mir nicht die Stimmung, die unter den Leuten um mich herum herrscht: Sie sind wie ein aufgescheuchter Bienenstock, der surrt und ausschwärmt und Gerüchte verbreitet. Eine gigantische Runde Flüsterpost, die von hier aus ihren Lauf nimmt und die restliche Stadt bis spätestens morgen früh überrollt haben wird. So ungern ich es immer noch zugebe, Dad hat recht: Ich muss *jetzt* aktiv werden, anstatt den Kopf in den Sand zu stecken. Und der Wille, der schier lebensnotwendige *Drang*, genau das zu tun, tobt wie ein Orkan aus Eissplittern in mir. Ich, Henry Saint Clair, der so lange nur ein Schatten gewesen ist und die Aufmerksamkeit gescheut hat, marschiert geradewegs auf die Bornkamps zu, im Begriff, die Szene seines Lebens zu veranstalten. Für Nova. Weil ich mit erstaunlicher Klarheit erkenne, dass ich für diese Frau so ziemlich alles tun würde. Schreien und toben und betteln und meine zerrissene Seele vor allen Menschen bloßlegen, wenn es bedeutet, dadurch für sie einzustehen. Ein einziges Mal eine Stimme zu sein, die *für sie* spricht, nachdem sie so lange allein kämpfen musste. Ich bin im Schatten gewesen und was viele nicht bemerken: Das ist der Ort, an dem die gefährlichsten Angreifer lauern. Ich habe beobachtet und sondiert und meine Wunden geleckt, um bereit zu sein. Koste es, was es wolle. Es gilt, Nova zu verteidigen. Eine Frau, die keinen Ritter in glänzender Rüstung braucht, aber womöglich einen gebrochenen Künstler, der seine Schlachten noch dreckiger schlägt als sie.

Das *Trio infernal* – Eduard, Marlisa und Jonah – steht nicht weit entfernt von der Stelle, an der sich zuvor diese Shitshow abgespielt hat. Die drei haben die Köpfe zusammengesteckt, sind mit ernsten Mienen in ein Gespräch vertieft, doch ich gebe einen Fick darauf, in diese familiäre Unterhaltung hineinzuplatzen. Sie haben auf Nova geschissen – sie sollten sich warm anziehen.

Jonah, der scharfsinnige Schleimsack, bemerkt mich zuerst. Er sieht … weniger überheblich und selbstgerecht aus, als ich ihn zuletzt gesehen habe. Ein gehetzter Ausdruck liegt in seinen Augen und das hassenswerte Grinsen von vorhin, nachdem er Nova genüsslich bloßgestellt hat, ist verschwunden. Was vielleicht daran liegen könnte, dass Papa Bornkamp ehrlicherweise … *furious* aussieht. Meine Aufmerksamkeit huscht in Sekundenschnelle zu Marlisa, die einen mitleiderregenden Schmollmund zieht und deren Augen in Tränen schwimmen. Na, spätestens nach diesem widerlichen Auftritt als Schlange kann sie die Weinendes-kleines-Mädchen-Nummer vergessen.

Abgerundet wird das Ganze von den letzten Worten, die ich von Eduard Bornkamp aufschnappe: »Ist euch klar, wie wir vor allen Leuten dastehen?«

Ein Muskel in meinem Kiefer zuckt und in die kalte blaue Wut mischt sich Purpur. »Darüber machen Sie sich jetzt Sorgen?«, fahre ich Novas Vater ohne Umschweife an und der Mann fährt zusammen, als hätten ihn meine Worte wie ein Peitschenhieb getroffen. *Sehr gut.* Nichts in mir kennt im Moment Gnade. »Wie können Sie hier stehen und sich Gedanken darum machen, wie das ausgesehen hat, wenn Ihre eigenen Kinder«, mit ausgestrecktem Zeigefinger deute ich auf Jonah und Marlisa, würdige sie aber keines Blickes wie der Unrat, der sie sind, »gerade vor Ihren Augen jegliches Maß an Boshaftigkeit und Niedertracht gesprengt haben? Während Nova, *Ihre Tochter*, allein weggelaufen ist! Weinend! Sie musste vor ihrer eigenen Familie flüchten, weil Sie nicht dazu fähig waren, ein einziges, gottverdammtes Mal für sie einzustehen!« Meine Stimme wird mit jeder Silbe lauter, doch ich schere mich nicht darum. Schere mich nicht um die Aufmerksamkeit, die ich errege, oder die Blicke oder dass ich selbst verschuldet im Mittelpunkt stehe.

»O ja, die arme Nova!« Schrill platzen die Worte aus Marlisa heraus, die inzwischen am ganzen Körper bebt. »Die arme, arme Erstgeborene, die es ja immer *so* schwer hatte. Für die wir alles stehen und liegen lassen mussten, wenn sie sich mal dazu herabgelassen hat, die Ferien bei uns zu verbringen. *Achtung, Achtung, Nova kommt!* Alles muss sich um sie drehen und was sie will und was ihr gefallen könnte.« Zorn peitscht ihre Stimme in immer kreischendere Höhen und sie zittert inzwischen so sehr, dass ihr Jonah einen Arm um die Schultern schlingt, um sie zu halten. Am Ende geht diese Furie noch mit ihren Krallen auf mich los. »Papa hat immer gearbeitet und wann war er da? Wenn *sie* aufgetaucht ist. Dann konnte er sich plötzlich Zeit nehmen und was hat *sie* damit gemacht? Darauf gespuckt! Sie hat ihn nicht als Vater verdient, weil sie ihn immer gehasst und nur genommen hat.«

Einigermaßen geplättet lausche ich diesem Ausbruch angestauter Eifersucht und Missgunst, der jede Facette von Marlisas hässlicher Seite offenlegt. Zumindest kann ich mir dadurch die Frage sparen, die mir mitunter am dringendsten auf der Zunge brennt: Warum? Warum sind die beiden so niederträchtig, so von Hass gegenüber ihrer Halbschwester erfüllt, dass sie so weit gehen, jeden Schritt in ihrem Leben auf den Kopf zu stellen? Sogar bei einem *fucking* Wirtschaftsprüfer anrufen und sich nach Nova erkundigen. Die Antwort, die sich mir bietet, ist so simpel wie lächerlich: Eifersucht.

»Du hast keine Ahnung«, halte ich kopfschüttelnd dagegen.

Jonah schnalzt mit der Zunge. »Was geht dich das überhaupt an, Mann? Wir wissen alle, dass Nova dich kaufen musste, weil sie sonst niemanden vorweisen konnte. Sie hat dich benutzt – warum geht sie dir nicht am Arsch vorbei?«

Ich bin so kurz davor, meine Manieren, jegliche Vernunft und mögliche Konsequenzen zu vergessen und ihm an die Gurgel zu gehen. Vor versammelter Mannschaft. Da er keinen blassen Schimmer hat und wirklich zu glauben scheint, es wäre unmöglich, freiwillig in Novas Gegenwart sein zu wollen. Jonahs Meinung könnte mir egal sein, wenn er nicht derjenige wäre, der meine Princess zum Weinen gebracht hat.

»Was mich das angeht, Arschloch?« Wider besseres Wissen mache ich einen Schritt auf Jonah zu. »Es geht mich *alles* an. Weil scheißegal ist, wie die Sache zwischen Nova und mir angefangen hat. Weil sie das alles hier nicht verdient. Sie hat es nicht verdient, euch ihre Geschwister nennen zu müssen und all die Scheiße von euch zu ertragen, damit sie ihren Vater nicht komplett verliert. Ihr habt gerade bewiesen, dass ihr in der Lage seid, einen endgültigen Keil zwischen die beiden zu treiben.«

Von Eduard Bornkamp kommt ein heiseres Krächzen. »Hier ist gar nichts endgültig.«

Fuchsteufelswild werfe ich ihm einen Blick zu. »Mit Ihnen rede ich nicht!« Stattdessen richte ich meine Aufmerksamkeit auf Marlisa und Jonah. »Sie wird mir niemals am Arsch vorbeigehen, denn ich habe mich in sie verliebt! Vom ersten Moment an, bevor ihr Flachwichser überhaupt aufgetaucht seid. Ihr könnt mir nicht wegnehmen oder beschmutzen, was ich für Nova empfinde, und ich kann es nicht auf mir sitzen lassen, dass ihr diese Schmierkampagne gegen uns anzettelt.« Mein Atem kommt inzwischen in abgehackten Zügen, meine Stimme überlaut in der Stille, die sich ringsum ausgebreitet hat. »Sie hat mich nicht *gekauft*, sondern ich war der Narr, der das Glück hatte, von einer Göttin erwählt zu werden, die Hilfe brauchte. Ich hätte weit mehr als *Fake Dating* auf mich genommen, um sie zu bekommen, und ich bereue rein gar nichts an dieser Scharade. Gewissermaßen war es mein *fucking Lucky Day*, als ihr beiden in dieser Stadt aufgekreuzt seid und sie zum Handeln gezwungen habt. Und das ist der einzige Grund, warum ich euch vorhin nicht postwendend vom Sicherheitsdienst habe rauswerfen lassen!«

Jonah und Marlisa starren mich mit sperrangelweit geöffneten Mündern an, für den Moment vollkommen geplättet. *Very well*, hätte nicht besser laufen können.

Weiterhin in Fahrt lasse ich den Blick auffordernd über die gaffenden Umstehenden mit ihren gezückten Handys wandern. »Sonst noch irgendjemand hier, dem ich klarmachen muss, dass ich absolut verrückt nach Nova Sobieska bin, den Boden anbete, über den sie läuft, und nichts von uns eine Lüge ist?«

Einige Sekunden herrscht allumfassendes Schweigen, dann kommt irgendwo weiter hinten Bewegung in die Menge und ich sehe, wie sich eine Gestalt in unsere Richtung vorkämpft. Das Glitzern und Funkeln ihres Kleids verrät, um wen es sich handelt, und mein Herz legt eine ziemlich akrobatische Einlage aus Sturzflug und Looping hin. Gleichzeitig überkommt mich eine herrlich befreiende Ruhe, als ich Nova auf mich zustolpern sehe. Ich *hasse* ihre geröteten, von Tränen verschmierten Wangen und den Ausdruck von Schmerz, der weiterhin in ihre wunderschönen Züge gegraben ist. Aber sie ist hier und kommt geradewegs auf mich zu. Dad hat sie gefunden oder wie auch immer sie zurückgekommen ist ... Doch das spielt keine Rolle. Ohne auf irgendjemanden zu achten, breite ich die Arme aus, und sobald sie nah genug ist, stürzt sie sich regelrecht hinein. Umschlingt mich fest und kompromisslos, während ich sie genauso heftig an mich ziehe, den Kontakt *brauche*, um mich zu vergewissern, dass mein Herz weiter im Rhythmus mit ihrem schlägt. Dass ihre Geschwister nichts von dem zerstören konnten, was so wundersam und kostbar zwischen uns gewachsen ist. Jetzt, da ich sie halte, spüre ich ausschließlich eine tiefe, beständige Gewissheit.

Das hier ist richtig. Sie ist richtig. Und an ihrer Seite habe ich zum ersten Mal seit Jahren das Gefühl, mehr als ein abgesplittertes Fragment zu sein. Als könnte ich genau in die Stelle passen, an der in ihrem Herzen ein Loch klafft. Um es heil zu machen, so wie sie mich gekittet hat. Farbklecks um Farbklecks. Pigment um Pigment. Dieser Moment ist nur für uns und ich beschließe, immer wieder vorzutreten und meine Stimme für diese Frau zu erheben, immer für Nova einzustehen. Und wenn mich das zu einem Narren macht, werde ich ein glücklicher sein.

»Mój książę«, wispert Nova kaum hörbar, die Wange an meinen Hals geschmiegt. Keine Frage, keine Antwort, lediglich eine Gewissheit.

Ein leises Prusten entwischt mir. »Mir ist dieser Spitzname ans Herz gewachsen – sehr sogar –, aber bin ich gerade wirklich ein Mistkerl?«

Nova lehnt sich leicht zurück und sieht mich an – das Make-up um ihre Augen ist vom Weinen verschmiert, doch ich sehe nur, wie schön sie ist, wenn dieses Funkeln in ihrem Blick aufblitzt.

»Es scheint der Abend zu sein, an dem mit den Lügen

aufgeräumt wird, und na ja … ich war nicht ganz ehrlich mit dir, was die Bedeutung dieser Worte angeht.«

»Ach nein?«

Sie beißt sich auf die Unterlippe, zögert kurz und ich bemerke, wie Röte ihren Hals hinunterkriecht. Ist sie etwa peinlich berührt?

»Mein Prinz«, gibt sie dann preis, die Lider schüchtern gesenkt. »*Mój książę* bedeutet auf Polnisch *mein Prinz*. Es ist mir als Retour rausgerutscht, nachdem du mich Princess genannt hast, und dann wolltest du wissen, was es heißt. Damals konnte ich dir das unmöglich verraten.«

Sanft wische ich mit dem Daumen über die Mascaraspuren unter ihren Augen. Ich erinnere mich ausgezeichnet an diesen Moment auf dem Medizinerball im Bayerischen Hof. »Weil ich dann gewusst hätte, dass es dir insgeheim gefällt, Prinzessin genannt zu werden?«

»Weil du selbstgefälliger Arsch dann sofort bemerkt hättest, dass du mich mehr umgehauen hast, als du solltest! Ich gebe niemandem Spitznamen.«

Die Wärme, die sich in jeden Winkel meines Körpers ausbreitet, ist gekommen, um zu bleiben. Sie setzt sich hartnäckig fest und gibt mir das berauschende Gefühl, einige Zentimeter über dem Boden zu schweben. Nova wirkt tatsächlich besser als jedes Aufputschmittel. »Und trotzdem hast du nach diesem ersten Ausrutscher nicht aufgehört, ihn zu benutzen.«

»Es schien dir zu gefallen, Mistkerl genannt zu werden.«

»Mag sein. Aber *mein Prinz* gefällt mir so viel besser, du kleine Moglerin.«

Empört kräuselt Nova die Nase. »Es war nicht alles gemogelt.«

»Nein.« Die Sekunden, während wir uns in die Augen sehen, ziehen sich unendlich hin und ich will ertrinken im Grau ihrer Iriden. Jede Farbe aus ihnen herausfiltern und für immer darin vergehen, weil *das* Nova ist. Vielschichtig und komplex und nie so, wie man auf den ersten Blick glaubt. »Ich habe das, was ich eben gesagt habe, ernst gemeint. Alles davon. Ich schreie es durch ein Museum, ich brülle es auch von allen Dächern, wenn du willst.«

Sie schluckt und wieder steigen ihr Tränen in die Augen. Sie wirkt gerührt und überfordert und womöglich ein kleines bisschen kirre vor Glück. An Letzteres will ich mich klammern.

Und ich bin noch nicht fertig mit ihr und den Dingen, die mir auf der Zunge brennen. »Weißt du, warum ich dich manchmal Hypernova nenne? Weil du genau das bist. Eine Explosion, die in mein Leben gekracht ist und vom ersten Moment an alles umgefegt hat. Ohne Vorwarnung, ohne Zurück. Aber anstatt etwas zu zerstören, hast du die Dinge richtig gemacht. Du hast für Helligkeit gesorgt, wo so lange nur erdrückende Tintenschwärze in mir war. Du hast mir Inspiration geschenkt und Mut, wo mich die Angst zurückgehalten hat. Und vor allen Dingen … hast du mir gezeigt, dass ich der weltweit schlechteste Lügner bin. Weil ich keine Sekunde mit dir gespielt habe, Nova. Ich musste nicht vorgeben, dass ich mich in dich verliebe und dich anbete und am liebsten jede wache Minute mit dir zusammen wäre. Weil es die tragische Wahrheit ist.«

Ein paar Tränen kullern über meine Hände, mit denen ich nun ihr Gesicht umfasse, während Nova lächelt. »Dass du das hier echt getan hast«, bringt sie mit erstickter Stimme hervor. »Ich war drauf und dran abzuhauen, und dachte, alles wäre ruiniert. Und dann kam Hugo und meinte, ich müsste sehen, was du machst.«

»Ich musste da etwas richtigstellen. Und zwar so, dass alle es kapieren. Ich habe viel zu lange nicht das ausgesprochen, was ich wirklich fühle oder denke.«

Hilflos schüttelt sie den Kopf. »Wir sind kein Fake Deal mehr?«

»Wann waren wir das überhaupt? Wie ich eben gesagt habe, ich für meinen Teil musste rein gar nichts spielen.«

30

Nova

@muenchner_kindel

Heute ist ein historischer Tag, denn es ist etwas passiert, was wir selbst nie für möglich gehalten haben: Wir sind sprachlos 😱 Klickt auf den Link in unserer Story und seht selbst … diese Videos sprechen für sich 🤤

Nachricht senden

In meinen wildesten Träumen hätte ich mir nicht ausmalen können, dass heute der Tag werden würde, an dem ich eine Liebeserklärung bekomme. Ich, Nova Sobieska, wurde gerade rechtzeitig von Hugo zurück zur Party gezerrt, um mitzubekommen, wie Henry laut und deutlich verkündet, dass er in mich verliebt ist. Vor den Augen und Ohren der Elite der Stadt und ebenso vielen Handys, die schamlos draufgehalten haben. Er hat das ungefähr Mutigste gemacht, was je irgendwer für mich getan hat. Da steht ein Mann, der meinen Geschwistern trotzt und sich zu *mir* bekennt. Stolz und zärtlich und voller Selbstbewusstsein, weil *ich* es bin, die zu ihm gehört. Kein Mitleidsfick, keine finanzielle Eroberung, einfach nur ich.

Und da ich ihn und seine Aufmerksamkeitsscheue so gut kenne, bedeutet es doppelt so viel. Ist es dreimal so wertvoll. Wird für immer unendlich kostbar bleiben. Genau wie die Gefühle, die sich in übersprudelnden Sturzbächen in mir ergießen. Ich habe Angst gehabt, solche Angst, meine Gefühle zu benennen und sie offen vor ihm auszubreiten, und ich weiß einfach, dass es ihm ähnlich damit gegangen ist. Die Erfahrung hat mich vorsichtig werden lassen, aber wenn Henry es schafft, sich vor aller Augen kopfüber hineinzustürzen, kann ich das auch. Die Arme noch immer um ihn geschlungen, die Menschen ringsum eine ferne, lästige Präsenz, lasse ich den Kopf in den Nacken sinken und verkünde so laut, dass ich beinahe schreie: »Wollt ihr die Wahrheit hören? Ich habe mich in Henry Saint Clair verliebt und *kurwa*, ihr könnt glauben, was ihr möchtet. Ich geb 'nen Fick drauf. Für mich zählt nur, was er davon hält.«

Unsere Blicke treffen sich und Henry sagt mir ohne Worte, was er denkt. Jede einzelne Empfindung ist in das elektrisierende Blau seiner Augen geprägt und mein zynisches Herz kapituliert endgültig. Er sieht mich an, wie Menschen künstlerische Meisterwerke betrachten. Wie ein Maler sein Ausnahmestück. Wie ein Mann die Frau, für die er all seine Prinzipien über Bord wirft und es mit einem Lächeln tut.

»Ich schreie für dich auch von allen Dächern«, erkläre ich heiser und grabe die Finger in die seidigen Haare in seinem Nacken. »Ich zieh mich für dich aus bis auf die Knochen und lass mich von dir überzeugen, dass meine Makel liebenswert sind, weil ich *unser* perfekt will. Ich will in dein Herz und deine Kunst und unter deine Haut. Und ich will, dass es echt ist.«

Seine Lippen streichen federleicht über meine und ich recke mich, um dem Kuss näherzukommen, mit dem er mich lockt. Ich möchte ihn mir holen, so wie ich jetzt endlich die Courage habe, bei Henry zuzugreifen. Volle Hände, volles Herz.

»Du bist längst unter meiner Haut, Princess«, raunt er und küsst die Worte gegen meine Lippen. »Ich brauche keine Tattoos, damit es so ist. Du gehst so viel tiefer als Tinte.«

Eine neue, besitzergreifende Zufriedenheit durchströmt mich, als ich an dem abheilenden Auge an seinem Hals vorbeistreiche, das eins meiner Geburtstagsgeschenke für ihn ist. Henry schaudert, seine Lippen pressen sich gegen meine; leicht geöffnet und einladend weich. Und dann ist es vollkommen egal, dass wir inmitten von Gaffern stehen, die den Mund nicht mehr zubekommen, weil wir die wahrscheinlich schmalzigste Show der jüngeren Münchner Geschichte abgeliefert haben. Ich versinke in Henry und diesem Kuss, der nach einem abgeblasenen Fake Deal und ganz viel echten Möglichkeiten schmeckt. Und Nova Sobieska, die Femme fatale, die Beziehungsunfähige, die, die nie gut genug gewesen ist, ist glücklich.

Das, was nach dem wohl öffentlichsten, richtig offiziellen Beziehungsanfang im Haus der Kunst passiert, zieht wie ein Schleier an mir vorbei. Während Henry und ich uns küssen und küssen und küssen, höre ich wie aus weiter Ferne überdrehte Jubelrufe und Pfiffe – Hugo, der unsere Freunde zum Applaudieren anstachelt, Lillis herzliches Lachen. Und dann werden wir unterbrochen, als Luis Champagner anschleppt – Lisa-Marie, Amaya und Larissa kichernd in seinem Schlepptau – und er uns beim Entkorken mit einem Sprühnebel Schaumwein duscht. Henry flucht und stellt sich schützend vor mich, während ich pruste und aus dem Augenwinkel sehe, wie Papa Marlisa und Jonah zum Gehen abkommandiert. Er ist puterrot angelaufen, seine Lippen bewegen sich ununterbrochen, als würde er eine endlose Schimpftirade auf sie abfeuern, und die beiden wirken so klein mit Hut. Ich beobachte die Szene mit wohltuender Distanz. Meine Geschwister haben mir so ziemlich das Schlimmstmögliche angetan, ihre wahren, hässlichen Gesichter zur Schau gestellt, und in diesem Moment kann ich sagen, dass sie mir einfach nur herrlich egal sind. Papa wirft einen letzten Blick zurück, ehe sie abziehen, findet meinen und hält sich die Hand mit abgespreiztem Daumen und kleinem Finger ans Ohr. Er will telefonieren? Von mir aus. Später. Wann anders. Sobald ich die Muße gefunden habe, mich darum zu scheren. Wobei ich irgendwie denke, dass für meinen Vater und mich noch nicht alles verloren ist. Das ist nicht der Zeitpunkt, um sich ernsthaft zu unterhalten, doch ich habe die leise Hoffnung, dass er mir meine Lügen vergeben könnte. Da ist etwas in seinem Ausdruck gewesen … nicht die endgültige Ablehnung, die ich aufgrund meiner Scharade befürchtet habe, sondern Verstehen und Reue. Wer weiß, vielleicht kriegen wir es hin. Kommt natürlich darauf an, ob *ich ihm* verzeihen will, aber seien wir mal ehrlich: Er hat nie aufgehört, mir wichtig zu sein, und ich werde niemals über meine Daddy Issues hinwegkommen, wenn ich keinen Frieden mit ihm schließe.

Etwa eine Stunde und vier Flaschen Champagner später komme ich allmählich in die Stimmung, wirklich zu gehen, um mit Henry allein sein zu können. Bei all dem Trara und großen Gesten, die ein Teil von mir zwar gierig aufsaugt, will ich ihn einfach nur für mich – doch jemand berührt mich am Arm.

Als ich mich umdrehe, bin ich ziemlich verblüfft darüber,

Fabian zu sehen, der mit eingezogenem Kopf dasteht und nervös mit seinen Lackschuhen auf dem Boden scharrt. Er sieht aus wie das sprichwörtliche Häufchen Elend.

»Sorry, äh, darf ich euch kurz stören?«

»Hm, ja.«

»Nein.«

Letzteres kommt von Henry, der sich mit verschränkten Armen neben mir aufbaut und Fabi mit seinem finstersten Blick niederstarrt. Zugegeben, auch ich bin nicht sonderlich gut auf ihn zu sprechen und es ist ziemlich lebensmüde von Fabi, jetzt das Gespräch mit mir zu suchen. Allerdings schlägt mich Henry in puncto Feindseligkeit gerade um Längen.

»Du«, grollt er und zeigt mit dem ausgestreckten Zeigefinger auf Fabians Brust, »hast dir den Spitzenplatz auf meiner Shitlist gesichert, ist dir das klar? Mutig von dir, hier rüberzukommen.«

»Mir ist bewusst, dass wir nach heute Abend zunächst alles ruhen lassen sollten. Trotzdem ist es mir wichtig, mich direkt bei dir zu entschuldigen, Nova. Ich pack's nicht, dass ich für die Scheiße gewissermaßen verantwortlich bin.«

Es überrascht mich, wie wenig mich Fabis Anwesenheit aufregt. Ich kenne mich selbst als sehr viel unversöhnlicher, doch nachdem Henry mir gesagt hat, dass er in mich verliebt ist, und auch ich mit der Wahrheit nicht mehr hinter dem Berg gehalten habe, finde ich erstaunlich wenig bittere Rachsucht in mir. Die rosarote Brille hat sie für den Moment ausgemerzt und womöglich hat Fabi mit seinem Timing einen Volltreffer versenkt.

»Tatsächlich interessiert es mich, warum du mir in den Rücken gefallen bist«, sage ich schließlich kühl.

Abwartend beobachte ich Fabi, während er erst scharlachrot anläuft, sich mehrmals räuspert und dann in einem hastigen Schwall herausplatzt: »Marlisa und ich hatten was am Laufen … irgendwie. Ein paar Tage nach unserem spontanen Mittagessen sind wir uns in einem Restaurant über den Weg gelaufen und ich geb's zu: Sie hat mich um den Finger gewickelt. Hat all die richtigen Dinge gesagt und getan und ich hatte nichts dagegen, abgeschleppt zu werden. Das nächste Mal haben wir uns in einem Club gesehen. Es ist keine Entschuldigung, aber ich war komplett betrunken, und sie hat angefangen, dich in einer Tour niederzumachen und vor allen anderen schlechtzureden. Irgendwann ist mir der Kragen geplatzt und mir ist rausgerutscht: ›Hast du eigentlich einen Schimmer davon, was Nova alles tut, um es eurem Vater recht zu machen? Wie sehr sie sich verbiegt?‹ Von da an hat sie keine Ruhe mehr gegeben, wollte unbedingt wissen, was du tust, und dann … habe ich ihr das mit Henry erzählt. In diesem Moment hatte ich den Eindruck, dich vor ihr zu verteidigen und ihr zu zeigen, wie sehr du dich bemühst. Und das war ein verdammter Fehler. Ich habe dein Vertrauen missbraucht.«

Als er fertig ist, senkt sich Schweigen über uns. Es schockiert mich und gleichzeitig auch nicht. Für mich sind diese Methoden von Marlisa nichts Neues. Meine Halbschwester hat sich generell nie gescheut, sich an Typen ranzumachen, die auch nur einen Hauch Interesse an mir gezeigt haben. Und gleichzeitig gibt mir dieses Wissen das erleichternde Gefühl, dass Fabi nicht wirklich einer der Bösewichte in dieser Geschichte ist. Ich glaube ihm, dass er mich nur vor Marlisa in Schutz nehmen wollte, ohne zu ahnen, welche Geschütze sie auffahren würde. Er ist kein schlechter Kerl, aber das heißt nicht, dass ich ihm nach dieser Aktion vertrauen werde, geschweige denn, dass ich ihn als Freund in meinem Leben haben möchte. So feindselig wie Henry ihn immer noch mustert, wäre das nicht die beste Idee. Mein Prinz scheint gerade weitaus rachsüchtiger zu sein als ich.

Nachdem ich Fabi versichert habe, dass ich ihm glaube und ihn nicht abgrundtief hasse, trollt er sich und Henry nutzt die Gelegenheit, um mich eng an sich zu ziehen. Egal, wie oft er das tut, ich werde mich wahrscheinlich nie daran gewöhnen, wie gut ich mich in seinen Armen fühle.

Und Worte drängen gegen meine Lippen, die ich nicht eine weitere Sekunde zurückhalten kann. Weil sie wahr sind und es nicht ausreicht, sie nur einem Saal voller Leute entgegenzurufen. *»Jestem w tobie tak zakochany, że to aż boli, mój książę.«*

Henry legt den Kopf schief und mustert mich neugierig. *»Co, proszę?«* Seine Aussprache ist bestenfalls dürftig, dennoch klappt mir die Kinnlade herunter. Hat er ernsthaft auf Polnisch um Verzeihung gebeten, weil er nicht verstanden hat, was ich gesagt habe? Lächelnd stupst er mit seiner Nase gegen meine. »Möglich, dass ich mir vor einer Weile eine Sprachlern-App geholt habe, damit ich *alles* verstehe, was aus deinem schönen Mund kommt. Spätestens seit *mój książę* bin ich überzeugt davon, dass es sein muss. Aber ich bin noch nicht sehr weit gekommen. Polnisch hat es in sich.«

Genauso wie du, denke ich mir und muss mich räuspern, ehe ich mir sicher bin, dass meine Stimme nicht vor Rührung bricht. »Ich bin so verliebt in dich, dass es wehtut, mein Prinz«, übersetze ich dann mit dem ehrlichsten Lächeln, das ich je gefühlt habe. »Und ich will nicht, dass es jemals aufhört. Von heute bis zu jedem weiteren Rosenmontag.«

Henry lacht, der schönste Laut, den ich je gehört habe,

und lehnt seine Stirn gegen meine. »Auch das war von Anfang an eine Wahrheit, Nova. Mit dir zusammen sein zu wollen, ein Jahr und noch viel länger, war nie eine alberne Wette.«

Ja. Womöglich waren wir nie das, was wir zunächst vorgegeben haben. Nicht nur ein One-Night-Stand nach einer rauschenden Faschingsnacht. Nicht bloß zwei Menschen, die lediglich so getan haben, als würden sie sich Hals über Kopf verlieben. Sondern zwei Verlorene, die erst zusammen erkannt haben, was es bedeutet, seine andere Hälfte gefunden zu haben.

EPILOG

Ein Monat später

Nova

Ist diese Holzbank *fucking* unbequem oder kommt es mir nur so vor, da ich vor Anspannung und Sorge fast aus meinen eigenen Nähten platze? Eigentlich sitze ich ganz idyllisch in einer gepflegten kleinen Parkanlage, umgeben von Birken, deren Blätterdach silbrig in der Sonne schimmert, ein Springbrunnen, der in der Nähe plätschert, und sorgsam angelegten Wildblumenrabatten ringsum. *Picture perfect*, würde Edgar sagen, über den ich erst vor Kurzem gelernt habe, dass er einen richtigen Spleen für Landschaftsgärtnerei hat. Nach dem Abendessen vor drei Wochen, bei dem mich Henry offiziell als seine Freundin vorgestellt hat, durfte ich mindestens eine halbe Stunde lang die beeindruckende Büchersammlung zu diesem Thema in Edgars Arbeitszimmer bewundern (und musste dabei weit weniger Interesse heucheln, als ich dachte. Gartenbau kann ziemlich faszinierend sein). Er ist sogar hier, hatte aber genau wie seine Söhne keinen einzigen Blick für die Umgebung übrig, als wir vor über einer Stunde auf dem Gelände der klinischen Einrichtung für Demenzerkrankte am Ammersee angekommen sind. Die Einrichtung, in deren Dauerpflegestation Alma Saint Clair seit über zehn Jahren lebt und betreut wird. Der Tag ist gekommen, an dem Henry und Vincent ihre Mutter nach all den Jahren wiedersehen werden, und diese Tatsache bricht mir das Herz und lässt es gleichzeitig höher schlagen. Henry war … mehr als angespannt, je näher der Termin gerückt ist, und obwohl ich ihm ständig versichert habe, er solle es nur tun, wenn er sich dazu bereit fühlt, war er fest entschlossen, es heute durchzuziehen.

»Ich habe sie viel zu lange im Stich gelassen.« Das hat er immer wieder gesagt und stoisch seine Angst niedergekämpft.

Wir sind zu fünft an den Ort zwischen Herrsching und Andechs gefahren: Henry, Vincent, Edgar, Lilli und ich. Weder sie noch ich konnten unsere Jungs allein losschicken, auch wenn wir darauf verzichtet haben, mit ihnen in die Klinik zu gehen. Dieser Moment gehört ausschließlich Henry, Vincent, Edgar und Alma. Später, sollte heute alles gut laufen, sieht es vielleicht anders aus …

Während ich in unmittelbarer Nähe zum Ausgang der Klinik auf meiner Bank vor mich hin schmore, kann Lilli nicht still sitzen. Seit unserer Ankunft tigert sie durch die weitläufige Parkanlage, von deren Anhöhe man eine traumhafte Sicht auf den glitzernden Ammersee hat. Andere Besucher schieben Angehörige in Rollstühlen über die sauber geharkten Kieswege oder begleiten sie mit ihren Rollatoren. In einiger Distanz leiten zwei Pflegerinnen eine Art Gymnastikstunde auf einer schattigen Wiese und hin und wieder wehen Gelächter und Anfeuerungsrufe zu mir herüber. Alles hier wirkt so … friedlich und heilsam. Und ich hoffe mit jedem Quäntchen meiner selbst, dass Henry und Vincent ein wenig davon spüren werden, sobald sie das Gebäude verlassen. Einen Abschluss finden können oder idealerweise einen neuen Anfang. Ich werte es zumindest als gutes Zeichen, dass sie schon über eine Stunde bei Alma und nicht vollkommen durch den Wind nach draußen gestürmt sind. Andererseits ist es über eine Stunde, in der meine Gedanken verrückt spielen und ich mit jeder Minute, die ich Henry nicht sehe, nervöser werde. Gott, hier zu warten, ist echt verdammt hart und nervenaufreibend.

Als sich mein Handy mit einem leisen Klingeln in meiner *Chanel 19* meldet, bin ich regelrecht erleichtert, Beschäftigung zu bekommen. Und wenn es nur … ein Anruf meines Vaters ist. Aus reiner Gewohnheit stelle ich mich darauf ein, von einem Schwall Unwohlsein und Bedrücktheit überrollt zu werden. Aber dem ist nicht mehr so. Wie Henry, der endlich den Mut gefasst hat, sich mit den dunklen Kapiteln seiner Vergangenheit auseinanderzusetzen, habe auch ich in den letzten Wochen gute Fortschritte hinsichtlich meiner Baustellen gemacht. Anders als erwartet ist Papa nach dem skandalösen Abend im Haus der Kunst, der Wellen bis in die Lokalpresse geschlagen hat, nicht unverzüglich abgereist, um mich mit Nichtachtung zu strafen. Er hat Marlisa und Jonah heimgeschickt und ist selbst geblieben. Hat einige Tage gewartet, um mir Raum zu geben, und ist dann mit einem vorsichtigen Gesprächsversuch auf mich zugekommen, den ich mit ein wenig sanfter Ermutigung von Henry angenommen habe. Und wir beide haben reinen Tisch gemacht. Wahrscheinlich ist die Situation für Henry ähnlich gewesen wie für mich jetzt, als ich mehrere Stunden bei meinem Vater war und wir einfach nur geredet haben. So offen und ehrlich, wie wir es noch nie getan haben. Und siehe da, all die Ratgeber haben recht. Reden wirkt wirklich. Vor allem, als ich nach all den Jahren das erste Mal meine Furcht vor seiner Ablehnung überwunden und Papa unmissverständlich aufgezeigt habe, was sein Verhalten mit mir macht. Wie all die Dinge und Verhaltensweisen von ihm, die er ganz anders wahrgenommen hat, mich unaufhörlich verletzt haben. Wie sich herausgestellt hat, hatte mein Vater genauso viel Angst vor meiner Zurückweisung und ist deswegen in dieses komplett bescheuerte Verhalten gerutscht. Wir waren ein elender Teufelskreis, der in meiner ultimativen Lügenscharade diesen Frühling gegipfelt ist, für die er sich im Endeffekt die Hauptschuld gibt. Das war eine überraschende Einsicht, aber wir sind so weit, dass wir einen Haken dahinter gemacht haben. Ich bin nicht verstoßen oder verhasst oder ungeliebt, auch wenn Papa und ich erst wieder lernen müssen, wie eine Vater-Tochter-Beziehung funktioniert. Dennoch bin ich guter Dinge, dass wir das mit der Zeit hinbekommen werden. Ich habe irgendwie erkannt, dass ich nicht länger das Mädchen bin, das auf seine Anerkennung angewiesen ist, das so sehr nach seiner Bestätigung lechzt, dass es sich darüber selbst zu verlieren droht. In den letzten Monaten habe ich mich verändert, bin an mir gewachsen und habe so viele neue Einsichten gewonnen, die sich nach dem Anfang von tiefgreifenden Veränderungen anfühlen. Ich will meinen Vater in meinem Leben, jedoch nicht mehr in einer Position, in der sich mein Selbstbild so sehr um ihn dreht. Es wird machbar sein. Nun, solange Jonah und Marlisa nicht mehr reinfunken. Für Eduard und mich gibt es noch Hoffnung, aber diese beiden will ich nicht mehr in meinem Leben wissen. Sie haben es nicht verdient, sich meine Geschwister zu nennen, und ich glaube, Papa hat ziemlich daran zu knabbern, nachdem er feststellen musste, welche Plagen er da großgezogen hat. Doch das ist die Liste seiner Fehler, nicht meiner, und jetzt muss ich diesen Anruf annehmen, bevor er abbricht.

»Hey, Papa.«

»Nova. Na, wie geht's? Störe ich?«

Das Handy ans Ohr gedrückt lehne ich mich auf der Bank zurück und blinzele zu dem schimmernden Blätterdach empor. »Alles bestens. Ich habe Zeit.« Trotzdem behalte ich den Klinikeingang im Auge, um im Ernstfall eiskalt aufzulegen, wenn ich Henry herauskommen sehe. Was *shitty* Verhalten angeht, habe ich definitiv einige Freifahrtscheine bei Papa gut.

»Ich wollte dir nur kurz erzählen, dass ich … die Tage mit Nadja telefoniert habe.«

Als ich ihn das sagen höre, fällt mir beinahe das Smartphone aus der Hand. »Du hast was? Wieso?«

Ein tiefes Durchatmen ist zu vernehmen. »Durch die Konfrontation mit dir ist mir klar geworden, wie viel unverarbeiteten Groll ich noch immer mit mir herumtrage. Susanne hat mir schon lange geraten, mich Nadja zu stellen und mit ihr reinen Tisch zu machen, aber ich hielt es immer für unnötig. Sie hat *mich* verlassen, warum sollte ich ihr hinterherrennen? Jedenfalls tat es verdammt gut, mit ihr zu sprechen und ein paar Dinge zu klären, die mich beschäftigt haben.«

»Ich … wow«, bringe ich hervor. Irgendwie hätte ich bei diesem Gespräch richtig gern gelauscht. Wenn überhaupt haben meine Eltern immer nur über Anwälte kommuniziert – oder über mich.

»Ja, es war an der Zeit.« Papa räuspert sich und ich kann förmlich vor mir sehen, wie er sich das Haar zurückstreicht. »Wir haben auch über dich gesprochen und … wir sind beide überzeugt, dass du auf einem wunderbaren Weg bist. Du bist zu einer klugen, bildhübschen, starken, jungen Frau geworden, obwohl deine Mutter und ich dir so viel Ballast zugemutet haben. Und … denkst du weiterhin über diese Sache bezüglich deiner Karriere nach, die du mir kürzlich erzählt hast?«

Viel zu geplättet von seinem Schwall lobender Worte, brauche ich einen Moment, um zu kapieren, worauf er mit seiner letzten Frage hinauswill. Meine Karriere … ah, richtig. Womöglich habe ich Papa anvertraut, was ich – ermutigt durch Henry – anfange, für meine berufliche Zukunft zu planen.

»Ja«, bestätige ich dann. »Ich überlege immer noch, mich in den nächsten Jahren im Bereich Vintage-Luxusmode selbstständig zu machen. Weiter bei Herzog mehr über Auktionen und den Handel zu lernen und irgendwann meine eigene Plattform für Luxusgüter aufzuziehen.« Gespannt warte ich auf Papas Erwiderung. Er hat sich bisher nicht wirklich anmerken lassen, was er von meinem Vorhaben hält.

»Wenn es so weit ist, würde ich dich sehr gern mit einem Businessplan unterstützen. Dein alter Herr hat viel Erfahrung in diesem Bereich.« Ein leicht nervöses Lachen dringt an mein Ohr; als wäre er sich gar nicht sicher, wie ich auf dieses Angebot reagieren würde.

Verblüfft ziehe ich die Brauen hoch. »Ernsthaft? Das würdest du? Du hältst die Idee nicht für Quatsch? Oder banal, weil es um Mode geht?« Nun, man wird nicht alle tief sitzenden Annahmen und Sorgen über Nacht los, nicht wahr?

Doch Papa lacht nur erneut, lockerer und befreiter diesmal. »Das ist absolut kein Quatsch, sondern eine brillante Vision, in der ich dich mit all deinem Wissen vollkommen aufgehen sehe. Deine Mutter hat mir sehr viel darüber erzählt, wie gut du in diesem Bereich bist, und ich bin einfach froh, dass es etwas gibt, wofür du brennst.«

Unruhig mit mir selbst, da solche offenen und schätzenden Gespräche mit ihm noch ungewohnt für mich sind, schlage ich die Beine übereinander.

»Das … Danke, Papa. Sobald es an der Zeit ist, werde ich sehr, sehr gern darauf zurückkommen.« Nicht morgen oder nächste Woche, aber das ist ein Plan, der mit jedem Tag ein wenig mehr Gestalt annimmt. Genauso wie Henrys Pläne, an die Kunstakademie zu gehen. Natürlich, mein Hirn kann in letzter Zeit nicht mehr arbeiten, ohne meine Gedanken spätestens alle zehn Minuten auf ihn zu lenken. Würde es sich nicht so gut anfühlen, wäre es echt fast widerlich, wie verliebt ich bin.

Papa und ich plaudern noch ein Weilchen, ich richte ihm Grüße an Susanne aus und er verspricht, sich in ein paar Tagen wieder zu melden, um über einen Kurzbesuch zu sprechen, den seine Frau und er in München planen.

Ich bin gerade über meine Handtasche gebeugt, um mein Handy darin zu verstauen, als ich mehr spüre als sehe, dass sich jemand neben mich auf die Bank setzt. Wie von einem Magneten angezogen schnelle ich zu Henry herum, baff darüber, wie ich nicht bemerken konnte, dass er sich mir genähert hat.

Mein prüfender Blick rast in Sekundenschnelle über sein Gesicht und ich atme auf, als ich keine Anzeichen von Zerrissenheit oder Kummer entdecke. Eher im Gegenteil – in seinen Augen liegt ein warmes Funkeln, während er meinen Blick erwidert, und einer seiner Mundwinkel wandert nach oben.

»Papa Bornkamp kommt noch einmal nach München?« Aha, er scheint also mindestens das Ende meines Telefonats mitgehört zu haben.

»Hat dir nie jemand gesagt, dass es ungezogen ist, die Gespräche anderer zu belauschen?« Keine Ahnung, woher der Impuls kommt, aber ich zitiere seine ersten Worte an mich, als wir auf dem Medizinerball an der Bar nebeneinandergesessen haben. Dieser Satz hat sich unwiederbringlich in mein Gedächtnis geprägt, weil es der Moment gewesen ist, in dem er sich meine Aufmerksamkeit gesichert hat. Und sie seitdem keine Sekunde mehr verloren hat.

Henry lacht auf, den Arm locker hinter mir auf der Rückenlehne der Bank ausgestreckt, und ich beobachte ihn dabei, als würde ich Zeugin eines Wunders werden. Henrys Lachen ist immer noch rar und kostbar. Im Leben hätte ich nicht darauf gewettet, es heute zu hören zu bekommen. Natürlich habe ich ihm nur das Allerbeste für das Wiedersehen mit seiner Mutter gewünscht, dennoch habe ich unterschwellig immerzu befürchtet, es könnte ihn belasten. Oder zumindest auslaugen. Schlimmstenfalls alte Wunden aufreißen und ihn zurück in den Abgrund stoßen, aus dem er sich besonders in den letzten Wochen so verbissen freigekämpft hat. Es waren etliche Emotionen im Spiel, da wäre das mehr als verständlich. Ich beuge mich näher zu ihm hin, kneife die Augen gegen das helle Sonnenlicht zusammen und lege sanft eine Hand an seine Wange.

»Wie geht's dir?« Die Tatsache, dass mein Daumen an einem seiner Grübchen liegt, sollte dabei Antwort genug sein. Grübchen sind *nur* anwesend, wenn er okay ist. Oder mehr als das. *Glücklich.* Trotzdem muss ich es aus seinem Mund hören.

Tief und inbrünstig atmet Henry durch. »Es ist krass, aber ich fühle mich gut. So verdammt gut.« Seine Worte streichen wie eine Liebkosung über mein Gesicht und er lehnt die Stirn gegen meine. »Gott, ich will dir alles erzählen.«

»Ja.«

Und genau das tut er. Während wir auf dieser Bank im Park der Klinik sitzen und mein Herz aufgeht und immer weiter wird und ich nur an eines denken kann: Es wird gut. Es ist gut. Es kann nur so viel besser werden.

Danksagung

Das war *Covered Colors* – und dass wir gerade hier sind, ist für mich irgendwie ein kleines Wunder. Denn dieses Buch hätte nie existieren sollen; zumindest nicht in der Gestalt, wie es heute hier steht. Ursprünglich hatte ich eine vollkommen andere Geschichte geplant, aber wie es im Leben und mit dem Schreiben manchmal so läuft, kam alles anders. Genauer gesagt: Nova kam (an dieser Stelle können wir wegen der Doppeldeutigkeit gemeinschaftlich in uns reinkichern). Ursprünglich war sie »nur« als Lillis beste Freundin geplant und nachdem ihr gerade ihre Geschichte gelesen habt, wisst ihr wohl ganz genau, wie sie ist: Sie hätte sich niemals mit einer Statistenrolle zufriedengegeben, sondern ist ein Main Character. Laut, präsent, unwiderstehlich faszinierend und vielschichtig. Mir blieb quasi keine andere Wahl, als ihr eine eigene Geschichte zu geben, mit genau dem Happy End, das sie nach dem *Schwanensee*-Ballettbesuch eingefordert hat. Und Gott, hatte sie recht, das zu tun! *Covered Colors* ist meine unerwartetste Geschichte, aber auch die, die ich aus vollem Herzen liebe wie kaum eine davor, und ich hoffe, auch ihr tut genau das – meine Leser*innen, denen an dieser Stelle zuallererst mein Dank gebührt. Ohne euch wäre all das hier nicht möglich und ich hoffe, ihr wisst, wie viel es mir bedeutet, dass ihr meine Bücher lest, liebt, weiterempfehlt und teilt.

Darüber hinaus gibt es noch so viele weitere Menschen in meinem (Autorinnen-)Leben, denen mein tiefster Dank gilt:

Meine viel zu krassen Lektorinnen Janika Mielke und Elena Hein. Ihr zwei; ich kann wirklich nicht mit Worten ausdrücken, wie dankbar ich für alles bin, was ihr für mich und diese Geschichte getan habt. Dass ihr mich gehört habt und offen wart, als ich mit einem nagenden Bauchgefühl und Unruhe bei euch ankam und meinte, dass ich meine alten Pläne nicht fühle und gern einen anderen Weg einschlagen würde. Mit wie viel Feuer und Herzblut ihr mit mir zusammen diesen Weg eingeschlagen habt, darauf vertraut habt, dass ich keinen Humbug fabriziere, und Nova und Henry von Minute eins so kompromisslos geliebt habt. Danke! Ohne euch wäre dieser wilde Ritt nicht möglich gewesen!

An dieser Stelle auch ein Dankeschön an den Loewe Verlag und alle, die ein Teil von Loewe Intense sind und mit ihrer Arbeit dafür sorgen, ein ums andere Mal Bücherträume wahr zu machen!

Ebenso unaufhörlich dankbar bin ich meinen Agentinnen Kristina und Gesa und dem kompletten Langenbuch-&-Weiß-Team. Danke fürs Immer-Dasein, Nervenkrisen-Auffangen und einfach für die Gewissheit, dass ich immer auf euch zählen kann und den besten Support im Rücken habe. Ihr seid die Besten!

Meine Bücher sind chronisch zu lang und Danksagungen fallen mir immer wieder schwer, aber ein wenig Platz muss noch sein für meine Herzensmenschen in der Buchwelt und darüber hinaus. Die ihr mich tagtäglich ertragt, die kritischsten Deadlines mit mir rockt und nur manchmal skeptisch seid, wenn ich von meinen Buchcharakteren erzähle, als wären sie echte Menschen. Danke!

Mama und Papa, ich habe das große Privileg, eure Tochter

sein zu dürfen und eurer Unterstützung immer sicher zu sein. Genauso wie der Rest meiner Familie – ich habe euch unendlich lieb! Genauso wie die wunderbarsten Freunde, die ich mir wünschen könnte. Pati, Giusi, Marina, ihr seid mein persönliches Found-Family-Trope und ihr bereichert mein Leben jeden Tag. Danke, dass ihr immer für mich da seid!

Und natürlich all die wunderbaren Menschen, die ich in der Buchwelt kennenlernen durfte und die zu unersetzbaren Freundinnen geworden sind: Sarah, Bianca, Kyra, Tami, Elisa, Rebekka, Caro, Pia und so, so viele mehr. Danke euch aus tiefstem Herzen – ihr wisst, wieso. <3

Zu guter Letzt die liebsten Mädels, die mir als die tollsten Vorab- und Testleserinnen zur Seite stehen. Ich bin immer wieder geflasht vor Dankbarkeit für die Zeit, Leidenschaft und Mühe, die ihr jedes Mal investiert, um dabei zu helfen, das Beste aus meinen Geschichten herauszuholen. Danke euch allen – und an dieser Stelle eine besondere Erwähnung an Wiktoria, die mir in allen Fragen rund um Polnisch so wunderbar zur Seite gestanden und die kritischsten Stellen für mich übersetzt hat. Ich danke dir unendlich!

Und wer es bis hierher geschafft hat: Ich hoffe, euch haben *Covered Colors* und das dekadente, skandalträchtige München, in das ich euch entführt habe, gefallen. Wenn ja, würde ich mich sehr über eine kurze Rezension bzw. Bewertung auf der Plattform eurer Wahl freuen.

DANKE ♡

Triggerwarnung

Covered Colors enthält potenziell triggernde Inhalte.

Diese sind:
(Online-)Mobbing, Alzheimer, Bodyshaming, Diskriminierung/latente Fremdenfeindlichkeit, Panikattacke, Sexismus/Slutshaming

Ihr solltet das Buch also nur lesen, wenn ihr emotional mit diesen Themen umgehen könnt. Falls es euch mit diesen genannten oder auch anderen Themen nicht gut geht, findet ihr unter der Nummer der Telefonseelsorge rund um die Uhr kostenlose und anonyme Hilfe.

0800-1110111/0800-1110222
www.telefonseelsorge.de